張家灣

CHINA ZHANGJIAWAN

漕運古鎮

王梓夫 著

中国文史出版社

目录

第 一 章

雍正九年七月十五日，鬼节。鬼节闹鬼，一大早，张家湾漕运码头上就出了三件非常诡异的事。

第一件事发生在巡检衙门后宅。

羊鞭子似的大雨下了七天七夜。无雷无闪也无风，像天上开了个口子，天河里的水直接往地上倾灌，哗啦哗啦地紧一阵慢一阵。紧的时候，雨水可着劲儿冲砸着屋顶，房柁屋檩都颤悠起来，四面墙壁也晃悠起来。慢的时候，雨水静静地顺着屋檐往下流，在窗前织成了一道雨帘，把汪洋世界遮挡在外面，留在屋里的则是无可奈何的惊恐和祈盼。

在连阴雨天睡惯了懒觉的人大多是被一片吵天闹地的蛤蟆声惊醒的。噩梦般的大雨突然停了，外面房倒屋塌、沟满壕平，运河上压着筋疲力尽的漕船、商船、客船，码头上的店铺都关门打烊，龟缩在雨水中。蛤蟆却欢闹起来。蛤蟆在雨水中被压得气息奄奄，好不容易盼着雨停了，迫不及待地要出来透口气。有一种叫作囊鼻儿的小蛤蟆，圆鼓鼓的，平时深藏在地下七八尺的地方。雨水把地下水接通了，它们惊恐地爬上来，发现外面居然是一个这么敞亮的世界，雀跃着欢唱起来。庄稼人都有这个经验，只有听到蛤蟆叫成一片，只有在成片的蛤蟆声中听到囊鼻儿的高唱，天才真的算是晴了。

张家湾大街上，铁锚寺癫僧无智和佑民观痴道无为又相伴而来，热热闹闹地拉开了雨过天晴的序幕。

向来僧道不和，张家湾就怪了，这一僧一道却像是一对亲兄弟。癫僧无智疯疯癫癫，痴道无为傻傻呵呵。癫僧无智胖得像头蠢猪，痴道无为瘦得像个扫把。癫僧无智举着戒钵蹦蹦跳跳地唱着疯歌儿，痴道无为甩着拂尘嘻嘻傻笑着嘟嘟囔囔。癫僧唱的是什么谁也听不懂，痴道嘟囔的是什么谁也听不清。当地人管他们两个叫作疯和尚傻老道，两个人总是要来同来，要去同去。他们在张家湾大街上游荡，无忧无虑快活开心。他们俩前后左右，总追着一群孩子，跟着他们跳，跟着他们唱，跟着他们嘟嘟囔囔。两个疯僧道带着一群疯孩子，成了张家湾一道别有情趣的风景。

癞僧无智先唱道："三月的秋霜六月的雪，三岁的老翁八十的娃……"

痴道无为跟着吟诵道："荷叶为床蝉作马，白云深处是我家……"

当一片碎金子似的阳光透过竹篾儿窗帘筛在檀木雕床上的时候，徐可良醒了。醒了却没有睁开眼睛，他不愿意醒，他愿意永远沉浸在那美如仙境的梦境里。他慢慢地品尝着、回味着昨夜那淫荡销魂的一幕。

应该承认，他是个好色的男人，甚至可以说是个淫棍。但是这一次，他不是为了自己宣泄淫欲，而是为了尽孝。

徐可良是个孝子，他的母亲十年前就得了肺痨，这些年来他到处为母亲求医寻药，母亲才病病恹恹地拖到今日。前不久铁锚寺的住持癞僧无智送给他一个秘方，说是能根治他母亲的肺痨。无智和尚说，此药叫作"八鲜回春汤"，用八种世间最新鲜的东西煎制而成：九枚雏鸡头胎卵，九条未交黑狗鞭，九份初遗童子精，九摊处女落红血，九盅头场禾苗春雨，九盏初夏芍药新露，九勺中秋梧桐寒霜，九杯入冬屋檐嫩雪。

徐可良拿过这药方琢磨了三天三夜，又跟他的师爷胡道白推敲了三天三夜，可见徐大孝子的用心良苦了。别的还都好办，让下面的人去用心搜集就是了，唯独那处女落红血，他必须亲自采取，否则他是放心不下的。

只要有权有钱有势，找个处女开苞采血并不难。难的是徐可良很挑剔，他不能随便找个黄毛丫头柴火妞儿就拉上床，他不但要采血，还要把采血的过程诗化，有味道，有情趣。好歹徐可良也是读过几天书的人，也是在花街柳巷中摸爬滚打的人，懂得人之大道的丰富多彩，懂得万紫千红中的一枝独秀。如此一来，下面给徐可良找处女就不那么容易了。

大概在半个月前，徐可良到俊峰斋饭庄赴宴，酒足饭饱之后，剔着牙走出来。跟随的衙役挥手招呼着轿夫过来，又掀开轿帘扶着他上轿。徐可良却摇晃着油光闪亮的大脑袋朝前面的空场走去，衙役们不解其意，颠着脚跟随在后面。

俊峰斋饭庄前面的空场上确实有一个出奇的景致，吸引了黑压压的一群围观的人。徐可良别看他粗腰腆肚，一副脑满肠肥的笨拙相，鼻子眼睛却特别灵敏。哪儿有什么异样，哪儿有可疑状况，哪儿有别样风情，哪儿有风骚女人，他凭着感觉就能立即发现。这是他多年巡检生涯养成的职业敏感，抑或是天性使然。

人群里有一个卖艺的女人，三十多岁，生得眉目清爽、干净利索，一袭紧身绸缎青衣，手握着一把龙泉宝剑，正拱手念着开场经："……人穷了当街卖艺，虎瘦了拦路伤人。我们娘儿俩来到张家湾这块风水宝地上，实在是没辙了，才求众位赏碗稀粥喝。不是手心向上跟众位乞讨，当然了，乞讨也不丢人。谁让我们身上有点儿小玩意儿呢，在众位面前献个丑。好了，不多说了。挂子行有句话，尽说不练那是嘴把式，尽练不说那是傻把式。咱要的是连说带练，我们不能说练得好，练不好众位多包涵，练好了，求众位拍着巴掌给声好。好，好完了怎么样？得跟众位要几个小钱，住店要店钱，吃饭要饭钱，上有天棚下有板凳，官私两面的花销。我们练完了众位往场子里扔钱，您明理，我沾光。我们不恼别的，就恼一种人，他早也不走，晚也不走，等我们把一腔子力气卖在这里，他转身走了。饶着不给我们钱，还把花钱的挤带走了。我们不恼您白瞧白看，家有万贯，也有一时不便……哦，对了，说了半天闲篇了，还没自报家门呢。小女子姓苗名梦，江湖上人称金剪刀。何谓金剪刀？金剪刀，剪不断，不剪麻棉不剪线，不剪绫罗和绸缎，不剪人间仇和怨……这也不剪，那也不剪，那你剪什么？剪梦。那位说了，梦能剪吗？笑话了，梦外面不能剪，梦里面能剪。这更是笑话了。笑话不说了，我们娘儿俩给众位卖力气了。哦，那位又说了，你口口声声地说娘儿俩娘儿俩的，怎么只见到你一个人在这儿白话呢？你那宝贝女儿呢？别忙，看剑……"

巡检徐可良站在人群外面，听着场子里的青衣女子口齿伶俐、语气坦然，便知道是个有些来历的老江湖。他原本对这些江湖艺人不屑一顾，该瞟一眼便离开；可是不知道为什么，总觉得这个女人身上有那么一股劲儿，这劲儿像是有着一种无形的磁力，把他牢牢地吸引住了，让他的脚移不开挪不动，脑袋也晕晕乎乎的似睡似醒，他竟然呆呆地站在那儿看起了女子的把式。随同他的衙役还以为他喜欢这个江湖女子，巴巴结结地守在他身边小心伺候着。

金剪刀苗梦拉开了架势，舞动起了手中的龙泉宝剑。一招一式，踢腿下腰，都非常到位。宝剑在她手中，随着她闪展腾挪，像是舞动起一条白绸子。白绸子上下左右地飘飞舞动，越舞越快，越舞越灵动，渐渐地，缠绕成了一个椭圆形的白色圆团儿。那圆团儿在地上飞速地滚动着，曳动的风声在围观者的耳边呼呼作响。人们都屏住了呼吸，睁大了眼睛，死死盯着地上那如雷似电的白团儿，完全忘记了这白团儿中包裹的青衣女子。更为奇绝的是，渐渐地，滚动的白色圆团儿上面似乎开了一个口子，冒出了丝丝缕缕的红色烟雾。那红色的烟雾升腾起来，在那白色的圆团儿上面凝聚，白里透红，滚动成了一个红白相间的圆团儿。两个圆团儿一上一下，中间似连非连，电光石火般地滚动着。上面那圆团儿慢慢地白多红少，红色又渐渐地消逝，也成了一个纯白的圆团儿……

不知道是谁首先惊醒过来，高声叫好，使劲拍起巴掌。顿时人群沸腾起来，掌声如风，连巡检徐可良身边的衙役也拍巴掌叫起好来。

正当群情激昂的时候，两个白色的圆团儿唰地停止了滚动，顿时破裂开来。出现在地面上的，是手持龙泉宝剑的青衣女子，青衣女子肩头上站立着一个女孩儿。女孩儿一身红衣，身轻如燕，手里也握着一把龙泉宝剑，金鸡独立、白鹤亮翅。不知道这女孩儿是在哪儿藏身的，也不知道她是从哪儿进入到青衣女子的身边的，更不知道她是怎么挥动着宝剑与青衣女子舞动在一起的。

人群沸腾起来，许多人大把大把地往两个女人身边扔着铜钱。红衣女孩儿从青衣女子的肩头上跳下来，一边向众人鞠躬致谢，一边撩起衣裙的一角捡拾着地上的铜钱。

从惊诧中清醒过来的徐可良注意力完全集中在红衣女孩儿身上了，他下意识地揉了揉眼睛，仔细看着：这女孩儿正是豆蔻年华，娉娉袅袅，清新鲜嫩。白里透红的小脸蛋儿如初绽的花瓣儿，水光盈盈的大眼睛顾盼有情，红润润的小嘴唇儿更是嫩生生地散发着香甜……他想到了母亲的肺痨，想到了治疗肺痨的药方，想到了那需要他亲自采取的处女落红。

接下来的事情自然是师爷胡道白去忙活了，徐可良则是天天催天天问。胡道白今天说金剪刀没有找到，明天说有了下落，后天说金剪刀不同意卖女儿的初夜。徐可良心急如焚，逼着胡道白想方设法使圈子拴套儿。直到半个月之后，也就是昨天晚上，胡道白才把金剪刀母女带进了巡检衙门。条件是五十两银子，附加条件是一顿酒席，就算不是婚礼，总也要些体面。

徐可良自然是欣喜若狂，在丰盛的酒席上，徐可良屈尊站立起来给金剪刀敬酒，还当着胡道白的面叫了一声“岳母大人”。金剪刀也非常高兴，一边与徐可良推杯换盏，一边叮嘱徐可良要善待自己的宝贝女儿。

喝到兴头上，徐可良突然想了起来：“岳母大人，请问令爱台甫为何？”

金剪刀说："苗小妖。"

徐可良一愣："苗小妖，怎么叫这么个名字？"

金剪刀说："她父亲死得早，随我的姓。我叫苗梦，梦里生妖嘛。"

徐可良疑惑地看着胡道白："梦里生妖？这是什么典故？"

胡道白也茫然地摇着头。

金剪刀说："你们是要人，还是要名字？嫌这个名字不好我把孩子带走。"

徐可良忙说："不不……这名字没什么不好，只是……很特别……也很雅，对对，很雅，是吧，胡师爷？"

胡道白忙附和着："何止是名字雅？您再看看这小姐，真真的妖艳非凡。"

徐可良醉眼迷离地看着低着头坐在母亲身边的苗小妖，确实鲜亮照人，含羞带嗔，别有情趣。徐可良往前探着身子，恨不得马上把苗小妖搂过来啃个够。

酒席过后，徐可良果然如入太虚幻境。让他吃惊的是，苗小妖不但清新可人，而且颇懂风情，宽衣之后，主动投怀送抱，迎合着徐可良翻云覆雨，把徐可良撩拨得骨酥肉麻、神魂颠倒。外面夜雨如泼，床上低吟粗吼，徐可良忘生忘死，妙不可言。

徐可良如醉如痴地回味着这良宵美梦，觉得浑身躁热，兴致又起，惦记着与苗小妖春风二度。可是他不着急，美味就在身边，何须饕餮，慢慢品尝才是。他睁开眼睛，欠起身子，见枕边一头乌发，想趁着苗小妖还在熟睡，掀开被子，细细欣赏一下这豆蔻少女的玉体。想到这里，他索性悄悄溜下床铺，提起被子的一角，慢慢地掀开。

徐可良绝对不会相信自己的眼睛，弓着身子斜卧在床上的根本不是风情万种、豆蔻梢头二月初的小妖，而是一个残花败柳的半老徐娘。不是半老，比半老还要老得多，小肚囊子像装了半袋糠似的垂落着，干瘪的奶子像两只破袜子，脸上横七竖八的褶子，身上的皮肉粗糙得像麻袋片子，眼圈黑黑的，眼角上还堆着让人恶心的眵目糊。徐可良不由自主地后退一步，呆呆地看着床上这莫名其妙的女人。

那个女人已经醒了，冲着徐可良讨好地笑着，很淫荡的样子。

徐可良惊疑地问："你是谁？"

女人笑着说："我是夜来香啊！您忘了？"

徐可良狠狠地骂道："你妈的夜来香，小妖呢？"

夜来香说："哪儿来的小妖？我是老妖了。"

徐可良问："你是哪儿来的？"

夜来香嬉皮笑脸地说："老爷，您不认识我了，我是小秦淮的夜来香啊，您玩儿过我好多回了。您忘了？"

徐可良愤怒了，上前揪住夜来香的头发，使劲将她拽下床："你他妈的给我滚，滚……"

夜来香被徐可良突如其来的暴怒吓坏了，慌忙从地上爬起来，胡乱穿着自己的衣服。

徐可良更加撮火，伸脚踢着夜来香的身子："快滚……滚……滚出去……"

夜来香披头散发、衣衫散乱，连滚带爬地逃出了巡检衙门后宅。

后宅外面值勤的衙役看见夜来香狗一样地被赶出来，不知道出了什么事，探头探脑地观察着动静。

懊恼万分的徐可良一边喘着粗气，一边细细地琢磨着：这到底是怎么回事呢？昨天晚上的一切都历历在目，甚至他的鼻孔里还残留着小妖身上那特有的处女的体香。难道这一切都是假的？金剪刀是假的，小妖是假的，还是他自己是假的？这也太离谱了。他踱着步琢磨着，不知不觉地来到穿衣镜前面，先检验一下自己是不是假的。

还真的有点儿不对劲儿，镜子里面的人是徐可良吗？徐可良不是这样呀？不是徐可良那又是谁呢？还真的不像徐可良，哪儿不像呢？

他的脑子里像晃着无数道闪电，唰唰唰地晃得他晕头转向。突然，闪电停止了，他的脑子也清醒过来。哎呀，镜子里的徐可良怎么成了秃尾巴鹌鹑了，那条长长的辫子哪儿去了？想到这里，他慌慌地用手去摸。没了，果真没了，后面光光的，只剩下松松垮垮的一把头发，辫子被齐着脖根子剪掉了。

徐可良惊恐地喊着："来人啊……来人……"

一个老衙役颠颠地从外面跑来："老爷，什么事？"

徐可良指着外面："快……快把她给我抓回来。"

老衙役不解："抓谁？您说要抓谁？"

徐可良："就是那个骚女人……老妖精……那个叫夜来香的老妖精……"

老衙役突然一愣："老爷，您的辫子呢？"

徐可良暴怒地："先别管我的辫子，快把那个女人给我抓回来。"

好在夜来香还没有走远，她这样狼狈也走不了多远。老衙役带着人把她抓了回来，直接带到了巡检衙门后宅，推到徐可良面前。

夜来香被糊里糊涂地赶出去，又被糊里糊涂地抓回来，不知道自己怎么得罪了徐巡检，更不知道徐巡检将怎么处置她，吓得两条腿打软儿，站也不是，跪也不是。

徐可良气不打一处来，一脚把她踢翻："我的辫子呢？说，我的辫子呢？"

夜来香哆哆嗦嗦："您的辫子……您的辫子不是在您脑袋上吗……哟，还真的没了……"

徐可良问："我的辫子是不是你剪掉的？"

夜来香哭了起来："老爷……我可没剪您的辫子啊……"

正在这时候，师爷胡道白进来了："东翁，陈知州来了。"

徐可良似乎没听见胡道白说什么，依然瞪着冒火的眼睛看着趴在地上的夜来香。

胡道白又说："陈知州来查看张家湾的灾情……"

徐可良这回听清了，顿时一愣："他在哪儿？"

胡道白说："刚进门，卑职把他安置在花厅喝茶呢。"

徐可良慌了。所谓的陈知州，是通州知州陈子敬，徐可良的顶头上司。

胡道白看见徐可良半裸着身子，面前还趴着一个披头散发的女人。如此狼狈，怎么能去见知州呢？急忙吩咐眼前的衙役说："快伺候老爷更衣。"

不知道因为眼前的场面太慌乱，还是胡道白马虎了，他居然没有看出来徐可良头上没了辫子。

徐可良这时反倒清醒了，转身进屋，从柜子里拿出一把剪子，招呼着胡道白："胡先生，你进来。"

胡道白一边朝里面走，一边吩咐着给徐可良更衣的衙役："你们麻利点儿，别让陈知州久等。"

徐可良绕到胡道白的身后，撩起胡道白的辫子，伸出剪刀，咔嚓一下，剪了下来。

胡道白丝毫没有准备，剪刀一响，他扭头一看，他的辫子已经握在徐可良的手里了。

胡道白急了，大叫着：“你……你怎么剪我的辫子？”

徐可良说：“胡先生，对不住了，我得先到前面去见陈知州。”说着，把手里的辫子交给为他更衣的衙役，“快给我接上……”

第二件诡异的事情发生在运河边上。

七天七夜的阴雨连绵，整个大运河都瘫痪了。这正是一年当中漕运、商运、客运最紧张、最繁忙的时候。暴雨一来，满河的漕船、商船、客船都躲到风平浪静的河湾里停泊起来，胆战心惊地等候着老天爷的恩赦。

曹雪芹一家是搭乘兴武卫六帮的漕船北上的。噩梦已经过去三年了，但是曹家人依然没有从这灭顶之灾的轰击中醒过神来。曹雪芹想起这事，心里便禁不住地发颤。

雍正六年正月初五，大年中的“破五”，一个把新年推向又一个高潮的普天同庆的吉祥日子。江宁钟鼓楼的钟鼓声未响，全家人便早早起了床，里里外外高高兴兴地张罗起来。

奴仆们打扫着院子，更换着被风雨打破的灯笼；婢女们收拾着房间，为孩子们又换上一身簇新的衣服；家里的青壮年领着孩子在大门口燃放着鞭炮。江宁织造府的“破五节”热闹非凡，引来了众多百姓的围观叫好。一个大家族的繁华极盛的聚会，生机勃勃，喜气洋洋。曹雪芹看见自己的小兄弟们往小丫鬟们脚下扔鞭炮，吓得小丫鬟们捂着耳朵嗷嗷叫着躲着，上前把两个小兄弟拉走，又把一大捧“小呲花”送给小丫鬟们。这种花炮好玩儿又安全，小丫鬟们乐得追着芹二爷抢着叫着，花团锦簇的少男少女乐不可支……

突然，就像夏天的急风暴雨一样，一队全副武装的官兵乌鸦似的飞扑过来，严严实实地包围了江宁织造府。全家人都晕了，互相搀扶着缩在一起。曹雪芹只记得叔叔曹頫跪在大门前，江南总督范时绎身着仙鹤补服的官袍，威风凛凛地宣读着“奉天承运皇帝诏曰”。圣旨上的话曹雪芹不甚了了，只记得皇帝指责叔叔“行为不端”“江宁织造亏空甚巨”云云。然后，两个饿虎般的皂隶冲上前，扒掉了曹頫的官服官帽，套上了枷锁。范时绎又一挥手，不知说了句什么，官兵又饿虎般地冲进了大门，随后，里面叮叮当当响成一片。

这时候，曹雪芹才明白，曹家被封了，曹頫被革了职。全家男女老幼一百四十口人丁，阖府里外十三处住房、四百八十三间屋舍、一千九百六十七亩田地，还有黄金白银、珠宝古玩、新旧字画，连同家畜家禽、家具摆设统统被查封籍没。叔叔曹頫不知被关到了何处，曹雪芹和奶奶、母亲、婶母及几个随身的丫头被安置在织造府后面的一个小跨院里。七八口人挤在一起，外面还有官兵把守着，里面的人不让出去，外面的人不让进来。一家人就这样哭一会儿叹一会儿地挨着日子。

叔叔曹頫被释放后马上回到了京城，到平郡王府走门子。老平郡王讷尔苏的嫡福晋曹佳氏是曹寅的长女，亦即曹雪芹的亲姑母。而小平郡王福彭是曹雪芹的表哥。姑舅亲，辈辈亲，骨头断了连着筋。平郡王是镶红旗的旗主，乃"世袭罔替"的"铁帽子王"。讷尔苏被雍正皇帝削爵之后，福彭便顺理成章地登上了王位。福彭很受雍正皇帝的赏识，又是宝亲王弘历的伴读好友。在平郡王福彭上下左右的活动下，皇上开恩，发还了曹家在北京崇文门外蒜市口的十七间半房子，让他们孤儿寡母度日。这样，曹雪芹跟母亲带着两个丫鬟回了北京，奶奶和婶婶依然留在江宁。

为了节省路费，曹雪芹一家人托关系搭乘上了兴武六的漕船。

漕船刚到河西务就赶上了连阴雨，雨大的时候停泊，雨小的时候勉强行船，走走停停，三天前赶到了张家湾。这里的雨实在太大了，曹雪芹一家窝在漕船上，只期盼着雨过天晴。

天真的晴了，但是运河上游的温榆河、小中河都发了洪水，船只依然不能行驶。

浑浊的洪水在上游决了堤，肆虐了田园村庄，又肆无忌惮地冲进了北运河。翻滚的洪水中携带着大量的掠夺品：房屋坍塌后的柁木椽檩，装衣服的箱子，盛粮食的柜子，木制铁制的农具，还有半死不活的猪羊鸡鸭……这些上游灾民的命根子，却成了下游村民的横财。附近的村民都拥到河边去捞东西，运河两岸像赶集般地挤满了黑压压的人群。

两个小丫鬟雀灵儿和柳莺儿要跟着曹雪芹到运河上去看热闹，曹雪芹的母亲马氏却把她们拦住了，弄得曹雪芹心里很不舒服，原本是他答应两个小丫鬟的，母亲不让去，既伤了两个孩子的兴致，又让曹雪芹很没面子。

到了运河岸边，曹雪芹才明白，母亲实在是圣明，雀灵儿和柳莺儿确确实实不能到这里来。

下河抢东西的都是一些青壮年男子，他们在翻滚的洪水中拼搏着、呼喊着、争抢着，东西抢到手之后，他们又欢呼着将其推上河滩，搬上河岸。曹雪芹看到，所有下河的男人都是赤条条一丝不挂，当着岸上那么多围观助威帮忙的人，他们都坦坦荡荡光着身子上岸下水，毫无半点儿羞怯和尴尬。岸上也有女人，都是结了婚的媳妇，她们的男人下河去抢东西，她们要帮忙接上来看守着。她们也很坦然，无论是对自己的男人和别家的男人，她们似乎都熟视无睹，还相互争抢着东西，或相互取笑着对方的男人。

这就是大运河的风俗：讲礼的街道，不讲礼的河道。大运河是男人的特权，只要到了河里，男人们便彻底解放了。无论河岸上有没有女人，他们丝毫不避讳。甚至越是有女人他们越是疯狂，成心跳起来呜嗷喊叫，明目张胆地调戏着女人。女人们也承认男人的这种特权，面对赤身裸体的男人，你可以大胆地看，也可以开口骂，但是绝对没有权力制止。若是身份高贵的太太小姐过桥走岸，遇见了这些浪里白条，也只能低着头过去，非礼勿视则已。

一片惊呼，曹雪芹顺着人们所指的方向一看，河面上出现了一个大桃子，桃子有碌碡那么大，在河面上漂浮着，远远地看去，似乎还有两片鲜嫩的叶子。真的是桃子吗？哪儿会有这么大的桃子呢？可它确实像个桃子：上面尖尖的，下面圆圆的，鲜嫩嫩的，红艳艳的，包裹着一兜儿的香甜，让人馋涎欲滴。

男人呼号着扑向了桃子，争着抢着往岸边推着。岸上的人也挥着手惊呼着，这么大的桃子，所有的人都能咬上一口，快捞上来，人人有份儿。

河里的男人们卖力气推着、喊着，把桃子推到了河滩上。岸上的男人和女人顾不得河滩上泥湿水滑，都噼里啪啦地跑过去。推着桃子的男人跳上了河滩，光着屁股跳着叫着，招呼着女人们前来分享他们的战利品，也借机合法地展示他们裸体的魅力和裸露的快感。

人们扑向了桃子，所有的人都惊呆了。

原来是一块大石头。

起初人们真的不敢相信，用手摸着、拍着，用脚踢着，用肩膀扛着，无论怎么检验，它就是一块大石头。沉甸甸、硬邦邦、圆溜溜、光滑滑的大石头。刚才把这石头推上岸的男人，试图再把这石头翻过来，徒劳。这石头太沉重了。

可是，这么沉重的石头怎么会漂浮在水面上呢？它又是从哪儿漂来的呢？

这疑问也像这块大石头一样沉重，死死地压在了曹雪芹的心上。他一直站在那块大石头旁边，细细地看着，细细地听着人们的议论。

人们的兴致云消雾散之后，便沮丧地走了。

曹雪芹依然站在那块圆咕隆咚的大石头面前，他什么也没有想，只是觉得两条腿也像石头般沉重，移动不开脚步。

第三件诡异的事情发生在天顺隆当铺门前。

天晴了，朝奉陶元淳带着学徒小顺子卸下了门板，打扫着门前的积水，准备开门营业。

这时候，一个年轻的男乞丐带着一个不大年轻的女乞丐走了过来，男乞丐手里托着一只纸船，走到天顺隆当铺门前，口中唱着喜歌："船往船来，恭喜发财；大元宝装不了，小元宝滚过来；老爷打发一个铜板的盘费，小子开了头，再也不回来……"

朝奉陶元淳看了看这年轻的男乞丐，觉得挺新鲜，便有意逗他说："你这船没帆没桨，怎么开船呀？"

年轻的男乞丐说："没帆没桨船难行，借根纤绳成不成？"

陶元淳说："纤绳没有，倒有根草绳，能不能拉你的船保不准，你要是找棵歪脖树上吊肯定断不了。"

年轻男乞丐见陶元淳不但不懂丐帮的规矩，还出言不逊，便忍着气坐下来，把小纸船往门墩上一放，开口说："船不行来只能靠，靠在码头上睡大觉。金码头银码头，不如贵号的木码头。老爷包涵了，我这只船就停在这儿了。"

年轻的男乞丐说完，把身子往后一仰，双腿一伸，头枕着门槛，躺下了。那个不大年轻的女乞丐也坐在了男乞丐旁边，一声不响地陪伴着。

丐帮乞讨是有规矩的，无论遇见谁，即便对方是个黄口小儿丫头片子，也得恭恭敬敬地站着乞讨，万万不可攀大失礼的。要是有个乞丐在谁家的门口躺下了，那肯定是这主儿得罪了乞丐。乞丐是贱，可贱也有贱的脸面。一个乞丐的脸面丢了，所有的乞丐都要上来给他争脸。更要命的是，乞丐若是和施主闹翻了，施主再有理也讲不通，会遭到铺天盖地的谴责和辱骂。中国人向来同情弱者。

几天的连阴雨，连家雀都饿得叫不出声来了，何况卧在破庙花子院里的乞丐呢？花子无隔夜粮，大雨泡天不能出去乞讨，就只能干张着嘴饿着。天一放晴，乞丐们便都出来了，仨一群俩一伙儿，缕缕行行成群结队，见人便伸手，遇门就求食。有的乞丐看见一个同伙躺在天顺隆当铺门前了，便立刻打花板吹口哨，呼朋引类前来支援。

没多大工夫，天顺隆当铺门前便聚集了几十个乞丐，而且还有许多乞丐大呼小叫地往这边赶。

陶元淳一看慌了，知道自己闯了祸，马上进院去禀报掌柜的马家亨。

马家亨出来一看也吓了一跳，急忙打发伙计用人把家里所有的剩菜剩饭端出来让乞丐们吃。乞丐们尽管饿得眼睛发蓝，但是心齐志笃，谁也不去动那些菜饭。马家亨无奈，又说好话又送钱，乞丐们依然不理睬，一个个都集中在天顺隆当铺门前，有的躺着，有的坐着，有的蹲着，谁也不吭声，连眼皮都不抬一下。乞丐们越聚越多，天顺隆当铺门前挤不下了，都占满了街面，把来往车辆人群都堵住了。

这件事很快传开了，憋闷了好几天的张家湾人都稀罕着出点儿开心解闷的事，听说乞丐们包围了天顺隆当铺，都风风火火地前来围观起哄看热闹。

天顺隆当铺也叫曹家当铺，是张家湾六家当铺中最大的一家，也是最有势力的一家。之所以叫曹家当铺，就是因为这当铺的东家是江宁织造曹家。曹家富甲天下，连康熙皇帝南巡都住在他家，谁能比得了？天顺隆当铺的掌柜马家亨是曹雪芹母亲马氏的亲哥哥，也就是曹雪芹的亲娘舅。曹家被查抄以后，所有的财产都归了新任江宁织造隋赫德，当然也包括这当铺和整个曹家大院。只是隋赫德一直没有前来接管，马掌柜派人请示过几次，都没得到任何答复。不知道是因为隋赫德忙得顾不过来，还是隋赫德有意施恩于曹家。没有人接管，马家亨也只好照旧当他的掌柜，照旧用心经营着当铺。

按照规矩，无论乞丐们在店铺前怎么闹，是一定不能报官的。一是你报了官官府也不管，官府真的派衙役来弹压，店铺的名声就算完了，会说你老太太吃柿子——拣软的捏。这么大的买卖，居然以势欺人，还动了官府。再则，官府能拿这些乞丐怎么样？人家没偷没抢没砸没打，就在你店铺前默默地待着，犯啥法了？马家亨是懂得这些道理的，他急得抓耳挠腮，在屋里团团乱转，只是一个劲儿地埋怨陶元淳不懂事，捅了马蜂窝。

夫人田氏和女儿马幽兰跟着马家亨着急，却又没有丝毫的办法。

田氏说："要不咱跑吧，躲出去三五天，看这些饿着肚子的叫花子能耗得过咱们不？"

马家亨说："老娘儿们见识，走得了和尚你还走得了庙，这铺子不要了？"

正在上上下下一筹莫展的时候，一个年轻人进来了，彬彬有礼地说："打扰了，请问哪位是掌柜的？"

马家亨打量着这位不速之客，十七八岁，中等身材，面目清秀，虽然穿着有点儿寒酸，却谈吐规矩，让人放心。他遂上前说："我姓马，天顺隆的掌柜。"

来者躬身行了个礼："马掌柜，如果您老人家信得过，晚生能让外面的人退去。"

马家亨立即高兴起来："哎呀，那太好了，求先生帮个忙，事后必有重谢。"

来者说："请给我准备一些零钱，再给我一盆清水。"

工夫不大，那个主动上门帮忙的年轻人端着一盆清水出来了，蹲下身子，把水盆放在门槛上躺着的那个年轻乞丐身边。

年轻男乞丐看见一盆清水，像是挨了一鞭子，一激灵坐起身来。

来者又拿起门墩上的纸船，放在水盆里，客客气气地说："船家，码头上催着您起航呢。"

年轻男乞丐急忙站起来："是，老大，船帆拉起来了，就等着风转向呢。"

来者转身从后面的马家亨手里接过一个小柳条笸箩，笸箩里都是零钱，递给年轻的男乞丐："一份菲薄盘缠，吃饭不饱，喝酒不醉，路上吃一杯清茶吧。祝老大一路顺风。"

年轻男乞丐接过小柳条笸箩，拉起身边的女乞丐，说了声"谢了"，直起身把半笸箩的钱泼洒出去。围在天顺隆当铺前的众乞丐，见满天飞扬的钱币，扑在地上抢着。

年轻男乞丐把水盆里的纸船捞上来，向来者作了个揖，扬长而去。

众乞丐抢光了地上的钱，也一哄而散。

天顺隆云消雾散，马家亨再次向来者施礼致谢："请问先生台甫？"

来者谦卑地回礼说："晚生姓冯名含真，常州人氏。"

一直在马家亨后面观察着这位年轻救星的马幽兰，听了这话，忍不住说：“你是常州人？我去过常州，大运河边上，那里有座天宁寺，是江南四大丛林之一……”

马家亨身后的田氏抻了抻女儿的衣袖。马幽兰立即意识到自己失态了，满脸通红，闭上了嘴巴。

说话间，当铺外面又哄乱起来。马家亨一惊，立刻想到，难道这些乞丐又回马枪杀回来了？这可如何是好？

第二章

马家亨正在跟冯含真攀谈，听到外面一阵哄乱，紧接着便听到一个女孩儿的叫喊："舅爷，舅爷在家吗？"

马家亨觉得是在称呼自己，忙出了门，冯含真也随着出来了。

一辆骡拉轿车停在了天顺隆当铺门前，年轻的车把式正把一个小杌凳放在车辕下面，为的是让车上的女客们踩着下车。小丫鬟柳莺儿却直接跳下来，一边转身扶着主人，一边朝当铺里面喊叫着。

马家亨一看，下车的是自己的亲妹妹马氏，急忙迎上来："刚捎信来，说到就到了，还以为你们总得几天呢。"

马氏一边下车一边跟哥哥打着招呼："哥，嫂子呢？"

田氏和女儿马幽兰急忙跑上来，一边搀扶着马氏下车，一边亲亲热热地问："芹倌呢？芹倌怎么没来？"

马氏说："来了，在后面呢。"

田氏又问："怎么没跟你们在一起？他坐车还是骑驴？"

马氏说："折腾，整天价瞎折腾，一点儿什闲儿都没有。"

正说着，不远处传来一阵乱哄哄的欢叫声，只见一大群孩子，追赶着一个滚动着的圆咕隆咚的东西跑了过来，这群孩子中就有曹雪芹。跟着跑过来的大多都是穿着破衣烂衫的穷人家的孩子，只有曹雪芹穿得整齐些，又长得比别的孩子高大，特别醒目。

一直躲在后面的冯含真看着奇怪，那圆咕隆咚的东西是什么呀？怎么吸引了这么多孩子？他迎着跑了上去，到跟前一看，顿时愣住了。

原来，这便是随着洪水从上游漂浮下来的那个"仙桃"。"仙桃"被一伙儿光着屁股的年轻人推上河滩以后，引起了不小的轰动。轰动一阵也就过去了，围观的人看不出所以然，便议论纷纷地离去了。只有曹雪芹没有离去，他一直站在那大石头前面，百思不得其解地观察着。那东西在水里的时候像是仙桃，推到河滩上以后，便成了一个圆咕隆咚的大石头，因为有一部分是淹在水面下的，看着像桃，实际是圆的。

曹雪芹在那块圆咕隆咚的大石头前面站了足足有半个时辰，就那么呆呆地看着，像是中了魔怔一样，看得那块大石头都有点儿发毛了，在他面前恍恍惚惚、游移不定，似乎在躲避着他那痴痴的目光。

当雀灵儿费尽周折找到他的时候，曹雪芹已经跟眼前那圆咕隆咚的大石头融为一体了。那块石头晃，他也晃；那块石头定下来，他也定下来；那块石头虚幻起来，他的身子也腾云驾雾般地飘起来。

雀灵儿叫喊着跑过来："芹哥芹哥，你在这儿干吗呢？太太都等急了……"

曹雪芹根本没有听见雀灵儿的叫喊，依然跟那块圆咕隆咚的大石头面对面站着，远远看去，像是一块圆石、一块长石，雕塑似的陈列在河滩上，跟远处红日映照下的船帆构成了一幅完整的画图，很静、很幽远，近似蛮荒。

雀灵儿喊着过来，见曹雪芹一动不动地站着，拉了拉他的衣袖："芹哥，太太都下船了，在岸边等着你呢。"

曹雪芹依然一动不动。

雀灵儿伸出手在他眼前晃动着，曹雪芹两只痴痴的眼睛眨都不眨一下。

雀灵儿慌了："芹哥，你怎么了？怎么了你，芹哥……你……你又犯病了吧？"

曹雪芹还是没有感觉，真像是化成了一根石柱。

雀灵儿吓得哭了起来："芹哥芹哥……你怎么啦……你倒是说话啊……"

曹雪芹还是无知无觉的，依然跟眼前那块圆咕隆咚的石头对视着。

倒是一串清泉般的笑声把曹雪芹惊动了，曹雪芹慢慢地回过神来，像是从梦境中懵懵懂懂地醒来，循着那笑声把头转过去。

两个女人走过来，一个是一身青衣，背着行装，三十多岁；一个是一身红装，佩着宝剑，十五六岁，蹦蹦跳跳。

红装女孩儿边笑边说："妈妈，您看，两块石头，一圆一长。"

青衣女子说："一个属阴，一个属阳。"

红装女孩儿说："一个温热，一个冰凉。"

青衣女子说："一个裸身，一个着装。"

红装女孩儿说："裸身的坦坦荡荡，着装的半痴半狂。"

青衣女子说："裸身的逃过一劫，着装的梦多夜长。"

曹雪芹听着这两个女子谶语似的笑话，醍醐灌顶般地清醒过来，立刻躬身施礼："二位仙姑吉祥，在下雪芹有礼了。"

青衣女子说："这石头是你的吗？"

曹雪芹说："是随着洪水漂下来的。"

青衣女子说："哦，河漂儿呀，那就谁捞到归谁了。"

曹雪芹说："是几个年轻人捞上来的。"

青衣女子问："他们不要了，是吗？"

曹雪芹说："他们都走了。"

青衣女子说："这么说，这块石头你想要？"

曹雪芹表示了自己的为难："可是……这么大的一块石头，我怎么把它弄走啊？"

红装女孩儿说："妈妈，我们帮帮他吧。"

曹雪芹惊喜地问："这么说，你们有办法？"

青衣女子问："你要把它弄到哪儿？"

曹雪芹说："天顺隆当铺……哦，曹家大院，您知道吗？"

青衣女子点了点头。

曹雪芹高兴地施礼："敢劳仙姑大驾。"

青衣女子伸出了一个巴掌："五两银子。"

曹雪芹慌忙应承："当然当然，只要您能把这石头运到，酬金是不能少的。"

还没等青衣女子动手，红装女孩儿挺身上前，伸出左脚放在石头上，使劲一蹬，那圆咕隆咚的大石头便晃动起来。再一使劲，那大石头竟翻了一个个儿。曹雪芹惊异地看着红装女孩儿，连连赞叹："好身手……好气力……好功夫……"

雀灵儿却急了，拉着曹雪芹的衣襟说："芹哥，你疯了吗？你要这大石头干吗？太太还等着你呢……"

曹雪芹说："雀灵儿，你先回去，让太太雇辆车直接去舅舅家，我随后就到。"

就这样，青衣女子和红装女孩儿一前一后，交替着用脚蹬着石头，那石头便球一样向前滚动起来。平地上，两个人一人一脚，上坡的时候，两个人一起出脚，下坡的时候则任石头自己滚动。从运河滩到张家湾镇，母女俩滚动着石头，像是玩儿着游戏，吸引了许多看热闹的人。大人驻足观看，啧啧惊叹；小孩儿们则兴致勃勃，一路追赶着跟在后面。到了张家湾那条笔直的石板街面上，红装女孩儿纵身跳到石头上，像杂耍儿里的狮子滚绣球一样，用两只脚蹬着石头向前滚动，还在石头上舞起了剑。人群中爆发出一片叫好声。

母女俩滚动着大石头来到了天顺隆当铺门前，曹雪芹上前给舅舅、舅母请安，又向表姐马幽兰问好。

马氏埋怨着儿子："你真是越大越贪玩儿了，弄这么个大石头干什么？"

曹雪芹嘿嘿一笑，算是回答了母亲。

青衣女子问："公子，这石头放在哪儿呀？"

曹雪芹说："放在后花园吧，等一下，我带你们去。"随后，又对母亲说，"母亲，您给我五两银子，是两位仙姑的酬金。"

马氏说："等一下，钱都在箱子里呢。"

马幽兰听见了，忙从身上拿出一锭五两的小纹银："弟弟，我这儿有。"

曹雪芹客气地说："啊，谢谢表姐，不用了，一会儿再给也不迟。"

马幽兰硬是把银子塞在曹雪芹的手里："姐姐的银子你就花不得，真是的。"

曹雪芹很尴尬。

马氏解嘲说："才几年没见，就跟表姐生分起来了。"

曹雪芹不再说什么，指挥着母女俩滚动着石头，朝后花园的后门走去。等大石头在后花园的水井旁边安置好之后，曹雪芹就给母女俩付了酬金。

那个青衣女子转身刚要走，红装女孩儿却叫了起来："娘，俺哥在这儿呢。"

人群后面的冯含真想躲，已经来不及了。红装女孩儿跳了过来，紧紧地拉住了他。

冯含真只好上前，躬身向青衣女子施礼："苗姑……"

青衣女子惊愕地看着他："含真，你怎么在这儿？"

冯含真吞吞吐吐："苗姑……我师父和小童好吗？"

红装女孩儿抢着说："小童姐伤心死了，你逃什么呀？"

冯含真看了看青衣女子："苗姑……别告诉师父和小童行吗？"

青衣女子说："那你告诉我，你为什么要逃跑？"

冯含真说："苗姑，含真……有难言之隐，容当以后告诉您。"

红装女孩儿还要说什么，青衣女子却拉着她走了。

曹雪芹凑上来："你认识这两位仙姑？"

冯含真点了点头。

曹雪芹问："她们是谁？"

冯含真摇了摇头："曹公子累了，早点儿歇息吧。"

既然冯含真不愿意说，曹雪芹也很知趣，便不再问了。

这时候，几个巡检衙门的快班衙役便扑过来，巡检徐可良在师爷胡道白的陪同下，大摇大摆地跟在后面。见来了这么多官人，女眷们立刻回避了。马家亨和天顺隆当铺里的朝奉和学徒，见到了身穿六品官服的巡检徐可良，都诚惶诚恐地跪下来。独独曹雪芹和冯含真没有跪，师爷大概知道曹雪芹的身份，没敢放肆，却冲着冯含真吼了起来："见了巡检老爷为什么不下跪？"

冯含真看了看胡道白，不卑不亢地说："抱歉，晚生是院试榜上的生员。"

按照大清朝的规矩，生员也就是民间所说的秀才，见了县官是可以不下跪的，就是在大堂上，也不能随便对生员动刑。这是读书人的特权。胡道白看了看衣衫破旧的冯含真，似乎不大相信，却也没敢说什么。

跪在地上的朝奉陶元淳听到了冯含真的话，腾地站了起来。胡道白厉声问："你站起来做什么？"

陶元淳说："回禀师爷，在下也是院试榜上的生员。"

徐可良哈哈大笑起来："曹家当铺果然名不虚传，一下子出了两个秀才。马掌柜，你牛啊！"

马家亨急忙说："不敢不敢，徐老爷，您要是方便，到里面喝杯茶吧。"

徐可良立刻变了脸，怒声问："金剪刀呢？"

马家亨没明白："什么金剪刀？"

胡道白说："就是给你们搬石头的那两个女人。"

曹雪芹说："她们是卖艺的女人，哪儿来的金剪刀呢？"

快班说：“她们是土匪，说，她们去哪儿了？”

曹雪芹说：“我是在码头上雇用的她们，这会儿可能又回码头了。”

徐可良急忙把手一挥：“快给我追……”

冯含真留在了天顺隆当铺，当了个干粗活的小伙计。

天顺隆当铺在张家湾镇的花枝巷，前后三进院子和一个后花园。前进院子临街是门脸儿当铺，当铺后面紧连着厢房和跨院，跨院是一个戒备森严、门户紧闭的仓库。前院的正房住着当铺的朝奉和学徒，厢房住着伙计。门脸儿侧面是一个小穿堂，可以直通中院和后院。穿堂里一间小屋住着瘸腿儿门房白老头儿。中院住着天顺隆掌柜马家亨一家，两口子住在正房，女儿马幽兰和奶妈刘婶住在东厢房。

曹雪芹和母亲来了之后，便住在了后院。后院比前院大，曹家主仆四人住进来还显得空空荡荡的。母亲住在正房东屋，曹雪芹住在正房西屋。后院东面的穿堂通向后花园，后花园很大，有假山、水池、花圃、菜园，还有一个雕梁画栋的小亭子。后花园里还有几间砖瓦房，住的是看家护院、栽花种菜的杂役。

这所院子还是曹雪芹的祖父曹寅任江宁织造时修建的，为的是沿着运河进出京城，在张家湾有个落脚的地方。有了院子总得做点儿什么生意，宅子空久了没有人会败落的。于是曹寅便派人在前院临街开了一家当铺，取名天顺隆。说起来气派大，天顺隆的匾额还是康熙朝大学士高士奇的手笔。

除了天顺隆当铺，还有一家染坊，在曹家后花园的西北处，没有名号，外面都叫曹家染坊。后来由于经营不善，总是亏本，卖给了裕成和布店。原本该叫裕成和染坊了，可是人们依然习惯叫曹家染坊。

冯含真每天打扫当铺和曹家三进院子，还有把当铺和前面两进院子的水缸挑满。曹雪芹一家搬进来之后，冯含真顺便也担负起了给后院挑水的活计。这个活计马掌柜并没有吩咐，冯含真看到曹家除了曹雪芹一个男子，都是女眷，而曹雪芹又是个读书人，便主动揽了下来。他觉得这没有什么，马家是曹家的亲娘舅，这不是应该应分的事情吗？没想到，有一天田氏看见冯含真给曹家水缸里挑水，便不客气地问：“你是谁家的伙计？”

冯含真红着脸，半天没说话。没说话并不是没话可说，是因为他实在不知道田氏问他这话是什么意思。好在田氏只这一句话便没再说什么，冯含真按照自己的意愿依然给曹家挑水。倒是曹雪芹的母亲马氏把话捅明了，对他说："以后别再给我们挑水了，不合适。"

冯含真说："有什么不合适的？我多挑两担水又不费什么劲儿。"

马氏说："你是前院的伙计，该给前院干活儿。对了，以后这后面的院子你也别打扫了，这些活儿我们都能干。"

冯含真说："这么近的亲戚，还分什么前院后院？"

马氏笑着说："亲戚远了香，近了打堵墙。"

这些话冯含真都没有当真，只是当作两家相互间的客气，最多也不过是些小心眼儿。可是另一件事却让冯含真难堪了。这天他正整理穿堂里的杂物，曹雪芹从后院走来，见了他很客气地叫了一声冯兄。

冯含真有点儿受宠若惊，忙起身施礼："曹公子，您早啊。"

曹雪芹说："冯兄，能麻烦你一件事吗？"

冯含真客气地说："请曹公子吩咐。"

曹雪芹说："你看见了，那天我请两个仙姑搬运这块大石头，给人家的酬金是跟表姐借的，麻烦你替我还给她。"

这件事冯含真也没多想，只是觉得这两家还挺客气，什么事情都分得清清楚楚，也许大户人家就是这样，君子之交淡如水嘛。

冯含真拿着曹雪芹给他的五两银子送给马幽兰，马幽兰却火了："谁让你多管闲事？"

冯含真一愣，忙解释说："人家曹公子托我，我也不好拒绝呀。"

马幽兰仍然愤愤地说："哟，你怕伤他的面子，就不怕伤我的面子？"

冯含真说："您这话是怎么说呢，我只是受人之托替人办事，哪有什么面子不面子的？"

说着，冯含真就把那五两银子放在马幽兰的炕沿上。

马幽兰绷着脸说："拿回去。"

冯含真愣了一下，没动。

马幽兰高声说："听见没有？拿回去。"

冯含真见马幽兰真的翻了脸，忙不迭把那五两银子又拿起来。

这可真的让冯含真犯了难。不知道为什么，他一见到曹雪芹就有好感，甚至很亲切，觉得在什么地方见过似的。特别是他让那母女俩搬运回来的那块圆咕隆咚的大石头，总觉得此举非同一般。那块大石头究竟有什么用处呢？为什么曹雪芹要花五两银子把它搬到后花园来呢？

也许是因为对曹雪芹有好感，他才愿意给后院扫院子挑水；也许是因为对曹雪芹有好感，他才愿意做曹雪芹吩咐他的任何事情，包括替他向马幽兰还钱。

可是这件事却没做好。没做好把银子还给曹雪芹就完了，可是怎么跟他说呢？如果把马幽兰的原话传达给曹雪芹，势必要引起曹雪芹的不快，人家是表姐表弟，就算之间有些什么误会和过节儿，事后该亲还是亲。他呢，弄不好就是挑拨离间，猪八戒照镜子里外都不是人。唉……

冯含真犯了一天的愁，直到吃过晚饭准备安歇的时候，他才拿了那五两银子，硬着头皮到后院去找曹雪芹。

找曹雪芹很容易，只要到后花园那块大石头旁边即可。每天晚上，曹雪芹都在那块大石头前面，呆呆痴痴地站着。这情形冯含真早已经看在眼里，习以为常了。

冯含真来到后花园，那块大石头前面竟然没有曹雪芹。这时候，一轮半圆形的月亮正好挂在墙头的海棠树梢上，花园里花木扶疏、影影绰绰，一片静谧。冯含真在大石头前面等候着曹雪芹，也不由自主地凝视起了那块大石头。别说，这块大石头还确实有奇特之处，它静静地卧在那里，像是一头反刍的老牛，一边细细地咀嚼着嘴里的草料，一边嘟嘟囔囔地像是在诉说着什么。没有声音，仔细听也没有，冯含真硬是感觉到那石头像是在说话；没有动，仔细看也没有，冯含真硬是感觉到那块石头实实在在地在与他交流。它在说什么呢？

慢慢地，一种情状涌上了冯含真的心头，他不由得抬起头，对着月光笼罩的石头吟哦起来："鸟何恨而填海，山何言而望夫。徒以贞者不黩，坚者可久。卧如羊于山野，蹲似武于林薮。知作鼓之希声，信为人之无偶。梁架海以东注，镇临江而南守。庶投水而克成，将补天而何有……"

身后响起了喝彩声："好啊……冯兄咏的可是李北海先生的《石赋》？"

冯含真转过身，不好意思地说："献丑了，曹公子笑话了。"

曹雪芹说："哪儿的话？能把李北海的《石赋》背下来，确非等闲之辈。"

冯含真说："这些天我一直疑惑，曹公子为什么要把这么一块石头弄回来呢？现在站在石头前面沉吟，不知道为什么，顿生出几分敬畏之心。可见这绝非一块普通的石头。"

曹雪芹说："当然了，我亲眼看见，它是从水面上漂浮下来的。冯兄，你说说，这么重的一块大石头，怎么会漂浮在水面上呢？"

冯含真说："那一定是石头下面垫着东西。"

曹雪芹说："下面能有什么东西呢？"

冯含真说："当然是可以漂浮的东西，譬如木板，譬如竹筏，譬如皮囊之类的。只是石头在上面，那东西被压在了水下，上面看不见罢了。"

曹雪芹说："恐怕不大可能，当时十来个年轻人去推它，怎么没有发现水里的东西呢？"

冯含真说："也许人多手杂，大家都没在意。"

曹雪芹说："从水面上看，是一个鲜鲜灵灵的大寿桃，弄上来之后，就变成了圆咕隆咚的大石头。"

冯含真说："这也有可能，一个物件从远处看和从近处看，在水里看和在岸上看，都是不大一样的。"

曹雪芹说："这些似都有可解之处，可是更为神奇的是，我总觉得这块石头是活的，是有血有肉有灵魂的，是能够与人通心的。"

冯含真说："也许是境由心造吧。"

曹雪芹说："这么说，刚才冯兄咏《石赋》的境界也是由心境造出来的？"

冯含真困窘地笑了，他不知道该怎么回答。

曹雪芹说："不瞒你说，冯兄，自从我把这块石头弄回来之后，我每天都站在它面前与它通心。"

冯含真问："何为通心？"

曹雪芹说："就是用心谈话。"

冯含真问："不开口？"

曹雪芹说："不开口。"

冯含真说："言为心声，无言怎能入耳？"

曹雪芹说："心声不入耳。"

冯含真问："不入耳怎能通心？"

曹雪芹说："心脉共鸣。"

冯含真说："鸣则为声。"

曹雪芹说："大音希声，大象无形，靠的全是感悟。"

冯含真说："曹公子参得透彻，在下愚钝，无可领会。"

曹雪芹哈哈大笑起来。

冯含真有些尴尬："让曹公子笑话了。"

曹雪芹说："非也，冯兄错怪了雪芹。我随家慈从江宁起程入京，一路上闷闷无语，深恐京城深如海，无处觅知音。想不到来到张家湾，便遇见了冯兄如此胸藏锦绣之辈，雪芹幸哉乐哉。"

冯含真说："曹公子错抬了，我乃粗陋之人，干粗陋之活，吃粗陋之食，谋粗陋人生。"

曹雪芹说："非也。文王拘而演《周易》；仲尼厄而作《春秋》；屈原放逐，乃赋《离骚》；左丘失明，厥有《国语》；孙子膑脚，《兵法》修列；不韦迁蜀，世传《吕览》；韩非囚秦，《说难》《孤愤》。《诗》三百篇，大抵贤圣发愤之所为作也……"

冯含真说："曹公子愈发慷慨了，我一个只求温饱活命的小伙计，怎么能与如此振聋发聩的古之圣贤相论呢？"

曹雪芹说："实不相瞒，此番议论，既是赠冯兄励志，也是自勉。雪芹自到张家湾之后，细细观察了冯兄几日，总觉得冯兄是有大抱负、大胸怀、大志向的人，委身于此，完全是出于无奈。"

冯含真看着曹雪芹，突然鼻子一酸，眼睛湿了。

曹雪芹说："好了，我们继续说这块石头如何？"

冯含真说："恭聆公子之宏论。"

曹雪芹说："冯兄，你说，这块石头从何而来？"

冯含真说："公子不是说，它是随着洪水漂下来的吗？"

曹雪芹问："从何处漂来？"

冯含真说："应该是从上游漂来的。"

曹雪芹问："上游何处？"

冯含真说："上游应该在燕山，具体地界便不得而知了。"

曹雪芹笑了。

冯含真说："依公子的意思呢？"

曹雪芹沉吟了一会儿，也轻轻地吟哦起来："……往古之时，四极废，九州裂，天不兼复，地不周载。火爁焱而不灭，水浩洋而不息。猛兽食颛民，鸷鸟攫老弱。于是女娲炼五色石以补苍天，断鳌足以立四极，杀黑龙以济冀州，积芦灰以止淫水。苍天补，四极正，淫水涸，冀州平，狡虫死，颛民生……"

冯含真说："公子诵的是《淮南子·览冥》。"

曹雪芹说："这是女娲补天之石。"

冯含真说："公子在说笑话了。"

曹雪芹愈发认真起来："你看看，女娲补天炼的是五色石，这块石头有红有黄、有白有黑、黑中泛青，不正好是五色吗？你再看看这石头的神态，有忧有愁，有愧有怨，怨中含悲，这些愁苦都是因为未能补天而生。无才可去补苍天，枉入红尘若许年……"

曹雪芹说着，竟然动了情，为这石头哀叹起来。

冯含真听到当铺里的朝奉们议论过，说后院住着的曹雪芹生来就很怪异，虽说聪明绝顶，却不善读圣贤之书，满肚子都是怪学问歪点子，很不成器。现在看来，人们的议论并非空穴来风。也许大户人家的孩子都这样，从小养尊处优，衣食不愁，实用的学问放在他们身上反而没用。冯含真觉得曹雪芹越说越离谱，也没有心思陪着他心猿意马，想告辞离去，忽然想起来那五两银子，便掏出来递给了曹雪芹。

曹雪芹接过银子，在手心里掂着，脸上的表情也很怪异，半天才说："穷在路边无人问，富在深山有远亲啊。"

冯含真忙解释说："曹公子，您别误会，马小姐也是好意，这么近的亲戚，几两银子还须还吗？"

曹雪芹说："冯兄，咱俩谈得来，我跟你多说两句。马掌柜是我的亲舅舅，我们曹家遭了难，你说他该不该帮一帮？"

冯含真说："那当然了。"

曹雪芹说："三年前我们被抄家之后，全家人无处投身，给他写过好几回信，捎过好几回话，他连理都不理。"

冯含真说："您……这不是来了吗？"

曹雪芹说："来了？你以为是他让我们来的？那是皇上开了恩，把崇文门外蒜市口那十七间半房子和张家湾的宅子又发还给了我们。要不，我们连他的门都登不了。"

冯含真无话可说了。

曹雪芹说："人情冷暖，世态炎凉，亲娘舅尚且如此，更何况他哉？"

冯含真试图安慰曹雪芹，小心地说："也许……他们也有难处。"

曹雪芹说："是啊，都有难处。只有遇到了难处，才能见到人的真心肠、真嘴脸、真骨头……"

八月初十，里二泗佑民观庙会。这是下半年最大的庙会，方圆百里的香客百姓都要前来进香、买卖、看热闹。轰轰烈烈的庙会要闹腾到八月十六，正好赶上中秋节，就更加非同寻常了。

马家亨原本想让妻子女儿陪着，请妹妹一家人去逛庙会的。没想到妹妹不赏他的脸，曹雪芹没兴趣，于是作罢。马幽兰贪热闹，吵着要去。马家亨只好让奶妈刘婶陪着，让冯含真赶着一辆小驴车跟随着她们。

冯含真把小驴车套好了，马幽兰和刘婶从里院出来准备上车。这时候曹雪芹追了出来，拦住了马幽兰："表姐……"

马幽兰看了一眼曹雪芹，以为他也想去庙会，便高兴地说："没事儿，你就跨在车辕上吧，反正也没外人。"

曹雪芹有点儿尴尬地说："啊……我不去庙会，来送送你。"

马幽兰说："又不是进京下卫，后半晌就回来了，有什么好送的。"

曹雪芹凑到马幽兰身边，又从怀里掏出了那锭五两的小纹银，近乎央求地说："表姐，这钱……你还是收下吧。"

说来也巧，正在这时候，一个打着"哈啦叭"的年轻乞丐走过来。所谓的"哈啦叭"，就是两块牛肩胛骨上缀着两排小铜铃铛，打起来又清又脆，哗哗作响。这是丐帮中"穷家门"的响具，也是用来唱乞讨歌的乐器。年轻乞丐一边打着"哈啦叭"一边唱着："哎……出南门，朝前走，看见一个人咬狗，拿起狗来砍砖头，砖头咬了我一口……"

马幽兰看见曹雪芹举着那锭纹银，脸色顿时变了，本来不想理睬他，见到打着"哈啦叭"的乞丐过来，劈手拿起那锭小纹银，冲着年轻乞丐说："喂……过来。"

年轻乞丐见小驴车旁边的小姐要给钱，忙跑过来弯着腰伸出双手。

马幽兰将那锭纹银扔在年轻乞丐的手心里，转身便上了车。

年轻乞丐觉得手心里沉甸甸的，细一看，是一锭五两重的银锭，忙说："小姐……这……这……"

马幽兰扭头看了一眼年轻乞丐："怎么啦？这银子是假的？"

年轻乞丐说："不不……小姐，您给得太多了……小的承受不起……"

马幽兰不客气地说："给钱还嫌多，你傻呀？"

年轻乞丐弯腰鞠躬，百般道谢。

曹雪芹却一扭头走了。

冯含真早已经认出来了，这个年轻乞丐正是那天在天顺隆当铺门前摆纸船的那个人。他最醒目的标志就是，左耳后面有一个葵花子大小的小肉疣，若隐若现地挂在耳垂儿下面，像戴了一个玉色的耳坠儿。此人虽然穿着破烂，身上脸上却干干净净，说话行礼也不马虎，看来是个受过调教的人，不知道怎么也入了丐帮。及至看到马幽兰把那锭纹银给了年轻乞丐，心里一震。

马幽兰坐在小驴车上，心里窝着火，跟奶妈刘婶叨唠着："您说他到底安的个啥心，不就是五两银子吗，至于跟我分得那么清爽？小时候我们在一起，一个桃分两瓣儿，他总是抢大瓣儿。"

刘婶安慰她说："曹公子也是好意，亲兄弟还明算账呢！"

马幽兰愤愤地说："他什么好意，他就是恨我。"

刘婶说："小姐又多想了，曹公子怎么会恨你呢？"

马幽兰说："还不是为了阿香进宫的事，哼哼……可剜了他的心头肉了。真不知道阿香有什么好，咋就把芹倌弄得五迷三道的。"

刘婶说："你别多心了，阿香进宫是咱马家的大喜事，也是曹家的光彩，芹倌高兴还来不及呢。"

马幽兰说："您不懂，您不知道他俩的事……"

刘婶说："两个小娃子，能有什么事呀？"

马幽兰说："他小，心可不小……您没见阿香走的时候呢，芹倌不吃不喝不睡，光眼泪就流了三大缸……没见过这么痴情的男人……"

冯含真听着马幽兰跟刘婶的对话，心里犯开了嘀咕。她们在说谁呢？阿香是谁？她怎么进了宫？跟曹雪芹有什么关系？他来了半个多月了，怎么从来没听人说起过呢？找机会一定要问问曹雪芹，到底是怎么回事呢？

刘婶话题一转，用埋怨的口气说："不管怎么说，你不该把那银子给花子。"

马幽兰说："我给花子怎么了？他芹倌不是把那银子看得比脸还大吗？我就是要把他的脸给花子，看他还到哪儿去找脸？"

冯含真听了这话，说了一句担心的话："马小姐，您别怪我多嘴，刘婶说得对，那银子确实不该随便打发了花子。"

马幽兰说："我就是要跟芹倌置这口气，他不给我脸，我能给他脸吗？"

冯含真说："这不是置气不置气的事，我担心会出事。"

马幽兰说："能出什么事？莫非为这事他还抹脖子上吊不成？"

冯含真说："小姐，您误会了，我说的不是曹公子会出事，我担心咱天顺隆当铺要出麻烦。"

马幽兰问："出什么麻烦？"

冯含真说："善门好开，可不好关啊。"

冯含真的担忧并不是多余的，傍晚的时候，他赶着小驴车回来，大老远便看到当铺的门关了。还不到关门的时候呢，怎这么早就上板打烊了呢？外门，还有几个老年乞丐在转悠着，嘴里嘟嘟囔囔地像是在咒骂着。

冯含真赶着车从后门进了院，马幽兰和刘婶下了车，他卸完车饮好驴，来到前面的当铺，看见马掌柜、陶元淳和几个朝奉伙计都在，吵吵嚷嚷地议论着什么。奇怪的是曹雪芹也在，冯含真放轻了脚步，没敢贸然闯进去。只听曹雪芹说："舅舅，这事情是由我引起的，娄子是我捅的，我该担承。今天当铺里打发花子的钱，由我出。"

马家亨沉着脸不言语，陶元淳却说："今天的钱您出，明天呢，后天呢？眼瞅着中秋节快到了，每年的这个时候，叫花子都像蝗虫一样扑向张家湾，光是打发他们没有十两八两的银子过不去。现在可倒好，天顺隆名声在外了，咱受得了吗？"

马家亨说："钱倒是其次，天天成群结队的叫花子在门口堵着，咱这买卖还做不做了？"

陶元淳说："慈心生祸害，自古就是这个理儿。要我说，咱不如花几十两银子给徐巡检，让他派两个衙役过来，叫花子来了就赶走，赶那么三五天就没人敢来了。"

朝奉姜炳德说："使不得使不得，请神容易送神难。你刚才说叫花子像蝗虫一样，巡检衙门那些衙役可比蝗虫厉害多了，喂不饱的白眼狼。"

朝奉宋光鲁也说："叫花子也得罪不起，你忘了，前年义兴隆绸布店开张，事先没请丐帮帮主，结果倒了大霉。开张前三天大酬宾，里里外外都被叫花子挤满了。每人买一寸大五幅的白布，买完了就往脑袋上一围。一拨没买完另一拨又来了，真正想买绸布的人却挤不进来。满大街都是脑袋上缠着白布条的叫花子，知道的是义兴隆开张了，不知道的还以为是义兴隆办丧事呢。"

姜炳德又说："是啊，这事也惊动巡检衙门了，衙门派人来了，看了看又走了。人家叫花子花钱买布，犯啥法了？官府都拿人家没辙。”

冯含真蹲在了门口，听着几个人的议论，心里已经明白了七八分，又悄声问了问坐在门口的学徒小顺子，便知道了事情的来龙去脉。原来，马幽兰早上把曹雪芹还给她的五两纹银送给那个年轻的乞丐之后，那个乞丐便打着“哈啦叭”把这件事嚷嚷出去了。没两袋烟工夫，天顺隆当铺便扬了名，说他们对叫花子仁义，出手大方，整锭的银子往外打发。叫花子们听说了，饿鸟似的扑棱过来，在天顺隆门前乞讨起来。这一天，光打发他们就花了十几两银子……

无意中，陶元淳发现了坐在门口的冯含真，突然想起了那次为他解围的事，便说：“哦，对了，含真兄弟，你不是熟悉叫花子的规矩吗？你说说，我们该怎么办？”

听陶元淳这么一说，大伙儿都把脸转向了冯含真，连曹雪芹也谦恭地向他作了一揖，说：“冯兄，雪芹也听说过你上次救驾的事，你快说说，你有办法吗？”

马家亨也说：“是啊，含真，你快说说。”

冯含真沉吟了一下，说：“办法倒是有，就是麻烦一点儿。”

马家亨催促着：“什么办法？”

冯含真说：“我们可以去请一张门罩。”

陶元淳问：“门罩？什么门罩？”

曹雪芹笑了：“对对，这门罩我看见过，葫芦形的，蓝色的，对吧？”

冯含真说：“您说的是蓝杆子的门罩。咱这张家湾在天子脚下，蓝杆子不硬气，要请，就得请黄杆子的门罩。”

马家亨和几个朝奉伙计听着冯含真和曹雪芹的话，你瞧瞧我，我瞧瞧你，懵懵懂懂，都不知道他们在说什么。

第三章

冯含真进京去求门罩，曹雪芹非要跟着一起去不可。除了他说的祸是他闯下的，他要负责任这个理由外，还有更重要的一层意义，他对丐帮产生了浓厚的兴趣。很久以来，江湖上的帮派内幕一直极大地吸引着他，苦于一直没有机会直接接触，这次冯含真进京去求门罩，他怎能放过这天赐良机呢？另外还有一件家务事，叔叔曹頫来信说，崇文门外蒜市口的十七间半房子已经收拾好了，让曹雪芹母子搬过去住。母亲让曹雪芹去看看，也跟叔叔商量一下搬家事宜。

从张家湾到北京城，有六十多里。冯含真和曹雪芹从脚行雇了两头小毛驴，骑着上了路。张家湾的脚行很奇特，分赶脚和放脚两种。所谓赶脚，就是你雇用一头小毛驴后，还要派一个伙计给你牵驴，把你送到目的地后再收脚钱。放脚则是把驴交给你，你先把脚钱交了。到了目的地以后，你下驴，把缰绳往驴背上一搭，小毛驴就会自己顺着原路回来。如果回来的路上又有人要骑驴，小毛驴就会顺从地驮着人往回走，一直走到张家湾的脚行，你把脚钱交了便可以了。假如半路想停住或者下驴逃走，那是万万不可能的。小毛驴会一路小跑，又踢又咬又尥蹶子，顺从的小毛驴会像烈马一样狂躁。这种可以放脚的小毛驴是经过专门训练的，老马识途，小毛驴不但识途，且讲原则，严格按规矩办事。

从张家湾到北京城有两条路可走，一条是沿着通惠河顺着河堤走，一条是走皇家御道。眼下正是漕粮交运的旺季，通惠河上粮船如鲫，挤挤闹闹，大堤上也拥堵滞塞，两个人便选择了皇家御道。

上了御道之后，他们才发现这里也不清静。一是漕粮除了靠通惠河运送进京外，御道上也有大量的运输任务，主要靠的是大车运载。通州码头和张家湾码头，有许多人家祖祖辈辈就是靠运送和保管漕粮为生的。靠船运送漕粮的，叫船户；靠车运送漕粮的，叫车户；还有一种在粮仓管理漕粮的，叫花户。船户、车户、花户都有承头的，分别叫作船户头、车户头、花户头。别看这官比芝麻粒儿还小，权力大得吓人，利益也令人咋舌。

两个人并肩骑着小毛驴赶路，小毛驴都是新钉的掌，小蹄子敲打着青石板路面，嗒嗒嗒的清脆悦耳。冯含真觉得很惬意，也很新鲜，不停地转动着两只眼睛张望，看着御道上来来往往的赶路人。除了运送漕粮，还有推车的运夫、挑担的商贩、骑马的官人、走路的书生，形形色色，五行八作，景致诱人。

曹雪芹见多识广，自然不把这些放在眼里，他所关心的是跟冯含真讨教。见冯含真直着两只眼睛乱踅摸，有点儿着急，便牵着驴缰绳往他身边靠了靠，用脚镫轻轻地碰了一下冯含真，开玩笑说："大姑娘小媳妇走路，别瞎看，当心长针眼。"

冯含真脸红了："我在看那些推车挑担的呢。"

曹雪芹说："推车挑担有什么好看的，快给我说说丐帮。"

冯含真说："丐帮有什么好说的，还不如看推车挑担的呢。"

曹雪芹问："冯兄，你真的没进过北京城吗？"

冯含真说："大姑娘上轿子——头一回。"

曹雪芹说："到北京城以后，我带你好好逛逛，说吧，想去哪儿？这样吧，你给我讲一个丐帮的典故，我带你去一个景点，怎么样？"

冯含真笑了："那您可把牛皮吹大了，丐帮的典故说多不多，说少不少，统共九千九百九十九条半，北京有那么多景点吗？"

曹雪芹眼睛一转，说："你知道为什么丐帮的典故九千九百九十九条半吗？"

冯含真摇了摇头，这他还真的不知道。

曹雪芹说："因为紫禁城里的房子一共有九千九百九十九间半，紫禁城里住的是皇上，皇上是天下最富的人；丐帮呢，又是天下最穷的人。天下的富人都是靠穷人养着的，穷人呢又总是算计着富人，于是丐帮就给紫禁城每间房子里都塞进一个典故。"

冯含真扭脸看着曹雪芹，半信半疑。

曹雪芹严肃地说："这可不是我瞎编的，书上写着的。"

冯含真故作惊讶地问："天下还有写丐帮的书？"

曹雪芹说："当然有了。"

冯含真说："那公子看看书就行了，何必还问含真？"

曹雪芹被噎得一时无语，这才发现上了冯含真的当，遂笑着说："好啊你，冯兄，拿我打镲啊！"

冯含真笑了笑，算是致歉，说："曹公子究竟想听什么？"

曹雪芹说："据说这丐帮分为四大门派，还有七支八姓，到底是怎么分的？"

冯含真说："那要看他们的祖师爷是谁，靠的是什么手段乞讨。"

曹雪芹说："他们还有不同的祖师爷？快给我说说。"

冯含真沉了沉，说："比如说范家门吧，他们的祖师爷是范丹。"

曹雪芹说："这个我略知一二，看我说得对不对：传说有一次孔子和他的弟子在陈被困，孔子派颜回找范丹借粮，范丹问：世上什么多什么少，什么喜欢什么恼？颜回答：世上人多君子少，借时喜欢还时恼。范丹借给颜回一鹅翎管米、一鹅翎管面。颜回拿回去，往孔子面前一倒，变成了一座米山、一座面山。孔子登门向范丹致谢，说借你的那么多米面，我还不起了。范丹说，借贷总是要还的，你还不起，就让你的徒弟替你还吧。从此以后，乞丐凡是看见贴对联的门户，就理直气壮地上门乞讨。因为贴对联的人家是读书人，读书人都是孔子的徒弟……"

冯含真笑了："曹公子知道得很详尽。"

曹雪芹说："我原来还以为天下的乞丐都拜范丹为祖师爷呢。"

冯含真说："这样说也不错，天下的乞丐是都把范丹当祖师爷，但是又各有各的来历。刚才说的是范家门，应该是正宗的范丹衣钵。他们乞讨的时候，身上背一个三尺六寸三的布搭子，用来盛放乞讨之物。再说康家门，是江南的丐帮。有一次康熙爷微服私访，被一群歹徒寻衅纠缠，一个乞丐用皮鞭子打散了歹徒，解救了康熙爷。康熙爷为了报答这个乞丐的救命之恩，便赐他姓康，并封了他手中的这条鞭子。所以，康家门的人乞讨时总带着一条鞭子，打人不犯法，打狗更无妨。"

曹雪芹说："康熙朝到现在没多久啊，怎么没听说过呀？那鞭子还打人不犯法，这乞丐的权力也太大了吧？"

冯含真笑了："江湖典故，原本就是真真假假，我姑且说之，您姑且听之。"

曹雪芹说："此言有理。还有什么门派？"

冯含真说："康家门里有一种手艺人，会编笊篱。他们拿着镰刀到河边割柳条儿，剥去外面的绿皮，编成雪白的笊篱，一边乞讨一边兜售笊篱。编笊篱还分阳笊篱和阴笊篱。阳笊篱用八十一根柳条儿，阴笊篱用七十三根柳条儿。据说这一行是八仙中的何仙姑留下的。”

曹雪芹说：“呵呵，又跟神仙挂上了。”

冯含真说：“还有李家门，这门的人多是失明的人，又大多是女人。她们身上斜挎着布兜儿，手拿着竹竿儿。布兜儿用来装讨来的东西，竹竿儿用来探路，一边走一边嘴里喊着：‘爷爷奶奶可怜可怜吧，有吃不了的剩饭赏给瞎子一碗半碗吧……’这一门的花子只能沿街乞讨，不能上门。传说这一门祖师爷是宋朝宋仁宗的亲生母亲李后娘娘，李后娘娘遇难时，身上背着的布兜儿是宋仁宗赐的，黄龙丝帕做的。”

曹雪芹笑了：“真是的，越是穷得叮当响的人，越往大人物的身上贴。”

冯含真接着说：“最常见的是高家门，这一门的分支很多，有‘撒拉机’‘耍石秋子’‘跑白龙’……他们都头脑灵活，能说会道，常常见景生情编出一些唱段上门乞讨。据说，这一门是后唐时的穷秀才高文举留下的。高文举未发达的时候很穷，进京赶考的路上没有盘缠，打着竹板一路乞讨，教会了许多徒弟……”

两个人边说边赶路，突然一队官兵骑着马从后面突奔而来，向前追赶着。一个小头目勒住马问路人：“看见金剪刀没有？就是一个女人，三十多岁，身边带着一个小女孩儿，十四五岁……”

路人有人说看见了，有人说没看见，官兵也不大追究，驱着马向前追赶而去……

曹雪芹说：“怎么又是金剪刀？这金剪刀到底何许人也？他们为什么要捉拿金剪刀呢？”

冯含真说：“这金剪刀在江湖上可是了不起的英雄：金剪刀，女大侠，不剪绫罗不剪纱，专剪贪官恶吏狗尾巴……”

曹雪芹的兴致高昂起来：“哦？快给我说说，到底是怎么回事？”

冯含真刚要开口讲金剪刀的故事，不知道怎么一回头，看见后面人群中晃动着一个熟悉的身影，他不禁打了个冷战，立即勒住了缰绳，慌张地说：“曹公子，您先走吧……”

曹雪芹很奇怪：“你怎么了？”

冯含真说：“啊……我内急……要方便一下……”

曹雪芹指着旁边的高粱地说：“你去那边，我等你……”

冯含真又朝后看了看，支支吾吾地说：“曹公子……麻烦您……”

曹雪芹问：“怎么，你没带手纸吗?”

冯含真红着脸说：“啊……不……要是有人问，千万别说出我的名字……”

曹雪芹疑惑地说：“你怎么了?”

冯含真急忙下了驴，把缰绳交给曹雪芹，朝高粱地跑去……

这时候，一个男子大步走来，看了看曹雪芹和他身边的驴，客气地问：“先生进京?”

曹雪芹也客气地回答：“哦，前辈也进京?”

那个男子问：“请问先生，刚才跟先生一起的那位是谁?”

曹雪芹想起了刚才冯含真嘱咐的话，打量着这位男子：四十多岁，高高的个子，肩宽胸阔，虽然身上的衣衫有些破旧，却很干净整齐，不失一派堂堂正气。特别是他那浓重的眉毛和深邃晶亮的眼睛，更觉得气度不凡。最让曹雪芹感兴趣的是，那男子手里攥着一个短杆儿小烟袋：烟袋锅是黄铜的，烟袋杆儿也是黄的，像是花椒木的。烟袋嘴也是黄的，嫩黄的，曹雪芹认识，那是缅甸出产的黄蜡玉。见那个男子也同样在打量自己，曹雪芹记起了男子的问话，忙说：“哦，是我的一个朋友，他内急……”

男子问：“那位先生可姓冯?”

曹雪芹支吾了一下，忙说：“先生可能看错了，我那位朋友姓马，是张家湾马掌柜的公子。”

男子冲曹雪芹点了点头：“确实是我眼拙，打扰您了……”

曹雪芹原本想和冯含真一起去找丐帮帮主求门罩的，见冯含真始终躲躲闪闪，又想起路上躲避那个中年男子的事情，便知道冯含真有一些不便之处。人情练达的曹雪芹不会做眉眼高低让朋友为难的事，便推说自己进京还有不少事情要办，便在大通桥与冯含真分手了。两个人约定，明天中午在西四牌楼天然居见面。

冯含真第一次到北京城，对古老皇都的一切都感到新奇，两只眼睛不停地往街道两边看，像欣赏古画一样。可是他现在又没有时间闲逛，他要抓紧时间找到范家门的老帮主金三爷。

他只知道金三爷姓金，是皇族爱新觉罗氏，祖上是系黄带子的宗室亲王。不知道怎么后来就没落了，都说瘦死的骆驼比马大，按说亲王再衰败，也不至于手心朝天吃百家饭吧？怪就怪在这儿了，金三爷确实穷得当了乞丐，并且入了范家门，供起了祖师爷范丹。

尽管当了乞丐，皇族就是皇族，更何况眼下还是大清朝，他的亲支近脉还都掌管着天下，金三爷则是摘了瓜不拉秧，倒了树不倒架。他入范家门不久，便执掌了黄杆儿，成了京城穷行的首领。

京城丐帮黄、蓝两杆由来已久。传说明太祖朱元璋自幼贫穷，亦曾乞讨为生，在最困难时，曾经得到过两位乞丐的救助。他登基称帝之后，召二丐欲封与官职，二丐坚拒不受。朱元璋便各赐二丐一根木杆，杆外缠布，下垂有穗儿。一根为黄，一根为蓝，黄为长，蓝为次，言明执此杆乞讨可以走遍天下，无人阻挡。

打听范家门的花子院是再容易不过了，京城虽大，却处处有花子行乞，随便打听一下便知道了。冯含真在西直门外的小营盘南边，找到了范家门的花子院。一座板打墙的小院，五间砖坯房，外院是篱笆编的栅栏门。小院虽然简陋，两边的门框上却贴着两副大红对联："虽非做宦经商客，却是藏龙卧虎堂。"

冯含真还没进院，便听到了一阵喧哗声。他放慢了脚步，向守门的老汉作了个揖："'大老戗'（大叔），辛苦了。"

守门老人见是自己人，客气地问："'相府'（先生）从哪儿来？"

冯含真说："称不起相府，经师晚，离师早，高家门的'死捻子'（叫花子），来给金三爷道辛苦。"

守门人说："大当家的正'立牌子'（实行家法）呢，你'醒'（留神）着点儿。"

冯含真道了谢，便蹑手蹑脚地进了花子院。花子院里围了一群人，正房的高台阶上，金三爷坐在一个杌凳上，眯缝着眼睛，仰着脸看着天。在他的身边，一个姑娘双手托着一个木盘，木盘里放着包裹着黄色锦缎的杆子。金三爷的脚下，跪着一个年轻的乞丐。年轻乞丐后面，是两个执着皮鞭、光着膀子的中年乞丐。

冯含真吃了一惊，一看便知道金三爷正在执行家法。范家门的家法一向是很严的，这在穷家行是人所共知的。冯含真再一细看下面跪着的年轻乞丐，发现年轻乞丐左耳垂下有一个小肉疣，更加吃了一惊。这个乞丐不是别人，正是前些天拿着纸船赖在天顺隆当铺门前的那个人，也是前两天马幽兰施舍他五两银子的那个人。

金三爷看了看年轻乞丐，对两个执鞭的打手说："看来他是不肯说实话了，那就给他穿上一件背心吧，镶金边，戴牡丹花。"

冯含真听了心里一哆嗦，范家门的家法靠的是打手的一套功夫，这些人是专门训练成的，不但心狠手辣，打人的技巧也非常了得。他们的鞭子抽在受罚人的身上，要花是花样儿，要草是草样儿，还有飞禽走兽样儿。这都是鞭子抽在皮肉上，鲜血在皮下积聚而成。鞭子下得重，血色深些；鞭子下得轻，血色浅些。深浅不同便勾画出各种不同的图案。而且鞭子印在身上的图案，不经一冬一夏是消逝不掉的。金三爷命令给那个年轻乞丐穿上背心，就是要在年轻乞丐的背上抽出一个背心的图案，背心的图案上还要带有金边和牡丹花的图形。

金三爷一声令下，两个执鞭子的大汉便一把将那个年轻人身上的衣服扯下来。又飞起一脚，将年轻人踩下去，让他趴在地上。

年轻乞丐趴在地上，大声喊着："金三爷，小的不服……不服啊……就是您给小的穿上背心，小的也不服……"

金三爷向前探着身子，说："多宝啊，我知道你是条汉子，你是肉烂嘴不烂啊。今儿我倒是要瞧瞧，是你的嘴硬，还是范家门的家法硬。"

年轻乞丐说："三爷，我不是嘴硬，我是心硬。我要是真的犯了家法，您怎么惩治我都没话说。"

金三爷说："那我问你，范家门的三丢人三不丢人你可还记得？"

年轻乞丐说："小的记得：穷不丢人，贱不丢人，求乞讨要不丢人；偷丢人，抢丢人，坑蒙拐骗丢人。"

金三爷问："那你的人丢在哪儿了？"

年轻乞丐说："小的没给范家门丢人，我没偷、没抢、没坑蒙拐骗。"

金三爷紧盯着问："那你的五两银子是哪儿来的？"

年轻乞丐说："那五两银子确实是小的讨来的。"

金三爷说："讨来的？哼，你蒙谁呀？讨块饽饽十声爷，讨个铜板磨破鞋。谁这么大方啊，能把五两一锭的银子给你？"

年轻乞丐说："给我银子的是张家湾天顺隆当铺的大小姐。"

金三爷说："天底下的买卖，最黑心的莫过于当铺，冰中取火，炒沙抽油，逮住个蛤蟆都要攥出四两尿来。"

年轻乞丐说："三爷，我说的都是实情。"

金三爷逼问着："实情，谁给你证明？"

年轻乞丐说："三爷可以派人到张家湾去问。"

冯含真这儿已经完全明白是怎么回事了，他再也忍不住了，上前一步，向金三爷行礼说："金三爷，小的愿意给这位兄弟证明。"

金三爷眯缝着眼睛看了看冯含真，这才发现花子院里还有一个陌生人。穷家行的规矩，出门三辈小，见人就弯腰。无论是"死捻子"小花子，"篓子头"小头目，还是"杆上的"帮主，只要一乞讨，就要低三下四、喊奶奶叫爷。就算是跟人家吵架，也要彬彬有礼，绝不能动粗。因为你要手心向上跟人家乞讨，天生就是贱骨头。金三爷见冯含真穿戴整齐，言语不俗，便立刻和颜悦色地打招呼："哦，先生，您来了，您看，我这儿正讲规矩呢，也没看见您。"

冯含真说："三爷辛苦，您跟我别客气，我原来也是个'小捻子'。"

金三爷说："哦，小捻子？哪个门的？"

冯含真说："我师父是范家的根脉，端的却是高家的讨饭瓢。"

金三爷笑了："这么说，你师父是范慕西范爷？"

冯含真说："正是。"

金三爷说："在别的地盘上我不管，京城九门里面，范门高门是一家，范爷的弟子也是我的弟子。"

冯含真立即施礼："三爷吉祥。"

金三爷问："你刚才要说什么？要给我的'小捻子'做证？"

冯含真说："刚才这位'下排琴'（兄弟）说的那五两银子，确有其事。我就是张家湾天顺隆当铺的伙计，确实是我们家小姐给他的，当时我就在旁边。"

金三爷有点儿含糊了："那……这……"

冯含真说："三爷，这位'下排琴'并没有撒谎。"

金三爷扭头问那个年轻乞丐："吴多宝，你可认识这位先生？"

趴在地上的年轻乞丐吴多宝急忙爬起来，只一眼就认出了冯含真："我认识，这位先生很懂得穷家行的规矩，一个月前我在天顺隆当铺停泊纸船，是这位先生让我起航的。这件事许多人都知道。"

金三爷相信了："吴多宝，这位先生救了你，你还不快快谢谢这位先生。"

吴多宝急忙转身面向冯含真磕头说："大叔，多宝谢谢您了。"

冯含真弯身一边搀扶着吴多宝，一边说："快别叫我大叔，我们是兄弟，如不嫌弃，你就叫我冯兄吧，曹雪芹都叫我冯兄。"

金三爷听了，急忙问："你说的曹雪芹，哪个曹雪芹？"

冯含真说："就是江宁织造府的曹雪芹，是他领我到京城来的。"

金三爷说："啊，是曹家公子，曹家可是我的大恩人，你既然是恩人的朋友，一定赏光在我这儿喝杯薄酒。"

冯含真说："我今天来是有求于三爷的。"

金三爷豪迈地说："先让小的们去预备酒，咱们有话酒桌上说。"

冯含真酒足饭饱，揣着金三爷给的门罩，高高兴兴地出了花子院，朝白塔寺方向走去。他的事情办完了，要利用余下的时间在北京逛一逛，然后就等着明天跟曹雪芹一起回张家湾了。冯含真没有来过北京城，人地两生，两眼一抹黑。吴多宝感谢冯含真的恩情，要带冯含真去看看白塔寺。

两个人来到了白塔寺，边逛边聊，很乐和。

冯含真问吴多宝的出身履历，为什么沦为乞丐，等等。吴多宝没有正面回答，却反问他："冯兄，你听说过铁脚吴三省吗？"

冯含真摇了摇头。

吴多宝却觉得很奇怪："怎么？冯兄，你连吴三省都没听说过？你不是说从张家湾来吗？张家湾方圆百里，上自九十九，下至刚会走，没有不知道铁脚吴三省的。"

冯含真说："听着像是武林中人。"

吴多宝说："然也。"

冯含真说："愿闻其详。"

吴多宝告诉他，自己是张家湾南边的陆辛庄人，出生在一个比较殷实的庄户人家。陆辛庄习武风气甚盛，大凡男子，甚或包括一些性格粗放的女孩儿，刚会走路就会舞枪弄棒，远近百里都出了名。父亲是个老实本分的庄稼人，叔叔却不务正业，终日迷恋于武术，并且以武林高手自居，到处寻师比武，以武会友。而他吴多宝，自幼与叔叔感情甚笃，跟着叔叔一起玩儿遍了刀枪剑戟斧钺钩叉，也常常跟着叔叔一起去闯荡江湖。叔叔从小练就的是脚上功夫，家门口有一个大碌碡，每天早晨他都要在那大碌碡上折腾一个时辰。先是用单脚把它踢倒，然后再用双脚把它滚动起来。大碌碡在他的脚下滚动着，像是玩儿一个大皮球。久而久之，他竟然可以用双脚把碌碡立起来，你想想，这得多大的力气啊。

叔叔脚上的功夫越来越邪乎，有一次村里的一头牛疯了，满街狂奔乱跑，遇人撞人，遇树撞树，谁也制服不了它。叔叔上去了，迎着当头就是一脚，那头疯牛像一堵山似的倒下了。顿时地上一片鲜红，原来叔叔这一脚把疯牛的半个脑袋都踢碎了……

冯含真对这种江湖神吹有些反感，遂打断了吴多宝的话，问："这么说，你叔叔就是铁脚吴三省了？"

吴多宝自豪地说："然也。"

冯含真问："你叔叔这么大的本事，干点儿什么都能混口饭吃，你怎么出来乞讨呢？"

吴多宝说："冯兄，您可能不知道，武林中的人有一大弊端，身怀绝技便自命非凡，总觉得老子天下第一。"

冯含真问："这么说，你叔叔栽在别人手里了？"

吴多宝说："然也。"

冯含真注意到，吴多宝在说话的时候，左耳垂儿后面那个小肉疣的颜色在不断地变化，有时候是肉黄色，有时候是淡粉色，有时候是嫩红色，而当他激动的时候，则是通红通红的。

吴多宝告诉他，他叔叔原来不叫吴三省，因为常常出去以武会友，天津、保定甚至山东济南，踢遍三省无敌手，于是江湖上便称他吴三省。这一年进了腊月，通州清真羊肉行要从张家口进一群羊，通州的镖局忙不过来，人家提着点心匣子来请叔叔，要求叔叔跟着到张家口走一趟。这差事对叔叔来说是小菜一碟，以前也没少跟着镖局走镖。叔叔押着那群羊从张家口往回走，到了昌平马池口的韩台，遇上了麻烦。

这麻烦其实是他自己找的，本来是到韩台投宿的，看见村边的打麦场上立满了木桩子，几个年轻人在一个老者的指导下练着梅花桩。叔叔见到了练武的人，心痒手痒脚更痒，身不由己地冲上前，一脚把木桩子踢折了，站在梅花桩上的人摔了个满脸花。人家不干了，围过来跟叔叔讲理。叔叔更加狂妄，说人家走梅花桩根本就不是练武，是小孩儿过家家儿。

那老者看了看叔叔，说："我这里是一百零八棵木桩，刚才被你踢折一棵，还有一百零七棵。这样，我站在上面你踢，踢折一棵，我输你一两银子。"

叔叔说："好啊，快过年了，我正缺银子呢。"

老者说："且慢，小伙子，别光想着挣银子，你要是踢不倒呢？"

叔叔看了看身后那群羊，说："踢不折，我输你一只羊。"

老者说着，纵身一跳，跳起了一人多高，又轻轻地飘落下来，蜻蜓似的落在了木桩上。

叔叔仗着年轻气盛艺高胆大，飞身上前，伸出左脚，使劲朝木桩上踢去。那木桩都是整棵碗口粗的树干，半截埋在地下，半截戳在上面。刚才叔叔踢折那木桩，几乎连一半的力气都没用，这会儿用了八分力气踢去。那木桩突然像变成了铜柱，直挺挺地戳在老者的脚下。老者见叔叔没把那木桩踢折，微微一笑，又跳上了另一棵木桩。这一回，叔叔拿出九分的力气去踢，木桩依然丝毫不动，牢牢地钉在了老者的脚下。然后，老者又跳上一棵木桩，叔叔使出了十分的力气，还是没能把木桩踢折。就这样，老者一棵一棵地跳着，叔叔一棵一棵地踢着，及至剩下最后一棵木桩了，叔叔还不服气，重新敛气发功，狠命朝木桩踢去。木桩牢牢地钉在老者脚下，叔叔泄气了，一屁股坐在了地上。只见木桩上站着的老者大喊一声，往下一跺脚，那粗粗的木桩直插进地下，露在地面上只有两三寸了……

羊肉行的羊输给了韩台的老者，可是那羊得赔人家啊。没办法，别人家都杀鸡宰羊准备过年，我们家却忙着卖房子卖地……

冯含真听了吴多宝的身世，心里很不是滋味儿，不管怎么说，吴多宝的叔叔，甚至包括吴多宝在内，也算是落难的英雄。英雄末路，惺惺惜惺惺，冯含真便对吴多宝有一种同是天涯沦落人的感情。

这时候，两个人已经转到了白塔下面，冯含真一边仔细观看着白塔及周边的庙宇，一边给吴多宝讲解着白塔寺的历史：这是元至元八年，忽必烈敕令在辽塔遗址的基础上重新建造的一座喇嘛塔，是在元朝当官的尼泊尔匠师阿尼哥设计建造的。经过八年的施工，到至元十六年终于建成了白塔，又随即迎请佛舍利入藏塔中。同一年，忽必烈又下令以塔为中心兴建一座大圣寿万安寺，范围是根据从塔顶处射出的弓箭的射程确定的。这是当时营建元大都城的一项重要工程。忽必烈去世后，白塔两侧曾建神御殿以供祭拜……

吴多宝惊异地说："冯兄，您不是没到过北京城吗？怎么知道得这么多？"

冯含真笑了笑，说："秀才不出门，便知天下闻嘛。"

吴多宝很显然对白塔寺以及这些历史典故没有兴趣，急忙找个话题说："再好的景致也是个死物，冯兄，我带您找个活物玩玩儿吧？"

冯含真问："什么活物？"

吴多宝说："出了妙应寺的后门，有几家暗门子，那里的娘儿们很够味儿，能玩儿许多花样儿……"

冯含真扬手打断了吴多宝的话，冷冷地说："人啊，家可以败，身可以败，名声不能败，骨气不能败。"

吴多宝碰了个硬钉子，脸一红，急忙闭上了嘴巴。

冯含真刚想开口说话，突然耳边一阵风起，一片黑乎乎的云彩突然降落下来，直接朝他的头顶上砸去。

吴多宝大喊一声："冯兄，快闪开……"

冯含真已经跌落在地上，被那片黑乎乎的云彩紧紧地压住了。

吴多宝闪身挥动起随身带着的打狗棍，朝那黑乎乎的云彩扑过去。

那黑乎乎的云彩噌的一声拔地而起，一把雪亮的龙泉宝剑从宽大的黑袍中飞跃出来。紧接着，黑袍上下舞动，携风曳雷。吴多宝也纵身翻腾，左攻右突。黑袍裹着的是一个长发飘飘的女子，一把龙泉宝剑恣意飞蹿，杀向吴多宝。吴多宝强撑着，一根打狗棍变成了一条银龙，与黑袍女子周旋拼杀……突然，黑袍女子纵身一跳，贴身在了白塔的半腰上。吴多宝也纵身飞跃上去，与黑袍女子空中搏斗。然而，吴多宝身子飞起之后，却又重重地跌落下来。他显然不是黑袍女子的对手……

事情来得突然，拼斗又是骤起骤落。冯含真还没有完全看清楚是怎么回事，便已经被笼罩在黑袍里面了。冯含真晕头转向，手足无措，被黑袍里的女子裹挟着离开了白塔寺……

冯含真被扔在一堆柴草上的时候，劫持他的女子才从黑袍里剥离出来。女子站在冯含真面前，怒目圆睁，微微喘着气，用龙泉宝剑指着冯含真，一言不发。

冯含真看着女子，喃喃地叫着："小童……"

女子说："你别叫我小童，你是我的仇人，我要杀了你。"

冯含真说："能死在你手里，我无怨无悔。"

女子说："你想现在就死，没门儿。我不能公报私仇，你犯了帮规，犯了大忌，我要等父亲回来，对你实行家法。"

冯含真试探着问："师父也到北京来了吗？你们来干什么？"

女子说："这事你少操心，先想想你自己还能活几个时辰吧。许你无情，我不能无义。说吧，想吃点儿什么，我去给你弄。”

冯含真说：“我不饿。”

女子说：“不饿？渴不渴啊？”

冯含真咬了咬牙：“也不渴。”

女子说：“好啊，不渴也不饿，那你就接着跑吧……告诉你，冯含真，你别想跑出我的手心，你跑到天边我追你到天边，你跑到海角我追你到海角。你跑不掉的，你永远也跑不掉的。”

冯含真红着脸，轻轻地央求着：“放过我吧，小童，求求你了……”

女子看着冯含真，突然把手里的宝剑一扔，蹲在冯含真面前，含着眼泪问着：“告诉我，含真哥，你为什么要跑？为什么？我怎么得罪你了？我哪点做得不好？告诉我，我改，我改还不行吗？含真哥……”

女子说着，把冯含真紧紧地抱在怀里，呜呜地哭了起来。

冯含真轻轻地推着女子，说：“不不……是我不好，你没有得罪我，都是我不好……”

女子继续哭着央求着：“含真哥……你知道吗？你这一走，我有多苦吗？我的魂儿都没了，整天价睁开眼睛是你，闭上眼睛还是你……真哥，别离开我了好吗？小童求你了，求求你了……”

女子摇晃着冯含真的肩膀，用一双期待的眼睛看着冯含真。冯含真沉默着，紧紧地闭着嘴巴，冷酷地把头扭向了一边。

女子腾地站起来，抄起地上的龙泉宝剑，转身出去了，在外面吩咐着：“把门锁好，给我好好看着，要是出什么差错，我要你们的命。”

门外两个男人答应着，咣当一声把门关上，又哗啦啦地上了锁。

冯含真这才抬头打量起这间房子。这大概是一户人家的柴草房，两扇合页门，一个小窗户。门关着，窗子又小，屋子里很暗。他侧耳听听，外面很安静，连两个看守都没有弄出什么声音。偶尔，有母鸡下蛋的咯咯叫声。这很可能是城外，或者是城边上，冯含真无处可逃了……

第 四 章

冯含真躺在柴草房里，心里乱得像压在身子底下的柴草，扎扎拉拉的理不出个头绪来。他万万没想到，自己刚刚逃出来一个月，就被范小童抓到了，并且是在偌大的北京城里把他抓到的。是冤家路窄，还是范小童神通广大？早知如此，就该在张家湾老老实实地窝着，到北京城里瞎转悠什么？到北京城是为给天顺隆当铺求门罩的，献什么殷勤，不就是为了讨马掌柜个好吗？讨好就是有私念，人一有私念，肯定要生出祸端。唉，悔啊，悔得肠子都青了……

外面似乎有什么动静，没过多久，一股诱人的香味从那小小的窗口飘了进来。尽管在金三爷那里吃了饭，可是经过这么一折腾，又到了日落时分，冯含真的肚子也饿了。他站起身，扒着门缝往外看着。院子里的墙角下面，有三块砖头支起来的一个豁口铁锅，铁锅下面燃烧着火苗儿，上面蒸腾着热气。只看见半个身子和一只手，像是拿着勺子在锅里搅动着。

冯含真忍不住问："谁在外面，还没'安根'（吃饭）吧？"

一个很熟悉的笑声传进来："哈哈……针鼻儿，你也'念肯'（饿）了吧，别急，'马牙'（饭）是从翠华楼买来的折箩，你小子真有口福。"

"针鼻儿"是冯含真在穷家行的绰号，他一下就听出来了，支锅热饭的是他的大师哥斗子。斗子大号叫董文斗，安徽凤阳人，祖祖辈辈都是穷家行的。他手脚勤快，又为人厚道，在高家门里是很有人缘的。

冯含真问："还有谁？"

斗子说："还有疤瘌眼，是童姑奶奶让我俩在这儿守着你的。"

童姑奶奶是范小童，在高家门，除了冯含真，大伙儿都这么称呼她。

冯含真问："疤瘌眼呢？"

斗子说："'肘山'（买酒）去了。疤瘌眼说，上次你的喜事没'抿山'（喝酒），这回得好好补一补。"

正说着，疤瘌眼回来了，冯含真只看见一只手提着个酒瓶子，瓶子没有盖，上面塞了一段高粱秆儿。

疤瘌眼一进门就笑："小铺那小老头儿真糊涂，我问他打一斤多少钱，他说十二个子儿。我说我只有十个子，他说那我得少给你二两，给你十四两吧。我说不行，十求六二五，十一八七五，十二求七五，你那一两酒只合七分五厘，我少两个子怎么能少给我二两呢？我这一转，把老头儿转迷糊了，小眼珠儿滴溜溜转了半天，怎么也算不过来了。问我给多少，我说少给一两就对了……他怎么也想不明白，又算不过来，到底还是给了我十五两。哈哈……赚了吧？"

斗子说："瞧把你美的。咦，我说疤瘌眼，我记得你是一天书都没念过，怎么会《斤两歌》呢？"

疤瘌眼说："这你就不知道了吧？针鼻儿教我的。"

冯含真在屋里接过话茬儿说："没错，疤瘌眼就是聪明，那《斤两歌》我教他三遍他就背下来了。"

疤瘌眼："在咱这门里，就数针鼻儿的学问大。学问大心气就高，他连童姑奶奶都不要……"

斗子反驳说："胡吣啥呢？谁说针鼻儿不要童姑奶奶了？童姑奶奶让我们给她好好看住，晚上就要过来跟针鼻儿入洞房呢！"

疤瘌眼朝里面问："是吗，针鼻儿？那我们更得好好喝喝了。哦，斗子，'马牙'好了没有？"

斗子说："'马牙'是好了，没'莲花子'（碗）。"

疤瘌眼说："要'莲花子'干啥，抱着锅吃吧。"

斗子说："'抿山'也没杯子呀？"

疤瘌眼说："对口吹喇叭吧。"

斗子说："那你去撅六根秫秸秆儿，总得弄三双'划十子'（筷子）。"

冯含真见外面的两个兄弟在准备着，便自己也忙活起来，把身子底下的柴草收拾收拾，腾出了一块干净点儿的地方，又搬来三块半砖头，垫屁股用。

门开了，冯含真刚要上前帮助接饭锅酒瓶，登时愣住了。一个穿着青衣的女人站在了他面前，他抬头一看，失声叫了出来："苗姑……

金剪刀对冯含真说："快跟我走。"

冯含真惊疑地看着金剪刀："苗姑……您怎么来了？"

金剪刀说："是你的朋友让我来救你的。"

冯含真更加疑惑了："我的朋友？是哪位朋友？"

金剪刀说："吴多宝。"

冯含真这才想起了在白塔寺被劫持的时候，吴多宝在跟范小童的恶战中受伤了，急忙问："吴多宝怎么样？他在哪儿？"

金剪刀说："他没事，只是蹭破了块皮。快跟我走吧。"

冯含真又朝外面看了看，见斗子和疤瘌眼双双躺在了院子里。斗子的脑袋挨着那三块砖支起来的锅灶，疤瘌眼的手里还攥着那瓶刚刚打回来的酒。冯含真急了："您……您把他们怎么了？"

金剪刀说："放心，他们没事，我只让他们睡一会儿，耽误不了吃饭喝酒。"

冯含真还是犹豫不定，看着金剪刀。

金剪刀急了，上前一把拉住冯含真："你咋这么婆婆妈妈的，快跟我走。"

冯含真跟着金剪刀从那个囚禁他的小院里出来，没走多远便出了北京城。前面就是一条庄稼地掩藏着的小路，今年秋雨多，满是泥泞。金剪刀在前面走着，冯含真在后面深一脚浅一脚地跟着。冯含真觉得奇怪，金剪刀走在这泥泞的小路上，怎么那么轻松呢，而且一点儿声音都没有，她的鞋底像是根本没有沾着路面，只是轻飘飘地滑过。金剪刀没有理睬他，只顾在前面引路。冯含真累得气喘吁吁，也没有气力跟金剪刀说话，只是心里琢磨着，吴多宝怎么还认识金剪刀呢？金剪刀要把他带到哪儿去呢？

金剪刀突然停住了脚步，转身问："到底是谁劫持的你？"

冯含真说："小童啊，怎么了？"

金剪刀立刻叫起来："啊？是小童？这个该死的吴多宝，他愣说是一群匪徒绑票，让我火速来救你。快快，回去回去。"

说着，金剪刀便朝来的路上推着冯含真。

冯含真急了："苗姑，您救人救到家，哪能把我救出虎口又往虎口里送呀？"

金剪刀说："小童算什么虎口，她那是让你回家，早知道是小童劫持了你，我才不会救你呢。"

冯含真说："苗姑，求求您了，千万别把我送给小童。"

金剪刀说："小童要是知道我救了你，还不把我恨死？不行，宁拆十座庙，不破一门婚，我可不能办这糊涂事。”

冯含真央求着：“苗姑，我不能娶小童，真的……苗姑，强扭的瓜不甜，您怕得罪小童，就牺牲我吗？”

金剪刀想了想：“嗯，也对，你要是愿意娶小童，当初就不会逃婚了。唉，算我多管闲事了。”

金剪刀说完，又转身朝前走着。冯含真依然紧紧地跟在后面。

走了半个多时辰，天又阴下来，地面上刮着凉飕飕的风，风中带着雨花。雨花越飘越浓，渐渐地冯含真身上的衣服都湿了，冻得他直打哆嗦。

前面有一座小庙，说不清什么庙。金剪刀推开庙门，带着冯含真进去了。

这是一座非常破旧的小庙，两边的厢房已经坍塌了，只有三间正殿还歪歪扭扭地立在风雨中。

正殿里亮着灯，居然还会有人。门开了，一个被灯光映衬的少女出现在殿门口。

冯含真跟着金剪刀进了正殿佛堂。这殿堂虽说没有倒塌，却也屋顶破裂，墙壁透风，地上汪着肮脏的雨水，一片泥泞。佛案上点着灯，放着一个干干净净的铜香炉，香炉里冒着热气，飘着饭菜的香味儿。

少女指着香炉说：“娘，我把饭热好了，您和哥趁热吃吧。”

冯含真高兴地叫起来：“小妖，你怎么在这儿呀？”

小妖说：“我在这儿等我娘呀，我娘说去救个人，原来是你呀！你得罪谁了？他们怎么绑架的你？”

冯含真苦笑着说：“是小童，你娘也没想到。”

小妖说：“这不是狗咬吕洞宾吗？”

金剪刀对冯含真说：“来，我们先吃饭。”

冯含真凑上前看了看，香炉里煮的是一锅热气腾腾的面条儿，里面还掺杂着绿色的菜叶。小妖又捧出了三副碗筷，这在穷家行已经是非常奢侈了。当然，金剪刀不是穷家行，她们是江湖上的名家，理应比穷家行过得好些。地上满是泥水，又没有凳子，三个人只能捧着碗筷站在佛案前用餐。

冯含真接过小妖送过来的面条儿，许久不见了，他仔细打量起了又长大了许多的小师妹：鲜嫩嫩的小脸蛋儿，尖溜溜的小鼻子儿，潮乎乎的小嘴唇儿，一双亮盈盈的大眼睛既会传情又会说话，还忽闪着许许多多的调皮。

吃完了饭便张罗着睡觉。地上都是泥水污浊，怎么能躺下身子呢？

小妖把佛案上的东西收拾掉，又用一块破布擦干净，对冯含真说："哥，你睡在这上面。"

冯含真四下看了看，整个殿堂里只有这么一块干净地方，他怎么能忍心独享呢？忙说："不不，我不睡，你们睡吧。"

小妖说："你是怕我和娘没地方睡吧？"

冯含真说："是啊，你让我睡在这上面，你们怎么办？"

小妖往旁边指了指："你看。"

冯含真看到的是，大殿两边的立柱上，拴了两根棉麻绳。所谓的棉麻绳，是用两股细麻和一股棉线编织成的绳子，又柔软又结实，还很有弹性，是武林中人随身带着的必备品。冯含真还没看明白怎么回事，金剪刀已经和衣躺在了上面。金剪刀的身子压在棉麻绳上，绳子向下微微弯曲了一点儿，却没有摇晃。她的身子和绳子紧贴在一起，一副很舒服的样子。冯含真一回头，小妖也跟母亲一样，躺在了另一根棉麻绳子上。

既然如此，冯含真便心安理得地躺在了佛案上。

外面的小雨淅淅沥沥地下起来，破旧的屋檐上已经开始滴水了。

冯含真躺在佛案上，看着面前的灯光一闪一闪地摇曳，像是随时都要灭掉似的。可是在冯含真的眼前，却是两个躺在绳索上的女人，她们会不会在睡梦中掉下来呢？

小妖开始说话了："哥，你为什么要跑呢？娶媳妇，多好的事啊，男人不是整天就惦记着娶媳妇吗？你跑什么呀？"

冯含真叹了一口气，他不知道该如何回答小妖的问话。

金剪刀也问："这么说是你不喜欢小童？"

冯含真说："不……也不……不是的。"

金剪刀说："这我就不明白了，到底是怎么回事呢？"

冯含真躺在佛案上，长久地沉默着。他不是不愿意向金剪刀和小妖说实话，而是不知道该说些什么，又不知道该从哪儿说起。在漫长漫长的岁月里，他所有的经历都是苦难。而这苦难又像严冬的冻土一样把血和泪凝固在一起，凝固成沉重的坚硬的石头。他不愿意将这些石头浮在水面上，尽管从曹雪芹的嘴里知道，石头是可以浮在水面上的。他的石头像铁锚一样深深地沉在水底，沉在心海的最底层。慢慢地，这些石头被他那厚厚的记忆之水淹没了。现在，面对着金剪刀和小妖的追问，他要重新打捞这些石头，打捞是艰难的、痛苦的，他必须潜入那深深的海底。他在黑暗的海底小心翼翼地寻找着、摸索着，海水大口大口地灌进他的胸膛，他的胸膛鼓胀着，翻江倒海般地涌动着。他的意识模糊了，弥留之际他的耳畔响起了一个旋律，一个像外面那秋风苦雨般的旋律。这旋律也像海浪一样冲击着他的胸膛，并往上翻涌着。他不由自主地吟哦起来：

自那年崇祯皇帝登基坐殿，
普天下闹饥荒连年不断。
第一年风雨不调良莠参半，
第二年阴雨连绵田涝房坍，
第三年蝗虫弥漫五月天，
满地的庄稼光秃秃只剩下秸秆。
运河两岸饿殍遍野猪羊绝迹，
顶数那张家湾天灾人祸实在可怜……

金剪刀和小妖一声不响，静静地听着冯含真哼唱。冯含真停了一下，继续唱着：

张家湾是漕运码头繁华地，
船来船往上岸下岸都是为了活命钱。
头等人家卖骡马，
二等人家卖庄田，
三等人家无的可卖，
只能卖儿卖女度荒年。
通运桥边设下了卖人市，
凄惨惨悲切切喊地哭天。
娇贵男孩儿换不了一碗面，
妙龄少女才几吊钱。
新寡少妇无人过问，
要卖给光棍儿还要倒找俩烧饼钱……

外面风雨如泣如诉，里面冯含真唱得如风如雨。风哭雨泣让金剪刀和小妖心里酸酸的、沉沉的，身子压在棉麻绳上微微发颤，似乎要把绳子压断。

金剪刀突然说：“你唱的是《冯奎卖妻》。”

冯含真停止了吟唱，没有说话。

金剪刀说：“冯奎的妻子叫李金莲，生有一儿一女，为了不让女儿和丈夫饿死，只好逼着丈夫给自己的头上插上草标，用自身换钱救全家的命……”

冯含真又吟唱起来：

一根草好似那杀人的利剑，
斩断我们夫妻十五载姻缘。
问财主你日日鸡鸭美酒如何咽得下，
问奸商你抬高粮价是何等心肝，
问官府你依然逼捐索税心何忍，
问当朝你知不知道黎民百姓受此熬煎，
问苍天你为何不睁眼，
这恶虎豺狼的世道还要到哪年……

金剪刀说：“幸亏冯奎遇见了好人，那个要买李金莲做老婆的客商看见夫妻二人难舍难分，又看见一双儿女跪求母亲，发了恻隐之心，不但没有带走李金莲，还把买妻的钱送给了冯奎……”

冯含真又唱道：

天下的好人千千万万，
没见过客爷这样的好心田。
问恩人家住在哪府哪县，
问恩人尊姓大名我牢记心间……

金剪刀说：“这么说，你是冯奎的后代了？”

冯含真说：“冯奎是我的曾祖，冯奎的儿子冯宝安是我的祖父……”

冯含真的话还没有说完，只见金剪刀一个鹞子翻身，从那紧绷的棉麻绳上跳了下来。没等母亲吩咐，小妖一边噗的一口把灯吹灭，一边麻利地收起了两条棉麻绳。金剪刀移步到门口，把耳朵贴在门框上，细细地倾听着。冯含真也凑过来，把耳朵靠在窗子上。外面除了淅淅沥沥的风声雨声，什么也听不见。金剪刀是不是太敏感了？没容冯含真多想，金剪刀便把小妖叫过来，悄声说：“我们被包围了，你带着你哥从后院出去，我留下来对付他们。”

小妖说：“娘，我把哥先送出去，然后再回来帮您。”

金剪刀说：“不行，你要跟你哥一起走。”

小妖说：“娘，我不离开您。”

金剪刀转身对冯含真说：“含真，你听我说。他们抓不到我，但是我不能在这个地方再待下去了，我得先到外面去躲一躲，我把小妖交给你了，拜托了……小妖，你一定要听你哥的话，等风声过去，娘会回来接你的。”

事情来得太突然了，不容冯含真有半点儿考虑的余地。金剪刀把话刚说完，外面突然一片哗啦啦的响声，紧接着，几条黑影冲进了院子，向正殿的门前摸索过来。

金剪刀一转身，指着殿墙上的窗户，命令着小妖：“从这儿出去，奔后院。”

小妖像一只狸猫一样，纵身跳上了窗户，一脚把窗户踢碎，整个身子便翻到了窗外。然后又转过身来，一只手扒着窗户框，一只手向冯含真伸过来。

窗户高出去冯含真的头顶有三尺多，冯含真正犹豫着怎么往上跳，金剪刀从下面抓住了他的双腿，往上一托，冯含真的手便被小妖抓住了。金剪刀用力又托举了一下，小妖顺势就把冯含真拉到了窗外，又在小妖的搀扶下，轻轻地落在了地上。

院子里已经响起了巡检徐可良的叫喊声：“金剪刀，束手就擒吧，你跑不了了，我们已经把你包围了……”

门突然开了，一个黑乎乎的东西跳了出来。官兵们立刻扑上去刀劈剑刺，那东西掉在地上，却发现是个泥胎。

徐可良命令着：“冲进去，给我抓活的。”

官兵们一起朝里面冲去，没想到金剪刀已经站在了庙堂正殿的屋顶上：“哈哈……徐可良，这冷风冷雨的不在家搂着女人睡觉，干吗跑到这儿活受罪？”

徐可良叫嚷着：“金剪刀，你今天落在我手里是逃不脱的，快下来投降……”

金剪刀说：“姓徐的，上次老娘客气，剪了你的狗尾巴，你要是再为非作歹欺压百姓，当心你的狗头。”

徐可良气急败坏地命令着官兵：“冲上去，都给我冲上去……”

十几个官兵把正殿严严实实地包围起来，四五个官兵已经爬上了屋顶。金剪刀不慌不忙不紧不慢地与他们周旋着、拼杀着。风雨交加的夜里，这荒郊野外的庙殿上，刀光剑影搅起了火星迸溅，闪展腾挪演绎着电曳雷鸣……

冯含真已经完全忘记了身处险境，竟然抬着脑袋呆呆地看起了金剪刀与官兵的精彩搏斗。

小妖过来使劲拉住了他，快步朝后院走去。后院的墙壁完好地矗立着，有一丈多高。冯含真看了看小妖，意思是说，我们怎么逃？

有几个官兵突然发现了他们，向徐可良禀报着：“徐巡检，这边还有人。”

徐可良命令着：“统统给我拿下。”

官兵们向冯含真和小妖扑过来。

小妖从怀里掏出棉麻绳，往冯含真的腰间一拴，吩咐说：“跟我来……”

两个官兵已经扑到了冯含真的身边，一个把刀架在了他的脖子上，一个薅住了他的后衣襟。小妖腾地飞起来，身子在空中一抖，双脚一起踢向官兵，一个官兵慌忙闪开，一个躲闪不及，被小妖踢倒在地上。又有几个官兵扑上来，冯含真灵活地移动着身子，向墙边靠去。

小妖赤手空拳地对付着官兵，等两个人都靠近了院墙，小妖做了一个冲向官兵的动作，却飞身跳到了墙头。冯含真觉得腰上的绳子在往上拉，便顺势纵身上跳。两个人几乎同时站在了墙头上。官兵的刀枪已经朝他们两个人刺过来，小妖一翻身跃下了墙头，冯含真也随着下去了。不同的是，小妖是双脚着地，稳稳当当地落在地上的，冯含真则是摔倒在泥泞中。

官兵们也翻过了墙头，小妖拉着冯含真向前跑去。官兵在后面叫喊着追赶着，前面是一片庄稼地，小妖和冯含真很快钻了进去。庄稼茂密，天又黑，地上又泥滑，小妖和冯含真轻松地隐藏了起来。官兵们一边搜索着，一边虚张声势地咋呼着。

小妖拉着冯含真，在庄稼地里熟练地朝前走着，官兵的喊叫声越来越远。出了庄稼地，又沿着一条小路走了两里多地，便听不到官兵的追赶声了。

两个人停下来，朝那破庙的方向望着。冯含真担心地说："不知道你娘怎么样了？"

小妖非常有把握地说："放心，他们抓不到我娘。"

突然，破庙那边火光冲天，把半个天都照亮了。

冯含真说："不好，他们把庙烧了，你娘是不是被他们抓住了？"

小妖说："他们要是抓住了我娘，还会烧庙吗？"

冯含真说："那你娘会不会让他们烧死？"

小妖说："你也太小瞧我娘了，不要说一个小小的徐可良，当年李卫带着三百亲兵，把我们娘儿俩困在一个山洞里，我娘都带着我逃出来了。气得李卫大病一场，差点儿要了他的老命。"

冯含真惊愕地问："你说的是直隶总督李卫？"

小妖说："不是他是谁，天下还有第二个李卫吗？"

冯含真说："天啊，李卫抓过你们？"

小妖说："放心吧，我娘不会有事的，咱们快走吧。"

冯含真问："走？去哪儿？"

小妖说："我怎么知道去哪儿？反正我娘把我交给你了，你去哪儿我去哪儿。"

冯含真暗暗叫起苦来，刚刚摆脱了一个范小童，又让一个莫名其妙的小妖缠上了。真是官兵易躲，桃花劫难逃，难道是命该如此吗？

西四牌楼的天然居饭庄，以一副巧妙的楹联而闻名。上联是"居然天上客"；下联是"客上天然居"。正是由于这正念倒念都妙趣横生的对联，引来了许多风流才子和附庸风雅之士。不过，今天的生意似乎有点儿冷清。曹雪芹和冯含真约好正午在这儿会面的，他因事耽误了点儿工夫，急匆匆地赶进来。他一怕冯含真等他着急，二怕来晚了没了座位。这个名震京城的老字号，平时都是生意兴隆宾客如云的。曹雪芹走进饭庄，虽然立刻闻到了他熟悉的鱼肉飘香，却没有像往常那样嗡嗡嘤嘤的喧闹，连店伙计的响堂声都低了许多。

曹雪芹踅摸了一下，没有看见冯含真的身影，便拣靠着门口的一张桌子坐下来。这样，冯含真一进门，就会很容易地看见他。伙计过来张罗，他说还在等人，没有点菜，要了一壶碧螺春，一边喝一边看着外面的景致。

不一会儿工夫，一个熟悉的身影不慌不忙地走了进来。曹雪芹心里一动，这不是路上遇见的那个找冯含真的男人吗？男人依然是干干净净的破旧衣衫，平静如水不卑不亢的神态，手里拿着黄铜锅黄木杆黄玉嘴的小烟袋。他站在门口愣了一下，一个穿着长衫的男人立刻迎上来，客客气气地问："请问是范先生吗？"

那个男人也客客气气地回答："在下范慕西。"

长衫男人说："请您等一下，我去禀报一声。"

长衫男人转身要上楼，楼上却下来一个人。曹雪芹一见，慌忙把整个身子转向了外面。

曹雪芹躲避的不是别人，正是自己的四叔曹頫。

长衫男人把范慕西介绍给曹頫，曹頫说："王爷正在上面候着您呢，请跟我来。"

自称范慕西的男人跟着曹頫上了楼，曹雪芹这时候才把身子扭过来。

这小小的一幕，却引起了曹雪芹的疑惑。这个穿长衫的男人他是认识的，叫金展，是理亲王弘皙的管家。可是四叔曹頫怎么在这里呢？难道四叔攀上了弘皙不成？弘皙是前朝废太子胤礽之子。胤礽于雍正二年病故，雍正帝念及胤礽态度的转变，并得知他曾教导其子弘皙要忠于皇上等语，追封其为是硕理亲王，谥曰密，并册弘皙之母为理亲王侧妃，弘皙袭亲王位。

难怪今日天然居的生意有些清淡，原来有个大人物在上面镇着呢。曹雪芹进来的时候光顾匆匆赶路，没注意外面有护卫把守。理亲王弘皙在上面，召见的却是这个自称范慕西的人。那么范慕西是谁呢？范慕西怎么会认识冯含真呢？冯含真为什么又怕见到范慕西呢？

这一连串的疑问在曹雪芹的脑子里搅动着，使他坐立不安，不断地向外张望着，冯含真怎么还不来呢？

突然进来一个十六七岁的女子，青衫蓝裤绣花鞋，只是衣裤鞋袜都是旧的，特别是裤子的膝盖上，还缀着两块补丁。女子直通通地往饭店里闯，守在门口的理亲王的护卫把她拦住了："站住，干什么去？"

女子看了看护卫，大大方方地说："我去找人。"

护卫问："找什么人？"

女子说："找我爹。"

护卫又问："你爹是干什么的？"

女子说："讨饭的。"

护卫火了："捣乱是不是？你抬头看看这是什么地方？讨饭的能到这儿来吗？"

女子说："可是……有人看见他到这儿来了。"

护卫说："到这儿来也是讨饭的，讨着饭早吃了，讨不着饭早走了。去去去，一边凉快去……"

曹雪芹听到女子跟护卫在外面争吵，开始并没有在意，这种事多了，没什么大惊小怪的。可是后来听女子的声音，越听越觉得熟悉，但又不像是熟人的声音。他好奇地离开饭桌，移步到门口。女子已经走了，一个更加熟悉的身影离开了饭庄，朝远处走去。曹雪芹心里一动，急忙追了出去，边追边喊着："喂喂……小姐……"

那女子回了一个头，看了曹雪芹一眼。

就是这一眼，像雷电一样劈在曹雪芹的身上，差点儿把他轰倒。这雷电中映衬出来的，是一张美丽非凡的脸庞、一双摄人心魄的眼睛，还有脸上那彩云般的光芒，以及光芒后面那深渊万丈的哀愁……

曹雪芹急切地喊着："阿香……阿香……你等等。"

女子冲着曹雪芹回了一句："你认错人了，我不叫阿香。"

曹雪芹说："小姐，请等一下……你是谁？哪里人氏？"

女子轻轻地说了一句什么，便匆匆地往前走去。那女子的步子非常轻快，像是擦着地面低飞一般。曹雪芹追了两步，女子便在他眼前消失了。

曹雪芹很懊悔，既然觉得那声音熟悉，为什么不早点儿出来看看这女子呢？她到底是谁呢？她说自己是乞丐，怎么可能是乞丐呢？她说来找她的父亲，并且说她父亲也是乞丐。这……这可能吗？

曹雪芹站在饭庄外面的大街上，恍恍惚惚，若有所失，那个倏忽而来又倏忽而去的女子把他的魂儿带走了。他像丢了魂魄似的呆呆愣愣地、一动不动地站着。

冯含真喊了曹雪芹好几声，他也没听见。冯含真非常奇怪，绕到他面前，用手在他眼前晃悠着，曹雪芹依然没有在意。冯含真急了，几乎是面对面地喊着："曹公子……曹公子……您怎么了？"

曹雪芹慢慢回过神来，用一双迷蒙的眼睛看着冯含真。

冯含真摇晃着他的肩膀："曹公子……曹公子……"

曹雪芹突然问："你是谁……谁呀？"

冯含真惊愕了："曹公子，您怎么了？您不认识我了，我是含真，冯含真啊……"

曹雪芹似乎在打量着冯含真，可是眼神依然飘忽不定。

冯含真急着说："曹公子，您遇见什么事了？咱不是约好了在这儿见面吗？曹公子……"

曹雪芹突然惊醒了，不由得打了一个冷战，惶惶地说："哦哦……冯兄……我等你半天了，你怎么才来呀？"

冯含真见曹雪芹认出了他，解释说："我有点儿事耽搁了一下。曹公子，您没事吧？"

曹雪芹完全清醒了，轻松地说："哦，没事，能有什么事呢。走，我们去吃饭。"

冯含真不好意思地说："曹公子，我给你找了个麻烦。"

曹雪芹说："有什么麻烦的，别客气。"

冯含真说："我……带来一个人……一个孩子。"

曹雪芹这才注意到，冯含真的身后站着一个小女子，十五六岁，长得眉清目秀唇红齿白，又很机灵鲜活，一见就让人喜欢、令人爱怜。可是曹雪芹却莫名其妙地说："怎么又是个女子？"

冯含真说："还有别的女子吗？"

曹雪芹说："还有阿香。"

冯含真说："哪个阿香？"

曹雪芹摇了摇头："唉，她不是阿香……不是……"

冯含真说："到底是怎么回事？"

曹雪芹苦笑了一下："没什么……咦，这个小妹妹叫什么？"

小妖主动地说："我叫小妖。"

曹雪芹一愣："小妖？"

冯含真说："我也觉得这名字有点儿怪，什么时候曹公子重新给她取个名字吧。"

曹雪芹问："她是谁？哪儿来的？"

小妖笑着说：“曹公子难道不认识我了？”

曹雪芹仔细地看着小妖，依然摇了摇头。

小妖说：“运河滩上那块大石头，是我和我娘给公子运到曹家大院的。”

曹雪芹“哦”了一声，却依然一副茫然。

冯含真知道，曹雪芹的心思没在小妖身上，便说：“唉，一言难尽……一会儿我再告诉您。”

曹雪芹说着，带着冯含真和小妖往天然居饭庄里走，突然又注意到了门口站着的两个护卫，立刻想起了理亲王和他召见的客人，忙对冯含真说：“不行，咱得换一家饭店。”

经过这么一折腾，天已经过了晌午。他们在路边的一个小饭馆吃了点儿东西，便匆匆地往张家湾赶。碰巧有一辆到京城送人的花轿车，放空回去，曹雪芹给车把式灌了一壶“南路烧锅”，一斤猪头肉，外加一张大饼，车把式便让他们上了车。车把式又要喝酒又要吃饭，忙不过来，冯含真便接过车把式的鞭子，替车把式赶起了车。

车把式跨在外手的车辕上，边吃边喝边跟他们聊起来。车把式说：“你们三个人，要坐我这车回去，至少要给我五六百文钱吧？”

冯含真说：“您别逗了，您到京城送人，把脚钱都赚出来了，没有我们顺路搭车，您只能放空回去。”

车把式说：“所以说呢，咱们有缘分，也是你们这位公子明事理。我一看给我买‘南路烧锅’就乐了，知道这‘南路烧锅’是哪儿出的酒吗？”

曹雪芹接过话茬说：“京城的人都知道，大酒缸的幌子比门帘子还大，上面明明白白地写着：京南顺天府弘仁马驹桥烧锅。”

车把式说：“马驹桥的烧锅有六家，最大的是万源昌，万源昌的老东家姓郭，实不相瞒，我就是马驹桥人，也姓郭。”

冯含真说：“闹了半天这酒是您家烧的。”

车把式说：“我姓郭是姓郭，跟万源昌的老东家连根带叶，可是人家是人家，我是我，黑狗的肉贴不到黄狗身上。”

边说边聊，车把式酒足饭饱之后，接过了冯含真的鞭子，精神抖擞地赶起了车。

冯含真上了车，坐在了曹雪芹身边，对面的小妖像一只小猫似的缩着，很安逸的样子。

曹雪芹说：“光扯闲篇了，我们还没说正事呢，这小妖到底是谁呀？怎么回事呀？”

冯含真说：“我跟您进了一趟城，一天多一点儿，遇见许多大惊大险的事，说起来还真得费口舌。”

曹雪芹说：“那你就先别说了，我先问你点儿事吧。我们来的路上，你在躲一个人，还记得吧？”

冯含真说：“记得。”

曹雪芹说：“你老实告诉我，他是谁，你是他什么人？”

冯含真说：“他姓范，讳慕西，是我师父。”

曹雪芹说：“是你师父你为什么躲着他？”

冯含真摇了摇头，不知道该怎么跟他说。

曹雪芹说：“你师父跟理亲王是什么关系？”

冯含真问：“哪个理亲王？”

曹雪芹说：“当然是当朝的理亲王了，康熙朝废太子胤礽的儿子，他袭了王位的。”

冯含真说：“我的天啊，理亲王是何等人家，人家是皇亲贵族，连皇上都得让着他三分。我师父哪儿能跟人家沾上边呢？”

曹雪芹说：“你师父是干什么的？”

冯含真说：“乞丐。”

曹雪芹说：“什么？”

冯含真说：“叫花子。”

曹雪芹说：“说正经的。”

冯含真说：“我说的是真话，他就是个讨饭的。”

曹雪芹吃了一惊，被震动了一下：“讨饭的？”

冯含真说：“他就是讨饭的。”

曹雪芹莫名其妙地说：“阿香也说他是讨饭的，莫非……”

冯含真问：“你怎么又提阿香，阿香是谁？”

曹雪芹不好意思地笑了：“也许……她不是阿香……啊，不是也许，她肯定不是阿香……哦，对了，你师父有个女儿吗？”

冯含真说：“有啊。”

曹雪芹问：“叫什么？”

冯含真沉了一下，说：“她叫范小童。”

曹雪芹问：“多大年纪？”

冯含真说：“比我小一岁，今年十六岁。”

曹雪芹点了点头：“这就对了。”

冯含真问：“什么对了？您又想起什么来了？”

曹雪芹说：“冯兄，你得跟我说说，到底是怎么回事？”

冯含真说：“您让我说什么？”

曹雪芹说：“说你，还有你师父，你师父的女儿……”

冯含真低下了头。

曹雪芹耐心地等待着。

小妖看了看冯含真，又看了看曹雪芹，一句话都没有说。

沉默中，冯含真的耳边又响起了那凄风苦雨般的旋律，他把头略略地抬起一点儿，轻轻地哼唱着：

自那年崇祯皇帝登基坐殿，
普天下闹饥荒连年不断……

曹雪芹听着冯含真的哼唱，说：“你唱的是弦子书。”

冯含真说：“我不知道这叫什么，只是喜欢听这段书，听了无数遍。”

曹雪芹说：“弦子书，也叫三弦书，康熙年间李振声著《百戏竹枝词》说，瞽者唱稗史，以三弦弹曲，名八板以按之……”

冯含真说：“我总是觉得，我家和我所有的经历都是书，您说是弦子书，那就弦子书吧。想起我的家，想起我自己，我脑子里最先出现的就是弦子书。您让我讲，我只能给您讲弦子书，讲我自己的弦子书……”

第五章

冯含真的故事是从曾祖父说起的。

崇祯初年的天灾人祸，张家湾十室九空，人口减少了大半。大运河船帆稀稀落落，漕运码头上冷冷清清。冯奎卖妻，遇上了好心的常州客商夏经秀，非但没有把冯奎的妻子带走，还把十吊身价钱送给了冯家。冯家四口就是靠这十吊钱度过了荒年，活了下来。渐渐地年景好了，冯奎带着妻子和一双儿女搭着放空的漕船去了常州，要当面拜谢恩人夏经秀。费尽周折打听到夏经秀的下落，却又听说夏经秀到杭州经商去了。冯奎一家是中秋之后乘船南下的，经过两个多月的颠簸，到常州的时候已经是深冬了。北方的运河冬天要封河的，船只不通航，冯奎一家只好留在了常州，一边等着恩人夏经秀回来，一边想方设法地落脚谋生。

冯奎在娶媳妇成家之前，在北京庆丰斋饽饽铺学过徒。学徒三年零一节出师，三年学完了，就差一节了，父亲突然病故，冯奎只好离开庆丰斋回到了张家湾，支撑起了冯家的门户。虽说没有出师，但是做饽饽的全套手艺他都学会了。

“饽饽”在满语中含义是很丰富的，大凡面做的块状食物都可以叫饽饽，诸如北方当作主食的馒头、花卷、窝头、饼子等等。但是饽饽铺里制作的，就要非常讲究了，大抵相当于南方人所说的糕点或点心。

冯奎一家到了常州之后，发现这里的点心很是单调，许多京城常见的东西都没有。聪明的冯奎用身上带来的几个小钱做本钱，从小从简从便宜做起了点心生意。比如京城人很喜欢吃的萨其马，这里就没有。萨其马是满族人的糕点，满族人与汉人的交往由来已久且非常频繁，冯奎学徒期间，京城里不但流行着满族人的服饰、食品、习俗，还有满族人经营的饭馆和店铺。因之，萨其马传入京城，远远早于大清政权入主中原。

萨其马的制作很简单，很容易就找到了需要的工具。他买来米蒸成饭，再把米饭放在石板上用木槌反复敲打，打成面团儿，然后蘸上黄豆面拉成圆条儿，放进油锅里炸熟，切成方块儿，撒上熟黄豆面和白糖，就成了。冯奎把油光光、香喷喷、甜腻腻的萨其马摆在自己租住的小屋门口，人们看着新鲜，尝着可口，都争着来买。就这样，冯奎的萨其马出了名，生意非常红火。赚了钱之后，冯奎又换大了门面，还雇了学徒，索性做起了京城的饽饽。饽饽越做档次越高，渐渐地普通的点心都不做了，专门做人们红白喜事和过年过节用的成套饽饽，或称之为高级点心。成套饽饽分细八件、大八件、小八件。细八件为状元饼、大师饼、鸡油饼、杏仁饼、白皮饼、囊饼、硬皮饼、蛋黄酥；大八件为福、禄、寿、喜、枣花、卷酥、核桃酥、八拉饼；小八件为喜、石榴、苹果、桃、杏、枣方子、杏仁酥、桃仁酥。此外，还有正月十五时吃的元宵，二月二“龙抬头”时吃的太阳糕，端午节时吃的五毒饼和江米粽子，中秋节时吃的月饼，娶媳妇“放定”时用的龙凤饼，小孩儿“洗三”时用的“缸炉”，等等。

冯奎几乎把京城的饽饽铺搬到了常州，常州人非常自豪地享用起京城满汉人的糕点来。冯奎赚了钱之后，在常州买了房子置了地，定居下来。遗憾的是，他的恩人夏经秀却一直没有等来。冯奎的女儿贵姐大了，和母亲一起在饽饽铺干活儿；冯奎的儿子冯宝安大了，也要来帮助父亲打点生意。但是冯奎不允许，他曾经向恩人夏经秀承诺过，如果活下来，一定要让儿子读书科考，混出光亮来，不辜负恩人的一番苦心。这样，冯宝安被送到私塾里去读书，冯奎把全部希望都寄托在儿子身上了。

说实在的，冯宝安很聪明，也很用功。但是毕竟没有家传，根底太薄，冯宝安考过了院试，当上了秀才便一直考场失意，最终也没有中举。像许多秀才一样，他也是一边给别的孩子教私塾，一边把希望寄托在自己的儿子身上。像父亲一样，他也只有一个儿子，叫冯光祖。冯光祖也很聪明，就是不肯用功，这让冯宝安非常恼火，天天连打带骂，常常闹得天翻地覆、乌烟瘴气。有些人天生就不是读书的材料，冯宝安又偏偏逼着冯光祖读书。好不容易考过了院试，冯宝安便让他加倍苦读，不中个举人便要死要活。

别看冯光祖读书不行，在世面上却非常风光。一是他生得身板周正，眉清目秀；二是他仗着家里有些积蓄，慷慨仗义，交往了一些风流才子。常州乃至无锡、扬州、苏州、杭州城里，冯光祖终日跟一些富家子弟出入于花街柳巷，沉湎于声色犬马。幸运的是，冯光祖又很孝顺，深知父亲对他的期望和良苦用心。他也曾经断指发誓好好读书夺取功名，但是一旦与那些纨绔子弟混在一起，他便忘记了自己的誓言。这帮纨绔子弟中，有一个花花公子叫曹頫，此人玩儿得最出格，鬼点子又最多。而冯光祖则跟他的关系最为密切。曹頫常常把他带到扬州的娼寮妓院，遇见色艺绝佳的娇娃则共同分享，称之“同第之乐”。

康熙五十年，秋闱大比在即，曹頫依然每天拉着冯光祖到处享受“同第之乐”。冯光祖的父亲气得跳着脚大骂，说他要是考不中，就把全部家产一把火烧掉；冯光祖的妻子则到处追着他，甚至在大庭广众之下跪着央求他。冯光祖也是有脸面的人，面对着父亲的暴怒和妻子的哀求，他决定去参加江南乡试。可是，平时不用功，有何资本进考场？他愁得无心再与曹頫鬼混，却又来不及攻读了。鬼花堂极多的曹頫给他出了主意，让他花钱去买“关节”。

“关节”买通了，一切顺利，冯光祖高中孝廉。可是前脚报喜的衙役刚到，后脚抄家的官兵也来了。江南科举贿考案事发，震惊了朝野，康熙皇帝龙颜大怒，下旨严惩不贷。结果是，冯光祖被剥去孝廉身份，发配宁古塔给披甲人为奴，全部家产人口籍没入官。

冯光祖的父亲冯宝安羞于见人，在屋梁上吊死了。妻子甄氏和刚刚出生的儿子被官府拍卖……

冯含真讲到这里，已经泣不成声了。对面的小妖满脸泪水，也跟着冯含真一起抽泣着。曹雪芹也是泪水盈盈，一边将自己的帕子递给冯含真，一边紧紧地搂住了冯含真的肩头。

等冯含真平静了一点儿，曹雪芹歉疚地说：“冯兄，对不起，罪过，真是罪过……”

冯含真说：“这事跟您没关系。”

曹雪芹说：“有关系，是曹頫害了你父亲。曹頫是我们曹家人，是我的叔叔。”

冯含真说：“我知道。”

曹雪芹说：“你知道？你知道为什么不恨我们曹家？”

冯含真说：“我父亲是被您叔叔带坏了，可是苍蝇不叮无缝的蛋，我父亲要是行得端走得正的人，任谁也不会把他带坏的。我娘跟我说过，我爹不恨任何人，只恨他自己。我娘要我也不要恨我爹，我不恨，我连我爹都不恨，还能恨你们曹家人吗？”

曹雪芹被感动了，他双手捂住了脸，泪水顺着他的手缝流出来。

车过齐化门，又上了青石板的御道。曹雪芹听了冯含真讲的故事，心里很不好受，加上车子在青石板上跑得快，颠簸得有些厉害，曹雪芹便下了车，想自己走几步。

曹雪芹下了车之后，发现一个人跟在车子后面。此人二十多岁，身条清瘦，脸色黑黑的，走路一瘸一拐，非常吃力。身上背的蓝布包袱看来还有点儿分量，沉甸甸地把他的肩膀压出了一道沟。可是他的脚步却很快，一直追着车走，不肯落下。身上的青布衣衫已经被汗水溻湿了，头上脸上也冒着汗气。他手里拿着一顶草帽，一会儿戴在头上遮挡太阳，一会儿又摘下来扇风。

曹雪芹看了看他，主动打招呼："先生从哪儿来？"

年轻人说："安徽桐城。"

曹雪芹吃了一惊："这么远，就这么走来的？"

年轻人点了点头，继续拼力地追着车子走。

曹雪芹看了看他的双脚，脚上的千层毛底鞋已经磨成了薄薄的一片，左脚的指头也露出来了。

年轻人知道曹雪芹在看他的鞋，笑了笑，很坦然。

曹雪芹问："脚怎么了？"

年轻人说："不争气，磨出了两个泡，昨天在小店里挑破了，皮肉有点儿溃烂。"

曹雪芹一听，忙朝车里面喊着："冯兄，快让这位先生上车，他的脚坏了。"

冯含真探出头来，看了看跟在车后的年轻人，把手伸了出来。

年轻人忙摆着手说："不不，不用，我能行……"

曹雪芹从后面推着他："哎呀，你就别客气了，快上车吧。"

年轻人这才把手伸出来，拉着冯含真上了车，顺手把肩上的蓝布包袱卸下来，放在脚下，又把头上的草帽摘下来，扔给曹雪芹："公子，戴上它遮遮太阳。"

对面的小妖把身子挪了挪，腾出了一小块地方，把年轻人的包袱放好。

年轻人朝小妖点头笑了笑，算是致谢。

冯含真等年轻人坐定之后，热情地问："先生去哪儿？"

年轻人说："宁古塔。"

冯含真心里像是被敲击了一下，张着嘴，看着年轻人，半天没吐出气来。

年轻人说："你误会了，我不是被发配去的，我是去探亲。"

冯含真问："探亲？探谁？"

年轻人说："家父。"

冯含真"哦"了一声，又是半天没说话。

年轻人客气地问冯含真："先生贵姓？"

冯含真说："哦，贱姓冯，名含真。"

年轻人说："我姓方，叫方观承。"

这名字又让冯含真的心里震动了一下，忙问："令尊大人什么时候去的宁古塔？"

年轻人说："康熙五十二年。"

冯含真琢磨着："康熙五十二年……姓方……"

方观承主动地说："知道康熙年间的《南山集》案吗？"

冯含真说："只是听说过，详情不知，那时候我还小。"

方观承把头仰起来靠在车棚上，向冯含真简要地讲了讲《南山集》案。《南山集》的作者是大名鼎鼎的戴名世，康熙五十一年殿试榜眼。他曾经广游各地，访问故老，考证野史，写出了一部记载明代逸事的《南山集》，他的弟子将其刻印发行。《南山集》问世之后，风行江南，影响甚大。书出十年之后，左都御史赵申乔以"狂妄不谨"的罪名弹劾戴名世，弹劾的主要依据是《南山集》一书。由于书中沿用了南明的年号、颂扬明朝忠臣、揭露清廷谋杀明崇祯帝儿子的隐事及多尔衮的不轨之事，康熙帝降旨将戴名世凌迟处死，戴氏家族凡男子十六岁以上者立斩，女子及十五岁以下男子，籍没收官为奴。《南山集》中的有些资料引用了同乡方孝标的《黔贵记事》，方孝标也和戴名世同样治罪。给《南山集》作序的汪灏、方苞、王源等处斩刑；给《南山集》捐款刊印出版的方正玉、尤云鹗等人及其妻子家人，发配宁古塔。《南山集》案受到牵连的有三百多人，后来康熙帝发恻隐之心，改戴名世凌迟为斩刑，本来应处斩刑之人如戴家、方家都流放黑龙江。方孝标已死，但仍被发棺戮尸。方孝标的儿子、时任工部主事的方登峄和方孝标的孙子、时任内阁中书的方式济被发配到黑龙江的宁古塔。

方观承便是方式济的次子，高祖、曾祖、祖父、父亲四代均遭发配穷边，如此身世可谓奇极！方观承年岁稍长，因思念父祖，徒步万里，往来黑龙江与桐城之间。千山万水，常常是日行百里，不着一餐。这已经是方观承第七次前往宁古塔了。

方观承徒步宁古塔的壮举，让冯含真非常震撼，他想到了自己的父亲至今依然在宁古塔做苦役，他为什么不能像方观承那样，到宁古塔看望父亲呢？想到这里，冯含真忍不住说："方先生，有件事不知道该不该……"

方观承见冯含真欲言又止，便说："冯先生有话请讲，遇上了我们就是朋友。"

冯含真说："实不相瞒，家父也在宁古塔。"

方观承"哦"了一声，面露惊异之色，却又不好问什么。

冯含真说："说来惭愧，令祖令尊发配宁古塔，毕竟是受牵连，历史自有公道，可是家父去宁古塔，却是自作其孽。"

方观承看着冯含真，依然沉默着。

冯含真又说："康熙五十年……科考舞弊……买了'关节'……"

方观承说："莫非冯先生想让我给令尊大人捎一封家书？"

冯含真忙摇头说："不不……母亲让我有了出头之日再与家父联系……可现在我……唉，如果方便，先生不妨替我打听一下家父的状况。万一碰上了，千万别谈起我……"

方观承点了点头："先生是有大志向的人，在下明白。"

说完这几句话，两个人都沉默了。

方观承看着车子后面气喘吁吁的曹雪芹，觉得很过意不去，歇息了一会儿之后，便要下车。冯含真拦住了他，说自己坐车时间太久了，两条腿都麻了，需要到下面松快一下。两个正在争执，小妖腿脚利索，却抢先下车去替换曹雪芹了。曹雪芹又把那顶草帽摘下来扣在小妖的头上。这车棚里原本就很狭小，如果挤一下也可以坐四个人的。可是，那样就要有一个人跟小妖挤在一边了。男女授受不亲，尽管小妖是个孩子，毕竟也是豆蔻年华的女孩儿了。

小妖下车以后，曹雪芹上来了，坐在了冯含真和方观承的对面。

方观承细细地打量着曹雪芹，突然说："如果我没认错的话，先生该是江宁织造府的曹公子。"

曹雪芹和冯含真都惊愕了。

方观承说："我们方家遭难之后，大人们都走了，只留下了我和哥哥方观永，我们俩尚在年幼，无依无靠无家可归，靠乞讨为生。有一次遇见了曹寅大人，他老人家知道我们的身份之后，立刻把我们接到家里。后来有人劝说曹大人，这样做会恼怒朝廷的。曹大人又拿出了一笔钱，把我们送到清凉寺，让寺庙里的和尚照顾我们。就是在江宁织造府那几日，我见过公子。当时就想日后要报恩，所以曹府的每个人都认真记下了……"

曹雪芹拱手说："方公子真是性情中人，在下正是曹家的曹雪芹。"

方观承看着曹雪芹，双手一抱拳，眼泪不由得流了下来。

曹雪芹看了看方观承，又看了看冯含真，苦笑了一下，又仰起头来看着远方，轻轻地吟哦起来：

> 陋室空堂，当年笏满堂；衰草枯杨，曾为歌舞场；蛛丝儿结满雕梁，绿纱今又在篷窗上。说什么脂正浓、粉正香，如何两鬓又成霜？昨日黄土陇头埋白骨，今宵红绡帐底卧鸳鸯。金满箱，银满箱，转眼乞丐人皆谤；正叹他人命不长，哪知自己归来丧？训有方，保不定日后做强梁。择膏粱，谁承望流落在烟花巷！因嫌纱帽小，致使锁枷扛；昨怜破袄寒，今嫌紫袍长。乱哄哄你方唱罢我登场，反认他乡是故乡。甚荒唐，到头来都是为他人做嫁衣裳。

冯含真回到张家湾已经是皓月初升、华灯绽放的时候了。曹雪芹没有跟他一起回来，他陪方观承在通州住了下来，一来曹雪芹明天要送他过运河奔榆关；二来曹雪芹也想跟他好好聊聊。同是锦衣玉食之家的落难公子，肯定有说不完的话。冯含真更想听听方观承谈宁古塔，甚至他都想跟方观承结伴去宁古塔。可是，天顺隆当铺等着他的门罩呢，再说还有小妖呢，他得把小妖安置好。更重要的是，他现在还不能去宁古塔，他还没有资格去见父亲。

虽然已经到了晚上，大街小巷的店铺都没有关门打烊。家家挂灯，店店结彩。临近中秋节，商家都铆足了劲儿，要抓住这大好时机赚上一把。许多店铺都把货物摆在了街上，最多的是过节用的果品和月饼。街道上人流涌动，吆喝声争吵声起哄声叫好声喧闹声寻喊声逐浪起伏。熙熙攘攘的人流多是采购节货的，更多的是来看热闹的，不但有张家湾及周边的本地人，更有漕船上的运丁、货船上的船工、客船上的游客、花船上的风尘女子，还有来自京城的官吏和皇族、聚集在张家湾等候补缺的捐官、横冲直撞的浪荡公子、精力旺盛的水手船夫、躲躲闪闪的良家妇幼……

小妖跟着冯含真在人缝里挤来挤去，两只眼睛东张西望，看什么都新鲜，见什么都好玩儿。冯含真怕把她挤散，紧紧地拉着她的手腕。小妖却常常贪热闹舍不得往前走，向后拽着。冯含真无奈，只好走走停停，让小妖大饱眼福。

小妖说："这张家湾怎么比北京城还热闹？"

冯含真说："你不是来过张家湾吗？"

小妖说："来是来过，只是跟我娘打场子卖艺，从来没好好逛过。"

冯含真说："我们还是早点儿回去吧，等中秋节那天我带你逛个够。"

小妖说："得了吧，回去以后就由不得你了，掌柜的不发话，你敢出来？"

冯含真不言语了，确实如此，回去就是个小伙计，每时每刻都要听内外掌柜的使唤。

小妖却担心起了自己的事："哥，他们要是不收留我怎么办？我可不想一个人到处流浪了。"

冯含真说："不会的，曹公子不是说了吗？你就在他家。"

小妖说："在他家干什么？"

冯含真说："当然是当丫鬟了，你还想当小姐啊？"

小妖说："当丫鬟是可以随便买卖的，他们要是看我不顺眼，把我卖了怎么办？"

冯含真说："不会的，你又不是他们花钱买来的，怎么能随便卖呢？"

小妖说："反正我娘把我交给你了，你可不能不管我。"

冯含真逗她说："你就不怕我把你卖了？"

小妖说："卖给你吧，我给你当丫鬟得了。"

冯含真说："亏你想得出来，我一个小伙计，跟你一样，是伺候人的。"

小妖说："你伺候别人，我伺候你啊。"

冯含真笑了，很开心。

两个人一边说着话一边向前挤着，突然有人在侧面高坡上喊了起来："含真……含真……含真……"

小妖拉了拉冯含真的衣襟："哥，是不是在喊你啊？"

冯含真循着喊声望去，见马幽兰正在向他招手，旁边站着马幽兰的奶妈刘婶。冯含真拉着小妖挤过去，看见两个人买了不少东西，她们的脚下堆满了大包小篓。

马幽兰急着说："哎呀，含真，你可回来了。买了这么多东西，我跟刘婶正发愁呢。含真，你真是及时雨……"

马幽兰一口一个含真地叫着，让冯含真心里很不是滋味儿。在天顺隆当铺，掌柜的和朝奉们都叫他小冯，田氏叫他小真子，后院的曹雪芹喊他冯兄，曹母喊他真子，两个小丫鬟叫他冯哥。一个小伙计，本不该让人称呼大号的，只有马幽兰，不但叫他的名字，还略姓，亲亲热热地叫他含真。他总觉得马幽兰这么叫法太招摇，太随便，太亲近，好像他们两个人之间有什么特殊关系似的。

马幽兰说："含真，你去雇辆车吧。"

冯含真说："用不着，把这些东西捆在一起，我背着就行了。"

马幽兰说："我跟刘婶逛半天了，脚脖子都酸了，走不动了。"

冯含真朝四下看了看，为难地说："这么多人，到哪儿去雇车呀，就是雇了车，也赶不进来呀。"

马幽兰更加随意地说："那让刘婶拿着东西，你背我回去。"

冯含真愣了一下，这像话吗？一个精壮男子，背着一个如花似玉的大姑娘，这景致也太可怕了。张家湾的街面上本来够热闹的了，再上演这么一出，看热闹的人还不把铺面挤塌了。冯含真苦笑了一下，说："你看这么多东西，刘婶也拿不了啊。"

没想到小妖却站出来添乱："没关系，我拿，我能拿一多半儿。哥，大小姐让你背，你就背吧。"

马幽兰这时候才发现冯含真身后还站着一个小妞儿，又见这小妞儿长得晶莹机灵、伶牙俐齿，顿时好奇起来："含真，她是谁？她怎么叫你哥？没听说过你有个妹妹呀。"

冯含真说："啊……是刚认的。"

马幽兰追问着："刚认的？从哪儿认的？"

冯含真支支吾吾地说："啊……是曹公子……准备给曹公子做丫鬟的。"

马幽兰问："这么说，是雪芹买的丫鬟？"

小妖一听，忙申明说：“我不是曹公子买的，我是我哥的，是我娘把我送给我哥的。”

马幽兰更糊涂了：“你娘把你送给你哥的？这能随便送吗？”

冯含真解释说：“啊……是这样，她叫小妖，她娘是我的师父……她娘出远门了，让我临时带带她。”

马幽兰点了点头，似乎明白了：“这么说，她是你的小师妹，对吧？”

冯含真忙说：“对对，还是马小姐冰雪聪明，一句话就说透彻了。”

马幽兰得到冯含真的夸奖，得意起来，上下左右地打量着小妖，称赞说：“含真，你这个小师妹不错，干干净净的，人也精灵，送给我吧。”

冯含真一时拿不定主意：“这……这能送吗？”

马幽兰说：“反正她来了，要吃要喝要住，人家一个小丫头，你一个小老爷们儿，你怎么带她？还不如留在我身边呢。喂，小妖，跟着我，你愿意吗？”

小妖问：“不离开我哥吧？”

马幽兰说：“都是一个院住着，一天不见见百遍。”

小妖说：“那就行，我愿意。”

马幽兰把手一挥：“好了，小妖，帮你哥和刘婶拿着东西，我们回家。”

马幽兰一高兴，把让冯含真背她的事忘了。

黄色的葫芦形的门罩贴在当铺的大门上，成了乞丐们的一道禁令。中秋节前后，正是叫花子蜂拥而至的时候，前一拨儿还没走，后一拨儿又跟上了。当铺前专门留个人打发要饭的，一小笸箩铜钱，不到一个时辰就撒光了。钱花了，也不踏实，乱乱哄哄的真吵假闹，把生意都搅黄了。现在好了，乞丐们来了，范家门的想讨，高家门的要唱，看了看大门上的黄色门罩，都把嘴巴闭上了。然后，头一低灰溜溜地走了，真像是邪祟碰上了镇物。

没有了乞丐们前来骚扰，天顺隆清静了许多。这不是很重要的事情，重要的是，天顺隆有了一道黄色的门罩，就享受了一种别的店铺没有的特权。这是脸面，天顺隆说得了，能得到黄色门罩，马家亨马掌柜脸上有光，让人家羡慕得眼睛发蓝。当然，能得到这个门罩，冯含真功不可没。中秋节分果品月饼的时候，马掌柜额外给冯含真两块月饼三个大鸭梨。冯含真的脸上也有了光，他把得到的奖赏统统给了小妖，小妖也高兴得蹦蹦跳跳翻跟头。一个门罩哄乐了一大家子人，真是吉星高照。

天顺隆当铺里除了马家亨是掌柜的，还有三个朝奉：陶元淳、姜炳德、宋光鲁；三个学徒：小顺子、大邦子、二侯子，小顺子叫熊标顺，大邦子叫袁国邦，二侯子叫侯再兴。冯含真呢，只能算是小伙计。

时间久了，冯含真渐渐地发现，当铺里除了马掌柜，最拿事的就是陶元淳了。三个朝奉，姜炳德四十多岁，山西河津人；宋光鲁三十多岁，山东济宁人；而陶元淳只有二十多岁，应该说年龄最小、资历最浅，为什么他能高人一头呢？原因有二，一是他是河北献县人，马家亨夫人田氏的娘家，论起来还该管田氏叫姑姑，只是远了点儿，出了五服。再有，这三个朝奉中只有陶元淳有功名，科考院试中了生员，也就是民间所说的秀才。秀才见了县官都不下跪，在官场上是被称作老爷的。现在蜗居在当铺里当朝奉，还不是与困龙卧虎一般？

陶元淳身份高人一等，傲慢便高人三等。平时对两位同柜的朝奉还算客气，对三个小学徒则是呼来唤去，顺则骂，逆则打，比掌柜的还厉害。这三个小学徒中，受欺负最多的就是小顺子。

小顺子之所以最受欺负，也与他的出身有关。大邦子和二侯子都是本地人，大邦子家在运河边上的儒林村，二侯子是儒林对面的苏庄人。小顺子的家在山东禹城，跟着父亲一路给漕船拉纤上来的。大邦子和小侯子都是庄户人家，即使生活并不富裕，也能时不时地回去拿些土特产品回来孝敬师傅。小顺子的父亲把他交给天顺隆就不管了，自己又不知道去哪儿拉纤、驳船、扛大个儿了。如此一来，不欺负小顺子还能欺负谁？

别的朝奉对徒弟也就是支使支使，不满意了数落两句骂两句，很少有动手打的。陶元淳却不然，稍不顺心就抄起柜台上的镇尺朝小顺子的身上打。小顺子的脸上、脑袋上、身上经常带着伤。这一天夜里，因为夜壶的事小顺子又挨了一顿臭揍。所谓的夜壶，是一种大肚子、无盖、阔长口的陶壶，专门供夜里撒尿用的。每天晚上送夜壶和早上倒夜壶，自然是徒弟伺候师傅的一个重要功课。夜壶是放在炕沿下面的，夜里有尿了，伸手从炕沿下拿过来，不用起身，放在被窝儿里就可以撒尿。尿完了，再翻身把夜壶放在炕沿下面。不知道是谁冒坏，也不知道这坏是冲着陶元淳来的还是冲着小顺子来的，陶元淳的夜壶下面被人钻了一个眼儿。夜里陶元淳把夜壶放在被窝儿里撒尿，上面尿，下面流，整泡尿都流在被窝儿里了。陶元淳那叫窝火，当即起来，把小顺子从被窝儿里拎出来，抄起顶门杠，没头没脑地朝小顺子的身上抡。小顺子被打得满炕打滚儿，嗷嗷乱叫，不一会儿就动弹不了了。夜里小顺子被打得半死，早上还要挣扎着爬起来，带着浑身的伤，一瘸一拐地给陶元淳拆洗被褥。

小顺子拿着陶元淳的被褥到后花园的井边去洗，正巧马幽兰也在洗衣服。说是马幽兰在洗衣服，其实是小妖在洗，马幽兰怕小妖洗不好，在一边监工指导。

马幽兰看着小顺子身上的伤，一个劲儿地心疼，让小妖去她的房间里拿来万金油，亲自给小顺子涂抹。一边给小顺子疗伤，一边骂着陶元淳："哪儿有这么打孩子的？打没主儿的狗哪？没主儿的狗也不能这么打呀？他也真下得去手……"

马幽兰在数落陶元淳的时候，冯含真正在井边打水。马幽兰看见了冯含真，又举一反三地谴责着陶元淳："我最瞧不起打女人的男人了，男人有本事到外面横去，在家里逞什么英雄……你说是吧，含真？"

冯含真说："恐怕小顺子算不上女人。"

马幽兰"扑哧"乐了："谁说小顺子是女人了？"

冯含真说："您不是在说陶师傅打小顺子的事吗？"

马幽兰说："是啊，他现在欺负小顺子，说不定将来就会欺负女人。"

小妖没深没浅地搭话说："真要是这样，大小姐，您可要记住，千万别嫁给陶师傅。"

马幽兰冲着小妖说："你满嘴胡吣，我能嫁给姓陶的？他能娶我？哼，做梦吧他。"

小妖说："大小姐，您先别把话堵死，我看出来了，陶师傅对您可有那意思。"

马幽兰说："你那嘴找撕哪是不是？"

小妖说："我还没跟您说呢，一大早，您还没起床呢，陶师傅就把过节的礼物给您送来了。"

马幽兰问："什么礼物？"

小妖说："一块大红丝绸。"

马幽兰说："不要，一会儿你给他送回去。"

小妖说："别价呀，大小姐，当官的还不打送礼的呢。我比画了一下，那块料子，除了能做您一件裙子，还够我做件小袄的。"

马幽兰用手里的帕子朝小妖的头上甩了一下："你个死丫头，倒会算计。"

冯含真把自己的水桶里打满了水，又顺便把小妖和小顺子的洗衣盆加上水，便挑着水到前院去了。他一边挑着水走着，一边琢磨着：莫非陶元淳真的看上了马幽兰？

曹家的丫鬟雀灵儿迎面走过来，亲亲热热地说："冯哥，我家太太请你过去一下。"

冯含真看了看雀灵儿，像是没听懂她的话。

雀灵儿又说："我家太太找你有点儿事。"

冯含真"哦"了一声，茫然地点了点头。

雀灵儿蹦蹦跳跳地走了。

冯含真把水倒入前院的水缸之后，便来到曹家居住的后院。马氏坐在屋门口的小桌前，跟着丫鬟柳莺儿正在选花样儿。冯含真犹豫了一下，没称太太，却叫了声："姑，您找我？"

马氏见到冯含真，忙吩咐雀灵儿从屋里拿出一包月饼，说："过节了，我也没预备什么，拿去吃吧。"

冯含真接过月饼："姑……瞧您，还总惦记着我。"

马氏说："芹倌总说你好，你也没少帮我们忙。"

冯含真说："姑，以后您有什么事，就吩咐一声。"

马氏说："我还真有件事，还真得请你帮忙。"

冯含真说："您说，什么事？"

马氏说："后花园不是有一块石头吗？就是我们来的时候芹倌弄来的那块。"

冯含真点着头说："是啊，我知道。"

马氏说："你能找几个人把它弄走吗？"

冯含真说："好好的一块石头，干吗要弄走呢？再说，那又是曹公子喜欢的物件。"

马氏说："我总瞧着它别扭，不顺眼，还常常梦见它。"

冯含真笑了："您还梦见过石头？"

马氏说："在我的梦里，它就不是石头了，是一个活蹦乱跳的小男孩儿。小男孩儿开始还穿红戴绿，很惹人喜欢，可后来……那小男孩儿就变成小和尚了，还敲着木鱼唱一些乱七八糟的东西……这梦，我一连做了好几次，你说，是不是不吉利？”

冯含真说：“姑，您可能是多心了，好多梦都是没道理的。您真的要把那块石头弄走，也得等曹公子回来。您放心，我会找人的。”

马氏说：“也好，等我问问芹倌，你先去忙吧。”

第 六 章

吃完早饭，马家亨一般都会坐在院子里喝茶。前院的东墙根有一架葫芦，葫芦架下面有一个小石桌、四个小石礅，很雅致。马家亨每天就是坐在这里喝茶的。马家亨喝的是碧螺春，用的是紫砂壶。一壶一碗，自斟自饮，很是自在。

冯含真看见小火炉上铁吊子里的水开了，便提起来给马家亨的紫砂壶续水。马家亨总不忘冯含真对天顺隆当铺是立过功的，一向对他比较客气。见他前来续水，便说："来，喝一碗。"

小石桌上只有马家亨自己的一只茶碗，明显地就是应景的客套话，冯含真非常识趣，忙说："谢谢掌柜的，我不喝茶。"

马家亨说："不喝茶，歇歇儿。"

冯含真说："我不累。"

马家亨说："不累陪我坐坐。"

话说到这份儿上，冯含真就不能不识好歹了。他把铁吊子送到炉子上，斜着身子，用半个屁股坐在小石礅上。

马家亨没话找话，跟他侃起了喝茶经："头晌一定要把茶喝透，你知道什么叫喝透吗？"

冯含真摇了摇头。

马家亨说："有人说，肚子胀了就算喝透了。不对，肚子胀了那叫水饱儿；有人说，尿脬胀了就算喝透了，非也，尿脬胀了那是想撒尿；还有人说，口不渴了就是喝透了，谬哉，口不渴了是肾阴不亏……"

冯含真顺着马家亨的话茬儿，有点儿讨好地问："那您说怎么才叫喝透了呢？"

马家亨说："你没种过地，没看见过给庄稼灌水。哦，就说这葫芦吧，每次浇水，怎么才叫浇足了呢？不能看下面的垄沟里存了多少水，得看葫芦叶儿。葫芦叶儿上汪起了小水珠儿，很小很小的小水珠儿，比露水珠儿小多了，比小米粒儿还要小一点儿，很细很密。这是怎么回事呢，水是浇在根上的，根吸足了水，灌到茎蔓上，茎蔓吸足了水，灌到枝条儿上，枝条儿吸足了水，灌到叶片儿上。叶片儿把水吸足了，就一点儿一点儿地溢了出来，像人出汗一样。”

冯含真自作聪明地说：“这么说，出了汗就是喝透了？”

马家亨摇晃着脑袋：“不对，非也，谬哉！出汗说明不了什么，天热能让人出汗，干活累了能让人出汗，夜里睡觉也能自汗盗汗。”

冯含真不好意思地笑了笑：“那……小的便不懂了。”

马家亨诲人不倦，说：“道理跟给这葫芦浇水是一样的，茶喝进肚子里，再下到肠子里，然后通过肝肾脾向全身浸漫。这浸漫不是流动，不是冲灌，是一点儿一点儿地洇，像是墨汁儿泼在纸上，把纸洇透之后再向四处散漫。茶到了人身体里以后，也是慢慢地洇，洇到每一个毛孔眼儿。毛孔眼儿里洇满了水，身上便润润的，从头到脚都浸漫着香茶淳液，特别是舌头底下，你会觉得甜甜的、滑滑的。这时候，不是解渴，是舒坦，那真是一种神仙般的舒坦……”

冯含真笑了笑，说：“真想不到，喝茶还有这么大的学问。”

马家亨说：“不光是喝茶有学问，世间的万事万物，真的要往深里钻研，都大有学问。我这辈子，你见到了，就喜欢做有学问的事。要说学问最大的，还是开这当铺。等有工夫了，我好好跟你说说这当铺里的学问……”

冯含真说：“那敢情好，我真的想拜您为师呢……”

说来也巧，冯含真的话刚说完，陶元淳来了。

陶元淳手里拿着一个画轴儿。冯含真忙站起来给陶元淳让座。陶元淳把画轴儿放在石桌上，对马家亨说：“掌柜的，您给掌掌眼。”

冯含真过来，帮助陶元淳把画轴儿打开，举到马家亨面前。马家亨欠着身，眯缝着眼睛瞧着，又站起来弓下腰，凑在画面上看着。看了半天，抬起头来看着陶元淳：“炳德和光鲁他俩看过了？”

陶元淳说：“看过了，他们也说不上来。主要是上面的字不认识。”

马家亨又眯缝着眼睛看了起来。

冯含真也凑过去看了看，这是一幅绢画，用彩墨直接画在绢上的。画的是祝寿图，中间一个衣着华丽的女人，周围是许多官员。头饰稀奇，装束古怪。但是这幅画却非常精致，勾勾画画都很见功力，用料也非常讲究，至少是三五百年前的作品。

马家亨疑疑惑惑地摇了摇头，问陶元淳："他要多少？"

陶元淳说："他要二百两，我想给他五十两。"

马家亨说："五十两多了，有点儿冒险。"

陶元淳说："再少他就不肯当了。"

马家亨说："拿不准，真砸手里，五十两也不是小数目呢。"

冯含真实在忍不住了，插话说："马掌柜，要我说，五十两就收下吧。"

马家亨抬头看了看冯含真："你觉得值？"

冯含真说："值，太值了。"

马家亨问："怎么个值法？"

冯含真说："这幅画是契丹画家耶律克阿的作品，画的是百官祝寿图。您看中间的这个女人，就是辽国的萧太后，旁边这两位，一个是辅佐大臣耶律斜轸，一个是韩德让，这位是耶律国珍，这位是耶律沙，这位是耶律太石，这位是耶律修哥，这位是萧达凛……"

冯含真兴致勃勃地谈着画，马家亨和陶元淳都愣住了，眼睛从画面上渐渐地转移到了冯含真的脸上。

陶元淳终于忍不住了，问："你怎么知道的？"

冯含真说："这……上面不是写着吗？"

马家亨问："你认识上面的字？"

冯含真说："这是契丹文，我……认识一些。"

马家亨问："你不就是一个小花子吗，怎么还认识契丹文？"

冯含真红着脸说："我在乞讨中，认识了一位高人，是天宁寺的住持，是他教会了我契丹文……"

马家亨低着头没说什么，陶元淳把画卷了起来，冯含真走到墙角挑起水桶朝后院走去。

陶元淳轻轻地问："掌柜的，这画……"

马家亨惊醒般地说："收收……收下……"说着，他又朝冯含真喊着，"喂……含真，你回来。"

冯含真听到连马掌柜也亲切地称呼起了他的名字，立即转身走过来。

马家亨说："把水桶放下。"

冯含真放下了肩上的水桶。

马家亨说："从今儿以后，你不要再干这些杂活儿了。"

冯含真疑惑地看着马家亨。

马家亨说："你到当铺里当学徒……愿意不愿意？"

冯含真一惊，慌忙说："愿意……愿意……当然愿意了……"

马家亨说："你马上到柜上去，一会儿我就去跟他们说。"

冯含真像是大晴天头顶上一个惊天的霹雳，把他震得一个趔趄，惊愣之后，却发现掉下来一个金元宝，不偏不倚，正好砸在自己的脑袋上。疼是疼点儿，喜却喜坏了。

他没有立即到当铺的柜上去，他努力使自己沉住气，别露出得意忘形的小家子气。他使劲吸了一口气，没忘记把脚下的水桶收拾起来。他把水桶往肩上一放，想起来前院的水缸还没满，应该再去挑一担水，便镇定地朝后院走去。

出了过道门，就是后花园，水井旁边晾晒着马幽兰洗好的衣服。他的脚步快且轻，是悄然出现在后院的。晾衣绳后面有个鬼鬼祟祟的身影，冯含真立即停住了脚步，闪在过道的里侧，偷眼看着。是小顺子，他猫着腰钻到晾衣绳的下面，又朝四下窥视了一下，便把一件粉红色的抹胸从晾衣绳上扯下来，塞进自己的怀里，然后大摇大摆地朝前院走过来。

冯含真无处躲闪，后退了两步，装作刚刚从前院走来，跟小顺子打了个照面，两个人打了一下招呼，便相互让开了路。

冯含真挑着水桶走过去，又不由自主地回头看了一眼。这一回头不要紧，正好小顺子也回过头来。两个人的眼光又碰在了一起，都觉得很不自在。

冯含真慧眼识名画，熟悉契丹文，从小伙计升为小学徒，很快传遍了天顺隆上下。

当学徒是要拜师的，拜师是要举行拜师礼的，举办拜师礼是需要置办酒席的。好在冯含真身上还攒下了几两银子，办酒席没问题，可是这么大的一件事总得有人帮助他张罗张罗。找谁呢？冯含真在这个大院里，乃至在整个张家湾，他只有一个朋友，就是曹雪芹。

晚上，他到后院去找曹雪芹。走到半路，正遇见小妖抱着一摞衣服从后花园走过来，见到冯含真便问："哥，你看见大小姐的抹胸了吗？"

冯含真一愣，立即想起了小顺子。

小妖见冯含真发愣，马上想到这样问法实在失礼，便说：“哥，你别多想，大小姐的抹胸不见了，我怕是被风吹掉了，找遍了整个后花园……再说，我怕风吹下来，还用竹夹子夹住了，你说怪不怪。”

冯含真说：“大小姐的抹胸不见了，你问我干吗？”

小妖说：“你不是常到后花园去吗？”

冯含真说：“我到后花园去是挑水扫院子收拾家具，谁也没让我给大小姐看着抹胸呀。”

小妖说：“你没见就说没见不就完了吗，跟我发什么脾气？”

冯含真说：“有你这么问的吗？”

小妖说：“问问你怎么了？我又没说你偷！”

冯含真说：“我要偷就偷金偷银偷骡子偷马，偷那破布条子干吗？”

后面有人搭话了：“我那抹胸就是再不值钱，也不至于是破布条子吧？你就这么瞧不起我？”

原来马幽兰也跟在小妖的后面，天黑，冯含真没看见。

冯含真有点儿不好意思了，忙歉疚地说：“大小姐，我这话……说错了。”

马幽兰说：“你的话没错，本来丢个抹胸我想就算了，既然你说它是破布条子，我还非要把这破布条子找出来不可了。”

冯含真无话可说了，把身子闪在一边，给马幽兰让开了路。

走到曹雪芹的房间，冯含真心里还顺不过劲儿来。大好的日子硬是遇见不开心的事，都怨小妖乱问，更怨小顺子，你一个小老爷们儿，偷人家小姐的抹胸干啥？也太下作了。

冯含真推门、掀帘、进屋，直至站在了曹雪芹面前，曹雪芹竟然没有发现。他斜着身子倚靠在炕上，对着冒着黑烟的菜油灯，正聚精会神地看着一卷书稿。冯含真等了一下，轻轻地叫着：“曹公子……”

曹雪芹抬头见是冯含真，高兴地说：“好好，太好了，从来没见过这么有趣的书。”

冯含真问：“什么书呀，让曹公子这么入迷？”

曹雪芹说：“方观承写的《东北纪行》。”

冯含真说：“方观承？就是跟咱搭车要去宁古塔的那个方观承？”

曹雪芹说：“是啊，那天晚上我们住在了三教庙，整整谈了一个通宵。他为了看望父亲，六去宁古塔，真是个奇男子。最奇的还是他六次的大惊大险、奇闻逸事，都记述在这里了，真的令人大开眼界。”

冯含真说：“如此好书，我也想看一看。”

曹雪芹说：“等我看完了，一定借给你看。”

冯含真说：“曹公子，令慈大人跟您说了吗？她老人家让我找几个人把后花园那块大石头弄走。”

曹雪芹笑了：“老太太就是这么神神道道的，我跟老太太说了，我给这块石头念了咒，以后它再也不会闯进老太太梦里了。”

冯含真问：“您念的是什么咒，能把这大石头镇住？”

曹雪芹说：“我这是糊弄老太太的话，你怎么也相信？”

冯含真说：“万一令慈大人再梦见那大石头怎么办？”

曹雪芹很有把握地说：“不会了。”

冯含真问：“为什么？”

曹雪芹说：“梦是心中的影子，这影子就像一团云彩，要是驱赶不散，它总是缠绕着你。我把它说破了，就把这云彩驱散了，老太太就能安心睡觉了。”

冯含真琢磨着曹雪芹的话，似懂非懂。

曹雪芹说：“你找我来，还有别的事吧？”

冯含真说：“让公子猜着了，我来，是为另一件事有求于公子的。”

曹雪芹说：“你不用说了，我都给你准备好了。”

冯含真一惊：“准备好了？”

曹雪芹说：“酒席嘛，定在三天以后，这样时间充裕些，我在俊峰斋饭庄订了一桌；按照规矩，你要送师父一套衣服，布料是现成的，给刘裁缝送去了，让他紧点儿手，两三天就能取回来；还有拜师的文契，我也给你写好了，你看看……哦，你没有中保人吧？我来给你作保。”

冯含真接过曹雪芹为他写好的拜师文契，两只手哆嗦起来，心里一阵阵地发热，泪水汪满了眼眶。人家是一个官宦人家的公子，尽管破败了，身份却没变。我冯含真只不过是一个小叫花子，一个小伙计，何德何能，让曹公子如此眷顾如此青睐呢？如此大恩大德深情厚谊，何以报答呢？

一阵乱糟糟的声音从前院传过来，有男人的呼叫、女人的哭闹，还有杂杂沓沓的脚步声……

曹雪芹问：“出了什么事？”

冯含真大概猜到了，对曹雪芹说：“您别动了，我去看看。”

冯含真赶到前院的时候，马幽兰正在朝奉和学徒们住的屋门前大吵大闹。马幽兰要往男人们的房间里闯，马家亨拦住了不让她进去，厉声说："深更半夜的，你这么大吵大闹，丢不丢人啊？"

马幽兰说："偷我衣服的人都不怕丢人，我怕什么？"

陶元淳也站在门口阻拦着马幽兰："大小姐，有什么事明天再说吧，大伙儿都睡了。"

马幽兰说："睡了也不行，让他们都起来，我要进屋去搜。"

马家亨觉得女儿太过分了："不行，你给我回去，你怎么能随便搜人家呢？"

陶元淳说："大小姐，您的那衣服丢了，可能是猫抓走了，狗叼走了，风吹跑了……"

马幽兰说："不可能，我那衣服就是被人偷的，有胆量偷我的衣服，就有胆量站出来。要是没有人站出来，我今天是非搜不可了。"

马家亨怒斥着女儿："不许你这么胡闹，你给我回去。"

小顺子从屋里钻出来，对马家亨说："掌柜的，我看还是让大小姐搜搜吧。搜出来呢，谁做的事谁担承着；搜不出来呢，大伙儿清白了，大小姐心里也踏实了。"

陶元淳呵斥着小顺子："你瞎捣什么乱？要搜就搜你们学徒的，我们朝奉不能跟着你们丢人。"

小顺子一反常态，跟陶元淳叫起了板："行啊，我愿意让大小姐搜，先搜我。"

马幽兰见小顺子同意了，立即带着小妖进了屋。屋子里，已经睡下的男人们早就起来了。整个房间一共睡着六个男人，三个朝奉每人一张床，床头上一个小柜橱。三个学徒睡在地上，连在一起的木板大通铺。马幽兰问小顺子："哪个是你睡的铺？"

小顺子指着最外面铺板上没有叠起来的被子："这是我的，您随便搜。"

马幽兰吩咐着小妖："打开看看。"

小妖过去，把小顺子的被子撩起来，又抖落开。然后，又翻开褥子瞧了瞧。除了几件换洗的衣服，什么都没有。

马幽兰问另外两个小徒弟："你们还谁让搜？"

大邦子和二侯子见小顺子让马幽兰搜了，不敢得罪马幽兰，也为了洗清自己，都同意让搜。

小妖又打开他们的被子搜了搜，没发现什么。

马家亨气怒地说：“行了行了，搜也搜了，快回去吧。”

马幽兰冲着三位朝奉问：“三位师傅，你们的被子能让我看看吗？”

陶元淳说：“我们当师傅的，怎能干这种下作的事呢？”

马幽兰看着陶元淳：“陶师傅，您这话是给自己担保呢，还是为别人担保呢？”

陶元淳说：“难道你怀疑我？”

马幽兰说：“我谁也不怀疑，可衣服没找出来，我谁也信不过。”

陶元淳说：“既然如此，大小姐请便。不过，您要是搜不出来，可得给我赔个不是。”

马幽兰吩咐着小妖：“翻开看看。”

小妖掀开陶元淳的被子，照样抖落一下，没见到什么。又撩起褥子，褥子底下也没什么。她刚要把褥子放下，把被子盖好，突然看见枕头下面露出了一缕粉红。小妖把枕头拿开，下面压着的，正是马幽兰丢了的那件抹胸……所有的人都把目光集中在了陶元淳身上，陶元淳急了，大叫着：“谁他妈这么缺德呀？这不是给我栽赃吗？谁呀，谁呀，你们谁干的？有种的站起来……”

马幽兰从小妖手里接过抹胸，扭头便走。

陶元淳急忙追出来，低三下四地表白着：“大小姐，您别误会，千万别误会……这抹胸确实不是我偷的，我可以冲天发誓……”

马幽兰说：“我只是来找我的东西，东西找到了就完了，我没说是你偷的呀。”

陶元淳说：“您没说是我偷的也不行啊，可这东西……确实是在我的枕头底下翻出来的。”

马幽兰看了陶元淳一眼，撇了撇嘴，没再说什么。

陶元淳越发吃不住劲儿了，回身又跑到马家亨面前，急赤白脸地说：“掌柜的，您可得给我做主，大小姐的抹胸确实不是我偷的，是哪个王八蛋给我栽赃。我非查出来废了他不可……”

马家亨摇了摇手：“算了，这件事别再提了，传出去丢人啊。”

陶元淳带着哭腔说：“掌柜的，这事不能就这样黑不提白不提糊弄过去，我在天顺隆还怎么待呀？我还有脸做人吗？”

马家亨叹了口气：“唉，算了，你呀，也别往心里去。我信你，这事不是你干的。”

陶元淳说：“马掌柜，为了当铺里的事，我不知道得罪了谁啊。真是害人之心不可有，防人之心不可无啊。咱这铺子里有坏人，您可得擦亮眼睛啊……”

陶元淳说着，竟然蹲在地上，双手捂着脸，呜呜地哭了起来。

马家亨说：“行了行了，快回屋吧，别让人家看咱们的笑话。”

当天夜里，等大家都睡了以后，冯含真把小顺子悄悄叫了出来。

冯含真在前面走，小顺子在后面跟着。两个人从过道里穿过，进了后花园，冯含真又打开后花园的门，走了出去。

开始的时候，小顺子以为冯含真有什么事情要他帮忙，及至冯含真带着他出了大门，又往西朝城门外走去，小顺子沉不住气了，胆怯地问：“冯哥，您带我去哪儿呀？”

冯含真硬硬地说：“你就跟我走吧。”

小顺子问：“您带我去干吗呀？”

冯含真说：“别问，到时候你就知道了。”

出了张家湾城，就是萧太后河。辽会同元年，辽太宗耶律德光建立了大辽政权，以幽州为南京，后又改南京为燕京。当时的燕京已经非常繁华，人口达到了一百多万。为了解决京城军民的吃饭问题，辽国便从辽东调运粮食。运粮的船只从渤海北塘入白龙港河，经宝坻香河再入港沟河，抵达张家湾。张家湾与燕京之间有一条蓟水河，河道狭窄，水量不足，不能行船。萧太后降旨疏挖，宽展河道，借水注入，修成了一条能行船运输的新河，取名萧太后河。

晚上，萧太后河上依然灯火斑斑，渔光点点。河堤上也有人在来来往往，而或还有沿着河堤叫卖食品的小贩。

冯含真来到一个河湾处，进入了一个僻静的芦苇塘旁边，站住了。小顺子却忐忑不安，磨磨蹭蹭地走到了冯含真的面前。

冯含真瞪着小顺子，半天不说话。小顺子更加心虚了，不时抬头瞟一眼冯含真。借着微弱的光亮，他看到冯含真的眼睛闪着令人战栗的光芒。

冯含真终于说话了：“知道我干吗带你到这儿来吗？”

小顺子低着头不言语。

突然，冯含真挥起手，狠狠地朝小顺子的脸上扇去。小顺子被打了一个趔趄，向后闪着身子。还不等小顺子站稳，冯含真又一个巴掌扇在他另一边的脸上。小顺子哭了："冯哥……您……您干吗打我？"

冯含真狠狠地骂着："混账东西，你还有脸问？"

小顺子说："我……我没得罪您啊。"

冯含真说："你是没得罪我，可是你干了下三烂的事。我问你，你为什么要给陶师傅栽赃？"

小顺子傻了："您……您知道？"

冯含真说："我都看见了。"

小顺子看着冯含真，胆怯地问："那……当时您怎么没点出我来？"

冯含真说："我怕陶师傅打死你，我还怕马掌柜把你赶出天顺隆。真要是这样，你还有脸在张家湾混吗？"

小顺子咕咚一下，跪在了冯含真面前，哭着说："冯哥……您打吧……您打我吧……"

冯含真说："我知道陶师傅欺负你，打你骂你委屈你，你心里不服。你可以不服，你也可以挺起腰杆儿跟他争、跟他吵、跟他讲理，这没有什么。可是你不能干脏事。你往人家脑袋上扣屎盆子，是恶心了人家，可是这脏事是你干的，脏的是你。脏了你的手，脏了你的心。你还小，还不懂得怎样做人，现在养成了坏毛病，以后会成什么人？我在大伙儿面前没揭发你，是给你留足了面子，也不愿意因为这件事把你一辈子毁了。可是我得管你，我得教训你。谁让我比你大两岁呢，谁让我们都是天顺隆的学徒呢？"

小顺子跪在地上，哭着说："冯哥，小顺子明白了。哥您是为我好，您管我，我心服口服。可是冯哥，我给陶师傅栽赃，不仅仅是因为他欺负了我，我……我也是为了给掌柜的提个醒，让他别上陶师傅的当。"

冯含真问："此话怎讲？"

小顺子说："别人不知道，我知道，陶师傅一直在打大小姐的主意，他想娶大小姐。"

冯含真说："他想娶大小姐怎么了？这也没错呀。碍你蛋疼了？"

小顺子说："哥，您不知道陶师傅是啥样的人。那是一只狼，喂不饱的白眼狼。掌柜的就这么一个女儿，以后养老送终继承家业都要靠大小姐呢。掌柜的是该给大小姐招个上门女婿，可是要掌住了眼睛，找一个忠诚可靠懂感恩会孝敬的人。陶师傅行吗？陶师傅要是掌管了天顺隆，能把掌柜的当爹孝敬吗？我怕掌柜的吃亏，我怕掌柜的老了没人管，我怕掌柜的毁在陶师傅的手里……冯哥，小顺子是个有父无母的苦孩子，掌柜的收留了我，我不能没良心啊……”

小顺子的这番话，是冯含真万万没有想到的。他被深深地感动了，不由得伸出手把小顺子从地上拉起来，又拍了拍小顺子的肩膀，说：“这件事，只有天知地知你知我知。”

小顺子使劲点了点头：“我懂。”

从萧太后河边回来，冯含真还是从后门进来的。他还想跟曹雪芹说说拜师的事，尽管曹雪芹说已经为他准备好了，他也不能赌现成的呀，总得跟曹雪芹再表示一下感激之情。他跟曹雪芹一见如故，觉得非常幸运、非常欣慰了。他孤身一人流落到张家湾，能有曹雪芹这样的一个朋友心里踏实了许多。冯含真进了后花园，一阵仙乐般的声音传了过来。是谁在吟唱？

正是月照西墙的时候，花影婆娑，清风徐来。就是这徐徐而来的清风中，满载着拨动人心弦的乐曲声：

说什么脂正浓、粉正香，如何两鬓又成霜？昨日黄土陇头埋白骨，今宵红绡帐底卧鸳鸯。金满箱，银满箱，转眼乞丐人皆谤；正叹他人命不长……

冯含真站在花影下静静地听着，心里滚动着一阵阵热浪。不远处的那块大石头上，坐着曹雪芹，他正在全神贯注地吹着箫。站在大石头下面吟唱的是小妖，她面对着曹雪芹，银白色的月光洒在她那鲜嫩的脸庞上，非常美，美得就像那轮满月。而她的歌声，亦如这月光般轻轻柔柔地漫洒开来。她唱得非常动情，甚至连双眸中闪动的那盈盈如水的泪光，冯含真都看得清清楚楚。小小年纪的小妖，怎么能把曹雪芹的曲子唱得如此动人，充满了风月沧桑，倾诉着无限凄凉。

一曲终了，冯含真不由得击掌走过来，随口说：“此曲只应天上有，人间能得几回闻。”

曹雪芹和小妖都吓了一跳，小妖跑过来，拉着冯含真，娇嗔地说：

“哥，你别笑话我，曹公子教我唱曲儿呢。”

曹雪芹说：“说是隔墙有耳，原来墙内就有耳。”

冯含真说：“我不是偷听，只是有幸赶上了。曹公子，小妖的武功已经出神入化了，您再教会了她唱曲，那不是文武兼备、才艺双全了？”

小妖说：“我不会做针线。”

曹雪芹说：“不会也罢，不去学它。”

小妖说：“不，我要学。一个女孩子不会针线会让人笑话的，大小姐已经答应教我了。哥，等我学会了针线，先给你和曹公子绣个荷包吧。”

曹雪芹说：“别，还是先给你哥绣吧，你绣好了荷包，我送他一个金魁星。咱俩的礼物合在一起，就是‘文星和合’。”

冯含真说：“为什么你们俩合在一起送我礼物呢？”

曹雪芹说：“因为你是小妖的哥嘛。”

冯含真说：“若是曹公子与小妖真的合在一起，我这身份可就非同一般了。”

曹雪芹突然醒悟过来：“好啊你，冯兄，居然拿我跟小妖开起心来了。”

小妖跳过来，使劲捶着冯含真的胸脯：“有你这么坏的哥哥吗？”

三个人轻松地嬉笑，其乐融融，融入了那溶溶的月光。

曹雪芹打量起了冯含真，从头一直看到脚，看得冯含真有点儿发毛了。他也低头看着自己，不知道身上有什么地方不对劲儿。

曹雪芹说：“冯兄，你眼下是天顺隆的小伙计，拜了师之后你可就是天顺隆的学徒了。”

冯含真说：“是啊，我高兴呀。”

曹雪芹说：“光高兴恐怕不行，你这行头得换换了。”

小妖也随声附和着说：“是啊，天顺隆的学徒都穿大褂，你还是短打扮。”

曹雪芹说：“这样吧，明天我陪你上街，给你师父定做好衣服，再给你去买件长衫。”

小妖说：“我也去，我要给我哥捯饬捯饬。”

冯含真说：“长衫是要买，我要自己买，我有钱。”

曹雪芹说：“你别跟我客气了，算是我送你的礼物吧。”

冯含真忙说：“不不，这就够让您破费的了……”

正在这时候，陶元淳从前院过来了：“含真兄弟，我找你半天了，没想到你在这儿呢……哦，曹公子也在啊，元淳给您道乏了。”

曹雪芹说：“陶师傅，您别客气，我跟冯兄还有小妖一起赏月唱曲儿呢。”

冯含真问：“陶师傅，您找我有事？”

陶元淳叹息着说：“我是来跟你道个别，眼看你就要举行拜师礼了，我也不能参加了。没别的，表示点儿心意。”

陶元淳说着，把一锭二两的小纹银塞在冯含真的手里。

冯含真慌忙推辞着，说什么也不要：“陶师傅，您这是怎么说的，道什么别呀？您要去哪儿呀？”

曹雪芹看出点儿门道来了：“等等，陶师傅，您先把那银子收起来，我问您个话。”

陶元淳收起银子：“曹公子想问什么？”

曹雪芹说：“是我舅舅把您赶走的？”

陶元淳说：“出了这么大的事，我还等着让人家赶吗？”

曹雪芹说：“这么说，我表姐那抹胸真的是您偷的？”

陶元淳急了，跺着脚地赌誓发咒：“天地良心，我要是偷了大小姐的抹胸，今天晚上就让无常把我的命索走。不知道是哪个不得好死的王八蛋，给我栽赃，往我的头上扣屎盆子。”

冯含真接过话茬儿说：“陶师傅，您不能走。您这一走，不是明显着您认下偷抹胸的事了吗？”

陶元淳说：“我不认，打死我都不能认。但是，我不认管什么？众目睽睽之下，大小姐从我的枕头底下把抹胸搜出来了。”

小妖插话说：“陶师傅，那抹胸是我搜出来的。”

陶元淳没好气地说：“我知道是你搜出来的。”

小妖说：“您别怨大小姐，其实，大小姐也没怨您。”

陶元淳说：“她怨也好，不怨也好，我就是长一百张嘴也说不清啊。裤兜子里抹黄泥，不是屎也是屎。”

小妖说：“陶师傅，您别瞧那抹胸是我搜出来的，要说是您偷的，我不信，打死我也不信。”

冯含真说：“陶师傅，我也不信。”

陶元淳看着冯含真，半天才说：“兄弟，你真的不信？”

冯含真说：“陶师傅，我没应付您，我说不信就是不信，打心眼儿里不信。”

陶元淳问：“你为什么不信？你可亲眼看见那抹胸是从我的枕头底下搜出来的。”

冯含真说：“耳听不一定是真，眼见也不一定为实。不因为别的，就因为您是个读书人，您是个有功名的人。读书人讲的是体面，既读孔孟之书，必达周公之礼。读书人有没出息的，但是绝对不会干出这么龌龊的事。”

陶元淳听了冯含真的话，激动得嘴唇哆嗦着，突然把冯含真抱住了，“哇”地哭了起来：“兄弟，我的好兄弟……你知道我的心啊……”

曹雪芹过来，拍着陶元淳的肩膀，劝慰着：“陶师傅，别走了。既然您是堂堂正正的，干吗不堂堂正正地待下去，堂堂正正地做人呢？”

陶元淳放开冯含真，带着哭腔问：“公子也相信我是清白的？”

曹雪芹说：“我信，我相信您是清白的。”

陶元淳问：“公子为什么也信，就因为刚才含真兄弟讲的那个理儿吗？”

曹雪芹说：“冯兄讲的是个理儿，可是我信，是因为小妖。”

陶元淳不解：“小妖？”

曹雪芹说：“小妖亲自搜了您，她都不信，还用问别人吗？她天天跟着大小姐，应该最知情的。”

陶元淳被深深地感动了，向曹雪芹鞠了一个躬，也给小妖鞠了一个躬：“我谢谢了，我谢谢你们了……你们都这么圣明，这么知情达理，我……我陶元淳知足了。”

第七章

第二天下午，冯含真、曹雪芹和小妖一起上了街。曹雪芹跟母亲要了一块布料，交给刘裁缝给马家亨定做了一套服装，然后便去给冯含真买长衫。在这件事情上，冯含真和曹雪芹发生了分歧。曹雪芹要给冯含真买一件体面的绸缎长衫，冯含真说什么也不干，一定要到估衣店去买件旧的。一个坚持要买新的，一个坚持要买旧的，两个人在街头上争论起来。最后，还是小妖支持了冯含真，说一个伙计穿绸挂缎的太招摇，还是买件旧衣服合身份。曹雪芹见小妖如是，便妥协了。

他们来到了北门里的一家估衣店，这家店没有字号，却很有名气。三间没有隔断的临街铺面，里面挂满了男女老少的旧衣服，皮棉夹单纱，样样俱全。有十来个人在挑选衣服，两三个小伙计热情地伺候着，掌柜的站在柜台后面瞭高儿。铺面只有两扇小窗户，又糊着厚厚的窗户纸，里面黑咕隆咚的。曹雪芹跟在冯含真后面进来，抱怨说："怎这么暗呀？"

冯含真轻声说："估衣铺都这么暗。"

曹雪芹问："为什么？这么暗怎么挑衣服？"

冯含真说："买旧衣服和买新衣服不同，这些旧衣服大多是从当铺趸来的，难免有些残破和油污，要是放在亮处，肯定能挑出许多毛病。"

曹雪芹说："咱们还是走吧，到正经的衣帽店去买吧。你要是不愿意买绸缎的，买布衫也行。"

冯含真说："既然来了，就挑一件吧。"

两个人正说着，小妖在一边喊了起来："哥，你来试试这件。"

小伙计忙过来："你给谁买？"

小妖指着走过来的冯含真说："给我哥。"

小伙计正打量着冯含真，柜台后面的掌柜的却说了一声："喜。"

小伙计听见掌柜的话，立即说："不用试了，这件大褂你哥穿着小，不合适。"

小妖说："大不大小不小的，不试怎么知道？"

小伙计说："我这眼睛就是一把尺子，大小长短超不过半寸。"

小妖疑惑地看着小伙计，冯含真走过来看了看那件大褂说："还真的不合适，这颜色我也不喜欢。"

于是，小妖又帮助冯含真选择着，曹雪芹哪件衣服也看不上眼，只好在后面跟着。

选来选去，小妖为冯含真选了一件八成新的蓝布长衫，冯含真试了试，也挺合身。小妖翻来覆去地检查了半天，也没发现什么大毛病。

每件衣服上都用大白画着价，有的画在袖子上，有的画在前襟上。曹雪芹看了看上面写着八两，马上就要掏钱。冯含真把曹雪芹拦住了。

曹雪芹急了："不是说好了吗？无论新衣旧衣，钱都由我出。"

小妖悄悄地说："曹公子，你先别忙着掏钱，还没砍价呢。"

曹雪芹明白了，把伸进怀里的手又掏了出来。

这个动作被聪明的小伙计看见了，明白这是个有钱又大方的好主顾，忙说："本来我们标的就是低价，既然这位先生穿着合适，货卖有缘人，我给您优惠二两，您给六两吧。"

曹雪芹很高兴，又要伸手掏银子，冯含真又把他的手摁住了。

冯含真对小伙计说："再砸砸浆吧。"

小伙计听了这句话，吃了一惊，抬眼看了看冯含真，客气地说："啊……砸砸浆可以，您给多少？"

小妖突然插嘴说："你们是大下一、小下一，还是三三码？"

小伙计更是惊异，他看着小妖，不知道说什么好了。

冯含真说："这样吧，兄弟，我这妹妹不懂规矩，您给个实价吧。"

小伙计说："谁让咱都是老合呢，交个朋友吧，您给三两吧，不能再往下砸了。"

冯含真点了点头，把衣服交给小伙计，小伙计用粗草纸把衣服包起来，递给冯含真。曹雪芹掏出三两银子付了账，三个人高高兴兴从估衣铺里走出来。

最兴奋的应该是曹雪芹，刚从估衣铺里出来，他就急忙问："刚才你们说的都是什么呀，我怎么一句都听不懂？"

小妖说："这是江湖的春典，您当然不懂了。"

曹雪芹说："春典我知道，就是江湖上的暗语行话对不对？你们也教教我吧。”

小妖说：“那可不行，您听说过吗？宁给一锭金，不给一句春。”

曹雪芹说：“啊？这么重要？”

小妖说：“那当然了，走江湖的不懂春典，寸步难行。”

曹雪芹说：“那你们告诉我，刚才那些话是什么意思？”

小妖问：“哪些话？”

曹雪芹说：“什么叫砸砸浆？”

冯含真说：“这个好懂，砸砸浆就是降降价。”

曹雪芹说：“那什么是老合？”

冯含真说：“我跟小妖就是老合，您曹公子就是空子。”

曹雪芹说：“哦，那我懂了，可是小妖说的大下一、小下一、三三码又是什么意思呢？”

冯含真说：“大下一就是，他衣服上标的价码，对折再减一。比如说他标十两，对折是五两，再减一就是四两。”

曹雪芹说：“那小下一呢？”

冯含真说：“小下一是对折减一钱。比如还是十两，对折是五两，再减去一钱是四两九钱。”

曹雪芹说：“三三码呢？”

冯含真说：“这就更简单了，三三除呀。比如还是十两，三三折扣就是三两三钱。”

曹雪芹长吁了一声，感叹道：“没想到江湖的学问这么大，人家跟我要六两我还觉得挺划算，没想到三两就买下来了。看来他们是大下一了。”

冯含真说：“那可不是，卖估衣这一行，掌柜的和伙计是分账的。店铺里有大小两本账，大账上的钱都归掌柜的，小账上的钱掌柜的和伙计均分。每件衣服都有个底价，比如您说的大下一，如果底价是三两，二三得六，再加一两，应该标七两。价钱是标了，可是能卖多少钱，全靠伙计的本事了。如果伙计卖了五两，那么在大账上记下三两，再在小账上记下二两。这二两掌柜的分一两，伙计分一两。”

曹雪芹想了想，说：“我们买的这件衣服标的是八两，到底是怎么算出来的呢？”

冯含真说：“应该是三三码，底价是二两五，乘三就是七两五。四舍五入，他标的是八两。”

曹雪芹说：“那他收了咱三两，还是有赚头啊？”

冯含真说：“您不能让人家赔本赚吆喝呀？从南京到北京，买的没有卖的精。”

曹雪芹笑了：“冯兄，你还真得教教我江湖春典，还有那些江湖规矩。我拜你为师，赶明儿咱也搞个拜师会，小妖做中保人。”

小妖说：“江湖春典你是一辈子也学不完的，我哥我不知道，反正我知道这点儿，十成连一成也没有。不过你要是想学江湖规矩，倒是有个好去处。”

曹雪芹急着问：“什么好去处？快告诉我。”

小妖说：“生意下处。”

冯含真说：“小妖，你别乱说，曹公子如此尊贵，能到那地方去吗？”

曹雪芹忙说：“你先别拦着小妖，那到底是什么地方？我为什么不能去？”

冯含真说：“曹公子，您不知道，生意下处是江湖人专住的旅店，您去是不合适的。”

曹雪芹说：“冯兄，你这话可就差了，世事洞明皆学问，人情练达即文章。江湖的学问这么大，你怎么不让我学呢？不入虎穴，焉得虎子，这生意下处我还非去不可了。小妖，告诉我，张家湾有生意下处吗？”

小妖说：“当然有了，我跟我娘到张家湾来卖艺的时候，都住在生意下处。”

曹雪芹说：“快告诉我在哪儿，你一定要带我去。”

小妖看了看曹雪芹：“曹公子，您这样去恐怕不合适吧？”

曹雪芹看了看身上穿的丝绸长袍和绣花马甲，为难起来。

冯含真笑了：“曹公子真的要想去，其实也不难。”

曹雪芹说：“有什么办法？”

冯含真挥了挥手里新买的旧大褂：“这不是有现成的行头吗？”

曹雪芹立即笑了。

小妖带着冯含真和曹雪芹来到了通运桥西边的生意下处。冯含真依然是那副短打扮，曹雪芹换上了旧布大褂，把自己身上的衣服包裹在一个蓝布包袱里，背在肩上。说是生意下处，从外面看，跟普通的旅店也没有什么两样。这家旅店的字号叫仙客来客栈，大门的两旁写着“仕宦行台，安寓客商”八个大字。正是傍晚时分，住店的回来了，投宿的赶来了，客栈里人来人往、说说笑笑，像个四世同堂的大家庭一样热闹非凡。小妖走在前面，一进来就被一个干净利索的小伙计认了出来，忙跑过来打招呼："哟，妖妹啊，你娘呢？"

小妖大大方方地说："我娘今天不来了，我带着两个师哥来了。"

小伙计忙向小妖后面的冯含真和曹雪芹作揖："失迎失迎……"

小妖说："那小天井的屋子还有吧？"

小伙计说："有，有，给你们留着呢。"

小妖见小伙计说完，疑惑地看了看冯含真和曹雪芹，怕他多心，忙解释说："我不住，我陪他们一会儿就走，你给我两位师哥安排一下吧。"

小伙计立即释然了，小妖又解释说："我娘在朋友家住下了，一会儿我得去找我娘。"

这所谓的仙客来客栈有两进院子，前院东边有一条过道直通后院，而前院的西边厢房与正房之间有一个小天井。后来店家把那小天井接出了一个小房子。这小房子很小，进屋就是炕，炕上有个小窗户。南边的墙壁是西厢房的房山墙，北边则是连着正房的窗户，原来是上支下合的花棱窗，改成房间后便把窗户封死了。没有用砖泥封，只是把窗户外面又糊了一层窗户纸。如此狭小又有诸多不便的小房间，没有人愿意住，可是每次金剪刀带着女儿前来投宿，都选择这个房间。这个小房间也有一大好处，上炕就是窗台，院子里的一切都了然在目，对于需要寻人防范的金剪刀来说，是最合适不过了。

冯含真和曹雪芹进屋后直接脱鞋上了炕，炕上有一个小桌，小桌紧靠着窗户。两个人坐在小桌旁边，眼睛看着外面。冯含真指着外面进来的店客，一一向曹雪芹介绍着："那个穿大褂的，长得仪表堂堂，斯斯文文，他是算卦的，在江湖上属于'金门'；那个背木匣子的，是卖药的，在江湖上叫作'皮门'；那一男一女，看见了吧，变戏法的，江湖上叫'彩门'……"

曹雪芹望着窗外那进进出出的人物，听着冯含真讲解，非常新奇，遂问："这江湖上到底有多少门多少行呀？"

冯含真说："粗略地分起来，有'四大门'和'八小门'。'四大门'是'风''马''雁''雀'，'八小门'是'金''皮''彩''挂''戏''团''调''柳'……哦，你看那个背口袋的，是练武的，他那口袋里装的是铁锤、短刀和三节棍，在江湖上叫作‘挂子行’……”

小妖进来了，她一手端着茶壶，一手拿着茶碗。听见冯含真说“挂子行”，便插言说：“我跟我娘就是‘挂子行’，而且是‘尖挂子’。”

曹雪芹问：“什么叫‘尖挂子’？”

小妖说：“真刀真枪真本事，有真人传授的才叫‘尖挂子’……让我哥给你讲吧。茶泡好了，你们自己斟着喝吧，我出去给你们买点儿酒菜。”

冯含真接着小妖的话题说：“说起来，‘挂子行’也有若干种，大体上可以分为‘支’‘拉’‘戳’‘点’‘尖’‘腥’……”

曹雪芹惊愕地说：“哎哟，这么复杂啊，这里面的水太深了，你得好好给我讲讲。”

冯含真坐好了身子，把两个茶杯摆好，先给曹雪芹斟上茶，拉开了一个娓娓道来的姿态。

曹雪芹坐在冯含真的对面，一脸的谦恭，如饥似渴。

不大一会儿，小妖把酒菜买回来了，一包一包地往桌上摆，有花生米、猪头肉、鸡胗子、羊杂碎，还有几条顶花带刺儿洗得干干净净的小黄瓜。

冯含真问：“怎么没有酒？”

小妖从怀里掏出一个酒嘟噜，往桌上一蹾：“这是什么？”

曹雪芹说：“你可真会过日子，怎么不买瓶漕运湾酒？”

小妖说：“住在这里的人，都是大碗喝酒，大块吃肉，酒都是到大酒缸去零打，没有像您那么讲究的。”

曹雪芹立刻说：“对对，入乡随俗，小妖你做得好。”

小妖说：“你们边吃边聊，我得回去了。饿了可以让伙计给你们下碗面，晚了就住在这儿，我回去说一声就行了。”

曹雪芹很欣赏小妖安排得如此妥当，随便说了一句：“小妖，谢谢你了。”

小妖把小脸蛋儿一扬：“谢？拿什么谢？”

曹雪芹说：“先敬你一杯酒吧。”

小妖说：“不行，我不喝酒。”

曹雪芹说：“那你想要什么？”

小妖调皮地说：“我要什么你给我什么吗？”

曹雪芹说：“当然了，只要我能办到的。”

小妖说："那我也不要，争出来的不香。"

曹雪芹说："你不说，我怎么知道你想要什么？"

小妖说："真的给了我想要的，才能说明你是真心的。"

冯含真说："你在曹公子面前越来越放肆了。"

曹雪芹忙说："不不，小妖说得有道理，太有道理了。男人和女人，就像是一把双面的镜子，无论从哪边看，照出来的都是自己。只有把镜子拿开，才能看见对方。"

小妖眨巴了半天眼："曹公子，你在说什么哪，我怎么听着那么绕脖子呀？"

曹雪芹不好意思地笑了："我是说，男人要想知道女人的心，不容易啊。这比江湖里的水还深，比江湖里的学问还要大。要是把江湖和女人都琢磨透了，足够写一部书了。"

冯含真问："曹公子莫非想写书？"

曹雪芹说："不瞒兄台，久有此意。"

冯含真问："写江湖？"

曹雪芹说："写女人。"

小妖说："你们慢慢聊吧，我走了。"

小妖走后，曹雪芹把那酒嘟噜拿起来，那是一个葫芦形的小陶罐。曹雪芹拔下上面的木塞，突然发现没有酒杯。

冯含真笑着说："江湖人用酒嘟噜，都是对口喝，叫作吹喇叭。"

曹雪芹说："那咱们也吹喇叭？"

冯含真说："曹公子可能不习惯，也不方便，来，咱们就用这茶杯吧。"

冯含真说着，把自己茶杯里的茶根儿倒掉，又顺手把曹雪芹前面的茶杯倒光。

曹雪芹给冯含真斟酒。

冯含真抢着曹雪芹手里的酒嘟噜："我来我来，怎么能让曹公子斟酒呢？"

曹雪芹说："客气了不是，这酒必须让我给冯兄斟，今天你是教师，我是学生，我心甘情愿捧杯伺候。"

冯含真笑了，端起酒杯："那……我就先敬曹公子。"

这一晚，曹雪芹特别兴奋，在一个独特的环境里，听着挚友讲着奇特的故事，又有美酒相佐，何其乐哉！

掌灯以后，曹雪芹出去小解，回来后发现那糊着厚厚纸的小窗户破了一块，一柱明亮的光柱从隔壁的窗户里照进来，正好打在冯含真的脸上。冯含真的脸花花拉拉的，很不受看。曹雪芹是个追求完美的细心人，他上前想把那耷拉下来的窗户纸粘上。透过那小小的破洞，曹雪芹发现隔壁原来是一个很大的房间，对面是一铺土炕，炕下面摆着一张八仙桌，桌旁边两把太师椅，一个穿着讲究的中年人坐在太师椅上，正襟危坐，神色肃然，他的前面站着一个人，恭恭敬敬，满脸郑重。曹雪芹觉得站着的人有点儿眼熟，脑子一闪，立即想起来京城天然居那一幕，遂转身对冯含真招手。

冯含真下了炕："怎么了？"

曹雪芹轻声说："你师父在这儿。"

冯含真一愣，遂把眼睛凑上去，立刻又把身子缩回来。

曹雪芹问："那个站着答话的人，就是我在天然居见过的，当时理亲王请他吃饭，他是不是你师父？"

冯含真点了点头。

曹雪芹说："他怎么也来生意下处了？"

冯含真摇了摇头。

两个人离窗户很近，隔壁房间里的声音都能清清楚楚地听见。

"请问何谓以船比人，以人比天？"

"天有三百六十五日夜，人有三百六十五骨节，船有三百六十五拼板。"

"天有寒暑二十四节气？"

"人有肌骨二十四块，船有六门十八舱。"

"天有无极一理？"

"人有无极一窍，船有无极一乐。"

"天有太极？"

"人有气血，船有灯烛。"

"天有好生之德？"

"人有恻隐之心，船有为善之义。"

"天有三才？"

"人有三宝，船有三堂。"

“天有四象？”

“人有四肢，船有四厂。”

“天有五行？”

“人有五脏，船有五桩。”

“天有六合？”

“人有六欲，船有六部……”

两个人听了一会儿，冯含真拉了一下曹雪芹的衣襟，重新上了炕，坐在了酒桌旁。

曹雪芹问：“他们在说什么？像是考官在考学生。”

冯含真说：“他们也是江湖，而且是最大的江湖。”

曹雪芹问：“最大的江湖，他们是哪一门哪一派？”

冯含真打开茶壶盖，用手指蘸了一点儿水，在桌面上写了一个“青”字。

曹雪芹惊愕地看着冯含真：“青帮？”

冯含真点了点头。

曹雪芹笑了：“青帮嘛，雪芹还略知一二。”

冯含真有点儿不相信：“嗯？”

曹雪芹说：“青帮有前五祖和后三祖之说，前五祖是达摩、神光、金祖、罗祖、陆祖，后三祖是翁岩、钱坚、潘清。后三祖‘过方’之后，现在由王降祖统领……”

冯含真惊异地问：“这些曹公子怎么知道的？”

曹雪芹说：“我这次从江宁回京城的时候，搭乘的是兴武六的漕船。”

冯含真惊叫起来：“什么？你搭乘的是兴武六的漕船？”

曹雪芹说：“是啊，怎么了？”

冯含真说：“我来张家湾的时候，也搭乘的是兴武六的漕船。”

曹雪芹说：“那也太巧了，兴武六有漕船七十一只，运送的是上元、江浦、句容三县的漕粮，我搭乘的是上元的漕船，你呢？”

冯含真说：“我搭乘的是句容的漕船。看来我们是一个船队过来的，路上却无缘相见。”

曹雪芹说：“这么说你师父是青帮？那么你呢？”

冯含真说：“请公子放心，我只是穷家门。”

正说着，听见隔壁的门响了一声，灯灭了。冯含真一手遮着灯光，探头朝院子里看着。

两个影影绰绰的身影走出了仙客来客栈大门。

曹雪芹说："他们走了。"

冯含真自语说："奇怪，他们到张家湾来干什么呢？"

曹雪芹说："我大概猜到了。"

冯含真疑惑地看着曹雪芹："嗯？"

曹雪芹说："我猜，刚才坐在太师椅上那位，应该是青帮的老大，至少比你师父辈分大。你师父可能要带着青帮老大进京。"

冯含真说："进京干什么？"

曹雪芹说："有可能是去见理亲王。"

冯含真一惊："你怎么知道的？"

曹雪芹说："我刚才看见你师父长袍里面扎着黄带子，如果不是去见尊贵的人物，宗室旗人是不扎黄带子的。再说，上次我跟你一起进京去找金三爷求门罩，在西四牌楼的天然居，你师父见的就是理亲王，这件事我跟你说过。"

冯含真嘀咕着："理亲王怎么会认识我师父呢？他们要干什么呢？"

曹雪芹说："那只有'四知'了。"

冯含真问："哪'四知'？"

曹雪芹说："天知，地知，理亲王知，你师父知。"

冯含真点了点头："你越说我越觉得可怕了。"

曹雪芹说："冯兄是替师父担心吗？"

冯含真问："曹公子跟理亲王熟悉吗？"

曹雪芹说："见过几次面，算不上熟悉，不过我四叔经常到他家走动，还常常陪伴在他身边。我四叔你知道的，叫曹頫，是令尊大人的酒肉之交。"

冯含真苦笑了一下，仰着脸听着。

曹雪芹说："我也是最近跟家母打听才搞清楚的，江宁织造府被查抄之后，我二叔曹頫和四叔曹頫便分别进了京城。二叔投奔的是平郡王府，四叔投奔的是理亲王府。老平郡王讷尔苏是我的姑夫，小平郡王福彭是我的表哥。表哥福彭是宗人府右宗正，二叔就是仗着表哥福彭的佑护在宗人府谋了个差，这样才把我们接到京城来了。而我的四叔曹頫看来很受理亲王赏识，整天跟在亲王身边进宫入府。但是，我知道，我四叔是个不成器的人，总是成事不足败事有余……”

冯含真笑了：“看来真是瘦死的骆驼比马大，您府上尽管遭了那么大的灾难，依然有高枝可攀，有大山可靠。”

曹雪芹叹息了一声：“势败休云贵，家亡莫论亲啊。”曹雪芹说完，又苦笑了一下，端起了酒杯，“来吧，喝酒。”

带着诸多疑惑，冯含真和曹雪芹酒后便睡下了。这一夜，两个人睡得还挺香，天亮之后，是院子里那吱吱喳喳的喧闹声把他们吵醒的。准确地说，冯含真是被一句江湖的“忌语”惊醒的。朦朦胧胧中，他仿佛听见院子里有两个人在对话：

“哟，宝子，你也住在这儿呀？”

“哦，二舅，您怎么来了？什么时候住进来的？”

“我昨晚儿上来的，抽空快回去看看吧，你姥姥都想死你了，总让我去找你。你说巧不巧，夜里我做了一个梦……”

就是这个“梦”字，像一盆冷水一样把冯含真兜头泼醒了。他醒了，院子里却“睡”了，“睡”了一样地安静下来。几乎所有的喧闹声、咳嗽声、说笑声、打招呼声都戛然而止。

冯含真嗖地坐起来，对曹雪芹说：“快起来，有人‘放快’了。”

曹雪芹不解：“放什么‘快’？”

冯含真说：“一会儿我再跟您解释，我得先出去看看。”

曹雪芹胡乱穿上衣服，紧跟着冯含真出了屋子，来到了院子里。

这时候，院子里所有刚才停下来的声音，现在都聚拢到一块儿了。十来个人围着一个中年人，七嘴八舌地指责着：

“您这一‘放快’不要紧，我上午的生意没法做了，这半天少说也要四五百文吧？”

“我这头晌不出去，晌午饭可还没辙呢。”

“我跟二狗熊约好了，今儿我们在佑民观演对口，我不去，把人家也耽误了……”

冯含真发现，被围在中间的中年人身边有一个年轻人，在不停地跟人家作揖鞠躬说好话：“对不住了，诸位，我舅舅刚入道没几天，是个‘半开眼儿’……”

曹雪芹拉了拉冯含真的衣襟：“到底怎么回事呀？”

冯含真却顾不上回曹雪芹的话，疾步走上前，分开人群，径直来到年轻人面前，喊了一声："多宝贤弟……"

原来是吴多宝。

吴多宝见了冯含真，像是落水的人见到了一根竹竿儿，一下子抓住了："哎哟，冯兄，你可真是及时雨……"

冯含真来不及跟吴多宝说话，便转身向四周拱手说："诸位，得罪了，在下姓冯，穷家门的。请问，哪位是卖梳篦的师傅？"

冯含真说完，朝人群里看了看。

后面一个干瘦的老头儿开口了："看来你是懂规矩的，有话说吧。"

冯含真来到干瘦老头儿面前，躬身说："师傅，这位年轻人是我的兄弟，'放快'的是他的舅舅，刚才他说他舅舅是'半开眼儿'，这不是理由。江湖有江湖的规矩，坏了规矩理该受罚，这没的说。"冯含真说着，从怀里掏出一锭五两的纹银，交给了卖梳篦的干瘦老头儿，"师傅，麻烦您了。"

干瘦老头儿收了冯含真的银子，对众人说："晌午，二友轩饭店。"

干瘦老头儿只说了这么一句话，刚才还纠缠不休的人都闭上了嘴，爽爽快快地散开了。

冯含真把吴多宝拉进小屋里，这才把他介绍给了曹雪芹。然后又问："多宝，你怎么来了？"

吴多宝说："我回老家陆辛庄，顺便想看看仁兄，昨天太晚了住下了，原本要今天头晌去拜访你的。"

曹雪芹说："早知道你在这儿，我们昨晚三个人一起喝酒多好。"

吴多宝说："刚才让冯兄破费了，真不好意思。"

冯含真说："兄弟间就别说这客气话了，你既然来了，中午我们好好聚聚，曹公子也一块儿。"

曹雪芹说："中午的酒席我办，俊峰斋怎么样？"

吴多宝说："我刚跟我舅舅见面，我还得去跟他说几句话。"

冯含真张罗着洗脸漱口，曹雪芹却缠住了他："别忙，你得先给我说说。"

冯含真问："说什么？"

曹雪芹说："到底是怎么回事？我糊里糊涂的像做了一场梦，现在还在梦里呢。"

冯含真说：“吴多宝的舅舅‘放快’了，惹了麻烦。”

曹雪芹问：“什么叫‘放快’？”

冯含真说：“江湖上有许多忌讳，在生意下处住着，头晌说话要特别留神，有些话是不能说的，不吉利。说了这些不吉利的话，叫‘放快’。谁要是听了‘放快’的话，生意便不能做了，说的人得包赔人家的损失。”

曹雪芹说：“这么严重？都什么话不能说？”

冯含真说：“简单地说，有‘八大快’，这头一‘快’就是‘团黄粱子’。”

曹雪芹问：“什么叫‘团黄粱子’？”

冯含真说：“就是做梦。”

曹雪芹“噢”了一声：“刚才吴多宝的舅舅确实说做梦了，还有什么不能说？不是有‘八大快’吗？”

冯含真说：“除了做梦，还有龙、虎、蛇、塔、桥、牙、兔子。如果非说不可，就要说‘调侃儿’，比如梦要说‘团黄粱子’，龙要说‘海条子’，虎要说‘海嘴子’，蛇要说‘土条子’，塔要说‘土堆子’，桥要说‘悬梁子’，牙要说‘柴’，兔子要说‘月宫嘴子’……”

曹雪芹问：“刚才你拿出五两银子，算是包赔他们的损失了？”

冯含真说：“要是较起真儿来，五两银子是不够的。江湖人讲义气，给面儿，只要话到礼到，什么事情都好通融。”

曹雪芹又问：“你为什么把银子交给卖梳篦的人呢？”

冯含真说：“江湖上门门派派，林林总总，凡事总要有个召集人。不知道是谁传下来的规矩，遇上事情了，卖梳篦的便是承头的。”

两个人正说着话，小妖进来了。

曹雪芹说：“这么早你怎么来了？”

小妖说：“大小姐听说我哥要拜师，非要送他一双内联升的千层底儿鞋。”

曹雪芹说：“内联升的分号通州才有。”

小妖说：“大小姐雇好车了，让我们一起跟她去通州。”

曹雪芹脸上立即露出了不悦之色：“我不去了。”

冯含真说：“我也不能去，中午还答应请一个朋友喝酒呢。”

小妖说：“大小姐在外面等着呢，你们要都不去，自己跟她说去吧。”

冯含真想了想，大小姐也是不能得罪的，何况人家又是好意。便动员曹雪芹说："要不，拉着吴多宝，我们一起到通州城里逛逛？"

曹雪芹有点儿为难，又不愿意难为冯含真，便说："去通州也行，你们去买鞋，我跟吴多宝去凭吊李卓吾先生。"

冯含真妥协着说："无论做什么，反正顺路顺便就行了。"

小妖拉了拉曹雪芹的衣袖："曹公子，你还是去吧。"

曹雪芹苦笑了一下，点了点头，算是答应了。

第八章

学徒三年零一节，冯含真出师以后马上升为天顺隆当铺的朝奉。谢师宴曹雪芹没参加，陶元淳到通州看货没赶上，冯含真便决定给他们补一次。正赶上佑民观庙会，曹雪芹提议到里二泗喝酒，顺便到庙会看看热闹，散散心。

佑民观在里二泗村的西北部，坐南朝北，面临大运河，四进院落，加上两进跨院，是方圆百里有名的大道观。道观前面是一座四柱三楼的木制牌楼，牌楼的南面额题是“赐佑民观”，北面的额题为“保障河漕”。他们来到的时候，佑民观的前面和里二泗的几条街道上，已经人山人海、举步难行了。三个人前后互相照应着，在人缝里钻来钻去。他们不断地被人潮涌散，又不断地被两边的摊位阻拦。熙熙攘攘、吵吵闹闹，曹雪芹倒是兴致勃勃，陶元淳却不耐烦了，说别逛了，咱们还是找个地方喝酒吧。

三个人来到佑民观东面的河漕老店，亏得他们来得早，店里的客人还不多，居然还有一个单间雅座。三个人坐下来，冯含真请客，让曹雪芹和陶元淳点菜。曹雪芹说：“陶兄点菜，我点酒。”

陶元淳也不客气，把店伙计招呼过来，点了四凉四热八个菜肴，都是运河边上的农家风味，有鱼有肉，既可口又实惠。曹雪芹点了一瓶漕运湾酒，窖藏二十年的。陶元淳笑了：“曹公子，怪不得你让我点菜你来点酒呢，你可真的会点。这一瓶酒，比我这三桌菜还贵。”

冯含真忙说：“不贵不贵，咱今天一醉方休。”

曹雪芹站起身：“既然是我点的酒，就罚我给二位仁兄斟杯吧。”

他们这个单间，正好临着街道，外面突然来了一档花会，是张家湾的高跷。张家湾的高跷属于文跷，踩的腿子是四尺三寸五，比别处的高跷腿子高出一尺半。腿子是杉木制的，雕花彩漆，金黄色，底部还套着铁箍。

走在高跷前面的是波子队，二十个小男孩儿，红裤子红袄小红帽，连脚下的软底鞋都是红的。他们打着“童子老会”的会旗，肩披香袋，举着

“娘娘福”，边走边舞，边舞边唱，煞是好看。波子队的后面便是高跷的主演，有“四打”“四跳”“四唱”。“四打”是大锣大鼓各二；“四跳”是头陀、小二哥、武扇、“膏药”；“四唱”是渔翁、渔婆、樵夫、老坐子。这十二个人都穿着戏装，脸上化着浓彩，可谓是文武兼备，花样百出。在高跷队后面压阵的是一顶八人抬的黄轿子，据说轿子里坐的是童男童女，手里拿着秘不示人的符箓，要到佑民观祭拜之后焚烧……

冯含真看得上了瘾，竟然忘了喝酒的事。陶元淳一把把他拖回来，摁在了酒桌上。

冯含真坐定之后，端起了酒杯，想说两句感谢的话，曹雪芹却把他拦住了：“且慢，刚才陶兄埋怨我点酒点贵了，让冯兄破费了。这么好的酒咱可不能豪饮，得细品。”

陶元淳问：“怎么个细品法？”

曹雪芹说：“今天咱不作诗，不猜谜，也不划拳。到什么山上唱什么歌儿，既然来到了佑民观，咱们每人要讲一个佑民观或里二泗的典故。讲得出来敬酒，讲不出来罚酒。”

陶元淳说：“曹公子竟出幺蛾子，要讲就请曹公子先讲。”

曹雪芹说：“公平，我出的主意，理应我先讲。我不讲佑民观，讲个里二泗吧。”

冯含真说：“我还真琢磨过，里二泗的名字有点儿怪，怎么个来历呢？”

曹雪芹放下酒杯，学着说书人的口气：“听在下慢慢道来。这里二泗原来叫李二寺，传说这村子里有个人，姓李排行老二，人们都叫他李二。李二这个人憨厚本分，心眼儿实在，他无父无母，无妻无儿，孤身一人住在一个小土地庙里，靠给人家当长工打短工为生。李二虽然穷，对佛祖菩萨却十分虔诚，他见到周围数十里连一座像样的庙宇都没有，便决定修一座庙。他省吃俭用，拼命赚钱，赚了钱就藏在小土地庙的地窖里。日久天长，他还真攒下了不少钱。有一天村里的几个孩子到土地庙来玩儿，无意中钻进了地窖，看见了那些钱，就都给拿走了。李二回来一看，钱都没了。于是他继续攒钱，这回他没有把钱放进地窖，而是藏在了土地爷的肚子里。钱攒得差不多了，估计能买些砖瓦木料了，李二到土地爷的肚子里去取钱，发现钱又没了。不知道是被孩子们拿走了，还是被盗贼偷去了。李二并没有灰心，他相信功到自然成，又继续攒钱。攒来攒去，钱又没了。这回他有点儿急了，因为年纪一天天大了，再攒钱不容易了。他急得不吃不喝，躺在土地庙里也不出去。就这样，他迷迷糊糊地睡着了。睡着后做了一个梦，梦见来了一群天兵天将，搬来许多砖瓦木料，在他旁边盖起了庙。他在梦里看着，越看越高兴，竟然不愿意醒来了。第二天早上，人们看见在小土地庙旁边，矗立起一座庞大辉煌的庙堂。大家议论纷纷，不知道这是怎么回事，到小土地庙里找李二去问。李二躺在土地庙里已经没了气息，人们猜测，是李二建庙心切，到天上去求菩萨，菩萨被李二感动了，赐给他一座庙。这庙就叫李二寺，叫来叫去，叫走音了，便成了里二泗。”

曹雪芹讲完了，看了看冯含真，又看了看陶元淳，问：“怎么样？”

陶元淳首先举起了杯：“嗯，有意思，来，我敬曹公子一杯。”

奇怪的是，冯含真却没有响应，呆呆地坐在桌上发愣。

陶元淳把酒杯举到他面前：“含真，想什么呢？”

冯含真惊醒过来，立即举起了杯：“哦，对对，喝酒。”

陶元淳说：“不是喝酒，人家曹公子刚才讲了一个精彩的典故，我们得先敬他一杯。”

冯含真说：“对对，我们敬曹公子。”

曹雪芹却没有端杯，微笑着说：“我知道冯兄在想什么。”

陶元淳说：“嗯？这我倒想听听。”

曹雪芹对冯含真说：“我要猜对了，你得连喝三杯。”

冯含真说：“恐怕曹公子要输了。”

曹雪芹举起手掌跟冯含真击了一下：“一言为定。”

冯含真说：“绝不食言。”

曹雪芹跟冯含真打了赌，最感兴趣的是陶元淳。曹雪芹怎么会知道冯含真在想什么呢？难道他懂得窥心大法？

曹雪芹犹豫了一下，对冯含真说：“我还是跟你单谈吧。”

陶元淳不干了：“不行，我还等着看你们输赢呢！”

冯含真说：“曹公子不妨开诚布公。”

曹雪芹说：“这可有点儿揭你的底细。”

冯含真说：“没关系，陶师傅也不是外人。”

曹雪芹说：“那我可就说了。”

冯含真说：“愿闻其详。”

曹雪芹说："你在想一个人。"

冯含真问："一个人？"

曹雪芹说："一个女人。"

冯含真问："一个女人？"

曹雪芹说："这个女人也穷，也住过土地庙，也攒过钱。可是她攒钱不是为了修庙。"

冯含真问："那是为了什么？"

曹雪芹说："为了你。"

冯含真问："为了我什么？"

曹雪芹说："为了你买书读书，考取功名。"

冯含真惊愣住了，看着曹雪芹，半天没说话。

陶元淳问："含真兄弟，曹公子说的可是真的？"

冯含真点了点头："是真的。"

陶元淳问："这个女人是谁？"

冯含真说："我的母亲。"

两个人都不言语了。

冯含真说："家父获罪被发配到宁古塔之后，母亲带着我辗转周折，差不多把天下所有的苦都吃遍了。后来为了我，母亲嫁了人。我的那个继父也姓李，也叫李二。可是……我的那个李二，就是我继父，是个浑不讲理的无赖……"

曹雪芹拍了拍冯含真的肩膀："怨我怨我。好了，不想这些不愉快的事情了，我们喝酒吧。"

冯含真深深地吸了一口气，端起了酒杯："好，喝酒，曹公子、陶师傅，我敬你们二位……"

三个人端起酒杯一饮而尽。

曹雪芹说："别忙着喝酒，我们的游戏还没做完。陶师傅，是不是该您讲了？"

陶元淳抹了一下下巴，自信地说："曹公子这游戏还真的难不倒我，我来讲一个跟佑民观有关的典故吧。"

经过几年的接触，陶元淳知道曹雪芹和冯含真都是有真才实学的人。特别是冯含真认识契丹文，后来又发现他对钟鼎文和金石文也颇有研究。而曹雪芹呢，更是才华横溢学富五车，他不但诗文作得好，而且琴棋书画无不精通，医巫僧道地理风俗也样样明晓。说心里话，跟这两个人比学问，陶元淳是心虚且自卑的。但是越是自卑的人越是虚张声势，不甘落人之后。他听曹雪芹讲述了里二泗来历，愈发想在二位面前卖弄一下。

陶元淳把眼前的酒杯端起来，抿了一口，神情肃然地讲了起来："这佑民观到底是什么时候修建的，现在已经无法考证了。但是据在下所知，前明万历十年，漕运总督汤世龙为保漕运平安，重修佑民观，那钱是万历皇帝的母亲李太后出的。这李太后是通州永乐店人，父亲叫李伟。传说有一天夜里，庆隆皇帝梦见京畿某处有一位妙龄少女，姿色倾国，仪质雍容，骑着黄龙，抱着金凤，宛如仙人。于是庆隆皇帝派两位太监去寻找，两个太监到了永乐店村，看见一个农家的秃头少女，骑在一道土墙上，怀里抱着一只金翅长尾的大公鸡。土墙是黄色的，公鸡是金色的，这不正是骑着黄龙抱着金凤的仙女吗？可是那少女衣衫褴褛，满头长着秃疮……"

曹雪芹做了一个手势："且住且住，我们要讲的典故应该与里二泗和佑民观有关，您怎么说起李太后来了？该罚酒吧？"

陶元淳顿了一下："先别罚酒，我说的是李太后出资修的佑民观吧？这跟李太后有关系啊！"

曹雪芹说："关系是有点儿，可是您讲着讲着就离题万里了。"

陶元淳说："你们别着急啊，我还没说到典故呢。你们知道这佑民观里供奉的是哪位神仙吗？"

曹雪芹说："这还用问，当然是金花圣母了。"

陶元淳说："传说广东有一位巡抚，夫人难产，孩子几天生不下来，眼看着大人孩子都保不住了。恍惚间巡抚夫人梦见一位仙人告诉她，只有金花来了，孩子才能降生。于是乎巡抚派人四处去寻找金花，几番周折，终于把一个叫金花的少女请到了巡抚后宅，巡抚夫人很快便生下了一个胖小子。巡抚很感激金花姑娘，可是金花却倒了大霉。因为她还是个处女，无意中成了催产婆，便没有人娶她了。金花羞愧难当，便投湖自尽了。金花死后，羽化成仙，变成了女人的保护神。人们为她修庙塑像，焚香祭拜……二位，这该是个典故吧？"

曹雪芹说："嗯，不错，咱们敬陶师傅一杯。"

陶元淳说："含真兄弟，该你了吧？"

冯含真说："是轮到我讲了，但是陶师傅，我得先敬您一杯，谢谢您。"

陶元淳问："谢我什么？"

冯含真说："刚才您讲了，这佑民观里供奉的是金花圣母，您只讲了金花，没有讲圣母。您要是把金花和圣母一块儿讲了，我还真没的可说了。"

陶元淳说："难道金花圣母不是一回事吗？"

冯含真说："您说对了，金花是金花，圣母是圣母。您大概没进过佑民观吧？"

陶元淳说："还真的没进去过。"

冯含真说："我跟曹公子都进去过，还进了香磕了头。这金花圣母是两位神祇。刚才您讲了金花，现在我来讲圣母。这圣母是水神天妃，北方称之为娘娘，南方特别是闽南台湾一带，称之为妈祖。宋元明清四朝都受过皇封，宋高宗赵构封她为'灵惠昭应夫人'，元世祖忽必烈封她为'护国明著天妃'，明成祖朱棣封她为'弘仁普济天后'，我朝康熙皇帝封她为'天上圣母'。这圣母是福建省莆田贤良港人，姓林名默，人称默娘……"

冯含真正说到这儿，突然窗外又传来了惊天动地的吹打声。冯含真只好暂时闭上了嘴。曹雪芹走到窗前朝外面看着，过来的是枣林庄的太平车。太平车也叫小车会，一个木架子上围着帷布，帷布两侧画着车轮。太平车表演的实际上是一出小戏。传说太平县有一个叫刘三修的男人，与妻子一起靠推车做脚夫为生。有一天，夫妇俩推着一位小姐和她的丫鬟进山走亲戚。山路崎岖不平，小姐就让丫鬟下车帮助推车。刘三修是个色鬼，见小姐国色天姿，心里难耐，便有意调戏小姐。刘三修的妻子醋意大发，百般阻挠，而调皮的小姐却故意逗弄刘三修。于是，四个人车前车后妙趣横生，动作夸张油滑，逗人哄笑叫好……

曹雪芹趴着窗户看着，突然叫了起来："快看，那不是我表姐和小妖吗？她们也来了。"

陶元淳一听，马上来了兴致："正好，我把大小姐她们叫上来，咱一起喝酒。"

还没等曹雪芹和冯含真表态，陶元淳便急忙跑了出去。

不一会儿，马幽兰带着小妖走进来，笑着说："好啊，你们躲在这儿吃独食，也不告诉我。"

曹雪芹说："我才看见了你，陶师傅就跑出去追你们了。"

小妖对冯含真说："哥，我饿了。"

冯含真说："饿了，你想吃什么？我给你点。"

小妖说："我想吃猪肉白菜馅的饺子。"

冯含真又问："大小姐想吃什么？干脆先别吃了，跟我们一起喝两杯吧。"

马幽兰爽快地说："喝两杯就喝两杯，给我斟上。"

冯含真把伙计叫过来，给马幽兰要了一个酒杯，又给小妖点了水饺。

曹雪芹也坐下来，刚要举杯向马幽兰敬酒，却发现陶元淳没回来："陶师傅呢？"

小妖说："在外面排队给我们买面人呢，面人常的面人捏得真好。"

曹雪芹问："谁叫面人常？"

小妖说："面人常你都不知道？从通州万寿宫来的，专门捏面人的。"

冯含真说："人家陶师傅就是会讨女孩儿们喜欢，让你们先上来吃饭，他在外面排队等着给你们买面人。"

小妖率真地说："要说会讨女孩儿的喜欢，你们谁也比不过曹公子。"

马幽兰敏感地问："咦，你怎么知道的？我表弟怎么讨你喜欢的？"

小妖的脸唰地红了，干张着嘴不知道该说什么了。

曹雪芹说："嘿，我不过是教小妖唱了几支曲子，她挺高兴，孩子嘛，就图个高兴。"

马幽兰不无醋意地说："那什么时候你也让我高兴高兴啊？"

曹雪芹说："你又不喜欢唱曲子。"

马幽兰说："你教我画画总可以吧？我喜欢画画。"

曹雪芹说："画嘛，我只会画些山水花鸟什么的，又没有真功夫。"

马幽兰说："你骗谁呀？你最见功夫的是画人物，你没给阿香画过像吗？"

曹雪芹突然像是被击了一下，先是愣了一下神，后来低下了头不说话了。

马幽兰也觉得很尴尬，歉疚地说："对不起……我不是有意的。"

曹雪芹依然低着头没说话。

小妖看了看冯含真，冯含真看了看曹雪芹和马幽兰。这是冯含真第二次听见阿香的名字。阿香到底是谁呢？她跟曹雪芹和马幽兰是什么关系呢？该问问曹雪芹，如果他需要帮忙……想到阿香，冯含真脑子里突然一亮，立刻浮现出了范小童的影子。曹雪芹也问过范小童，冯含真也一直没有告诉他。不是忽略了，是冯含真实在不愿意把心里的那个女人让别人知道，这是一个有分量的男人。难道阿香也是曹雪芹心里的女人吗？莫非每一个有分量的男人，心里都装着一个女人吗？

冯含真胡思乱想着，曹雪芹、马幽兰不再说话，小妖忽闪着两只眼睛无所适从。这时候，陶元淳举着两个面人进来了，像救兵一样，立刻把尴尬的局面打破了。

陶元淳把面人交给了马幽兰和小妖，两个女孩儿高兴地看着，满脸的喜悦。冯含真注意到，马幽兰手里的面人是个小姐模样，一身体面的装束，身材略显丰腴，脸上含嗔带笑，眼睛里一派风情。而小妖手里的面人，却是丫鬟打扮，小巧玲珑，明眸皓齿，脸上天真无邪，眼里纯净如水。面人常果然名不虚传，不但把两个女孩儿捏得神形兼似，还勾画出了她们的风韵品位。曹雪芹也颇有兴致地看着，不由得问马幽兰："表姐，这个面人常在捏面人之前见过你们吗？"

马幽兰见曹雪芹主动跟她说话，顿时兴奋起来："陶师傅跟面人常说要捏两个面人，面人常问给谁捏，陶师傅指了指我们两个，面人常便看了我们一眼。"

曹雪芹说："只看了一眼便捏得如此传神，不愧是大家高手。改天我一定要前去拜访。"

陶元淳说："我拿着面人回来的时候，发现了一件怪事。"

曹雪芹问："什么怪事？"

陶元淳说："西南角的大柳树下面，坐着一个女人，女人前面铺着一块白布，白布上摆着一锭五两的纹银和六个鸡蛋。上面写着：六个蛋，三人分，每人仨。"

曹雪芹说："这是什么意思？"

陶元淳说："可能是猜谜赚钱的吧，猜出来，把鸡蛋拿走，还赢她五两纹银；猜不出来，给她一个铜板儿。"

曹雪芹嘀咕着："六个蛋，三人分，每人仨……"

冯含真突然问小妖："妹妹，想不想去挣那五两纹银？"

小妖说："想呀。"

冯含真站起身，拉着小妖："跟哥走。"

冯含真拉着小妖，在熙熙攘攘的人群里挤来挤去，找到了那棵立在路边的大柳树，他欠着脚朝前看了看，果然有一个女人坐在地摊儿上。他拉着小妖又走了两步，把小妖放在一个墙角上，嘱咐说：“你别动，我先过去看看。”

小妖说：“你可快点儿。”

冯含真从人群中挤到对面，把那个女人和地摊儿看清了。女人穿着宽大的灰色长袍，披散着头发，低着头坐在地摊儿上。看不清她的脸，她也不说话。她的前面确实有一块白布，白布上确实有一道谜语、六个鸡蛋和五两银子。

冯含真马上又从对面挤回来，对小妖说：“行了，这五两银子我们拿到了。”

小妖不解地看着冯含真：“那六个鸡蛋怎么分呀？”

冯含真晃动着脑袋四下踅摸着，等了一会儿，看见一个老太太领着两个男孩儿挤过来。老太太五十多岁，两个男孩儿大的七八岁，小的四五岁。冯含真上前，热情地跟老太太打招呼：“大妈，您也来了？”

老太太看着冯含真，似乎在回忆眼前这个年轻人是谁。

冯含真继续热情地说：“大妈，这是您的俩孙子吧？”

老太太说：“是啊，听说佑民观庙会热闹，哭着喊着要来。”

冯含真说：“到庙会上要买点儿什么呀？”

老太太说：“买啥呀，兜里一个子儿也没有，看看热闹得了。”

冯含真说：“我给您六个鸡蛋吧，拿着鸡蛋可以给两个孙子买点儿好吃的。”

老太太上下打量了一下冯含真：“哪儿来的鸡蛋呀？”

冯含真说：“您跟我来。”

小妖看见冯含真领着老太太和两个男孩儿朝对面大柳树走去，也挤了过来，紧跟在后面。

冯含真来到那个女人的地摊儿前，把六个鸡蛋抓起来，给了老太太三个，又给老太太的两个孙子每人一个。

那个女人见有人拿起她的鸡蛋，抬起头来。她首先看见的是老太太和两个男孩儿手里的鸡蛋，笑了笑，把地摊儿上的五两银子拿起来，交给了冯含真。

冯含真接过那五两纹银，还没来得及仔细看看那个出谜题的女人，小妖却猛地扑过来，大声喊着：“娘……娘……”

冯含真一惊，眼前的这个女人果然是金剪刀，也就是小妖的娘。

小妖紧紧地抱着金剪刀，哭着说：“娘，我想死您了……”

冯含真问：“苗姑，您怎么到这儿来了？”

金剪刀说：“这里不是说话的地方，跟我走。”

冯含真要帮助金剪刀收拾铺在地上的白布，金剪刀说：“不要了。”

三个人从潮水般的人群中挤出来，到了里二泗的村东口，这是一个略显僻静的所在，前面就是滔滔滚滚的大运河，河面上的船帆如朵朵白云，静静地飘动着。

金剪刀对冯含真说：“我要把小妖带走。”

这太突然了。三年多了，他和小妖同欢同愁，早已经情同亲兄妹了。冯含真从来没有想到要跟小妖分开过，甚至他还一直在促成小妖与曹雪芹的关系，希冀将来自己的妹妹有个好姻缘。现在金剪刀说要把小妖带走，他怎么会舍得呢？可是，舍不得又能怎样？金剪刀是小妖的母亲，人家只是把女儿临时托付给了你，没有说卖给你，怎么不能带走呢？

冯含真不知道该说什么，转头看看小妖，小妖早已经泪流满面了。

冯含真说：“苗姑，小妖舍不得走。”

金剪刀问：“小妖，你不想跟娘走？”

小妖一头扑在金剪刀的怀里，呜呜地哭起来。

金剪刀拍着小妖的肩膀，泪水也顺着脸颊流下来。

母女俩哭了一会儿，金剪刀把小妖的头扳起来：“你跟娘说实话，是跟我走，还是留下来？”

小妖抽泣着说：“我……我……我不想再离开娘了。”

金剪刀说：“娘保证，娘到哪儿带你到哪儿，再也不离开你了。”

小妖说：“可是……我也舍不得……哥哥。”

金剪刀叹了叹气：“这可怎么办呢？你不想离开娘，又舍不得哥哥，唉……”

冯含真脑瓜灵，一转念，对金剪刀说：“苗姑，您能留下来吗？这样就两全其美了。”

小妖也兴奋起来：“娘，您也别走了，留下来，我跟娘在一起，也跟哥哥在一起。”

冯含真说：“张家湾是个繁华的大码头，随便做点儿什么就能混碗饭吃。再说，我出师了，现在是天顺隆当铺的朝奉了，我赚的钱，能养活您和小妖了。”

金剪刀沉重地摇着头：“张家湾虽好，可不是我立身之地啊。你是知道的，徐可良一直死死地盯着我，到处抓我。”

冯含真说：“哦，对了，徐可良已经不是张家湾的巡检了，调走了，据说到山东那边去了。”

金剪刀摇了摇头：“那也不行，张家湾毕竟是天子脚下，有诸多不便。”

冯含真问：“那您……要带着小妖去哪儿？”

金剪刀说：“江湖之人，随处是家。”

冯含真继续争取着：“江湖险恶，您带着小妖方便吗？”

金剪刀说：“小妖大了，离开我的日子又太久了，我只想跟女儿多待些时日。”

冯含真说：“您把女儿留在这儿，经常来看看她不是也好吗？”

金剪刀说：“我要做个养育女儿的母亲，我也要女儿对母亲的孝敬，要不……我会后悔的。”

冯含真说：“我懂，母女连心，可是来日方长，等小妖嫁了人，有了孩子，你们天天厮守在一起，享受天伦之乐。”

金剪刀又沉重地摇了摇头：“那日子好啊……谁都想过那样的好日子……可是，我不行，我怕没有那个造化。”

冯含真说：“为什么？您还不老嘛。”

金剪刀说：“刚才你说了，江湖险恶。在险恶的江湖中，随时都有天塌地陷的变故。”

冯含真也难为起来，他尽力了，但是他无法说服金剪刀。最后谈的结果，还是金剪刀坚决要把小妖带走，小妖也没有别的选择了。

临别的时候，小妖把冯含真叫到一边，从怀里掏出一个荷包：“哥，我答应过你，跟大小姐学好了针线之后给你绣个荷包。我原来想做两个的，你一个，曹公子一个。可是，现在我只做了一个……”

冯含真立即明白了：“先给曹公子，哥不嗔怪你。”

小妖还是很歉疚：“哥，对不起，我以后给你补上，一定补。”

冯含真说：“别说这些外道话，我是你哥，你是我妹，这就够了，足够了。”

小妖很感动，眼泪汪汪地看了看冯含真，转身走了。

看看时间不早了，冯含真没有再回河漕老店，估计他们也散了。更主要的是，小妖走了，他一时想不好该如何向曹雪芹和马幽兰交代。这件事情没想好，却生发出了另一个主意。他清清楚楚地记得，当初小妖要学做针线活儿的时候，主要的目的和动力就是要给他和曹雪芹做一个荷包。女孩儿的荷包都是千针万线精心做出来的，寄托着无限的情思和满心的梦想，是要送给最亲近的人，甚至是要以此托付终身的。冯含真还记得，当时小妖答应给他和曹雪芹做荷包的时候，曹雪芹答应同时送给他一个“金魁星”的。为此他们三个还开了一个很有趣的玩笑。现在，既然小妖把这个荷包送给曹雪芹了，那冯含真也该送给曹雪芹一个“金魁星”。

就是为了这个缘故，冯含真到张家湾之后没有直接回天顺隆，而是进了天成楼首饰店。天成楼的掌柜的姓金，叫金得利，名字很合他的身份。金掌柜可不是甩手掌柜，他既是东家，又是师傅。他是扬州人，做金银首饰的手艺是祖传的。他带了两个徒弟，手艺也不错。可是一般讲究的人家到天成楼来，还是专门请金师傅亲手制作。金师傅也不负众望，把首饰台直接放在了柜台后面，顾客来了，他答应了给人家亲手做，绝不弄虚作假，而是让你看着他敲敲打打，把你要的首饰精心做出来，保证让你满意。

冯含真跟金得利都是张家湾街面上的生意人，固然十分熟悉。他进店之后，跟金得利打了个招呼，就说要挑一个“金魁星”。他之所以说挑一个“金魁星”，没有说做一个“金魁星”，是因为这一类常用的小佩件，金掌柜事先就打造好了，摆在柜台上让你挑选就是了。只不过有的是他亲手做的，有的是他的徒弟做的，冷眼人看不出来，几乎一模一样。金掌柜听说冯含真要一个“金魁星”，便放下手里的活儿，把所有的“金魁星”都拿了出来，亲自为冯含真挑了一个。

“金魁星”是一位神祇，样子有点儿怪，短衣，披发，左手持斗，右手持笔，传说是“主管科举的文星”。佩戴这种金制小像，祝颂科举的功名顺利。再与荷包配在一起，便是“文星和合”之意。

冯含真很满意，把手伸进怀里掏钱的时候，指尖却触到了那锭五两重的纹银。他心里猛然一惊，坏了，这应该是送给小妖的。金剪刀的突然出现和小妖的突然别离，他竟然忘了把这锭银子交给小妖了。也好，就用这银子买“金魁星”，算是小妖送给曹雪芹一个整人情。说不定这就是天意。

冯含真从天成楼出来，却迎面撞见了马幽兰。

马幽兰见到冯含真，泼水一般地向冯含真提出了一连串的质问："你怎么到这儿来了？你去哪儿了让大伙儿等着你？小妖呢？小妖不是跟你在一起吗？她人呢？"

冯含真只好说："小妖走了。"

马幽兰一惊："走了？去哪儿了？"

冯含真说："她娘把她接走了。"

马幽兰急了："什么？她娘把她接走了？就这么接走了？连个招呼都不打就走了？怎这么不懂事呀？"

冯含真解释说："她娘来得急，走得也急，让我跟大小姐说一声，感谢大小姐这几年对她的照顾……"

马幽兰没等冯含真说完，又嚷嚷起来："这是什么事呀？有这么办事的吗？想来就来，想走就走，你就是把一只猫呀狗的领走，也该当面说一声啊。小妖也是，挺机灵的孩子，怎么办这无情无义的事呢？"

冯含真没什么好说的了，他跟马幽兰解释不清楚，好在马幽兰到这儿来是定做首饰的，高声大嗓地埋怨了一通，便怒气冲冲地甩下冯含真，径直进了天成楼。

直到将要熄灯的时候，冯含真才到后花园来找曹雪芹。他估计曹雪芹这时候应该在后花园，几乎每天晚上，曹雪芹和小妖都躲在这里，或吹箫，或唱曲儿，为这死气沉沉的曹家大院平添了一道柔美的景致。

冯含真来到后花园，果然看见了大石头前面站着的曹雪芹。曹雪芹知道冯含真走过来了，却没有跟他打招呼。

冯含真在曹雪芹的身边尴尬地站了一会儿，只好硬着头皮说："小妖走了。"

曹雪芹点了点头。

冯含真惊疑地问："你知道了？"

曹雪芹说："我知道了。"

冯含真问："你是怎么知道的？"

曹雪芹说："你们没回来，我就知道小妖走了。"

冯含真慌忙解释说："曹公子，您别误会，我事先也不知道……是巧遇，太巧了。就是陶师傅说的那个摆谜题的女人，原来是小妖的母亲……"

曹雪芹抬头看了看天空，吐了一口气，并没有细问，而是喃喃地说：

“世间的事都是前缘已定，非心所愿，非力所为啊……”

冯含真没有说什么，默默地从怀里掏出那个荷包和金魁星，举在了曹雪芹面前。

第九章

小妖走后，曹雪芹一家人也搬到北京城里去住了。冯含真同时失去了好友和妹妹，像是张家湾空了半个城。他白天站柜台做生意，上板之后便无处可去。马幽兰倒是有情有义，总是拉着他跟家人一起聊天说笑。

有一天晚上，冯含真和马家亨一家人在葫芦架下聊天，话题又转到了小妖身上。提起小妖，便提起小妖的离去，提起小妖的离去，便自然想到了冯含真带着小妖去猜谜题，为小妖赢那五两银子的事儿。大家对那个谜题都很感兴趣，是啊，六个鸡蛋，三人分，每人仨，怎么可能？

冯含真没多想，便把那天的办法说出来。找了一个带着两个孙子逛街的老太太，把六个鸡蛋拿起来，给两个孙子每人一个，给老太太三个。就这样分的。

马幽兰浑然不解："不是说每人仨吗？那两个孙子每人只拿一个呀？"

冯含真未加思索，顺口说："他们的身上不是还有两个……"

话没说完，冯含真立即觉得不对，马上闭上了嘴巴。

马家亨正在喝茶，一口水刚喝进去，又喷了出来。

刘婶也醒悟了，说："妙妙，冯师傅，你太聪明了。"

马幽兰还不明白，一个劲儿地追问："到底是怎么回事呀？你们笑什么呢？"

田氏把脸一沉："大姑娘家家的，别乱问了。"

马幽兰似乎意识到了什么，瞟了一眼冯含真，自己的脸先红了。

冯含真觉得自己失了言，很尴尬，找个借口走了。从此，他再也不愿意跟马家人聊天了。

冯含真感到很孤寂，便常常一个人在张家湾城里走走。自从明嘉靖七年，巡仓御史吴仲重修了通惠河，疏浚了白河，将元代的入河口从张家湾移到通州城北，漕运码头的重心便转移到了通州城的土石两坝，但是张家湾依然是商船和客船的码头。商船和客船的数目并不比漕船少，张家湾码头繁华依旧。如果说，通州两坝是漕粮集散重地，那么张家湾应该是商品流通中心和人文荟萃之所。商船多，商号就多，大大小小的店铺多达上千家，成了运河沿岸及京东地区的大商埠。有人曾经把商号常用的吉祥字凑过一首诗：

国泰民安福永昌，兴隆正利同齐祥。
协益长裕全明瑞，和合元亨金顺良。
惠丰成聚润发久，谦德达生洪源强。
恒义万宝复大通，新春茂盛庆安康。

这说的是货物，再说风物与人物。除了经商的游商坐商，张家湾还汇集了一大批伏龙卧虎般的人物，这是让朝廷命官都不可小觑的。这类的人物大抵可以分为三类：一类是进京参加会试的孝廉；一类是等候补缺赴任的捐官；一类是或遭贬或辞职的闲官。这些人的现状是，或谦恭自保，或吟诗放酒，或苦心钻营，或淡定放达。可是谁都知道，污泥埋着紫金盆，困龙也有上天时。

这些满腹经纶胸怀大志之辈，平时少不了以各种名目请客聚会，有的是为了寻找良机，有的是为了打发时日。聚会的场所多在三个地方：茶馆、饭店和说书场。自从乾隆皇帝登基继位之后，广施仁政，宽宏清明，给众多的人才提供了出人头地的机会。张家湾作为京畿门户，更是风云际会，群贤毕至。

冯含真是天顺隆当铺的朝奉，其身份地位已经令许多人羡慕了。可是他的心气却没有被这深宅大院囿困住，他是有大志向的人，特别是看到张家湾聚集着众多跃跃欲试的龙门金鲤，他的心也鼓胀起来。平时闲下来的时候，也常到一些场面上走走，为的是结交一些有志之士，以便寻求龙门佳径。

冯含真最近离开当铺的机会越来越多了。大凡开当铺的，都要兼做各类生意，因为大部分的当品，到期货主不来赎当，便成了死当。成了死当的物品归属当铺，当铺就会想办法把这些东西卖出去变成现钱，这样才能支应着当铺吸纳新的当品。天顺隆当铺都承认冯含真眼力好、见识广、杂学出众，所以买卖当品的差事便常派他去做。做当品买卖生意有一条规矩，就是先要在当铺之间互通消息，当铺之间常常为此互通有无，行内叫作肥水不流外人田。

这一天马家亨听说富裕兴当铺有一张三十亩的地契，让冯含真去看看。马家亨虽然开着当铺，却一直想在张家湾买地建房。他向来认为，买卖再大，也是过路财神。钱如流水，今日进明日出，最后不定会落在谁的手里。只有自己的土地和房屋，才算是安身立命之本。虽说土地房屋也可以买卖，但那都是不得已而为之。土地房屋是看得见、摸得着、守得住的产业，马家亨就一个女儿，以后养老送终能不能指望上还难说，趁着现在手里活泛一些，应该早做打算，为自己留一块活着刨食、死了安葬的土地。

冯含真到富裕兴跑了一趟，拿到了那三十亩地契，还到那块地里仔细地瞧了瞧。那地亩在大高力庄，临河顺路，半沙半土，是块宜粮宜棉的肥田。冯含真当即把那块地定下来，马家亨已经授权给他了。除此之外，冯含真还有一个意外收获，富裕兴还有一套《唐宋注疏十三经》，也已经过期成了死当。在冯含真的眼里，这比马家亨梦寐以求的三十亩地还珍贵、还难得。他看着那套蓝色封套大半新的书函，眼睛都直了，恨不得马上把它抱在怀里。富裕兴的掌柜赵天水知道冯含真心里喜欢，亲自把那套书捧起来，递到了冯含真的手里。冯含真要掏钱，赵天水说什么也不要，说你把我这三十亩地卖出去了，我已经有赚头了。原本该给你提红利的。话说到这份儿上，冯含真也不好再坚持了，只好收下了赵天水的人情，说了一些感激不尽的话。

冯含真提着用蓝布包裹兜着的书函，没有回天顺隆，而是直接去了同顺澡堂。他觉得那里是个相对清静又舒服的地方，可以踏踏实实地翻阅一下这套经典名著，先睹为快嘛。

同顺澡堂是张家湾最大、最气派的浴池，位于南门外通运桥的西侧。通运桥横跨在萧太后河上，当地人又称之为萧太后桥。同顺澡堂分为里外两部分，外面是对面两排小床铺。小床铺有二尺多宽，五尺多长，刚好躺下一个人。两个小床铺之间有一个小茶桌，小床铺下面则是装衣服的柜子。这是给讲究的人预备的，讲究的人洗澡称之为泡澡。泡的是什么？不是身上的泥污，也不是皮肉里的汗水，泡的是工夫。前来泡澡的人，一般身上都带有两样东西，一大包点心，一小包茶叶。到了澡堂之后，脱掉衣服，裹上一条宽大的浴巾，便在小床铺上安定下来。然后把小包茶叶交给伙计，伙计便为他泡上一壶茶放在小茶桌上。泡茶也需要工夫，这时候泡澡的人则进入里面的浴池。

浴池分为一大一小。大的是温水池，小的是热水池。会泡澡的人先进温水池，将身子用温水润一润，然后便翻身跳入热水池。进入热水池是需要勇气的，因为那池里的水不是热，而是烫。光是看着那池面上蒸腾的热气，就会感觉到那水有多烫。那烫会让人联想到杀猪、杀鸡时煺毛的开水锅。人进入到热水池之后，便立刻会发出杀猪般的叫声。这是烫的，烫得受不了就叫，就喊，就唱。最绝的是唱，几乎能吼两嗓子的人都喜欢唱，唱得惊天动地悲壮豪迈。因之，热水池还是吊嗓子练功夫的好地方。按道理说，澡堂子应该分为三种：用莲花头冲洗的，叫作洗澡；在温水池里浸泡的，叫作泡澡；在热水池里受刑的，叫作烫澡。烫澡的人吼几嗓子、唱两段之后，逃命似的从热水池里爬出来，浑身上下已经变得通红，通红的躯体上冒着腾腾热气，这叫烫透了。若是猪、鸡便可以煺毛了。人不煺毛，却要搓澡，把身上的污浊和老皮搓下去，道理也跟煺毛差不多。

洗一洗，泡一泡，烫一烫，搓一搓，这只是泡澡堂的开始。折腾得筋疲力尽之后，便回到小床铺上，茶泡好了，正好解渴。肚子饿了，掏出点心来慢慢地咀嚼，邻座的、对面的、周围认识的、半熟的或者陌生的同浴者便摆开了架势，天南海北地侃起了大山。这才是进入澡堂的真正乐趣。

到这里来泡澡的基本上是有钱的和有闲的。在张家湾，有钱又有闲的主要是两种人，一种是在吏部纳了捐等着补缺上任的捐官；一种是进京准备参加会试的各地孝廉。这两种人很有意思，都是准备做官的，却走的是不同的路子。前者靠的是钱，凭的是关系；后者靠的是才学，凭的是运气。前者看不起后者，觉得他们太苦、太笨、太穷酸；后者更看不起前者，觉得他们胸无点墨，满身铜锈。在官场上，通过科考进来的称之为正途，也叫老虎班。他们觉得硬气、理直气壮。而通过捐纳进来的称之为异途，虽然也有出类拔萃者，但终究有些心虚，有些挺不起腰杆儿来。

越是心虚的人越是张扬，越是怕人家瞧不起越是炫耀。他们以腰里的钱垫底儿，嗓门便大，声调便高。大张旗鼓，高谈阔论，自吹自擂，热气膨胀。相反，那些准备跳龙门的孝廉举子反倒收敛低调，斯文含蓄得多。冯含真自觉地把自己划归了后者，两种人进入澡堂所选择的位置都不一样。捐官的人总是挑在里面的床铺，自动围在一起，以便引人注目。科考的人则选择在外面，靠墙角窗前的僻静处，把自己尽可能地屈缩起来。

冯含真选了个僻静处，脱了衣服，草草地冲了个澡，便匆匆地回到小床铺上，泡了一壶茶都没顾得喝，便翻阅起了《唐宋注疏十三经》。这套书分为两函，每函八本，共十六本。冯含真一本一本地翻阅着，如醉如痴地品味着。十三经即《诗经》《尚书》《周礼》《仪礼》《礼记》《周易》《左传》《公羊传》《谷梁传》《论语》《尔雅》《孝经》《孟子》，是读书科考的必读经典。这些书冯含真都看过、读过、背过，有的已经烂熟于心。但是，冯含真读书毕竟是自读自学，缺乏系统，又缺少名师指教。他要参加科考，就要在十三经上下狠功夫，而这套《唐宋注疏十三经》，正是他开启科考殿堂的钥匙，是他登堂入室的敲门砖。

在他的对面有个年轻人，一看就知道是个读书人。他也只是泡了一壶茶，侧着身子读一本书，冯含真瞟了一眼，他看的是李笠翁写的《闲情偶寄》。既然是来京会考，还有心思看此类闲书，看来此公还是颇有定力的。

里面那些捐官们正围在一起高谈阔论且争论不休。冯含真的心思都沉浸在十三经里，无心听他们那些夸夸其谈，倏忽间一个名字敲打了一下他的耳膜：金剪刀……冯含真立即支棱起了耳朵。

“你们听说了吗？济南知府的辫子刚剪完没两天，德州知府的辫子也没了。”

“还有山东巡抚、安徽臬司、河南的藩司、江西的学政，都成了秃尾巴鹌鹑了。”

“要我说，还是庸才误国，人家岳钟琪大提督把准噶尔都拿下来了，这刑部和地方大员怎么会连一个女贼都抓不到呢？”

“没听说吗？宁带千军万马，不斗一个杂耍儿。这金剪刀来无踪去无影，就算是把岳钟琪大提督调回来也无可奈何。”

“诸位，我倒要问一问，这金剪刀是贼吗？她偷什么了？”

“她偷剪朝廷命官的辫子，这是谋反，比贼的罪过大多了。”

“我可听说，她不是谁的辫子都剪的。她剪的都是贪官，都是酷吏，都是有民愤失民心的恶官。”

“这么说，是朝廷纵容她这么干的？朝廷故意放她一马？”

“反正有她在，当官的得小心点儿，上面有朝廷管着，下面有百姓盯着，中间还有一把金剪刀镇唬着。你想贪污受贿做坏事，哼哼……”

“就算她剪的是贪官恶吏也不行，当官的犯了法有朝廷惩治，她凭什么说剪谁就剪谁？”

“人家金剪刀说了，朝廷负责砍脑袋，她负责剪辫子……”

“我说你怎么总向着那个反贼说话，你是不是跟她有一腿?”

“白日不做亏心事，不怕半夜三更金剪刀，哈哈……”

这些候补官员们正在轰轰烈烈议论纷纷，一个小跟班进来了，也分不清到底是谁的跟班，进门就喊：“各位大人，不好了，吏部果大人的老母亲故去了……”

这些官员听到这个消息，一时间都闭上了嘴，你望望我，我望望你，似乎都想在对方的脸上发现点儿什么。冯含真明白，对于这些捐官来说，吏部就是掌管他们生死簿的阎罗。所谓的吏部果大人，指的则是吏部侍郎果应剑。

果应剑原来是山东巡抚，两年前才擢升为吏部侍郎的。他到了吏部之后，立马在张家湾买了一所大宅子。大宅子在曹家大院后面，隔着一条街，原来是苏州大盐商的宅院，后来那个大盐商老了，冬天受不了北方的阴冷，便回老家了。这大宅院有三进院子，果应剑和他的几位小妾住在后院。后院有花园和跨院，严实隐秘。据说果应剑常常把后院的院门一关，大白天的跟小妾们赤身裸体地满院追逐，寻欢作乐。中院住着果应剑的母亲，人称果老太。果老太虽然年过七旬，依然精力过盛，红光满面，细皮嫩肉。在果老太身边伺候的是一个二十多岁的年轻人，身板挺拔，面容俊俏，又能说会道。不知道这个人的真实姓名，大伙儿都叫他标哥，也有时候尊称他标爷。此人来历和身份都有点儿可疑，有人说，果应剑孝敬母亲，给母亲花钱买来的面首。也有人说，他原本就是果应剑的娈童，果应剑在的时候，用后面伺候果应剑；果应剑不在的时候，用前面伺候果老太。标哥的身份特殊，地位也特殊，果子府上下，除了果应剑和果老太，他是大拿，诸事由他做主，名副其实的大管家。如此，许多前来捐官的人，没有几个能真正见到果应剑的，走的都是标哥的路子。果子府的前院，是一个非常热闹的场所，五间临街的倒座房和后面两所厢房，都是门厅敞开的。敞开的门厅迎接着八方来客。不管谁来了，有地方坐下喝茶，有地方凑几个人玩儿牌，有地方密谋聊天，甚至还有地方做一些蝇营狗苟的事情。每日每时，那些形形色色走门子、拉关系的人缕缕行行，如蚁附膻，络绎不绝。果子府是张家湾最热闹的所在，也是最神秘、最有诱惑力的地方。

现在，果大人的母亲去世了，不正好是前去献殷勤求门子的好机会吗?不知道是谁说了一句，快穿衣服吧。于是，刚才还兴致勃勃的捐官们便如丧考妣，手忙脚乱地穿起了衣服。有几个人一边穿着衣服，还一边喊喊喳喳地商量着，是送东西还是送钱好呢？送钱少了不行，送东西贱了不行。送多少合适呢？

正在这个时候，又一个小跟班进来了，喊着说："各位大人莫慌，刚才传得有误，不是果大人的母亲过世，是果大人的小妾病故了。"

正在穿衣服的官员们立刻停顿下来，犹犹豫豫地不知所措。有的说，果大人的母亲去世了，我们理应前去吊丧，可是果大人的小妾嘛……果大人的小妾死了，果大人也一定很悲痛，我们不冲着他的小妾，冲着果大人也应该去安慰一下啊……于是，又一呼百应，不慌不忙地穿着衣服，依然有人在商量着送什么送多少的事情。

也就在这个时候，又进来一个小跟班，颇有权威地喊着："各位大人，都传错了，不是果大人的母亲死了，也不是果大人的小妾死了，是果大人死了……"

这一下，所有穿衣服的人都像被顿时冻僵了一样，或站或坐都停顿下来。依然是你望望我，我望望你。果大人的母亲死了，事情重大；果大人的小妾死了，也不能等闲视之；现在死的可是果大人本人啊……

一个黑黑胖胖的人先缓过气来，把穿好的衣服又脱了，舒舒服服地躺在了小床铺上，把小床铺压得吱吱响着。他挪了挪身子，把小床铺压好，闭上了眼睛。

有人这么一带头，几乎所有的人都明白过来。穿完衣服的或者没穿完衣服的都镇静下来，重新脱得赤条条的。有的喝起了茶，有的吃起了点心，有的又把自己抛进热水池，大呼大唱地吼叫起来……

冯含真看到了这大起大落的一幕，觉得很不真实，像是舞台上演了一出滑稽小戏。那么这出戏到底是谁排练的呢？他注意到了对面看书的那个年轻人。因为他在注意捐官们态度起落的同时，也注意到了那三个小跟班。那三个小跟班像是戏里的跳加官，上来喊了一嗓子便走了。可是每个人走的时候，都在门口冲着那个读书人瞟了一眼，那个读书人也冲他们会意地笑了笑。冯含真看了看那个年轻人，立刻明白了，都是这个年轻人搞的鬼。年轻人把书放下了，冲着冯含真客气地笑了笑，算是打了招呼。

冯含真试探着问："先生是做'金点子'（算命的）的，还是'戗盘'（相面）的？"

读书人说："我是个老宽（外行），最多是'半开眼儿'（一知半解）。"

冯含真明白了，他不是“老海”（江湖人），于是拱手说：“先生客气了，那您就是前来求功名的。”

读书人说：“在下姓纪名昀，字晓岚，河北献县人。”

冯含真立刻叫起来：“哦，沧州神童，久闻大名。”

纪晓岚说：“我看先生亦是有心之人，相逢何必曾相识，咱俩有缘，何不找个地方喝两杯?”

冯含真高兴起来：“在下姓冯名含真，天顺隆当铺的朝奉，请您赏个脸，让我尽地主之谊吧。”

纪晓岚说：“不行不行，是我张罗的，哪儿能让您破费呢?”

两个人边争论着边穿衣服，后来又相携着出了同顺澡堂，来到不远处的俊峰斋饭庄，找了座位点了酒菜，推杯换盏地喝了起来。人就是这样，有缘千里一见如故，无缘对面视而不见。冯含真和纪晓岚才一见面就像是多年故交，心碰心地聊了起来。

纪晓岚说：“今天的事让冯兄看破了，也让冯兄笑话了。我没有别的意思，就是看不惯这帮脑满肠肥的大尾巴蛆。说起话来个个都是正人君子，我花俩小钱，雇三个小跟班，给他们报报丧，晒晒他们的嘴脸。”

冯含真说：“这些人也实在太可恶了，听说果大人的母亲死了，巴不得立马前去攀缘；听说果大人的小妾死了，也争着要去献殷勤；直至听说果大人本人死了，又都跟没事人似的了。”

纪晓岚说：“是啊，果大人死了，死了的果大人没用了，跟他们没关系了。”

冯含真说：“先生今日戏弄这些捐官，倒让在下想起了关于先生的一个传闻，不知真假。有幸结识先生，不妨核实一下。”

纪晓岚问：“什么传闻?”

冯含真说：“此传闻与今日戏弄捐官有异曲同工之妙，传说先生幼时聪慧顽皮，一次与几个伙伴儿在街上踢球，正好知府大人路过，一不小心把球踢进了知府大人的轿子里。同伴们都面面相觑不知如何是好，唯独先生上前向知府讨要。知府大人说：童子六七人，唯汝狡……”

纪晓岚听到这儿，哈哈大笑起来：“真是好事不出门，坏事传千里啊……”

冯含真说：“这怎么能说是坏事呢？传闻都是在褒扬先生的机智和胆量。”

纪晓岚说："当时知府大人根本不是给我出联让我对，那时候先生天天让我们对对儿，满脑子都是对联。听了他那句话，不知怎么了就随口说出了下联：太守二千担，独公……下面一个字没敢说出来。"

冯含真说："坊间传闻是这样说的，知府大人问先生，说下去，怎么不说了？先生说，您把球给我，就是'独公廉'。知府大人说，我要是不给你球呢？先生说，那就是'独公贪'……"

纪晓岚又哈哈大笑起来。

冯含真问："后来知府大人到底给没给你们那个球呢？"

纪晓岚说："人家四品黄堂大人，就是逗我们玩儿。你知道那个知府大人是谁吗？"

冯含真说："这个倒没听说。"

纪晓岚说："就是现在的漕运总督刘统勋刘大人。"

冯含真惊叫起来："哦，先生居然敢惹这个铁面阎王。"

两个人又说笑着喝起酒来。

冯含真突然严肃起来："纪先生，您从外面来，一定听说过许多有关金剪刀的事情。"

纪晓岚说："你认识金剪刀？"

冯含真诚实地点了点头。

纪晓岚立即竖起了大拇指："好啊，英雄。"

冯含真问："您说她是英雄？"

纪晓岚说："当然是英雄了，了不起的大英雄。惩治贪官恶吏，靠皇上不行，皇上投鼠忌器；靠朝廷也不行，朝廷官官相护。那么靠谁呢？靠官逼民反？民反了天下大乱，天下大乱百姓遭殃，就算是改朝换代了，也会出现一批新的贪官恶吏，换汤不换药。"

冯含真说："依先生的意思，惩治贪官恶吏，要靠金剪刀之流？"

纪晓岚说："靠金剪刀之流也不行，隔靴搔痒，蚍蜉撼树，只能伤其皮毛，不能动之根本。但是，一个普通草民百姓，敢于斗贪官恶吏，并且令贪官恶吏闻风丧胆，难能可贵。"

冯含真说："那么，朝廷能容忍她这么做吗？朝廷会抓她吗？"

纪晓岚说："肯定会抓她，不但会抓她，抓住她还会判处极刑。"

冯含真说："为什么？她又没杀人没放火没抢劫。"

纪晓岚说："但是她伤了朝廷的脸面，朝廷不缺人不缺钱，缺的是脸面。你真的杀了抢了或许还能网开一面，但是你伤了朝廷的脸面，这是万死不赦的。”

冯含真看着纪晓岚，为金剪刀担心起来，更让他担心的还有在金剪刀身边的小妖妹妹。

寒食节那天下午，天顺隆很清静，整个张家湾镇都很清静。大概文人雅士都到河边野外踏青去了，庄户人家又都去田里忙于耕作，各家店铺出现了少见的冷淡，连店铺门前飘动的幌子也懒懒的如同羸弱的病妇。

冯含真在当铺里间的账房里拢账，掌柜的马家亨一边喝茶一边支应着铺面接柜。按照当铺的规矩，掌柜之下设“三房四柜”。“三房”指的是钱房、饰房、包房。钱房就是管账目的，饰房和包房是负责管理金银首饰和皮棉衣物等贵重物品的。“四柜”是对外的，负责看货、估价、办理当和赎等业务。天顺隆也有分工，但是分工又不甚明确。譬如账房，原来是由宋光鲁管的，春节之后，宋光鲁的父亲病重，他请了长假，账目则归在了冯含真的名下。又比如柜上，应该分为头柜、二柜、三柜、四柜，是按照资历排名次的。可是，马家亨向来不顾及这些，没分出名次。别人都没什么，只是陶元淳心里有些不舒服，如果要分，头柜则非陶元淳莫属了。不知道马掌柜是怎么想的。

这时候进来一个人，是静静地进来的。他的身影出现在店门口了，挡住了西边照进来的阳光，马家亨觉得有人进来了，才慢慢地抬起头来。但是，当那个高大的身影走到柜台前面的时候，马家亨惊醒般地站了起来，热情地迎了上去。凭着职业的敏感，马家亨觉得此人不凡。见棱见角的脸庞，浓密的眉毛，深邃的目光，还有一股男人特有的气息，都让马家亨不敢等闲视之。更让马家亨吃惊的是，在他的腰间，扎着一条丝织的黄带子，黄带子上面衔接着四块圆形的镂花版，版上镶嵌着绿莹莹的宝石。这是货真价实的黄带子，黄带子是非常有讲究的。按照满清皇室的规定，从努尔哈赤的父亲塔克世一辈算起，其亲子如努尔哈赤、舒尔哈齐等人的子孙，称为宗室。而塔克世的兄弟，也就是努尔哈赤的伯伯叔叔的后代，则称为觉罗。区别就在于，宗室扎的是黄带子，觉罗扎的是红带子。

马家亨绕过柜台，迎到了前面。前面有一张八仙桌、两把太师椅，是专门为了招待尊贵的、有实力的客人准备的。马家亨冲着黄带子拱了拱手，指着八仙桌说：“先生请坐。”

黄带子冲马家亨礼貌地点了点头，不卑不亢地坐下来，顺手把抱着的锦盒放在了八仙桌上。

已经出了师并且当了朝奉的小顺子也从柜台里绕出来，为黄带子斟上了茶。

黄带子没有喝茶，转过身，将桌子上的锦盒朝马家亨跟前推了推，客气地说："马掌柜，有劳您了。"

马家亨说："您传家的宝贝？"

黄带子说："实不相瞒，确实是家传的。"

马家亨点了点头，回头对小顺子说："把冯师傅请来。"

黄带子欠起身，打开了锦盒的盖子。

马家亨凑上前去，锦盒里面是一条玉龙。玉龙呈腾飞状，昂着头，张着嘴，挥着爪，甩动着尾巴，活灵活现，栩栩如生。再看那材质，是上好的和田羊脂玉，洁如冰霜，润如凝脂，光泽沉静，几无瑕疵。马家亨知道这是个无价之宝，一时间心跳加快，眼睛鼓胀，脸都红了。他看了看黄带子，疑惑地问："这么珍稀之物，先生怎么能出手呢？"

黄带子说："家有万贯，也有一时不便。在下只是想把它在宝号存放一下，很快就会赎回去的。"

冯含真从账房出来了，见师傅在前面招待着客人，便知道遇见了非常之人或非常之物，急忙从柜台绕到了前面。冯含真见到与掌柜的并排坐在八仙桌旁的黄带子，顿时惊愣住了。黄带子见了冯含真，没有说话，只是用眼睛盯住了他。那眼睛里放出来的光，是犀利的，又是温暖的。

冯含真努力使自己镇静下来，端端正正地站在黄带子面前，拱起双手，深深地鞠了一躬："在下冯含真给您老人家请安。"

黄带子欠了欠身，算是答了礼。

这多少让马家亨感到有些奇怪，一是冯含真没有必要对黄带子行此大礼。他是宗室贵族不假，可是到了当铺里也是顾客，而且是有求于他们的，一般尊敬就足够了。二是黄带子见冯含真行了大礼，却没有依例还礼，多少显得傲慢了些。但是，对于这些马家亨都没有多想，一是觉得冯含真有眼力，肯定觉得黄带子的东西非凡，才屈尊卑恭以待之；二是黄带子毕竟是皇家宗室，傲慢一点儿也属正常。

马家亨指着桌子上的锦盒，对冯含真说："你看看先生的物件。"

冯含真凑上前，看了看锦盒里的玉龙，又抬头看了看马家亨。

马家亨没说话，他站起身来，把八仙桌前的位置留给了冯含真。他心里没底，把分量都压在冯含真身上了，那意思是说，你看准了，就做主吧。

冯含真只好转过头看了看黄带子，客气地说："前辈这物件要当多少？"

黄带子伸出了三个指头。

冯含真又犹豫地看了一眼马家亨，马家亨已经回到柜台里面了。

冯含真冲着黄带子点了点头，冲着柜台上喊着："写……"

黄带子拿着一张三千两的银票走了，马家亨急忙跑过来，埋怨着冯含真："这么一大笔银子你怎么不商量商量？"

冯含真的头上已经冒出了汗，他知道自己身上的分量。但是，他依然镇定着自己，对马家亨说："师傅觉得不值吗？"

马家亨说："值不值的我拿不准，只是你的胆子也实在太大了，三千两，这要是走了眼，咱这当铺就完蛋了。"

冯含真说："他只当三个月，一个月一分一的利息，三个月就是三分三，他来赎的时候就四千两了，咱赚了一千两，比全年的红利还多。"

马家亨只好战战兢兢地说："求菩萨保佑，千万别出什么事故。"

一连好几天了，马幽兰晚上总是见不到冯含真。见不到冯含真，她心里就觉得空落落的，像是什么东西被偷走了。其实冯含真在的时候他们也没有什么，无非是说说话、逗逗笑，最多也就是让冯含真帮助她描描花样儿。冯含真描花样儿让马幽兰佩服，她自己描的时候，总是把花样儿放在桌面上，再把纸铺在花样儿上，透过模模糊糊的花样儿图案，用笔一点儿一点儿小心翼翼地描画着。冯含真却不用这样麻烦，他眼睛看着花样儿，直接用笔在纸上描画。描画出来的花样儿，跟原来的花样儿丝毫不差，甚至比原来的花样儿还漂亮。这就叫才华，才华和本事是不一样的。本事是用来做事的，是用来混饭吃的。而才华却不是，它也许没用，但是缺了它就像花儿没了香味儿，虽然表面上还是花儿，这花儿却不值钱了。男人的才华是女人的骄傲，也是女人的装饰品。找一个有本事的男人也许不愁吃不愁喝，找一个有才华的男人才有活头儿，才能活出滋味儿来。马幽兰比较过，陶元淳有本事，却没有才华；曹雪芹有才华，不一定有本事。而冯含真是既有本事又有才华的。一个姑娘家家的，想三个大男人干什么？每逢这个时候，马幽兰便脸红心跳，可是脸红心跳之后她还是想，也许她到了想男人的时候了。

这一天晚上又没有见到冯含真，马幽兰躺在炕上睡不着觉，身上一阵阵地躁热。清明节过了，天气转暖了。天气转暖之后万物都在躁动，马幽兰也躁动起来。她听着窗外的杜鹃一声一声地叫着，叫得她心里鼓鼓胀胀的。她披衣起来了，走到外面，想吹吹夜里的凉风。前院的风不大明显，她悄悄地来到了后花园。曹雪芹一家搬走之后，后花园更冷清了。她溜溜达达地走着，静悄悄的后花园也非常寂寞，寂寞得有点儿百无聊赖。突然她好像看到了一缕光亮，那光亮是从水井旁边的一个白菜窖里发出来的。

稍有些殷实的人家都会有一个白菜窖，这是北方人的过冬菜。大白菜是立冬之后储藏起来的，一棵一棵在窖里面摆好，还要经常翻动一下，把腐烂的菜帮菜叶择掉。一窖白菜吃一个冬天，开春之后，白菜便不能储藏了，不吃就要腐烂了。现在白菜窖里应该是空的，怎么会有光亮呢？马幽兰感到很奇怪，好奇心让她的胆子变得很大，她只是好奇，根本没有想到什么危险或者可怕。她凑上前，趴在窖口上。窖口上盖着一块草帘，那光亮就是从草帘的缝隙中透露出来的。

她把草帘掀开，把头伸向窖口。她看清了，窖里有一盏亮着的菜油灯，灯光映衬出一个男人蹲着的身影。那个男人弯着腰，像是在捣鼓着什么。她似乎想都没想，便开口喊了起来：“你在这儿干什么？”

那个男人的身影剧烈地哆嗦了一下，紧接着便噗的一口把身前的灯吹灭了。

马幽兰急了：“你到底捣鼓什么呢？”

里面的男人不说话，窖里黑洞洞的，马幽兰又叫起来了：“含真，我看见你了，你怎么了？”

冯含真知道自己被马幽兰发现了，站起身来。

马幽兰说：“我说这几天怎么找不到你呢，你到底在这儿干什么呢？”

冯含真沉默了一会儿，蹲下身子，又用火镰点上了灯。

马幽兰见灯亮了，便顺着梯子爬下来，站在了冯含真的身边。

冯含真又蹲下来。

马幽兰注意到，冯含真面前的地上，铺着一块干净的木板，木板上面放着一个锦盒，锦盒是打开的，里面是一条光泽闪耀的玉龙。马幽兰感到脚下嗖嗖冒着凉气，她也蹲下身子，这才发现，放着锦盒的木板下面，堆放着许多冰块儿。

马幽兰问："这是怎么回事？"

冯含真抬起头，眼睛盯着马幽兰，盯得死死的。

马幽兰被冯含真看毛了："你……你这是……"

冯含真突然往后挪了挪身子，在马幽兰面前跪下了。

马幽兰吓坏了，颤颤巍巍地说："含真……你……你……你要干什么？"

冯含真哀求着说："大小姐……求求您……您一定要答应我……含真求您了……"

马幽兰往后躲闪着，喃喃地说："含真……你别……别这样……这太冒失……我……我就是同意……也得明媒正娶啊……别这样行吗？"

冯含真听了马幽兰的话，猛地醒悟过来，他羞愧地解释着："不不……大小姐，您误会了……我……我不是求您……"

马幽兰说："你不是求我，跪下干什么？"

冯含真说："我……我是……我求大小姐千万别……别告诉令尊大人……"

马幽兰说："好好，我答应你，我不告诉我父亲……可是，你也得托出媒人来才行啊……"

冯含真说："大小姐，我……我不是跟您求婚……"

马幽兰说："不是求婚你这是干什么？求我跟你偷鸡摸狗……你把我看成什么人了？"

冯含真说："大小姐，您别误会……我是求您，千万别告诉令尊大人……"

马幽兰说："你不让我告诉我爹什么？"

冯含真说："别告诉令尊大人这玉龙……"

马幽兰说："这玉龙怎么了？"

冯含真说："不……这玉龙是假的。"

马幽兰一惊："什么？这玉龙是假的？怎么会呢？"

冯含真说："您别看这龙活灵活现，跟真的一样，可是它不是玉的。"

马幽兰说："不是玉的，那是什么的？"

冯含真说："是蜡做的。"

马幽兰更加惊奇了："蜡做的？你怎么知道是蜡做的？"

冯含真说："确实是蜡做的，要不是我把它放在菜窖里用冰镇着，它早就化了。"

马幽兰说："这么说……你是看走眼了？"

冯含真说："不，一开始我就看出是假的了。"

马幽兰说："你明明看出了是假的，为什么还收当？你想坑我们家啊？"

冯含真说："因为来当玉龙的人……我认识。"

马幽兰问："你认识？他是谁？"

冯含真说："他叫范慕西，是我的师父……"

第 十 章

收当假玉龙的事，让冯含真无意中与马幽兰有了一个共同的秘密。这让冯含真对马幽兰发自内心地感激，马幽兰虽是女流之辈，却有一股大丈夫的义气与豪气。这秘密无疑是一个潜在的灾祸，当灾祸降临在冯含真的头上的时候，能有一个人心甘情愿地陪伴着他，并且千方百计地帮助他逃避或减缓灾祸的到来，这是多么幸运的事情啊。

每天晚上，马幽兰都帮助冯含真把买来的冰块偷偷地搬进白菜窖，然后用草帘子把白菜窖口盖上，两个人点上菜油灯，小心谨慎地用冰块镇着那蜡做的玉龙，像守候着一个即将死而复生的婴儿。每每这个时候，冯含真便借着灯光看起了那部《唐宋注疏十三经》。惹了这么大的灾祸，他能看得进去书吗？看不进去也得看，不仅仅是因为读书是他的梦想与追求，还因为他看书的时候，马幽兰便不再追问他，他实在经受不住马幽兰的追问。他无法回答她的问题，因为她问的那些问题，连他自己也搞不清楚。还因为，他的眼睛看书，心思却可以从书上移开，细细地想想马幽兰提出的那些疑问。

那个寂静得让人心里发毛的下午，他在账房里拢着账，心里总是突突地跳个不停，一种强烈的不祥之兆。直至小顺子喊他出来，见到了腰上扎着黄带子、端端正正地坐在八仙桌旁的范慕西，他立刻明白了，灾祸已经找上门来了。躲是躲不掉的，范慕西前来当玉龙，他能说是假的吗？他要说是假的，那降落在他头上的便不仅仅是现在的提心吊胆了。奇怪的是，范慕西为什么不直接把他抓走，而是前来当假玉龙呢？这不像是师父所为，倒像是范小童的恶作剧。再有，范慕西怎么会扎着黄带子呢？不要说一个丐帮帮主，就是皇亲贵族冒扎黄带子，也是僭越之大罪，是要杀头的，要灭九族的。再说，他哪儿来的黄带子呢？莫非他……冯含真突然想起了曹雪芹跟他说的那件事，范慕西在京城天然居秘密地会见过理亲王弘皙。难道师父真的与弘皙有什么关联？这可能吗？师父只不过是一个丐帮的帮主，势力再大也是贱民，理亲王可是大清王朝的宗室亲贵啊……

马幽兰尽管很尊重冯含真看书的权利，不愿意打扰他，可是她一个人百无聊赖地待着，心里不想事情是不可能的。想到了事情，不说出来也憋得难受。实在忍不住了，便不由自主地问起了冯含真：“你说，你师父是故意害你，他为什么要害你呢？”

冯含真含含糊糊地应付着：“是啊，他为什么要害我呢？”

马幽兰问：“你到底怎么得罪你师父了？”

到底怎么得罪了师父，这事能说吗？就是能说，也不能跟你马幽兰说啊。曹雪芹，多好的朋友啊，多么值得尊敬和信赖的人啊，他多次直接和间接地提到他师父，他都三缄其口。这可不是隐藏在白菜窖里的秘密，是深埋在他心底的秘密。他的心像海一样的深，除非把海水吸干了，才能把这秘密挖掘出来。

马幽兰又问：“你师父为什么要这么做？就是为了骗三千两银子吗？”

冯含真说：“恐怕没那么简单。”

马幽兰说：“那他想干什么？”

冯含真说：“他想让我离开这里。”

马幽兰问：“他想让你去哪儿？”

冯含真说：“回到他身边。”

马幽兰问：“回到他身边干什么？”

冯含真说：“讨饭。”

马幽兰惊叫起来：“什么？放着好好的当铺朝奉不干，让你拉着棍子讨饭，你师父傻呀？是你亲师父吗？”

冯含真不言语了，下面的话他无法再说了。闭上嘴之后，他自己又产生了怀疑，如果师父真的想让他离开天顺隆，会有许多种办法，何必费这么大的心思和周折，前来当个假玉龙呢？如果师父此举不是为了逼走他，那又是为了什么呢？难道真的是要骗三千两银子？他要这么多银子干什么？师父不是爱财的人啊。

百思不得其解，他只好又默默地看起书来，或者说假装看起书来。他真的没想到，读书还有这么一个好处。他就像一只乌龟，如果不想看外面的世界，不想听外面的嘈杂，便可以把头缩进壳里。书便是他缩头藏脑的乌龟壳。为了舒服些，马幽兰帮助他把一些麦秸弄进来，铺在地上。他可以在麦秸上半躺半靠地看书，两条腿也相应地伸展开，侧着身子，借着灯光，确实是看书的好架势。马幽兰也把身子舒展开，把后背靠在他的腿上，他为了让马幽兰更舒服些，便把腿翘起来，支撑着马幽兰的身子。马幽兰得寸进尺，翻身枕在他的腿上，还为他轻轻地敲起了腿，小拳头有节奏地敲打着他的大腿，一股麻酥酥的感觉传遍了他的全身。

马幽兰偷眼看着冯含真，冯含真的脸上显露出来的是一种少见的愉悦。马幽兰轻声问："舒服吗？"

冯含真不知所措地"嗯"了一声。

马幽兰问："男人是不是都喜欢这样？"

冯含真没听明白："喜欢哪样儿？"

马幽兰说："喜欢女人枕着他的腿？"

冯含真支吾了一声，没说什么。

马幽兰说："阿香和芹倌就这样。"

冯含真一惊："你在说谁？"

马幽兰说："阿香，芹倌，曹雪芹。"

冯含真直了直身子，心里又涌起一层涟漪。这是他第二次从马幽兰的嘴里听到阿香的名字。曹雪芹说过两次，马幽兰也说了两次。他一直想跟曹雪芹打听打听阿香是谁，可是曹雪芹却避而不谈，就像冯含真避而不谈范小童一样。男人如果把一个刻骨铭心的女人埋藏在心里，那女人便不再是一个独立的肉身，而是与他的骨肉紧紧地长在了一起。渐渐地，埋在心里的女人变成了一个核儿。他先是用血肉把那柔柔的核儿轻轻地包裹起来，再用筋骨为那核儿铸造一个厚厚的硬壳，把那粉红色的核仁儿牢牢地保护起来。如果硬是把那核儿取出来，男人就会粉身碎骨，就算男人粉身碎骨取出了那核儿，如果没有利器把那硬壳敲碎，那核仁儿依然不会取出来的。取出了核仁儿便取出了男人的魂灵，男人的筋骨再强健，也不过是包裹核仁儿、保护核仁儿的皮肉。

但是，冯含真还是想把曹雪芹心底埋藏的核仁儿取出来，不是取出来，只是透过他的皮肉窥视一下。所有好奇心都是具有破坏性的，当然由此催发出来的则是破坏之后的创造性的重建。于是，冯含真放下书，把身子探向马幽兰，恳求地说："大小姐，你能告诉我阿香是谁吗？"

马幽兰奇怪地问："你不知道阿香是谁？"

冯含真摇了摇头。

马幽兰问："芹倌没跟你说过？"

冯含真说："我也没问过。"

马幽兰说："阿香是小妖。"

冯含真一惊："你说什么呢？小妖怎么会是阿香呢？"

马幽兰说："我说的小妖，不是你妹妹小妖。"

冯含真说："那是哪个小妖？"

马幽兰说："小妖精，小狐狸精，专门会迷男人，把芹倌的魂儿都勾走了。你没发现吗？芹倌经常痴痴呆呆的，像丢了魂儿似的。他原来不这样，自打阿香走了之后，芹倌就没魂儿了。"

冯含真问："阿香去哪儿了？"

马幽兰说："进宫了。"

冯含真更加惊疑了："进宫了？进什么宫？"

马幽兰说："当然是进皇宫了，伺候皇上娘娘去了。"

冯含真觉得这事情越来越复杂了，急切地问："那么……阿香是谁？"

马幽兰说："阿香是我姐姐。"

冯含真问："这么说，阿香是选秀进宫的？"

马幽兰告诉冯含真，马家和曹家一样，属于正白旗的"包衣"。正白旗和镶黄、正黄属于上三旗，上三旗的"包衣"归内务府管辖。按照大清朝的定律，八旗和上三旗"包衣"的女子称为"秀女"。八旗"秀女"，每三年挑选一次，由户部主持，备皇后妃嫔之选，或赐婚近支宗室。上三旗"包衣"秀女，每年挑选一次，由内务府主持。选中的秀女，有的也能升为妃嫔，但是大多数都充当后宫和亲王府的侍女杂役。马家在内务府登记的，只有一个秀女，阿香被选上了，马幽兰便可以不参加选秀了。

冯含真明白了，问："这么说，阿香不是你的亲姐姐？"

马幽兰说："她是曹家买来的戏子，曹家戏班里的戏子都是从各地买来的。实话对你说吧，我从小就知道当秀女的难处，当了秀女这辈子就完了。父亲为了不让我进宫选秀，就把阿香从曹家的戏班里要出来，过继到我们家，改名叫马幽香，我叫她姐姐。"

冯含真问："她比你大多少？"

马幽兰说："其实她还比我小一岁呢，我属羊的，她属猴的。父亲为了让她当我的姐姐，就把她改成属马的了。"

冯含真说："阿香是替你被选中进宫的？"

马幽兰说："芹倌就是这么说的，他认为该进宫当秀女的是我，不应该是阿香。他说是我夺走了他的阿香，害了他的阿香，所以他一直恨我。”

冯含真明白了，怪不得曹雪芹跟马幽兰那么生分，连借用五两银子也非还不可，原来他们之间还有这么大的过节儿。

马幽兰说：“我也知道芹倌喜欢阿香，我也觉得对不起阿香。可是没办法啊，阿香毕竟不是马家的血肉，她不过是一个戏子，你要是喜欢，花钱再买一个就是了，何必如此嫉恨我呢?”

冯含真无话可说了。

过了芒种就是夏至，又到了一年中的阴雨季节，天气越来越热了。天气越热，对白菜窖里那蜡做的玉龙威胁越大。离范慕西赎当的日期只有半个月了，无论如何要把这蜡制的玉龙保护好，否则范慕西拿着银子来赎当，见到玉龙变了样，非但人家不赎，还要赔人家一笔巨款。而冯含真与马幽兰两个多月的精心维护，也会前功尽弃。冯含真每隔两三天就要到冰窖去买一次冰块。

冰窖在张家湾城的东门外，每到冬至三九之后，大运河上都结了厚厚的冰，把千里长河封得严严实实。人们在冰面上过河，在冰面上滑冰车玩耍，在冰面上凿冰窟窿捕鱼，但是更有实效的便是凿冰窖冰。

河面上的冰冻有两三尺厚，人们用钢锤铁钎把冰凿开，顺着河水拉上岸来。然后，再把冰切割成三尺宽、六尺长的冰条儿，像铺路用的大青石。冬天滴水成冰，运送冰条儿是非常方便的。只要在路上洒些水，路面结成冰，人们便用绳子拉着冰轻轻松松地拉到冰窖。冰窖很大，有两三丈深，长宽也有二三十丈。人们把冰一块一块整整齐齐地堆放在冰窖里。然后上面盖上草帘子，草帘子上面再压上土，这些冰便储存起来了。到了夏季，冰窖打开了，满窖的冰像水晶一样晶莹剔透，冒着呼呼的凉气。卖冰生意很兴旺，都是找上门来的买主。买得多的赶着牛车马车，买得少的推着独轮车，还有挑着担子挎着篮子的。用大车拉冰的多是鱼肉行，鱼肉进了店铺，必须要用冰镇着防腐；用推车买冰的多是瓜果行，瓜果也需要用冰保鲜；小担小篮买冰的是小生意，沿街叫卖，专门卖给小家小户用冰的。有的干脆把冰撒上些白糖，专门卖给小孩子当冰核儿吃。大运河的水是干净的，结冻的冰也是纯纯净净可以直接入口的。

冯含真是天顺隆上板打烊之后才到冰窖买冰的，他推着一辆独轮车往回走，天已经黑了。他不着急，走得不紧不慢，边走边想心事。最大的心事还是这蜡做的玉龙，他想着，师父拿着假玉龙来当，就不会来赎当的，那么后果是什么呢？天顺隆当铺垮台关张，马家亨一家大祸临头要死要活，陶元淳等朝奉伙计树倒猢狲散。他怎么办呢？他不能走，祸根儿是他种下的，他得有个担当。不能走又能怎么样呢？他一个人好办，脑袋上一张嘴，乞讨要饭也能活。可是，他不能拉着马家人跟他一起去要饭吧？师父啊师父，含真是对不起你，对不起师妹范小童，可是你也不能这样坑害徒弟啊，你下手也忒狠了，不但害得我走投无路，还把天顺隆拖累进来了，你就这么忍心吗？不会的，师父是穷，穷家门的人都穷，不穷能叫穷家门吗？可是穷是穷，不贱，不偷不抢不坑蒙拐骗，这是穷家门的规矩。这规矩在范家门高家门是非常严格的，想当初马幽兰赌气给了吴多宝五两银子，硬是被范家门的帮主金三爷误认为是偷的，要大张旗鼓地施行家法。可见，帮规如法，法大如天。这天一样大的法师父能不顾吗？如果真的不顾，只是为了惩罚一个叛逆小徒弟便干出这伤天害理的事，他在江湖上还怎么混呢？如此说来，那师父当的玉龙就有可能赎回去，赎回去便什么事情都没有了。既然要赎回去，师父为什么还来当假玉龙，而且不去赵家不去李家，专门到冯含真所在的马家来当？如果师父不来赎玉龙，那玉龙到时候就是烂泥一摊，一个子儿都不值。他每天提心吊胆小心翼翼用冰镇着玉龙，就是保护着玉龙不熔化不变形不走样儿，为的是等着师父来赎当。师父要是不来赎当，这一切不都是白费了吗？白费也得做，万一师父到时候真的来赎当，玉龙毁了，那便不能怨别人，只能怨自己了。现在的一切都是按照师父来赎当去做，权作死马当活马医吧。

前面是烟墩桥，也叫虹桥，当地人却叫它罗锅桥。它是架在通惠河旧道上的一座单孔拱桥，拱高，坡陡，桥这边的人看不见桥那边的人。但凡推车负重的人都发愁过这座桥，那要花费相当的力气的。就是牛车马车从上面过，也是呼天喊地折腾得乌烟瘴气。但这又是从东门进张家湾城的交通要道，所以经常有一些半大小伙子在桥两边揽生意。遇到大车过来了，他们一起拥上去从后面帮助推；遇上推车的过来了，他们则在旁边搭把手。这活儿是不能白干的，多少要给几板铜钱。一天下来，也能混个肚饱腰圆。

到了桥下，冯含真朝四外看了看，这么晚了，不会再有帮忙的人了。他停下车子，喘了口气，然后弯下腰憋足劲，想把车子一口气推上桥头。他拼着全身的力气推着车，眼看就要到桥头了，身子便软下来，脚下也打起了滑，他知道力气用完了。上不了桥就全完了，车子要翻，车上的冰块要碎，弄不好自己也会受伤。正在这紧要关头，一个身影跳过来，伏下身推着他车子的侧面，车子立即轻松了许多。他一鼓作气，在帮忙人的帮衬下，把车子推上了桥头。紧接着，车子顺坡而下，帮忙的人帮着他稳住车子，顺顺当当地从桥上下来了。

冯含真停好了独轮车，伸手往怀里摸着，准备给推车人几个铜板儿。他的钱还没有掏出来，推车人便猛地扑在他的怀里，紧紧地抱住了他。

冯含真浑身一颤，还没弄清怎么回事，扑在他怀里的人便呜呜地哭了起来。冯含真这才发现，帮助他推车的不是别人，恰恰是妹妹小妖。冯含真顿时疑雾重重，摇晃着小妖的肩膀说："妹妹，你先别哭，你怎么回来了？出了什么事？你娘呢……"

小妖哭得更厉害了，边哭边说："哥……我娘……我娘她……"

冯含真说："慢慢说，你娘怎么了？她到底怎么了？"

小妖哭着说："我娘……我娘她要死了……"

冯含真说："你说什么？她病了吗？"

小妖哭喊："她……被捉住了……判了斩立决……哥，我该怎么办啊？"

冯含真的脑袋嗡地大了，急着问："在哪儿？你娘在哪儿？"

小妖说："在德州府……山东德州府……"

冯含真把小妖安置在富裕兴当铺，交给了掌柜赵天水照管。他没有说小妖的母亲被判斩立决的事，只是说小妖要搭夜里起航的漕船南下，富裕兴当铺离码头近些。然后，冯含真推着那车冰块便回到了天顺隆。

马幽兰正在后花园里等着他，两个人相帮着把冰块抬进了白菜窖里，又双双下了窖。冯含真的心越来越乱，做事情也越来越慌。他恍恍惚惚地做着这些事情，完全出于本能，自己全然不知道在做什么。特别是他用火镰点那盏菜油灯的时候，两只手哆哆嗦嗦的，怎么也不能把火镰打着。最后还是马幽兰把火镰接过来，点着了灯。

冯含真又慌手慌脚地往玉龙下面塞着冰块，几次都差点儿把那锦盒弄翻。马幽兰把他扒拉到一边，自己有条不紊地做着。冯含真呆呆地看着马幽兰，看着那在黑暗中跳动的灯火。

马幽兰把冯含真的肩头扳过来，凝视着他的眼睛。冯含真的眼睛是呆板的、僵直的。

马幽兰使劲摇晃着他的肩膀，厉声说：“你告诉我，出了什么事？到底出了什么事？”

冯含真一句话也不说，茫然地摇着头。

马幽兰火了：“你要急死我呀？快说，快说，到底出了什么事？”

冯含真努力平息着自己的情绪，想让自己从恍恍惚惚的状态中挣脱出来。但是徒劳，他像是闯进了一片硝烟弥漫的战场，耳边响着的是狂呼呐喊，眼前见到的是刀光血影。他分不出双方拼杀的是谁，找不到逃脱战场的出路。他趺趺撞撞、晕晕乎乎，随时都有被杀戮和践踏的危险。他似乎想躺下来听天由命，但是一股巨大的旋风又把他卷起来，他停不住脚，站不起来，更躺不下去。

马幽兰双手拧住了他的脸蛋儿，使劲撕着他的腮帮子：“说呀，你倒是说呀！”

冯含真仍然浑浑噩噩的，像是失去了魂灵。

马幽兰突然哭了起来，一边哭一边捶打着冯含真的胸脯子，尖声叫着：“含真……你别这样……别这样……我怕……我怕……”

在马幽兰的哭叫声中，冯含真似乎渐渐地醒过来，他伸出手，把马幽兰搂在了怀里。

马幽兰伏在冯含真的怀里，立刻安静下来。

冯含真紧紧地搂着马幽兰，马幽兰的身子好烫。饱满的胸脯紧紧地贴在冯含真的身上，两个火热的肉体浑然一体。马幽兰感觉得到，冯含真的心脏跳得很快、很有力量，这力量通过贴在一起的胸脯传导到她的心脏，又传遍她的全身。

马幽兰喃喃地说，那声音里还带着哭腔：“含真，别瞒着我，无论出了什么事，我都跟你在一起……”

冯含真伸出了手，抚摸着马幽兰的头发。

马幽兰浑身颤抖着，蜷缩着，把自己缩成一只温顺的小猫，顺从地依偎在冯含真的怀里。她仰着脸，执着地望着冯含真，等待着他的回答。

冯含真动了一下胳膊，想把马幽兰推开。

马幽兰却紧紧地把冯含真抱住了：“不，我不放开你。”

冯含真说话了：“大小姐，谢谢你……我要给你磕头致谢。”

马幽兰说：“至于吗？你谢我什么？”

冯含真说："在我危难的时候，有你在我身边，让我觉得不孤单……"

马幽兰说："你是说玉龙的事吗？这是我应该做的，别忘了，天顺隆掌柜的是我爹，玉龙真的坏了，毁的是我们家。"

冯含真说："我不是说这件事……当然，这件事我也很感激你……"

马幽兰问："你还有什么事？"

冯含真说："还有一件事，比这事还要大，大得多……"

马幽兰惊叫着："啊……你还有什么事？那事有多大？"

冯含真说："很大，比天还大……"

马幽兰问："什么事能比天还大？"

冯含真说："人命……人命关天。"

马幽兰发起抖来："含真……你快说吧……我可受不了了……"

冯含真说："大小姐，你得帮我个忙。"

马幽兰催促着："你说，说……"

冯含真说："我要先走几天。"

马幽兰问："去哪儿？干什么去？走几天？"

冯含真说："少则七八天，多则十几天……"

马幽兰问："你去干什么？你说是谁出了人命？"

冯含真说："是……我师父。"

马幽兰问："你师父是谁？是当这玉龙的人吗？"

冯含真忙说："不不……不是他……"

马幽兰问："那是谁？"

冯含真说："大小姐……求求你了……别问了行吗？"

刚才仓促间，白菜窖口的草帘子忘了盖了。幽幽的灯光溢满了菜窖，漫出了窖口。

小顺子到后花园来收拾白天晾晒的衣服，听到菜窖里面有嗡嗡嘤嘤的声音，又见窖口露出了一丝光亮，忍不住好奇，便伏身在窖口处，朝里面巴望着。

小顺子看到的是冯含真和马幽兰紧紧地搂抱在一起，他吓得差点儿叫出声来，急忙向后退了两步。退下了窖口之后，他又有点儿不甘心，又跨上前去，把头探向了窖口。他又看了一会儿，似乎意识到了什么，急忙转身朝前院跑去。

小顺子慌慌张张地朝前院跑着，怀里抱的衣服都掉了一地。他原本想去告诉陶元淳，为什么要告诉陶元淳呢？因为他知道，陶元淳一直惦记着马幽兰，惦记着做天顺隆当铺的上门女婿。原本这是小顺子最不愿意看到的结果，结果几年前他偷了马幽兰的抹胸给陶元淳栽了赃。那件不体面的事只有冯含真知道，冯含真是个君子，把小顺子拉到萧太后河边教训一顿之后，便把这件事烂在了肚子里。虽然冯含真一直为小顺子保守着这个秘密，小顺子感激他，可是他并没有把小顺子当作朋友，倒是跟陶元淳密切起来。小顺子知道，冯含真瞧不起他，他永远会在冯含真面前直不起腰来。小顺子出师了，也当上了天顺隆的朝奉。自打他出师当了朝奉之后，陶元淳不再欺负他了，没有人敢欺负他了。可是他却不能像别人那样理直气壮地做人做事，他总是觉得比别人低一头。为什么会如此卑微自贱，不就是因为那根沾了屎的辫子攥在了冯含真手里吗？冯含真要是娶了马幽兰，将来当上天顺隆的掌柜，那小顺子便永无出头之日了。与其让冯含真娶了马幽兰，还不如让马幽兰嫁给陶元淳呢。这些念头，也许早就在他心里生成了，也许就是在看到白菜窖里那一幕之后瞬间生成的。现在，他只有一个使命，那就是把陶元淳引到后花园的白菜窖旁边，让陶元淳亲眼看看那一幕。他心急步乱，踉踉跄跄中撞在了一个人的身上。他定神一看，吓了一跳。

马家亨站在他面前，斥责说："慌慌张张地干什么呀这是，冯含真呢？"

小顺子不知道该如何回答，干张着嘴"啊啊"着。

马家亨不高兴了："问你话呢，冯含真呢？"

小顺子却鬼使神差地朝后面指了指。

马家亨大概真的找冯含真有事，没顾小顺子的神经兮兮，便朝后花园走去。

小顺子却傻了，他想拦住马家亨，却又不知道该说什么好。

马家亨径直走到后花园，刚要喊叫冯含真，却看见了白菜窖口溢出来的灯光。他立刻想到了刚才小顺子那慌慌张张的神态，意识到这菜窖里或许有什么名堂，便悄悄来到菜窖旁边，探身向里面看去。他看到的是油灯下两个搂抱在一起的身影，一股怒火腾地燃烧起来，怒气亦随之冲口而出："阿兰，你给我出来……"

菜窖里的两个年轻人被这惊雷似的喊声震得马上分开了，冯含真听出了上面的人是马家亨，机警地转过身，一口把菜油灯吹灭了。

马幽兰倒还沉得住气，顺着梯子爬上了窖口，冯含真也随后爬了上来。

马幽兰还没有站稳，马家亨一个嘴巴扇在了她的脸上，马幽兰趔趄了一下跌倒了。

马家亨狠狠地骂着："丢人现眼的东西，给我滚回去……"

冯含真跪在了马家亨的面前："掌柜的，您打我吧……是我连累的大小姐……"

马家亨看着倒在地上的马幽兰和跪在面前的冯含真，气呼呼地走了……

这突如其来的事件倒给冯含真创造了一个离开马家的极好的借口，此前在菜窖里，他正跟马幽兰商量如何向马家亨请假呢。现在，无须请假了，他只管走就是了。尽管走得很难堪，走得很伤人。马幽兰会遭到怎样的惩罚呢？他顾不得多想了，匆匆地离开了马家，到富裕兴接上了小妖，连夜雇了一辆马车，朝德州的方向飞驰而去……

路上，小妖伏在冯含真的怀里，哭哭啼啼地讲述了母亲金剪刀被捕的经过。

金剪刀当年之所以把小妖托付给冯含真，主要是因为官府追捕得很厉害，小妖又太小，带在身边怕受殃及。没有小妖赘身，她跑遍了天南海北，到处流动"作案"，又不留痕迹，官府无迹可寻，也就对她放任了。她自然如鱼得水，自在逍遥。逍遥了便不免寂寞，寂寞了便想到女儿，此为其一。其二，女儿一天天大了，人大了心也大了，该谈婚论嫁了。把女儿一个人放在外面，她很不放心。小妖被母亲接走之后，依然跟着母亲走江湖卖艺。卖艺是为了糊口谋生，母亲的使命是寻查贪官恶吏，然后便想方设法地剪掉他们的辫子。这似乎是母亲生命中的重要内容，如果没有辫子可剪，母亲就会坐卧不安，心绪烦躁，终日无所作为。

一个月前，小妖跟着母亲来到德州。

几场突如其来的暴雨，黄河洪峰迭涌，冲击着悬在高空中的黄河大坝。正是一年当中漕运的紧张时节，如果黄河大堤溃裂，运河便会被洪峰吞没，形成翻江倒海的汪洋。河道和德州府都紧张起来，把当地百姓驱赶到黄河大堤上，要用血肉之躯守护黄河。当地百姓说，这场洪水是不小，但是也不至于冲垮黄河大堤。因为早在去年秋天，朝廷就拨了专款，加固黄河大堤。可是朝廷修河的银两，被河道总督汤向台和德州知府徐可良贪污了大半，剩下的银两，又是层层克扣、层层扒皮……

听到这儿，冯含真打断了小妖的话，问："你说什么？德州知府是谁？"

小妖说："徐可良呀，怎么了？"

冯含真问："哪个徐可良？"

小妖说："这个人你可能见过，原来是张家湾的巡检。我娘剪过他的辫子。"

冯含真说："嗯，他是离开了张家湾，听说是高升了。可是怎么一下升到德州知府了呢？那可是四品黄堂啊。在张家湾当巡检的时候，他才六品。"

小妖说："我娘说了，这年头，越是坏官升迁得越快。因为坏官有本事贪污，有钱，当官的路都是成堆成堆的银子铺出来的。"

冯含真点了点头："你娘说得对，太对了。"

小妖接着讲述着。修筑黄河大堤的银子大多都被他们贪污了，剩下的花费则寥寥无几了。这寥寥无几的银两能修筑什么堤防，纯粹就是堆几个土牛、埋几段花秸稻草应付上司检查而已。所以今年洪水一来，黄河大堤便摇摇欲溃。漕运总督刘统勋为了确保黄河大堤安全，保障漕运，亲自前去督察。

金剪刀早就听说过刘统勋是位清官能吏，便也赶到了德州，希冀寻机揭露汤向台和徐可良的贪腐罪行，借刘统勋的威严惩治贪官。

大雨还在不停歇地下着，德州村庄房倒屋塌，百姓无家可归。农民辛辛苦苦耕种的庄稼软塌塌地泡在浑浊的泥水中，秋收无望，肯定又是一个灾年。为土地和房屋愁苦无助的庄稼人又都被押去防护河堤，州府和县衙还按村按户地分摊修护河堤的物资，强令送上河防处，逾期者将受到严惩。

刘统勋戴着斗笠，披着蓑衣，赤着脚，在黄河大堤上一丝不苟地巡视着。一个年老的随从，跟在他后面踩泥踏水，寸步不离。金剪刀和小妖扮作农夫村姑，装作给河防人员送水送饭，不远不近地跟随着他们。

冯含真问："跟在他们后面干什么？为什么不直接向漕运总督揭露两

个贪官?”

小妖说：“我也问过我娘，我娘说，刘统勋到底是不是清官能吏，原来只是耳闻，她要亲眼见证一下。再有，揭露汤向台和徐可良，空口无凭怎么行?她手里没证据啊。”

冯含真点了点头，继续听小妖讲述着。

金剪刀带着小妖继续跟随着刘统勋在黄河大堤上走着，刘统勋猛一回头，正好跟金剪刀打了一个照面。金剪刀躲闪不及，马上镇定下来，拉着小妖靠在了路边，与刘统勋拉开了一段距离。前面被堵住了，几百辆大车横七竖八地停靠在大堤上，车上装着修护堤防用的秫秸。赶车的车夫有的躺在车上，有的靠在车辕上，愁眉苦脸疲惫不堪。

刘统勋上前，问道：“现在修筑河堤，正等着用秫秸呢，你们怎么不赶快交到料场去?”

一位年老的车把式看了刘统勋一眼，没有搭理他。

刘统勋料定这里必有缘故，和气地说：“老哥，这到底是怎么回事?”

车把式看了刘统勋一眼，问：“你是管事的吧?”

刘统勋说：“大小管点儿事，有什么事情您跟我说吧。”

车把式叹了一口气，说：“这年头，大大小小，但凡有点儿权力的，就是一张嘴。哪怕手里有芥菜籽儿那么大的权力，都想捞个肚饱腰圆。老百姓手里那碗粥，自己还没喝呢，周围就有七八张嘴把你围上了，哪张嘴你都得往里填，就是把碗里的粥都给他们倒进去，也填不满啊。他们的胃口越来越大，都是无底洞啊……您说，还让不让我们老百姓活啊?”

刘统勋觉得问题严重了：“老哥，您跟我说说，到底怎么回事?”

车把式说：“说修堤，就修呗，反正是年年修堤年年垮，年年堤垮年年修。修堤要征工，我们去；修堤征秫秸，我们给。您瞧瞧，把家家户户的秫秸都征来了，我们辛辛苦苦地拉到这儿，人家却不收。”

刘统勋问：“为什么不收?”

一个年轻的车把式说：“三叔，人家可没说不收。”

年老的车把式说：“是啊，人家倒是没说不收，可是咱交得起吗?”

刘统勋越发糊涂了。

年老的车把式说：“收一车秫秸，要交三吊过秤钱，没钱人家不给过秤。不过秤我们就没有收条，没有收条我们回去没法交代啊。”

刘统勋明白了。他是漕运总督，自然知道漕弊丛生，河道贪腐。他整治漕弊厘清河道，总是把眼睛盯在握重权掌实权的官员身上。没想到，官员身上还趴着那么多鹰犬帮凶和寄生虫，他们跟上上下下大大小小的官员一起向着老百姓张开了血盆大口。正像那老汉说的，哪怕手里有芥菜籽儿那么大的权力，都想捞个肚饱腰圆。想到这儿，刘统勋灵机一动，对车把式说："实不相瞒，我也是来送秫秸的，跟收料员还有点儿关系，我去给你们说说情。"

来交秫秸的看着刘统勋半信半疑，也是死马当活马医，赶着车跟在刘统勋后面。

料场就在前方几百步的地方，刘统勋带着几百辆拉秫秸的牛车到了料场，却见几个收料员聚在一间屋子里喝酒。桌上摆着大鱼大肉，几个人一边喝着酒，一边兴奋地呼幺喝六。更令人气愤的是，还有几个年轻的村妇在一边伺候着。

一个收料员举着酒杯高喊着："喝呀喝呀，像当官的那样喝。"

一个收料员把一个村妇搂在怀里："来呀来呀，像当官的那样玩儿……"

一个收料员站起来叫着："咱们长点儿出息好不好？什么像当官的那样，咱们就是官。"

又一个收料员嘲笑着："真把自个儿当大料豆儿了？咱们是啥官，谁封的你呀，几级几品呀？"

那个收料员说："甭管谁封的，也甭管几级几品，有权就是官，是个官就能吃能喝能玩儿女人……"

刘统勋站在他们身边，强压着满腔的愤怒，大声说："收料啊！"

一个收料员呵斥着："你嚷什么嚷？天黑了，停秤了，要交料明天再来。"

刘统勋说："别的料场都昼夜收料，你们为什么停秤？"

那个收料员说："我想收就收，想停就停，这是老子的权力，你懂不懂什么叫权力？滚……给我滚出去……"

另一个收料员却站起来，拦住了那个耀武扬威的收料员，假装和气地对刘统勋说："现在收也行，你懂不懂规矩？"

刘统勋问："什么规矩？"

收料员说："一车六吊。"

刘统勋说："不是三吊吗？怎么又六吊了？"

收料员说："白天收三吊，晚上收六吊。"

刘统勋问："这是谁定的规矩？"

收料员说："当然是谁有权力谁定的规矩了，你要是嫌收费高，别交呀。"

刘统勋说："你们这么胡作非为，不怕上司打你们屁股？"

收料员火了："嗬，你他妈的还来劲了，给我打出去……"

立刻上来七八个打手朝刘统勋扑过来，金剪刀刚要上前帮忙，刘统勋身边那个年老的随从却手疾眼快，一边抵挡着众人的拳脚棍棒，一边护送着刘统勋往外走。

来送料的人七嘴八舌地埋怨开了：

"还说跟收料员熟呢，这不是糊弄咱们吗？"

"什么牛都敢吹，咱们也是，就那么信了他。"

"人家也是好心，为了咱们，还差点儿挨了打。"

金剪刀带着小妖依然停留在收料场，听着送料的人议论纷纷，那些趾高气扬的收料员又吆五喝六地喝起了花酒……

不一会儿，一阵马蹄响，一个官员举着令牌，翻身下马，高喊着："漕运总督刘大人有令，着全体收料员速去馆舍，不得有误。"

几个收料员一听，立刻惊慌失措地穿戴整齐，带着浑身酒气朝刘统勋的馆舍跑去。

馆舍就设在大堤下面的一个草棚里，几个收料员跑进去，倒头跪拜："参见总督大人。"

刘统勋只是脱掉了蓑衣，摘掉了斗笠，穿着便装坐在馆舍大堂上面，下边列队站着执着杖棍的衙役。他的两边，坐着河道总督汤向台和德州知府徐可良。

刘统勋大喝一声："抬起头来。"

收料员抬头一看，认出了刘统勋，吓得急忙磕头求饶："小的该死……小的该死……"

刘统勋说："黄河洪水凶猛，大堤加固重任在前，你们几个奸恶小人竟敢横加勒索欺压百姓，推出去斩了。"

刘统勋一声令下，衙役们虎狼似的扑上来，拖着瘫软如泥的收料员就往外推。

河道总督汤向台和德州知府徐可良见刘统勋开了杀戒，慌忙起身跪下求情："这几个奸恶小人胡作非为，拒收秫秸，耽误固堤工期，确实该杀。可是眼下正是工程紧要关头，秫秸又是急等着用，求大人饶他们不死，让他们戴罪立功……"

刘统勋沉吟了一下，说："既然汤大人和徐大人替你们求情，就饶你们一条狗命。每人打五十大板，挨完打之后，连夜把所有的秫秸都给我收完。"

衙役们把收料员拖出去暴打，金剪刀看着在刘统勋面前阿谀奉承的汤向台和徐可良，恨得直咬牙。

刘统勋朝人群里瞟了一眼，无意间又碰上了金剪刀的目光，金剪刀慌忙回身走到人群后面。

刘统勋说："老夫我实在累了，这河堤上难以安眠，徐大人，我和汤大人恐怕要到你府上骚扰一夜了。"

德州知府徐可良说："承蒙二位大人抬举，下官荣幸之至，小宅蓬荜生辉。"

小妖说："我娘就是这样上了刘统勋的当。"

冯含真不解："怎么回事？"

小妖说："我娘想，既然刘统勋和汤向台都住进了德州知府，一定要让刘大人知道这两位狗官是贪官。"

冯含真说："怎么让他们知道？"

小妖说："把他们的辫子剪掉就是了，天下人都知道，只要被金剪刀剪掉辫子的，必是贪官恶吏。"

冯含真说："这太冒险了。"

小妖说："这是刘统勋设下的陷阱，就等着我娘往里掉呢。我娘被捕以后才知道，刘统勋虽然还担任着漕运总督，却已经兼任起了刑部尚书，只等着交接完后便走马上任了。他这次来，表面上是巡察黄河大堤，实际上是带着黄天霸来捉我娘的。"

冯含真吃了一惊："黄天霸？"

小妖说："就是那个跟在刘统勋身边的干瘦老头儿，我娘愣是没有认出他来。"

那天夜里，三位官高在德州府睡下之后，金剪刀悄悄地潜入进去。

她第一进入的就是德州知府徐可良的卧房，见一个人和衣侧卧，鼾声如雷。金剪刀料定此人就是徐可良，来到他的床边，掏出剪刀，熟练地撩起他的辫子，刚要下剪刀，却见那个人一个鲤鱼打挺儿，反身扑在金剪刀的身上。金剪刀一个金蝉脱壳，飞身一跃，双脚却被地下的两根绳索牢牢地拴住了。

原来床上睡着的不是知府徐可良，而是刑部五品巡捕、金镖黄天霸。

第十一章

冯含真和小妖心急如焚，昼夜兼程，第四天早上便赶到了德州。德州之“德”乃水之“德”，自古以来，五德相生相克，周而复始。黄帝得土德，夏得木德，殷得金德，周得火德。秦灭周之火，故自称得水德之瑞，遂改黄河为德水。德州位于德水之畔，故名。

金剪刀被捕以后，没有押往京城刑部，刘统勋把她交给了德州知府徐可良审理。徐可良将金剪刀判处斩立决后，报刑部核准执行。

处斩金剪刀的法场设在德州城的聚秀门外，今日正是处斩的日子。德州是京杭大运河重要的仓储码头，被称为四大粮仓之一，其他三大粮仓分别为淮安、徐州和临清。元明以来，河北、河南、山东、江苏、安徽、浙江、江西、湖北、湖南等九省的漕粮都经德州运往北京，史称“京畿达九省御路”，聚秀门外有“九大天衢坊”。此坊四柱三门，南北向，木石结构。牌坊上面为木斗拱，挑檐，上盖黄琉璃瓦。下部为四座青石根基，基石上雕刻着八只俯卧状的蛤蟆。门楣上的“九大天衢”四字，据说是明嘉靖年间严嵩所书。

天刚放亮，法场周围便已人山人海，水泄不通。

冯含真和小妖付了车钱，来到聚秀门外，看着这乱乱哄哄的人群，冯含真却一时没了主张。当小妖告诉他金剪刀将要被处斩之后，他几乎想都没想，立刻跟着小妖到德州来了。可是到了德州，他该做什么呢？难道只是为了眼巴巴地看着金剪刀被杀头？他回头看了看小妖，居然问了一句蠢话：“我们干什么来了？”

小妖说：“我娘要被杀头了，我不是跟你说了吗？”

冯含真说：“你的意思是……我们来给你娘收尸？”

小妖火了：“什么？收尸？你不想救我娘吗？”

冯含真说：“当然想了，可是……我们怎么救啊？莫非要劫法场不成？”

小妖说："就是要劫法场。"

冯含真说："就凭我们俩？"

小妖说："不是我们俩。"

冯含真说："还有谁？"

小妖说："还有小童姐姐。"

冯含真一惊："你说的是范小童？"

小妖点了点头。

冯含真问："范小童在哪儿？"

小妖说："就在德州，你跟我来。"

冯含真不禁叫起苦来，闹了半天，小妖把他从张家湾找来，是让他劫法场的。这法场能劫吗？就算加上范小童，加上师父手下的几十个有武功的徒弟，就能把金剪刀救出来了？金剪刀可是朝廷的要犯，判的是斩立决的大罪，德州府和直隶总督衙门能不严密防范吗？那么多官兵，那么多衙役，那么多大大小小的官员，还有那么多围观的百姓，不要说劫法场，就算人家不动刀动枪，让你把金剪刀背出去都万难。

小妖在前面走着，穿过城隍庙北面的一条小胡同，又拐弯朝南面走去。小妖带着他无疑是去找范小童，可是……范小童他能见吗？四年前在北京白塔寺他被范小童捉住了，关进了一个农家小院里，是金剪刀把她救了出来。此后，他们一直没有见面，范小童像是从他的生活中消失了。没想到金剪刀被判刑之后，小妖又跟范小童搅和在一起了。范小童为什么要救金剪刀呢？她们之间有那么深的情谊吗？就算范小童愿意救，她又有什么高招妙计呢？

想到这些，冯含真把小妖拉住了："你给我说说，范小童打算怎么救你娘？"

小妖翻眼看了看冯含真，问："你是不是不愿意见小童姐姐？"

冯含真说："没错，我是不想见她，可是如果她真的能救你娘，我不但要见她，给她跪下磕头求她都行。"

小妖说："她不让你磕头求她，她只要你答应她一条。"

冯含真问："答应她什么？"

小妖说："答应娶她。"

冯含真被噎住了。

小妖突然咕咚跪在了冯含真面前："哥……妹妹求你了……你不能不

答应啊。”

冯含真心里一热，伸手拉着小妖：“小妖，快起来，大街上跪着，让人家看见算什么？”

小妖说：“哥，你答应她吧……你不答应，我就不起来。”

冯含真蹲下了身子，问：“小妖，你跟哥说实话，你是不是已经替哥答应了她？”

小妖说：“娘被判斩立决之后，我去找她……我只有去找她……我不认识别的人了。”

冯含真问：“她是怎么说的？”

小妖说：“她答应救我娘，可是……”

冯含真问：“必须我答应娶她才行，是吗？”

小妖却哭了起来：“哥，小童姐有什么不好，她又聪明，又漂亮，又有那么高强的武艺，又对你那么动心动肝的，你……你干吗不要她？”

冯含真说：“小妖，现在先别说这些，我只想问你，小童怎么救你娘？她救得出来吗？”

小妖说：“这你不用管，只要你答应娶她。”

冯含真说：“这是人命关天的事，不是上嘴皮一碰下嘴皮说说就行了，得有计划、有谋略、有安排，她行吗？”

小妖说：“她行，一定行。”

冯含真说：“她说行不行，我得问问她。”

小妖高兴起来：“这么说，你同意去见她了？”

冯含真说：“我不见怎么办？为了救你娘的命，我还顾忌什么？”

小妖说：“那……你会娶她吗？”

冯含真说：“只要她能救出你娘，我就娶她。”

小妖又叮了一句：“哥，你说话可要算数呀。”

冯含真说：“只要你娘能把命保住，我就认命了。”

小妖带着冯含真又转了几个弯儿，来到了城隍庙后面一个破旧的小院里。冯含真一进门，立刻愣住了，这无疑是一个花子院，里面走动的都是衣衫褴褛的叫花子。不同的是，每个人的腰间都扎着一条白褡袱，头上都戴着一顶白帽子，这是办丧事穿的孝衣。院子中间，还停放着一口杉木十三圆的白茬儿棺材，像是刚刚打完的。棺材上盖着棺罩，棺材下面是十六人抬的大杠。从棺材后面走过一个人，也是白褡袱白帽子，见到冯含真之后，单腿跪下行了个大礼。冯含真知道，这是家里死了人报丧时的礼节。行礼的人站起来之后，他才看清是董文斗，忙问："斗子，这是怎么回事？"

董文斗没有回答他的问话，却说："师父在里面等着你呢。"

冯含真觉得奇怪："师父怎么知道我会来？"

董文斗又所答非所问地说："童姑娘不在。"

冯含真又问："小童去哪儿了？"

董文斗已经将他和小妖领到一个屋门前面，向他做了一个"请进"的姿势。小妖紧跟在冯含真的后面，却被董文斗拦住了。

屋子里摆设了一个灵堂，上面写着：金剪刀苗梦之神位。

灵堂两边贴着一副丧联：

与吾弟共挽鹿车久传郝法
祭王母倏催鹤驾想伴何仙

灵堂下面有一个瓦盆，范慕西正蹲在瓦盆前面烧着剪成了纸钱的黄表纸。他没有穿孝，高大的身躯蹲在瓦盆前，占据了大半个屋子。冯含真恭恭敬敬地施了个礼，轻轻地叫了一声："师父……"

范慕西依然默默地烧着纸，没有理睬他。冯含真心里一阵发酸，看着金剪刀的神位，看着神位两边的丧联。冯含真突然心里一动，这是一副挽弟媳的丧联。范慕西怎么称金剪刀为弟媳呢？他们到底什么关系？

范慕西站起来，指了指冯含真身后的凳子："你来了，坐吧。"

冯含真却没有坐，依然恭恭敬敬地站在范慕西的面前。

范慕西说："你来了，就把小妖照顾好。最好别让她到法场去，等安葬好了她娘，你还是把她带走吧。"

冯含真忍不住说："小妖相信小童能救她娘。"

范慕西说："她娘的大限到了，就是活神仙也救不了她。"

冯含真为难地问："可是……我怎么跟她说？"

范慕西说："没什么好说的，你把她照顾好就是了。"

冯含真不解地问："小妖她娘还没有驾鹤西归，这灵堂怎么就……"

范慕西说："只不过是早一两个时辰，怕到时候来不及了，还是先送送她吧。"

冯含真无话可说了。

范慕西说："有件事你要清楚，金剪刀在大堂上没有招供有个女儿，徐可良也问过她，她说小妖是她捡来的孤儿，是陪着她卖艺的。"

冯含真有些迷茫了："那……小妖到底是不是金剪刀的女儿呢？"

范慕西没有直接回答："徐可良已经认可了金剪刀的说法，所以没有人来难为小妖。如果有人非追根儿不可，就说小妖是她的义女吧。"

冯含真点了点头，心里却想，如果小妖真的不是金剪刀的女儿，那她是谁呢？她又是怎么到金剪刀身边的呢？

范慕西说完这些话，冯含真依然站在他面前。范慕西挥了挥手，示意他可以走了。

冯含真忍不住问了一句："师父……小童呢？"

范慕西抬头看了他一眼："你想见她？"

冯含真支吾着没说出话来。

范慕西说："你不是一直在躲着她吗？"

冯含真说："我……只是担心。"

范慕西说："你只要把小妖照顾好就行了，别的事用不着你操心。"

冯含真依然原地站着，轻轻叫了一声："师父……"

范慕西说："你想问那玉龙的事是吗？"

冯含真看了看范慕西，没说什么。

范慕西说："还是那句话，你只要把小妖照顾好就行了，别的事用不着你操心。"

范慕西的这句话，算是回答了关于玉龙那件事吗？可这话是什么意思呢？这实在让冯含真摸不着头脑。

范慕西本来叮嘱过冯含真，不让小妖到法场去，可是怎么能拦得住她？

小妖见冯含真从范慕西的屋里出来，拉着他立刻朝外面走去。

冯含真立刻拦住了小妖："妹妹，你要拉我去哪儿？"

小妖说："去法场。"

冯含真说："我们能不去吗？"

小妖说："为什么不去，小童姐姐要救我娘，我们得去帮忙。"

冯含真说："小童在哪儿？"

小妖说："不知道。"

冯含真问："小童怎么救你娘？"

小妖说："不知道。"

冯含真说："小妖，我刚才问师父了，师父说，就是活神仙也救不了你娘。"

小妖说："我不听你师父的，我听小童姐的，小童姐比活神仙管用。"

冯含真说："你别固执了，我们现在连小童在哪儿都不知道。"

小妖说："小童姐肯定就藏在法场附近，不到关键时刻，她不会出手的。"

冯含真说："小妖，听哥哥的话，我们别去法场好吗？"

小妖说："你怕了？你要是怕了可以不去，反正我得去。要杀的是我娘，不是你娘。"

小妖说完这句话，气呼呼地朝前走着。冯含真在后面紧追上她，拉着她的衣袖，被小妖使劲甩掉了。

前面人山人海，密不透风。冯含真既然无法说服阻拦小妖，只好紧紧地跟着她。按照师父的吩咐，只要把她照顾好就是了。小妖像一只灵活的狸猫一样在人缝里钻来钻去，冯含真被她拉扯得摇摇晃晃，在人缝里钻挤着迂回着。

离法场中心还有几十步远，小妖和冯含真再也不能向前了。前面是一堵厚厚的人墙，人墙前面是披麻戴孝等着收尸的人群，这群人很多，又很强悍，有二三百人，紧紧地围成了一个坚固的外壳，牢牢地挡住了前来看热闹的人群。在白色孝服组成的外壳内，则是握刀横枪的兵丁和衙役。中间是临时搭建起的一个高台，那便是金剪刀即将被处斩的行刑台。行刑台的旁边，放着一口杉木十三圆的白茬儿棺材，这是刚才停放在那花子小院里的。就在冯含真和小妖挤进法场的时候，丐帮已经把棺材运过来了。

小妖毕竟个子矮，欠着脚也无法看到前面。冯含真只好把她背起来，让她攀着自己的肩头，身子往上蹿着悬在半空。

小妖伏在冯含真的耳边，轻轻地问："哥，你说，小童姐会在哪儿？"

冯含真摇了摇头。

小妖又轻声说："我猜，她肯定藏在那棺材里了。"

冯含真不由得打了个寒战，这可能吗？他仔细看着那些披麻戴孝的人，个个阴沉着脸，像是强忍着巨大的愤怒，莫非他们真的要劫法场？再细看行刑台周围那些全副武装的兵丁和衙役，个个威武凶残，势不可犯。如果真的干起来，那些手无寸铁的戴孝者能对付得了这些鹰犬吗？师父到底是怎么打算的、怎么安排的？但愿不要失算，这太冒险了。

随着一阵巨大的骚动，一辆囚车在众多兵丁的护卫下赶过来。囚车打开，兵丁们押着披枷戴镣的金剪刀出现了。

半年多没有见到金剪刀了，金剪刀一下子苍老了许多。她的头发披散着，有些蓬乱，脸上有伤痕残疤，这是在大狱中受刑的印记。她穿的衣服还算齐整，青衣长袍，像个道姑装束。但是她的精神很好，高仰着头，眼睛睁得大大的，朝人群中打量着。

人们立刻喧哗起来，高声叫喊着，争看着，起哄似的。

金剪刀等鼎沸的人声稍微平息一些，开口说话了："乡亲们，谢谢了，谢谢你们来给我送行，我金剪刀在这给大家作揖了……"

人们又沸腾起来。

金剪刀高声说："乡亲们，我要走了，临走之前有几句话想跟乡亲们说。一会儿他们就要把我的脑袋砍下来了，他们为什么要砍我的脑袋呢？这些天我一直在想，可是我一直想不明白。他们说我是谋反，我上无主谋，下无同党，我怎么谋反？我谋反干什么？就算把大清的江山都给我，我能登基坐殿当皇上吗？他们说我是土匪，还是悍匪，我也不明白，我一没杀人，二没放火，三没抢劫，我怎么是土匪呢？他们说我是贼，惯贼。这多少还有点儿靠谱，是贼总得要偷点儿什么吧？我一没偷金，二没偷银，三没偷孩子，可是我确实偷了东西了。偷了什么呢？大家都知道，我偷了他们的辫子。可是辫子算什么呢？有人说辫子算人命，身体发肤，受之父母嘛。大清朝有过辫子和人命等价的时候，留发不留头，留头不留发。那可是顺治爷时候的事了。现在，我割了他们的辫子，他们并没有丢命啊！再者说了，我割的是什么人的辫子，他们敢说吗？敢承认吗？他们不敢说我敢说，他们不敢承认我敢承认，我割的都是贪官恶吏的辫子。我也没想要他们的命，我本想割下他们的辫子给他们一个警告，让他们收敛收敛，别再那么贪，别再那么欺压百姓。可是我错了，他们辫子丢了贪心并没有丢，他们发型改了恶性却没有改。他们夜里丢了辫子，天一亮就能买到一条假辫子拴在他们的狗尾巴上，依然是一副人模狗样、正人君子、道貌岸然的嘴脸。也不能说都这样，我一共割了一百零四条辫子，还真有三个人改邪归正了。我想，我一条命没了，让大清朝少了三个贪官恶吏，也值了。大清朝少了三个贪官恶吏我应该算是立了功了吧？我立了功他们为什么还杀我呢？他们说我是贼，有偷贪官恶吏的贼吗？乡亲们给我评评理，我算什么？”

人群中响起了撼天动地的喊叫声：

“你是侠女……”

“你是英雄……”

“给大侠叫个好……好……”

“大侠，来一段，二十年之后又是一个女侠……”

金剪刀又高声说起来：“乡亲们，我金剪刀只会玩儿剪刀，不会唱，让乡亲们扫兴了。我要是会唱，就唱《六月雪》。现在也是六月吧，窦娥上法场的时候感动了老天，天上飘起了鹅毛大雪。你们看这朗晴的大日头，看天空中丝丝缕缕的白云，像是要下雪的样子吗？看来我金剪刀还不算太冤，真的有来世，我还要举起金剪刀，把天下所有贪官恶吏的辫子都剪掉。不图别的，哪怕图个痛快也好，权当是逗他们玩儿了……乡亲们，别了……我先走一步了……”

人群哄乱起来，潮水般地涌动着。冯含真发现两个衙役已经把金剪刀肩上的枷锁卸下来，推着她走上了行刑台。两个刽子手拎着雪亮的大片刀走上来……冯含真急忙把小妖从自己的肩膀上拽下来。小妖挣扎着，她还要攀上冯含真的肩头。突然，全场寂静，鸦雀无声。冯含真看见刽子手举起了大刀，他急忙把小妖拢在怀里，自己也紧紧地闭上了眼睛。小妖叫了一声娘，昏厥在冯含真的怀里。当冯含真再次睁开眼睛的时候，看见那些披麻戴孝的人蜂拥到行刑台周围，将金剪刀的尸体抬进那口白茬儿棺材里……

冯含真突然离开天顺隆当铺，只有三个人知道。而这三个人对冯含真出走的原因又有不尽相同的理解。马家亨觉得是他发现了冯含真和女儿在白菜窖里厮混，冯含真没脸再待下去了；马幽兰却知道，冯含真不是真正的出走，是去找他师父去了，可是他师父在哪儿，到底怎么人命关天了，马幽兰又全然不知；而小顺子，他的理解和马家亨一样，觉得冯含真是因羞而去的。小顺子毕竟成熟多了，这件事他只埋在了肚子里，跟谁都没有说。

天顺隆的朝奉和伙计几天见不到冯含真，都觉得奇怪，问掌柜的马家亨，马家亨只是淡淡地说，他有事，请了长假。长假有两种解释，一个假期比较长，或十天八天，或三五个月。还有一种解释，就是无限长，冯含真辞工了，或者被马家亨开除了。多数人都倾向于后一种解释，因为冯含真是突然离开的，就算是有再急的事情，也应该跟大伙儿打个招呼呀。要不，也太不通情理了。

对冯含真离去的事情最挂心的是陶元淳，在天顺隆，只有他和冯含真是有功名的人，惺惺惜惺惺，两个人走动也密切些。冯含真如果真的有事离去，不告诉谁也应该告诉他呀。假如真的是因为说不出口的事情离去了，那又是因为什么呢？陶元淳突然想到了当初他要离开天顺隆的事情，他是到后花园找冯含真辞行的，被曹雪芹、冯含真和小妖留下了。幸亏他去辞行了，要是也像冯含真这样偷偷摸摸地走了，便不可能有人劝阻他，没有人劝阻，走就走了。走了就有可能走投无路，因为丑闻走的，走到哪儿就会臭到哪儿。那他会变成什么样呢？说不定会混到穷家门里去当乞丐。冯含真啊冯含真，你怎么这么傻呢？有什么事也该跟朋友说说呀，你怎么这么想不开呀？再说，能有什么事呢？莫非……陶元淳突然想到了大小姐马幽兰。

陶元淳想到了那个“莫非”，心里突然一动，脚步却不由得朝后花园走去。曹家的后花园实在是一个花花草草的世界，花花草草的世界里难免会产生花花草草的事情。弯月如钩，繁星满天，后花园里花木扶疏，月移影动，阵阵花草的香气在无风的夜晚恣意地弥漫着，像春天的暖流一样催发着生命的活力，鼓动着血脉的奔涌。后花园静悄悄的，陶元淳在那圆咕隆咚的大石头面前久久地伫立着。他听到了曹雪芹吹奏的箫声，听到了小妖那清脆的吟唱，听到了冯含真海阔天空地谈古说今。现在，曹雪芹走了，据说他在京城咸安宫官学读书；小妖走了，据说是被她母亲接走的；冯含真也走了……一股人去楼空、物是人非的悲凉袭上了心头，他的眼睛湿润了。

一阵窸窸窣窣的声音惊动了他，他转过头来，看见白菜窖上的草帘子掀起来，露出了一个脑袋。他不禁喊了一声：“谁？”

那露出来的脑袋消失了，草帘子也呱嗒盖上了。

陶元淳没有顾上多想，奔到白菜窖旁边，忽地一下把窖口上的草帘子掀起来。下面，一盏菜油灯旁边，站着马幽兰，陶元淳看到的，是马幽兰一双惊恐的眼睛。

陶元淳后悔了，他不该如此惊吓马幽兰，但是他并没有退去，他觉得白菜窖里的马幽兰太蹊跷，而且只有她孤单单的一个人。

马幽兰说话了："啊，是陶师傅啊……您还没睡呀？"

陶元淳只好搭腔说："大小姐，你怎么在这里？"

马幽兰似乎想用身子挡住什么，可是实在无法遮挡。

陶元淳看清了，那不是装玉龙的锦盒吗？怎么在这里？而且那锦盒还敞开着，里面摆着那条流光溢彩的玉龙。

马幽兰隐瞒不住了，只好说："陶师傅，别告诉我爹好吗？"

陶元淳一时没明白，不知道该说什么。

马幽兰见陶元淳不说话，心里打起鼓来，不由得说："陶师傅，您下来吧。"

陶元淳觉得马幽兰有事情需要他帮忙，便没多想，顺着梯子下到白菜窖里。

马幽兰已经蹲在了玉龙旁边。

陶元淳也蹲下身子，他立刻感觉到一股袭人的寒气，他发现了锦盒下面堆放着的冰块。他的心一下子紧缩起来，惊慌地问："这就是冯含真收的那条玉龙？"

马幽兰点了点头："这玉龙是蜡做的。"

陶元淳顿时全明白了："冯含真就是因为这个走的？"

马幽兰说："是，也不全是。"

陶元淳觉得事情严重起来了，他的心也随之颤抖起来。

正在这时候，一个人来到了后花园，来到了白菜窖旁边。他就是马家亨，马幽兰最怕出现的人。冯含真走后，马家亨心里很乱，乱得像长满了荒草，荒草又裹成一团，理不出个头绪来。自己的女儿这么不检点，跟冯含真混在了一起，他无疑是气愤至极的。可是气是气，气消与不消，事情都在这儿摆着。摆着事情总得有个了结呀？冯含真一走了之，他怎么办？马幽兰怎么办？冯含真走后，田氏一个劲儿地问他，他没敢跟田氏说，怕田氏闹出乱子来。这件事就这么乌涂下来了，可这总不是个长远的办法。他也想过，跟田氏商量一下，尽快给马幽兰找个合适的主儿嫁人。可是哪儿有那么合适的人家呢？再说，他知道马幽兰的脾气，这丫头从小就被娇惯坏了，这么大的事情要是不跟她说好，她非闹得天塌地陷不可。

这一天晚上，马家亨想找马幽兰谈谈，探探她的口风。他甚至都想过，只要马幽兰坚持，就让她嫁给冯含真算了。虽说冯含真房无一间地无一垄，可他毕竟是个秀才，是个有功名的人。他前院中院后院找了一圈儿，都没见到马幽兰的影子。于是，他的脚步很自然地来到了后花园。来到后花园，立即看到了白菜窖口溢出来的灯光。莫非马幽兰又在里面，难道冯含真又回来了……

陶元淳敏感地觉得上面有一双眼睛，本能地抬起头来。他看见了马家亨那双燃烧着怒火的眼睛。马幽兰见陶元淳抬起了头，也顺着他的目光望去，顿时吓得失声叫了起来："爹……"

马家亨响雷般地叫嚷起来："臭不要脸的东西，你没有男人活不成啊……你、你快给我滚上来……我打烂了你……"

马幽兰不知道该说什么好，委屈地哭叫着："爹……您说什么哪？我没有……"

马家亨咆哮着："混账东西，你快给我上来……"

陶元淳平静地说："掌柜的，您先别生气……"

马家亨更加气怒了："你还有什么好说的，没想到我养了一窝儿败类……"

陶元淳说："掌柜的，我跟大小姐干干净净，我们什么都没干，不像您想的那样。"

马家亨说："你们还要怎样？你们在白菜窖里干什么？"

陶元淳往旁边闪了闪身子，露出了锦盒和玉龙："掌柜的，您看看这个……"

马幽兰想用身子遮住锦盒和玉龙："陶师傅，别……"

可是来不及了，马家亨看见了灯光下的锦盒和玉龙。

陶元淳对马幽兰说："大小姐，瞒得了初一瞒不了十五，这事得让掌柜的知道。"

疑惑重重的马家亨顺着梯子下来了，指着锦盒和玉龙问："怎么回事？为什么把它弄到这儿来？"

陶元淳说："掌柜的，我们打眼了。"

马家亨还是不解："你说什么？"

陶元淳说："这玉龙是假的。"

马家亨眼睛紧紧地盯着玉龙："假的？"

陶元淳说："这玉龙是蜡做的。"

马家亨的眼睛僵直了，身子也僵直了，一口气憋在了心口窝儿，“啊啊”地叫着。

马幽兰急忙扶住了父亲：“爹……爹……您怎么了？”

陶元淳使劲摇晃着马家亨，大叫着：“掌柜的……掌柜的……”

马家亨的身子顺着白菜窖的窖壁滑下去……

陶元淳爬到窖口，大叫着：“来人啊……快来人啊……”

金剪刀的墓地选择在德州郊外的运河东岸，不远处有一座巨大的陵墓，那是著名的苏禄王墓。明永乐十五年，苏禄国东王巴都葛叭哈剌，同西王麻哈剌叱葛剌麻丁，以及峒王的妻子叭都葛巴剌卜率其家属护卫随从三百四十余人漂洋过海，沿着运河北上到北京朝贡。回程的时候苏禄东王不幸染病不治而亡，明朝廷为苏禄东王选择了安葬墓地，留其王妃葛木宁、次子温哈剌、三子安都鲁和侍从十余人守墓，又从历城迁来夏姓、马姓、陈姓等居民协助祭祀守灵。三百年过去了，围绕着苏禄王墓已经形成了一个几百人口的村落。

安葬了金剪刀之后，就在金剪刀的墓地前面，范慕西给冯含真讲述了金剪刀的身世。

金剪刀姓苗，出嫁前叫苗秀丽，后来在江湖上自命名为苗梦。她的原籍是大运河边上的宿迁，十七岁嫁给了本地名门之后隋中宽。隋中宽是康熙四十八年己丑春闱进士，先授翰林院庶吉士，后来跟随山东巡抚蒋陈锡属下做文案。康熙五十六年黄河泛滥，山东北部的大部分村庄土地被洪水淹没。德州是重灾区，村村房倒屋塌，百姓无衣无食，流民盈路，饿殍遍野。巡抚蒋陈锡一连给康熙皇帝写了几封奏折，向朝廷告急。康熙皇帝发令六部筹集八十万两银子，紧急调往德州救灾。

赈灾银下来了，可是灾民依然有增无减，德州各地每天都发生灾民聚众闹事的事件。很快，蒋陈锡又接到康熙皇帝手谕，说有人举报德州大部分赈灾银被地方贪官侵吞，令其派员细加督察。蒋陈锡派出去几个能吏，回来都禀报说灾区形态平稳，灾民安置良好，有住有吃，闹事是极少数别有用心的人煽动的。蒋陈锡面对着皇帝手谕和督察官的禀报，愈发心生疑窦，最后派了隋中宽前往核查。

隋中宽微服前往，身边只带了两个随从。隋中宽一去三个月，走遍了整个德州灾区，直接深入灾民中间。他掌握了大量德州官员侵吞赈灾银两的证据，并给蒋陈锡写下了调查呈文。但是，隋中宽并没有离开德州，就在他准备回济南向蒋陈锡亲自禀报的前一天晚上，死在了所住的客栈里。

隋中宽无疑是被德州的贪官害死的，可是从县衙到府衙，一直到巡抚衙门，上上下下都一致认为隋中宽是自杀身亡。尽管巡抚蒋陈锡多次勘查并亲自审问，依然没有结果。隋中宽的妻子苗秀丽不相信自己的丈夫是自杀，从下到上喊冤叫屈，甚至到刑部告状，但是没有人站出来伸张正义。时日久了，隋中宽自杀便成了永远也翻不了的铁案。苗秀丽不服，她更恨贪官。她知道依靠官府甚至依靠皇帝也惩治不了贪官，她只有靠自己，一个小小女子的羸弱之躯，向如山似海的贪官阵营开战了。她没有杀贪官，她信佛，不杀生，尽管她的丈夫已经被贪官残忍地杀害了。她只是割贪官的辫子，她想警示贪官，她想唤醒贪官做人的良知，她想让这个世界贪官越来越少……可是她错了，贪官有增无减，贪腐越来越大，越来越有恃无恐。最终，她还把自己的命搭进去了……

范慕西平静地讲着这些，冯含真心里像是揣着一个秤砣，沉沉地往下坠着。

小妖跪在母亲的墓前哭泣着，陪伴她的是几位年轻的女人。

冯含真又想起了范小童，范小童怎么一直没有露面呢？

范慕西沉吟了一会儿，愤慨地说：“官场上无官不贪，市面上无奸不商，江湖上无恶不作，人心不古，世风颓败，良莠不分，忠奸难辨，天怒人怨，日月无光，黎民将如何苟活？”

冯含真看见，范慕西的眼睛里闪着亮盈盈的泪光，他被深深地震动了。

范慕西缓了一口气说：“当然，天道尚存，人心尚未完全泯灭。就在隋中宽的妻子金剪刀到处喊冤告状的时候，她收到了一个盒子，里面有五十根金条。盒子里面有一个纸条儿，上面写着，这就是我在德州接受的贿赂。我不能花这笔钱，花了，对不起死去的灾民和为灾民请命的中宽兄。我也不能上缴这笔钱，交上去又会被贪官侵吞，那是以尸饲虎……金剪刀一直收藏着这笔钱，在她最苦最难的时候都没有动用……你明白我的意思吗？”

冯含真摇了摇头：“请师父明示。”

范慕西说：“你还是带小妖走吧。”

冯含真说：“去哪儿？”

范慕西说："还回张家湾，回天顺隆当铺。"

冯含真犯难了："我……我还能回去？"

范慕西说："看来，你还真的没听懂我刚才说的话。好了，回去吧，还是那句话，别的不用你操心。"

冯含真看了看范慕西，范慕西却站起身来朝金剪刀的墓地走过去。

冯含真犹犹豫豫地跟在他的后面，不由得开口叫了一声："师父……"

范慕西停下了脚步，转过身来。

冯含真吞吞吐吐地说："有句话……不知道该不该问。"

范慕西看了看他，等待他说下去。

冯含真说："我看了您写的那副悼念金剪刀的挽联……"

范慕西说："怎么了？"

冯含真说："那是追悼弟媳的……莫非……"

范慕西说："嗯，你是个有心人。当年隋中宽在德州勘察灾情的时候，我们结下了金兰之交。"

冯含真听了，除了惊异之外，更加困惑了：师父到底是什么人？他不就是一个丐帮帮主吗，怎么能跟朝廷的命官结为兄弟？怎么还跟理亲王有特殊关系？他在师父身边待了好几年，却从来不知道师父的底细，现在看来，师父愈发深不可测了……

想到这些，冯含真还想问点儿什么，范慕西却远远地离去了。

第十二章

冯含真带着小妖回到了张家湾。尽管师父一再告诉他，让他回天顺隆当铺，他还是不放心。回去怎么跟马掌柜交代呢？怎么见马幽兰呢？他觉得很对不起马幽兰，马幽兰不但为他保守着那玉龙的秘密，还为他背上了不守妇道的罪名。可是，这罪名冤枉吗？他跟马幽兰之间，难道真的那么干干净净纯纯粹粹吗？

想来想去，为了慎重起见，他还是到富裕兴先投奔赵天水赵掌柜了。通过几次买来卖去，两个人是有些交情的。他想跟赵掌柜探探消息，看他不在期间，天顺隆有什么动静没有。

或许这就是命，如果他直接去天顺隆，正好能遇上范小童。一念之差，失之交臂。

冯含真带着小妖来到富裕兴当铺，赵天水不在，好在他跟当铺里的朝奉伙计都很熟悉，便把小妖交给了他们，自己出来想去先探听一下。出了富裕兴朝西走，朗晴的天突然阴暗起来，几声霹雳，天上立即掉下了铜钱大的雨点儿。冯含真像街上大多数人一样，急匆匆跑到街道两边的铺面下避雨。他来到的是一家绸缎铺门前，前面的廊子里已经挤了不少人。冯含真刚刚站定，天上的雨又突然停了，像是跟过路的人开了个玩笑。避雨的人笑呵呵地走了，冯含真也要离去，发现旁边有一个卦摊儿，一伙儿人围着卦摊儿算卦。再一细看，原来算卦的是纪晓岚。冯含真觉得很奇怪，纪晓岚不好好温习功课，怎么玩儿起了“金活儿”？江湖上管算卦的叫“金活儿”。

冯含真刚想上前打招呼，见一个背着个捎马子的男人匆匆走过来，往纪晓岚面前一站，开口便说：“先生，给我算个卦。”

纪晓岚抬头看了那人一眼，问：“你姓刘？”

那人一愣，忙点头说：“是啊，对。”

纪晓岚说：“你不是给自己算卦，是替别人算，对吧？”

那人又一愣："啊，对。"

纪晓岚说："这个别人也不是外人，是你媳妇，对吧？"

那人还是一愣："对，真对。"

纪晓岚说："你是问你媳妇的病，对吧？"

那人更是愣了："对啊……对。"

纪晓岚说："你媳妇病得还不轻，你是想到北边求医抓药吧？"

那人不愣了，咧开大嘴笑了。

纪晓岚说："别问了，就吃北边的药吧，管用。"

那人等于什么都没说，就让纪晓岚把他的卦算完了。从怀里摸出几个铜板，往桌上一放，高高兴兴地走了。

人们一看，都嗡嗡嘤嘤地议论起来，一边称神说灵，一边抢着让纪晓岚算卦。冯含真想上前跟纪晓岚相见，又怕耽误了他的生意，踌躇之间，便听纪晓岚说："不算了不算了，今天收摊儿了。"

有人问："怎么这么早就收摊儿呀，给我们算算吧。"

纪晓岚说："对不住大伙儿了，我有一个朋友来找我，我得请他喝酒，咱们明天再算。"

纪晓岚匆匆把卦摊儿收拾好，便朝冯含真走过来："走吧，冯兄，我们找个地方坐下聊聊。"

冯含真觉得，这个纪晓岚真是半仙，他连头都没扭，怎么知道我来找他了呢？

冯含真揣着满心的狐疑跟着纪晓岚进了虹桥旁边的二友轩饭馆，找了一张桌子坐下。

纪晓岚说："你点菜，我请客。"

冯含真说："别，这样吧，我请客，你给我算一卦，权当是卦金了。"

纪晓岚笑了："蒙你的钱？不行不行，在家靠父母，出外靠朋友，在张家湾的地面上，我怎么能坑朋友呢？"

冯含真说："你给我好好算算，怎么是坑朋友呢？"

纪晓岚说："你是老江湖了，也相信打卦算命这一套？"

冯含真说："江湖上玩儿'金活儿'的分三种，一种是'腥儿'，全是假的，瞎忽悠；一种是'尖儿'，有真才实学，大多不露，真人不露相嘛；还有一种是半真半假，叫作'腥儿'加'尖儿'。"

纪晓岚问："那我算哪种？"

冯含真说：“你要是不摆卦摊儿，肯定是‘尖儿’。今天我见你露相了，那就应该是‘腥儿’加‘尖儿’了。‘腥儿’加‘尖儿’，赛神仙。”

纪晓岚说：“还‘腥儿’加‘尖儿’呢，告诉你吧，我连‘腥儿’都不够，还赛神仙呢，纯粹是蒙事行。”

冯含真说：“你别客气，要是没点儿真格的，你怎么会算得那么准呢？”

跑堂的过来了，纪晓岚不等冯含真开口，便点了几个菜，有荤有素，外加一瓶漕运湾酒。

纪晓岚先给冯含真满上酒，然后说：“你出去有半个月了吧，先敬一杯，算是给你接风洗尘了。”

冯含真说：“你看，又神了不是？你怎么知道我出去半个月了？”

纪晓岚说：“我是听富裕兴的伙计说的，要是在卦摊儿上，或许又能蒙一把。”

冯含真说：“那我再问你，刚才在卦摊儿上，你根本就没扭头儿，怎么知道我来找你了？”

纪晓岚说：“你刚跑上来的时候我就看见你了，那么多人，我就没法喊你。再说，我也不愿意让你看见我摆卦摊儿。”

冯含真说：“这些还能解释得通，那个抓药的人来算卦，也太神点儿了吧？一见面，人家还没开口，你连人家姓刘都知道。”

菜已经上来了，纪晓岚先端起杯来，两个人对饮了一杯。

纪晓岚说：“知道这叫什么吗？江湖上叫‘自来簧’。给人家算卦，关键要懂得‘簧’。”

冯含真说：“这我知道，‘簧’就是算卦的诀窍，号称‘十三簧’。”

纪晓岚说：“你知道那‘自来簧’是怎么来的吗？他肩上背着个捎马子，对不对？”

冯含真说：“好像是。”

纪晓岚说：“他那捎马子上写着义顺堂三个字。头两天我才知道的，张家湾的刘姓分南刘北刘，南刘的堂号叫义顺堂，北刘的堂号叫忠顺堂。”

冯含真点了点头：“那……你怎么知道人家是给媳妇算卦的，而问的又是他媳妇的病？”

纪晓岚笑了笑：“这就更简单了，他的帽檐上夹着一张药方子，药方子上面露出了当归、红花两味药，这药一般是治妇女病的。”

冯含真说："就算他家里女人有病，也不见得是他媳妇呀。"

纪晓岚说："看那男人的样子，已经四十多岁了。要是家里有母亲，年纪也六七十岁了。六七十岁的人病了也不是什么急病，用不着那么匆匆忙忙地冒雨赶路，更用不着打卦算命的。"

冯含真还有不解之处："你又是怎么知道人家是到北边求医抓药呢？"

纪晓岚笑了："这在'金活儿'里面叫'地里簧'，'十三簧'里的第一'簧'。玩儿'金活儿'的人全靠着'簧'用得好不好，两只眼睛会'把簧'，两只耳朵会'飞簧'，心头灵敏会'使簧'。适才下雨的时候，刮的是南风。他胸前没有湿，后背肩上都是雨点子，我断定他是从南面来的。从南面来必定要到北面去。"

冯含真笑着举起了杯："佩服佩服，你这辈子要是不吃江湖饭，真的屈才了。"

纪晓岚说："冯兄这话可说差了，我十年寒窗，一肚子四书五经，放着蟾宫折桂大好前程，去吃江湖饭？不吃还屈才了？"

冯含真也觉得这话不对了，忙举杯赔罪："得罪得罪，纪先生是有大志向的人，怎么能混迹江湖呢？"

纪晓岚说："有大志向的人怎么就不能混迹江湖呢？江湖的学问大了，十部四书五经也装不下。"

冯含真眨巴着眼睛："难道我这话又错了？"

纪晓岚笑了："没有没有，跟冯兄开个玩笑。说玩笑也真的不是玩笑，这江湖的学问是不小。你知道我为什么要上街摆卦摊儿吗？"

冯含真摇了摇头。

纪晓岚说："我最近得到一部书，专门讲'金活儿'的。我一看，这'金活儿'讲的全是人情世故察言观色，无论是官场周旋，经商赚钱，哪怕是闯世界混江湖，也都用得着。我把这部书看了又看，差不多全背下来了，就打算拿到街面上试试灵不灵。嘿，还真行。"

冯含真说："什么书呀这么神奇？"

纪晓岚从怀里把一部翻得有些散乱的书掏出来。冯含真接过书，认真地翻阅着。开篇几句，便把他抓住了：

先师化道，不出天地范围。一理贯通，令人超悟。

一入门先猜来意，未开言先要拿心。洞口半开，由此挨身而进；机关一露，即宜就决雌雄。要紧处何劳几句，急忙中不可乱言。只宜活里活，切忌死中死……

纪晓岚用手敲了敲桌面：“喂喂，咱们先喝酒行不行？这部书借给你了，你拿回去看吧。”

冯含真说：“如此锥心透世之作，出自哪位仙家？”

纪晓岚说：“此书名为《玄关》，为方观承所作。”

冯含真一惊：“哪个方观承？”

纪晓岚说：“此公出在江南世家，知道《南山集》案吗？他的高祖、曾祖、祖父、父亲都牵扯案中，被发配到穷边……”

冯含真叫起来：“你说的就是七去宁古塔的方观承？”

纪晓岚说：“是啊，你认识他？”

冯含真说：“何止是认识，我们还有过一段‘车笠之交’呢。”

纪晓岚问：“怎么个‘车笠之交’？”

冯含真说：“这事还是由曹雪芹引起的……”

纪晓岚立即打断了冯含真的话：“你说的是江宁织造府的曹雪芹吗？”

冯含真说：“是啊。”

纪晓岚急忙问：“你认识他？”

冯含真说：“他是我的朋友，我们以兄弟相称……”

纪晓岚叫起来：“哎呀，冯兄，你真是我的贵人，今天遇见你我太幸运了……早起那炷香没白烧。”

冯含真问：“你这话从哪儿说起？”

纪晓岚说：“我这次进京就是为拜访曹公子的，听说曹公子在张家湾，可是又听说去京城了。不知道什么时候能回来，我只好在张家湾等了……哦，对了，你不是天顺隆当铺的朝奉吗？天顺隆就是曹家大院啊，瞧我这脑子，我怎么把你忘了呢？上回咱们见面的时候就该问你的……”

冯含真说：“曹雪芹在咸安宫官学读书呢，恐怕一时半会儿回不来。”

纪晓岚说：“你知道他住在哪儿吗？”

冯含真说：“我可以打听得到。”

纪晓岚又端起杯：“冯兄，拜托了，你一定要带我去拜访曹公子。你知道吗？我对曹公子仰慕已久，据说他三岁能画画儿，四岁会对对儿，五岁会作诗，六岁名震江南……”

冯含真笑了，很自豪的样子。

就是在冯含真与纪晓岚在二友轩小饭馆喝酒的时候，天顺隆当铺发生了一件惊心动魄的大事。

自从马家亨在白菜窖里发现了马幽兰的秘密，知道冯含真收当的那条玉龙是假的之后，便一下子病倒了。这一病可不轻，躺在炕上，食不能进，水不能喝，发高烧说胡话，折腾得昏天黑地。他的妻子田氏和女儿马幽兰昼夜守护在身边，张家湾和通州城里的名医都请遍了，谁看谁摇头，灌谁的药都不管用。眼看着马家亨皮肉越来越黄，眼窝儿越陷越深，气息也越喘越短，大有临近大限的危险。天顺隆上下鬼雾妖氛，惶惶不可终日。

这一天，铁锚寺癫僧无智和佑民观痴道无为又相伴着到张家湾化缘。

癫僧无智和痴道无为到了天顺隆当铺门前停下来。孩子们知道这一僧一道要化缘了，便围成了一圈儿等着看好戏。

这一僧一道走在路上的时候唱的是疯词儿，嘟囔的是傻话，可是真到了化缘的时候，便认真地唱起来说起来，虽然唱的说的也是疯疯癫癫胡言乱语，却能让人听得清楚。

癫僧无智扭着肥胖笨重的身子，扯着公鸭似的嗓子唱着：

天上无云下大雨，
树梢不动刮大风。
刮得碌碡满街跑，
刮得鸡蛋一点儿也不动。
鸡蛋撞在碌碡上，
把碌碡撞一个大窟窿……

痴道无为也甩着拂尘，晃动着那扫把一样的身子，念经似的嘟囔着：

天灵灵，地灵灵，
风灵灵，水灵灵。
风里飞出一条龙，
水里爬出一条虫。

一条龙变成一条虫，

一条虫变成一条龙……

这癫僧无智和痴道无为的喧闹，传到了当铺后面的院子里。这些天马家亨一直昏昏沉沉半睡半醒，马幽兰煎好了药汤端进来，田氏让她先放在炕沿上，说刚睡实了，等一会儿再叫醒他。外面的吵吵闹闹越来越厉害，田氏说：“你到前面看看，让陶师傅拿点儿钱把他们打发走吧。”

没想到昏睡的马家亨却突然叫起来：“别走……别走……别叫他们走……”

田氏和马幽兰吓了一跳，这么多天了，马家亨嘴里总是嘟嘟囔囔地说胡话，嘴里像含着个山核桃，从来没有这么清楚地叫喊过。田氏忙问：“你说什么？别让谁走？”

马家亨叫喊得更清楚了：“龙……龙……我的龙……”

马幽兰气馁了，尽管父亲叫喊得很清楚，说的还是胡话。这条假龙真的要了父亲的命了，父亲要是有个三长两短的，这天顺隆肯定会倒闭，她和母亲该怎么办呀？冯含真呢？他到底干什么去了？在哪儿呢？他能回来吗？

马家亨继续叫喊着：“龙……龙……别让龙走了……”

田氏顺着他的话茬儿问：“你说什么呢？什么龙呀？”

马家亨说：“龙来了……是一条龙，不是一条虫……”

田氏说：“你听到外面瞎嚷嚷吧？那是疯和尚傻老道，又到这儿捣乱来了。”

马幽兰说：“我去把他们赶走。”

田氏嘱咐说：“客气点儿，别招惹他们。”

马家亨又叫起来：“别……别走……别让他们走。”

正在这时候，陶元淳匆匆闯进来：“内掌柜，大小姐，有人来赎那条玉龙了。”

听了这话，田氏和马幽兰还没反应过来，马家亨却腾地从炕上直起身来，急着问：“人呢？”

陶元淳一惊：“掌柜的，您……您能起来了，病好了？”

马家亨问：“我问你人呢？”

陶元淳说：“在前面柜上呢。”

马家亨问："带着当票吗？"

陶元淳说："带着呢。"

马家亨又问："带着银子呢？"

陶元淳说："也带着呢。"

马家亨说："快……给我穿鞋……"

陶元淳说："掌柜的，您病着呢，别动了，把龙给我，我去就行了。"

马家亨说："不行，我得亲自去，快把那龙拿着，龙呢？"

是啊，龙呢？

自从马家亨在白菜窖里昏倒之后，马幽兰再也没顾上那条龙。就是说，那龙还在白菜窖里。

马家亨吩咐着："快把那龙取出来。"

马幽兰急忙朝后花园跑去，陶元淳紧随其后。

马幽兰顺着梯子跳下白菜窖，把装着玉龙的锦盒抱起来，登上梯子，递给上面的陶元淳。这时候，马家亨在田氏的搀扶下，也来到了后花园。几个人急忙凑过来，陶元淳把锦盒打开，马家亨看了一眼，身子又瘫软下去。田氏和马幽兰紧紧地扶着他，马家亨哆哆嗦嗦的，用手指着锦盒里的玉龙，竟然说不出话来了。

锦盒里的玉龙已经像马家亨一样瘫软变形了，龙头低下来，龙爪垂下来，龙尾耷拉下来，龙须、龙眼、龙牙都已经模糊不清了。几天没来，白菜窖里的冰用完了，里面的温度升高，蜡龙现出了原形。

马家亨努力挺起身子，让自己别在夫人和女儿的怀里摔倒，可是眼睛已经模糊了，喉咙又咕噜起来。

陶元淳劝慰着："掌柜的，您别急，我们想想办法，想想办法……"

马家亨呜呜噜噜地说："有什么办法……这样的东西……给人家……人家能要吗？"

陶元淳说："咱们跟他讲理，他原来的东西就是假的。"

马家亨又突然清醒过来，说："那……那当票上写的是什么？"

陶元淳说："当票上确实写的是玉龙。"

马家亨说："赎当以当票为准，人家当的是玉龙，你能给人家一摊蜡吗？就是打官司，我们也得输。"

陶元淳说："这锦盒不会假吧？这锦盒是他的呀！"

马家亨说："人家会说，锦盒是真的，你把里面的龙换了。"

陶元淳无言以对了。

马家亨说：“走吧，既然人家来了，咱不能躲着人家，是死认死，是活认活吧。”

陶元淳捧着锦盒在前面走，马家亨在田氏和马幽兰的搀扶下跟在后面。

站在柜台前面的是一个年轻人，青衫马褂，一顶小帽，长得非常俊秀，手里拿着一把湘妃素纸扇。看陶元淳和马家亨及其眷属，恭敬地揖手行礼。

马家亨一愣，田氏和马幽兰也惊得半张着嘴，这个人怎这么眼熟呢？

陶元淳把锦盒放在柜台上，心里发虚，态度极其谦恭和蔼。

年轻人把一张当票递给陶元淳，陶元淳看了看，又递给马家亨看了看。没错，这是天顺隆的当票。

年轻人看着陶元淳，又看了看那锦盒。

陶元淳脸上的汗水流下来，惶恐地说：“先生，您……查看一下。”

年轻人把锦盒往自己的面前挪了挪，慢慢地打开。

陶元淳闭上了眼睛，马家亨浑身都哆嗦起来。

年轻人把目光从锦盒上移开，投向陶元淳，又扫了一眼马家亨和他身边的两个女人。

几个人光哆嗦着嘴唇，说不出话来。

年轻人又看了看锦盒，却把目光转向了马幽兰，突然问：“这位是大小姐吧？”

马幽兰看着年轻人，不知道该说什么好。马家亨努力镇定着自己，回答说：“哦……先生有什么话要问吗？”

年轻人把锦盒“啪”地盖上了，又把头抬起来。

陶元淳说：“先生……这龙……”

年轻人紧逼着问：“这龙怎么了？”

陶元淳胆战心惊地说：“这龙……原本就是这样的。”

年轻人问：“是吗？”

马家亨急忙说：“啊……是这样。”

年轻人把一张四千两的银票递给陶元淳，陶元淳看了看银票，又看了看年轻人。

年轻人问：“对吗？”

陶元淳急忙点头："啊……对对。"

年轻人冲几个人笑着点了点头，拎起那个锦盒转身便走。

陶元淳脱口喊着："先生……"

年轻人转过身来："还有事吗？"

陶元淳战战兢兢地说："啊……您走好。"

马家亨、陶元淳以及田氏和马幽兰，都久久地瘫在地上，半天缓不过气来，不知道这是真的，还是一场梦。

跟纪晓岚喝完酒之后，冯含真便匆匆忙忙地回到了富裕兴当铺，他惦记着小妖。进了富裕兴的门，正好看见掌柜的赵天水在柜台上。赵天水见到他，热情地说："听说你回来了，我一直在等着你，我们得好好喝两杯，一是给你接接风；二是我们一起说说话。"

冯含真说："谢谢您了，我已经先偏了。"

赵天水说："哦，这么早，跟谁一起吃的呀？"

冯含真说："纪晓岚，您听说过吗？"

赵天水说："就是那个河间纪半仙？"

冯含真吃了一惊："您也知道他会算卦？"

赵天水说："我没见到过他，在张家湾他可是神乎其神了，大家都叫他纪半仙。有机会我还真想会会他呢，你跟他认识？"

冯含真说："算是有些交情吧，我来接小妖，她人呢？"

赵天水说："小妖回去了。"

冯含真问："回去了？回哪儿了？"

赵天水说："当然是回你们天顺隆了，她说你这么半天不回来，肯定是在天顺隆等她呢。"

冯含真不由得暗暗叫起苦来。

赵天水说："放心吧，我打发一个伙计把她送过去的，既然你吃过饭了，我们喝杯茶吧。"

冯含真想了想，确实自己也不能贸然去天顺隆，便随着赵天水进了他的客厅。

赵天水吩咐丫鬟端上茶来，不等冯含真开口，便单刀直入地对冯含真说："冯老弟，我们俩有缘，自打你四年前来到张家湾，我就知道你不是个凡人。这几年我一直注意着你，总想找个机会跟你心碰心地聊聊。"

冯含真说："承蒙赵掌柜抬爱，含真惭愧。"

赵天水说："这几年咱也没少打交道，总该算是朋友了吧？"

冯含真说："那当然，论年齿，您赵掌柜该是我的长辈，您一直跟我称兄道弟，已经让含真受宠若惊了。"

赵天水说："我这个人啊，说话办事喜欢直来直去，不兜圈子，我今天就想问你一句话，这句话在我肚子里憋了好久了，不说出来，总觉得如鲠在喉。"

冯含真说："赵掌柜有话请讲。"

赵天水说："其实，就一句话，天顺隆每月给你多少钱？"

冯含真顿时噎住了，半天才说："赵掌柜，我真的佩服您的直来直去，可是您这一直，把我弯住了。就这么一句话，我上嘴唇一碰下嘴唇就可以回答您。可是，这话我不能说啊，行里有行里的规矩，我不能坏了这规矩啊。您说呢？"

赵天水哈哈笑起来："算我不懂事，不懂事，来喝茶。"

冯含真说："言重了言重了。"

赵天水说："其实，我也料到你不会告诉我的。这样吧，你看见我这富裕兴了吧，比不上天顺隆，可在张家湾也是数得上的。"

冯含真说："当然，都知道富裕兴后来居上，大有前程。"

赵天水说："你真的认为富裕兴大有前程？"

冯含真说："当然了，凭着赵掌柜的精明强干，人气又足，再加上张家湾码头这块风水宝地，富裕兴肯定会发达起来的。"

赵天水说："冯老弟，我赵某对你直来直去，不藏着掖着，你对我可太客气了，还是没把我当朋友啊。"

冯含真有点儿歉疚："赵掌柜，您毕竟比我年长得多，我不敢放肆。"

赵天水说："我只想听你跟我说实话。"

冯含真说："您让我说什么实话？"

赵天水说："富裕兴不行，我有自知之明。虽说本银不比天顺隆小，可是你看看我这儿的架势，不说别人，就说我这个掌柜的吧，半路出家，胸无点墨，开当铺纯粹是打鸭子上架。兵㞞㞞一个，将㞞㞞一窝。我就是卖炊饼的武大郎，我下面的人能高到哪儿去？富裕兴别说大有前程了，连支撑下去都难。"

冯含真望着赵天水，心里一阵发热。赵天水说的，真的是掏心窝子的话，确实把他当作知己了。想到自己一直在虚应人家，不觉羞愧得脸都红了。

赵天水说："老弟，你来吧。"

冯含真愣然了："我？"

赵天水说："我把富裕兴交给你，你来当富裕兴的掌柜，我给你三成股份。"

冯含真说："那……您呢？"

赵天水说："我就当甩手东家，你放心，你掌管富裕兴之后，我绝不再指手画脚，一切都由你做主。"

冯含真心里亮了起来，亮得有些晃眼，晃得有些发晕，有些心跳，有些找不到北。这是一个多么大的馅饼啊，突然间从天上掉下来，他一抬头，刚好掉在他的嘴里。从一个小叫花子当上天顺隆当铺的朝奉，他已经飘飘然了。现在突然间要当掌柜的，还能拿三成的股份，跟马家亨平起平坐了，这好事也来得太容易了，除非自己是在做梦。他抬眼看了看赵天水，赵天水眼巴巴地望着他，满脸都是真诚。他突然想到了天顺隆后花园白菜窖里的玉龙，那玉龙张牙舞爪、气冲霄汉、吞吐云天，多么大的气魄啊！可是，那玉龙是假的，是蜡做的，如果不是那些冰块镇着，只是摊软塌塌的蜡泥。他觉得自己已经变成了蜡泥，不知道白菜窖里的玉龙是否还精神依旧。

赵天水说："凭着咱们的交情，老弟你不会拒绝我吧？"

冯含真垂着头，没有言语。

赵天水说："你还在犹豫什么？信不过老兄是不是？这样吧，你要是同意，我马上找中人证人，咱们正式签个契约，白纸黑字，名章手印。怎么样？"

冯含真说："赵掌柜，既然您总是喊我老弟，我也攀个大叫您仁兄吧。说实在的，仁兄对我如此看重、如此厚爱，我真的感激涕零。如此大恩大德，当舍身报答，肝脑涂地而在所不辞。请您相信，我冯含真自幼读的是圣贤书，懂得知恩图报。您知道我在到天顺隆之前做什么吗？"

赵天水说："略有耳闻。"

冯含真说："想必您也听说过，我就是一个小叫花子，是手心朝上跟人家讨饭吃的。后来连叫花子也做不成了，实在是上天无路，入地无门，我是流浪到张家湾的。是天顺隆收留了我，开始让我当小伙计，赏我碗饭吃，后来又让我当学徒，出师后又让我当朝奉。赵掌柜，天顺隆待我不薄啊！不错，您厚看我，高抬我，重用我，这情也不薄。可是总得有个先后啊，您说，我要是无缘无故地离开天顺隆，就算将来在富裕兴干得再轰轰烈烈，也不光彩啊。”

赵天水听着冯含真的话，半天没吭声。

冯含真愧疚地说：“赵掌柜，原谅含真不识抬举了。”

赵天水长出了一口气，说：“不，是我低估了冯老弟，我这个人啊，是做小买卖出身，从卖花生仁儿、兰花豆做起的。你知道，做小买卖需要算计，一点一滴地算计，连秤杆高低都计较。后来发达起来了，开了这家当铺之后我才明白，做小买卖的人做不了大生意。我知道自己的毛病，也想学人家那种大气派、大手笔、大胸怀，可是不行，一遇到事还是算计。你知道我算计什么吗？我算计着把你请过来，是给你两成的股份还是给你三成的股份，就为这我算计了几个月。刚才我说给你三成，那是铆足了劲儿说出来的。现在看来，我还是算计错了，光算计给你多少了，就没算计你这个人的分量，没算计你的义气和信用。老弟，你刚才这番话，赵某服了，就冲这个，你这个朋友我交定了。”

冯含真被深深地感动了，这真是掏心窝子的话。赵天水作为一个掌柜的，能力是差点儿，在生意场上，他很可能不会有大作为，可是这种坦荡和自省，实在是难能可贵。

然而，感动之后，冯含真又转动了一下心眼儿。赵天水说他是做小买卖出身，这可能吗？做小买卖的人怎么会开当铺呢？他哪里来的那么大的本钱？光靠做小买卖的算计，就能算计出一个大当铺来吗？

小妖突然跑进来，紧跟在她后面的还有马幽兰。

冯含真见到马幽兰，立刻紧张起来。

赵天水忙站起来让座，吩咐上茶。

马幽兰说：“赵掌柜，您别张罗了，我是来接含真的。”

赵天水又是一惊，感慨地说：“天顺隆就是非同一般，一个朝奉回来了，马掌柜还派大小姐来接？赵某惭愧啊。”

冯含真刚才听纪晓岚说了，马家亨知道那条玉龙是假的之后，便一病不起，奄奄一息了。这是他不敢贸然回天顺隆的重要因由。见到马幽兰，冯含真首先问的就是马家亨的病：“大小姐，掌柜的身体怎么样了？”

马幽兰高兴地说：“全好了全好了，半个月没吃没喝没下炕了，听说有人来赎那条玉龙，腾地就起来了。”

冯含真问：“什么？有人来赎那条玉龙？”

马幽兰说：“不是你去找人来赎的吗？”

冯含真说：“我……赎走了吗？”

马幽兰说：“赎走了，非常痛快地就赎走了。我爹得的就是心病，这心病没了，一下子就精神了，说饿了，让家里摆了一大桌子酒席，就等你回去好好庆贺庆贺呢……”

冯含真糊涂了，如坠五里雾中。

第十三章

冯含真突然收到了曹雪芹的来信，约他到通州见面，还说要向他介绍两个新朋友。冯含真喜出望外，立刻到高升客栈找到了纪晓岚。两个人各雇一匹快马，直奔通州而去。

见面地点在通州漕运码头的大光楼。正是漕粮收兑时节，大运河上，漕船列队，舳舻千里，帆樯蔽日；土石两坝，漕粮如山，流光溢彩，人缕如蚁。

冯含真和纪晓岚到来的时候，曹雪芹和敦敏、敦诚兄弟早已经恭候多时了。大光楼上摆着一桌酒席，三个人一边推杯换盏，一边欣赏着大运河的无限风光。冯含真先把纪晓岚介绍给曹雪芹，曹雪芹又把敦敏、敦诚介绍给冯含真和纪晓岚。几个人虽然初次谋面，但都是神交已久的文坛才俊，略微客气一下便依次入座，开怀畅饮起来。

曹雪芹对冯含真说："我今天约兄台前来，主要是敦敏、敦诚兄弟想见你。"

敦敏说："雪芹总是跟我们兄弟俩提起冯兄，一直想与冯兄结识。"

冯含真说："含真能结识二位公子，幸甚。曹公子就是不约我，我也要到京城去找公子了，我是受纪先生之托。"

纪晓岚说："没错，在下一直仰慕曹公子的文才盛名，早有结交之意。可谓是'生不用封万户侯，但愿一识韩荆州'。"

曹雪芹说："纪先生错抬了，在下风尘碌碌，一事无成，愧则有余，悔又无益，莫若诸位仁兄贤弟，大有蟾宫折桂之才，齐家治国之志。"

敦敏说："纪先生大名早已如雷贯耳，我等亦有拜访结交之意，今日亏了冯兄引荐，得以识荆，让我们共同敬冯兄一杯吧。"

冯含真慌忙说："错矣错矣，各位都是金玉良才，我乃生意场上的贫贱寒士，安敢失礼？"

曹雪芹说："冯兄休要自贱，今日敦氏二兄弟约你，是与你商量明年秋闱大比之事，我知道冯兄早有此高怀大志，特与他们二人说了，他们要约你共赴考场呢。”

冯含真说：“要说秋闱大比，纪先生该是首屈一指的。”

敦诚有点儿不耐烦了：“我说诸位，我们一见面就互相客气，又说什么秋闱大比，俗了，太俗了，辜负了这风光美景大运河，我看还是痛痛快快地喝两杯为妙。”

曹雪芹最先响应：“对对对，其实我也是最烦这些话题的，还不如作诗对对儿好玩儿。”

纪晓岚说：“曹公子言之有理，我们同饮一杯，然后对对儿如何？”

众人一致赞同，举杯共饮，随即放松起来。

曹雪芹说：“这大光楼上，四面临风，目极百里，河运两岸风光历历在目，何不以此为题对对儿。你们看，通惠河上有一座三券高拱石桥，名曰永通桥，因距燃灯塔八里之遥，俗名八里桥。我先出一上联：八里桥何为八里？”

众人还在琢磨，冯含真却先开口了：“通州城南三十里处，有一村庄名曰三间房，属于张家湾管辖。我对的下联是：三间房岂止三间。”

几个人一听，都拍起手来称妙，纷纷向冯含真敬酒。

纪晓岚公认是文思最为敏捷的，突然落在了冯含真的后面，心里略有不甘。他举目朝远处望了望，见河滩上绿草间开满了黄花，黄花挺拔向上，耀武扬威，煞是奇艳，遂说：“我出一上联：河外黄花如金钉钉地。”

敦敏瞟了一眼巍峨耸立的燃灯宝塔，随口说：“城内宝塔似石钻钻天。”

又一阵喝彩，众皆向纪晓岚和敦敏敬酒。

敦诚见敦敏获得了满堂喝彩，跃跃欲试，目光放在刚才纪晓岚提起的河滩上，河滩上放牧着牛羊，牛羊间有一匹斑斑驳驳的黑花马，遂说：“我也出一联：花马吃花花碰马嘴。”

敦诚的联刚出完，曹雪芹看见大光楼下走过一个老汉，老汉牵着一头毛驴，毛驴上驮着刚刚收割下来的青草，立即说：“草驴驮草草压驴腰。”

纪晓岚笑了：“敦诚兄弟和曹公子的联虽然也算整齐，可是欠雅。”

敦诚有点儿不服气，说：“君不闻大雅近俗，大俗即雅吗？”

突然，运河大堤哄乱起来，人们纷纷叫嚷着，又纷纷朝城里的方向奔跑着，不知道出了什么事情。伺候他们喝酒的伙计说：“几位公子，怎么不去看看热闹？”

曹雪芹问：“什么热闹？”

伙计说：“乾隆皇帝到东陵祭祖，路过通州，满城的人都上了街。”

纪晓岚大叫起来：“呀，这么大的事情我们怎么没听说，算了，酒不喝了，我们也去一睹龙颜。”

几个人立即起身，下了大光楼，随着人流朝通州城里的方向跑去。

他们穿过土石两坝，刚刚进入东关便走不动了。整个通州大街，人山人海，嗡嗡嘤嘤，黑压压一片。敦敏、敦诚觉得无趣，便不想上前了，曹雪芹、纪晓岚和冯含真却兴致勃勃，沿着街边墙角想方设法地朝前面挤着。没过多久，几个人便被冲散了，相互寻找了一下，又被潮水般的人流淹没了。好在他们有言在先，如果失散了，便做告别，来日相约再聚。

冯含真混过江湖，知道许多投机取巧的办法，他不慌不忙，跟紧一支年轻人的队伍，任前拥后推，随波逐流，毫不费力地被裹挟向前，很快到了万寿宫一带。这是通州城最为繁华的地带，平日里也是商铺林立，摊位盈街，人流如缕。今天，几乎所有的商铺都关门上板，街道上的摊位更是消失殆尽。满街都被人流灌满了，像是翻江滚浪的洪流。人们高声大嗓地呼叫着，叽叽喳喳地议论着，乱乱纷纷地指点着，谁也不知道皇家的队伍到了何处，更不知道皇上的銮舆何时能到达。冯含真在乱哄哄的人群中钻来钻去，突然被一只手拉住了，扭头一看，原来是吴多宝。

吴多宝说：“皇上的骑兵已经到了八里桥了，我们必须占据一个高处，这样才能看得清楚。”

冯含真也顾不上多说什么，跟着吴多宝在人群里横挤竖钻。徐家肉铺前有一棵老槐树，吴多宝拉着冯含真要爬上那棵老槐树，抬头一看，上面枝枝杈杈上都占满了人，有的人骑在树干上，有的人蹲在树杈上，有的人像猴子一样吊在树枝上。吴多宝叹了口气，又拉着冯含真朝前走去。他们想爬上一家临街铺面的屋顶，可是每一家的屋顶上都有人，每一家店铺的门都锁着。走着走着，吴多宝突然叫起来，前面的高坡上，占据着几个身强力壮的汉子，虽说他们的穿戴都是一般农民装束，可是个个腰身坚挺，目光如炬，一看便知道是武林中有功夫的人。吴多宝拉着冯含真急忙过去，向几个汉子热情地打招呼，并把冯含真介绍给几个汉子。由于人多拥挤，周围一片乱哄哄的吵闹声，冯含真根本没有听清吴多宝跟他说了些什么，而且冯含真发现，虽然吴多宝如同见到了亲人，那几个汉子对吴多宝并不热情，对冯含真也是冷冷的。冯含真觉得无趣，便独自朝前面走去。

吴多宝又追上来："冯兄，你别走呀，那几位答应请你吃饭呢。"

冯含真一听，就知道吴多宝在吹牛。

吴多宝解释说："我告诉他们你是天顺隆的朝奉，他们佩服得不得了，非要请你喝酒不行。"

冯含真问："他们是谁呀？"

吴多宝说："我不是跟你说了吗，这都是我们陆辛庄的英雄，都是我叔叔吴三省的高足弟子。"

冯含真知道吴多宝是说大话使小钱的人，对他的一切说法都当作笑谈，从来不认真。

吴多宝非要拉着冯含真回到几个汉子占领的高坡上，冯含真很不情愿，又不好回绝，便懒洋洋地跟着吴多宝在人群里拥挤着。

突然人声鼎沸，街道两边的人群潮水般地暴涨起来，街面上出现了一群青衣衙役，衙役们挥动着手中的鞭子，凶神恶煞般地驱赶着街道上的人群。街道上的人群朝两边拥挤着，人潮涌来涌去，风吹浪推一般。

青衣衙役的背后，出现了一队高头大马、全副武装的兵勇，穿着铠甲，举着长枪，整整齐齐地走了过来。马蹄嗒嗒地敲打着石板路，显得更加威武庄严，街道两边的人群相对安静下来。

马队的后面，紧接着是整齐划一的仪仗，他们高举着大小龙旗，龙旗后面是曲柄华盖、双龙团扇、九龙黄伞、五色龙纛以及星、钺、卧瓜、豆瓜、吾杖、御杖、引杖等等，跟在后面的则是皇家乐队，金鼓、铜锣、喇叭、唢呐、云锣、龙笛、平笛、管子等等，浩浩荡荡，庞大壮阔。

人们又欢呼起来，有的举着胳膊欢呼起了"万岁"，皇上的銮舆终于出现了，金色的轿顶，龙纹轿帷，黄色流苏，最引人注目的是，轿顶上镶着一颗带着金穗儿的大红琉璃。

所有这一切，冯含真有的是亲眼看见的，有的是听身边的人议论的。就是他亲眼看见的，也是断断续续一瞟一瞧的。前后左右人挤人，冯含真正好被夹在中间，他只好趁机扒着别人的肩膀，或者从别人的缝隙间，冷不丁地看上一眼。但是有一个场面却碰巧让他看清了，当皇上的銮舆经过的时候，吴多宝却出现在了銮舆的前面，不知道他是冲上去的，还是被别人挤上去的。反正他踉踉跄跄地出现在街面上，又差点儿跌倒。立刻有两个衙役上来，像拎小鸡一样将吴多宝拎起来，塞进了人群里。看到吴多宝的狼狈相，冯含真不由得笑了。

冯含真万万没想到，就是这狼狈的一幕，给吴多宝惹来大祸，并且把冯含真也牵扯进来了。

当天夜里，冯含真刚要睡下，天顺隆当铺的大门就被敲得山响，把整个院子里的人都惊动了。似乎有预感，守门的白老头儿刚把大门打开，冯含真就到了门口。门外站着几个挂着佩刀的衙役，领头的便是通州典史阎月关，冯含真顿时愣住了。

这时候，马家亨、田氏、马幽兰也跟朝奉伙计们一起出来了，战战兢兢地看着门外，怀着一种大祸临头的恐慌。

阎月关虽是典史，执掌着刑法大权，却是一副书生模样，说话也很客气："请问贵号有一位叫冯含真的朝奉吗？"

冯含真上前施礼："在下便是冯含真，请问典史老爷有何贵干？"

跟随的衙役从后面的黑影中拉出一个人，厉声问："你认识他吗？"

冯含真看见，吴多宝畏畏缩缩走过来，忙问："多宝，出了什么事？"

阎月关说："这么说你们认识了？"

冯含真说："他叫吴多宝，我们是朋友。"

阎月关问："白天你们在通州城里看热闹，他是不是跑到皇上的銮舆前面去了？"

冯含真说："去是去了，可能是被人挤进去的，我看见两个官爷立马把他拉出去了。"

阎月关问："他偷没偷銮舆上面的轿顶子？"

冯含真立刻想到了銮舆上面那闪光发亮的大红琉璃轿顶子，忙说："不不，绝对没有偷……我这兄弟是范家门的，规矩是很严的。"

阎月关说："你得跟我们走一趟。"

冯含真问："去哪儿？"

阎月关说："到衙门里给他做个证。"

冯含真说："等我准备一下。"

阎月关虽然客气，却不讲情面，说："不行，你不能离开。"

冯含真转身对马幽兰说："大小姐，麻烦给我拿上两件换洗的衣服。"

马幽兰一听就急了，对阎月关说："我们又没偷什么，凭什么把我们带走？”

阎月关说：“皇上的轿顶子丢了，这是通天大案，凡是跟案件有牵连的，一个都跑不掉。”

马家亨说：“老爷，冯含真是天顺隆的朝奉，我是小号的掌柜，能不能抬抬手，就别让他去了。”

阎月关说：“我们就是让他去做个证，有什么好怕的？写完证词就回来。”

马幽兰说：“证词在这儿写不行吗，干吗非要到衙门里去？”

一个衙役有点儿不耐烦了：“我们在办案，没工夫跟你们啰唆，快走。”

冯含真安慰马家亨和马幽兰说：“你们放心，不会有事的。”

马幽兰跑进屋给冯含真拿了两件衣服，马家亨掏出一张银票塞在冯含真的手里，以备不时之需。

冯含真跟着衙役们走了，出了张家湾南门之后，却发现他们没有往通州城里的方向走，而是直接朝南面的官道走去。

好在衙役们没有难为冯含真，也没有难为吴多宝，既没扛枷，又没锁链，只是让他们老老实实地走在前面。

原来，皇家祭祖的队伍刚出通州城，就发现銮舆上的红琉璃轿顶子丢了。皇家卫士立即找来通州知州孙文羲，命令他立即破案。孙文羲的苦胆都被吓破了，马上找来典史阎月关，指令他竭尽全力侦查案情，寻找线索。当即有人说出了一个小乞丐冲向銮舆的事情，阎月关立即让人将吴多宝捉拿审讯。吴多宝没等用刑，就把自己所作所知所想，竹筒倒豆子一般说了出来。他说没偷轿顶子，天顺隆的朝奉冯含真可以做证。于是，衙役们又连夜把冯含真带了出来。

冯含真问吴多宝：“咱们这是去哪儿呀？”

吴多宝说：“我向孙知州举报，偷轿顶子的很可能是陆辛庄的人。”

冯含真说：“你看见了？”

吴多宝说：“没有。”

冯含真埋怨说：“你没有看见人家偷，怎么能随便咬人家呢？万一冤枉了人家，这可是掉脑袋的事情。”

吴多宝说：“冯兄，你放心，冤枉不了他们。”

冯含真问：“何以见得？”

吴多宝说："你想呀，皇上的队伍戒备森严，有那么多的精兵强将，还有那么多的大内高手，前后左右都有人保护着，銮舆又是在光天化日之下，能把轿顶子偷出来，没点儿真功夫行吗？在通州地面上，除了陆辛庄的那些武林豪杰，谁行？"

冯含真暗暗叫起苦来，仅凭人家武艺高强，就怀疑人家偷了銮舆的轿顶子，这也太没道理了。他本来想埋怨吴多宝，可是一是当着衙役的面，不好多说；二是吴多宝已告发了人家，根本无法阻止他们的行动了。

冯含真不止一次地听说过，陆辛庄是方圆百里有名的武术之乡。

传说康熙年间，山东济南府历城县季家寨寨主季潮带着妻子辛氏到通州陆辛庄走亲戚，陆辛庄村民知道季潮武艺高强，千方百计地挽留他，向他拜师学艺。季潮有一个得意弟子叫李三胜，因为行侠仗义得罪了官府，逃到陆辛庄投奔季潮。季潮让李三胜跟他一起向陆辛庄的年轻人传授武艺。转眼过了几十个春秋，陆辛庄的武术已经闻名遐迩，最出色的是五个结盟兄弟：大哥禹自道，二哥王世访，三哥葛佩奇，四哥夏苍子，五弟季为洪。

阎月关和衙役们押着吴多宝和冯含真一路急行，赶到陆辛庄村的时候，天已经蒙蒙亮了。武把式都有起早练功的习惯，虽说大多数人家还关门闭户，李三胜家的外院却已经杀声震天虎跃龙腾了。五兄弟正在专心致志地练武，吴多宝带着衙役闯了进来。

师徒们立即停止了练武，李三胜慌忙上前，对典史阎月关施礼："阎老爷，这么早光临寒舍，不知道有何吩咐？"

李三胜是通州地面上的名流豪杰，阎月关与他还是比较熟悉的，便非常客气地说："李师傅，打扰了，当今圣上到东陵祭祖，昨天路过通州，想各位自然前去观看了吧？"

李三胜说："哦，我没去，我这几位徒弟都去了。"

阎月关直截了当地说："那你就替我问问，皇上銮舆上的轿顶子丢了，他们中哪位看见了？"

李三胜一听，心里立刻发起了颤。如此惊天大案，怎么找到他们五兄弟头上了。他不敢怠慢，立刻问身边的五位兄弟："你们知道这事吗？"

武林的规矩，师徒若父子，甚至比父子之间的关系还亲近、还神圣。既然师父问话，谁也不敢撒谎隐瞒。禹自道、王世访、葛佩奇和季为洪都说没见到，只有夏苍子没吭声。李三胜心里明白了，马上把夏苍子拉到一边，低声问："是你干的？"

夏苍子说："我就是想试试自己的功夫，看能不能被他们抓住。"

李三胜问："那东西在哪儿？"

夏苍子说："就在后面的粮食囤里。"

李三胜说："你闯了大祸了，偷皇上的东西，这是要掉脑袋的。快去把那东西拿来。"

夏苍子跑到后院，取出那大红琉璃轿顶子，交给了典史阎月关。

李三胜解释说："请阎老爷宽恕，我这徒弟浅薄无知，学了几招儿轻功，就不知天高地厚，总是到处显摆，请您万勿以盗窃治罪。"

阎月关笑了笑，客气地说："诸位跟我走吧。"

李三胜问："老爷，您让我们去哪儿？"

阎月关说："把这轿顶子给皇上送去呀，不能交给我就完事了。"

夏苍子站了出来："老爷，这蠢事是我夏苍子干的，一人做事一人当，请不要难为我的师父和几位兄长，我跟您走就是了。"

阎月关说："偷皇上銮舆的轿顶子，这事说大也大，说小也小，是大是小，我阎某说了不算，既然你们偷的是皇上的东西，需要跟皇上去说清楚，走吧。"

就这样，冯含真、吴多宝和李三胜师徒便被典史阎月关带上了路。阎月关是骑马的，李三胜又套了两辆大车，一辆让衙役们乘坐，一辆自己乘坐。五个徒弟由于涉嫌偷盗皇上銮舆的轿顶子，只好步行。冯含真和吴多宝洗清了干系，便允许和李三胜坐在一辆车上。

皇上祭祖的队伍离开通州之后，一路向东前行。阎月关押解的人马，紧紧地在后面追赶着。直到两天之后，才赶到皇上在蓟县独乐寺的行宫。

独乐寺位于蓟县城内，始建于唐贞观十年。据说是因为安禄山起兵反唐，在此宣誓"思独乐而不与民同乐"而得寺名。辽统和二年重建，并修筑了著名的观音阁。大清皇帝到东陵祭祖，都要在独乐寺停留，乾隆皇帝为了此次祭祖，特意在独乐寺修建了行宫。

乾隆皇帝一路上踌躇满志，兴致颇高。说实在的，一个小小的轿顶子，乾隆皇帝并没有往心里去，他奇怪的是，在光天化日、众目睽睽之下，盗贼到底是怎么把轿顶子偷走的。

乾隆皇帝正在行宫游乐，听说通州典史押来了盗窃轿顶子的嫌犯，破例让把嫌犯押上来，要亲自审问。

在行宫的院子里，典史把李三胜师徒六人押上来之后，乾隆皇帝和身边的臣工侍卫都忍不住笑起来。看这六个人的穿戴打扮，哪是什么江洋大盗武林高手，分明是头顶高粱花子的庄稼汉。

冯含真和吴多宝、李三胜师徒一起，跪在地上，偷眼看着乾隆皇帝，惊得心里发颤。如此气宇轩昂胸怀山岳的天子，真乃国之大幸，他不由得心志蓬勃起来，发誓下苦功夫，考取功名，为衷心折服的皇帝尽忠效劳。

乾隆皇帝淡淡地问："这轿顶子是你们谁拿走的？"

冯含真注意到，乾隆皇帝说的是拿，没有说偷。

夏苍子伏身在地："启禀万岁，是小民夏苍子所为。"

乾隆皇帝又问："你是怎么拿到手的？"

夏苍子说："小的趁着人群拥挤，故意把同乡吴多宝推到皇上的銮舆前面，趁着侍卫们抓捕吴多宝的时机，从街道北面跳到了街道南面，顺手把轿顶子拔了下来。"

乾隆皇帝有点儿吃惊了："嗯？这么说，你是从朕的銮舆上跳过去的？"

夏苍子说："正是这样。"

乾隆问："你练的是什么功，能徒步在空中跳跃数丈之远？"

夏苍子说："小的练的是紫燕穿梁，能腾空行走十八步。"

乾隆用扇子指着行宫两边的墙壁说："你抬头看看，从这南墙到北墙，大概有二十余丈，你能否腾空走过去？"

夏苍子看了看，说："小的愿意试试。"

乾隆说："起来，给朕走走看。你们几个也起来吧。"

冯含真、吴多宝和李三胜师徒，谢恩之后站了起来。

夏苍子来到北墙根下，紧了紧腰带，身子一纵，便轻轻松松地登上了行宫的院墙。紧接着，他又挺起身子，展开双臂，空踩着双脚，朝南墙奔去。恰如一只轻巧敏捷的燕子穿梁而过，转眼间夏苍子已经轻轻地落在了南面的宫墙上。如此功夫若是在别处表演，肯定是一片轰动，毕竟在皇帝面前，竟然没有人叫好称奇。

乾隆却笑了："嗯，好功夫！你师父是谁？"

李三胜急忙上前跪下："小民李三胜叩见皇上，吾皇万岁万岁万万岁。"

乾隆说："这么说，这几位都是你的徒弟了？"

李三胜说："都是雕虫小技，不成才器。"

乾隆说："哦，看来张家湾还真是不可小觑，既然你们来了，就给朕比试一下，方观承……"

方观承急忙上前："臣在。"

乾隆说："你出去看看，选派几个武艺高强的人，跟李三胜这几个徒弟比试比试。"

冯含真听到乾隆皇帝叫着方观承的名字，心里一惊，抬头望去。只见一个穿着绣雁补服的年轻人从后面走上来，果然是方观承，前几年见到他的时候，他还是奔走宁古塔的年轻书生，现在居然是四品黄堂了。一种钦佩艳羡之情油然而生。为了不让方观承发现自己，冯含真故意往吴多宝的后面挪了挪身子。

方观承答应着，便出了行宫大门。旋即，便带着几个侍卫进来了，侍卫们列为一队，齐刷刷站在乾隆的面前，个个高大魁梧、威武慑人。

李三胜也把五位徒弟叫在一起，站在了侍卫的对面。

一场惊心动魄的龙争虎斗开始了。第一个上场的是大哥禹自道，他的对手是一个虎背熊腰的大汉。两个人都是赤手空拳，上来便是一通霹雷闪电。吴多宝悄悄地对冯含真说："禹自道练的是铁砂掌。我亲眼看见过，他一拳能拍碎二十四块老城青砖。这一掌要是砸在谁的脑袋上，就像铁锤砸西瓜。那大汉了不起，禹自道的铁拳过来，他只用一个指头就扒拉开了……"

冯含真看着那个跟禹自道对打的大汉，左接右挡，上迎下拦，不慌不忙，稳稳当当，任禹自道的铁拳再厉害，硬不能沾在他的身上。

第二个上场的是二哥王世访，与他对打的是身材敏捷的年轻人。

吴多宝又向冯含真介绍说："王世访练的是双点穴。点穴的功夫全在指头上，有一年村里的一匹马惊了，乱跑乱窜乱踢人。满街的人都吓得慌了神儿，王世访迎着惊马过去，找准了马的腰眼儿一点，好家伙，那惊马一垛墙似的倒下了……"

冯含真一边听着吴多宝的介绍，一边仔细观看着王世访与那个年轻人的搏斗。王世访施展着双点穴的功夫，两只手的食指和中指同时伸向那个年轻人，年轻人却用双手迎了上去，紧紧地将王世访的双手抓住，又翻转手腕，将王世访手指拨开。没想到王世访却顺势一跳，反身到年轻人的背后，朝年轻人的后脖颈上轻轻一点，年轻人便软塌塌地倒下了。

第三个上场的葛佩奇，他的打扮比别人稍微整齐一点儿，腰间还系了一条板儿带。

吴多宝说："葛佩奇练的是靠山贴。"

冯含真问："什么叫靠山贴？"

吴多宝说："他的身子只要往墙上一靠，不管是土墙砖墙还是石头墙，都会稀里哗啦地坍塌。"

葛佩奇这边还没有分出胜负，季为洪又上场了。

吴多宝说："季为洪练的是鹰爪力，你把一个鹅卵石交给他，三下五除二他就能搓成碎末儿。"

打到难解难分之际，所有与李三胜徒弟打斗的侍卫同时跳到圈儿外，冲上来一个五十多岁的干瘦老头儿。干瘦老头儿也不说话，同时对付四个人，打了几个回合，便见四个人分别眼花腿软，招架不住了。夏苍子一见，也急忙冲上来助阵。这样，李三胜的五个徒弟，同时对付干瘦老头儿。

干瘦老头儿不慌不忙，左冲右突，出拳收腿，变化万端，让五兄弟无从上手，又无处逃脱。渐渐地，五兄弟退了出来，干瘦老头儿收住拳脚，轻轻地弹了弹身上的尘土。雪白的绸缎衣裤，依然干干净净一尘不染。

李三胜上前，躬身施礼："老前辈功夫登峰造极，晚生心悦诚服，敢问老前辈尊姓大名？"

干瘦老头儿嘿嘿一笑："老朽无名，黄天霸是也。"

李三胜和五兄弟一听，原来是威播四海大名鼎鼎的黄天霸，纷纷跪了下来，向老前辈行叩首大礼。

乾隆皇帝哈哈大笑起来："败在黄天霸手下不算丢人，虽败犹荣。李三胜……"

李三胜急忙跪下："小的在。"

乾隆说："你这五个徒弟不错，个个身手不凡，就叫'小五义'吧。"

五兄弟急忙跪倒，高呼："谢皇上封赐，吾皇万岁万岁万万岁。"

乾隆又说："朕封你们'小五义'，为的是要你们为朝廷效力，为百姓立功。"

李三胜急忙说："小民愿意效忠皇上，粉身碎骨在所不辞。"

乾隆说："既然如此，朕就给你们一个差事，办好了另有赏赐。冀东悍匪谢六，纠集七十多人马，在东陵一带落草为寇，打家劫舍，残害百姓，也干扰了朕前去祭祖。朕命你们前去剿抄，你们可敢前行？”

李三胜说：“李三胜师徒领旨谢恩。”

只因为夏苍子偷了乾隆銮舆的轿顶子，却领了到东陵剿匪的圣旨，这是冯含真和吴多宝万万没有想到的。

来的路上，吴多宝向李三胜把冯含真吹得天花乱坠，李三胜已经把冯含真视为圣贤才俊了。李三胜领到圣旨之后，也飘飘然起来，似乎自己当上了征战沙场的将军大帅。他离开独乐寺行宫之后，便苦苦央求冯含真，让冯含真当他们的军师，共同到东陵剿匪。

冯含真却觉得，乾隆皇帝是一时兴起，让他们干点儿正经事情，收敛一下他们身上的野性，离重用他们还差十万八千里呢！但是这话不能说，说了会伤人，他只说自己对军事一无所知，天顺隆当铺又离不开，便告别了李三胜，悄悄回来了。

吴多宝却死死纠缠，一定要跟着李三胜去建功立业。李三胜无奈，只好带着他走了。

大车都被李三胜师徒带走了，冯含真只好靠两条腿回张家湾了。他出了行宫，本来想看看独乐寺，身后却有人把他叫住了：“冯先生，请留步。”

冯含真回头一看，原来是方观承匆匆追了出来。

方观承热情地说：“刚才在皇上面前我就认出了先生，不方便打招呼。”

冯含真只好说了实话：“我也看见了方大人，见大人在皇上身边英姿勃发备受信赖，心里是既高兴又羡慕。”

方观承说：“与先生在此巧遇，本来该备酒席招待的，但是伺候皇上左右，须臾不能离开，算我欠先生一次吧。”

冯含真说：“大人官身不由己，请不必客气。”

方观承说：“咱们长话短说，上次见到先生和曹雪芹之后，我便去了宁古塔，从宁古塔回来，经曹雪芹先生举荐，客幕平郡王府，后来又被派任直隶清河道，这次皇上去东陵祭祖，又应诏前来伴驾。”

冯含真拱手说：“恭喜大人平步青云。”

方观承说：“这只是向先生说说别后的境况，我追先生来，还有一件要事。”

方观承说着，从怀里掏出来一本书："上次在宁古塔，我见到了令尊大人。"

冯含真惊愕地看着方观承。

方观承说："这事本该早就告诉你，我问过曹雪芹，他说你正在天顺隆当铺当学徒，不妨等你出师后再说。"

冯含真困惑地看着方观承，没有明白他的意思。

方观承说："你放心，令尊大人在宁古塔很好，他和汪兆骞一起成立了一个诗社，闲下来便饮酒作诗，颇有雅兴。"

冯含真的眼睛湿润了。

方观承说："正如先生说过的那样，令尊大人对你寄予莫大的希望，他让我给你捎来一本书。"

冯含真从方观承手里把那本书接过来看了看，封面上印着《兴国十三策》。

方观承说："这是令尊大人与汪兆骞先生合著的，没有付梓刊印，只有这一部抄稿。令尊大人说，你科考写《策论》的时候，兴许用得着。"

冯含真的泪水已经模糊了眼睛，他望着方观承，使劲点了点头。现在他明白了，曹雪芹为什么让方观承现在才把这本书给他。在他当学徒的时候不能分心，出师之后亦不能忘记宏图大志。父亲的意思很明白，方观承和曹雪芹的意思也很明白，都希望他能蟾宫折桂，以慰祖父在天之灵，以宽父亲良苦用心。

方观承临别的时候，紧紧地握了握冯含真的手，冯含真感到了一种巨大的力量，心潮顿时澎湃起来。

冯含真回到张家湾，天顺隆上上下下都在为他着急，当铺已经为此关门停业了，马幽兰逼着父母跟她一起到铁锚寺求神拜佛，乞求冯含真平安归来。

冯含真轻描淡写地讲述了独乐寺之行，把所有的人都惊呆了。一个小小的朝奉，居然见到了当今皇帝，这还了得？特别是马幽兰，高兴得像是自己见到了皇帝一样，没半天工夫，把这件大喜事在张家湾吹嘘得沸沸扬扬家喻户晓，害得冯含真都不好意思出门见人了。

或许这就是个诱因，马家亨夫妇决定把女儿马幽兰嫁给冯含真。当然，马幽兰更是心甘情愿，恨不得早早地就拜天地入洞房与英雄似的冯含真结为伉俪。

而冯含真，却夜以继日如饥似渴地研读《兴国十三策》。这部饱浸父亲和汪兆骞先生心血的著作，如甘泉一样浇灌着冯含真那片干渴的心田，冲击着冯含真周身奔腾的热血。

洞房花烛夜，金榜题名时。这是一个读书人全部的梦想和追求，是成功男人最重要的标志。

第十四章

冯含真和马幽兰的婚礼酒席设在曹家大院的后花园里。一般镇上的人办事，都是沿街道搭大棚置锅灶摆方桌吃流水席的。天顺隆不用，曹家后花园足够大，能摆下五六十张桌子。马幽兰是马家亨唯一的女儿，又招的是上门女婿，连娶带聘，这婚事办得格外排场、格外体面。

既然是连娶带聘，婚礼也要办得别具一格。结婚的新房安置在中院，马家亨和田氏搬到了后院来住。确定了住所之后，就是迎娶的问题了。总不能从后院娶到前院吧？好在马家亨在大高力庄还有个家，开始的时候只有三十亩地，后来又置了一所院子。可巧半年前马家亨的本家侄子马幽明来投奔他，马家亨便把那院子让给马幽明住，地让给马幽明耕种。至于房租地租嘛，也就马马虎虎了。马家亨要招亲，招来的女婿就住在自家的院子里，那么只好委屈马幽兰，让她提前来到大高力庄，然后再把她从外面娶进来。

马家亨要招女婿聘闺女，自然要请曹雪芹母子的。两家就是心里再有隔阂，婚姻这么大的事也是要给足面子的。头天晚上曹雪芹和母亲就来了。马家亨的夫人田氏陪着女儿马幽兰到大高力庄去住了，曹雪芹的母亲便担当起了迎亲的角色。而曹雪芹还有一件更重要的任务，马幽兰是他的表姐，娶亲的轿子到了的时候，要由曹雪芹把马幽兰抱着送上轿子，谓之"抱轿"。这是娶亲仪轨上的重要环节，新娘是无论如何不能自己登上轿子的。

曹雪芹之所以来，不仅仅是来参加表姐的婚礼，他更想见见冯含真和新结识的纪晓岚。

冯含真也是怪怪的，他期盼纪晓岚与曹雪芹的约会，比期盼自己的婚礼还急切。所以曹雪芹刚一到，他便亲自把纪晓岚找来了。

酒席就摆在后花园的大石头前面，冯含真与曹雪芹是故友，与纪晓岚是新交。月朗星稀，黑云映月，清风撩面，好不爽快。三个朋友把酒畅饮，小妖在一边殷勤地伺候着，满脸的喜气。曹雪芹见到小妖便兴奋得不能自禁，遂说：“小妖，你也坐下入席吧。”

小妖说：“那可不行，大户人家的规矩多，我不能江湖乱道。”

曹雪芹说：“咱这里有大户人家吗？谁是大户人家？”

小妖说：“马家啊，天顺隆当铺的掌柜，还不算大户人家？”

曹雪芹又问：“咱这里有马家人吗？”

小妖说：“我哥娶了马家的大小姐，成了马掌柜的上门女婿，当然就是马家人了。”

纪晓岚和曹雪芹都笑起来。

冯含真说：“小妖，别仗着曹公子给你撑腰，就这么糟蹋哥哥。”

小妖摇晃着冯含真的肩膀撒起了娇：“哥，妹错了，妹认罚。”

冯含真说：“认罚？怎么罚？”

纪晓岚看出了门道，马上说：“就罚你坐在曹公子旁边，我们三个好歹也算是才子吧？有才子怎能没佳人呢？”

小妖果然坐在了曹雪芹的身边，端起了酒杯，学着江湖的豪迈说：“三位先生，小妖失礼了，先浮一大白。”

三个人见小妖扬起头干了一杯酒，都惊讶了。

小妖一边咳嗽着，一边伸出舌头用手扇着，一副痛苦的表情。

曹雪芹夹起一片猪头肉，递给小妖：“来，吃口菜压压。悠着点儿喝，谁让你干杯了？”

纪晓岚端起杯来：“既然小妖浮了一大白，我们也得随上。这杯酒先敬含真兄吧，祝含真兄新婚宴尔，今日洞房花烛，来日金榜题名。”

曹雪芹随声附和着：“今日新婚宴尔，明年早得贵子。”

小妖止住了咳嗽，也端起杯来。

曹雪芹关切地说：“你就先别喝了。”

小妖说：“你们敬我哥，又是新婚宴尔，又是金榜题名，又是喜得贵子，这么吉利的祝贺，能少了我吗？”

四个人觥筹交错，你敬我贺，很快把酒宴推向了高潮。

曹雪芹愈发兴致勃勃：“如此良宵美景，又加上纪先生所谓的才子佳人，不能有酒无诗吧？”

纪晓岚说：“好主意，一首诗，一杯酒，谁作不出来，认罚。”

小妖说：“不行，你们欺负人，知道我不会作诗，故意难为我。”

纪晓岚说：“过花叶沾衣，踏草马蹄香，挨在曹公子身边，岂能不会作诗？”

曹雪芹也豪迈起来：“小妖别怕，有我呢。”

冯含真说：“既然是曹公子倡议的，那就从曹公子开始吧。”

曹雪芹说：“请出题。”

纪晓岚说：“花好月圆之时，就以花为题吧。”

曹雪芹说：“若我作诗以花为题，都要以花为题。”

纪晓岚说：“那当然，曹公子请。”

曹雪芹沉吟了片刻：“我作一首《牡丹》诗吧。”说着，曹雪芹仰着头吟哦起来：

洛阳菏泽两故乡，百花苑里堪称王。
剪裁云霞披锦绣，借得星月点浓妆。
出身皇家无俗态，流落深山有雅香。
恣意风流潇洒后，独立寒秋暗自伤。

纪晓岚首先叫起来：“好，咏物抒怀，意味深长。大红大紫后的哀伤，风流潇洒后的悲凉，写尽了牡丹的经历和情态，我们敬曹公子一杯。”

冯含真和小妖应和着，一起向曹雪芹敬酒。

曹雪芹说：“我这纯属抛砖引玉，下面是不是该纪先生了？”

纪晓岚说：“好吧，我来献献丑。”说着，又自己饮了一杯，边沉吟着边吟哦起来：

经霜经雨又经风，难舍窗前两三丛。
曾与杨槐同甘露，更随松柏伴长青。
客来邀君尝新酒，春去伴我听古筝。
不向群芳争颜色，清节瘦骨慰平生。

冯含真听完，立刻叫起好来：“好诗，‘不向群芳争颜色，清节瘦骨慰平生’，诗眼奇绝，我们敬纪先生。”

冯含真举起了杯，小妖紧随着，曹雪芹却没动。

小妖拍了一下曹雪芹的肩膀：“向纪先生敬酒呢。”

曹雪芹说："这酒我不能敬。"

冯含真问："为什么？"

曹雪芹说："刚才你说是好诗，我也承认是好诗，好诗是好诗，可是文不对题啊。"

小妖说："怎么文不对题？"

曹雪芹说："这题目可是纪先生出的，以花为题，我说得没错吧，你这首诗咏的是竹吧？竹算花吗？"

纪晓岚尴尬地笑了笑，争辩说："宽泛地说，竹也应该算花吧，花木花木，有花有木嘛。"

曹雪芹说："如果您这首诗里提到一种花，也可以勉强算切题，可是您说的是什么杨槐啊松柏啊，都不是花嘛。"

纪晓岚说："群芳总是花吧？"

冯含真说："群芳是概说，并不单指哪一种花，纪先生如此强词，可有点儿矫情之嫌了。"

曹雪芹说："纪先生，您是愿意罚酒呢，还是愿意罚再作一首诗？"

纪晓岚说："那我就再作一首诗吧。"

曹雪芹说："再作一诗亦可，但题目要由我来出。"

纪晓岚说："请便。"

曹雪芹朝四下看了看，说："就以梅花为题吧。"

纪晓岚不愧是出口成章的大才子，几乎不假思索，便吟哦起来：

百花凋谢我独开，伴随霜雪自天来。
一缕淡香驱寒气，千枝浓艳惹尘埃。
落寞山峦添新色，萧瑟寒林插玉钗。
莫愁寂寥无知己，脱却凡俗即同怀。

曹雪芹带头鼓起掌来，冯含真和小妖也立即响应，向纪晓岚敬酒。

冯含真说："二位都把诗作完了，含真不才，也凑合一首吧，权当助兴。"说着，也吟哦起来：

暗香一缕默然开，明月清风揽入怀。
自信曲高和寡者，亦有知音山外来。

冯含真刚把诗吟完，小妖却语出惊人：“哥，你作的是兰花吧？”

几个人都愣住了，惊喜地叫着：“小妖，不简单啊，来来来，我们这杯酒也一块儿敬你。”

小妖说：“你们夸我，是不是我的诗就可以免了？”

冯含真说：“老太太掐谷穗儿——一码对一码。大伙儿夸你，已经敬你酒了，诗还是要作的。”

小妖冲曹雪芹说：“曹公子，您刚才可是说要替我作诗的。”

纪晓岚却抢着说：“小妖，你的诗我替你作。”

小妖兴奋地叫着：“真的？”

纪晓岚说：“有个条件。”

小妖说：“纪先生请讲。”

纪晓岚说：“我有一个谜，百思不得其解，这个谜底你知道，我要是替你作了诗，你告诉我谜底。”

小妖问：“什么谜？”

纪晓岚说：“我刚到张家湾的时候，听到一个传说。几年前你跟你母亲在张家湾卖艺，被巡检徐可良看上了，花了银子把你买去采集‘落红’。头天晚上是你母亲亲自把你送到巡检衙门后宅的，可是第二天早上，床上睡着的却是老妓女夜来香，这到底是怎么回事？”

曹雪芹立即来了兴致：“这个故事我也听说过，我也觉得太奇怪了。”

小妖笑了：“这有何难？”

纪晓岚说：“纪某请教了。”

小妖说：“‘金’‘皮’‘彩’‘挂’，这是‘彩门’。”

冯含真解释说：“‘彩门’就是变戏法的，称为‘彩立子’。”

纪晓岚说：“大变活人？”

小妖说：“也可以这么讲。”

纪晓岚说：“就算是大变活人，也得有个道具啊？”

小妖说：“我娘进去的时候，手里提着一个大皮箱子，那是我们卖艺时候用的装箱。”

纪晓岚说：“你是说，把夜来香事先装在皮箱里了？”

小妖刚要回答，后花园的门外面突然喧闹起来。一阵热热闹闹的哄笑声，一片杂杂沓沓的脚步声，紧接着便是咿咿呀呀的吟唱声：

天上的事情天知道，
人间的事情人晓得。
天猜人事啊神目如电，
人猜天事啊枉费心肠。
月亮底下雨骤风狂，
娶来的媳妇入不了洞房……

小妖说：“这是疯和尚傻老道。”

纪晓岚说：“癫僧无智和痴道无为真是一对活宝。”

曹雪芹说：“我倒是觉得他们既不癫也不痴，唱出的曲子耐人寻味。”

小妖说：“我去给他们送点儿吃的。”

曹雪芹说：“我跟你一起去，端上两碗酒。”

小妖端着菜，曹雪芹端着酒，两个人出了后门，后门外却一片寂静。再前后左右地看看，哪儿有什么疯和尚傻老道，连个人影也没有。

曹雪芹说：“奇怪，他们遁地了？”

小妖说：“他们避雨去了。”

曹雪芹说：“哪儿来的雨？”

小妖说：“你看。”

曹雪芹突然觉得脸上冰凉，天上骤然下起了噼里啪啦的大雨点子。两个人急忙跑回来，冯含真和纪晓岚慌手忙脚地抄着酒桌上的东西，急忙跑进花房的小屋里。

几个人进了花房的小屋，外面便风雨大作，天下大乱。不知道从哪儿来了一阵狂风，把满天的雨水任意泼洒。伴随着狂风骤雨，还有撼天动地的霹雳闪电。一道闪电从天上直冲下来，照在后花园那块圆咕隆咚的大石头上，大石头在耀眼的闪电下，突然晃动起来，显出了失魂落魄的惊恐。紧接着，一声霹雳径直砸在大石头上，大石头在霹雳的轰击下瑟瑟发抖。又是一道闪电，又是一声霹雳。每一道闪电都直接照耀着大石头，每一个霹雳也直接轰击着大石头……

小妖突然倒在了地上，身子缩成一团，随着每一声闪电和惊雷，她惊恐地叫着，疯狂地滚动着。

冯含真和曹雪芹俯下身，紧紧地抱着小妖，小妖却在他们的怀里挣扎着，鬼哭狼嚎地叫喊着，惊惧万分，痛苦万状……

外面，闪电霹雳依然在疯狂地轰击着那块大石头，小妖越发狂滚乱喊，冯含真和曹雪芹两个人都无法摁住她。纪晓岚帮不上忙，站在一边急得直跺脚。

随着最后一道闪电霹雳，整个天都塌下来了，屋顶被掀掉大半，东房山轰然倒塌了。外面那块圆咕隆咚的大石头，在闪电霹雳中燃烧着、崩裂着，发出绝望的嘶叫……

小妖终于安静下来，外面的风雨骤然停了，闪电霹雳也消逝得无影无踪。

曹雪芹坐在地上，紧紧地抱着小妖。小妖渐渐地睁开了眼睛，呆愣愣地看着曹雪芹，像是望着一个陌生人。

冯含真急忙问："小妖，你怎么了？"

小妖又用同样陌生的眼光看着冯含真。

纪晓岚蹲下身子，拉着小妖的手腕，替她把脉。

小妖突然像狸猫一样地蹿起来，一下子跳出了门。

三个男人急忙追了出来。

小妖来到那块大石头前面。

那块圆咕隆咚的大石头已经破碎成斗大升大的石块儿，小妖用手扒拉着那些石块，像是要寻找着什么。

三个男人奇怪地看着她，迷迷蒙蒙地说不出话来。

突然，小妖直起身来，把一块书本大的石片捧到曹雪芹面前。

曹雪芹接过石片，发现石片中央镶着一颗亮晶晶的东西，他用手试着抠了一下，那亮晶晶的东西出来了，原来是一粒蚕豆大小的玉石。天上的月亮出来了，蓝莹莹的天空像水洗过一样洁净，明朗朗的月光照耀着狼藉的大地。曹雪芹举着手里的玉石，让冯含真和纪晓岚看着。

玉石在月光下闪耀着，晶莹剔透，五彩斑斓……

冯含真与马幽兰的婚礼在张家湾引起了很大的轰动。天没亮，娶亲兼送亲的队伍便从大高力庄出发了。由于马家是旗人，而冯含真是汉人，喜轿响班也是满汉兼顾，更加热闹喜兴。

四乘八人抬大轿，新娘马幽兰乘坐的是素红咯喇呢喜轿，轿围子则是"花开富贵""麒麟送子"及"团龙""团凤""团花"的喜兴图案。新郎冯含真坐的是绿呢官轿。还有两顶官轿是娶亲太太和送亲太太乘坐的。四乘大轿的轿顶子都是琉璃的，在初升的太阳照耀下，闪烁着耀眼的光芒。每乘轿子都是八个轿夫，一水的年轻小伙儿，身穿蓝布中褂，白挽袖、白布袜、青鞦鞋。头上戴着“纬令”，即一种蘑菇形的、上面缀着红缨的白色凉帽。腰间则系着青色丝线凉带子。一个个英俊小伙儿整齐划一，左肩抬轿，右手叉腰；右肩抬轿，左手叉腰。他们挺胸直视，小步行进，精神饱满，透着一派帅气。

四乘轿子后面，跟着的是娶亲送亲的轿子，也是披红挂彩，喜气洋洋。轿子的前面则是双档响器班，前面是一对开道锣，紧跟在后面的是二十四对牛角灯，四对金灯，四对金执事。两班响器，每班二十四个，铜锣、唢呐、海笛、笙、管子、云锣、八面鼓、大镲铙钹……最引人瞩目的是走在金灯执事前面的“催压锣”，也叫“执事头”。他头戴大青绒边的秋帽，身穿蓝中褂，腰间系着红褡裢，足蹬青布靴子，两只手臂张开合上，招呼着两边金灯执事左右看齐，大声喊叫着：“瞧对子！”为了指挥后面的队伍，他不断示意着跟在他后面的两面大锣，敲三棒大锣表示“催”，即要求快走；敲一棒大锣表示“压”，即要求放慢脚步。

这支娶亲送亲的队伍，从头到尾，绵延一里多地。进了张家湾城南门，便鼓乐齐鸣，缓缓而行。街道两边挤满了看热闹的人群，队伍前后，都有人不停地撒糖果、撒铜钱，引来一群男孩儿女孩儿疯抢疯闹，呜嗷喊叫。

队伍缓慢地行进，为的是充分展示婚礼的隆重与豪华，展示天顺隆的兴隆与实力，显示马家亨的体面与自豪，更展现马家对这个上门女婿的满意与尊重。

娶亲的队伍再热闹，冯含真和马幽兰是看不见的。特别是马幽兰乘坐的素红喀喇呢喜轿，新人一上轿便成了“宝轿”，必须放下轿帘儿，完全封闭，主要是防备一些属相相克和其他邪祟冲犯了新人。路过一些障碍诸如庙宇、坟茔、井边、桥梁等，还要由送亲的客官用红毡子进行遮挡。马幽兰不是安静的人，听着外面鼓乐喧天，人声鼎沸，总想掀开轿帘儿看看。她又很迷信，生怕自己的犯戒给自己带来灾难，只好强忍着激动与好奇。只是有一次，轿子过一个坡坎的时候歪了一下，轿帘儿抖开一个小角，她的盖头也差点儿掉下来。她顺便瞟了一眼，外面的景致什么也没有看见，只看见了走在轿子旁边的曹雪芹。她心里莫名其妙地紧张起来，又想起了刚才上轿子时，表弟曹雪芹把她抱上轿子那一幕，心里更加敲击般地跳起来，脸也热得发烫。

对于曹雪芹，马幽兰心里总是缠绕着一团揪不掉理不清的情感。说心里话，她喜欢曹雪芹，从小就喜欢，喜欢得不得了。两个人几乎都是在江宁织造府长大的，每日里同吃同住耳鬓厮磨，也吵也闹也争也抢，可是一会儿也离不开。他们是姑舅亲，曹家老太太也就是曹雪芹奶奶活着的时候，就说过曹雪芹将来要娶马幽兰的，并且还说，姑舅亲，骨肉还家。马幽兰几乎从刚懂事的时候起，就认定自己将来是曹雪芹的媳妇。正因为如此，她在曹家老太太、夫人及众姐妹面前总是摆出一副未来女主人的姿态，骄横，任性，喜欢支使人教训人。曹雪芹从小就被女人包围着，几乎所有的女孩儿都喜欢他，都在他面前献殷勤抛媚眼甚至撒娇使性儿。马幽兰总是时不时地在曹雪芹前面一横，隔断众多女孩儿与曹雪芹的过分亲热。此举招惹了女孩儿的嫉恨，也引起了曹雪芹的反感。

让马幽兰怨恨的是，曹雪芹从来就没有认可她这个未来的媳妇，非常反感这个大人们常提起的话题，而且在曹家老太太面前还说过这样的话，你们要是给我娶一个我不喜欢的女孩儿，我就出家当和尚。更让马幽兰伤心的是，阿香来了。曹雪芹跟阿香真可谓是一见钟情，相识之后便形影不离，把所有的女孩儿都冷落了。

马幽兰承认，阿香也确实出众：长得漂亮，漂亮得有点儿出乎意料；又多才多艺，能唱、能画，还会作诗。马幽兰认为阿香是潜入江宁织造府的狐狸精，是专门来勾曹雪芹的魂魄的，更是专门来跟马幽兰作对的。为此，她常常在父母面前哭闹，在曹家老太太面前赌气。后来，不知道是谁的主意，阿香成了马幽香，也就是成了马幽兰的姐姐。继而马幽香又被选入了宫，永远离开了江宁织造府。马幽兰以为除掉了阿香这个障碍之后，曹雪芹会把心思转移到她的身上，可是她想错了。阿香走了以后，曹雪芹也没了魂儿。他不但没有与马幽兰亲近，反而恨上了马幽兰，总是躲着她、冷落她，甚至连话都懒得跟她说。马幽兰又在父母面前哭闹，父亲找到曹雪芹的母亲，要求把儿女的亲事定下来。可是母亲马氏知道曹雪芹的脾气，不能强拧着儿子的意愿，总是找种种借口推托这门婚事。直到江宁织造府遭了大难，马家也无心再与曹家结亲了。

大户人家讲的是礼义廉耻，就算是心里边有千仇万怨，也不会轻易地撕破脸面，也要顾全亲戚之间的礼仪。曹雪芹和母亲来参加马幽兰的婚礼，特别是让曹雪芹给她送亲，她还是非常感激的。是曹雪芹把她抱上轿子的，那一刻，她紧紧地搂住曹雪芹的脖子，把头放在曹雪芹的肩膀上，感受着曹雪芹身上的体温和气味。她流泪了，她努力地克制着自己，没让自己哭泣起来。从她情窦初开之后，曹雪芹就没有再跟她亲热过。她亲眼见过，曹雪芹背过阿香，抱过阿香，亲过阿香的脸蛋儿。她还看见过，曹雪芹靠在被子上看书的时候，阿香经常躺在曹雪芹的腿上，或者趴在曹雪芹的怀里……她恨得咬牙切齿，又渴望立刻替代阿香的位置把曹雪芹占为己有。今天，曹雪芹居然把她抱起来了，抱起来把她放在了花轿上，把她送出去给别人做老婆……她心里真的不知道是什么滋味儿，什么都不想，什么也想不通，只想哭，只想流泪。

曹雪芹的身份是送亲官，送亲官有一个重要的任务就是压轿。压轿就是跟在轿子旁边，用手象征性地扶着轿杆，为的是让轿子稳稳当当地把新娘送走。

曹雪芹压着轿，看着一路的红花绿柳及两边田畴里的秧苗，心里充满了新奇和兴奋。更让他兴奋的是，小妖磕磕绊绊地跑上前来跟他并肩走着，在他面前小鸟一样吱吱喳喳说个不停。小妖是冯含真的妹妹，应该算是娶亲的。娶亲的妹妹和送亲的弟弟如此亲亲热热，引来了一路上的议论纷纷。

曹雪芹看着小妖摇摇晃晃的身子，遂问："小妖，你怎么不好好走路，乱晃什么，晃得我眼晕。"

小妖说："曹公子，也不知道怎么了，自从昨天晚上那场霹雳闪电之后，我这头就晕晕乎乎的，眼睛也迷迷糊糊的，我现在根本看不见脚下的路，走路能不打晃吗？"

曹雪芹说："我看你是中了邪祟了。"

小妖说："我也觉得是，昨天晚上我以为雷公电母索我的命来了，是你那块大石头保护了我。"

曹雪芹说："这就对了，那大石头确实是你的护身符。你等等，我给你一样东西。"

曹雪芹说着，从怀里掏出那个绣花荷包，从里面拿出一个亮晶晶的五彩斑斓的小玉石，小玉石上拴了一条红线。曹雪芹扯开红线："来，挂在你脖子上。"

小妖却把那小玉石接了过来，放在手心里看着："这不是昨天晚上那大石头里崩出的小石头吗？哦，上面还有字？"

曹雪芹说："这字是我刻上去的。"

小妖仔细地看着："这是什么字呀，我怎么不认识？"

曹雪芹说："这是篆字，这面是'不离不弃'，这面是'芳龄永继'，专门给你刻的。"

小妖说："送给我了？"

曹雪芹说："当然，这石头原本就属于你的。"

小妖说："怎么属于我的呢，是曹公子在运河边捡的。"

曹雪芹说："是你和你娘运回来的。"

小妖说："运回来你已经给我们运费了，再说，这上面的字又是你刻的。"

曹雪芹说："那就算我送你的礼物吧。"

小妖看着曹雪芹，调皮地问："为什么要送女孩儿礼物？"

曹雪芹脸红了，举着手里的荷包说："礼尚往来嘛。"

曹雪芹刚才把那荷包一掏出来，小妖就发现是自己送给他的那个荷包了。这时候，曹雪芹又把那荷包举到她眼前，不由得心里一阵发热："你一直带在身边？"

曹雪芹说："昨晚当着你哥和纪晓岚的面，我没好意思说，你送给我的荷包和金魁星，我还没谢你呢。"

小妖奇怪地说："我只送你荷包了，没送你金魁星啊。"

曹雪芹说："金魁星是你哥从天成楼买的，说是用你的钱买的，也算是你送的了。"

小妖说："我哥净乱说，我哪儿有什么钱？"

曹雪芹说："你忘了，当初在里二泗佑民观庙会上，有一个猜谜的女人，你哥给你赢了五两银子。"

小妖沉下了脸，难过地说："那女人是我娘……"

曹雪芹说："后来你哥跟我都说……唉，小妖，你娘没了，你以后打算怎么办呀？"

小妖说："我就跟我哥过了。"

曹雪芹试探着说："你不能跟你哥过一辈子吧？"

小妖说："我哥养得起我，再说，我也不吃闲饭呀。"

曹雪芹说：“你也不小了，总得嫁人吧？”

小妖说：“不嫁。”

曹雪芹看了看小妖，发现小妖说完这句话，紧紧地咬住了嘴唇，泪水在她的眼眶里打转转儿。曹雪芹沉吟了一会儿，把话题引开：“小妖，有件事我问你好几次了，你一直没告诉我。你生来就叫小妖吗？还有别的名字吗？”

小妖说：“我叫阿香。”

曹雪芹一激灵，像是被打了一下：“什么？”

小妖重复说：“我叫阿香……”

曹雪芹像不认识似的看着小妖，半天说不出话来。

小妖抻了抻曹雪芹的衣袖：“我问你一句话，你也可以不回答。”

曹雪芹说：“问吧，无论你问什么，我都回答。”

小妖说：“过去有女孩儿送过你荷包吗？”

曹雪芹沉吟了一下，说：“有过。”

小妖说：“谁？哦，你也可以不告诉我。”

曹雪芹说：“我告诉你，她也叫阿香。”

小妖说：“你骗人，哪儿有这么巧的事？”

曹雪芹说：“我没骗你，她真的叫阿香……”

小妖看着曹雪芹的脸色非常凝重，不像是说笑话，她的心突然嘣嘣地跳起来。

走在娶亲队伍前面的还有两个体面的人物，一个是陶元淳，一个是小顺子。

陶元淳算是名副其实的娶亲官客。他也像新郎官一样穿着九品官府，胸前十字披红，骑着高头大马，昂然地走在轿子的前面。

小顺子算是“打前站的”。他手里拿着一大摞红纸条儿，上面写着“花红盖之”四字，遇到十字路口、庙宇、坟墓、河沟、磨盘、碌碡、水井等便撒上一条，以压煞镇邪。“打前站的”还有一个任务就是随时打探前面路途上发生的事情，以便能让娶亲队伍顺利前行。

前面是通运桥，过桥便是张家湾城南门。小顺子把一张写着“花红盖之”的红纸符贴在了桥头的石狮子上，刚要向后面招手，突然听到前面传来震耳欲聋的鼓乐声，抬头一看，一队花轿正从北面城门过来，也要过通运桥。两顶花轿相遇，必须让轿子里的两位新娘交换礼物，然后礼貌地让路前行。小顺子急忙跑回去，告诉执事头，让他把花轿停下，然后又来到素红喀喇呢喜轿前面，告诉压轿的曹雪芹，让他向喜轿里的新娘要件礼物。曹雪芹撩开轿子的一角，探着头说："表姐，快把你身上的东西拿出一件来。"

马幽兰不明就里，见曹雪芹跟她要身上的东西，也未及多想，便把腕子上的白玉手镯褪下来递给了曹雪芹。曹雪芹接过手镯，也没多想，便交给了小顺子。小顺子拿着手镯跑向前，到了对面花轿旁边，对压轿官作揖行礼，然后把手镯递上去。不一会儿，从花轿里递出一个小蟾蜍，也是个玉件。小顺子拿起来又跑回去交给曹雪芹。

曹雪芹又掀开轿帘儿，把那玉蟾蜍交给马幽兰。马幽兰从盖头下面看了看，问曹雪芹："你给我一个癞蛤蟆干什么？说我想吃天鹅肉？"

曹雪芹笑了："表姐，这不是癞蛤蟆，这是蟾蜍，天上的神物。"

马幽兰说："我不要这个，你还把那个玉镯给我吧。"

曹雪芹说："这不是我跟你换的，前面来了一队娶亲的花轿，按照规矩，新娘见新娘，换礼加吉祥。"

马幽兰急了："什么？你怎么把我的手镯给别人了？那是冯含真给我定亲的礼物。"

听马幽兰这么一说，曹雪芹也傻了，急忙跑上前去，找到小顺子，问他能不能把这礼物再换回来。

小顺子说："已经交换了的东西怎么好往回要呢，再说，人家已经给咱让了路，拐弯朝西去了。"

曹雪芹顺着小顺子指的方向一看，确实有一队花轿沿着萧太后河吹吹打打地朝前走着。

花轿在张家湾城里绕了一大圈儿，进入花枝巷，热热闹闹地停在了天顺隆的大门口。

冯含真首先下了轿，被执事引领着进了院子，准备迎接新娘。新娘乘坐的宝轿停在大门口，轿夫们卸了肩，用轿杵支着轿杆。响器班卖力地吹打起来，大门口燃放起了鞭炮，小顺子和天顺隆的几个师傅伙计撒着"满天星"，大片大片的铜钱洒落在地上，孩子哄抢着、争夺着、叫喊着。

大门洞开，院子里放着一个生铁铸成的、扁圆形的三爪"钱粮盆"，盘里烧着木炭，炭火正旺。

打杵的宝轿卸了轿顶，抽出轿杆，四名轿夫手握四角的“坐绳”，抬着轿厢进了大门，缓缓而行，在“钱粮盘”上“熏煞”后，把轿厢对准喜堂的门口。

喜堂里设有天地桌，桌上摆着供品，烧着高香。花轿在门口停稳之后，娶亲官客从天地桌上把一个马鞍搬下来，放在花轿前面。然后又把一只弓和三支箭递给冯含真。

冯含真朝轿子前面放了三支箭，每支箭都射在了轿前的地上。这时候，娶亲太太把轿帘儿高高地掀开，在雀灵儿和小妖的搀扶下，蒙着盖头的马幽兰怀抱着一个宝瓶下了轿，踩在地上铺着的红毡子上。然后，迈过马鞍，缓缓向前。

马上有娶亲太太和娶亲客官把冯含真和马幽兰带到天地桌前，按照男左女右的位置站好。

知客高声喊道：“各位亲朋列队，高堂入座，新郎新娘拜喜堂……”

正在这个时候，小顺子慌慌张张地跑进来：“掌柜的，掌柜的……”

马家亨和田氏已经坐在太师椅上，等着一对新人拜高堂呢，见小顺子如此不成体统，立即火了：“你瞎叫什么？快出去……”

小顺子说：“外面又来了一顶轿子，他们也说是娶亲的……”

马家亨说：“哪儿来的轿子？什么娶亲的？”

还没容小顺子回话，院子里便乱起来。

外面确实停了一顶喜轿，轿夫们正在卸轿顶、抽轿杆，四个轿夫熟练地抬起轿厢，朝院子里走着……

马家亨立刻冲出来，大叫着：“停下，快停下……”

两个穿戴整齐的年轻人立刻上前，对马家亨打个躬说：“马掌柜，您大喜啊。”

马家亨说：“你们弄错了吧？这是谁家的新娘？”

年轻人说：“不会错的，您快让新娘进去拜喜堂吧。”

马家亨说：“等等等等，我问你们，这新娘是谁的？”

年轻人说：“冯含真的。”

马家亨惊愣了：“冯含真……那新娘是谁呀？”

年轻人说：“新娘叫范小童。”

马家亨慌忙说：“错了错了，确实错了。冯含真娶的是马幽兰……”

年轻人说：“不，冯含真娶的是范小童……”

外面这么乱哄哄地僵持着，与马幽兰一起站在天地桌前的冯含真却傻了。他明白了是怎么回事，却不知道该怎么办。马幽兰隔着盖头问他："怎么回事呀？你倒是说呀，到底怎么回事？"

冯含真不知道该如何回答马幽兰。

曹雪芹似乎看出了蹊跷，忙把冯含真拉到一边："冯兄，到底是怎么回事？"

冯含真说："曹公子，他们是冲我来的，恐怕要惹麻烦……"

这时候，小妖从后堂走出来，满脸怒气，手里提着她那把龙泉宝剑，对冯含真说："哥，你别动，有我呢。"

小妖说着，冲到了外面，冲着轿厢喊着："范小童，你给我出来。"

没有动静，小妖火了，冲上前去，握着宝剑对着轿帘儿猛刺过去。

马家亨急了，大叫着："小妖，别出人命……"

小妖见轿厢里面还是没有动静，便一把将轿帘儿扯下来，又挥剑朝里面刺着。

嘭的一声，轿厢顶上腾出一个穿着红袍、蒙着盖头的女人。她轻轻地站在轿厢的边缘上，身子稳稳的，像烧起了一烛红艳艳的火焰。

小妖说："小童，你快滚，今天是我哥娶媳妇的日子，你别扫了我们的喜兴。"

范小童笑嘻嘻地说："小妖，你怎么忘了，我才是你哥的媳妇，你哥该娶的是我。"

小妖说："我哥不要你了，他现在要的是马幽兰。"

范小童说："小妖，你怎么胳膊肘往外拐？我可是你姐，你还偷偷地叫过我嫂子呢。"

小妖说："那是过去，我现在不认识你了，你范小童早就不是我姐了。"

范小童说："为什么？我没得罪你啊。"

小妖说："你还有脸问我为什么！你答应救我娘，可是我娘行刑那天你钻哪儿去了？你为什么糊弄我，为什么说话不算数？"

范小童说："小妖，有些事情现在不能让你知道，你早晚会明白姐姐是对得起你的。"

小妖说："你真想对得起我，现在就给我走，别耽误我哥的喜事。"

范小童说："这是我跟你哥的事，与你无关。"

小妖说："你走不走？"

范小童说："你把冯含真叫出来。"

小妖不再说话，噌地飞身，跳到了轿厢上，举起宝剑，向范小童劈刺着。范小童没有还手，连头上的盖头也没有摘，她跟小妖在轿厢上周旋着，灵巧地躲闪着小妖的剑锋。两个人跳来跳去，闪展腾挪，加上一把银光闪耀的宝剑，像一对在空中格斗的彩凤……

突然，范小童身子一跃，跳下了轿厢，反身抄起立在门边的轿杆。小妖随即跳下来，扑向范小童。一把龙泉宝剑，一根光溜溜的轿杆，噼里啪啦，眼花缭乱。范小童突然纵身上了墙头，小妖也追上了墙头，范小童朝屋檐上退着，小妖寸步不让地追打着。眼看范小童被小妖逼进了后房檐上，小妖奋身一跳，想把范小童撞下房檐。没想到，范小童一个鹞子翻身，居然翻到了小妖的身后，紧接着又一个珍珠倒卷帘儿，竟然冲进了喜堂……

第十五章

喜堂的天地桌前，冯含真身边一左一右站着两个新娘。两个新娘高矮胖瘦都差不多，又都穿着大红绣袍，更为出奇的是，经过与小妖的一番厮杀，范小童头上的盖头竟然还严严实实地盖着。

马幽兰实在忍不住了，厉声问："你到底是谁？我跟你前世无冤今世无仇，你为什么要来跟我抢男人？"

范小童说："小姐，您错怪我了，冯含真是我的男人，我四年以前就嫁给他了。"

马幽兰说："你胡说，四年前冯含真还是个穷光蛋，在我们天顺隆当小伙计。"

范小童说："四年前我也是个穷光蛋，穷光蛋嫁给穷光蛋，不是正好门当户对吗？"

这时候，小妖又冲进来，把宝剑指向范小童："小童，你给我滚出去。"

冯含真厉声地制止小妖："小妖，不许胡来。"

这时候，坐在天地桌前的马家亨说话了："小妖，你先到外边去，这里的事你别管了。"

既然马掌柜说话了，小妖不能不听，气呼呼地出去了。

马家亨转过脸，问冯含真："含真，你跟我说实话，这个女人你认识吗？"

冯含真老老实实地说："认识，是我们穷家门的。"

马家亨问："四年前，她是嫁给你了吗？"

冯含真说："我们……没有成亲拜堂。"

马家亨点了点头，轻声说："你把这身衣服脱了。"

冯含真一愣，似乎没明白马掌柜的话。

马家亨又说了一遍："你把这身衣服脱了。"

马幽兰明白了："爹，您……"

马家亨突然大喊一声："你还没听明白吗？我让你把这身衣服脱了。"

冯含真看了看马家亨，又瞟了一眼马幽兰，扯下了红绸，摘掉了官帽，脱下了官袍，无地自容地站在马家亨面前。

马家亨又把声调降下来："收拾一下你的东西，离开天顺隆，永远不要再回来。"

冯含真没动，他完全蒙了，脑子里一片空白，不知道如何是好。

马家亨说："我让你离开天顺隆，现在、马上、就这会儿……明白了吗？快，越快越好。"

冯含真身子震颤了一下，转身出去了。

马家亨对站在眼前的范小童说："姑娘，你要的男人走了，你还站在这儿干什么？"

范小童说："我想跟马掌柜说句话。"

马家亨说："说吧。"

范小童把头上的盖头摘下来，咕咚一下跪在了马家亨面，磕了一个头："马掌柜，谢谢您。"

就在范小童摘下盖头的一瞬间，马家亨、田氏像被兜头泼了盆凉水似的激灵了一下，而曹雪芹更是惊愕地叫出声来："阿香……"

范小童转身要走。

田氏叫住了她："姑娘，等等，你到底是谁？"

范小童说："我叫范小童。"

田氏问："你是哪儿的人？"

范小童说："四海为家。"

田氏又问："你是做什么的？"

范小童说："穷家门叫花子，马掌柜，真的谢谢您。"

曹雪芹紧跟着范小童出去了，范小童却飘然出了大门，上了自己刚才的轿子。

马幽兰蒙着盖头，没有看见父母和表弟的惊愕，但是却知道冯含真和范小童都走了。她急着说："爹，您把冯含真让给那个小妖精了？"

马家亨说："是你的就是你的，不是你的强留也没用。"

马幽兰急了："爹，您不能这样，今天是我大喜的日子，我这婚还结不结？"

马家亨说："结，照结不误。"

马幽兰说："您把冯含真赶走了，您让我跟谁结？"

马家亨站起来："你们都等一下，我马上就回来。"

身兼送亲和娶亲两职官客的曹雪芹，目睹着这一切，犹如在莫名其妙的梦中。刚才他见冯含真走了，想跟出去，又觉得不妥。范小童走了，他追了出去，却没有追上。转身要回到喜房，却见舅舅出来了。他犹豫了一下，跟着舅舅朝前走去。

马家亨似乎知道曹雪芹跟在自己的后面，径直进了自己的房间，在屋门口，转身对曹雪芹说："芹倌，你去把陶元淳请来。"

曹雪芹一惊："舅舅，您想把表姐嫁给陶元淳？"

马家亨说："天顺隆当铺是张家湾的大买卖，外面前来喝酒贺喜的，都是有头有脸的人物，我不能丢人现眼。"

曹雪芹说："您……您让表姐嫁给陶元淳，表姐会同意吗？"

马家亨说："去吧，你先把陶元淳请来。"

曹雪芹无奈，只好遵照舅舅的吩咐，去请陶元淳。转身却看见了小妖，忙说："快去看看你哥。"

小妖忙问："我哥怎么了？"

曹雪芹说："被我舅舅赶走了。"

小妖说："赶走了？凭什么呀？"

曹雪芹说："你别管那么多了，他在收拾东西呢，你快去问问他，他要去哪儿。记住给我个信儿，我好去看望他。"

小妖似乎明白了事情的严重性，转身朝冯含真的屋里跑去。

冯含真换上了素常的衣服，背着一个小小的蓝布包袱，走出了曹家大院。他踉踉跄跄地走在张家湾大街上，正是初秋时节，暑气将退，秋意盎然，街道两边茂密的树叶哗啦啦作响，像是对这个失败者无情的嘲弄。

他回头又朝曹家大院的方向看了一眼，四年了，四年前他因为逃婚，跑到了张家湾，被天顺隆当铺收留了。没想到四年后，他又被从婚礼上赶了出来。一个男人，有谁能在四年当中结两次婚，又两次都没有拜成喜堂呢？这也许就是命，命中该有这一劫，不，是两劫。

四年了，他从一个无路可走的小叫花子成了一个体面的当铺朝奉，成了一个让人尊敬的男人，并且即将成为一个有家有室的男人……可现在呢？他成了什么？丧家犬，对，丧家犬。他笑了，为自己找到一个准确的称呼笑了。这笑有点儿苦，有点儿自嘲，也有点儿得意。出了张家湾城南门，到了通运桥头，他开始踟蹰了。他去哪儿呢？哪里是自己的归处呢？还有人能收留他这只丧家犬吗？

冯含真最后看了一眼张家湾的城墙，果决地转过身，走上了通运桥。桥下面是萧太后河，浪纹涌动的河水上有几只缓缓而行的小船。

桥头下面停着一辆带篷的马车，赶车人戴着草帽，背冲着通运桥靠在车辕上，像是等候着什么人。

冯含真没有理会，经过轿车旁边继续朝前走着。

赶车人却拦住了他："上车吧。"

冯含真听着声音熟悉，回头一看却是师父范慕西，他慌忙施礼："师父……您怎么在这儿？"

范慕西说："我在这儿等你。"

冯含真傻了："您让我去哪儿？"

范慕西说："你先上车。"

冯含真恐惧起来："师父……您是……让我跟小童结婚？"

范慕西冷冷地说："我让你先上车。"

冯含真知道师父有一身绝技，不要说笨手笨脚的冯含真，就是三五个武艺高强的绿林好汉落在范慕西的手里，也别想逃脱。冯含真一直对范慕西充满了敬畏，他说出的话就是命令，冯含真只有服从。

出于对师父的畏惧和尊重，他没敢坐在车篷里，只是跨在了右边的车辕上。范慕西则是跨在左边的车辕上，挥着鞭子驱赶着驾车的跑骡。

道路两边的庄稼进入了成熟期，水稻开始泛黄，玉米高粱发疯似的勃发着，一片浓绿。

一路上，冯含真总是试图跟师父说话，他不知道师父将把他带向哪儿，更不知道师父将如何处置他。他偷眼看着师父，师父的脸绷得紧紧的，坚硬得像块冰冷的石头。他不敢开口，舌尖儿上的话换了又换，总也吐不出口。

他怕范慕西，他从心眼儿里惧怕这个像石头一样坚硬，又像石头一样沉重的男人。这个男人是他的师父，又是小童的父亲。如果他跟范小童结了婚，那么这个男人便是他的岳父。在那些年间，他始终在这个男人巨大的压力下生活。可是，这个严峻的男人又对他很好，很器重，很眷顾。他从来没有打过他，也没有骂过他，甚至连句重话都没有对他说过。相反地，倒是小童或其他伙伴欺负他的时候，总是师父出面保护他。

他是丐帮的帮主。在进入丐帮之前，冯含真总觉得丐帮就是一帮脏兮兮、懒洋洋、可怜巴巴的叫花子。这些人没有文化，没有本事，不懂得礼义廉耻，是一群行尸走肉的寄生虫。后来冯含真知道自己错了，丐帮是一个王国，这个王国里有君主，有臣民，有规矩，有法律，更令冯含真吃惊的是，虽然他们行乞的时候低三下四、自轻自贱，但是在这个王国内部和王国对外交往的时候，又是非常有原则、讲礼仪、重尊严的。范慕西统治这个王国比朝廷管理天下还要驾轻就熟，虽说是无为而治，却是有威有严、公平正义、奖惩严明、井然有序。如此说来，冯含真对范慕西不仅仅是怕，还是一种服膺，心甘情愿地尽臣民之道。

轿车沿着官道走了一段之后，便下了一条与大运河平行的土路。土路坑坑洼洼，车道沟深深浅浅，驾辕的骡子吃力地拉着车。范慕西不再催促，任轿车信马由缰地颠簸着。

冯含真依然斜跨在右车辕上，几次都险些被颠簸下来。

范慕西终于开口了："含真，跟我说实话，你为什么不愿意娶范小童？"

冯含真不知道该如何回答他。

范慕西说："她配不上你，是吗？"

冯含真慌忙说："不不……师父，不是……不是的……"

范慕西冷冷地问："那是为什么？"

冯含真又闭上了嘴巴。

范慕西说："你跟我说实话，无论你说出什么，我都不会怪你。"

冯含真选词择句地说："师父……我……我感激您，我也感激小童……"

范慕西说："别说那些没用的，说实话。"

冯含真突然口气坚定起来："师父，小童非常好，她对我有救命之恩，我也非常喜欢她，但是，我不能娶她……"

范慕西没有说话。

冯含真继续说："师父，我不能在穷家门待一辈子。"

范慕西说："嗯，这是实话，我看出来了。"

冯含真受到范慕西的鼓励，索性竹筒倒豆子，向范慕西讲出了压在心底的话。

父亲乡试科考贿买“关节”案发之后，母亲为了保住冯家的一条根脉，被迫嫁给了武进的无赖李二。确切地说，他们母子是被李二花钱买走的。父亲被判流放宁古塔，家人财产籍没充官。被充官的多是妇女孩子，来买妇女的多是妓院和老光棍儿男人。母亲是大家闺秀，长得端庄秀丽，又是风韵饱满的年华，许多妓院的老鸨都相中了她，争着抢着要把她带走。可是母亲宁死不从。最后没办法，只好带着他跟着李二走了。

李二家在武进乡村，祖上留下了几亩薄田，两间茅草屋，缸里无水，囤里无粮。母亲只好含着眼泪咬紧牙关过这种苦日子，活着的理由只有一个，为了儿子，为了把儿子培养成人。父亲临走的时候给母亲跪下了，对母亲说，我的事别瞒着孩子。告诉他，他有一个不争气的父亲，把全家都害惨了。他可以恨他的父亲，也可以一辈子不认我这个父亲，但是一定要让他争气，让他给祖宗争脸。

那个李二简直就是个无赖混混儿，穷得叮当响，却一身坏毛病，吃喝嫖赌没一样不沾。几亩薄田要靠母亲种，烧饭洗涮要靠母亲做。李二整天在外面鬼混，喝多了回家打母亲，赌输了回家打母亲。冯含真刚会走路，李二就逼着他去放鸭子。母子俩就是这样眼泪泡着汗水强挣扎着活下去。他们必须要活下去，为了那不争气的父亲，为了被父亲毁了的冯家。

一天到晚，无论多苦多累，饿不饿肚子，母亲都要逼着他读书。在他的印象中，他常常几天吃不上饭，却从来没有一天不读书的。

冯含真十四岁那年，母亲病倒了。母亲那时候只有三十六岁，却是满头白发，满脸皱纹，像是六七十岁的老太太。她患了肺痨，白天黑夜地躺在炕上喘气。就这样，也依然逼着冯含真读书。冯含真一边照顾母亲，一边悄悄地报名参加了无锡的院试。贡院的大门口贴出了红榜，上面有冯含真的大名。冯含真拿着“生员”的喜帖跑到家，递在了母亲的面前。冯含真看见母亲笑了，这宽慰的笑容在母亲的脸上绽放着、凝固着，一直没有消逝……

母亲是带着笑容走的，这是冯含真一生中最欣慰的事情。母亲死后，继父李二却一反常态，对他无比亲热起来。李二不让他再去田里劳作了，就让他踏踏实实地在家里读书。李二也变得勤快起来，把八面透风的房子修了，把原来的小篱笆门改成了门楼，虽然是土坯搭成的，却也有点儿书香门第的味道了。甚至李二每天还亲自给他烧饭，冯含真被感动了，感动后又觉得伤心，要是母亲看到他中了“秀才”之后李二的变化，那该多好！

慢慢地，冯含真却发现了李二变化背后的阴谋。邻村的赵财主上门提亲，要把自己的大女儿嫁给冯含真。赵家的大女儿二十八岁了，还待字闺中，原因是她是个“天佬儿”。冯含真曾经见过她，一身可怕的苍白，白头发，白眉毛，白皮肤，连眼珠子都是白的。李二居然答应了这门亲事，为的是贪图赵财主答应的优厚嫁妆：一所两进小院，三十亩水田。李二要是能得到这些，在整个十里八乡，便称得上是一个体体面面的小财主了。

婚姻是父母之命，媒妁之言，冯含真反对也没有用，李二是铁了心要跟赵财主结为亲家的。冯含真没有别的办法，只有一条路：逃。

冯含真讲述完了自己的经历，范慕西半天没有说话。骡拉轿车穿过了弯弯曲曲的土路，钻进了一个小树林里。小树林的路很窄，像是新开辟出来的，还没有印上车辙的痕迹。

范慕西下了车，扶着车辕走着。冯含真也从车辕上跳下来，默默地跟在轿车的右边。

范慕西终于说话了：“这么说，你逃了两次婚了。”

冯含真一愣，随后便苦苦地笑了笑。可不是嘛，他逃了两次婚了，第一次逃的是赵财主家的“天佬儿”，第二次逃的就是范小童。

他和范小童的婚礼是范慕西亲自操办的，在风光秀丽的济宁府。虽然是丐帮，范慕西依然让小童“凤冠霞帔”，冯含真“红袍桂冠”。而婚礼则设在了赫赫有名的太白楼。更为体面的是，嘉宾多为商贾、书生、官员及绿林豪杰，而丐帮只请了少数几个帮主，为此还得罪了许多丐帮子弟。宴席都摆好了，来宾都到齐了，娶亲的轿子吹吹打打进了事先准备好的客栈，冯含真却不见了。

冯含真知道，这极大地伤了范小童的心，也撕了范慕西的脸。范小童不会饶恕他，范慕西也不会原谅他。

他逃到了张家湾，进入了天顺隆当铺，原本以为可以换一种活法了。没想到还是没有逃出范慕西和范小童的掌心。范慕西找来了，拿来一只蜡做的玉龙典当，冯含真不敢不给他当；范小童找来了，赎了当之后又来搅和他的婚礼，这应该是他逆料之中的事情。这是命中注定，这一辈子，他大概很难跟这对父女撇清关系了。

范慕西又说话了：“我知道，你是有大志向的，你要夺取功名。可是我不明白，你就是跟小童结了婚，不是照样可以参加三级四试吗？你为什么要逃跑？”

冯含真支支吾吾地说：“您知道……‘家世不清’是不能参加科考的……”

范慕西说：“什么叫‘家世不清’，娼优隶卒，没听说还包括讨饭的。”

冯含真说：“我们是高家门……是靠着唱曲说书讨要的，应该算是‘优行’吧？”

范慕西说：“你这是牵强附会，就算我们高家门算是‘优行’，碍着你什么事了？考试的是你，你应该从祖父父亲那边算起，你的家世是清白的。”

冯含真无话可说了。

范慕西说：“看来你没有跟我说实话啊。”

是的，冯含真承认，他没有跟范慕西说实话。可是，实话能说吗？

轿车进入的这片树林子越来越密，树木也越来越茂盛，越来越粗大，这是个什么地方呢？突然，前面开阔起来，出现了几处零零星星的房子和场院，场院上堆着山一样的花秸垛、谷草垛和陈年高粱秫秸垛。这不是一个村庄，是一个庄子的场院。离开张家湾已经有一个时辰了，这里的许多村庄都是大清朝皇亲贵族的庄子。所谓庄子，就是满族入关之后，八旗贵族抢占的地盘。张家湾往南牛堡屯、漷县至永乐店一带，一马平川，土地肥沃，宜粮宜蔬宜棉，是正黄旗和正白旗争抢的地盘。开始的时候，他们还丈量划分土地，后来争抢越来越厉害，便以跑马圈地的办法划界。快马扬鞭，马蹄所踏之处便是自己的地盘。据说宗室贵族，跨马挥鞭，马不停蹄，从日出直到日落。结果马被累死了。那个贵族为了感激宝马给他踏出来的宝地，修了一座坟厚葬，这个庄子也随之叫了马坟。庄子被谁侵占了，谁就是庄主。庄主是不来种地的，地依然要由当地的农民种，收获的粮食却大部分归了庄主。庄主委托一个信得过的人管理庄子，称之为庄头。

他们来到的这个地方不知道是哪家的庄子，光是场院就有这么大、这么多房子，可见这庄子大有来头。

范慕西的轿车一到，立刻有一个长工模样的人跑过来，接过缰绳卸车饮骡去了。范慕西带着冯含真走进了一个大院子。这个院子外面看起来不起眼，都是土坯垒成的墙，连院墙的大门都是木栅栏做成的。院子很大，进来才发现还有一个高门楼，进了门楼，便是青砖瓦房，一连三进院子，很气派。

一个跛脚老头儿跑过来，向范慕西请安。

范慕西给冯含真介绍说："这是刘管家。"

冯含真躬身问候："刘管家安好。"

范慕西吩咐说："带冯公子去歇息吧。"

刘管家客气地说："冯公子，请跟我来。"

冯含真住进这个神秘的大院之后，什么都不干，一心一意地读起书来。这个大院也确实很神秘，前后三进院子，阴森森空荡荡的，除了刘管家和一个哑巴大婶，见不到一个人影儿。哑巴大婶是刘管家的老婆，整天里里外外地忙活。她把饭菜做好以后，就端到冯含真的屋里，等冯含真吃完后，她又进来收拾。冯含真只能礼貌地向她点头致意，她则是冲着冯含真笑笑，算是回了礼。冯含真在无声的世界里过起了饭来张口的悠闲日子，他不读书又能干什么呢？

范慕西把他放在这个大院之后，很长时间没有露过面。这让冯含真感到很奇怪，难道把他接到这里，就是为了让他安心读书的，这可能吗？更为奇怪的，范小童也一直没有露面。她那么轰轰烈烈地到曹家大院去抢亲，怎么又始乱终弃呢？难道她就是为了搅散他的婚礼，让他娶不成马幽兰，自己也不要他了。果真如此，范小童也够狠心的。

他也曾想到了马幽兰，马幽兰肯定把他恨死了。那么小妖呢？还有曹雪芹呢？他们会怎么样？

冯含真渐渐地意识到了，虽然他可以踏踏实实地在这大院里读书，却依然没有自由。在房间里院子里没有人干涉他，只要他踏出院门，刘管家便紧紧地跟在他后面，说是伺候着，他又不是微服私访的官员，也不是公子哥大少爷，用得着什么伺候？分明就是怕他跑了。其实师父也是多虑了，他跑什么？往哪儿跑呀？

他隐隐约约听到一片拼杀呐喊声，像是从东南方向传过来的。他信步走出大门，朝着喊声响起的方向走去。自然，刘管家依然不远不近地跟着他。前面是一片棉花地，棉花已经挂铃儿结果了。棉田中间有一条覆盖着荒草的小路，沿着小路上前，又是一片小树林。冯含真钻进了小树林，没走多远便豁然开朗，又是一片开阔的地界儿。一大溜土坯和茅草搭建成的房子，一看就知道是储存粮食农具的场房。场房前面又是一个打谷场，七八个年轻人正在那里龙争虎斗，拼搏厮杀。而站在前面指挥这场厮杀的，正是师父范慕西。

还没走近那打谷场，一个人便朝他跑过来，是吴多宝。

冯含真奇怪地问："你怎么在这儿？你不是跟着'小五义'到东陵剿匪去了吗？"

吴多宝说："早就回来了。"

冯含真问："剿匪怎么样？顺利吗？"

吴多宝说："什么东陵大盗，就是一帮乌合之众。我们'小五义'一去，没动刀枪就把他们吓跑了。"

冯含真说："那应该给你们庆功啊。"

吴多宝说："你结婚也没给我信儿，我听说了就赶去了。紧赶慢赶还是没赶上，听说你被一个女人劫持走了。劫持你的女人是谁？她在哪儿？"

冯含真笑了笑："也算不上劫持，是我师父把我带到这里的。"

吴多宝问："你师父？你师父是谁？"

冯含真用下巴朝打谷场上指了指。

吴多宝惊叫起来："什么？你师父是范爷？范爷是你师父？有这么厉害的师父谁还敢劫持你呀？他怎么不出手帮帮你呢？"

冯含真说："劫持我的正是我师父的女儿。"

吴多宝更惊讶了："啊……这到底是咋回事？"

冯含真说："这个女子你认识，还记得白塔寺吗？"

吴多宝叫着："就是那个劫持你的黑衣女侠？"

冯含真笑了。

吴多宝说："冯兄，真让我没想到，你的根底怎这么深呢？"

冯含真说："既然你那天去了曹家大院，我想问问你，我走了以后，马家怎么样了？"

吴多宝说："没怎么样，人家婚礼照办，红红火火，把整个张家湾都闹翻了天。"

冯含真说："我走了，他们怎么还办婚礼？"

吴多宝说："你以为没有鸡蛋就做不了槽子糕？马掌柜把你那套行头拾起来，立马给你的大师兄穿戴上了。外面照样锣鼓喧天，喜堂里照样拜天地入洞房……"

冯含真问：“这么说，马幽兰跟陶元淳结婚了？”

吴多宝说：“嗯，好像是，大伙儿都叫他陶师傅。要是天顺隆没有别的姓陶的了，那就是他了。”

两个人边聊边走，已经到了练武场。冯含真心里有点儿不是滋味儿，本来无心看练武了，吴多宝的一席话，又让他把心思转移过来了。

吴多宝告诉他，范慕西正在以武会友，结交天下英雄好汉，在这里设了打擂场，许多豪杰都闻风而来。今天，他就是专门带着“小五义”来拜师学艺的。

冯含真听说前面那几个人是“小五义”，便停住了脚步。

吴多宝说：“都是熟人，见见面吧，那几个人还经常念叨你呢。”

冯含真说：“我这个样子，最怕见到熟人了，你千万别跟他们说我在这里。”

正说着话，范慕西过来了，对吴多宝说：“多宝，这几位英雄是你带来的，我要请他们吃顿饭，千万让他们赏个脸。”

吴多宝说：“范爷，他们几位早就仰慕您，今天是特意前来拜师的，要是吃饭，那就是拜师饭。”

范慕西忙说：“不敢当不敢当，他们个个身怀绝技，英气逼人，能与你们相识相交，是范某的造化。拜师万万不可，若诸位看得起范某，我愿意与你们结为兄弟。”

吴多宝说：“不行不行，差着辈呢，江湖上不能乱道。”

范慕西笑了：“怎么差着辈呢？此论何来？”

吴多宝说：“这五位兄弟，都是我的同辈邻居，您是我的师父，固然也应该是他们师父了。”

范慕西说：“你称我师父，是从何处论的？”

吴多宝说：“京城范家门的帮主金三爷您熟悉吧？”

范慕西说：“当然，那是我大哥。”

吴多宝说：“我是金三爷的入门弟子，该叫您师叔吧？”

范慕西说：“原来你也是穷家门的，这不错。”

吴多宝说：“还有一层，冯含真是您的入门弟子吧？我们是兄弟，他是我大哥。”

范慕西说：“怪不得你们聊得那么热闹呢，原来早就认识。那就麻烦你替我照顾一下这几位英雄，让他们先在这儿玩玩儿。”

冯含真知道师父有话要对自己说，忙向吴多宝告辞，跟着师父朝前走去。

师父依然没有说什么，走到冯含真住的那个院子，进了正房的一间屋子。屋子里布置得有些讲究，红木墙柜，黄花梨的八仙桌、太师椅，墙上还挂着名人字画，桌子上摆着青花瓷的梅瓶。炕上则是衣箱软被，炕桌茶具。

冯含真忍不住说："师父，您住在这儿呀，这几天怎么没见您过来住？"

范慕西没说话，打开墙柜，从里面搬出一个长方形的樟木箱子，放在炕上："打开。"

冯含真犹犹豫豫地把箱子打开，眼睛突然一亮，里面都是书，一函一函地装满了一箱子。

范慕西说："你或许用得着。"

冯含真把书函取出来：一函是朱熹的《四书章句集注》，一函是《贞观政要》，一函是《策论萃编》，还有几本诗词杂记，等等。这些书确实都是冯含真最需要的，他想买，买不起；想借，又无处可借。师父是从哪里弄来的呢？

冯含真抬头看着范慕西，范慕西的眼睛里露出了少见的温和，冯含真心里发热，鼻子也酸了一下。

范慕西说："这些书先放在这儿，留着你以后慢慢读，现在你要准备准备了。"

冯含真不解："您让我做什么？"

范慕西从怀里摸出一张深红色的信封，交给了冯含真："这是报名单，还有半个月就到乡试的日子了，我给你在通州贡院报了名。"

冯含真一下子愣住了："啊？您让我今年就参加乡试？"

范慕西说："今年正好是大比之年，错过了，又要等三年。考不上没关系，再好好读三年。权当去见识一下。"

冯含真心里滚过一个热浪，眼睛模糊了。他整理一下衣衫，在师父面前立正站好，深深地鞠了一躬。

范慕西转身朝门外走去。

冯含真忍不住喊了一声："师父。"

范慕西停住脚步，扭过身来。

冯含真胆怯地问："师父……小童她……"

范慕西说："你不是不想见她吗？"

冯含真吞吞吐吐地说："我想……还是……跟她解释一下……"

范慕西说："这些天什么都不要想，过两天我就送你进京，考取功名要紧。"

冯含真不再说什么，在他的一双泪眼中，师父的身影模糊了。

在余下的日子里，冯含真刻苦攻读，焚膏继晷、宵衣旰食，几乎把积累了十几年的雄心大志都勃发出来了。他时时告诫自己，这是为了对他倾尽心血的母亲，为了抱愧终生的父亲，为了含辱自尽的祖父，为了传奇于稗史的冯氏家族。他肩负着几代人的神圣使命，必须拼死挣脱出来，考取功名。

在风雨呼啸的深夜和白露满天的早晨，他也有过许许多多的追怀与思念。他思念过曹雪芹，不知道他在咸安宫官学是否学业有成；他思念过纪晓岚，他们曾相约一起去参加乡试秋闱的；他也思念过马幽兰，不知道她是否还恨他，也不知道她跟陶元淳日子过得怎么样；而更多的还是他对范小童的思念。

说不清这是为什么，他跟范小童到底是怎么回事呢？想到范小童的时候，挥之不去的都是范小童对他的种种好处和撕扯不清的情义。他为了逃脱那个继父为他订婚的"天佬儿"，从家里跑了出来。他不知道往哪里跑，也不知道跑出去能做什么。为了活命，他只有沿途乞讨。在乡间乞讨还好办，讨糠吃糠，讨菜吃菜，讨不到便饿着。到了城里他才知道，并不是每个人都有乞讨的权利的。第一天乞讨，便被一伙儿乞丐打得头破血流。他不明白怎么回事，继续乞讨，继续挨打。直到遇见了范小童，他才明白，乞丐也是一个王国。这王国里有国王，有大臣，有贱民，也有法律。在范小童的引领下，他成了这个王国的国民，并且很快爬上了这个王国的上流阶层。更为幸运的是，他成了国王非常器重的新贵，并要把自己的宝贝公主许配给他。有多少人对他羡慕得眼蓝，嫉妒得吐血啊！可是他却跑了，短短十几岁的人生便有了第二次逃婚。与第一次逃婚截然不同的是，这次逃脱的却是一个疼他爱他百般呵护他的美女。他有什么理由不要她呢？有多少次夜深人静的时候，他都狠狠地扇着自己的嘴巴，骂自己没良心、是浑蛋、是白眼狼……打是打，骂是骂，悔是悔，恨是恨，可是他就是不能娶范小童。

一个十七岁的年轻人，居然有如此毅力、如此狠心肠，这让他自己都感到惊异。

不娶范小童，他又想范小童，是撕心裂肺的想，想得心口窝儿发疼，想得骨头缝酸痛，想得捂着被子呜呜大哭……唉，这到底算是怎么回事呢？

心软了鼻子便酸了，泪水顺着他的眼角流在了枕头上。他感觉到了范小童的气息，听到了范小童的声音。不是她的谈话声，而是她舞动着刀剑练功的声音。这声音里带着风，夹着雨，藏着雷电。这风雨雷电是从她内心深处迸发出来的，这是疯一样的爱，又是疯一样的恨。爱和恨在一起燃烧着，爆裂着，喷发着。冯含真感觉到了，他腾地坐起来，穿上衣服冲出了屋子，如果那真的是范小童，他会不顾一切地把她搂抱在怀里，再也不放开了。无论以后怎么样，他豁出去了，什么都不要了，什么都不在乎了。

院子里静悄悄的，但是依然可以清晰地听得见那风雨声和雷电声。这声音是从后面传出来的，他加快了脚步，匆匆朝后面走去。

后面是牲口棚，里面饲养着几匹骡马和几头牛。牲口棚的东面是一个很大的草料房。冯含真在牲口棚外面没有发现什么，便进了草料房。草料房里有料囤和炒料用的锅灶，还有一些农具和套具。里面黑洞洞的，依然什么也没有。可是那风雨声和雷电声却清晰入耳，仿佛就在眼前。他突然发现一片混沌的亮色，是草料房的一个后门。冯含真走上去，透过后门的缝隙发现，草料房里面还有一个隐蔽的小院。院子里有一片开阔地，一个青衣长发的女子舞着剑。剑光闪耀，将青衣女子的身影撩拨得凌凌乱乱，看不清真切的面目。冯含真觉得这就是范小童，他激动地推开了门，朝前扑过去。随着门吱呀一声响，一切都消逝了。小院里干干净净，根本没有什么舞剑练功的青衣女子。仄耳细听，更没有什么风雨雷电的呼啸声。

真真的奇哉怪哉。冯含真在小院里站了一会儿，发现小院后面还有一个小门。推开小门，原来是几间低矮的小房子。冯含真进了小房子，借着外面的夜色，朦胧中可以看见一铺小炕，炕对面的墙边摆着一个柜子，似乎有灯台。冯含真在柜子上摸索着，居然找到了打火镰。他把打火镰拿起来，打着了火，点上了柜子上的油灯。

灯台照亮的墙壁让冯含真大吃一惊，一块大大的白布贴在墙上，白布的顶端赫然写着三个大字：贪官榜。

冯含真把灯举起来，贪官榜的下面，密密麻麻地写着一行一行的名字。这些名字，有些他知道，更多的则是非常陌生的。他看见上面有山东巡抚孙宝德、安徽臬司刘光照、河南藩司张明生、江西学政董继仁、济南知府赵连栋、德州知府徐可良、沧州知府李慧先……

冯含真从上到下地看着，看到下面，举着灯的手碰到了一片软乎乎肉麻麻的东西。冯含真一激灵，忙把灯移开，原来柜子上放着一大排辫子。这些辫子有长有短，有粗有细，有油黑的有花白的。每一条辫子根上，都包着一块布，上面也写着名字。冯含真一眼看见，其中有一条辫子上，写的是张家湾巡检徐可良的名字。

冯含真明白了，这是金剪刀留下来的。肯定是在金剪刀临死的时候，把这些东西交给师父范慕西了。师父为了纪念金剪刀，便把这些遗物存放在这里。该让小妖来看看，她的母亲是个英雄，是个匡扶正义、剪贪除恶的女侠。他在柜子前面站了一会儿，又抬眼看了看贪官榜，才转过身朝屋子四周看了看。除了一铺小炕，什么都没有。

他退出了屋子，心里还是觉得怪怪的。这里显然是没有人住的，可是刚才练功的女人是谁呢？莫非是幻视幻听，活见鬼了？抑或是思念范小童太甚，精诚之气凝聚成了亦真亦幻的梦境？

第十六章

威风的官员是走马上任，冯含真是骑驴上任。四年前顺天府乡试摘得桂冠，第二年会试殿试又杏榜有名，授翰林院庶吉士，三年后散馆经直隶总督方观承举荐，任山东东平知县。

临上任前，方观承在直隶总督府给他设酒宴送行时对他说："本院和你，还有曹雪芹曹公子，毕竟有过'车笠之交'，算是老朋友了。我又多年跟随郡亲王福彭大将军，深受先皇雍正和当今圣上的恩宠，从一个破落子弟擢升为朝廷命官，没别的，我知足，我感恩。感恩就要报恩，报皇恩。报皇恩便要励精图治，实实在在给天下苍生做几件好事。你也是一样，虽说是两榜进士，'老虎班'出身，可毕竟是从苦水里爬出来的，深知民间的苦难，深晓贪官恶吏的贪腐。我知道，身为京官，都想外放。京官清苦，外官贪腐，这是大家都心知肚明的。可是我要求你当个清官，不但要当个清官，还要当个能官，为一方百姓立业，为一方百姓造福。"

方观承为什么语重心长地嘱咐他这些话，冯含真心里非常清楚。朝廷命官向来有"京官"与"外官"之分，京官品位高，外官品位低；京官多受礼遇，外官卑躬屈膝；京官升迁机会多，外官则举步维艰；京官清贵，外官肥富；京官金马玉堂，外官风尘俗吏。这都是表面现象，主要看着当官贪图的是什么。真正像方观承那样，想为官一任造福一方的能有几人？冯含真在翰林院这三年把什么嘴脸都看到了。那些翰林学士、侍读学士、侍讲学士、修撰、编修、检讨及庶吉士等，表面上一副清高孤傲、正人君子的模样，却是天天在一起嘀嘀咕咕，传播着哪里有饭局、哪里有空缺、哪里有肥差，谁送来了"冰敬""炭敬"，谁送来了"印结"，都变成了加加减减、锱铢计较的采买女人。

不过也难怪，这些京官也实在穷得可怜。七品编修，每年俸银只有四十五两，禄米只有二十二石。就这点儿钱粮，怎么省吃俭用也不够。有些翰林佬，连件像样的衣服都没有。一件大棉袄，白天是袍子，晚上就是被子。没办法只有算计，只好借贷，只好盼望着外放。“三年清知府，十万雪花银”，这说法一点儿都不过分。

冯含真外放到东平做知县，有多少人羡慕得眼蓝，则可想而知了。掏心窝子说，冯含真不是为了钱。他虽然也穷，可是他能挺得住，从丐帮里混出来的人，还怕饿死吗？

从京城出发，他没有坐船，也没有坐车，更没有坐轿。他买了一头小毛驴，一个人上了路。到了张家湾略微休息了一下，跟小妖见了一面，赶巧遇上了吴多宝。见冯含真要到山东东平赴任，吴多宝死活要跟着他。冯含真想，身边也确实需要个人，不要说照顾，至少路上方便一些。

冯含真骑着小毛驴，吴多宝便跟在旁边，溜溜达达，优哉游哉，饱览了一路风光，穿过德州，进入泰安，便临近了东平境界。

吴多宝说：“老爷，前面可就是东平了。”

冯含真哈哈大笑起来。

吴多宝奇怪地问：“您笑什么？”

冯含真说：“这一路上你都称呼我的名字，怎么快到东平了你倒叫起我老爷来了？”

吴多宝说：“这规矩咱懂，您上任之后就是县太爷大老爷了，我是您的下人，怎么还能对您直呼其名呢？”

冯含真说：“是谁教你的这些规矩？”

吴多宝说：“您也太小瞧人了，咱没吃过猪肉，还没见过猪跑？说书唱戏的都这么叫，您以为我白吃这么多年干饭了。”

冯含真说：“你这一叫老爷，我还真愣了一下，半天才醒过闷来。长这么大，还没有人叫过我老爷呢。”

吴多宝说：“那就从我开始，我带头叫，看他们谁敢不跟着叫。”

冯含真说：“刚才你要说什么？”

吴多宝说：“我说快到东平了，您该换上官衣坐上官轿了，到前面我得给您雇上一顶轿子。”

冯含真没说话，他在想，他是来摘官印的。东平知县黄敬贤不是期满卸任的，而是因为贪污库银被免职的。方观承特意告诉他，你摘的是一个贪官的印，记住了，别到时候让人家把你的印摘了。

这句话对冯含真震动很大，他没有慷慨激昂地表示不当贪官，可是他不能当贪官。从一个小叫花子到两榜进士再到七品知县，容易吗？他要是辱没了这官箴，对得起呕心沥血教育他的母亲吗？对得起忍辱自尽的祖父吗？对得起远在宁古塔苦寒之地对他满怀希望的父亲吗？

不管是否能当一个能官，但是他必须当清官。想到这些，他便有了一个打算，他打算悄悄地进入东平县，亲自查看一下民情，了解一下民意，探听一下民间对黄敬贤的抱怨，也能以此为戒，或许还能做点儿利民惠民的事情。

他依然素装毛驴，优哉游哉地进入了东平县境。

烟波浩渺的东平湖尽收眼底，湖面上渔帆点点，岸边秧禾茂盛，山清水秀，燕舞莺歌。

湖边的官道上聚集着一伙儿人，多是有了些年纪的百姓。出于礼貌，冯含真下了驴，跟他们打着招呼："各位大叔，好年景啊。"

一个老汉问："先生是从京城来吗？"

冯含真多了个心眼儿："啊，是从京畿张家湾来。"

老汉又问："听说一个姓冯的老爷要从京城来东平当知县，您知道吗？"

冯含真说："我倒是听到一些传闻，好像有这么回事。你们在这儿干什么呢？等着迎接冯知县吗？"

老汉说："我们倒是等着冯老爷呢，可不是迎接他当我们的知县，我们是想跟他说说，拜托他跟朝廷求求情，别让黄知县走。"

冯含真觉得奇怪了："为什么不让黄知县走啊？"

老汉说："我们东平人命苦啊，几十年没遇见好官了。好不容易盼来个黄知县，老百姓刚过几年踏实日子，我们舍不得他走啊。"

冯含真问："这么说，黄知县是个不错的官？"

几个老汉齐声说："好人啊，好官啊……"

冯含真问："我倒是想听听，黄知县怎么个好法？"

几个老汉又七嘴八舌地说起来："您见过县官跟我们一起播种吗？您见过县官跟我们一起挖渠吗？您见过县官穿得比我们还破、吃得比我们还差吗？"

冯含真说："看来，黄知县还真是爱民如子啊。"

一个老汉说："您知道，我们这儿离水泊梁山不远，山上的土匪灭了一茬又一茬，比野韭菜长得还快。过去的县官，跟土匪勾结在一起欺压百姓。黄知县来了，成立了民团，轮流站岗放哨，他自己也扛着花枪轮岗，土匪再也不敢来了。”

又一个老汉说：“是啊，现在我们东平是夜不闭户、路不拾遗，清清朗朗的太平世界。”

又一个老汉接着说：“那是以前，这几天听说黄知县要走，土匪们又来了。前两天把小善庄的牲口都抢跑了。”

冯含真说：“你们都说黄知县好，要冯老爷请求朝廷把黄知县留下，可是冯老爷也未必做得了主呀。”

老汉说：“是啊，我们也发这个愁呢。不管怎么说，我们得让朝廷知道黄知县的好，不能让好人吃亏受委屈啊。”

冯含真听了这些话，心里很不是滋味儿，可是也不好说什么。又说了几句安慰的话，便告辞走了。

冯含真突然转了个心眼儿，问吴多宝：“你说，那些人说的话是真的吗？”

吴多宝说：“我觉得像真的，听得我心里都发酸了。”

冯含真说：“既然黄知县这么清正廉洁，怎么还有人告他贪污库银呢，并且黄知县也承认了。”

吴多宝的心眼儿也转动起来了：“会不会黄知县做的活局子，花钱买一些人，在这儿演戏给我们看呢？”

冯含真也犯起了琢磨，如果真是这样，黄敬贤也太恬不知耻了。

他们继续往前走，离开东平湖不久，便到了东平县城。城门外又聚集着一些人，往来如缕，甚是热闹。

冯含真又下了驴，慢慢地朝前走去。

这一伙儿大抵都是年轻人，穿戴斯斯文文，像是读书人模样。旁边竖着一顶硕大的万民伞，这伞是用白布做成的，有一人多高，撑开伞，比碾盘还大。这一伙儿人都捧着砚台，举着毛笔，向进出城门的人问询着，问下之后便在伞盖上写下名字。有的路人是自己写，有的人是让那些人代笔。

冯含真过来，立刻有人问他：“你是东平人吗？”

吴多宝怕这些人不怀好意，忙挡在冯含真前面，问：“你们想干什么？”

执笔人说：“你们还不知道吧？黄知县要走了，我们官学的生员要送一个万民伞给他。”

冯含真说："请原谅，我们是外地人，黄知县真的是万民爱戴的好官吗?"

执笔人说："是东平从来没有过的好官，黄知县可以说是一身正气处世，两袖清风为官。我们东平县的县衙门，还是前明万历年间留下来的旧房子，透风漏雨。特别是黄知县住的后宅，墙上的窟窿都堵着稻草。府里本来拨了修衙门的钱，可是黄知县却用这笔钱给我们修了官学学堂。"

冯含真更加困惑了，黄敬贤到底是贪官还是清官呢?

两个人进了城，很容易便找到了县衙门。确如那些生员所说，这衙门真是够破旧的。外面的院墙歪歪扭扭，有许多修补过的断壁。里面的院子也是破破烂烂，房屋上有的地方是瓦，有的地方则是花秸泥补抹的。大堂内外挤满了人，像是在审案。

冯含真把毛驴行李交给吴多宝，自己挤上前去。

黄敬贤端坐在大堂上，虽然面黄肌瘦，穿着打了补丁的官袍，却依然是威风凛凛，一副浩然正气。

大堂下跪着三个形容猥琐的匪徒，两边的皂班拄着杀威棒，喊着堂威，气势雄雄。

黄敬贤对下面跪着的匪徒说："告诉你们，我现在还没走呢，东平县的大印还在我的手里。只要我一天不离开东平县，你们就休想兴风作浪。小善庄的牲口你们抢走多少，给我送回来多少，连一条驴腿都不能少。我还要告诉你们，就算是明天我走了，我也要叮嘱前来接任我的新知县，让他们对你们这些匪徒严加防范、狠狠缉剿。先给我拉下去，每人重责四十大板，然后关进大牢，等他们把抢去的牲口送回来，再做了断……"

黄敬贤一声令下，虎狼衙役将那三个匪徒拖了下去。后面一阵鬼哭狼嚎，前面一片欢呼呐喊。

突然，大堂前的众人乱哄哄地跪了下来，齐声呼喊着："黄大老爷，您可不能走啊……"

等人们散去之后，冯含真才上前对值班的衙役说："请禀告你家老爷，从直隶总督府来的冯含真求见。"

不一会儿，黄敬贤便率领着一班官吏迎了出来。黄敬贤等看见冯含真身边只有一个跟随，一头毛驴，一些简单的行李，而又穿着素常服装，都愣住了。

冯含真上前施礼说："黄知县安好，在下是从直隶总督府来的冯含真。"

黄敬贤慌忙还礼："我们正准备到东平接官亭迎接冯老爷呢，没想到您就这样来了。有失远迎，罪过罪过。"

冯含真被黄敬贤引进了西花厅，请冯含真坐下，吩咐上茶。

冯含真看见，他们两个人中间的八仙桌上摆着一个方方正正的小包袱，一看就知道里面包的是县衙的大印。

黄敬贤起身，深深作了一揖说："大印已经封好，请冯老爷接收。"

冯含真见黄敬贤面目和善，性情温雅，谈吐清爽，不像贪腐豪纵之流。他从纪晓岚处借读过方观承的《玄关》，懂得了一些观人之术，后来又有机会向方观承当面请教，更是颇有心得，粗谙此道。

黄敬贤说："在下的行李已经收拾好，今日便搬出后宅，明日便到直隶总督府请罪。未走之前，有些要紧事需要向冯老爷交代一下。"黄敬贤说着，指着站在他们面前的一班人向冯含真逐个介绍着，"这是刑名师爷赵家铎赵先生，这是钱谷师爷李万财李先生，这是典史阎震威，这是快班头领……"

冯含真没等黄敬贤介绍完，便打断了他："在下刚刚下马，哦……确切地说应该是下驴，现在还两眼一抹黑，请黄老爷不必急着交代公务。"

黄敬贤说："在下已经都安排好了，冯老爷明天就可以挂印理事了。我身边的这些人，都是忠诚可靠贤良精明之辈，他们会精心办事的。"

冯含真说："黄老爷，请坐，在下还有几句话想请教，望能以实相告。"

黄敬贤说："冯老爷，请讲。"

冯含真说："黄老爷是因为挪用库银被人告发的，而足下又供认不讳。在下轻装进入东平，一路上听到的都是百姓对黄老爷的赞誉之声，刚才又亲眼看见黄老爷在大堂审案，更加不像贪官恶吏所为，能告诉在下到底是怎么回事吗？"

黄敬贤听到此问，脸色立即凝重起来，深深地叹了一口气，摇了摇头。

冯含真说："莫非黄老爷有什么难言之隐？"

黄敬贤说："实不相瞒，在下也是十年寒窗苦拼出来的，先帝康熙五十六年乡试中举，从主簿、县丞、教谕做起，一步一步熬到这七品正堂。

在下为官只求有所建树，刑罚劝耕都敢大刀阔斧，唯独在钱财上战战兢兢如履薄冰，丝毫也不曾贪墨，这从下官历届的考绩中都看得出来。但是，人生如旅，旅无平川，总有过不去的坎。在下家在云南腾冲，离此有万里之遥。家中有八旬老母，因思儿心切积郁成疾。原来尚有兄嫂侍奉，不料两年前兄上山打柴，遭遇饿狼毙命，嫂子也因兄离去悲伤过度而亡。家中只剩下孤苦老母，无人奉养。无奈我只好将老母接来安度晚年，可是路途遥远囊中羞涩，只好先从库银中借取五十两银子，打算以后从俸银中扣除……"

冯含真听了黄敬贤的讲述，心里一阵发酸。都说"三年清知府，十万雪花银"，可是大清朝居然有如此廉洁的官员，身为一县之主，竟然连接母亲的路费都凑不出来，真乃可悲可怜可叹可敬。

黄敬贤接着说："我谁都不怨，我更不会怨揭发检举我的人。我到东平上任的时候就说过，只要我贪污半两银子，你们就告发我，无论谁告发我，我都不会忌恨，更不会打击报复。不管怎么说，库银是我挪用的，什么理由都不能挪用库银。我有罪，我认罪，我罪有应得。"

冯含真站起身来，无所适从地踱着步子。

黄敬贤也站起来："冯老爷，刚才给您介绍的都是前任留下的官吏，在下上任只带了两个家人和拙荆，现在又接来了老母。一会儿我就把家眷的行李搬出来，与您交接完文案书卷后我就离开。"

冯含真突然果决地说："不，你不能离开。"

黄敬贤吃了一惊："什么？"

冯含真说："我离开。"

黄敬贤问："您去哪儿？"

冯含真说："回直隶总督府。"

黄敬贤不解其意，看着冯含真。

冯含真说："你我都是读圣贤书的人，学好文武艺，售予帝王家。我们效忠的是皇上，奉献的是黎民。黄老爷如此清正廉洁，政绩卓著，令在下钦佩。至于借俸迎母，人之常情，情有可原。我回去之后，一定如实向方总督禀报。"

黄敬贤说："方总督性情耿直，法治严明，冯老爷，您是奉命接管东平知县的，如此违抗他的命令，不但没有摘取县印，还替在下求情，他一定会震怒的。在下就是丢官，也不能连累冯老爷。"

冯含真说："黄老爷只管安心做官，造福于百姓，余下的事情不用操心了。"

冯含真说着，竟然向黄敬贤及众位官吏拱了一手，告辞而去。

黄敬贤急忙跟了出来，不知道该如何是好。

冯含真招手让吴多宝牵过毛驴，刚要骑驴而去，又突然停下转身，来到了黄敬贤面前。

黄敬贤说："足下就是走，也得喝我们一杯薄酒啊，哪儿能这样离去？"

随行的官员也说："是啊，冯老爷这样离去，我们于心何忍？"

冯含真从怀里掏出了一张五十两的银票，塞在黄敬贤手里："赶紧把挪用的库银补上。"

黄敬贤慌忙推辞着："不不不……这太过分了……怎么能用您的银子呢？"

冯含真说："你要是不忍心用，就算是借我的吧，也不用你写借据，众位都是证人，什么时候有钱了你再还给我。"

黄敬贤已经满脸泪水，嘴唇哆嗦着，咕咚一下跪下来，哭喊着："恩人啊……"

冯含真扶起黄敬贤，拍了拍他的肩膀："黄兄保重，含真告辞了。"

黄敬贤突然想起了什么："恩人，请等一下。"

说着，黄敬贤转身进了后宅，不一会儿出来，手里拿着一根硬木棍儿，到了冯含真面前，双手捧着硬木棍儿说："黄某实在无以相赠，此棍是家严生前留下的，不值什么钱，却是家传之物。没有别的意思，只是留个念想儿，望恩人万勿嫌弃。"

冯含真接过那根硬木棍儿，掂了掂，还有些压手，仔细看了看，只是一根普通的枣木棍儿。确实不是什么稀罕物，大概一直用作拐杖，时日久了，磨得光滑油润，红得发黑，古色古香，沧桑透骨。冯含真拿在手里，觉得很顺手，路上万一遇上恶狗刁贼，倒不失是一件防身之物。更主要的是，黄敬贤真诚可鉴、盛情难却。遂把枣木棍儿递在了吴多宝的手里，拱起双手，向黄敬贤及其一班人道谢辞行。

吴多宝一路上嘟嘟囔囔，埋怨着冯含真：有您这么傻的吗？煮熟的鸭子飞了，到嘴的肥肉又吐出来了。当一个县太爷容易吗？就这么大大咧咧地让出去了。让出去能有您什么好？回去方总督不定会怎么处置您呢。我当了这么多年叫花子，小气鬼儿见多了，有的人家剩粥剩饭，宁可喂猪喂鸡，也舍不得给要饭的。那些腰缠万贯的买卖人，更他妈抠门儿，跟他要一个制钱，就像抽他一根肋巴条。别说，就遇上过一个大方人，你们天顺隆的马大小姐，一抬手就给了我五两银子。那五两银子我说是人家给的，硬是没有人相信，还差点儿受家法处置。对了，还是您救了我。为这我一直叫您恩公，后来您不让我叫了，我才敢叫您冯兄。马大小姐再大方，也大方不过您冯含真。她只不过舍出去五两银子，您呢，哗啦一下子，把一个县太爷舍给人家了……

面对着吴多宝这样絮絮叨叨，冯含真只能抿着嘴笑。吴多宝这个人有点儿意思，别看没念过书，肚子里的小九九却不少。就拿两个人的关系来说吧，吴多宝就像那六月的天气，说变就变，而且还变得非常自然。在范家门金三爷那里，冯含真救了他，证明了他的清白，使他免受家法处置，吴多宝感谢他，称他恩公。后来两个人接触多了，冯含真不允许他这么叫，他便叫他冯兄，或者干脆叫他的名字。冯含真喜欢人家叫他的名字，这样显得亲近，诸如范小童、马幽兰叫他的名字，他总觉得心里热乎乎的。这次带着他到东平上任，一路上吴多宝都叫他的名字，到了东平地界，立马改称老爷。及至冯含真把知县的大印又还给了黄敬贤，打道回府的路上，吴多宝又对他直呼其名了……

就这么一路走一路叨咕，冯含真只当听小曲儿了。一边听“小曲儿”一边欣赏着山光水色，倒也不寂寞。过了东平湖，他们基本上就沿着运河走了。看着满河的帆樯蔽日，听着号子时起时伏，冯含真觉得很惬意。渴了，就在河边的小茶棚泡一壶茶，听着来往客人谈天说地；饿了，就在河边的小饭馆抿二两烧酒，品尝着各地的风味佳肴；天黑了，就在河边小店留宿歇息，闲聊着江湖上的奇闻逸事。冯含真好多年没有过如此轻松自在、如此闲情逸致的日子了。

这一天到了夏津的大邢庄附近，运河到这个地方突然开阔起来，河边上的船只也不像别的地段那么拥挤了。许多商船和游船悠游地在河面上漂浮着，像是在舒展疲惫的筋骨，又像是清洗着一路的风尘。冯含真骑着小毛驴顺着河堤走着，吴多宝依然跟在身边。他们很自然地放慢了驴步和脚步，吴多宝也停住了满嘴的牢骚，蛮有兴致地浏览着形形色色的舟楫船只。

冯含真很快便注意到了，河心里慢慢驶过一只小客船。两个人站在船头上，正津津有味地欣赏着满天的晚霞。船头上一个身材魁梧的船夫漫不经心地撑着船篙。由于距离较远，冯含真看到的只是一幅扁舟图，船上那三个人也不过是一幅剪影。但是，冯含真却觉得这三个人的身影非常熟悉，特别是船头上那撑篙的船夫，更是让他觉得似曾相识。船夫将船篙深插在河水中，身子弯成了一张弓形，小船慢慢地向前划行着。当船夫直起身子拔出船篙的时候，篙头上便牵出了一串晶莹的水珠儿，在如火的霞光映衬下，那水珠儿高高地挑起来，流光溢彩，欢蹦乱跳。冯含真突然想到一首《竹篙词》，不禁轻声吟哦起来：

想当年，绿鬟婆娑，
自归郎手，青少黄多。
历经几多风波，
受尽几多折磨。
莫提起，提起珠泪洒江河……

吴多宝说："您吟的是《竹篙词》，对吧？"

冯含真惊异地说："哟，不简单呀，你怎么知道这《竹篙词》？"

吴多宝说："这词讲的是竹篙，实际上说的却是女人，女人和竹篙一样。年轻的时候青春貌美，绿鬟婆娑，嫁给男人以后便受尽折磨，青少黄多，珠泪成河。"

冯含真惊叫起来："我说吴多宝，我真小瞧你了。我原来觉得你就是会吹牛皮、会耍点儿小聪明的粗汉，没想到你还有点儿学问。"

吴多宝说："我这个人啊，做什么事情都是一瓶不满半瓶子晃荡。你说练武吧，我就会几路拳脚，吃不了苦，没长性；您说在丐帮吧，我只要混个半饥不饱，就天下平安了；您说做生意吧，我就会跑跑腿儿，一不会记账，二不会打算盘，没用。以后呀，我就跟着您了，好歹能混口安稳饭吃。"

冯含真说："我倒是想问问你，你是怎么知道《竹篙词》的？"

吴多宝说："小童给我念过，也给我讲过。"

冯含真说："小童……她是怎么知道的？我没在她面前吟诵过呀。"

吴多宝说："小童说，是她父亲教她的。"

冯含真沉吟着："她父亲也知道《竹篙词》？"

这个念头刚在冯含真的脑子里一闪，他的脑袋嗡地响了起来。天啊，那个撑竹篙划船的人，不正是范慕西吗？他怎么撑起船来了？想到这儿，冯含真又看了看那只小船，已经超过他们有几十丈远了。冯含真急忙抽打着小毛驴，小毛驴撒开蹄子朝前跑去。小船渐渐地往岸边靠近了，船上的剪影逐渐清晰起来。冯含真的眼前闪出了破碎的霞光，他的身子震颤起来，心都提到了嗓子眼，连嘴都张不开了。冯含真不仅认出了那个船夫，更认出了船板上站立着的两个人。

吴多宝也看清了，急着说："含真，那是范师父……"

冯含真急忙下了驴，一时手足无措。

吴多宝完全不了解冯含真的心思，还在说："范师父怎么开起船来了呢？莫非他改行当船夫了？不会吧，他怎么会干这么苦累的活儿呢？"

冯含真眼睛看着那条渐行渐远的小船，心里却翻江倒海般地折腾起来。最后，他下定了决心，非常郑重地对吴多宝说："多宝，你要替我去办一件事，一件大事。"

吴多宝看着冯含真的神态，也郑重起来："什么事？"

冯含真从怀里掏出一个封好了的信封："多宝，这是我写给方总督的呈文，你骑着这头驴去保定直隶总督府，把这呈文交给方总督。"

吴多宝慌了："那您呢？"

冯含真说："我得上那条船。"

吴多宝说："您要去帮师父撑船？开什么玩笑啊，放着正事不干，去游山玩水？您知道您这罪过有多大吗？让您到东平当知县，您连印都没接。回来本该马上见总督，您又……您知道您这叫什么吗？擅离职守！您不怕总督把您杀了？"

冯含真说："我到那条船上去，不是游山玩水，是正经事。"

吴多宝说："谁信啊？要是总督问起来，我怎么说？"

冯含真说："你……你就说我有要紧事……要不，你就说我病在半路了……"

吴多宝说："不行，我不能任您胡来，您还是早点儿回去跟总督请罪吧，说不定总督一高兴还能派您去别的地方当官。"

冯含真说："多宝，我没糊弄你，我要去做的事情非常重要。"

吴多宝说："比当官还重要？"

冯含真说：“这事很大，比天还大。”

吴多宝说：“您到底要去干什么？”

冯含真说：“现在我不能告诉你，你马上走吧。”

吴多宝依然疑惑地看着冯含真，他渐渐地发现，冯含真的脸色越来越凝重，紧紧地绷着。也许，他真的遇见了比天还大的事。什么事能比天大呢？

冯含真一眼看见驴背上还插着黄敬贤送给他的那根枣木棍，便抽出来，向吴多宝挥了挥手，催促他快走。

吴多宝骑着驴走后，冯含真拎着那根枣木棍儿，急急朝前追赶着，眼看就要追上那条小船了，他又犯难了，怎么才能登上那只船呢？登上那只船又能怎么样呢？

他心里沉重得像揣了一块铁砣子，心脏却在那铁砣子的重压下嘣嘣跳着，越跳越厉害，把那铁砣子一直往上顶，顶到了他的嗓子眼儿。他努力镇定着自己，一边强压着蹦跳的心脏，一边飞速地转动着脑袋瓜儿。

他突然发现，在那条小船的后面不远处，有一条花船。花船上是花花绿绿的彩棚，彩棚两边是敞开的窗户。几个妓女从窗口探出头来，冲着来往船只上的男人唱着淫歌或直白地打着招呼。

冯含真突然有了主意，冲着花船招起了手。

花船靠近了，冯含真跳了上去。

冯含真一上花船，立即被几个妓女簇拥起来，叽叽喳喳地把他拉进了花棚。老鸨挓挲着两只手迎过来，臃肿的身子像一只肥硕的老母鸡。

花棚里分割成一个个独立的小房间。房间很小，里面摆放着一张小床、一个小茶儿，还有一个小梳妆台。冯含真从来没有进过风月场，无论在流浪途中，还是在张家湾古镇，抑或在京为官的期间，他确实见过不少风月场面，只是跟别人一起和窑姐儿们逗逗笑、喝喝茶，浅尝辄止，向来是同流而不合污，洁身自好。

现在，冯含真陷入了花窟，像是闯进了狼窝虎穴，一时紧张得满脸通红，浑身冒汗。几个妓女还在揪揪扯扯，老鸨在一旁娇声媚调地催促着：“哎呀，公子哥啊，你瞧瞧我们这儿的姐儿，这才是真正的姐儿，天天泡在大运河里，身子嫩得像顶花带刺儿的黄瓜，一掐一股浆儿……”

妓女们和着老鸨的声调争夺着冯含真：“公子哥，尝尝我这股浆儿吧，皮薄肉嫩水多，美得你上天。”

“先生，到我这屋里来吧，我有好东西给你看。”

“小阿哥，我们姐俩伺候你吧，让你一马双跨……”

冯含真慌慌乱乱，不知道该怎么应付。

老鸨说：“你到底看上谁了？有人给你举荐过吗？要不我替你挑一个？”

冯含真毕竟在江湖上混过，知道老鸨爱的是钱，先从怀里摸出一锭五两的银子，塞在老鸨手里。

老鸨拿到了银子，更加热情起来：“你们快给公子哥泡茶、端果盘……”

冯含真朝花棚里扫了一眼，便指着最前面的一个房间说：“我先在这儿歇歇吧。”

老鸨马上吩咐着：“染衣，好好伺候这位公子哥。”

老鸨发了话，妓女们都很不情愿地放开了冯含真。一个面容娇美文静含羞的女孩儿走了过来，给冯含真撩起了门帘儿。冯含真注意到，刚才那几个拉拉扯扯的妓女当中，却没有这个叫染衣的女孩儿，她似乎一直躲在后面，不声不响。染衣把冯含真让进房间，让他坐在小床上，又在那小茶儿上泡起了茶。

这个小房间还算雅致，墙壁上贴着一张牡丹图，还有一幅不知道出自谁人手笔的书法。

染衣把茶斟好，端着送给冯含真，顺便坐在了冯含真的身边。一股淡淡的脂粉气漫溢着小小的房间，这让冯含真又不自在起来。

隔壁房间里传来了节奏急促的振动，伴随着的却是夸张的喊叫和呻吟。冯含真有点儿恶心。在花船上，一般都是打快活儿的嫖客，从一条船上跳上来，饿虎扑食般地折腾一通，便又跳回到自己的船上。人来人往，像吃流水席。染衣也以为冯含真是来打快活儿的，便主动地替他宽衣解带。

冯含真拦住了她：“我只想在这儿歇会儿，喝喝茶，解解渴。”

染衣有点儿不解：“你是为了喝茶来的？”

冯含真支吾说：“啊……也是来寻点儿开心。”

染衣问：“你要怎么开心？”

冯含真说：“哦……我们说说话吧。”

染衣说："先生想说什么呢？"

冯含真说："啊……随便，随便说什么都行。"

染衣说："女人不能说随便……"

冯含真脸红了："啊啊……对不起，要不我们就这么坐会儿吧。"

染衣说："这么干坐着？"

冯含真说："哦……我有点儿累，真的有点儿累。"

染衣说："要不，您躺在床上吧。"

冯含真说："哦，不用了，这样坐坐挺好。"

反而弄得染衣不知该如何是好了，她觉得这嫖客很怪，找了姐儿也不玩儿，钱也花了，图个什么呢？

冯含真看着墙上的牡丹图，问："你叫染衣？"

染衣点了点头。

冯含真轻轻地吟哦着："国色朝酣酒，天香夜染衣。丹景春醉容，明月问归期……"

染衣说："看来先生是个读书人。"

冯含真说："这是唐朝李正封写的《牡丹诗》，咦，谁给你取的名？如此高雅含蓄，意味深长。"

染衣抿着嘴笑了一下："不告诉你。"

冯含真笑了笑，顺手推开小窗户，把脑袋探出窗外，看着行驶在前面的那只小船。小船慢慢地划行着，范慕西的身影看得更清楚了，但是那两个刚才站在船头看景的人却不见了。下一步该怎么办呢？

冯含真深深地思索起来。

第十七章

染衣看着坐在自己床上的这个年轻人，一会儿看看窗外，一会儿低头沉思，完全没把心思放在她的身上。被客人冷落了，心里很不是滋味儿，她站也不是，坐也不是，想说什么又找不着话题。终于忍不住了，起身说："先生要是对奴家不满意，我去跟妈妈说说，给您换个姐儿吧。"

冯含真忙说："不不，没有……我满意，对你很满意。"

染衣说："嘴里说对我满意，又把我晾在一边不理睬。先生要想观景，干吗要花银子到这儿来？"

冯含真歉疚地说："说实话，我只想到这儿来坐一会儿，没别的，你别在意。"

染衣说："要不，我给先生唱个曲儿吧。"

冯含真说："好啊，那就烦劳小姐唱个曲儿吧。"

染衣说："先生想听什么？"

冯含真说："随便。"

染衣嗔笑了："又来了，我不是说过嘛，女人不能说随便。"

冯含真想了想："你看，你叫染衣，这屋里画着牡丹。那就唱个以牡丹为题的曲儿吧。"

染衣说："好吧，我给您唱个《牡丹诗》吧。"

冯含真说："是刚才我吟诵的那首《牡丹诗》吗？"

染衣说："不，我唱的《牡丹诗》是一个朋友写的。"

冯含真说："嗯，那可要听听。"

染衣说："唱不好，先生可不许笑话我。"

冯含真说："哪能呀，小姐随便唱。"

染衣又嗔笑了："又是随便。"

冯含真说："那就把这'随便'给我，小姐尽情地唱，我随便听。"

染衣笑了："先生好有趣啊。"

冯含真坐端正了身子，做出了一副洗耳恭听的样子。

染衣站起身，抱起床头上的琵琶，坐在冯含真前面的小凳上，抿了一下红润的嘴唇，轻拨丝弦，唱了起来：

洛阳菏泽两故乡，百花苑里堪称王。
剪裁云霞披锦绣，借得星月点浓妆。
出身皇家无俗态，流落深山有雅香。
恣意风流潇洒后，独立寒秋暗自伤……

纤纤玉指，拨动着丝弦，丝弦上蹦跳起来的音符，又纯净又清亮，像霞光下竹篙拽起的水珠儿。而从染衣那鲜嫩的唇尖吐出来的歌声，更像水珠儿一样溅落在冯含真的心尖上。心在震颤，一股暖流麻酥酥地传遍全身。此时此刻，他完全沉浸在染衣的吟唱里。他痴痴地望着染衣，这女孩儿美得让人不忍近身。两只清澈的眼睛像月光下的潭水，盈盈闪光。脸上红润渐渐地蔓延开来，如同牡丹初绽的花晕。还有那花蕊一样的红唇，珍珠一样的牙齿，以及伸缩有度的小舌头，将这仙乐般的吟唱衬托得天衣无缝。一串长音，飞出窗外，丝弦声和吟唱声渐渐远去，消逝在波光粼粼的碧水中……

冯含真依然痴痴地看着染衣，半天没有说话。

染衣说："让您笑话了吧？"

冯含真说："如果我没有猜错的话，刚才小姐唱的《牡丹诗》，是曹雪芹曹公子写的。"

这回该轮到染衣惊异了，她呆呆地望着冯含真，像是要从他的脸上找出答案来。

冯含真说："曹公子是我的朋友。"

染衣惊问："那您是谁？"

冯含真说："我叫冯含真。"

染衣大张开嘴巴，愣了好半天，才说："原来是天顺隆当铺的朝奉，现在是两榜进士，翰林院庶吉士。"

冯含真也惊呆了："你见到曹公子了？"

染衣说："我们从通州漕运码头过来的，临出发前我见过曹公子。"

冯含真问："在哪儿见到的？"

染衣说："大光楼上。哦，那天妈妈让我和另外一个姐妹到大光楼去陪酒，酒席设在大光楼上。没想到我们上去以后，曹公子正在那里。"

冯含真说："哦，这么巧，还有谁？"

染衣说："还有敦敏、敦诚两兄弟……"

冯含真"嗯"了一声："他们也是曹公子的朋友。"

染衣说："还有两三个人当时介绍了，没记住。在酒席上，曹公子不断地讲您冯先生的大名，奴家便记住了。"

冯含真说："这么说，你与曹公子早就认识了？"

染衣说："我七岁的时候就认识曹公子了。"

冯含真说："七岁，这么早，在哪儿认识的？"

染衣说："在江宁织造府。我七岁的时候，被卖到了江宁织造府的戏班，差不多天天跟曹公子一起玩耍。"

冯含真说："那你认识阿香吗？"

染衣说："怎么能不认识？我跟阿香同时到的江宁织造府戏班。在我们姐妹当中，阿香长得最漂亮，人又最聪明，不但戏唱得好，女红也好，还能跟曹公子一起对对儿作诗。他们两个最有情义了，阿香进宫以后，曹公子大病了一场。"

冯含真说："这我也听说过，曹公子病的时候你在吗？听说他得的是疯癫病，到底怎么个疯癫法？"

染衣说："他倒不像别的疯癫病那样疯跑疯闹，只是发呆，痴痴地傻笑，有时候还说些谁也听不懂的话，怪吓人的。姐妹们怕他，都不敢跟他玩儿了，我不怕，就我一个人陪着他。他发呆我也发呆，他傻笑我也傻笑，他乱说我也乱说。后来他们都说我也病了，就强行把我们分开了。"

冯含真感慨地说："曹公子是个讲情义的人。"

染衣说："他真是一个情种，没见过如此痴情的情种。我们姐妹都私下说，如果曹公子喜欢，给他当一天老婆，死了也甘心了。"

冯含真"扑哧"笑了。

染衣说："您别笑，女人跟男人不一样。天下的男人都把女人当玩物，喜欢的时候心肝宝贝，得到手之后就像锅台上的抹布，越用越不顺眼。只有曹公子把女人当人，用一腔子热血去爱一个人。您说，能遇到这样一个男人，得修行多少年啊？"

冯含真说："看来你对曹公子也是一往情深啊。"

染衣说："可惜他心里装的是阿香。"

冯含真说："刚才我问你，你这个名字是谁取的，你说不告诉我。我现在知道了。"

染衣说："您肯定知道了。刚到江宁织造府戏班的时候，老板让我叫牡丹。曹公子说，太俗了，太直白了，便给我取了染衣的名字。"

冯含真说："你是什么时候离开江宁织造府戏班的？"

染衣说："是曹家被抄之后，我们都被籍没充公拍卖了……"

冯含真沉重地点了点头。

染衣说："冯公子，您今天到底干什么来了？不会是来嫖的吧？也不会是想找个地方歇歇吧？"

冯含真说："实不相瞒，我到这船上确实有事，很重要的事。"

染衣说："如果需要染衣帮忙，染衣在所不辞。"

冯含真站起来，向染衣深深作了一揖。

纪晓岚陪着乾隆皇帝上了范慕西的船不久，便发现气氛有些不对。可是，上贼船容易下贼船难，两个人赤手空拳，纪晓岚又是手无缚鸡之力的书生，怎么能对付船上那几条壮汉呢？

纪晓岚与冯含真是同年，中榜之后又都分配在翰林院。由于纪晓岚才思敏捷、机智风趣，深受乾隆的青睐，经常命他跟随左右。乾隆自登上大宝之后，励精图治，雄心勃勃，轰轰烈烈，立志要搞出一个乾隆盛世。他觉得，乃祖康熙皇帝为政尚宽，乃父雍正皇帝立法过严，都给他留下了许多后患和弊端，因之他主张"宽严相济"之道。开初几年，他的仁政与宽恕，确实博得了一片山呼万岁之响。但是，他渐渐地发现，人心叵测，贪欲不可放纵。君子无法自律，小人铤而走险。才几年工夫，各地贪腐案件如缕不绝。去岁黄河洪泛，德州地区遭灾，户部拨了二百万两银子救灾。救灾的款项还没有拨完，有关德州地方贪腐的折子便到了他的案前。又是德州，为什么德州这个地方的贪官像韭菜一样疯生疯长，割了一茬又一茬？

乾隆效仿乃祖康熙皇帝，决定微服私访，亲自到德州看看民风民情民意，看看贪腐之徒到底把德州搞成什么样子了。这是一个冠冕堂皇的理由，这理由是建立在他的一个兴致勃勃的情绪上的。他本来是一个风流潇洒、自由驰骋的男人，在宫里憋屈了几年，宵衣旰食日理万机，早就有点儿不耐烦了。政局稍稍稳定下来，他便坐不住了，把朝政交给了老臣张廷玉和理亲王弘皙，带着刑部尚书刘统勋和纪晓岚便出了紫禁城。

但是，这两个理由就是再充分，再冠冕堂皇，也是表面的理由，是做文章给别人看的。乾隆心里还有一篇大文章，这是一篇谁都不能告诉也无法告诉的大文章。无法告之于人是因为这文章在他的心里还没有成形，但是这文章却像烟雾一样缠绕着他，挥之不去缕缕不绝。他出来就是要躲开这缕烟雾，躲开不是怕，而是怕不明。他知道自己这烟雾属阴，自己身上的阳气太重。他躲开一下，给阴森阴暗的紫禁城搬开一个镇物，或许能让那缕烟雾有成形的机会。可谓是"引蛇出洞，后发制人"之略也。

有谁能洞察这位英明天子内心的阴暗与幽深呢？包括聪明过人的纪晓岚。

只有刑部尚书刘统勋知晓铁幕之后的绝密。雍正皇帝是突然殡天的，而乾隆又是遵照雍正的遗诏仓促继位的。从他登上大宝的那天起，金銮殿那张龙椅便摇摇晃晃。宗室贵族中间，"立嫡立长"的风波此起彼伏，主谋人物便是理亲王弘皙。他是废太子胤礽次子，因其长子早殇，则相当于长子。因此，弘皙又是康熙皇帝的长孙，幼时颇受康熙皇帝喜爱，亲自教育，朝中素有"长孙颇贤"之说。如果胤礽的太子不废，弘皙是可以世世代代继承大统的。父亲的皇位被叔父雍正篡夺了，自己有可能继承的皇位又落在了乾隆的手里，他能心甘吗？

在宗室贵族当中，弘皙还是颇有些势力的，除了老一辈庄亲王允禄等亲王贵胄拥戴他，同辈人中如弘升、弘昌、弘普、弘晈亦跟他搅成了一团。一时间，宫廷内外，磨刀霍霍明枪暗箭沸沸扬扬，大有一决雄雌之势。

夺权尚未成功，弘皙已经迫不及待地演习起了天子之仪，在王府内"仿照国制"设立了司府衙门，并制造了"鹅黄肩舆"。更为严重的是，其死党依仗弘升正黄旗满洲都统的要职，招兵买马，扩充实力，勾结准噶尔和青帮，企图发动兵变。

刘统勋在最近审讯巫师安泰的时候，从事邪术的安泰又招供出弘皙让他推测乾隆的寿限和自己有否升腾的可能，还供出了弘皙与青帮之间的秘密往来勾结。

这一切都是冰层下涌动的暗流，但是这暗流已经来势汹汹了。乾隆皇帝为了把冰层撬开，让暗流变成明流，让躲在角落里的阴风鬼火燃烧起来，以便聚而灭之，永除后患，便不动声色地离开了京城，并让弘晳主政，以观其变。

乾隆皇帝此次南下，是从号称“通州八景”之一的“柳荫龙舟”的黄船坞登上龙舟的。乾隆乘坐的“安福舻”座船，长九丈三尺，宽一丈九尺；皇后乘坐的是“凤翔艇”座船，长八丈四尺，宽一丈六尺。后面是行春舫如意船、沙飞船、湖船、兵船、乌图里船，分别乘坐着嫔妃、宫女、太监、侍卫及随行大臣。百余艘镂金错彩、旌旗飘扬的船队浩浩荡荡，漕运码头千帆回避，通州古城万家空巷，运河两岸人头攒动。大帝国的皇家气派和盛世辉煌把千里长河牵动起来，气朗风清，百鸟齐鸣，天高水阔。

船队缓缓前行，乾隆在安福舻里酣然入梦，不觉东方既白，霞光万丈。乾隆来到船头，觉得神清气爽，周身格外舒畅，按捺不住胸襟诗情，豪迈地吟哦起来：

树梢看塔影，烟外过通州。
沙岭延东亘，潞河自北流。
浮桥连巨鷁，野岸起闲鸥。
发帑完城廓，无非保障谋。

乾隆吟哦之后，仍然觉得意犹未尽，在船头上伸展着身子，跃跃欲飞。忽然他看到不远处的河滩上，一片淡黄的色彩冉冉涌动，如烟如雾如霞。安福舻缓缓前行，那团云烟不断地变幻着，颜色也由浅入深，淡黄金黄融汇着，蒸腾着。透过云烟罅隙，他看到了一个个神奇的景象：万马奔腾，蛟龙跃海，虎狮相争，飞雪漫天……终于，他的目光定格在一片疏朗开阔的所在，青砖红瓦，茅草泥墙，啊，原来是一个村庄。在他印象里，在大运河上行船，是看不到村庄的。因为村庄都在河堤之外，在运河滩上，怎么会有村庄呢？

乾隆换上了便装，带着随行的纪晓岚，下了安福舻登上了河滩。沿河暗中保驾的刘统勋立刻过来请安，乾隆点了点头，大步向那个村庄走去。

纪晓岚和刘统勋紧跟在后面。

纪晓岚问：“皇上，您到底要去哪儿？去干吗呀？”

乾隆指着前面的村庄说问：“你们知道这是什么村吗？”

纪晓岚自作聪明地回答："啊，叫榆钱村。"

乾隆问："你确定？"

纪晓岚说："您看，这村里村外种满了榆树，榆树上结满了榆钱。"

乾隆问："何为榆钱？"

纪晓岚卖弄道："榆钱乃榆树上的翅果，又称榆实、榆子、榆仁，此树是先结果后生叶。"

乾隆揶揄地笑了笑："这么说，你对榆树很熟悉了？"

纪晓岚说："在臣的家乡献县，榆树几乎家家栽种。您看这一嘟噜一串串的榆钱，可是绝味美食，可蒸糕，可做饭，可煮粥，还可入药。平年调剂胃口，灾年就是救命的饭食。欧阳修有诗云：杯盘汤粥春风冷，池馆榆钱夜雨新。"

乾隆说："你说了怎么多，还没告诉我这村为什么叫榆钱村呢。"

纪晓岚说："臣琢磨着，榆钱乃余钱也，取个吉利。"

乾隆说："闹了半天是你琢磨出来的？你这可是欺君之罪。"

纪晓岚嬉皮笑脸地说："说个笑话，逗皇上开心，最大也就是戏君之罪吧。"

在乾隆和纪晓岚说笑期间，刘统勋离开了，不一会儿领来了一位老者。老者并不认识乾隆，只是行乡间俗礼。

乾隆问："老人家贵姓？"

老者客气地回答："不敢不敢，贱姓郝。"

乾隆问："这个村叫什么？"

老者说："北树林。"

乾隆沉吟道："北树林嘛，简陋了些，纪晓岚那个榆钱村嘛，又过于流俗，不妨就叫作榆林庄吧。"

老者闻言，急忙跪下行大礼："草民叩拜皇上，万岁万岁万万岁！皇上为小村赐名，谢主隆恩。"

乾隆大惊："你怎么知道我是皇上？"

老者说："皇上金口玉言，草民已自忖惶恐，又听圣上提到纪晓岚先生大名，便惊喜此生大幸了。"

乾隆哈哈大笑："既然瞒不住你了，那就带朕去村里转转。"

这是乾隆此行南下的一个小插曲，事情不大，却唤起了极大的兴致。在榆林庄逗留了半天，走街串户，还尝到了郝家老者蒸的榆钱饭，更是赞不绝口。

乾隆重新登上安福胪，继续南行。

榆林庄的百姓在村头跪送，山呼万岁。

纪晓岚跟着乾隆装扮成南下采购丝绸的商人，优哉游哉大摇大摆地穿行在人流舟楫当中，而刘统勋带着几个大内高手，只能暗随其后，苦追苦寻，百倍警惕。

乾隆带着纪晓岚在德州地面上转悠了两天，随心所欲，随茶随酒，倒也自在逍遥。一日，二人在德州一个小码头上一边喝茶，一边观赏河面上的百舸争流。也是落日时分，晚霞烧云，云红似火，火光照艳了滔滔滚滚的大运河。一只小客船缓缓地驶过来，引起了乾隆的满心兴致。撑船的是一个红衣蓝裤的窈窕少女，斜戴着一顶竹编斗笠。霞光中，少女漫不经心地撑着船篙，纤细柔软的腰身一屈一伸、一起一伏，如同风摆柳丝，撩人心魄。小船驶近岸边，那撑船的少女收起竹篙，摘掉斗笠，立在了船头上。霞光中，少女若一枝出水芙蓉亭亭玉立。有意无意当中，少女冲着呆呆看着她的乾隆嫣然一笑，又含羞般地扭过头，戴上了斗笠。

乾隆把持不住了，让纪晓岚付了茶钱，疾步奔向了那只客船。纪晓岚本来想追上他阻拦他，可是来不及了。乾隆已经登上了船，纪晓岚无奈，只好紧随着跳上了船板。

这是一只小客船，分前后两个船舱。前面的船舱空着，有四张床位和两个小茶几，收拾得非常干净整洁。后面还有一个大船舱，没有床位，是大通铺。这是一般客船的设置，前面的船舱供给有钱人的，后面的船舱多是普通客人。前后船舱是隔开的，中间隔着一层木板。

乾隆上船之后，船家立刻热情地安排他进入了前舱。船家是一个身材魁梧、面容庄重的男人，刚才那个撑篙的显然是船家的女儿。

乾隆和纪晓岚坐定之后，船家问："二位先生去哪儿？"

乾隆光顾用眼睛寻找撑船的少女了，一时没回答上来船家的问话。

纪晓岚说："我们是到扬州采购丝绸的，中途还有些生意要做，且行且停，就先到临清吧。"

船家说："这么说你们是生意人喽，生意人讲究，我们这个小船实在简陋，委屈二位了。"

纪晓岚说："我们也是边走边玩儿，顺便散散心，没有那么多讲究。"

船家说："需要什么就吩咐，小船上没别的，鱼虾还是新鲜的。"

纪晓岚问："船家贵姓？"

船家说："免贵姓范，你们叫我老范就行了。二位贵姓？"

纪晓岚指着乾隆说："这是我们的掌柜，姓金。我是账房，姓赵。"

船家说："我这小船的前舱有四个床铺，你们二位住下来了，要是有别的客人来了，您看方便吗？"

纪晓岚忙说："哦，我们掌柜的喜欢清静，这四个床铺我们都包了，该多少钱算多少钱。"

船家说："既然如此，我就不再揽客了，我们行船吧。"

船家老范说完，走出了客舱，喊着撑篙的少女："小童，快去给客人泡茶。"

少女把竹篙交给船家老范，扭动着婀娜的身子走了过来。不一会儿，少女端着一个茶盘进来了，茶盘上一把茶壶、两个茶杯。茶具的瓷釉一般，但是洗得干干净净、一尘不染。

乾隆终于可以近距离接触少女了，顿时眼睛放光，兴奋不已。

少女把茶具摆好，又为他们把茶斟上。

乾隆怕少女匆匆离去，忙没话找话："你叫小童？"

少女歪着脑袋，冲乾隆笑了笑，两个小酒窝像小花一样绽放在红润的腮边："您怎么知道的？"

乾隆说："我还知道你姓范，叫范小童。"

少女调皮地说："我也知道您姓金，是金掌柜。他姓赵，是赵先生。"

乾隆说："嗬，你的耳朵够尖的呀！我们在船舱里说话，你在外面都听见了？"

范小童说："您是说我是兔子吧？兔子的耳朵才尖呢。"

乾隆忙说："不不，我是在夸你呢。"

范小童说："我一个船家丫头，有什么好夸的？"

乾隆说："你可夸的地方太多了，腰身如杨柳，脸颊似春花，眼睛像盈盈碧水，嘴唇像艳艳樱桃……"

范小童娇羞地捂住了脸："哎呀，羞死人了，您这个男人也太会说话了。"

乾隆说："哪儿呀，我说的都是大实话，我这个账房先生才有学问呢，他要是夸你，能写一首长诗。你信不信，不信让他给你作一首。"

范小童说："你们既然这么年轻，又这么有学问，为什么要做生意？"

乾隆说："依你我们该干什么呢？"

范小童说："你们应该参加科考做官，天下的读书人，不是都奔着当官这条路吗？"

乾隆说："你要是喜欢当官的，我就去参加科考；你要是喜欢赚钱的呢，我就继续做我的生意。"

范小童说："您这话说得就不靠谱了，您当官也好，做生意也罢，都是您自己的前程，跟我半点儿关系都没有。金掌柜，我年轻不懂事，说话没深没浅，您别往心里去。"

范小童这句话已经说得很尖刻了，态度也很明确了。男人若是知趣，便该放手收心，鸣金收兵了。乾隆不愧是情场上的高手，人家把路堵死了，他还能荆棘载途另辟蹊径。他装作完全没有听懂范小童的意思，哈哈一笑，轻而易举地把话题扯开了："小童啊，你说的话呀，我都爱听，唯独有一句不爱听。"

范小童问："哪句？"

乾隆说："我最不爱听你叫我金掌柜，一下子把我叫老了，叫得老气横秋了。"

范小童说："那我该叫您什么？"

乾隆说："你要是不嫌弃，就叫我哥哥吧。"

范小童说："我要是有您这么一位有钱的哥哥，我得少受多少罪啊。"

乾隆慷慨地说："以前咱就不提了，只要你认了我这个哥，以后绝对不会让你受罪了。"

范小童说："您别拿我开心了，快喝茶吧。尝尝我这茶叶怎么样。"

乾隆端起茶杯，轻轻地抿了一口。

范小童说："不合您的口味吧？"

乾隆说："说实话，茶叶一般，可是经过小童妹妹的巧手烹煮，便味道悠长，令人回味无穷。"

范小童放肆地笑了起来，笑得弯下了腰。

纪晓岚也笑起来，他装作笑的时候被茶呛住了，咳嗽着走出了船舱。

在离开船舱的一刹那，他弯腰低头一看，乾隆抓住了范小童的手，范小童急忙抽了回去……

纪晓岚这才领教，乾隆勾引女孩儿的手段确实高超。他也算是个风流才子，但是他与女人调情的才华只有在风月场上才能展露出来。在良家女人面前，他绝不会这样放得开，这样百无遮拦、色胆包天。

在船上住了一天，乾隆非常快活。他时而跟纪晓岚对诗，时而跟范小童调情，时而邀船家父女一起喝酒，时而站在船头上观风赏月。但是纪晓岚知道，乾隆一直没有把范小童弄到手。到不了手还不放弃，他真佩服乾隆在女人面前的耐心。也许这种耐心就是一种情趣，可谓是妻不如妾，妾不如偷，偷得着不如偷不着。偷不着是一种境界，一种考验男人智慧与胆量的竞技，一种男人与女人之间的嬉戏与较量，一种男女互相欲擒故纵推拒有度的游戏。

夜里，纪晓岚发现有些蹊跷。后面的船舱里传出了如雷的鼾声。这并不奇怪，后面船舱是普通舱，住的是贩夫走卒之流、卑微粗陋之徒，睡觉打鼾有什么蹊跷的。纪晓岚借着月色，从隔断木板的缝隙中，看到的是另一种蹊跷。就算是贩夫走卒，他们也应该带些行李货物吧，要不他们出去干什么？可是这几个人身边却没有堆放任何东西。要是卑微粗陋之徒，就应该喝酒吵闹，粗暴无礼。可是这几个人居然没有喝酒，也没有吵闹，甚至说话都不高声，个个沉默寡言。更为蹊跷的是，船舱上面的架子上，似乎放着一个长长的口袋，从外面的形状上看，口袋里装的像是刀剑。

纪晓岚惊出了一身冷汗，急忙叫起眯缝着眼睛打范小童主意的乾隆，把这些疑虑告诉了乾隆。

乾隆却毫不认可，并讥讽他说："你呀，就是个书呆子，杯弓蛇影，自己吓唬自己。"

纪晓岚说："这大运河上并不平静，您没听说过水盗吗？就是专门在水上作案的。"

乾隆说："就算他们是水盗，能偷我们什么？我们身上的银子不过百两，丢就丢了。"

纪晓岚说："假如他们不是水盗，若是匪盗怎么办？"

乾隆说："有什么区别？"

纪晓岚说："匪盗不但要钱，还要命。"

乾隆说："你这胆量也忒小了，比鸡还小。这周围都是船，漕船、商船、客船，还有花船。他们吃了豹子胆了，敢在这众目睽睽之下作案？再说，岸上还有刘统勋暗中保护我们呢。"

纪晓岚说："我们上了这客船之后，便跟刘统勋失去联系了，他找不到我们，我们也找不到他，真要出点儿事，恐怕他也保护不了我们了。”

乾隆说：“哎呀，你可真够啰唆的。这样吧，为了提高警觉，防患于未然，我们俩人值班吧。前半夜你睡，后半夜我睡。你先睡下，我坐起来喝茶。”

纪晓岚说：“那您可千万别出这船舱，还要把这船舱的门关好。”

乾隆说：“这船舱的门可不能关。”

纪晓岚说：“您是不是等着您的小童妹妹推门进来？”

乾隆说：“那可保不齐。”

纪晓岚说：“我真服您了，醒着也能做梦。”

乾隆说：“你就盼着我梦想成真吧。”

乾隆的梦想没有成真，纪晓岚的担忧也没有出现。到了第二天下午，纪晓岚催促了几次，乾隆还是舍不得离开这条客船。纪晓岚有点儿急了，无论如何他们不能再待在这船上了，万一出点儿事怎么办？再说，刘统勋找不到他们，不定急成什么样了呢。

乾隆依然兴致不减，坐在船头，手握着鱼竿儿垂钓，范小童帮助他挂鱼饵摘鱼钩，两个人有说有笑，其乐融融。

纪晓岚真的急了，趁着范小童不在，悄悄地说：“您要是真的喜欢这个小丫头，我回头跟刘统勋大人说说，把她弄进宫不就行了吗？”

乾隆说：“那不行，两情相悦你情我愿才好，强扭的瓜不甜。”

纪晓岚说：“要是刘统勋大人把您真实的身份告诉他们，他们焉有不愿意的道理，八辈子修来的造化。”

乾隆说：“你呀，还是不懂。”

纪晓岚说：“有什么不懂的？”

乾隆说：“刚才小童要跟旁边的渔船买鱼，让我拦下了，我要钓鱼。你说，花钱买来的鱼和亲手钓上来的鱼是一个滋味儿吗？”

纪晓岚苦笑着说：“您啊，可真是个情种。”

乾隆说：“这几天，就这句话你说得靠谱。”

纪晓岚说：“您圣明，谢谢您了。”

吃晚饭的时候，乾隆更是情绪高涨。范小童把炖好的鱼端进来之后，乾隆非要范小童陪着喝酒。

范小童倒是没有扭捏，大大方方坐下来，给乾隆和纪晓岚倒满了杯。

乾隆不干，非要亲手给范小童倒一满杯。

范小童说："我是女孩儿，跟你们男人坐在一起吃饭已经犯忌了，再跟你们推杯换盏，成何体统？我还是把我爹换过来，让他陪你们吧。"

乾隆一把摁住了范小童："不行，我今天就要你这不成体统的体统。你要是不陪我喝，我把这酒、这鱼，都倒进这大运河里面去。"

范小童见乾隆急了，只好坐下来。

乾隆亲自给范小童倒酒，高兴得像个孩子。

纪晓岚看着乾隆跟范小童喝酒调情，觉得非常无趣。他躲开也不是，陪在旁边又碍事，很是难受。范小童这女孩儿看似单纯率直，其实很不简单。她应付着乾隆，把乾隆哄得手舞足蹈，又不让乾隆近身，而推拒得又十分得体，不让乾隆失去面子。

一阵嬉笑声传来，在他们船的左侧出现了一条花船。

纪晓岚推开窗户，妓女们看见了他，放肆地与他调笑着。

纪晓岚觉得有伤风雅，便又把窗户关上了。

不一会儿，纪晓岚听到有人在唱小曲儿，那小曲儿的腔调清脆悠扬，字正腔圆：

百花凋谢我独开，伴随霜雪自天来。
一缕淡香驱寒气，千枝浓艳惹尘埃。
落寞山峦添新色，萧瑟寒林插玉钗。
莫愁寂寥无知己，脱却凡俗即同怀。

纪晓岚靠着窗户，一直听着花船上的小曲儿，听得入了迷。听着听着，他觉得这小曲儿怎么这么熟悉呢？像是在什么地方听过。更熟悉的是唱的那些词，每一个字都像是从他心里生发出来的。甚至于外面的小曲儿刚唱完一句，他马上知道了下一句是什么。忽然，他的脑子像一扇窗子一样被推开了，这不是自己写的诗吗？在张家湾，在天顺隆，在曹家大院的后花园，那是冯含真和马幽兰结婚的前一天晚上，他们一起饮酒作诗……对了，他作的就是这一首，咏的是梅花。记得当时曹雪芹咏的是牡丹，冯含真咏的是兰花。怪了，这首诗当时他没有写下来，事后也没有补写。按说不会流传出去呀，更不会在妓女中间传唱。莫非……他顾不得多想，马上又把窗户推开。唱小曲儿的妓女站在船头上，见他探出头来，冲他笑着："先生，过来玩玩儿吧，一个人多闷啊。"

纪晓岚问："喂，你刚才唱的是什么呀？"

妓女说："先生不是听见了吗？好听吗？要不，我再给先生唱一遍？"

纪晓岚问："这支小曲儿的词是谁教你的？"

妓女说："一个朋友。"

纪晓岚问："一个朋友，你这个朋友是谁？"

妓女调皮地说："你要是过来，我就告诉你。"

纪晓岚心里一动，花船里的人，不是曹雪芹，便是冯含真。他正愁无法脱身，无法向刘统勋通风报信，如果能见到这两个人，那真是天助神佑。想到这儿，他立即站起身，对乾隆说："东家，你们这儿喝着酒，我到那边耍耍。"

乾隆脱口说："别忘了，《大清律》有明文条例，官吏不许狎妓。"

纪晓岚说："我不过是您的账房先生，算什么官吏？"

乾隆自知失言，马上话题一转，说："你不是花钱捐了个道台吗？"

纪晓岚说："捐是捐了，谁知道什么时候能补上缺。"

范小童想拦住纪晓岚："先生，您千万别去，那里面黑着呢，弄不好会把您的衣服都扒光。"

纪晓岚说："我就是去听听小曲儿，一会儿就回来。"

乾隆说："哦，反正也没有人监管你，想去就去吧，小心别让狐狸精迷翻了。"

纪晓岚反过来说："我去了，您这儿不也清静点儿吗？"

范小童再想拦着纪晓岚，又找不到说辞了。

纪晓岚出了船舱，跳到花船上。那边的那些妓女，又忽地一下扑上来，争着抢着往自己的房间里拉着。

纪晓岚指着刚才唱小曲儿的那个妓女说："你们别拉拉扯扯的，我是冲着她来的。"

老鸨说："先生，对不起了，她房间里有人。"

纪晓岚立即明白了，忙掏出一锭五两的银子，趴在老鸨的耳边说："让那个小姐先到别处玩玩儿，我见见朋友。"

纪晓岚进了小房，站在里面迎候他的正是冯含真，顿时吃了一惊："你不是到东平当县太爷了吗？怎么在这儿？"

冯含真让纪晓岚坐在小床上，自己却偏身坐在小凳子上，又把茶倒好递给纪晓岚，然后才说：“我的事不急，改日再说也不迟，先说说你们吧。你跟圣上怎么到这儿来了？”

纪晓岚又吃了一惊：“你怎么知道圣上在船上？”

冯含真说：“你们在船头看晚霞的时候，我认出你们了，要不也不会坐着这花船来追你们了。”

纪晓岚明白了，冯含真是救驾来了。

冯含真问：“你们怎么上的这条船？”

纪晓岚说：“圣上见撑船的女孩儿长得漂亮，就……”

冯含真说：“那女孩儿叫范小童，对吧？”

纪晓岚更惊奇了：“老兄，你怎么全知道啊？”

冯含真说：“你们上了贼船了。”

纪晓岚最担心的事情果然发生了，心里嘣嘣地跳了起来，急着问：“他们是什么人？”

冯含真说：“原来是丐帮，现在嘛……可能是青帮。”

纪晓岚的声音开始发抖了：“青帮？”

冯含真说：“你知道青帮吗？”

纪晓岚说：“略有耳闻，不知其详，你快给我说说。”

冯含真说：“你不急着回去吗？圣上可还在那船上呢。”

纪晓岚说：“圣上这会儿顾不上我了，正跟那女孩儿起腻呢。”

冯含真平淡地说：“没戏。”

纪晓岚问：“什么没戏？”

冯含真说：“那个女孩儿不会委身圣上的。”

纪晓岚又惊叫起来：“我说你怎么什么都知道？”

冯含真说：“那个女孩儿跟圣上亲热，就是为了稳住圣上，让圣上踏踏实实地在船上待着。”

纪晓岚说：“这么说，我们离不开那船了？”

冯含真说：“上贼船容易下贼船难啊。”

纪晓岚说：“他们要干什么？圣上有危险吗？”

冯含真说：“难说。”

纪晓岚点了点头，他觉得事情比他想象的要严重得多。

门帘儿撩开了，染衣端着一个托盘进来了。托盘上摆放着饭菜和酒壶。冯含真忙接过来，把酒菜摆在小茶几上。而后又给纪晓岚介绍说："这是染衣，就是刚才她唱曲儿把你钓上来的。"

纪晓岚忙欠身说："谢谢染衣小姐，嗯……染衣，这名字好雅致，国色朝酣酒，天香夜染衣。"

冯含真说："你猜不到这名字是谁给她取的。"

纪晓岚说："不会是你冯兄吧？"

冯含真说："是曹雪芹曹公子。"

纪晓岚又惊异了："哦，天下居然有这么巧的事，快给我说说，到底是怎么回事？莫非染衣姑娘是曹雪芹的红颜知己？"

冯含真说："说来话太长，今日恐怕没有时间了。"

纪晓岚说："也是，改日让曹公子亲自跟我讲。"

染衣说："妈妈让我问问，要不要再叫个姐儿来陪你们喝酒。"

冯含真说："染衣，这位是我的朋友，我们久日不见了，有几句要紧话要说。不要再叫别的姐儿了，你也不用陪我们了。有点儿不礼貌了，染衣。"

染衣说："没什么，这我懂。许多时候，男人之间的事情，要比女人重要得多。你们慢慢喝慢慢聊，我走了。"

纪晓岚再回到那条小船上的时候，天已经黑了，船头上挂起了三盏艳红的灯笼。

范小童正在船头上洗衣服，看见纪晓岚跳上船，便起身迎上去。

纪晓岚说："你怎么把我们掌柜的一个人扔在船舱里了？"

范小童说："他说喝得有点儿高了，我给他煮了碗酸梅汤醒酒，他正躺着呢。"

纪晓岚躬身要进船舱，范小童看见他手里拿着一根棍子，问："这是什么？"

纪晓岚说："一根枣木棍儿，朋友给的。"

范小童说："朋友？你在花船上还有朋友？"

纪晓岚知道说走了嘴，忙掩饰说："啊……是女朋友。"

范小童说："什么女朋友，不就是老鸨吗？"

纪晓岚忙笑着说："对对，是老鸨……"

范小童问："她送给你这棍子干什么？"

纪晓岚说："她见我在船上走路磕磕绊绊的，送给我当拐棍儿。"

范小童把那根棍子拿过来，举起来看着："什么拐棍儿，这倒像'家法'。"

纪晓岚一愣，忙问："家法？什么家法？"

范小童说："你不懂，我说的是丐帮的家法。"

纪晓岚说："是吗？那我得好好留着，留个念想儿。"

说着，纪晓岚把那根枣木棍儿从范小童手里要过来，晃晃悠悠地进了船舱。

躺在床上的乾隆见纪晓岚进来了，揶揄地说："乐不思蜀了吧？"

纪晓岚反过来问："东家，您怎么样呀？艳福不浅吧？"

乾隆沮丧地说："这丫头心眼儿太多，手段也高，我斗不过她。"

纪晓岚坐在乾隆对面的床上，探过身子，轻轻地说："我们上了贼船了。"

乾隆依然躺在床上，懒洋洋地说："你别吓唬我，不就是去了趟花船吗？有什么了不起。"

纪晓岚说："跟您说实话，我在花船根本没有玩儿姐儿。"

乾隆说："那干什么去了？谈生意？"

纪晓岚说："比谈生意重要。再说，那花船也不是我要去的。"

乾隆说："难道是我要你去的？"

纪晓岚说："当然也不是您让我去的。"

乾隆说："那是鬼让你去的？"

纪晓岚说："是冯含真。"

乾隆有些意外："嗯？他不是到东平去了吗，怎么在这儿？太不成体统了。"

纪晓岚说："傍晚的时候，他在岸上看见了我们，是前来救驾的。"

这时候，乾隆才有些重视起来，欠起了身子，问："嗯？怎么回事？"

纪晓岚说："您看见了吧？那个船家老范，是青门的一个人物。这个船上除了我们，还有几个壮汉，在后面船舱呢，恐怕都是他的跟随。"

乾隆有点儿奇怪："他们想干什么？"

纪晓岚摇了摇头："现在还不大清楚。您放心，我让冯含真去联系刘统勋大人了。"

乾隆说："这个青帮到底是怎么回事？"

纪晓岚说："我也是刚刚听冯含真说的，您听我慢慢给您讲吧。"

第十八章

青帮的初祖为达摩，达摩的弟子神光为第二代祖师。达摩为佛教的第二十八世，神光为二十九世。达摩之下共有四位法师合称前五祖。而青门二十四辈是从金祖算起的，为“清”字辈。金祖名纯，字碧峰，又名幼孜，浙江宁波人。第二代是罗祖，为“净”字辈。罗祖名清，法号净清，甘肃兰州府渭源县东乡罗家庄人。第三代是陆祖，为“道”字辈。陆祖名逵，镇江府丹徒人。第四代便是陆祖的三位弟子翁、钱、潘，为“德”字辈，即青门的后三祖。

翁祖名岩，字福亭，江苏常州人；钱祖名坚，字福斋，江苏武进人；潘祖名清，字宜亭，杭州武林门外哑巴桥人。

陆祖带领翁岩、钱坚、潘清在五台山造庵修炼，正是雍正初年，大运河漕运停滞已久，盗贼蜂起，运丁闹事，白莲教乘机蛊惑人心，亟待整顿。六部公议，悬榜招贤办理漕运事宜。陆祖对三位弟子说：“尔等清福有限，应该为国家出力。从前金祖就是为国家运粮的功臣，你们应该下山揭榜，速定运粮良策，报效国家，留名千古。”

翁、钱、潘三人直奔开封，前往抚署揭了皇榜。当时河南抚台是田文镜，听了三个人的献计献策，认为人才难得，马上联系漕运总督张大有同本上奏。雍正帝见了奏折，非常高兴，赐三人五品督粮官，归漕运总督张大有节制，并听命于勘视河工钦差何国宗指挥。

雍正三年，定漕运名曰天庾正供。张大有督命翁、钱、潘监造船只：头船长十二丈八尺半（意为全漕一百二十八帮半），宽二丈四尺（意为二十四节气），深一丈八尺（意为十八罗汉）。尾船九丈五尺（意为九江五岳），宽深与头船同。每船用板三百六十五块（意为周天三百六十五度），外有三块板，即头顶黄板、身背纤板、脚踏跳板。共计用板三百六十八块。整船用钉七千七百七十二根（意为七十二地煞）。共造新船九千九百九十九只半（所谓无半不成帮，半只为脚划子）。

浚河造船完工之后，又由何国宗奏明皇上，恩准翁、钱、潘三人，各开山门广收弟子。

翁岩收徒八人（意为八仙过海），钱坚收徒二十八人（意为二十八宿），潘清收徒三十六人（意为三十六天罡）。

翁、钱、潘的堂号分别为“翁佑堂”“钱保堂”“潘安堂”，连接起来即“保佑平安”之意。

天庾正供乃朝廷大计，雍正皇帝命三堂师徒分帮承运，调兑八省漕粮。翁、钱、潘领旨后，又到古北口哪王庙朝祖，陆祖即将鹅头禅师制定的二十四字派传与三堂，作为青门谱系排辈依据。这二十四个字是：

清净道德，文成佛法，能仁智慧，
本来自性，圆明行理，大通悟学。

三位青帮祖师接受了二十四字派之后，回到杭州，在武林门外宝华山哑巴桥一带，建立家庙及十二座家庵，修订了家谱，并在家庙中设立了漕粮承运事务所，制定了“十大帮规”“香堂仪式”“家法礼节”及各项条例、戒律。

纪晓岚把从冯含真那里听到的有关青帮的源流，向乾隆仔细地汇报着。乾隆知道纪晓岚有过耳不忘之才，即使现趸现卖，也不会谬之分毫。他边听边琢磨，渐渐地背上冒出了冷汗。三千里京杭大运河，是朝廷掌控南北的大命脉。全漕有运丁二三十万之众，每年运往京城的漕粮便达四百万石之多。再加上运河七十二道闸，七十二个半码头，京通十五大粮仓及九千九百九十九间半仓廒。这便聚集了半天下财富，成了大清朝的大半个江山社稷。一旦这大命脉出现淤滞或断裂，后果不堪设想。先帝把如此关系天下安危之事委托给来历不明又如此怪异的青帮，是何用意呢？

他又隐隐约约地觉得，这件令人心悸的大事与他在紫禁城感觉到的那股如丝如缕的烟雾有着精深奥妙的联系。如同肉身与灵魂，一个是实实在在看得见摸得着感觉得到的实体，一个是虚无缥缈若有若无忽明忽暗的乌有之有。然而这乌有之有却操纵着巨大庞杂威力无穷的实物。根据刘统勋向他禀报的情报，理亲王弘皙对外勾结准噶尔，对内利用青帮。为了防患于未然，他已经派平郡王福彭布置好了重兵良将，而对于青帮，他却没有放在心上，觉得这些虾兵蟹将再猖狂，也翻不起惊天骇浪的。现在看来，他太小觑青帮了。小小疏忽，便会酿成大祸。果真如此，那太可怕了。他所面临的便不是鬼魂的缠绕，而是危及大宝的山崩海啸。

纪晓岚继续说："翁、钱、潘掌控漕运之后，翁岩和钱坚提出由潘清管理粮帮漕运事务，他们二人到五台山访师。此一去两年多音信皆无，潘清派人多方寻找无果，不得不亲自上五台山拜见陆祖。陆祖告诉他，翁钱二祖已经'过方'……"

乾隆问："何为过方？"

纪晓岚说："此乃青帮'海底'，即是归天之意。"

乾隆"嗯"了一声："你接着讲。"

纪晓岚说："陆祖将《定国天书》及《石函天书》赐予潘清，从此关闭山洞，不再现世。潘清悲痛下山，回到杭州为翁钱二祖礼佛诵经，追祭七七四十九天。又将翁钱二祖衣冠等物招魂安葬，在家庙前修了两座坟墓。诸事安置好之后，遂将粮帮重新整顿，统一节制，以王伊作为他的助手。"

乾隆轻轻地"哼"了一声，忍不住说："居然还有《定国天书》？这青帮简直就成了小朝廷，就差穿龙袍坐龙椅了。"

纪晓岚笑了笑，说："您也太抬举他们了，依臣看，许多典籍章法，大多是牵强附会照猫画虎东施效颦而已，毕竟是些乌合之众。"

乾隆摇了摇头："你啊，书生气十足。接着说吧。"

纪晓岚说："雍正十三年六月六日，潘清带着漕船北上，行至黄河枫林闸，突然狂风大作，波涛汹涌，他所乘的头船大桅杆被吹折，许多粮船被掀翻在惊涛骇浪之中，号啕呼救惨状惊天。潘清见状，喷血气绝倒地而亡。过后清点，漕船损失三分之一，死亡百余。"

乾隆随声说："嗯，这也是命该如此。"

纪晓岚说："潘清过方后，灵柩运回杭州，公葬于武林门外宝华山。各帮当家集议，公推王伊为统率全帮的祖师爷。"

乾隆问："王伊何许人也？"

纪晓岚说："王伊字德降，又号降祥，法名文宣，浙江杭州人。他继承潘清之位后，被青门称为王降祖，统领漕船各帮，收徒九千七百八十四人。这个王伊素以恒敬待人，深得帮中信仰，又热衷于各种建设。比如他在运河沿岸建凉亭，供夏日路人歇息；立路牌，为路人指引方向；还修建航道，整理帮规，增订家谱，还是非常有作为的。"

乾隆突然问："这个冯含真怎么对青帮如此清楚？"

纪晓岚刚要说那个船家老范就是冯含真的师父，马上意识到不妥，遂改口说："冯含真从小混迹江湖，是个有心计的人。"

乾隆点了点头。

正在这个时候，范小童端着一盘切好的西瓜进来了。西瓜切成了月牙形，黑子红瓤，让人馋涎欲滴。

尽管知道了这船上都是青门的人，乾隆见到范小童还是忍不住地兴奋，立刻接过托盘，要拉范小童坐下。

范小童说："金大哥，我爹想找您谈谈。"

乾隆说："好啊，快请他进来。"

范小童说："我爹要与您单独谈。"说着，她漫不经心地瞟了一眼纪晓岚。

纪晓岚忙说："没关系，我回避一下。"

范小童说："赵先生，外面我还留了一盘西瓜呢，我陪您。"

乾隆说："这样吧，妹妹，让你爹跟赵先生谈，我跟你到外面吃西瓜。"

范小童有些为难："可是……我爹他……没说要找赵先生谈呀。"

乾隆说："生意上的事情，赵先生完全可以做主，我反而是甩手掌柜的。"

范小童说："恐怕……我爹找您……也不是谈生意。"

纪晓岚暗笑着："小童，我们走吧。"

乾隆对纪晓岚说："今天的好事怎么都让你遇上了。"

纪晓岚说："东家，说不定老范要跟您商量小童的亲事呢。"

乾隆兴奋起来："要是这等事，那我就奉陪吧。"

纪晓岚和范小童出来以后，范慕西便进了船舱。范慕西脱掉了船夫的短打扮，换上了长衫，戴上了礼帽，脚上还穿着软底儿布鞋，一副斯斯文文端端正正的装束。

纪晓岚跟范小童坐在船舱外面，一边吃着西瓜，一边天南海北地聊着。

范小童把纪晓岚的那根枣木棍儿拿在手里把玩着，央求着说："赵先生，把这枣木棍儿送给我得了。"

纪晓岚说："那可不行，这是一个朋友送给我的礼物，是留念想儿的，哪能随便送人呢？"

范小童不满地说："挺大男人，怎么这样小气呢。"

纪晓岚说："不是小气，这是情义。要不，我送给你点儿别的吧。"

范小童说："我就喜欢这根枣木棍儿。"

纪晓岚说："你要它干什么？"

范小童说："要是我当了丐帮的帮主，就用这个当'家法'，哪个犯了家法，就用这棍子打他的屁股。"

纪晓岚说："你要是想打人啊，就别当丐帮帮主。"

范小童说："那我当什么？"

纪晓岚说："当知县呀，当上知县，每次审案都能打人，那多过瘾啊。"

范小童说："我最讨厌当官的了。"

纪晓岚说："为什么？"

范小童说："当官的没好东西。"

纪晓岚说："你这话可有点儿伤众了，万一哪天我也熬个一官半职呢？"

范小童说："为人别变驴，变驴白肚皮，都一样。"

纪晓岚说："那你说说看，当官的怎么不好了？"

范小童说："当官的人没心肝。"

纪晓岚说："当官的怎么没心肝了？"

范小童说："我问你，天底下什么最金贵？"

纪晓岚说："当然是银子最金贵了。"

范小童说："我看你这个人啊，也没多少心肝。"

纪晓岚说："我说的可是大实话，别忘了我们是做生意的。做生意为什么，就是为了钱。天天想的是钱，花的是钱，赚的还是钱，削尖了脑袋往钱眼儿里钻。"

范小童说："对了，你们是财迷，财迷迷的是钱；当官的是官迷，官迷心窍。他们无父无母，无妻无儿，无师父无徒弟，无亲戚无朋友。在他们眼睛里，官府官帽就是父母妻子儿女，你就是把心摘出来挂在他脖子上，他也照样扔出去。因为他不需要心，他没心。"

纪晓岚疑惑地看着范小童，突然想到了冯含真。冯含真在娶马幽兰的头天晚上，他们一起在曹家后花园喝的酒。第二天冯含真结婚的时候，他有事进京了，没能参加。后来听说，那婚礼被一个女孩儿搅黄了。这件事他一直想问问冯含真，都没有顾上，搅黄他婚礼的那个女孩儿到底是谁呢？会不会是眼前这个女孩儿呢？

不会吧？事情不会这么巧吧？

嗯，不对。冯含真刚才在花船上提到了范小童，还提到了她的父亲老范，并且还说乾隆爷与范小童没戏，他怎么会知根知底儿呢？这就对了，范小童看来是被冯含真伤害惨了，到现在还愤愤不平耿耿于怀。可是，现在当着范小童的面不能提冯含真，特别是现在他们还在贼船上，不知道即将发生什么恶果，一切都要小心谨慎。

没想到，范小童就提起来了："你们从京城来，也一定认识不少当官的吧？官商一家嘛，没有当官的给你们撑腰，你们也发不了财。"

纪晓岚说："那当然，逢年过节的，我们都要给当官的送礼的。"

范小童问："你知道京城有个翰林院吗？"

纪晓岚说："当然知道了，那里都是有学问的人。"

范小童说："翰林院有个庶吉士，叫冯含真，你认识吗？"

纪晓岚故作思索着："名字好像听说过，人不大熟悉。"

范小童说："现在他不在翰林院了，据说到东平当县官去了。"

纪晓岚说："你认识他？"

范小童仰起了脸，努力不让眼泪掉下来，喃喃地说："我认识他……可惜他不认识我啊……"

纪晓岚心里一酸，看来回去要好好问问冯含真，为什么把这么一个好女孩儿伤得那么惨呢？

范慕西从船舱里出来了。

纪晓岚跟范小童打了个招呼，便拿起那枣木棍儿，进了船舱。

看得出来，乾隆好像挺高兴。

纪晓岚试探着问："老范是不是要把女儿给您呀？"

乾隆说："你啊，满脑子都是男贪女爱，难道天下就没点儿正经事了？"

纪晓岚心里暗笑，又装起正经来了，还挺像，遂说："我这不是惦记着给您道喜吗？"

乾隆正色说："老范要我参加青帮。"

纪晓岚一愣："哦？"

乾隆说："这个人看来还有些分量，不像是轻浮粗鄙之辈。"

纪晓岚说："您要是不答应，他们会不会对您放肆？"

乾隆说："为什么不答应呢？"

纪晓岚说："您答应了？您要参加青帮？"

乾隆说："不入虎穴，焉得虎子？"

纪晓岚说："依我说，这个虎穴不入也罢。"

乾隆说："有人不是要跟青帮结党营私吗？不是要拉青帮入伙儿做笔大生意吗？哼，看我给他来个釜底抽薪，让他的股东统统给我当伙计。哦，对了，我正琢磨着要给他们一个见面礼呢，你说送什么好呢？"

纪晓岚举起手里的枣木棍儿："送他们四十杀威棒，看他们还敢如此不知道天高地厚。"

乾隆灵机一动，把纪晓岚手里的枣木棍儿拿过来，仔细地欣赏着、把玩着。

纪晓岚说："刚才小童跟我要，我没给。"

乾隆说："小童要它干什么？"

纪晓岚说："她说将来当了丐帮帮主，用它当家法，专门打那些枉法败规之流。"

乾隆点了点头："嗯，聪明，小童这丫头确实是个奇女子。"

纪晓岚又暗笑起来。

乾隆说："你把它收拾收拾，弄出点儿名堂来。"

纪晓岚说："弄什么名堂？"

乾隆说："就用它当青帮的家法。"

纪晓岚说："您还真的要入青帮呀？"

乾隆英雄大气，非常豪迈地说："我要让天朝统漕，皇威入帮。不管他们是英雄好汉，还是乌合之众，统统揽入彀中。"

入夜，天气朗晴，没有月亮。满天的星光灿烂辉煌，蹦蹦跳跳，格外耀眼。乾隆躺在床上安歇，纪晓岚拿着一把刻刀，借着船外微弱的灯光，在那根黑红色的枣木棍儿上雕刻着。

小船神不知鬼不觉地驶进了芦花荡。纪晓岚推开窗户，看到窗外的芦花荡在繁星的映照下，茫茫无际，像是黑黝黝的森林。在森林般茂密的芦苇中，有一条非常隐秘的弯弯曲曲的水道。小船在水道中缓缓而行，很快就被芦苇遮盖起来。纪晓岚暗暗叫起苦来，周围已经没有了漕船、商船、客船，一条小船诡秘地潜伏进来，就是刘统勋再精明，也很难找到他们了。他们的命运已经掌握在青帮的手里，弄不好，他跟乾隆都会变成水鬼。自己牺牲事小，大不了大清朝少了一个臣子；若要圣上不测，天下就会大乱。天下大乱，生灵涂炭，改朝换代，他岂不成了千古罪人？

都怪乾隆皇帝太自负、太好色也太喜欢冒险了。想到这里，他心里不禁悸动起来，他扭头看了看乾隆，乾隆却轻轻地打起了鼾。唉，真服了他了。要不，人家怎么会是真龙天子呢？

小船停下来，纪晓岚继续朝外看着。外面是一片开阔水面，足有几十亩大。纪晓岚知道，这是芦花荡里的深水区。这片深水区被密不透风的芦苇包围着，形成了一个与世隔绝的独立王国。不要说只有他和乾隆皇帝两个人，就是有千八百人在这里鏖战厮杀，外面恐怕也一点儿声息都听不到。

想到这里，他轻轻地捅醒了乾隆，轻声说："东家，我们可成了瓮中之鳖。"

乾隆坐起身，也推开窗户看了看，问："你说谁是鳖？"

纪晓岚自知失言，马上纠正说："哦，当然微臣是鳖了。"

乾隆问："那朕是什么？"

纪晓岚说："您嘛，自然是水中蛟龙了。"

乾隆说："现在说好听的也没用了，龙也有困顿潜伏之时，我们现在是保命要紧。"

纪晓岚说："冯含真能联系到刘统勋是没有问题的，关键是刘统勋能不能找到这么一个鬼都进不来的地方。"

乾隆说："你们书生啊，遇事总是往窄处想，人家还没逼你呢，自己先蹭到悬崖上准备往下跳了。"

纪晓岚说："您圣明，我们应该怎么办？奋起反抗，行吗？"

乾隆说："车到山前必有路，船到桥头自然直。别光指望着别人来救你，首先要想自救的办法。"

纪晓岚说："怎么自救呢？除非您真的成为一条水中蛟龙，搅他个天翻地覆。"

乾隆说："你呀，只知道风花雪月，就不懂得骤雨雷鸣。朕问你，你说他们为什么把朕拉入青门？”

纪晓岚眨巴起了眼：“哎哟，圣上，我还真没想过这件事，是呀，他们图什么呀？”

乾隆说：“你把青帮给我讲得那么清楚，你说，他们要干什么？”

纪晓岚转动开了脑筋：“是啊，他们想干什么呀？”

乾隆说：“据我所知，青洪不分，青出于洪，有这么回事吧？”

纪晓岚说：“这……微臣一无所知。”

乾隆说：“你刚才讲的那些典故源流，大多是他们自己编造的。但是，罗清、陆逵和翁、钱、潘倒是确有其人其事。他们都是洪帮和白莲教里分离出来的。白莲教是邪教，谁的朝廷都反；洪帮呢，是反清复明；青帮的宗旨也是反清复明，包括罗清、陆逵以及后来的翁岩、钱坚，他们都组织过大大小小的谋反行动，都没有成气候。他们统领漕运，其目的就是为了招兵买马，掌控朝廷的命脉，一旦时机成熟，便兴风作浪，把朝廷一举推翻。”

纪晓岚惊愕了：“哎哟，圣上，闹了半天您对青帮门儿清呀，刚才微臣在您面前卖弄了，无地自容啊。”

乾隆说：“也不算卖弄，朕知道的，你未必知道。可你讲的那些，朕也听着新鲜。”

纪晓岚说：“可是臣又不明白了，既然青帮的宗旨是反清复明，那么他们为什么要拉您入伙呢？”

乾隆说：“我刚才边打呼噜边想，他们大概是想放弃反清复明的宗旨，归顺朝廷，稳稳当当地为朝廷掌控漕运。”

纪晓岚笑了：“听见您刚才打鼾，我还真以为您是大松心呢。”

乾隆笑了：“凡事预则立，不预则废。不把整盘棋看清楚了，怎么走下一步？”

纪晓岚说：“您说，他们知道您是谁吗？”

乾隆说：“如果他们不知道我是谁，拉我入帮干什么？”

纪晓岚说：“既然知道您是谁，还敢拉您入帮，也真是狗胆包天了。”

乾隆说：“我咬定自己是丝绸商人，他们也承认我是金掌柜，这样话才好说，事才好做。要是把这层窗户纸捅破了，什么话都不能说了。”

纪晓岚说：“那您干脆亮明身份，把他们吓得屁滚尿流，我们也就脱身了。”

乾隆说：“你啊，真是书读多了，把自己读傻了。你不想想，我要是亮明身份，我们还能脱身吗？他们这样做可是谋逆，犯的是灭九族的大罪。头上顶着这么大一个罪过，还有什么不敢干不能干的？”

纪晓岚身上嗖嗖地冒着凉气，眼睛直瞪瞪看着乾隆。

乾隆说：“他们把棋已经走到这一步了，便不能收场了。好戏马上就要开始，我们要见机行事因势利导才行。”

纪晓岚说：“那……您真的准备加入漕帮了？”

乾隆说：“为什么不呢？”

纪晓岚心里更没底了。到这个时候，对乾隆皇帝的智慧和勇气，他才佩服得五体投地了。

透过窗户，他看见了前面停泊着一艘大船，船头上挂着三个大红灯笼，红灯笼上面，飘扬着一面龙旗。这大概就是冯含真告诉他的老堂船，看来他们准备在这里开香堂接纳乾隆入帮了。

范慕西进来了，恭恭敬敬地说：“金掌柜，我们师父想见您。”

乾隆坐在床上，看了看范慕西，指着纪晓岚说：“让我的账房先生替我去吧。”

范慕西愣住了：“这……不好吧？”

乾隆坦坦荡荡地说：“没什么不好的，赵先生完全可以做主的，什么主都可以做。”

范慕西依然很困惑：“您的意思是……赵先生跟您一起进家门？”

乾隆说：“不，他不进家门，是他替我进家门。”

范慕西犹犹豫豫：“这……恐怕不行吧？青门没这个规矩……再说……”

乾隆说：“也别再说了，既然你们拉我进家门，我就是家里的一员了，以后家门里的许多规矩，也要改改了。”

范慕西干张着嘴，不知道该说什么了。

乾隆说：“这样吧，去跟你们当家的说说，行呢，就让我的账房先生替我代劳；不行呢，就当没这么回事。我可要睡觉了。”

范慕西只好退了回去。

纪晓岚说：“您猜对了，看来他们知道您是谁。”

乾隆说：“那就烦劳你去替我排练排练吧。”

纪晓岚说：“您不去了？”

乾隆说："我当然要去，我去看热闹。"

青门确实破了规矩，而且这规矩破得有点儿不靠谱。按照本帮条律，开香堂收徒弟，是绝对不许"空子"窥视偷听的。现在却要把纪晓岚这个"空子"引进香堂，还要让他代行一切家门大礼，岂非咄咄怪事？

纪晓岚上了老堂船之后，才知道这是王降祖亲自统领的江淮泗帮，这是一百二十八帮半的总帮。纪晓岚被带到了老堂船的船舱后面，等候在那里准备与他谈话的是金山寺的住持禅修大师。禅修大师披着袈裟，踩着芒鞋，胸前挂着念珠。见了纪晓岚，急忙双手合十，躬身行礼："贫僧禅修，先生有请。"

纪晓岚也慌忙行礼，看着禅修大师一脸慈悲，微带笑容，一身庄严，顿生敬畏之心。

船头上一张小茶桌，两个小马扎。禅修大师客气地让着纪晓岚，两个人对面而坐。

禅修大师从怀里掏出一张黄表纸，上面写满了字，请纪晓岚过目。

立刻有小"同山"擎过灯来，为纪晓岚照着光亮。

纪晓岚展开那张黄表纸，上面的字写得规规矩矩，是很见功夫的楷书：

本命师三代

镇前帮

师父　法　碧莲　法敬　四川成都　金山寺方丈　俗名严明凯

师爷　佛　悟道　佛献　湖北武昌　杭州灵隐寺方丈　俗名陆名隆

师太　成　王均　成毅　浙江杭州　粮帮领帮当家

传道师三代

兴武六

师父　法　陈有泉　法通　直隶通州　船行当家

师爷　佛　马　骧　佛法　山东东昌　船行当家

师太　成　花逢雨　成芳　江苏海州　粮帮领帮当家

引进师三代

江淮泗

师父　法　禅　修　法广　山东兖州　金山寺住持　俗名闻名山

师爷　佛　修　原　佛轩　四川仁和　云游四海　俗名龚三全

师太　成　李霸江　成志　直隶通州　粮帮领帮当家

纪晓岚仔细看着这张名帖，渐渐地厘清了许多头绪。首先入帮者需要引进师担保引进，再由本师延请传道师。眼前的这位禅修大师，应该是引进师，由他来给纪晓岚讲述帮规帮法及诸多入帮事宜。

禅修大师说："贫僧忝为贵东家引进师，有不周之处敬请见谅。依照帮规，只有开了香堂之后，才能将三师及三代宗师的名讳交给弟子，提早拿了出来是想请先生看看是否满意，如若不便还可以更换。"

纪晓岚点了点头，他心里完全明白了，正如乾隆所估计的那样，他们非常清楚即将引进入帮的是谁，否则不会这么客气。

禅修大师又说："依照帮规，本命师、传道师、引进师必须是隔帮的，师爷师太是要弟子记住的，即谓'三帮九代'是也。"

纪晓岚算计着，本命师、传道师、引进师都是"法"字辈的。"清净道德，文成佛法，能仁智慧……"那么乾隆该算是"能"字辈，属于青门第九代。

纪晓岚举着手里的名帖，问："我东家的法号为何？"

禅修大师说："本命师拟了个名号，为能海，请先生掂量一下是否妥当。"

纪晓岚问："为何称为能海？"

禅修大师说："本命师的意思是，海为龙世界，云是鹤家乡。"

纪晓岚点了点头，这几乎要把那层窗户纸捅破了。真的捅破了，双方便陷入了僵局。话到舌尖儿也要往回舔，不能再深入下去了。

禅修大师又从怀里掏出一个深蓝色的折页，郑重地交给纪晓岚。

纪晓岚打开一看，是《青门十大帮规》。

禅修大师没有说什么，似乎在等待着纪晓岚表态。

纪晓岚说："我们掌柜的说了，进了山门，便按照山门的规矩办。"

禅修大师举起手掌："阿弥陀佛，山门有幸了。"

纪晓岚突然想到一个至关重要的事情，遂问："禅修大师，您给了我这个三帮九代的名帖，又给了《青门十大帮规》，我们东家一定会牢记在心的。据说贵帮还有一本秘籍，名曰'通草'。"

"通草"亦称"通漕"，类似于江湖上的"春典"。这是青门同参之间使用的一种特殊的语言，熟悉"通草"，才能"通漕"，走遍九江五湖，青门兄弟都是一家。千里不带柴和米，万里不带灯油钱。如同江湖上"宁给一锭金，不教一句春"一样，青门的"通草"也是绝对不许外传的。那么，青帮老大，能把如此重要的秘籍交给乾隆吗？交给了乾隆就等于交给了朝廷，从此青门将无密可保，统统暴露在光天化日之下了。纪晓岚就是想用这个试探一下，看他们态度如何。

禅修大师似乎对此早有准备，略微沉吟了一下，便神态安然地说："先生说得不错，本帮是有一部《通草》。不过这《通草》洋洋万言，是青门弟子的一门重要功课，需要进门之后，由传道师口传心授。"

纪晓岚无话可说了。

禅修大师说："先生若是不烦贫僧唠叨，贫僧便把进门的一些繁文缛节介绍一二。"

纪晓岚说："在下聆听教诲。"

在纪晓岚上了老堂船听禅修大师传道的时候，乾隆手里拿着纪晓岚雕刻得差不多了的枣木棍儿，走出了船舱。

船头上坐着范小童，见乾隆出来了，忙上前问候："金大哥怎么不睡了？"

乾隆说："如此良宵美景，躺在床上装死，那不是暴殄了光阴。"

范小童指着船头上的马扎说："金大哥，请坐，我给您去端茶。"

乾隆说："虽说你认了我这个哥哥，可是听你这么叫，我还是觉得别扭。"

范小童说："那我还叫您金掌柜吧。"

乾隆说："我不是说听你叫我哥别扭，是听你叫我金大哥别扭。好像我们是邻居，或者路人，客客气气地把关系拉远了。"

范小童说："那我该怎么叫？"

乾隆说："就叫哥，或者哥哥，行吗？"

乾隆说着，一往情深地看着范小童。范小童却没当回事，转身走了。

等范小童端茶回来，看见乾隆正拿着一把刻刀，借着船头上悬挂的灯光，在那根枣木棍儿上雕刻着什么。范小童把茶斟好，放在乾隆面前，凑过来看了看，说："这不是赵先生那根枣木棍儿吗？我跟他要，他不给。您在上面刻什么呢？"

乾隆说："这不是我刻的，是赵先生刻的，你看，他在上面刻了一条龙。一根普通的枣木棍儿，变成了一根盘龙棍，怎么样？"

范小童接过那根盘龙棍仔细看着，有点儿爱不释手。

乾隆说："妹妹，令尊他们都上老堂船了，你怎么不去？"

范小童说："我是门槛外的人。"

乾隆问："青门里不要女人，是吗？"

范小童说："青门里也有女人，不少人家父母子女兄弟姐妹都在帮里。"

乾隆"嗯"了一声："令尊在帮里是很有地位的，怎么不让你入帮？"

范小童说："我爹从我小的时候就这样，他所做的一切事情，都不许我掺和。开始的时候我还有好奇心，后来落了个清闲，不闻不问不打听。"

乾隆又问了一句："令慈大人呢？"

范小童说："我娘生下我来就死了，是我爹一手把我拉扯大的。"

乾隆说："令尊后来没有再续弦？"

范小童说："没有，开始的时候嫌我小，怕我在后娘手里受委屈。等我大了，朋友们再劝他结婚，他说自己在江湖上游荡惯了，不愿意再拖累一个家室了。"

乾隆说："这么说，这么多年，你一直跟令尊相依为命？"

范小童说："可以这么说吧，我爹对我百依百顺，把我当成掌上明珠，可就是不让我打听他的事。"

乾隆看着范小童说："他不让你管他的事，妹妹你的事呢，他是不是也管得很严？"

范小童说："不，我的事也由我自己做主，这是我们之间的君子协定。"

乾隆立即来了兴致："哦，那么终身大事呢？"

范小童说："终身大事也由我自己做主。"

乾隆更加兴奋了："如果你看上了哪个男人，想跟他走，嫁给他，令尊不管吗？”

范小童说：“管呀，聘礼啊，婚礼啊都要由他操持，一点儿都不含糊。”

乾隆惊喜地叫起来：“哈，你这个父亲可真是开明，难得难得。妹妹，看来我们要好好谈谈了。”

范小童说：“谈什么？”

乾隆说：“谈谈你的事呀。你今年多大了？许配人家没有啊？”

范小童刚要回答乾隆提出的问题，突然听到芦苇丛中传来一阵奇怪的鸟鸣。

范小童腾地站起身，朝着芦苇丛也发出了这种鸟鸣的声音。

乾隆也站起来，站在了范小童身边，朝芦苇丛看着。

范小童继续与芦苇丛中的鸟叫和鸣着。

乾隆问：“这是什么鸟？”

范小童说：“这不是鸟。”

乾隆问：“不是鸟是什么？”

范小童说：“人。”

乾隆问：“什么人？”

范小童说：“鸟人。”

乾隆哈哈笑起来：“这不是骂人吗？难道还真的有鸟人？”

范小童说：“这个鸟人让我告诉您，丝绸商已经找到了，您要的丝绸已经到货了。”

乾隆大吃一惊，这分明是刘统勋捎来的口信，就是说刘统勋的人已经在周围布置好了，让他放心。这口信居然是用鸟语传过来的，传鸟语的人是谁呢，谁有这么大的本事？

范小童又用鸟语与芦苇丛中的鸟人交谈起来，谈的是什么，乾隆当然不知道。

范小童看来很高兴，像是遇见了知音。

乾隆急切地问：“那个鸟人是谁？”

范小童说：“说出来您也不认识。”

乾隆说：“不妨说说看，天下有时候很小。”

范小童说：“他叫冯含真，您认识吗？”

乾隆呆呆地看着范小童，像是完全不认识她的样子。

范小童说："这么说，您认识他？"

乾隆慌忙掩饰着："不不……不认识……还真不认识。他是干什么的？"

范小童说："他前几年考上了进士，在翰林院当差，最近听说又外放了。"

乾隆说："哦，你们什么时候认识的？"

范小童喃喃地说："很早啊……那时候，我们还很年轻。"

乾隆说："这么说，你们是青梅竹马？"

范小童看着乾隆："这么说，您认识冯含真？"

乾隆急忙摇着头说："我一个做生意的，怎么能认识朝廷里的官员呢？就是随便问问，权当是闲聊。"

范小童仰起脸看着天空，似乎要控制住明眸中的泪水。

乾隆觉得，范小童与冯含真一定有着非同寻常的关系，便不再问什么了。

第十九章

乾隆入青门的三帮九代，均可谓是顶尖的重量级的帮派和人物。引进师江淮泗是总帮，直接由王降祖统领的；传道师兴武六是大帮，领帮当家花逢雨是萧隆祖的顶山门弟子，萧隆祖名萧隆山，与王降祖王伊同为“潘安堂三十六大弟子”之首；而本师镇前帮更是极为特殊，其领帮当家乃王降祖之子王均。还有，青帮的家庙及粮帮公所，设在武林门外拱辰桥，这只是帮内帮外公开之处，真正策划大计的总机关，是镇江金山寺。

香堂设在镇前帮的老堂船上，开的是大香堂。

乾隆在前，纪晓岚紧随其后，在禅修大师的引领下，进了老堂船的船舱。

香堂里灯火辉煌，香烟缭绕。众师父及“同参”“同山”“平香”，依辈分字派分列两旁。只见黑压压人身伫立，却鸦雀无声，沉寂庄严。

香堂的正面悬挂着“天地君亲师”牌匾，供奉着诸神诸祖之神位。

最上面的是达摩及神光、僧灿、道信、宏忍、慧能六位祖师画像。下面依次是金祖、罗祖、陆祖三位祖师的画像，再下面是翁祖、钱祖、潘祖的画像。

诸祖牌位两旁悬挂着对联：

一师三徒三帮三结义世世荣品
三祖万子万孙万贤人代代吉祥

横批是：

义气千秋

祖神牌位前面是供桌：果供九碟列三行，意为三帮九代；点心供四碟，意为金祖传授之“心”字；三碗清茶，意为三点水之“法”字；顺水长江式五炉香，意为“天地君亲师”；三对六支红烛，意为三才三光，即“天地人日月星”；一炉五支香，意为“佛法仁伦智”，又为“敬学怕吃求”。五支香又名“五字抱头香”，又称“五字报仇香”，意义深奥，不可解。

桌案上还供有绞关棍一根，纤板一块，银杆香一支。还有用来代表纤绳的红绒绳，长三丈六尺，两端各拴两个金钱。

供奉在供桌上的还有青门的三大经典：中间是《祖遗家法》，左边是《金刚经》，右边是《对金图》。

此外，还有大表一道，接驾炉一只，子孙炉一只，大钱粮三份。

乾隆站在香堂下面，纪晓岚站在他的后面。供桌前面，有一个面容英俊、浓眉大眼、嗓音嘹亮的中年人，正在神色庄重地唱着颂歌，迎接着诸位神祖下界，一边唱着一边焚香上供。纪晓岚知道，这便是香堂的主香人。主香人唱的颂歌，实际上是给新进帮的人进行着帮规帮法及青门历史的普及教育。内中有许多典故秘籍，禅修大师没来得及跟纪晓岚讲，便可以从主香人的颂歌中听出端倪。纪晓岚关心的是那五炷香的含义，何为五字抱头香呢？“佛法仁伦智”易懂，何为“敬学怕吃求”呢？

主香人终于唱到了这个题目：

敬重义气甚光明，万姓归宗杭州城。君亲养育恩难报，师父教训古人风。

学仁学义要立身，周公大礼最为尊。改过行善多求顺，忠孝诚实正人心。

水火二字最无情，还有金木性不同。人凭何物养身体，万物皆从土中生。

为人一世怕无常，疾病劳苦与灾殃。平心做事无二样，到后自然现灵光。

四季平安何须求，前人传下后人收。求则得之心欢喜，代代流传度千秋。

听了主香人的颂唱，纪晓岚心里轻轻地笑了。原以为有什么高深的大义，却原来又是一首劝善歌。原本想从中窥探一些青门的内幕，只不过是老生常谈。

主香人举起了供桌上的红绒绳，又有声有色地唱起了“纤绳歌”：

我把纤绳递上去，香案以上盘几盘。一盘南星共北斗，二盘福禄寿三仙，三盘金龙抱玉柱，四盘刘海戏金蟾，五盘仁义礼智信，六盘供果和香烟，三老四少堂前站，我请师父把礼参……

主香人唱完这支颂歌后，散香师和抱香师便上来，把手中的香发放给站立两旁的孝祖弟子，每人一支。同时也发给了乾隆和纪晓岚，两个人仿照旁人的样子，双手合掌，把香夹在两掌心，并足挺胸，香与鼻尖直对，穆然肃立。

散香师和抱香师把香发放完之后，一边检查纠正着每个人的姿势，一边唱着“散香歌”：

三姓原本是一家，香烟结成忠义花。今日上香多吉利，敬请法师慈悲他。

唱毕，主香人又站立案前，开始主持着拜师仪式。主香人高声宣布：“升冠——”

“升冠”即脱帽，亦有“升冠歌”：

香堂仪式莫轻看，肃静庄严护道坛。内外巡察先派定，有人犯法不姑宽。

主香人高喊着：“整衣——”

整衣即整理衣衫，有穿马褂坎肩者，要脱去。腰带也要解下，发辫拉到胸前。应该有“整衣歌”，据说这首歌暗含着反清的内容，主香人没有唱，略过了。

后面是漱口、洗礼，也应该有歌，既然“整衣歌”省略了，后面也就依次略去。下面便是点名，主香人高喊着：“三老四少，同进香堂，各按次序，站立两旁，谨报芳名，从容不慌……”

乾隆站在香堂前面，不动声色地看着这一切。他知道，香堂里的人特别是三帮的当家们，也在看他。他表面沉静，目不斜视，专注于用耳朵听。及至青门同参依次报名的时候，他有点儿震动了。没有人指挥，绝对训练有素。前面一个人刚报完，后面的人便紧跟着报。每个人都高声大调，干净利索，吐字清爽，充满了自信和自豪。乾隆特别注意到了范慕西的报名："范慕西，法号能云。"

范慕西也是"能"字辈，称能云，而他的法号是能海。海为龙世界，云是鹤家乡。排列得如此契合，是青门有意为之呢，还是纯属巧合？不管怎么说他与范慕西是同辈，这不好，论年龄，范慕西至少比他大一倍，而且入帮的时间肯定比他早得多。看来青门也实在是眷顾他、抬举他了。既然范慕西与他同辈，就不好再让范小童叫他哥哥了，应该叫他叔叔。哥哥跟叔叔大不一样，哥哥多亲热呀，一个漂亮的女孩儿在你耳边叫哥哥，那感觉多爽快、多浪漫。想到这儿，乾隆差点儿笑出声来，那些青帮的大佬们，有谁会想到一个堂堂天子站在青门的香堂上面，想的却是男欢女爱之事呢？

主香人高喊着："讨慈悲。"

"讨慈悲"就是"新进家"请求进入"家门"，就是申请入帮的意思。纪晓岚听见后，立刻跨上一步，站在了乾隆的前面。本命师碧莲大师已经坐在了香堂的前面。与禅修大师一样，碧莲大师也穿着袈裟，法相庄严。他是金山寺的方丈，法号法敬，俗名严明凯。乾隆注意到，本命师和引进师都是名寺大刹的长老，而不是青门的当家大佬，由此可见，青帮给足了乾隆面子。

主香人又喊："问志愿。"

"问志愿"应该包括两个内容，一是本命师问"新进家"者是否真心自愿，"新进家"者要回答"甘心入帮，实无二志"。另一个内容是"自读小帖志愿书"，也就是入帮的申请书及誓词。"小帖志愿书"中包含着姓名、年龄、籍贯、亲属关系等等，这些都必须如实填写，如实宣读。但是，这个小帖纪晓岚没有替乾隆填写，也不能填写。所以也就免了。需要做的是纪晓岚要代替乾隆给祖宗牌位行大礼。

纪晓岚右足不动，意为"扎根"。左足上前一步，弯腿下身，双手扶膝。先把右手放在膝盖上，左手伸出三指，压住右手，意为"圆肩屈膝接受祖法"。然后，先跪右腿，左腿随之与右腿并齐，将双手放在两侧，抬头望祖，手向前扑，磕头时左手压右手，称为"捧法"，即以善压恶之意。额头磕在手背上，即磕在"法"上。然后再抬头望祖，连叩三头，起身。

起身时先起左腿，伸手扶膝，身体上升，撤回右腿，双手放于身体两侧……

向祖师牌位行完大礼后，还该给本命师、传道师、引进师分别磕头行礼，这又都免了。尽管是由纪晓岚代行，可谁又担当得起呢？这可是僭越大罪。

主香人高唱着“进门歌”：

千金难买进门来，一入青门亦快哉。修身齐家报朝廷，全凭今日初定胎。

至此，入帮仪式算是完成了。本来说好开香堂之后，要宴请乾隆和纪晓岚的，叫作“进门宴”。纪晓岚没与乾隆商量，便一口回绝了。纪晓岚提出，香堂开完之后，直接送他们回岸上码头。

别看这里是在与世隔绝的芦苇荡中，离岸上码头并不远。其时，早在入帮仪式当中，老堂船已经慢慢地向岸上码头靠拢了。主香人唱完“进门歌”之后，乾隆和纪晓岚便退出了香堂，站在了船头上。本命师、传道师、引进师都恭恭敬敬地送了出来，站在了乾隆和纪晓岚身后。

乾隆两只眼睛四下打量着，一脸困惑和茫然若失的样子。

纪晓岚轻声问：“您在找妹妹吧？”

乾隆昂起头，眼睛望着星空。

纪晓岚指着前面说：“您往前看。”

前面是一个木桩围成的土码头，码头上黑压压地堆着一片人影。未等老堂船停稳，乾隆便一步跨上了码头。立即，那片黑压压的人影忽地跪倒，齐声欢呼：“吾皇万岁万岁万万岁……”

老堂船上的本命师、传道师、引进师及全体同参，一起跪在了乾隆的身后。

刘统勋起身上前：“刘统勋护驾来迟，罪该万死。”

紧跟在刘统勋身后的是方观承，也躬身上前：“臣方观承问圣上大安。”

乾隆朝刘统勋和方观承后面的人群看了看，问：“冯含真在否？”

冯含真从跪着的人群中爬出来，跪行两步：“微臣冯含真叩见皇上。”

乾隆说：“你到东平上任，不知何故竟然在此显身。此事朕懒得操心，让方观承问清楚即可。我找你，是想谢谢你，你送给纪晓岚的一件礼物被朕没收了，另有他用。”

冯含真说：“微臣未能就任东平知县，容臣向方总督请罪。至于送给纪大人的礼物，莫非是那根枣木棍儿？”

乾隆举起那根枣木棍儿，对冯含真说：“你给纪晓岚的枣木棍儿，到了朕的手里，便化腐朽为神奇了。纪晓岚……”

纪晓岚上前：“臣在。”

乾隆说：“把这家法赐予青门。”

纪晓岚接过乾隆手里的枣木棍儿，转身面向老堂船上的青帮师徒，威严地说：“青门三老四少听旨。”

青门师徒齐声高呼：“青门请旨。”

纪晓岚一字一板地说：“传运河漕运有青门一派，统领漕船，输运漕粮，效忠朝廷，屡有功绩。亦传青门人口众多，良莠不齐，偶有劣种异心，不良之辈败坏风气。为整顿门户，严肃帮规，当今钦赐盘龙棍一根为青门家法。此棍为三尺六寸，依三十六天罡之数；上扁下圆，厚一寸二分，依地支十二属相之数；上面有钦题‘违反帮规，打死不论’之字。钦此。”

兴武六领帮当家陈有泉直起身，双手高举，接过盘龙棍，然后高呼着：“青门叩谢皇恩，吾皇万岁万岁万万岁……”

正在这时，一阵微不可察的异样风声传到了乾隆的耳边。乾隆还没意识到什么，便见一个身影从三丈外的码头上蹿了过来，扑在他的身边，将其推到一边。然后，那黑影伸手往空中一抓，一支羽箭便攥在了手里。

乾隆被推了一个趔趄，撞了纪晓岚一下，把纪晓岚撞倒了。那个黑影又一把扶稳了乾隆，小声说：“圣上快走。”

乾隆被那个护卫搀扶着离开了码头，众官兵紧紧地围在前后左右。待到上了刘统勋为他准备好的銮驾之后，才惊魂甫定地问搀扶他上车的那个黑影：“你是谁？”

那个黑影立即跪在车后：“卑职乃刘统勋刘大人属下的巡捕黄天霸。”

乾隆高兴地说：“果然是强将手下无弱兵，你也是英雄之后，敏捷果敢，武艺高超。刘统勋……”

刘统勋急忙上前：“臣在。”

乾隆说：“赏给黄天霸一件黄马褂。”

黄天霸急忙磕头："黄天霸叩谢隆恩。"

返回京城依然走的是运河，刘统勋专门为乾隆准备了一条漂亮的画舫，里面的陈设也是重新装修的，有卧室，有客厅，有饭堂，让乾隆舒舒服服地起驾回朝。同行者除了纪晓岚，又多了刘统勋、方观承、冯含真，还有两条护卫船，船上是几十位精兵强将，前呼后拥，威风凛凛。

乾隆舒舒服服地躺在舱房的床上，眼望着天花板出神。这时候，东方已经微亮，河面上的船帆都张了起来，满河白花花的云朵，簇拥着这条神秘的画舫向北航行。

纪晓岚洗漱已毕，到乾隆的舱房里请安，见乾隆懒洋洋的样子，调侃地说："圣上是不是又想您的妹妹了？"

乾隆说："你啊，就是俗，以俗人之心度大丈夫之腹。"

纪晓岚说："哟，这么说您把您的妹妹忘了？"

乾隆说："又以薄幸之心度多情之腹。"

纪晓岚说："这样臣就不明白了，您没想您妹妹，也没忘了您妹妹，那您到底想谁呢？"

乾隆说："朕在想妹妹的父亲。"

纪晓岚说："您在想老范？太巧了，臣这一夜没睡好，也在想这个老范。"

乾隆说："嗯，你想老范什么？"

纪晓岚说："我觉得这个老范有点儿高深莫测，他到底是何许人呢？他自称是丐帮帮主，又跟青帮有着如此深厚的关系。是青帮呢，他又不吃漕运饭，自己驾个小船优哉游哉，身边还有这么一个花容月貌的女儿。"

乾隆说："朕在想，这个老范像谁呢？"

纪晓岚说："像谁？这就说不好了，不过此人身材魁梧，仪表堂堂，相貌不凡，又神色庄重，不苟言笑，像是有着很深的城府。"

乾隆说："朕倒是觉得他像一个人。"

纪晓岚问："像谁？"

乾隆说："在我们这一辈兄弟中，长得伟岸峥嵘的，非弘皙莫属。皇祖对他宠爱有加，称他为'俊贤之才'。"

纪晓岚说："您是说，老范像理亲王？"

乾隆说："你不觉得吗？"

纪晓岚说："理亲王乃皇族龙种，老范不过一个村夫野老，安能攀比？"

乾隆又问："你说，昨夜在芦苇荡码头上，那支箭是谁射来的？"

纪晓岚说："那支箭是从芦苇丛里射出来的，不会是青门的人，因为青门的人都在老堂船上。"

乾隆说："有没有人没有上船呢？"

纪晓岚心里一惊，说："您是说……范小童……您妹妹？"

乾隆说："朕可没那么说，朕的妹妹怎么会对哥哥射暗箭呢？"

纪晓岚说："那能有谁呢？"

乾隆说："老堂船上的人会不会有人提前下了船？"

纪晓岚心里又一惊："莫非……您怀疑老范？"

乾隆问："老范也不该对朕下毒手啊，朕没有得罪他呀。"

纪晓岚沉思起来。

在另外一个船舱，冯含真给方观承打来洗脸水，伺候着方观承洗漱。

冯含真从方观承的话语里得知，他还没有见到吴多宝送去的呈文，便把他到东平没有给黄敬贤摘官印的事向方观承禀报了。方观承听后，用一种指责的口气说："你的胆子也忒大了，七品知县是由皇上钦命的，皇上说免他，你却抗旨又把官印还给了他。谁给你这么大的权力，简直是胡作非为。"

冯含真强辩着："可是……黄知县确实是个黎民拥戴的好官。"

方观承说："这件事呀，一会儿你跟皇上去解释吧。看在你护驾有功的分儿上，皇上也许能赦免你的罪。"

冯含真叫起苦来："方大人，恐怕还要您在皇上面前美言几句。"

方观承说："我不管，就是你干的这件事，借给我十个胆子我也不敢做。"

"什么事呀不敢做？"舱门口有人搭话，乾隆已经进来了。

紧跟在乾隆后面的是纪晓岚。

方观承和冯含真要跪下行礼，乾隆说："免了免了，在外面都是江湖沦落人，朝礼一概都免。方总督，你是不是在埋怨冯含真没摘官印的事呢？"

方观承说："皇上明鉴，我正在说冯含真呢，他的胆子也未免太大了。"

乾隆说："纪晓岚把他到东平的事情跟我说了，你猜朕怎么想？"

冯含真立刻跪下来："卑职胆大妄为擅自做主，请皇上治罪。"

乾隆说："我说要治你的罪了吗？"

冯含真说："卑职确实有罪。"

乾隆说："你确实有罪，此罪说小也小，小到你自己放弃官职，可以忽略不计；可是此罪说大也大，你坏了朝廷的法度，可以把你打入大牢，永不叙用。"

冯含真说："卑职罪有应得，甘愿受罚。"

方观承急忙跪下，替冯含真求情："皇上，念冯含真此次护驾有功，臣恳求能法外施恩，从宽处置。"

纪晓岚也跪下来替冯含真求情："皇上，冯含真虽然擅自做主，有违圣恩，毕竟事出有因。"

乾隆笑着说："冯含真确实护驾有功，朕心里有数，此功暂且先搁在一边。光说东平摘印一事，朕觉得冯含真别出心裁，倒是值得论一论。方观承，你觉得个中是非如何？"

方观承说："东平知县黄敬贤历次考核均是优等，地方上治理也颇有功绩，本来微臣拟予以提拔的，可是却有人揭发他挪用库银，并且他自己也供认不讳。如此一来，微臣想保他也难了，只好报请吏部，摘了他的官印。"

乾隆说："冯含真没有摘黄敬贤的官印，你认为是对还是错？"

方观承说："肯定是错，即使冯含真觉得黄敬贤是个好官，不该摘他的官印，也要先接任现职，再呈文上报。"

乾隆转过身来："纪晓岚，你说呢？"

纪晓岚说："要我说，这话可有点儿不中听。"

乾隆说："权当闲聊，朕恕你无罪。"

纪晓岚说："谢皇上，那臣就放肆了。我等京官，品秩低下，无职无权，实与衙役无异。表面上风风光光，木天清华，金马玉堂；身边都是位尊权重赫赫有名的大人物，还能三天两头见到皇上。在外省边乡，谁家要是有个人在京师为官，那简直是光宗耀祖百世风华。可是谁也不知道京官有多苦、有多难，一年就这几十两银子的俸禄，有打油的钱没有买盐的钱，寅吃卯粮，全靠拆拆借借过日子。不瞒您说，翰林院的那些穷酸文人，家里没被子的大有人在。别看身上的大褂还算规整，可就这一件，洗的时候要连夜烤干，要不第二天就没得穿。老母猪去赶集，家里外面一层皮……”

乾隆不耐烦了：“纪晓岚，你怎么开口千言离题万里啊？朕让你说什么呢？”

纪晓岚说：“请恕罪，皇上，我说的是远了点儿，可跟正题挨得上啊。京官在京师混得寒酸尴尬，便都想方设法钻角觅缝地‘外放’，放一个知县，就立刻咸鱼翻身了。虽说都是七品，京官的七品是小碎催，见谁都哈腰见谁都请安，要是前门楼子上掉下来几片瓦，砸到十个人，得有八个人是七品以上的官。到地方就不一样了，七品官是大老爷，出门要坐轿，要鸣锣开道，有生杀予夺大权，脚踩一块大地，头顶一片青天。我又说远了，我是想说，冯含真能捞个知县做不容易，有多少人为了混上这个位置奴颜婢膝钻营苟且伤天害理啊！人家冯含真把到手的官印又让出去了，为什么？为的就是求一个‘正’字。我敢说，他这样做没有半点儿私心，不贪半点儿私利。皇上，我觉得冯含真如此之举，应该褒奖鼓励，不应该受到责罚。”

乾隆笑了：“嗯，我以为纪晓岚这又臭又长的裹脚布要扯到张家湾呢，还好，终于说到正题了。哦，你们两个都起来吧。”

方观承狠狠地瞪了纪晓岚一眼：就是因为你这样信口开河，害得我陪着跪了大半天，膝盖都酸了。

乾隆说：“朕御极以来，政宠宽大。天下之理，唯有一中。中者，无过不及，宽严并济之道也。黄敬贤在东平，重耕劝读倡导纯良民风，剿匪缉盗保障安家立业，此乃朕之仁政也。仁政惠之于民，乃君臣之根本。社稷安危基于州县，全国若有半数州县之官如黄敬贤者，朕即可高枕无忧了。你们说呢？”

方观承迟疑地问：“这么说，冯含真没有摘黄敬贤的官印，是做对了？”

乾隆说：“这是朕要说的第二句话。从六部到州县，各级官员遵纪守法，按规程办事，这无可非议。但是，非常之时采取非常之举，非常之举创非常之新，非常之新树非常之业，这是朕最为赏识的良才。如此良才，一要有胆识，二要无私心。冯含真乃如此良才也。”

冯含真一听，立刻跪下：“卑职受圣上褒扬，万分惭愧。”

乾隆说：“好了，至于对冯含真怎么处置嘛，那是你方观承的职权所在，朕不横加干涉。”

画舫顺着大运河一路北上，乾隆与几个臣子亲亲热热谈笑风生，倒也觉得惬意。可是，纪晓岚和冯含真发现，乾隆经常把刘统勋和方观承召进船舱，一待就是两三个时辰，像是谋划着什么方针大计。

冯含真和纪晓岚坐在船头上，一边欣赏着大运河沿途的风光景致，一边倾心交谈着。纪晓岚终于有机会问问冯含真与范小童的事情了。冯含真毫无隐瞒地讲了他与范小童的情谊。

范小童把他引入丐帮以后，他正式拜范慕西为师。范慕西是高家门的当家，手下有弟子一千二百多人，成了江南最大的丐帮。别看范慕西是花子头儿，可是他从来不去讨饭，也不需要他去讨饭。一千多弟子，一个人孝敬他一个铜板，就足够他开销的了。他在几个城市都有自己的花子院，都是自己花钱买的，有的花子院还是两进或三进的砖瓦房。范慕西基本上不大管丐帮里的事情，他经常到处游走，或以武会友，结交天下英雄；或寻师问道，探究天人之理。冯含真总是觉得，范慕西是个有大胸怀干大事业的人。

冯含真觉得，范小童是在不知不觉中爱上他的。范小童的身上，有许多类似她父亲的豪气，但是这豪气比范慕西的豪气简单得多，纯净得多。她就是纯粹的好心肠、纯粹的打抱不平、纯粹的同情和帮助弱者。在范小童的眼睛里，文弱的冯含真就是一条不能自己找食的小猫小狗，如果不加以精心保护和照顾，恐怕就会葬送这条小生命。丐帮讨饭都是三三两两结伙儿而行的。每一个团伙儿都有一个小头目，叫作篓子头。范小童就是篓子头，冯含真就是范小童率领下的小篓子。

高家门的乞丐实际上是半讨半艺，这在整个丐帮都是受人尊重的，因为他们除了一般的讨要，每个人还有一套卖艺的本事。多数是打“撒拉机”说快板，见情说情，见景说景，眼尖嘴快，口吐莲花。还有的人吹笛子，有的人弹弦子，有的人唱小曲儿，有的人变魔术……当然，都是小玩意儿小功夫。

开始的时候，范小童教他打“撒拉机”说快板，很长时间，他都害羞，张不开口。下面练得滚瓜烂熟了，到了人跟前还是脸红心跳。范小童并不怪罪他，同篓子的花子们嘲笑他，范小童还训斥他们。到了晚上交供的时候，范小童还总是把自己讨到的东西拿出一半来算是冯含真的。

直到有一天在临清城里，他们路过一个旧书摊，冯含真看着那满地的旧书，眼睛发亮，心里乱跳，嗓子眼都冒起了烟。不知道哪儿来了那么一股勇气和机灵劲儿，冯含真打着“撒拉机”便走了上去。摆书摊儿的是一个穿着长袍的老先生，银须飘胸，和颜悦色。冯含真上前深深地鞠了一躬，便打着“撒拉机”说唱起来：

竹板打，敬师公，弟子给您三鞠躬：
一鞠躬，对孔孟，大成先师最可敬；
二鞠躬，对尊师，晚生有幸而从之；
三鞠躬，对经典，天地宇宙都包含。
鞠完躬，行大礼，请受晚辈头叩地……

冯含真唱完这段快板，咕咚跪在了老者面前。看书摊的老者，见眼前的这个小乞丐，虽然衣衫破旧，却面容饱满，眼睛明亮，且出口不凡，便很大度地拿出了一个铜板，递了过去。冯含真见了，继续打着“撒拉机”唱起来：

不要金，不要银，单要“两孟”和“两论”；
不讨米，不讨面，讨部《诗经》和《左传》；
不乞衣，不乞物，《资治通鉴》讨一部……

摆书摊的老先生见冯含真依然跪在地上唱着快板，不像是一般的乞丐，便问：“看来你是读过几天书的后生，怎么沦落到这个地步了？”

冯含真打着“撒拉机”又唱起来：

书香门第不孝子，冒犯天条受连株。
两岁随母去改嫁，三岁跟母读诗书。
继父粗陋又残暴，凌妻虐子不如猪。
六月田间书去暑，寒冬灯下诗暖屋。
年年月月复日日，十年寒暑未辍读。
十四院试题红榜，慈母含笑赴西途……

老先生听到这儿，急忙奔过来，双手搀扶着冯含真，一迭连声地说：“哎呀，原来你是秀才郎啊，快起来，快请起，得罪得罪，罪过罪过呀……”

冯含真站起来，又向老先生深深地鞠了一躬：“老前辈，快别这样说，是晚辈冒犯了。”

老先生极为客气地问：“请问贵姓？”

冯含真说：“晚生姓冯名含真，江苏常州人士。”

老先生说：“老夫姓宋，说句寒碜话，也是十几岁就考上了秀才，原本胸有大志，可是考了大半辈子，硬是没摸着孝廉的门槛。读了一辈子书，也教了一辈子书，乡亲们都叫我宋大先生。现在老了，什么都不想做了，这些书都是我一辈子积攒下的，放在我手里是废纸一堆，你若是喜欢就拿走。你不是要‘两孟’‘两论’吗？来吧，孩子，《上孟子》《下孟子》《上论语》《下论语》，还有《诗经》《左传》《资治通鉴》，老夫都给你，你拿走吧。”

冯含真却犯难了：“老前辈，您给我这么多书，我也拿不走呀。就算拿得走，我也没地方放呀。”

宋大先生说：“这样吧，你拿走两本先看着，看完了再到我那儿去取，我就住在竹竿巷南口，一打听宋大先生，谁都知道。”

冯含真突然又跪下了，拱起双手说：“先生在上，请受弟子一拜。”

宋大先生慌忙上前拉着冯含真：“使不得使不得，折杀老夫了……”

冯含真说：“您要是不收下晚生，晚生就当街长跪不起。”

宋大先生说：“好了好了，我宋家的大门永远为你敞开着，你来了，有书读，有饭吃，有茶喝。”

从此以后，冯含真每天跟着篓子们出来，不再讨饭，直接跑到宋大先生家里读书。一去就是一天，直到天黑，他才拿起一本书回到花子院。花子们都说冯含真疯了，不好好讨饭，跑到一个疯老头儿家去读书。只有范小童支持他，去的时候送他，回来的时候接他。这样在临清待了半年多，冯含真也踏踏实实地读了半年多的书。

纪晓岚听着冯含真的遭遇，叹息不已，连声说：“范小童，多好的姑娘啊，连皇上都喜爱得不得了。人家也算跟你共过艰辛的，患难之交不敢忘，糟糠之妻不下堂，这么好的姑娘，你为什么不要人家呢？为什么，到底是为什么呀？”

冯含真苦苦地摇着头："纪先生，含真有难言之隐啊！"

傍晚时分，黄天霸从后面的护卫船上跳上了画舫，把一封信交给纪晓岚，让他马上转交给刘统勋。

纪晓岚接过信，对冯含真说："一块儿来吧，也该招呼他们吃晚饭了。"

冯含真和纪晓岚一起进了画舫的大舱，乾隆与刘统勋、方观承依然在紧张地商量着什么。纪晓岚把那封信交给了刘统勋，刘统勋看了看，对乾隆说："果然如圣上所料，他们先动手了。"

乾隆"哼"了一声，没说什么。

刘统勋的话和乾隆的表情，虽然都是平常，甚至还有几分轻松，可是纪晓岚和冯含真听了，却同晴天霹雳。难怪他们在这里密谋策划，原来朝廷出了大事。什么事呢？

刘统勋说："整个内城都被弘升的正黄旗接管了，九门提督也被他们撤换了。"

乾隆说："这么说，我们进不了城了？"

刘统勋说："一场恶仗是不可避免了，我已经通知了丰台大营、通州神武卫、张家湾防卫营，这些地方有精兵三千，足够了。"

方观承说："如果需要，我也可以把直隶的兵马调过来，只需两天的时间便可以开进京师。"

乾隆轻轻地笑了笑："兄弟阋于墙，家丑不可外扬，最好不费一兵一卒，神不知鬼不觉。"

方观承说："您现在要是在紫禁城，一切都好办。可是您在大运河上，鞭长莫及啊。"

乾隆长长地吁了一口气，站起身，伸了个懒腰，走出了船舱。

天已经完全黑下来，运河里的船只有的停靠在码头上，有的在河边抛下了锚，也有的逆水而上，缓缓而行。所有的船只都挂起了灯笼，兴武六的漕船上，已经升起了"进京龙旗"。

后面的护卫船上又出现一阵骚乱，像是什么人在扭打着。乾隆让纪晓岚去问问怎么回事，纪晓岚站在船尾喊过来黄天霸，问明了情况回来禀报说："他们抓到一个水贼。"

乾隆警觉地问："水贼？水贼是干什么的？"

纪晓岚说："在水下凿船帮偷漕粮的。"

乾隆说："我们这船上没有粮食，他们凿船帮干什么？"

纪晓岚说："也许水贼弄错了。"

乾隆沉吟了一下，问："到哪儿了？"

冯含真说："快到张家湾了。"

乾隆对刘统勋说："我们在张家湾下船吧，悄悄地下去，连前后的护卫船也别让知道。"

刘统勋说："那……我们怎么靠岸呀？一靠岸，前后的护卫肯定知道，连周围的船只也会知道的。"

乾隆说："冯含真，我们的船不停，悄悄转移到岸上去，想你必有办法吧？"

冯含真说："还是老办法。"

乾隆笑了："你跟纪晓岚不能好事独吞啊，也带朕去开开眼。"

刘统勋和方观承不知他们所云，冯含真和纪晓岚却相视而笑。

第二十章

冯含真和纪晓岚明白，乾隆是想通过花船转移到岸上去。可是，花船在哪儿呢？凭着感觉，冯含真知道附近肯定有花船，要是没有前后的护卫船，花船早就上前来兜揽生意了。许多事情都是这样，你不需要的时候，它总在你周围缠绕你，闹得你心烦；当你真的需要的时候，它又消逝得无影无踪，也让你心烦。

纪晓岚凑到冯含真身边，轻声说："要不，你租一条小船去找找。"

冯含真摇了摇头，眼睛朝前后左右踅摸了一会儿，仰起头，学起了布谷鸟叫："布谷……布谷……"

冯含真这一叫，让乾隆想起了在芦苇荡那一幕，他躲在芦苇丛中学鸟叫，范小童居然能听出冯含真鸟鸣中的意思。哦，对了，范小童还说认识冯含真，他们到底是怎么认识的？是什么关系呢？

冯含真继续学着布谷鸟的叫声："布谷……布谷……布布布谷……"

乾隆走过来，对冯含真说："我觉得你的叫声很像布谷鸟，可是又总觉得不大像。这像与不像之间，是不是有什么含义呀？"

冯含真说："圣上，您仔细听，肯定能听出含义来。"说着，冯含真又学叫起来，"布谷……布谷……布布布谷……"

纪晓岚说："我听着好像是'好苦……好苦……光棍儿好苦……'"

乾隆说："不对，是'哥哥好苦'吧？"

冯含真说："还是皇上圣明，我叫的确实是'哥哥好苦'。"

乾隆说："为什么叫'哥哥好苦'啊？"

冯含真说："咱不是在找花船吗？'哥哥好苦'找妹妹，妹妹听到了肯定来。"

乾隆说："你给我叫一个'丝绸商找到了，你要的丝绸已经到货了'。"

冯含真愣了一下，顿时明白了乾隆的意思，说："这么复杂的意思，学布谷鸟的叫声是不行的。"

乾隆说："那要学什么鸟？"

冯含真说："芦苇丛里，有一种鸟叫苇喳子，那叫声叽叽喳喳的，很像小孩吵架，能叫出许多意思来。"

乾隆说："嗯，这就是所谓的鸟语吗？"

冯含真说："是人为鸟编出来的话，鸟是听不懂的。"

乾隆突然说："范小童能听懂。"

冯含真说："卑职就是让她给您传口信的。"

乾隆问："你怎么认识范小童的？"

冯含真立即跪下："回皇上，卑职幼年颇多磨难，当过几年小叫花子，跟范小童是一个篓子的。啊，就是一个讨饭团伙儿的。"

乾隆说："这么说，你们是青梅竹马了？"

冯含真说："只是一起讨饭的小叫花子，算是童年伙伴儿吧。"

乾隆还想说什么，又把话咽了回去："你起来吧，这没什么，朕不过随便问问。"

冯含真谢过皇恩起身，听到远处果然响起了绵绵软软柔情似水的歌声：

哥哥好苦找妹妹，妹妹要在你怀里偎；
哥哥好苦找妹妹，妹妹要为你擦眼泪；
哥哥好苦找妹妹，妹妹与你一起醉；
哥哥好苦找妹妹，妹妹跟你成双对……

纪晓岚高兴起来："行啊含真，你这只公鸟一叫，招来一大群母鸟。"

冯含真朝着花船驶来的方向，又叫了起来："好苦……好苦……哥哥好苦……"

花船驶近了，纪晓岚又高兴地叫起来："哎呀含真，也太巧了，还是那只花船。"

冯含真说："也没什么巧的，在这一带河面上，漂来漂去的就是那几只花船。"

纪晓岚讨好地对乾隆说："圣上，您一定要见见染衣姑娘，那真是国色天香名不虚传。"

乾隆说："染衣……这名字雅，'天香夜染衣'，这名字不就是国色天香吗。妙，妙哉。看来这些风尘女子也被你们这些风流才子调教成风雅之徒了。”

花船靠近了，冯含真让乾隆等人回到船舱里，便拉着纪晓岚先跳了过去。上了花船以后，纪晓岚便一头钻进了染衣的舱房里，冯含真却找到老鸨，让花船尽可能地靠近画舫。

画舫的窗户很大，完全可以钻出人来。借着夜色，乾隆在前，刘统勋和方观承随后，便神不知鬼不觉地移到了花船上。

纪晓岚立即将乾隆让进染衣的舱房，自己退了出来。

老鸨和姑娘们立刻像老母鸡似的挓挲着翅膀扑过来，对几个男人拉拉扯扯推推搡搡。

刘统勋手握着腰间的佩刀，黑着脸命令着老鸨："快，找个僻静的地方把船靠岸。"

冯含真立刻把一张银票塞在老鸨的手里，低声说："别声张，听我的。您看见前面那片紫穗槐了吧？就在那儿靠岸。"

花船很快驶近了岸边，岸边是一片浓密茂盛的紫穗槐，像一片乌云把整个花船遮盖起来。

冯含真先跳上岸，纪晓岚也跳上来，两个人转身搀扶着乾隆、刘统勋、方观承上了岸。

冯含真非常熟悉地形，拨开紫穗槐树丛，便出现一条一尺多宽的小路。他们顺着小路往前走，没走几步，便听到后面"嘭"的一声巨响，顿时火光冲天，烧红了一大段运河。

乾隆问："是我们的船吗？"

刘统勋说："正是我们坐的那只画舫，幸亏圣上英明，提前下了船。"

方观承说："看来他们还真的下毒手了。"

乾隆说："有道是，人算不如天算。走吧。"

几个人在冯含真的引导下，顺着小路穿过一片庄稼地，便看见了张家湾的城墙。他们进了南门，跨过通运桥，穿过官沟，便直接来到了张家湾的防守营，这里驻扎着的是正蓝旗的兵丁，守备伊格隆正在院子里给兵丁们训话，突然间看见进来几个人，刚要冲门卫发火，一眼认出了黑脸短须的刘统勋，再往后一瞟，看见了乾隆，顿时吓得两腿发软，嘴都张不开了，直接跪在了地上……

刘统勋把伊格隆从地上提拉起来，厉声说："快把皇上让进屋里去。"

伊格隆这才战战兢兢地头前引路，把乾隆他们让进自己的营房。乾隆坐在伊格隆的座位上，伊格隆又跪下重新给乾隆请安。

乾隆问："你这防守营驻守在张家湾，一是保障漕运通畅；二是要守护京城安全，需要格外用心，恪守职责。"

伊格隆慌忙叩头："皇上教导得极是，卑职记住了。"

乾隆说："最近京城那边有什么消息没有？"

伊格隆一愣："哦……好像……没听到什么。"

乾隆说："没有人给你送来什么旨意吗？"

伊格隆想了想说："哦……倒是军机处传来个口信，说无论发生什么事情，都让我们按兵不动，任何人不许动一兵一卒。"

乾隆嘿嘿一笑："任何人都不许动一兵一卒，皇上也不许动吗？"

伊格隆说："那……他们倒没说。"

乾隆说："没说就好，你马上去给我准备五匹快马，不得有误。"

伊格隆立即叩头："卑职遵旨。"

乾隆又叮嘱说："去吧，此事要严守机密，不许外传。"

伊格隆起身："卑职明白。"

伊格隆出去以后，刘统勋问："皇上，您要五匹快马干什么？"

乾隆说："我们要连夜进城，明天早朝之前，我们必须出现在乾清宫。"

刘统勋说："现在城里已经都被七司衙门掌控了，内城九门封得死死的，我们怎么进城？"

乾隆说："这不用你管，朕自有办法。"

方观承也说："皇上，我们硬闯进城，太危险了。"

很快，伊格隆便把五匹快马准备好了，牵到了营房外面。乾隆出来，先牵了一匹马，骑了上去。几个人一看，也都各自牵过马来跨上去。

伊格隆把马鞭递在乾隆的手里。

乾隆说："伊格隆，明天派人到内务府把你的马匹牵回来。"

说着，乾隆双腿一夹，挥起马鞭，朝马屁股上狠狠地抽了一下。那匹马扬起四蹄，冲出了防守营的大门。后面的几匹马紧随其后，穿过夜幕，飞奔起来。

乾隆一路策马扬鞭，始终跑在最前面。刘统勋几次要赶超在前面带路，都未能得逞。要回京城，走的既不是御道，也不是通惠河，而是沿着凉水河，奔马驹桥，又从马驹桥北门外绕过东红门，进入海子，穿过南苑，直奔西直门方向而来。

冯含真首先明白了乾隆的意图，他对纪晓岚说："没想到皇上的路这么熟，太令人折服了。"

纪晓岚说："皇上刚会走路就会骑马，刚会骑马就会打猎，从大运河到海子猎苑，皇上不知走了几百回了。"

冯含真说："没想到皇上会从西直门进城，实在棋高一着儿。"

纪晓岚说："也是一步险棋，没有雄才大略的胜算，是不敢出此绝招儿的。"

内城九门，西直门开得是最早的，原因是给皇宫送水的车要从这里进城。金元明清，几代宫廷用水，都取自玉泉山。玉泉山位于西山山麓，颐和园西侧，山势为西北走向，形如飞龙，状如马鞍。山中奇岩幽洞，小溪潺潺，流泉活水，泉水甘冽。乾隆未登大宝之前，便经常到此观景，品尝甘泉。为验证该泉水质，令人汲取全国各大名泉的水样，和玉泉水比较。称量结果，济南珍珠泉、无锡惠山泉、杭州虎跑泉、苏州虎丘泉等，每一银制小斗重量都在一两二钱以上，唯有玉泉水，仅为一两，水轻质优，醇厚甘甜。乾隆御极之后，又多次去玉泉山，赐封天下第一泉，并题字"玉泉趵突"。

天刚蒙蒙亮，乾隆君臣五人已经临近了西直门外。吱吱呀呀的水车声从很远的地方传过来，一长队运送泉水的水夫迤逦而来，渐行渐近。水夫们都穿着特制的短衣，推着独轮车。每辆独轮车上装着四只大木桶。木桶上盖着绣有龙形图案的苫布，车上插着龙旗。守护在西直门的卫兵，仔细地检查着每一辆水车，查看着水夫们的腰牌。

乾隆把马缰绳往马背上一搭，对方观承说："你和冯含真留在这儿，天亮以后把这几匹马送到内务府就行了。"

冯含真只得与方观承一起留下来，看守着这些浑身汗湿的马匹。

不一会儿，水车的队伍中出现了换了水夫服装的三个人：前面的是刘统勋，他推着水车虽说有些吃力，却还像模像样，年轻的时候肯定是推过车的。走在中间的是乾隆，他倒像是一个非常熟练的水夫，推起车来轻松自如，腰直脚稳，脚步雄壮有力。最笨拙的要算是纪晓岚了，难怪乾隆总说他是书呆子，看来他是真的没干过力气活儿的。那水车在他的手里就像是人与水车在摔跤，歪歪扭扭晃晃悠悠，不是车要倒就是人要歪。他磕磕绊绊地紧紧地跟在乾隆后面，满头大汗，气喘吁吁。

乾隆和刘统勋顺利地通过了西直门，纪晓岚果然被卫兵拦住了。卫兵一边检查着水车上的龙旗和苫布，一边反复查看着腰牌。冯含真悄悄凑上前去，以防必要时能帮上一把。

纪晓岚一边用衣袖抹着汗，一边冲着卫兵嘿嘿傻笑着。

卫兵怀疑地问："你是第一次送水吧？"

纪晓岚真是机灵，忙点头哈腰地说："嘿嘿，兵爷，不瞒您说……拉肚子，折腾大半夜了……好汉子也经不住三泡稀啊……"

卫兵看了看虚弱的纪晓岚，反倒生出了一丝恻隐之心："病了就别干了，不要命了？"

纪晓岚说："唉……没办法，一家老小都指望着呢，病不起啊……"

卫兵把腰牌还给纪晓岚，还帮他推了一下水车，纪晓岚歪歪扭扭地钻进了城门。

冯含真松了一口气。

冯含真跟着方观承回到了保定的直隶总督府，当起了闲差。可是他这个闲差并不轻闲，许多事情应该是总督出马的时候，方观承忙不过来，便让冯含真替代他。甚至有一些重要人物的宴请及应酬，方观承也让冯含真出席。在直隶总督署府，冯含真无职无权，可是大伙儿都觉得他能当方观承半个家，俨然成了总督的襄助文书。没有人敢小觑他，许多谄媚阿谀之流，够不上总督大人，便攀缘冯含真，希图援引举荐。深谙人情冷暖的冯含真心里有数，应付自如，从来不给方观承惹麻烦，更不会狐假虎威图谋私利。光是这一点，便很让方观承放心。

不断有小道消息从京城方面传来，说乾隆皇帝粉碎了一次宫廷政变，说理亲王被削了爵位并圈禁起来，庄亲王允禄及正黄旗满洲都统弘升、贝勒弘昌、贝子弘普都被革爵住俸云云。这些都是小道消息，上司没有通报，邸报没有刊登。越是如此，人们越是深信不疑，越是深信不疑，越是风传得神乎其神枝叶丛生。人们津津乐道于小道消息，除了对宫廷和官场固有的窥视欲望，还有一个非常重要的缘由，那就是无数事实证明，几乎所有的小道消息，传来传去都会被证明确有其事。

冯含真是多少知道点儿内情的，别人也都认为冯含真应该是消息灵通的。几乎每天都有三五同寅宴请冯含真，为的是证实那些小道消息的真实程度。在信息不透明的强权专制下，信息成了一种宝贵的稀有资源，谁掌握的信息量大，谁便是富有者。这种富有代表的不是财富，而是一种身份和地位，一种吹牛的资本和可笑的虚荣。尽管如此，人们依然乐此不疲，可见吹牛与虚荣已经成了官场的空气和水分，不但是生存的必需品，而且是存活与升腾的高档营养。

冯含真不是那种浅薄庸俗之辈，表面上他活跃潇洒，幽默风趣，并且跟谁都嘻嘻哈哈，跟谁都亲亲热热，但是，他却是个极有分寸的人。成功在于分寸，分寸是做人的准则。该说的，他会说得天花乱坠神采飞扬；不该说的他也会随弯就直引开话题。该骂娘的，他会慷慨激昂地发泄，让人觉得他是个仗义执言的大丈夫；该规避的，他会羚羊挂角无迹可求，让人觉得他是宽容大度的真君子。没有人说他油滑，真正油滑的人是不会露出滑头滑脑的。只有那些要小聪明的人，才吞吞吐吐谨小慎微左右逢源，永远只会鹦鹉学舌地说一些空话大话和正确的废话。说话像背书，办事像外交，举手投足都像舞台上设计好的程式，这种人不会有大出息大作为大指望的。冯含真是一种成熟，一种智慧，当然也是一种阅历和修炼。

他应该是个消息灵通的人，因为他跟方观承很近，近到可以推心置腹互诉衷肠。但是在官场上，他绝对不会没深没浅没大没小的。方观承不说，他绝对不会主动打听的。多知道点儿少知道点儿早知道会儿晚知道会儿都是毫无意义的，哪怕是多读两本书，也比这有价值得多。

并不像人们期待的那样，消息一直没有被官方证实。但是，方观承却把冯含真找去了，把弘皙逆案的前因后果告诉了他。方观承并没有告诉他这些消息不可外传，但是他听出来了，乾隆皇帝不希望更多的人知道这件事，也不允许它出现在朝廷的公文上和录档上。方观承讲这些事情似乎是随口提起的，他真正的意思是告诉他另外一件事：曹家又被抄家了。

冯含真震动了："为什么？"

方观承说："跟弘皙逆案有关。"

冯含真立即说："是他叔叔曹頫吧？"

方观承点了点头。

冯含真苦苦地摇了摇头："曹雪芹曹公子总是担心他这个叔叔，真是惹祸的灾星。"

方观承说："曹頫是个好人，就是时运不济。他在内务府任员外郎，干得踏踏实实，任劳任怨，本来靠着平郡王福彭的关系，曹家还有再兴之日。谁想这个曹頫竟然跟理亲王搅和到一块儿去了，皇帝震怒，平郡王也不好说话了。”

冯含真问：“这是什么时候的事情？”

方观承说：“大概有一个月了吧。别的倒没什么，只是曹公子又要受苦了，他从咸安官学毕业之后，在宗人府干了个笔帖式，也勉强能混日子。现在全家都被扫地出门了，不知道流浪到什么地方去了。”

冯含真问：“张家湾的当铺也被抄了吗？”

方观承说：“应该也是的，那当铺本来早就不属于曹家的了，隋赫德没接收，一直是马家亨经营着，现在是老账新账一起算，在劫难逃了。”

冯含真说：“我该去看看他。”

方观承把一张二百两的银票交给冯含真，说：“我找你来也是这个意思，不管怎么说，先要把曹公子安置好。”

冯含真拿起银票，看了看方观承，扭过了头。他的眼泪已经忍不住淌了下来，但是他不愿意让方观承看见。

乾隆的心情不错，在坤宁宫与皇后富察氏共进了晚餐，又温存了一会儿，便独步出来，进了御花园。

他从父亲雍正皇帝那里继承大统，扛起了大清的江山，堪称是一位勤勉奋进的君主。他宵衣旰食，谨慎地处理朝政。准噶尔犯边，有平郡王福彭镇定；大小金川叛乱，有傅恒去平息；朝内的纷繁政务，有张廷玉料理；运河漕运大计，有顾琮掌管。弘皙这丛杂草，总算是连根拔除了。最近，又不断有喜报传来，四川、两湖、两广、江浙、直隶都丰收在即，国泰民安。他现在应该是江山稳坐，可以睡个安稳觉了。

可是他睡得并不安稳。总是恍恍惚惚没着没落，丢了魂儿似的。说是丢了魂儿也不确切，他的魂儿并没有丢，只是时时调皮地跳出他的躯壳，飘忽在外，若即若离。只要他入睡之后，他的魂儿就会跳在他面前，跳跃着、嬉闹着，还带着哗啦啦的水声。水声又溅起一串水珠，在灿烂的霞光下闪耀：莫提起，提起珠泪洒江河……

正是深秋的夜晚，皓月当空，几颗稀疏的星星显得格外明亮。御花园里百花吐蕊，争奇斗艳，一片浓郁的香气。风有些清凉，很舒服。箫声在这静静的御花园里弥漫着，与那浓浓的香气融合在一起，随着清凉的夜风飘溢着。

乾隆突然觉得，这箫声很凄凉，很孤苦，如泣如诉，如悲如怨。他放步朝着箫声走去，太湖石的假山上，一个一身素白的宫女，侧身坐着，吹着洞箫。在柔媚的月光下，她的身影挺拔秀丽，脸庞光艳清澈。她吹得很沉静，很陶醉。

乾隆也陶醉了，为了这美如仙境的夜晚、美如仙人的宫女、美如仙乐的箫声。他躲在一棵桂花树下，静静地欣赏着。

突然，两个小太监跑到假山下，恶狠狠地咆哮着："快下来，齐公公叫你呢。"

宫女没有理会小太监的咆哮，继续吹着箫。

小太监继续喊着："你听见没有？齐公公叫你快回去。"

宫女神态安然，箫声依旧。

小太监急了，爬上假山，将宫女拉下来。

宫女怒斥着小太监："你们要干什么？"

小太监拉扯着宫女："齐公公叫你呢，你听见没有？"

宫女挣脱着："我不去，你们告诉他我不去。"

小太监又扑上来拉扯宫女，乾隆出现了："放手。"

两个小太监一看是乾隆皇帝，吓得慌忙跪在地上，口呼万岁。宫女也吓坏了，随着跪在了小太监的身后。

乾隆对两个小太监说："你们两个畜生快滚。"

两个小太监爬起来，逃命似的跑了。

乾隆看着跪在地上的宫女："把头抬起来。"

就在宫女抬起头来的一刹那，乾隆不禁叫出了声："小童妹妹……"

宫女低着头，轻声说："圣上，奴婢叫阿香。"

乾隆眼前依然是运河船家女范小童的音容笑貌，他疑惑地问："你……你不是小童？"

宫女说："奴婢叫阿香。"

乾隆半天才回过神来："阿香……你在哪儿效力？"

阿香说："回圣上，奴婢在御膳房做糕点。"

乾隆"哦"了一声，又问："你进宫几年了？"

阿香说："回圣上，六年了。"

乾隆问："一直在御膳房吗？"

阿香说："奴婢伺候过皇太后老佛爷。"

乾隆说："刚才那两个小畜生叫你去干什么？"

阿香说："是齐公公想与奴婢'对食'，结为'菜户'，奴婢不同意。"

乾隆一愣："何为'对食'？何为'菜户'？"

阿香说："'对食'就是一起过日子，'菜户'就是夫妻。"

乾隆更加吃惊了："那个齐公公是干什么的？"

阿香说："齐公公是御膳房的师傅，六十多岁了。奴婢不喜欢他，不愿意当他的'菜户'。"

乾隆问："宫里的太监宫女有多少结为'菜户'的？"

阿香说："奴婢不知道。"

乾隆问："你不敢说是吗？朕恕你无罪。"

阿香说："老年公公多些，年轻的公公也有……"

乾隆深深地吸了一口气："好了，阿香，跟朕走吧。"

乾隆说完，转身朝假山后面走去。阿香迟疑了一下，跟在了乾隆的后面。绕过假山，便是一片花丛碧草，周围是浓密的灌木篱笆。阿香战战兢兢地跟着乾隆，乾隆突然一转身，将失魂落魄的阿香搂在了怀里。

阿香吓得浑身发抖，想喊叫，又张不开嘴。乾隆紧紧地搂着阿香，轻声说："阿香，别怕……"

阿香像一只受惊的小鹿，依偎在乾隆的怀里瑟瑟战栗。

乾隆将阿香轻轻地抱起来，平放在花丛中，解开了她身上的素白衣裙……

阿香半夜未归，气坏了御膳房的齐公公。第二天早上，齐公公指挥两个小太监气急败坏地用藤条儿抽打着阿香，逼着阿香与他"对食"，做他的"菜户"。阿香依然不从，齐公公气得抢过小太监的藤条儿，一边朝阿香的身上抽打着，一边怒骂着："小贱人，不识抬举的东西……你再不从，我就打死你，打死你……"

突然，两个老太监进来宣旨，高声喊道："圣上有旨……"

齐公公一时慌了，扔掉手里的藤条儿，急忙跪下，阿香也和几个太监一起跪下来。

一个太监宣旨："奉天承运皇帝诏曰：封宫女阿香为'童妃'，移居长丽宫思水轩。钦此。"

阿香惊愕地看着宣旨太监，如入梦中。

宣旨太监说："童妃娘娘，还不领旨谢恩？"

阿香如梦初醒，惊慌地叩头：“奴婢谢主隆恩……”

宣旨太监说：“请阿香娘娘收拾一下自己的东西，跟奴才进宫吧。”

阿香跟着宣旨太监走了。

齐公公像一摊泥似的瘫软在地上。

与此同时，内务府也接到圣谕，命令彻查宫里所有太监宫女，凡是结为“菜户”“对食”的，一律关入大牢，等候严惩。

阿香从干粗活的宫女一下子升为嫔妃，让她始料不及，犹在梦中。更想不到的是，第二天晚上，乾隆又翻了她的牌子，让她前去伴寝。

阿香适应了自己新的身份之后，依然百思不得其解，皇上为什么封她为“童妃”呢？

冯含真接受方观承的嘱托之后，直接奔张家湾来了。跟在他身边的依然是吴多宝，两个人搭了一辆进京的官车，倒也轻松顺便。到张家湾的时候正好是正午，街道上有些冷清。及至来到天顺隆当铺门前，也没有碰上一个熟人。铺面的大门紧闭，漆黑的大门上贴着官府的封条。两个人又绕到曹家大院后面，后面的大门上虽然没有贴封条，却也是紧紧地关闭着。冯含真上前推了推门，对吴多宝说：“门是从里面闩上的，看来里面有人。”

吴多宝上前拍打着大门，高声叫着：“有人吗？有人在里面吗？”

半天没有动静，冯含真和吴多宝已经转身要离去了，大门开了。出来的是小顺子。

小顺子穿着短衣衫，两只手上沾满了泥土，像是在忙活着什么。

冯含真急忙上前，跟小顺子打着招呼：“小顺子，你在啊，就你一个人吗？”

小顺子看着冯含真，嘴唇哆嗦着，突然咧开大嘴哭了起来。

冯含真说：“小顺子，你先别哭，快跟我说说，马掌柜呢？陶师傅他们呢？还有，你知道曹公子在哪儿吗？”

小顺子哭着说：“冯兄，你来了，你可来了……完了……天顺隆完了……都完了……”

冯含真说：“我知道，我知道天顺隆被抄家了。可是他们人呢？”

小顺子说：“走了，都走了……”

冯含真问：“都去哪儿了？”

小顺子说："马掌柜去大高力庄了，陶师傅带着大小姐开茶叶店去了，别人也都走了……我也走了。"

冯含真看到小顺子这个样子，心想大概是抄家把他吓傻了。他听小顺子说"我也走了"，不禁笑了笑，说："你不是在这儿吗？"

小顺子说："抄家的时候我就跑了，先是跑到了乡下，后来跑到了通州，再后来又回到了张家湾……我……我身上没钱，又没有别的本事，到别的当铺去，人家又不敢用我……是啊，天顺隆是犯了国法的，谁都不敢沾边了……陶师傅开了个茶叶店，我说去给他当伙计，他都不要我……我没处可去，又回来了。我想，这园子闲着也是闲着，不如种点儿菜拿到街上去卖，兴许也是条活路……你来了，可好了，我就跟着你了。冯兄，无论如何你可要赏小顺子一碗饭吃啊……"

小顺子可怜巴巴地说着，竟然给冯含真跪下来了。

冯含真对小顺子有点儿同情，又有点儿哭笑不得。一个大男人，至于连自己都养活不了吗？至于离开东家就活不成吗？至于这么低三下四地求人吗？

冯含真让小顺子带着他和吴多宝，去找陶元淳。陶元淳的茶叶店在西门里，一个临街面河的三间门脸儿，还有点儿像模像样儿。门上悬挂着的，居然还是天顺隆的牌匾。只不过原来门口那大大的"当"字换成了大大的"茶"字。

这是一个夫妻店，亦东亦伙，没有外人。冯含真他们到来的时候，陶元淳两口子正在吃晌午饭。是马幽兰先见到的冯含真，她听见门口有动静，抬头望去，见到进来的是一个穿官衣的，顿时一惊，手里端的饭碗啪啦摔在了地上。这时候陶元淳才转过头来，看出了是冯含真，也惊愣住了，居然忘了起身迎接客人。

冯含真拱了拱手："陶师傅，打扰了。"

这时候，陶元淳才站起身，慌慌张张地向冯含真请安，颤颤巍巍地叫了一声："冯老爷……"

冯含真一愣，随即哈哈大笑起来："哎呀，陶师傅，你可真会开玩笑，我们一口锅里抡马勺搅和了好几年，你怎么能称我老爷呢？"

陶元淳红着脸说："今非昔比今非昔比，你毕竟是官袍在身，朝廷命官。"

冯含真说："别再寒碜我了，陶师傅，我可还没吃饭呢。"

陶元淳这才轻松下来，急忙吩咐着马幽兰："快给冯……冯先生备碗筷，再去炒几个菜……"

马幽兰一直看着冯含真，发现冯含真穿着那身官袍威风凛凛，格外精神，不由得从震惊到艳羡，由艳羡到嫉妒，又由嫉妒生出一丝莫名其妙的情感。这情感暖洋洋烘烤着她的脸，她的脸被烘烤得通红。听到丈夫的吩咐，她慌忙对冯含真躬了一下身子，转身去了厨房。

陶元淳把冯含真、吴多宝、小顺子让到桌子上，又给他们添了碗筷，并打开了酒瓶给每个人斟上了酒。然后，端起酒杯，对冯含真说："冯……冯先生……"

冯含真把他的手腕摁住了："陶师傅，咱们先把称呼明确一下吧，要不，酒不好喝，话也不好说。不错，我是当官了，七品闲差，芝麻大的小官。可是，就算我的官再大，也还是天顺隆的朝奉，咱们是同柜兄弟，我原来称你师傅，因为你早我几年进的店。你可一直叫我含真的，如果你还把我当兄弟看待，就仍然叫我含真吧。"

陶元淳忙说："不不……不行，不能没大没小没尊没卑，你是官，我们是草民百姓，没给你下跪就觉得够没脸的了，哪敢直呼其名呢？"

这时候，马幽兰把一盘切好的猪头肉端进来了，刚才在她身上表现出来的紧张已经云消雾散了，她又恢复了往日的直率和畅快，笑嘻嘻地说："含真说得对，我叫你含真……自打你一进天顺隆的门我就叫你含真，从来没有改过口。天顺隆毕竟是你的家，在外面当多大的官，回家之后该叫什么还是要叫什么的，对吧含真？"

马幽兰这么一说，轮到冯含真觉得有些尴尬了。两个人相爱过，甚至还有过肌肤之亲，本来坐在这里一起吃饭的，该是他冯含真。可是突然关系变了，陶元淳代替了他。这本来就是一种非常尴尬的关系，如果不是曹家和天顺隆的突然变故，冯含真很可能一辈子都不会再见马幽兰了。刚才进来的时候，冯含真犹豫过，那些轻松的表现和说辞，都是他故意做出来的。刚才他也注意到了马幽兰的慌张与困窘，没想到她转变得会这么快、这么自然、这么不露痕迹。

冯含真顺着马幽兰的话茬儿说："是啊，天顺隆确实是我的家，不过现在你们又有了自己的家，从陶师傅这边论，我该叫嫂子，对吧大小姐？"

马幽兰说："别，既然是家，就别从他那边论，还是从芹馆这边论吧，我该叫你哥，你该叫我妹。"

冯含真感到耳朵根一阵发热，偷眼瞟了一下陶元淳，他觉得陶元淳脸色很难看。

马幽兰说："你们先喝着，我再给你们炒两个菜。"

冯含真说："既然是一家人，就别麻烦了，有什么吃什么吧。"

马幽兰说："那可不行，我哥来了，那可是我娘家人，怎么也得让我哥吃好喝好啊。"

马幽兰一口一个哥地叫着，陶元淳心里不定有多酸呢，冯含真想。

陶元淳把酒杯端起来，正式地向冯含真和吴多宝、小顺子敬酒。

马幽兰很快又炒好了一盘菜，端了进来，直接放在了冯含真面前。

冯含真说："大小姐，你也坐吧，我还有话要问你们呢。"

马幽兰搬了个凳子，大大方方地坐在了冯含真的身边，拿起筷子给冯含真布菜："哥，大老远地来，妹这儿也没什么好吃的，委屈你了……"

冯含真问起了正经话："大小姐，听说令尊令堂到大高力庄住去了，为什么呀？"

马幽兰说："唉，这家说抄就抄了，把我们的苦胆都吓破了。我爹说，没脸在张家湾混了，抬不起头来。好在大高力庄还有几十亩地，我爹带着我娘养老去了。哦，对了，那几十亩地还是当年哥你帮助买下的呢，要不他们连个退身之地都没有了。"

冯含真又问："大小姐，小妖呢？她没跟你们在一起吗？"

马幽兰说："她找芹倌去了。"

冯含真有点儿吃惊："哦……"

马幽兰说："你这个妹妹也算是仗义，她说，曹家被抄了，曹公子不定有多难呢，我得去帮曹公子一把。"

冯含真觉得很欣慰："曹公子住在哪儿呢？"

马幽兰说："不知道。"

冯含真问："小妖知道吗？"

马幽兰摇了摇头。

冯含真说："她不知道，到哪儿去找曹公子呢？"

马幽兰说："是啊，我也是这么说的。可是小妖说，路再长不是有腿吗？地方再生不是有嘴吗？"

冯含真担心起来，话虽然这么说，京城那么大，小妖到哪儿去找曹雪芹呢？

与冯含真见了一面之后，马幽兰可睡不着觉了。她心里一阵一阵地揪痛，错失一步，痛憾一生。冯含真应该是她的，她现在应该是出门坐轿子的贵夫人。夫贵妻荣，一呼百应，光耀门庭，这才是她想要的。本来已经得到了，娶她的轿子都进了门，马上就要拜天地做夫妻了，没想到却杀出来一个范小童。范小童把她的婚事搅了，也把她这一辈子毁了。

她爱过冯含真，她是真心实意想嫁给冯含真的。出了事以后，把范小童赶跑不就行了吗，干吗还要把冯含真赶跑？赶跑了冯含真就等于赶走了她一辈子的造化。糊涂啊，糊涂爹糊涂娘，糊涂爹娘把她嫁给了糊涂郎。

话又说回来了，陶元淳也算不得是糊涂郎。陶元淳爱她，宠着她，也会过日子。可就是不求上进，同是秀才，人家冯含真就能考上举人，考上进士，还能入翰林院当大官。陶元淳就这么不争气，奔来奔去还是个小买卖人。跟着陶元淳，一辈子别想再有出头之日了。

马幽兰在炕上烙饼一样地折腾着，害得陶元淳也睡不踏实。陶元淳开始的时候以为马幽兰翻来覆去地睡不好，后来竟听见了马幽兰长吁短叹，最后，马幽兰趴在枕头上抽泣起来。陶元淳觉得事情严重了，扳着马幽兰的肩膀问："你怎么了？"

马幽兰听见陶元淳问，竟然哭了起来。

陶元淳慌了，忙摇晃着马幽兰的肩膀，焦急地问："出了什么事？"

马幽兰说："你倒是吃得饱睡得着，没心没肺。"

陶元淳摸不着头脑："我……我怎么了？"

马幽兰说："你没看见冯含真吗？"

陶元淳说："看见了，冯含真不错啊，怎么了？"

马幽兰说："光看见别人不错了，你自己呢？"

陶元淳笑了："你是不是后悔了？"

马幽兰高声说："我就是后悔了，你怎么办吧？"

陶元淳说："后悔你去找冯含真呀，只要他还要你，我没意见。"

马幽兰火了："你浑蛋，你他妈的白捡了一个媳妇，还得了便宜卖乖。我一心一意地跟着你，你还说这混账话。"

陶元淳哄着马幽兰说："算了，我就是跟你开了句玩笑，你还当真了。好了，睡觉了。"

马幽兰说："不行，你得争气。"

陶元淳说："我怎么争气？"

马幽兰说："你得去捐官。"

陶元淳说："捐官？哈哈……亏你想得出来。"

马幽兰说："你别笑，我说的是正经事。"

陶元淳说："捐官得需要白花花的银子，咱那点儿积蓄，不是都开了这茶叶店了吗？"

马幽兰说："你不是还有家产吗？"

陶元淳说："就算捐了官，也不一定能当上官，你看果子府那些捐官的，天天狗一样地闻味儿巴结着抢骨头，猴年马月才能补缺呀？"

马幽兰说："你看徐巡检就是捐的官，从七品干起，现在据说都是四品黄堂了。"

陶元淳懒得与马幽兰争论这不着边际的话题，他是个讲究实际的人。

马幽兰却不甘心，还在一个劲儿地劝他。

陶元淳只好敷衍说："这么大的事情，我们得慢慢商量，从长计议。"

马幽兰喋喋不休地说着，说着说着，她觉得不对味儿，耳边响起了陶元淳的鼾声。

第二十一章

冯含真到京城寻找小妖和曹雪芹没有带吴多宝。一方面，他觉得少一个人少一份麻烦；另一方面，小顺子缠着要跟他走，他又不好拒绝，便让吴多宝也留下来，说等有了新的差事便招呼他们一起走。

冯含真抱着一线希望，先到崇文门外蒜市口的曹家老宅，结果如同天顺隆当铺一样，大门上也贴着狰狞的封条。冯含真转悠了一会儿，便到珠市口西大街去找纪晓岚。纪晓岚不在，家人说他告假回沧州老家了。冯含真无奈，只得在西直门附近找一个小旅馆住了下来。

冯含真每天在四九城转悠，寻找着曹雪芹和小妖。漫无边际地转了七八天了，一点儿音信也没有。不能再这样耽搁下去了，这天早上，他准备跟旅馆老板结账回直隶总督府。说来也是缘分，或许是功夫不负有心人，冯含真刚从小旅馆出来，就听到有人喊他的名字。扭头一看，原来是敦敏、敦诚两兄弟。两个人各骑着一匹马，旁边还跟着一个担着货物的挑夫。两兄弟见到冯含真，忙翻身下马，说要到西山去看望曹雪芹。真是踏破铁鞋无觅处，得来全不费工夫。冯含真告诉两兄弟，他正是为了寻找曹雪芹才到京城来的。两兄弟帮助冯含真在附近的脚行租了一头骡子，三个人高高兴兴地朝西山赶去。

敦敏、敦诚是曹雪芹咸安宫官学的同窗，三个人又是最要好的朋友。早在几年前冯含真带着纪晓岚拜访曹雪芹的时候，他们便在通州大光楼认识了。冯含真在翰林院供职期间，曹雪芹又经常带着两兄弟去找他，他们有过许多次开怀畅饮的经历。敦敏、敦诚是清太祖努尔哈赤十二子英王阿济格之后。阿济格与弟多尔衮同为大妃乌拉纳喇氏所生。顺治七年十二月，多尔衮于狩猎途中暴卒于喀喇城，世祖亲政，阿济格立遭囚禁，次年十月赐死，子孙降为庶人。顺治十八年，谕阿济格次子傅勒赫无罪，复宗籍。康熙元年，追封傅勒赫为镇国公，其子绰克都并封辅国公。绰克都之子普照，袭辅国公，坐事夺爵。普照之子瑚玐，即敦敏、敦诚兄弟之父。

由此算来，敦敏、敦诚应为英王阿济格的五世孙。

三个人说笑着赶路，不知不觉便到了曹雪芹赁居的地方，一个篱笆插的小院，三间砖土房。冯含真还没有下马，便激动地喊了起来：“曹公子在家吗？”

小屋里的曹雪芹听到喊声，急忙挓挲着手跑出来，一见是三个好朋友突然来访，激动得拱手相迎，热泪盈眶，连话都说不出来了。

已经到了晌午时分，敦敏招呼着挑夫搬卸着担子上的东西。冯含真与曹雪芹牵着手进了屋，见屋里还有两个老者。老者见曹雪芹有客来，慌忙与曹雪芹告辞走了。

冯含真打量着曹雪芹居住的小屋，一铺土炕，土炕上一张破旧的小饭桌。饭桌上摆着笔墨纸砚，还有几张画着花鸟的图画。

曹雪芹一边收拾着屋子，一边张罗着烧水泡茶。敦敏、敦诚把挑夫挑来的东西搬进来，都是熟食酒菜。冯含真帮助收拾着那张小饭桌，拿起那几张画图问：“曹公子，这是什么？”

曹雪芹说：“你不是见到刚才那两位老人了吗？他们都是附近的村民，两位老人一个聋哑，一个腿脚不利索。他们不能种田谋生，就糊风筝到香山去卖。他们都没读过书，糊的风筝既粗糙又难看，还飞得不高。这不，我把这些风筝样子画下来，让他们照着去做，价钱比原来翻了一倍。”

冯含真看着画图，上面写着南鹞北鸢考工志，还有“扎”“糊”“绘”“放”四个题目，遂问：“曹公子，你这也是要出书呀？”

曹雪芹说：“闲来无事，把这些年收集的一些零碎技艺编辑一下，准备出一部《废艺斋集稿》，共分为八册：你看的《南鹞北鸢考工志》算一册，《蔽芾馆鉴金石印章集》算一册，《岫里湖中琐艺》算一册，《瓶湖懋斋记盛》算一册，《斯园膏脂摘录》算一册……”

冯含真听着曹雪芹的写书计划，一边感叹他的博学多艺，一边心里发酸。一个胸藏锦绣满腹经纶的世家公子，居然沦落到这个份儿上了，真可谓淤泥埋着紫金盆了。

敦敏、敦诚两兄弟已经把熟食酒菜摆上了桌，招呼着他们上炕入席。

曹雪芹不好意思地说：“你看，还要自带酒菜，真是来人吃来物，秃子煮葫芦。”

敦敏说：“兄弟之间没有那么多讲究，咱们边喝边谈。”

四个人坐在炕桌上，立刻推杯换盏，谈笑甚欢。

端起酒杯之后，冯含真心里惦记着两件事情。一件是小妖从张家湾来找曹雪芹，看来现在还没有找到。另一件便是方观承吩咐他来看望曹雪芹，并带来了二百两银票。冯含真把酒杯放下，伸手要掏方观承带来的银票，没想到敦敏却从怀里掏出了一摞书稿，递给了曹雪芹："曹兄，这几章书稿抄好了，我把原稿退还给你，你收好。"

冯含真一愣："什么书稿？"

敦诚说："冯兄还不知道吗？曹雪芹现在可是出了大名了，他写的书在京城各府宅风传，议论纷纷，争相传抄，好评如潮……"

冯含真急着问："什么书？曹公子，你在写什么书？"

曹雪芹说："早在张家湾的时候，我就跟你说过，要写部书。"

冯含真说："是写江湖的，还是写女人的？"

曹雪芹说："是写石头的，书名就叫《石头记》。"

冯含真说："写后花园那块碎了的石头？"

曹雪芹说："写那块补天之石。"

敦诚又举起杯来："喝酒喝酒，冯兄，我先敬你一杯，为了我们的巧遇、我们的缘分。"

冯含真也豪迈起来："对，为了缘分。今天要不是碰上你们两兄弟，我就回保定了。我干了这杯……"

几个人共同举起了酒杯，还没往嘴边送，突然外面传来一阵喧闹的鼓乐声。几个人同时朝窗外望去，一顶二人抬的小花桥进了院子，花轿后面还跟着几个吹吹打打的响班。

敦敏问："曹公子，你在搞什么鬼名堂？"

敦诚说："莫非是娶媳妇吧？"

冯含真说："娶媳妇哪儿有这么简单的？是不是什么人来了？"

敦敏说："什么人来还需要吹吹打打的？"

三个人在莫名其妙地发问，曹雪芹却直愣愣地看着窗外，一片茫然。

冯含真首先下了炕，朝屋外走去。

一个扶着轿杆的中年人喊着："喜轿进门，请接轿。"

曹雪芹已经出了屋门，慌忙说："错了错了，你们走错了门了……"

扶轿杆的中年人说："没错，这不是曹公府吗？"

曹雪芹"扑哧"笑了："你们看看我这土房漏屋，像公府吗？"

扶轿杆的中年人说："那您是不是曹公子呀？"

曹雪芹说：“我姓曹没错，可是这儿不是公府啊。”

扶轿杆的中年人说：“只要是曹公子住的地方，土窝草棚都是公府。”

曹雪芹说：“就算这是公府，可是我没娶媳妇呀？”

扶轿杆的中年人说：“这媳妇给您送上门了，您娶过来不就是了。”

曹雪芹说：“荒唐荒唐，哪儿有这么荒唐的事？”

冯含真看着这事有些蹊跷，来到轿子前面，严肃地问：“师傅，这到底是怎么回事？”

扶轿杆的中年人也认真地说：“这是曹公子娶的媳妇，我们是送亲来了。”

冯含真说：“那新娘子是谁？”

扶轿杆的中年人说：“新娘子是谁我们怎么会知道？让曹公子接轿就是了。”

冯含真回头对曹雪芹说：“要不，您过来看看？”

曹雪芹说：“我们怎能随便看人家新娘子呢？这不是笑话吗？”

敦敏说：“这事怪了，有送金的有送银的，还没听说有送媳妇的呢。”

敦诚说：“雪芹，反正你也是单身，干脆接下来算了。”

曹雪芹说：“你拿我开心是不是？”

冯含真又对曹雪芹说：“这事蹊跷，总是要弄清楚，不行我替您看看？”

曹雪芹没表态，冯含真走上前，冲着轿子说：“请问喜轿里的小姐您的芳名……府上在哪儿？为何下嫁曹公子？谁人为媒？”

轿子里悄无声息。冯含真更感到奇怪了，上前一步，果决地掀开了轿帘儿。就在这一瞬间，穿着红衣红裙戴着红盖头的女子从轿子里蹿了出来，扑到冯含真的怀里，声嘶力竭地哭叫着：“我的亲人啊……”

冯含真大惊失色，刚要把怀里的女子推开，女子却紧紧地勾住了他的脖子，双脚离地，哭着说：“亲人啊，你快把我抱进去啊……”

冯含真听出了这女子的声音，也隐隐约约明白了怎么回事。

女子紧紧地抱着冯含真，依然带着哭腔说：“别放下我，别放下我，新娘子头不能见天，脚不能沾地……”

冯含真一只手抱着女子的腰，一只手抄起她的腿，扎扎实实地抱起来，朝曹雪芹的屋里走去。

曹雪芹慌忙拦住：“冯兄，这是谁呀，你别随便往屋里抱呀……”

冯含真说："你媳妇，没错了。"

曹雪芹叫了起来："冯兄，这玩笑可不能开，我哪儿来的媳妇呀？"

冯含真边走边说："我没跟你开玩笑，就是你的媳妇。"

曹雪芹慌了，向敦敏、敦诚求救："你们快拦住他，这太荒唐了……"

还没容敦敏、敦诚醒过闷儿来，冯含真已经把女子抱进了曹雪芹的屋里，放在了炕头上。

外面的鼓乐又咿里哇啦地吹奏起来。

曹雪芹站在地上，急得直搓手："冯兄，这到底是怎么回事呀？"

敦敏、敦诚也问："这女子是谁呀？"

冯含真看着曹雪芹："曹公子，新媳妇都坐在炕头上了，快揭盖头吧。"

曹雪芹说："我连她是谁都不知道，怎么能随便揭人家的盖头呢？"

敦敏也说："冯兄，这事可轻率不得，万一弄错了，可要吃官司的。"

冯含真说："错不了，这就是曹公子的美好姻缘。曹公子，请吧。"

曹雪芹还是不敢上前，试探地问："请问小姐，您要嫁的郎君是谁呀？"

戴着盖头的女子一声不响，端坐在炕头上。

曹雪芹更加胆怯了，看看冯含真，又看看敦敏、敦诚。

冯含真催促着："曹公子，您要是不揭这盖头，我们怎么喝您的喜酒啊？"

敦敏问："这么说，确实是雪芹的喜事？"

冯含真说："放心吧，今天我是主婚人，一会儿你们可要向我敬酒。"

敦诚说："雪芹，既然冯兄是你主婚人，你还犹豫什么呢？"

曹雪芹说："可我也得知道盐从哪儿咸，醋从哪儿酸呀。"

冯含真说："曹公子，这盖头您要是不揭，可要后悔一辈子的。"

曹雪芹说："可是我要揭了盖头，这辈子的赌注就全押上了。"

冯含真说："有我冯含真坐庄，您还怕赌输了吗？"

曹雪芹也慷慨起来："好，不管是水是火，我可跳河一闭眼了。"

冯含真鼓励着说："嗯，这才是大丈夫所为。"

曹雪芹搓了搓双手，深吸了一口气，大有孤注一掷的壮举，走上前，一把扯下了女子头上的盖头。顿时，他又后退两步，定睛看了半天，才惊叫起来："小妖……"

小妖却低着头笑起来，笑得身子都颤抖起来。

冯含真对愣在一边的敦敏、敦诚说：“你们快叫嫂子吧。”

敦敏、敦诚看了看曹雪芹，曹雪芹一脸喜色，知道这婚事是真实的了，忙上前给小妖行礼：“敦敏、敦诚拜见嫂子。”

小妖笑着躬了躬身子，算是还了礼。

外面的鼓乐手们还在吹打着，冯含真出去，拿出了一些银子，把他们打发走了。

曹雪芹还是如在梦中，神魂颠倒地站在地上，不知该如何是好。

冯含真进来说：“好了，快坐下来喝酒。小妖，你的盖头也揭了，把酒杯端上来。”

几个人重新上炕入席，小妖却说：“我要吃子孙饺子。”

冯含真看了看曹雪芹，曹雪芹也有点儿手足无措。

小妖说：“曹公子，别发愁，我自己带着呢，煮煮就行了。”

小妖说着，打开随身带来的一个包袱，从里面端出一个小盒儿：“这里面有七个子孙饺子，是我自己包好的。”

曹雪芹说：“我去煮吧。”

小妖说：“别，你煮不合适。”

冯含真说：“你们先喝着酒，我去煮。”

坐在炕外面的敦诚说：“还是我去煮吧，我是小叔子，也沾你们点儿喜气。”

小妖不客气地把那个装着子孙饺子的盒子交给了敦诚。

冯含真迫不及待地说：“小妖，快跟哥说说，这是怎么回事？我到张家湾找你去了，马幽兰说你进京找曹公子了，我又到京城找你和曹公子，转了七八天了，今天碰上敦敏、敦诚二位兄弟才知道曹公子的下落。你呢？你是怎么找到曹公子的？又怎么出了这么一个幺蛾子？”

曹雪芹说：“是啊，你什么时候进京的？又是怎么找到我的？”

冯含真问：“这么说，你们一直没见面？”

小妖说：“曹公子没见到我，可我见到他了。”

曹雪芹说：“什么时候？”

小妖说：“我到京城来找你两个多月了，直到三天前才见到你。”

曹雪芹说：“你是在哪儿见到我的？”

小妖说：“就在这儿，这小院里。”

曹雪芹说：“这么说你三天前就来了？怎么没进来？”

小妖说：“我在京城一边卖艺一边寻找曹公子，我这才知道京城有多大，无根无据地找一个人，真好比大海捞针。直到前几天，在一个小茶馆里听到两个人在谈论一部叫《石头记》的书，开始没在意，后来听他们谈到了曹公子的名字，忙上前打听，这才知道曹公子在西山正白旗写书。我来到正白旗，一家一家地打听，终于把曹公子找到了。我是三天前的傍晚找到曹公子这个小院的。当时曹公子一个人正在烧火做饭，我当时一边看一边流眼泪。这么一个娇贵的公子怎么会干这些粗活儿呢？两个多月前曹家被抄的时候，我就想到了曹公子的难处，可是没想到会难到这个地步。我来京城找曹公子，就是要来照顾他的。可是见到曹公子住的这个房子，一间屋子半间炕，我怎么留下来呢？孤男寡女的住在一起，街坊四邻该怎么议论？我倒没啥，不能坏了曹公子的名声。我想，索性嫁给他算了，名正言顺……”

这些话，小妖讲得很平静，像是在讲一件平平常常的事情。可是曹雪芹听后，已经泪流满面了。

冯含真和敦敏也被感动得泪水横流。

曹雪芹站起来，向小妖深深地鞠了一躬，流着泪说：“雪芹何德何能，让小妖姑娘如此眷顾？此恩此情，雪芹没齿不忘。”

小妖见状，也腾地从炕上跳下来，站在曹雪芹身边，说：“曹公子若不嫌弃小妖，就让我们拜堂吧。”

曹雪芹说：“何谈嫌弃，雪芹对小妖姑娘倾慕已久，能与姑娘结为伉俪，实乃三生有幸。小妖姑娘，请先受雪芹一拜吧。”

曹雪芹屈膝要跪下，小妖忙把他搀扶住了：“不，我们的婚事虽然草率，也要按照规矩来。天地是要拜的，高堂不在我哥在……”

敦敏一听，也忙下了炕：“小妖姑娘说得对，这草屋就是喜堂，我来当知客吧。”说着，敦敏高声喊了起来，“新郎新娘，步入喜堂……”

曹雪芹和小妖并肩站好。

敦敏又喊道：“一拜天地……”

曹雪芹和小妖冲着外面，并肩磕了一个头。

敦敏又喊：“二拜高堂，请娘舅哥入座。”

冯含真在炕沿上端坐。

曹雪芹和小妖向冯含真磕头。

敦敏又喊着："夫妻对拜……"

曹雪芹和小妖面对面站好，跪了下来。磕头完毕，曹雪芹却没有站起来，抱着小妖，"哇"地哭了起来："娘子……"

小妖也紧紧地抱住了曹雪芹，她没有哭出声来，只是静静地流着眼泪。

敦敏和冯含真把曹雪芹和小妖搀扶起来，又把他们扶到炕上。

敦诚端着热气腾腾的子孙饺子进来了："子孙饽饽来啦！"

于是，冯含真坐在小妖旁边，敦敏坐在曹雪芹旁边。冯含真拿起筷子，把一个饺子一夹两瓣儿，夹起半瓣儿送到小妖的口中。敦敏用筷子夹起另一个半瓣儿送到曹雪芹的口中。敦诚在旁边唱着祝词："琴瑟合音，白头偕老……"

冯含真和敦敏又喂一对新人第二个饺子。

敦诚唱道："福寿双全，儿孙满堂……"

小妖和曹雪芹继续吃着。

敦诚问小妖："生不生？"

小妖笑着说："生。"

敦敏忍不住问："生多少？"

小妖说："五男二女。"

吃着、唱着、笑着，小小的土屋里充满了喜兴。然后，大伙儿又坐下来喝酒祝贺，欢声笑语，把外面的鸟儿都招惹来了，蹬在窗口朝里面看着。鸟儿想，原来人间不都是苦难，也有欢乐的时光。

冯含真带着吴多宝和小顺子上路了。先是顺着大运河搭船南行，到了清河码头，他们上了岸。依然是一身素常的装束，冯含真骑着一头毛驴，吴多宝和小顺子跟在后面。他们公开的身份是京城来的古玩商人，掌柜的姓马，带着两个徒弟到乡下收购古董字画。主仆三人一路上溜溜达达，顺理成章地进入了山东德州界。

冯含真的真实身份说出来吓死人：乾隆皇帝的钦差御史。

自从乾隆微服南巡，平息了理亲王弘皙逆案之后，朝政便逐渐进入了常轨。不断有奏折递到乾隆的案上，揭发检举德州官员贪污修筑黄河及救灾款项，数目大得惊人。上次带着刘统勋和纪晓岚出巡，就是暗访德州贪腐案，可一路上节外生枝，硬是跟青帮搅和在了一起，把该办的事情全耽误了。事情没有办成，乾隆没有忘记，管辖山东的直隶总督方观承也没有忘记。方观承派出三批能吏前去勘察，前后花费一年多的时间，都没有查出任何结果。

乾隆皇帝要提高勘察人员的等级，方观承推荐了冯含真，乾隆皇帝立即准奏，授予冯含真正四品钦差御史。

冯含真官运亨通，吴多宝奴随主贵，一路上神气十足颐指气使。跟别人抖不起威风吹不得牛，只能对小顺子指手画脚。看那架势，听那口气，好像冯含真的升官有一多半是他的功劳。小顺子表面上逆来顺受，心里却一百八十个不服气。

一路上，吴多宝絮絮叨叨地给小顺子讲着当奴才的规矩。譬如吃饭，老爷没动筷呢你不能先夹菜；譬如睡觉，老爷睡下了你才能躺下；譬如走路……

小顺子说："这些我都懂，别忘了我和冯哥都是从天顺隆出来的，能不懂这些规矩吗？"

吴多宝说："你懂个屁，还冯哥，冯哥是你叫的吗？就是再亲再近，你也得叫老爷，明白吗？"

小顺子说："这不是私底下称呼吗？当着外人的面我肯定叫老爷。"

吴多宝说："就是私底下也不行，不能坏了规矩。"

小顺子说："你不是有时候也叫冯哥吗？"

吴多宝说："我……我那是考验一下你，看你能不能听出毛病来。你没言语，说明你不懂规矩。"

小顺子"哼"了一声："你这是歪理，胡搅蛮缠。"

吴多宝说："我问你，你知道官场上怎么称呼咱老爷吗？"

小顺子说："当然要称老爷了。"

吴多宝得意起来："露怯了吧？咱老爷是四品黄堂，要称大人。四品以下才称老爷呢，你呀，整个一个怯勺，说你还不服气。"

小顺子被吴多宝挤兑急了，找辙说："你牛什么呀？要比认识咱老爷，我比你早多了。"

吴多宝说："你怎么说瞎话不脸红呢？咱们掰扯掰扯，你是什么时候认识咱老爷的？"

小顺子说："咱老爷当年到天顺隆的时候，我们就认识了，那时候你在哪儿呢？"

吴多宝说："是咱老爷的两只脚迈进天顺隆当铺门槛之后你认识的吧？"

小顺子说："是啊。"

吴多宝说："你在门槛里面吧？"

小顺子说："是啊。"

吴多宝说："一个人要进门，应该先见到门槛里面的人，还是先见到门槛外面的人？"

小顺子说："当然是先见到门槛外面的人了。"

吴多宝说："我就在门槛外面。"

小顺子说："那要看哪一天了。"

吴多宝说："就是当天，不信你问咱老爷。"

小顺子含糊了，看了看冯含真，没敢问。

吴多宝得意地摇晃着脑袋。

冯含真忍不住笑了笑。

小顺子突然明白了："原来你是那个耍无赖的叫花子？"

吴多宝说："叫花子怎么了？咱老爷也当过叫花子。"

小顺子没词了。

冯含真开始说话了："我说你们两个吵完了没有啊？"

吴多宝说："我这儿正给他立规矩呢，跟着老爷您这么大的官出去，没有规矩可不行。"

冯含真说："我现在要给你们立规矩了。"

吴多宝立即拍打了一下小顺子："好好听着。"

冯含真说："到了德州，你们只是给我料理私事，不能擅自插手公事。"

吴多宝点头弯身说："嗻。"

冯含真又说："跟德州地方上的任何官吏，都不许单独接触。"

小顺子说："知道了。"

吴多宝纠正着小顺子："你得说'嗻'。"

小顺子没理他。

冯含真接着说："不许收受任何礼物，半两银子都不行。"

小顺子说："知道了。"

吴多宝又拍了小顺子一下："你怎么不说'嗻'呀？"

小顺子说："我说不惯。"

吴多宝说："说不惯得学着点儿，这是规矩。"

冯含真说："这个规矩小顺子可以不学，咱这不是在皇宫里，我也不是宗室贵族的官员。你也不要再说'嗻'了。"

吴多宝随口答应着："嗻。"

轮到小顺子反击了："老爷不让你再说'嗻'了，你怎么还说'嗻'呀？"

冯含真说："这三条你们给我记住了。如果是在家里，或者在天顺隆当铺里，你们不听我的话，犯了规矩，最多我也就是说说你们，或者以后不再理睬你们了。现在你们跟着的是朝廷的命官，我给你们立的三条规矩，是约法三章。约法也是法，官法如炉，铁面无私。你们犯了规矩就是犯了法，我要依法处置你们。所谓依法处置，就是该打则打、该押则押、该杀头则杀头。明白了吗？"

小顺子点着头说："明白了。"

冯含真问吴多宝："你呢？"

吴多宝不敢说"嗻"了，一迭连声地说："明白明白，老爷的话我牢牢地记住了。"

一条宽阔的官道，官道旁边立着一块石碑，上面写着"德州界"。

吴多宝眼睛尖，先发现了前面有异，叫着："老爷您看。"

德州界碑前面的不远处，用木料搭起了一个临时的牌楼。牌楼上扎着红绸彩带，上面写着"恭迎御史"四个大字。牌楼的旁边，停放着一顶八人抬的绿呢大轿。大清朝对官员在乘轿上有着严格的规定，超规便是僭越。皇帝是十六人抬的銮舆，郡王亲王是八人抬的大轿，京官一二品乘四人抬的大轿，外官总督巡抚乘八人抬大轿，三品以上官员乘绿呢大轿，四品以下官员乘蓝呢大轿。冯含真是四品，应该乘坐蓝呢大轿。但是京官外访，无职高三品。即使是一个六品七品的办事员，到地方上也要受到超高的礼遇。不要说州县知府，就是藩台、臬台也要将之奉为座上宾。如此说来，德州知府为冯含真准备的绿呢大轿亦不为过。更何况冯含真还是钦差御史，代表皇帝来的，谁敢怠慢？

冯含真一行三人从官道上的牌楼下路过，出于礼貌，冯含真下了驴，把缰绳交给了吴多宝，自己步行过去。那些恭候的官员也都扭过头来打量了一下他们，谁都没有在意。

就这样，一连三天，恭迎御史的官员们都忐忐忑忑而去，垂头丧气而归。徐可良沉不住气了，廷寄的公文早就到了，御史怎么还不露面呢？御史不来，他们每天都要去候去迎去接，接不来也要去。又过了十几天，冯含真主仆三人在德州府衙门前出现了。

冯含真是把行李物品放在客栈之后来到德州府衙门的。这些天走村入户、夜以继日、风餐露宿，每个人都一脸疲倦，两眼通红。外面的衣衫也皱皱巴巴地沾满了泥土污痕，一副贫困灾民的模样。

府衙门前如临大敌，三步一岗五步一哨。他们防范的当然不是钦差御史，而是被称为子民的老百姓。徐可良等官员们在恭迎着钦差御史，黎民百姓也在等待着钦差御史。御史到来如皇帝亲临，身披着奇冤重怨忍无可忍的乡绅百姓准备好了要告御状，弹劾知府徐可良。冯含真在乡村勘察的时候，更是亲眼看到虎狼般的官吏衙役，入村进户，威胁百姓不许告状。据说每一个官员都包村包户，谁承包的地方出了乱子就要拿谁问罪。许多官吏为了保障稳定，便把一些可能告状的村民抓起来，关入了秘密设置的监狱。监狱里那些打手更是心狠手辣，百般折磨令其屈服，不服者干脆秘密处死，然后向其家属交代说病故、逃跑、失踪云云。

冯含真三人刚刚接近府衙，呼啦便上来一大帮衙役，大刀利剑对准了他们的胸口。

冯含真平静地说："请给我通报一下徐知府……"

衙役们一听来人要见徐知府，没等冯含真说完，便扑上来要捆绑他。

吴多宝急了："干什么你们，要造反呀？你们也不问问是谁就胡来。"

衙役们说："不管你是谁，钦差御史要来了，我们要保障御史的安全。"

吴多宝骂起来："放你妈的屁，快让徐可良给我滚出来。"

衙役们见吴多宝说话语气大得无法无天，竟然一时含糊了。

小顺子见吴多宝盛气凌人，也立即壮起胆子来，大声说："你们谁敢放肆，这是钦差御史冯大人……"

正在这时候，徐可良气喘吁吁地从衙门里跑来了，边跑边喊："快放手快放手，你们这些浑蛋……"

徐可良跑到冯含真面前，咕咚跪下了，一迭连声地说："卑职徐可良恭迎御史大人……"

徐可良这一跪，从衙门里跟着跑出来的官吏都噼里啪啦地跪下来，冯含真面前立刻出现了一大片黑黝黝的脑袋。

吴多宝双手叉腰，高仰着头颅，似乎这些官员是给他跪下的。

小顺子也神气十足，端着架势紧紧地站在冯含真旁边。

冯含真故意让徐可良一班人跪了一会儿，才淡淡地说："徐知府免礼。"

徐可良边爬起来边高声说："谢御史大人。"

正在这个时候，一个声嘶力竭的哭声从府衙东面的街道上传过来："御史大人救命啊……青天大老爷，救命啊……"

冯含真注意到，一大群官吏和衙役朝着哭喊声的方向扑过去。

徐可良很清楚发生了什么，却热情地跟冯含真打着招呼："御史大人，里面请。"

哭喊声很顽强，惊天动地，并伴随着拼命的挣扎："放开我……放开我……我要见御史大人……"

冯含真没有理睬徐可良，却大步朝着府衙东面的街道方向走去。前面乱哄哄的拥挤着许多人，一个中年女人哭喊着、挣扎着，一群衙役把那个女人架起来，拉住她的手脚，捂着她的嘴。中年女人还在挣扎着，断断续续地呼喊着："御史……大人……救命……"

徐可良紧紧跟在冯含真的后面，慌慌张张地说："大疯子……是个疯子……天天来闹事……"

冯含真已经走近了事故现场，对徐可良说："让他们立即住手，我要见那个疯子。"

徐可良"啊啊"着，看看冯含真，又看看那群疯狂的官吏衙役。

冯含真喊叫起来："听见没有？我要见那个疯子。"

徐可良一激灵，忙跑过去喊叫着："住手住手，带那个疯子来见御史大人……"

那群官吏衙役停下来，那个女人飞扑过来，跪在了冯含真面前："御史大人……青天大老爷……您可要为民女做主啊……"

冯含真低头一看，那个女人有三十多岁，披头散发，满脸血污，身上的衣服都被官吏衙役们撕破了，裸露着肩头和半个胸脯子。冯含真弯下腰，和蔼地说："大嫂，他们说您是疯子，您是吗？"

女人捣蒜般地磕着头，哭叫着："御史大人……民女不疯……他们还没有把民女逼疯……民女就是要告状……告那狗官徐可良……抢男霸女……欺压百姓……我那小女儿，刚刚十一岁……十一岁就被他徐可良糟蹋了……御史大人，您可要给民女做主啊……”

徐可良急了：“你这个疯子胡说什么？不要命啦？”

冯含真轻声说：“徐知府，既然她是疯子，让她说两句疯话怕什么？本官不会相信的。”

徐可良尴尬地“啊啊”着。

冯含真又对那女人说：“大嫂，你既然要告状，有状子吗？”

女人直起腰，背过身去，解开系得死死的腰带，从裤裆里拿出一沓写好的状纸。

徐可良又叫起来：“你还说你不是疯子，把状纸放在裤裆里，这是侮辱御史大人。”

冯含真把女人递上来的状纸接过来，揣在怀里，又转身跟吴多宝和小顺子说：“把这个女人送到我们的客栈里，严加保护，不许任何人接近。”

吴多宝和小顺子答应着把那个女人搀起来，护送着她朝人群外走去。

冯含真跟着徐可良进入了知府衙门的花厅，徐可良张罗着上茶，又把身边的一些官吏挨个介绍给冯含真，然后便张罗说：“御史大人，您一路上辛苦，卑职预备了一桌薄酒，中午给大人接风洗尘。”

冯含真说：“知府大人接到朝廷的公文了吧？知道本御史此行的差事吧？”

徐可良说：“知道知道，您是前来查验修筑黄河大堤和赈灾银两的。所有的账目卑职都给您准备好了，请大人过目。”

冯含真看到，在他身边的案桌上，果然放着一大摞账本。冯含真从上面拿起一本顺手翻了翻，又放下了。他是当过天顺隆当铺账房的，一看便知道这是徐可良已经做好了的假账。转身对徐可良说：“我在城北的如归客栈订了房间，一会儿派人跟我把这些账目送过去。”

徐可良点头称是。

冯含真说：“还有，请把各县、各乡、各村的户籍册簿拿来。”

徐可良一听冯含真要户籍册簿，顿时慌了，敷衍说：“好好，卑职让人准备好，明天给大人送到如归客栈。”

冯含真说：“户籍册簿是现成的，无须准备，拿来就是了。”

徐可良说：“啊啊……管户房的人不在……卑职马上派人去找。”

冯含真指着官吏中一个留着黄胡子的男子说：“薛先生，你不是管户房的吗？”

谁都没有想到，冯含真居然熟悉德州府的官吏，并且知道管户房的是谁。徐可良被当面戳穿，无地自容。

冯含真吩咐着：“薛先生，麻烦您把我要的户籍册簿取来，我在这儿等着。”

徐可良和众官员面面相觑，不知道该如何是好了。冯含真却坐下来，端起了茶杯，并且客气地说：“哦，诸位都坐吧，别客气……”

第二十二章

冯含真坐在车上，押着一个装着账本和册簿的木箱子，来到了如归客栈。

如归客栈在德州城北算是一个大客栈，前后三进院子，有五六十间房子。后院的东面，还有一个三间正房和一间厢房的小跨院。跨院有院门，关上门便可以独立成为一个小院。冯含真住在正房，吴多宝和小顺子住在厢房。

冯含真指挥着跟车前来的衙役把装账本的箱子搬进自己的房间里，朝四下看了看，发现不见了那个告状的女人。吴多宝说："她走了。"

冯含真原本想让那个女人等他回来，跟她好好谈谈的。

吴多宝说："那个女人说了，要说的话都在那状子里了。"

冯含真问："她回哪儿了？"

吴多宝说："回家了。"

冯含真又问："她家是哪儿的？"

吴多宝说："她只说是夏津县的，到底哪个村没说。"

冯含真没再说什么，打开箱子，看着满满摞摞一箱子账本和册簿，吩咐吴多宝到外面买一对合页和一把大锁。

吴多宝走了，冯含真坐在炕上，这才从怀里把那个女人的状子掏出来看着。第一份状子就是告徐可良强奸幼女之罪，除了那个女人亲生的十一岁的小女儿，还有别家的七八个女孩儿，大的十四岁，小的十一岁。冯含真立刻想到徐可良在张家湾当巡检时以为母治病为名，采集处女"落红"一事，心里燃烧着腾腾的烈火，恨得一个劲儿地说：杀，杀，不杀不足以平民愤。看完第一份状子，又打开第二份状子，告的是徐可良贪污之罪，上面清清楚楚地列着夏津县赈灾银两的分配情况。一路上，冯含真几乎把德州所有的县都走访遍了，唯独没有去夏津。这下好了，现在手里的情报算是齐全了，就等着跟知府的账目核对了。

小顺子端着沏好的茶进来，放在冯含真身边的小炕桌上，然后垂手站在地下，像是等候着冯含真的吩咐。

冯含真说："你可以走了。"

小顺子却非常神秘地说："老爷，您知道那个女人为什么要走吗？"

冯含真警醒地抬起头，看着小顺子。

小顺子说："我跟那个女人说，你不能走，老爷回来肯定有话要问你的。那个女人非走不可。"

冯含真说："莫非她是信不过我？"

小顺子说："吴多宝没安好心。"

冯含真惊异地看着小顺子。

小顺子说："我们两个把那个女人带进来，吴多宝就跟人家动手动脚，还给人家打水，让人家洗澡。"

冯含真说："那女人身上满是污浊，是该洗一洗。"

小顺子说："让人家洗一洗是应该的，人家关上门在屋里洗，吴多宝捅破窗纸看人家。"

冯含真"啊"了一声："没见吴多宝有这毛病呀。"

小顺子说："您就是没注意，这一路上咱们走村过店，他那两只眼睛总往女人身上盯。有一回我们俩去茅房，撒完尿他还不出来，又蹲起了坑儿。我拿眼睛一瞟就明白了，那茅房是玉米秸扎的，旁边就是女茅房，中间的篱笆稀稀拉拉的，蹲在坑儿上对面什么都看得见。"

冯含真笑了："真没出息。"

小顺子越发放开了口："我们俩在张家湾等您的那些日子，吴多宝还逛过窑子，去的是小秦淮。"

冯含真说："你怎么知道得这么清楚？"

小顺子说："他回来跟我吹牛呀，你不知道他有吹牛的毛病吗？"

冯含真说："吹牛嘛，就会有真有假。"

小顺子说："他总不会往自己的脑袋上扣屎盆子吧？"

吴多宝回来了，顺便还买了工具，叮叮当当在木箱子上安好了合页，又把一个大铜锁挂上了，然后，把钥匙交给了冯含真。

冯含真说："好了，你们两个人出去吧，我要查看账目了。把外面的院门关好，任何人不许进来。"

冯含真开始动手整理箱子里的账本，按照各个县乡镇村排列好，准备一一核对审查。

不一会儿，客栈的伙计进来了，磨磨蹭蹭地打扫着房间，整理着炕上的被褥，还伶牙俐齿地说着阿谀客套话："老爷，您有什么不满意的就吩咐，需要什么让下人言语一声就行了。我姓柏，行二，大伙儿都叫我二柏……"

出于礼貌，冯含真也客气地搭讪了两句。

天黑以后，二柏又来了，给冯含真送来一盘水果，又伶牙俐齿地阿谀起来。

冯含真绷着脸告诉他，如果没有什么事情就不要来了，我有两个跟班伺候就行了。

二柏又客客气气地出去了。冯含真专心查看账目，夜已经深了，小顺子过来添过两次灯油。外面的更夫打起了子时的梆子，二柏又进来了，给冯含真端进来一碗热气腾腾的馄饨。

冯含真谢过之后，让二柏把馄饨放在一边，继续查账。

更夫已经敲响了二更的梆子，旁边的那碗馄饨已经放凉了，冯含真顾不上吃。他一本一本核查着账目，越查问题越多，越查越是怒火中烧。光是发放赈灾银一项，便让他触目惊心。这些贪官也太黑了，太狠了。赈灾银两是按户按人分发的，账面上记的是每人二两银子。在实际的调查中，冯含真早已经了解到，大多数人家是一两银子都没有收到的。有的收到了，也不过每个人三钱两钱。这且不说，他们账上的人口和实际户口册簿上的人口相差好几倍，许多人名都是编造的。更何况，就是户口册簿上的人口和实际人口也相差甚大。由于近三年的连续灾害，德州地区有将近一半的人口背井离乡外出逃荒去了。这里里外外的差距，他们克扣了多少银两？

吴多宝和小顺子突然闯进来，说有一位乡绅前来拜访。奇怪，深更半夜的来访，莫非有什么要事要谈？冯含真想了想，说："让他进来吧。"

一位穿着绸缎长衫、留着山羊胡子的老者进来了。他的后面，还跟着一位同样穿着阔绰的管家。

老者见了冯含真，先是行礼，又退后一步，做出下跪的姿势。冯含真急忙上前搀扶起老者，恭敬地说："老人家不必客气，请坐。"

老者在下首坐下，谦卑地说："御史大人为朝廷办差，真是废寝忘食啊。"

冯含真说："身受浩荡皇恩，本该尽职尽责，分内之事而已。"

老者说："老朽赵光铎，乃禹城县的草民。"

对于这个名字，冯含真在乡下勘察时已经有了耳闻。此人是禹城的首富，良田千顷，骡马成群，华屋大宅，子孙满堂。他外号叫赵善人，名声还不错，救灾的时候，还开过舍粥场。冯含真拱了拱手，说："原来是赵绅士，久仰老人家大名。不知深夜前来，有何见教？"

赵光铎说："御史大人涉足德州，贤德如影随形，美名随风而播，坊间流传，街谈巷议，争说御史大人深入乡野，体恤民情。又传在府衙门前，喝退衙役，接了乡间民女的状子。如此英雄壮举，实令老朽敬佩。有如此忠良御史，朝廷之幸矣，百姓之幸矣，亦是德州官民之幸矣。"

这些肉麻的话，很令冯含真反感，便说："老前辈深夜来此，不是专门来给本官唱赞歌吧？"

赵光铎有点儿尴尬："惭愧惭愧，老朽出于敬佩之情，略备薄礼，不成敬意。"

赵光铎说着，便朝身后的管家使了个眼色。

管家会意，立刻从怀里掏出一封红绸子包好的银子，转身递给了站在身边的小顺子。

小顺子看着那沉甸甸的银封，眼睛立即放出了光，刚要伸手去接，不由自主地看了看冯含真。冯含真的眼睛刀子一样地投过去，扎在他的心尖儿上。小顺子心里一悸，慌忙把伸出的手缩了回来。

这个细枝末节，被赵光铎敏锐地捕捉到了。

赵光铎示意管家把银子收起来，又转向冯含真说："早就听说御史大人清正廉洁，果然名不虚传，连大人的管家都能洁身拒礼，实令老朽钦佩之至。"

冯含真笑了笑，没有说什么。

赵光铎说："御史大人宵衣旰食，大人的管家也陪着辛苦。老朽在客栈前院准备了一桌酒席，是专门招待大人的管家的。请大人恩准，让老朽的管家陪着大人的管家喝两杯薄酒。老朽还有些话要跟大人单独请教。"

冯含真突然觉得这个老头儿很有意思，不知道他会要什么花招儿，不如顺水推舟，任其表演下去。于是对吴多宝和小顺子说："既然赵绅士有如此美意，你们两个就去吧。只是不要贪杯。"

赵光铎脸上立即放出了光，吴多宝和小顺子也心花怒放。

屋子里只剩下了赵光铎和冯含真两个人。

冯含真说："老人家有话请讲，不必顾忌。"

赵光铎把手伸进怀里，慢慢地掏出了一张银票，放在了冯含真身边的炕桌上："御史大人办差辛劳，德州乡绅敬畏有加，筹集了三千两银子，以作敬仪。"

冯含真强忍着满腔的愤怒，故意含笑说："老人家觉得，一个堂堂的钦差御史，只值三千两银子吗？"

赵光铎听了这话，立即兴奋起来，忙不迭地说："啊，大人别误会，这三千两银子，只是大人在德州期间的茶水钱。等大人办完差之后，徐知府徐大人另有一份谢仪。"

冯含真说："很想知道徐大人那份谢仪有多少。"

赵光铎伸出了一个指头。

冯含真问："一万两？"

赵光铎摇了摇头。

冯含真说："莫非是十万两？"

赵光铎兴高采烈地点着头："是的是的，徐知府为御史大人准备下了十万两。"

冯含真说："十万两银子可不是小数目，请问徐知府哪儿来的这么多的银子，莫非真的是'三年清知府，十万雪花银'？"

赵光铎见冯含真入了巷，便全无顾忌了："不瞒大人说，历来黄河修筑、水患赈灾，都是由朝廷拨款的。这些钱到了地方之后，历来都是要留下一些的。府衙州县，所有官员都需要分发一些辛苦钱。上面的巡抚、藩司、臬台、道台也都各有孝敬。这是违背大清律法的事，可是又循章循例，历来如此，各地如此，举国上下无不如此。虽说上不得台面，却都心知肚明。但是一旦有人揭发举报，便会治以贪腐贿赂之罪。"

冯含真说："既然大家都知道此举违法并要治罪，为何非要铤而走险呢？"

赵光铎说："千里当官为了钱，官不爱钱，如同狼不食肉。遍天下官吏，贪腐者十之八九，清廉者百之二三。朝廷治贪，如同闭目拉弓射雁。中箭者甚微，逃脱者甚众。箭射中哪只雁，哪只雁身上都有肉，绝无射错之理。治贪惩腐抓到谁的头上，谁头上都有辫子，绝无冤错之虞。官场如雁群，中箭者多属偶然，但有三种人最易成为目标：一是风头出尽者；二是愚不可及者；三是倒霉蛋。”

冯含真哈哈大笑起来：“领教领教，老前辈真是鞭辟入里、切中要害、入木三分。不过，依老前辈看来，如果本官将徐知府绳之以法，他该属于三种人中哪一种呢?”

赵光铎说：“依老朽愚见，该算是第三种：倒霉蛋。”

冯含真含笑说：“老前辈实在是委屈徐知府了。”

赵光铎说：“那依御史大人之明鉴呢?”

冯含真说：“刚才老前辈说，易成为治贪惩腐之目标者，为三种人。依本官看来，还应该有个第四种人。”

赵光铎说：“老朽愿聆听教诲。”

冯含真提高了声音说：“第四种乃罪大恶极民愤极大万死不赦者，毫无疑问，徐可良属于这第四种。”

赵光铎被震慑住了，他万万没有想到冯含真会突然翻脸。他知道看错了人，太小觑这个年轻的御史了，很后悔说了那么多真心话。

冯含真看了看赵光铎，继续愤怒地说：“本官下如此定论，绝非耸人听闻，而是有根有据的。且不说徐可良如何当上的这德州知府，亦不论他以往的劣迹斑斑，只说他侵吞修河与赈灾银两一事，便罪恶当诛。朝廷勒紧了裤带，角角落落节衣缩食，筹集了这笔巨款，徐可良却不思感念皇恩，不顾黎民生死，中饱私囊。黄河大堤年年修筑，年年岌岌可危，乃至泛滥成灾。徐可良眼看着灾民啼饥号寒，从他们身上剥衣口中夺食，致使万余百姓丧生，数万人家流离失所。如此恶官，毫无人味，毫无怜悯之心，心如毒蝎，无异乎禽兽，罪恶之大已属不赦。更有甚者，他竟以十万银两之巨，贿赂朝官，真可谓是无法无天胆大妄为。本官奉朝廷之命，将依法惩处徐可良等一列贪官。你回去告诉徐可良，最好他能前来自首，交代贪腐罪行，或许还能保住身家性命。”

赵光铎开始是坐着听冯含真讲话的，随着冯含真的话越讲越严厉，他便站起来，站也站不稳，两条腿瑟瑟发抖，连胡子都颤动起来。等冯含真教训完后，他才结结巴巴地说：“请御史大人息怒，老朽只因徐知府是父母官，得罪不得，今晚前来骚扰御史大人，实是受人之托，磨不开面子。”

冯含真淡淡一笑，瞟了赵光铎一眼，没说什么。

赵光铎又鼓起勇气：“老朽还有一句肺腑之言，不知当讲不当讲?”

冯含真说：“但说无妨。”

赵光铎缓了一口气："天下官吏，若贪者寡，清者众，惩贪则易。朝廷一呼，清廉者则群起攻之，视贪者为败类而除之。若贪者众，清者寡，则惩贪难矣。朝廷即使百呼千呼万呼，众官吏则面面相觑，自保互保。即便有清廉者挺身而出，亦会惨遭众贪者围而歼之。"

冯含真点了点头："老前辈似乎深谙官场黑幕，亦有振聋发聩之语。但是本官也要告诉你，为善无垠，为恶有度。贪腐者如何猖狂，也不能威胁到皇家的江山社稷。大清朝既然可以争夺天下，亦会竭力固保江山。果然贪腐者如蚁，蛀腐了朝廷大厦的栋梁，朝廷会无动于衷吗？夺得江山使战场上血流成河，保住江山就不能让官场上血流成河吗？贪官再多，也不够一旗兵丁杀的。你放心，即使把所有的官吏都杀光，全国的衙门也不会空下来，立马就会有更多的才俊替补上。老前辈，本官的话你可是没有想过吧？"

冯含真的这番话，已经让赵文铎脊背发凉额头冒汗了，再待下去不定会招出什么更难听的话来。赵文铎马上向冯含真拱了一下手，慌张地说："御史大人如此清廉耿介，老朽心悦诚服，告辞、告辞了。"

冯含真朝外面喊了一声："送客。"

小顺子赶忙跑进来，赵文铎灰溜溜地走了。

乾隆在书房里津津有味地读书，童妃阿香在一边陪伴着。乾隆斜靠在卧榻上，童妃为他轻轻地捶着双腿。乾隆感到很舒服，便把两条腿舒展开，童妃不由自主地将头枕在了乾隆的腿上。乾隆很自然地将一只手腾出来，轻轻地抚摸着童妃的头发。此情此景，还有乾隆那温柔的手，让阿香心里掀起了一个巨大的涟漪，眼泪不由得从眼角淌了下来。她想起了曹雪芹，有多少个夜晚，或者在卧榻上，或者在睡床上，她都是这样静静地陪伴着曹雪芹读书。曹雪芹读书也是如此聚精会神，她也是轻轻地敲打着曹雪芹的双腿，继而，也是这样把头枕在曹雪芹的双腿上，也是尽情地享受着那暖暖的爱抚。

宫深如海，自从她被选入宫之后，便与曹雪芹隔成了两个世界。她觉得自己已经死了，已经离开了鲜活的人间，已经堕入了一个冰冷的死寂的地狱。她在这个地狱里苦熬着，其间也有过一些机会，譬如她可以托太监向内务府的官员行贿，嫁给亲王贝勒当个侧福晋什么的。但是她不愿意，她宁愿当一个干粗活儿累活儿的宫女，这样熬个几年，或许能够被放出宫去。放出宫或许还能见到曹雪芹，还能过人世间那鲜活的日子，还能享受曹雪芹的温存与爱抚。

没想到，她却被当今圣上发现了。更没有想到，圣上还喜欢她，还封她为童妃。

她知道这意味着什么，她已经是皇上的人了。生是皇上的人，死是皇上的鬼。这辈子她也别想再离开皇宫，再逃离这高墙了。也就是说，这辈子她也别想再见到曹雪芹了。

前些天，朝廷平息弘晳逆案，外面平静如水，宫里却沸沸扬扬。乾隆气得把一个老太监的肋骨都踢折了，就是因为这个老太监收受过理亲王一个小鼻烟壶。后来又听说弘晳逆案牵扯进了曹家，曹家又被第二次抄家。她日日夜夜胆战心惊，她担心着曹家，担心着曹雪芹，可又无处打听。她不敢问皇上，更不敢问皇上身边的那些太监。她觉得，在这个世界，最靠不住的人就是太监，他们的根被割掉了，良心也被割掉了。那根是做人的根，根没了，他们的人心也没了。当初那个御膳房的齐公公如果再逼着她做"菜户"，她非用刀把他捅了不可。幸亏皇上救了她，她感谢皇上，感谢皇上的恩宠。说心里话，她也喜欢这个风流倜傥气吞山河的男人，哪个美女不爱英雄呢？老天把美女托生到人间，就是为了许配给天下英雄的。可是，这种喜欢只是一种崇敬、一种满足、一种欣悦，不能替代她与曹雪芹之间的情感。她与曹雪芹之间是心和心叠印在一起的，是两颗心融成了一颗心，两个人化成了一个人。

乾隆已经把心思完全沉浸在书里面去了，看着看着，他不由得轻轻地吟出声来："一个是阆苑仙葩，一个是美玉无瑕。若说没奇缘，今生偏又遇着他……"

躺在乾隆腿上的童妃，听到此处，不由得接着吟哦起来："若说有奇缘，如何心事终虚化……"

乾隆腾地坐起来："你读过此书？"

童妃一惊，急忙跪起来："臣妾不知道皇上在读什么书。"

乾隆问："你没读过此书，怎么会背诵上面的诗词？"

童妃说："我是顺着皇上的吟哦随口接出来的。"

乾隆说："随口接出来的？你也太神了。朕再读一句，看你能不能接得出来？"说着，乾隆又读了一句书上的诗词，"一个枉自嗟呀，一个空劳牵挂……"

童妃接着吟哦着："一个是水中月，一个是镜中花……"

乾隆吟着："想眼中能有多少泪珠儿……"

童妃吟着："怎禁得秋流到冬尽，春流到夏……"

乾隆哈哈大笑起来："好啊你童妃，你是在故意逗朕开心呀？老实交代，什么时候偷看朕的书了？"

童妃惶恐地说："臣妾知道规矩，未经皇上应允，怎敢偷看皇上的书呢？"

乾隆说："朕看的是闲书，你看也无妨。"

童妃问："不知皇上看的是什么闲书？"

乾隆说："《石头记》，你没听说过吗？"

童妃摇了摇头："恕臣妾孤陋寡闻。"

乾隆说："这就怪了，你没看过《石头记》，怎么会背《石头记》上的诗呢？"

童妃说："臣妾入宫之前，曾经在戏班上学过唱曲儿，那曲儿就是刚才皇上念的诗。"

乾隆说："你在哪儿的戏班学过曲儿？"

童妃说："曹家。"

乾隆问："哪个曹家？"

童妃说："江宁织造府的曹家。"

乾隆点了点头："这么说，那曲儿是曹雪芹教你唱的？"

童妃大吃一惊："皇上知道曹雪芹？"

乾隆说："这书就是曹雪芹写的。"

童妃更震惊了："这……您说的是《石头记》？是曹雪芹写的书？"

乾隆说："是啊，你看看。"

童妃接过乾隆递给她的《石头记》，顾不得看，两只手便剧烈地颤抖起来。她怕自己在乾隆面前失态，急忙凑近灯光，急速地翻看着。书页上密密麻麻的黑字，她的眼前却是模糊一片，一个字都认不清了。

乾隆翻身下了卧榻，伸了伸懒腰："你要是喜欢看，就随便看吧。"

童妃奓着胆子说："能借给臣妾拿回去看吗？"

乾隆说："行啊，不过看完了要给朕还回来，朕也是跟纪晓岚借的。"

童妃郑重地向乾隆施礼："臣妾谢皇上恩宠。"

赵文铎回到德州知府衙门，已经是三更过后了。徐可良还没有睡，正在惶惶不安地等着他。

赵文铎向徐可良讲了在御史冯含真面前碰的硬钉子，徐可良并没有感到奇怪，也没有表现出惶恐和不安，似乎这一切都是他逆料之中的。

这时候，跟随赵文铎一起去见冯含真的管家也摇摇晃晃地回来了。这个管家不是别人，正是徐可良的师爷胡道白。从徐可良在张家湾当巡检的时候胡道白就跟着他，两个人已经非常默契了。今晚赵文铎到冯含真面前去投石问路，本来没打算带胡道白去，怕冯含真把他认出来。做这种事情，胡道白可是轻车熟路，不让他去实在没有合适的人选。胡道白说，在张家湾的时候，他与冯含真基本上没打过交道，冯含真不会认出他的。又加上胡道白给自己的下巴上加了一把花白胡子，冯含真果真没有把他认出来。

见了胡道白，徐可良迫不及待地问："那两个随从怎么样？"

胡道白把下巴上的胡子扯下来，嘿嘿地笑着。

徐可良说："你倒是说话呀。"

胡道白牛气哄哄地说："在我这火眼金睛面前，一切妖魔鬼怪都会露出真相。"

徐可良说："这么说，这两个人有戏？"

胡道白说："一个贪财，一个好色。"

徐可良哈哈大笑起来。

赵文铎觉得奇怪，徐可良这葫芦里到底卖的是什么药呢？

在以后的几天里，冯含真在如归客栈里依然是夜以继日地查账。他越查觉得问题越大，常常连饭都顾不上吃，更无暇顾及吴多宝和小顺子了。这样，便给吴多宝和小顺子提供了花天酒地的机会。每天晚上，甚或白天，胡道白都要到如归客栈来，或者请吴多宝，或者请小顺子。两个人只要有一个人在客栈里支应着，冯含真便不会多想。

这一天晚上，吴多宝留下来，小顺子跟着胡道白走了。

胡道白没有在客栈里请小顺子，而是带他到柳湖岛上的雅雨堂饭庄。红灯高悬，波光粼粼，丝竹入耳，莲藕生香。光是这美如仙境的所在，已经让小顺子如入梦中了。瞬间桌面上又出现了小顺子闻所未闻见所未见的山珍海味，更让他眼亮心慌。小顺子想，还得跟着当官的混事。世间一切美味佳肴都是为当官的预备的，光是跟着当官的沾沾光，这辈子就算没白活。

胡道白给小顺子斟酒布菜，又殷勤又亲热，把小顺子感动得像是见到了亲人。酒过三巡，两个人的话匣子也打开了。小顺子感慨万端地说："胡管家，我到德州这几天，真的是开了眼界饱了口福了。我口糙，吃米糠菜根长大的，尝不出这美酒佳肴的味道。可是我见过了，尝过了，吃过了，这就行了，回去就能跟人家吹牛了。"

胡道白看着小顺子那没出息的样子，鄙夷地笑了笑："顺爷，实不瞒您说，这柳湖的雅雨堂，我也是第一次来。不是不想来，实在是来不起啊，你知道咱俩这一顿饭，要花多少银子？"

小顺子说："多少？"

胡道白伸出了三个指头。

小顺子惊叫起来："啊？要花三两银子？这也太贵了吧？"

胡道白说："你说什么？三两银子？开什么玩笑呀！"

小顺子眼睛直了："莫非三十两银子？"

胡道白说："光是这一碗燕窝龙须汤，就要六十两银子。"

小顺子的嘴巴都闭不上了，半天才缓过气来："什么呀这么贵？"

胡道白说："你尝尝是什么。"

小顺子挑了几根龙须，放进嘴里品尝着，又喝了一口汤："腥了吧唧的……哦，倒是很爽口。"

胡道白说："燕窝咱不用说了，你猜猜这龙须是什么？"

小顺子挑起来看了看："不就是细粉丝吗？"

胡道白哈哈大笑起来。

小顺子知道自己露了怯，有点儿不好意思。

胡道白说："不信你数一数，这一碗里面，不多不少，正好四十八根龙须。四十八根龙须取自二十四条鲤鱼，每条鲤鱼两根龙须。"

小顺子说："闹了半天这是鲤鱼须子呀，怪不得有点儿腥味儿呢。"

胡道白说："这不是一般的鲤鱼须子，是德州柳湖里特产的银须锦鳞鲤。你再仔细看看这龙须，长短粗细都一样，知道为什么吗？这都是从一斤重的鲤鱼嘴上拔下来的。"

小顺子随口说："拔下来的？"

胡道白说："是啊，拔下来的。这些鲤鱼都是活的，不能杀，要用镊子一根一根从鲤鱼嘴上拔下来，每根龙须的根上都带着血丝儿……”

小顺子说：“天啊，这多费事呀。”

胡道白说：“要不怎么值钱呢。”

小顺子明白了：“您是说，我们这一桌酒菜，要花三百两银子？”

胡道白点了点头。

小顺子心疼起来：“早知道这样，还不如找个小馆子吃碗面，咱俩把这钱省下分了呢。”

胡道白笑了：“顺爷，我老胡就喜欢你这样的，面善心善，会过日子。我要是有个女儿，非招你这个女婿不成。”

小顺子咧开嘴笑了：“是啊，三百两银子，够我们活十年的。一顿饭就没了，还不是香在嘴上，臭在屁股上。”

胡道白说：“顺爷，咱俩有缘，交心，什么都能聊。我问你，你要是有一万两银子，想干什么？”

小顺子说：“您别拿我开心了，还一万两银子，我这辈子就是拼出老命来，恐怕连一百两银子也攒不下。”

胡道白说：“咱们喝酒聊天嘛，这么好的酒菜，还不说点儿喜兴事？”

小顺子说：“我要是有一万两银子，就开一个大当铺，我当掌柜的。”

胡道白说：“开当铺一万两银子够吗？”

小顺子说：“用不了，张家湾的天顺隆当铺，不小吧？本银才七千两。”

胡道白说：“就是说，你开了个当铺，还有三千两银子呢。”

小顺子说：“我要买所大院子，不要曹家大院那么大，收拾起来麻烦，一个三合房小院就行。”

胡道白说：“一个三合房小院儿百两银子就够了，还有两千多两呢。”

小顺子说：“我都二十大几了，总得娶个老婆吧？”

胡道白说：“娶个老婆也花不了几个钱呀，再说了，你要是当上当铺掌柜的，那还不娶个大财主的闺女，还能赚一大笔嫁妆呢。”

小顺子说：“就算还有钱，我也不胡吃海塞，宁买不值，不买吃食。我得攒点儿养老的钱。”

胡道白说：“看来，一个人有一万两银子，这辈子就什么都不愁了。”

小顺子说：“那还用说，一千两银子就足够花一辈子的。”

胡道白举起了酒杯：“顺爷，老胡给你道个喜。”

小顺子问："喜从何来？"

胡道白说："祝贺你能有一万两银子。"

小顺子说："说说而已，过过嘴瘾，权当做梦了。"

胡道白说："梦想是能成真的。"

小顺子说："我做梦都没梦见过这么多银子。"

胡道白说："人要是走运啊，九头牛都拉不回来，步步是好运。"

小顺子说："除了今天晚上胡管家请我这顿饭，我还没走过什么好运呢。"

胡道白说："顺爷，你的好运来了，就在眼前。"

小顺子问："什么好运？"

胡道白说："有人要给你一万两银子。"

小顺子嘿嘿笑起来："除非是纸印的冥币。"

胡道白严肃起来："顺爷，我老胡也是一把年纪的人了，没跟你开玩笑。"

小顺子抬起头来看着胡道白，胡道白的眼睛紧紧地盯着他，像是要把他的五脏六腑都看穿一样。

小顺子听见自己的心在哗啦啦地响，像秋风里挂满树梢的叶子。

胡道白说："顺爷，一万两银子，不少吧？"

小顺子没有勇气再看胡道白的眼睛，低下了头。

胡道白从怀里掏出一大沓银票，推到小顺子面前："十张，每张一千两，整整一万两，你点点。"

小顺子没敢伸手。他觉得挂满了树梢的叶子噼里啪啦地掉下来，随着狂风飞逃着。刹那间，树梢上所有的叶子都掉光了，剩下了光秃秃的一根树干。那树根突然燃烧起来，没有起火苗，而是像蜡烛一样软塌塌地堆落下来，化成了一摊泥。

第二十三章

冯含真继续在客栈里核查账目。这天晚上，换成了小顺子伺候着冯含真，胡道白带着吴多宝出去了。

胡道白没有带着吴多宝去吃山珍海味，而是投其所好去了夜来香妓院。夜来香年轻的时候是张家湾小秦淮的头牌红妓，跟徐可良算是老“相好”了。当年徐可良采集处女“落红”的时候选中了小妖，睡过一夜之后床上的豆蔻少女变成了半老徐娘的夜来香，并且丢了脑袋后面的辫子。这事让徐可良大为光火，直到处死了金剪刀才解他心头之恨。当时夜来香被赶跑了，可是夜来香跟徐可良的关系却没有断。后来徐可良需要的处女“落红”都是夜来香提供的。徐可良任德州知府后，夜来香来投奔他，并且在德州开了一家高档次的妓院，姐儿大多是从“扬州瘦马”中选来的，然后经过她精心培训，又由徐可良亲自验收。夜来香虽然是“贱业”，却受到官厅的格外照顾，几乎成了德州府衙的休闲待客指定场所，更成了徐可良的后宅和外室。

胡道白带着吴多宝到夜来香之前，先为他置办了一套行头。丝绸大褂，绣花坎肩，千层底儿布鞋，金边礼帽，还有一把湘妃纸扇。吴多宝亦会逢场作戏，进入夜来香的时候，再也不是什么官员的跟班随从，而是一个风流倜傥寻欢作乐的公子哥。夜来香亲自出来接待吴多宝，又是让座又是拂尘又是上茶。吴多宝立刻飘飘然起来，还大着胆子捏了捏夜来香的屁股。

龟奴喊了一声：“楼上楼下姑娘们接客……”

呼啦啦一阵香风骤起，紧接着便是乱红迷眼。二三十个如花似玉的姑娘簇拥在吴多宝的身边，顿时莺啼雀噪，花枝乱颤。有的搂着他的肩，有的拉着他的手，还有的干脆用鼓胀的胸脯在他的头上蹭，左一个“公子”右一个“哥哥”地叫着，吴多宝立马骨酥肉麻神魂颠倒。他瞧瞧这个，摸摸那个，恨不得把这些宝贝统统揽在自己的怀里。

夜来香在一边调笑着："小哥啊，看看我夜来香的姐儿，个个都稀罕小哥，快挑一个上楼玩玩儿吧。"

吴多宝真的为难了，这么多的窑姐儿，个个都美如天仙，哪个他都喜欢，哪个都舍不得丢下。吴多宝确实好色，可是好色是需要有资本的。或者有权，或者有钱，或者有身份，姑娘们再贱，也不会委身于一个叫花子的。所以一直以来，他的好色只停留在眼睛上，过的都是眼瘾。当然，他也有春风一度的时候，那只是躲在村边地头墙角里，跟同样衣衫褴褛满身污浊的女花子苟且一下，聊解无米之炊。除了在张家湾，他从来没有进过娼寮妓院，多少次从花街经过，都被那些恶狗似的龟奴远远地赶开。吴多宝啊吴多宝，你也终于有今天了。你也居然被这些高傲的姐儿奉为座上宾了，你也可以随便拉一个扯一个想玩儿哪个玩儿哪个了。真好，真他妈的好。

看来还是得当官，就算自己当不上官，在官身边当个奴才，也是人上之人。

吴多宝看花了眼，这么多姐儿确实不知道该选哪个好。再有，他也不知道妓院的规矩，有些慌乱，用眼睛搜寻着胡道白，却不见了胡道白的踪影。夜来香却扭过来，拉着吴多宝的手："小哥，您跟我来吧。"

吴多宝如遇救星，跟着夜来香朝楼上走去。那群叽叽喳喳的姐儿见老鸨把吴多宝带走了，便又呼啦啦散去了。

吴多宝不放心："胡先生呢？"

夜来香说："你就别管他了，他在这里有相好，人家早就黏在一块儿了。"

吴多宝有些担心："胡先生不在，我怎么办呀？"

夜来香说："小哥，我这儿专门给你存了一个小娇娘，这可是我们夜来香的头牌。你听，她正弹琴唱曲儿呢。"

一支轻盈的小曲儿伴着悠扬的琴声从楼上传来，吴多宝不懂得音乐，只觉得这曲儿很好听，像一支羽毛拨弄在心尖儿上，他心里痒得难以忍受。

一个小丫鬟打开了珠帘儿，夜来香带着吴多宝进来了。

这是一间宽敞的房间，布置得非常雅致，墙上挂着名人字画，桌上的梅瓶里插着鲜花，里面的牙床上挂着纱帐，一股淡淡的幽香更让吴多宝觉得如入仙境。

弹琴唱曲儿的姑娘见了吴多宝，颤巍巍地站起来施礼。蝉翼似的纱裙，映衬着姑娘圆润的肩膀和白嫩的玉臂。再看姑娘的明眸皓齿，黛眉朱唇，更让吴多宝心惊肉跳。难道如此美貌的仙人，也能供他享用吗？

夜来香叮嘱着："菊儿姑娘，好好照顾吴公子。"

吴多宝这才知道，这姑娘叫菊儿。

菊儿等夜来香出去之后，冲着吴多宝瞟了一眼，又轻轻地笑了笑。这一颦一笑，在吴多宝的心里掀起了一个滚烫的波浪，浑身都躁热起来。

菊儿说："吴公子想听什么曲子，奴家给您演唱如何？"

吴多宝哪懂得什么曲子，红着脸说："哦……我……我不听曲子。"

菊儿笑了笑："公子不听曲子？那谈谈诗词如何？"

吴多宝诚实地说："哦……哦……我也不懂诗词。"

菊儿又笑了："那么……喝喝茶吧？"

吴多宝说："哦……我……我也不喝茶。"

菊儿脸上的笑容收敛起来："公子连茶也不喝，到奴家这儿干什么来了？"

吴多宝没有注意到菊儿表情的变化，依然单刀直入地说："哦……我是来玩儿的。"

菊儿把眉毛一挑："玩儿的？玩儿什么？"

吴多宝看了看菊儿，没敢说话。

菊儿又问："公子想玩儿什么？"

吴多宝左右看了看，见身后的小丫鬟在偷偷地笑着，便鼓起勇气，说："到这儿来能玩儿什么呢？不就是……"

菊儿说："公子果然直率可爱，你要跟我上床是吗？"

吴多宝急忙点头："啊……是啊……"

菊儿说："妈妈没跟你说吗？我这儿的价钱可不低。"

吴多宝忙问："多少钱？"

菊儿伸出一个指头。

吴多宝说："啊？要一两银子？"

菊儿说："一两只能喝一杯茶。"

吴多宝说："十两？"

菊儿说："十两只能听个曲儿。"

吴多宝说："莫不成是一百两？"

菊儿说："公子说对了，就是一百两。"

吴多宝慌忙站起来，转身便往外走。

夜来香在门口堵住了他："公子怎么刚进来就走呢？"

吴多宝说："太贵了，要一百两银子……"

夜来香说："冲着胡大叔的面子，我们给您打了折扣，别人来都要一百二十两呢。"

吴多宝忙说："玩儿不起玩儿不起，我走了……"

夜来香说："胡大叔说了，您在这儿所有的花费，都记在他的账上。"

吴多宝愣住了："什么？记在他的账上？那也不行，我不能花他这么多钱。"

夜来香说："你傻呀，他的钱哪儿来的，羊毛出在羊身上，最后都是府衙来结账，你不花白不花。"

吴多宝犹豫着。

夜来香把他推了进来："小哥呀，您就在这儿尽着兴玩儿吧，别的什么心都不用您操……"

吴多宝没了主见，不好意思地看了看菊儿。

菊儿吩咐着小丫鬟："给吴公子铺床。"

吴多宝与菊儿鸾颠凤倒缱绻缠绵了一夜，第二天才依依不舍地离开了夜来香。

美事不能尝到甜头，吴多宝品尝到了菊儿的滋味儿，竟然堕入了情网，与菊儿难舍难分动心动肝了。这便是姐儿的手段，即使是虚情假意，也要演得肝肠寸断泪水涟涟。

胡道白够意思，答应吴多宝，只要把他们的事情办好，就为他把菊儿赎出来，再给他在德州买一所院子，然后再给他一笔安家费，让吴多宝带着菊儿过神仙般的日子。

吴多宝掰着手指头算计着，赎出菊儿，买一所院子，还有一笔安家费，那要多少钱？

胡道白轻巧地说："不多，有七八千两银子足够了。"

吴多宝叫起来："天老爷呀，要七八千两银子？我这辈子连七八十两都挣不出来。"

胡道白说："挣多挣少，要看你做什么了。只要你把徐大人的事情办好了，这一切都像孙悟空吹根毫毛。"

吴多宝动心了。要饭要到三十来岁，却马上就要有美妻良田了，时来运转，多好的命运啊。

胡道白每天晚上都要到如归客栈，他在前院也包了一个房间，与冯含真所在的跨院只有一墙之隔。

吴多宝和小顺子依然每天轮流被胡道白请去，或吃酒，或嫖妓，花天酒地志得意满。可是，吃人家嘴短，拿人家手短。吴多宝欠下了胡道白那么大的人情，小顺子拿了人家一万两银子，凭什么呀？两个人都知道被人家收买了，必须给人家办事才行。

事情果然来了，胡道白要求他们把冯含真箱子里装的户口册簿偷出来。没有这些册簿，冯含真的账目便无法核查。

可是怎么偷呢？偷出来之后又怎么向冯含真交代呢？

两个人原来是谁也看不起谁，吴多宝总觉得他跟冯含真的交情深，处处欺负小顺子；而小顺子又觉得吴多宝不识字，叫花子出身，从来不把他放在眼里。现在两个人成了拴在一根绳上的蚂蚱，谁也飞不了，谁也蹦不了。他们都知道要做一件对不起冯含真的事情，可是这件事情对冯含真伤不了筋动不了骨，最多也就是没完成朝廷交代的事情，大不了升不了官。可是，这件事情对吴多宝和小顺子意义就大了。小顺子可以开一家当铺，当上东家和掌柜的；吴多宝可以有一个家，家里有一个天仙般的老婆，以后还会生儿育女，瓜瓞连绵。

冯含真住的三间正房，堂屋是客厅，东面是卧室，西面还有一间空房。空房里有一个墙柜，可以放些衣物和其他东西。冯含真让吴多宝又配了一把大锁，用来锁墙柜用。冯含真在东面卧室里休息查账，那个装着账簿的木箱子就放在他的身边，须臾不离，吴多宝和小顺子要偷户口册簿几乎是不可能的。

机会终于来了。这天晚上，冯含真把户口册簿都核实完了，让吴多宝把这些册簿放在西面房间的墙柜里，并叮嘱他一定要锁好。

吴多宝紧张得心里狂跳不止，他努力克制着自己，小心翼翼地把户口册簿搬到西屋，放进墙柜里。然后，拿起那把大锁穿进钉锅，似扣未扣，留下了一点儿缝隙。

冯含真把所有的心思都集中在核查账目上了，完全不知道吴多宝和小顺子在外面还有这么多的名堂。这天夜里，大概已经是三更之后了，他还在聚精会神地翻着账本。凭着本能，或者是确实听到了什么动静，他觉得似乎有点儿异样，猛一抬头，见窗户外面贴着一个人影儿。那人影儿显然是从屋檐上倒挂下来的，从一个小小的洞孔中，他似乎还看见了一只神秘的眼睛。他不由得喊了一声：“谁？”

像一阵风似的倏忽而过，那人影儿顿时消失了。他急忙下炕追了出来，连鞋都没顾上穿。当他推开屋门的那一瞬间，发现那人影儿在厢房的屋顶上闪了一下，然后便无影无踪了。

夜已经深了，厢房里睡着吴多宝和小顺子。冯含真想了想，还是没有叫醒他们。回屋之前，他顺便到西屋看了看，伸手摸了摸墙柜上那把大锁。大锁虚挂着，并没有真正地锁上。他掀开柜子看了看里面的户口册簿，还好，一册都没有少。他重新盖上柜子，把大锁牢牢地锁上。

回屋上炕之后，睡意来了。他顺势歪在炕上，扯过被子盖上，和衣睡下了。

其时吴多宝和小顺子根本没有在厢房里，他们在客栈外院胡道白的房间里。胡道白逼着两个人，今天夜里一定要把户口册簿偷出来，否则冯含真核查完了，写了呈文，一切都晚了。

吴多宝让胡道白放心，说冯含真每天四更以后才睡觉，等他睡下了，便很容易把户口册簿偷出来。因为他已经在墙柜的大锁上做了手脚，手到擒来，少安毋躁。

冯含真睡下之后，吴多宝和小顺子鬼鬼祟祟蹑手蹑脚地来到正房西屋，却发现墙柜上那把大锁牢牢锁上了。

吴多宝和小顺子急了，胡道白也急了，说回去以后无法向徐知府交代。

小顺子只好把那一万两银票掏出来，还给了胡道白。

吴多宝也说：“我在夜来香花的银子，以后还给你。”

胡道白把银票又塞到小顺子的手里，转头对吴多宝说：“银子的事好说，你们就是办不成这件事，我们也是朋友，徐大人也不会亏待你们的。”

两个人面面相觑，不知该如何是好。

天亮以后，冯含真一边洗漱一边把吴多宝叫过来，严厉地质问他为什么把墙柜上的大锁虚挂着。

吴多宝只好说一时大意了，连连自责检讨。

冯含真的账目核查完了，徐可良之流贪污修筑河防和赈灾的银两竟达八十万两之巨。他们的胆子也忒大了，为官一任，怎么能如此贪得无厌胆大妄为呢？此官不罢不足以谢皇恩，此官不杀不足以平民愤。

如此重大的案件，他慎之又慎，为了把呈文写好写准确，他决定再把所掌握的数据，重新核查一遍。

到了正午时分，冯含真肚子有些饿了，刚要打发小顺子去弄点儿吃的，吴多宝却跑进来禀报着："老爷，德州知府徐大人来访。"

冯含真正色说："不是告诉你们来客一律挡驾吗？"

吴多宝说："徐大人是德州知府，我怎么好不让人家进来呢？"

冯含真想想也是，便说了声："那就让他进来吧。"

徐可良满面春风地进来了，客气地向冯含真施礼。

冯含真伸手示意他坐下。

徐可良说："知道御史大人忙碌，下官不敢打扰，说几句话便走。"

冯含真也客气地说："知府大人公务倥偬，还来造访，含真谢了。"

徐可良从怀里掏出一个大红请柬，伸手递给冯含真："御史大人莅临德州，德州各界深感荣幸之至，一致要求下官前来请求，让德州名流士绅一睹御史大人容颜风采，亦让德州乡党略尽地主之谊。今晚在柳湖雅雨堂饭庄略备薄酒粗肴，望大人一定赏光。"

冯含真已经料想到徐可良有此一招儿，非常反感，刚要严词拒绝，没想到站在一边的吴多宝却把徐可良递上来的请柬接过去了。冯含真看了吴多宝一眼，发现吴多宝跟他使了个眼色，便敷衍两句，送走了徐可良。

冯含真严厉地对吴多宝说："告诉你不许插手公务，为什么不经我允许，擅自接了徐可良的请柬？"

吴多宝说："我听胡师爷说，德州各界名流士绅对徐可良多有不满，说他贪腐贿赂，横行霸道。老爷何不借着酒宴的机会，多结识几位有识之士，更多地勘察一下徐可良呢？"

冯含真想了想，似乎也有些道理。这些天将自己委身在账山数海当中，脑袋都大了，也该去外面吹吹风，清醒一下。

柳湖雅雨堂的酒宴自然高贵丰盛，华衣贵客，金杯银盏，山珍海味，笑语喧堂。

徐可良坐在冯含真身边，谦恭地起身敬酒，说着肉麻的奉承话。

酒席上的各位都是德州有头有脸的人物，今晚应徐可良之邀前来陪伴御史大人。徐可良敬酒之后，那些陪客便依次向冯含真敬酒。冯含真本来是没有多少酒量的，平时又很少沾酒，再加上他心里早有防备，便只是端起酒杯沾沾唇，做个样子。

徐可良却慷慨激昂，绿林英雄般地豪饮着。他仗着酒盖脸儿，又仗着与冯含真的品位相同，说话便有意无意地放肆一些："冯大人，您这个喝法可有点儿难为我们了，莫非京官都如此斯文？当然，斯文嘛还是要的，您是两榜进士，正途老虎班出身，不像我们风尘俗吏。但是我听说，学问越大雅兴越高，雅兴越高酒量越大。李白斗酒诗百篇，不借酒高歌，怎么能出好诗好赋好文章呢？不借酒撒疯，怎么能博得女人的欢心呢？这样吧，冯大人，我用三杯换您一杯，不算欺负您吧？"

徐可良说着，便让胡道白给他倒满了三杯酒，又把冯含真面前的酒杯斟满。然后，徐可良把酒端起来，一连气倒进了嘴里，将三只空杯又依次摆好。

别忘了冯含真可是"老江湖"了，江湖自带英雄气。徐可良这么一豪迈，冯含真一下子被激发起来。他接过胡道白手里的酒瓶子，也拿过三只酒杯，把酒倒满。然后，看也不看徐可良，将三杯酒也一连气倒进嘴里。

满桌哄然叫起好来，酒席上掀起了一个高潮。

徐可良见冯含真激昂起来，便更加放肆："冯大人，真英雄也。我代表德州父老，再敬您三杯如何？"

冯含真说："刚才喝酒，是出于礼节，从现在开始，谁要是再让我喝酒，需要有个说法了。"

徐可良说："你们听听，到底是从京城来的大人，喝酒讲的是雅兴。那好吧，冯大人，我这杯酒敬您，是有一问题向您请教。"

冯含真说："请讲。"

徐可良说："请问冯大人，世间所有一切，什么东西是真正属于自己的？"

冯含真说："本官从来没有真正属于自己的东西，也从未认真想过将来能占有什么，倒想听听徐大人的高论，如果让本官心服，本官甘愿受罚。"

徐可良说："依下官看，田地不是属于自己的，今天是你的，明天或许就是别人的；房屋不是属于自己的，今天你住着，明天或许就换了主人；银子也不是属于自己的，今天在你手里攥着，明天花出去就成了别人的了；女人也不是属于自己的，今天跟你一个床上，明天或许就钻进了别人的被窝儿……”

冯含真说：“如此说来，到底什么东西是自己的呢？”

徐可良端起了酒杯，肯定地说：“就是这个：酒。譬如这杯酒，现在还不是属于自己的，但是我把它喝到肚子里，它就绝对属于我自己的了。它要烧心，烧的是我的心；它要上头，上的是我的头；它或者让我晕晕糊糊，或者让我倒头大睡，折腾的都是我自己。别人想抢抢不去，想偷偷不走，直到它在你肚子里慢慢地溶化，慢慢地散发，慢慢地蒸腾，最后还是在你的身上耗光的。冯大人，下官说的是不是在理？”

冯含真说：“徐大人说得在理，本官愿意受罚。不过，罚完之后，本官也有话要请教徐大人。”

徐可良伸了伸手：“冯大人请。”

冯含真一仰脖干了杯里的酒，看着徐可良，认真地说：“刚才徐大人说，田地不是属于自己的，房屋不是属于自己的，银子不是属于自己的，女人也不是属于自己的。可是徐大人，为了田地，人们可以玩儿命；为了房屋，兄弟可以翻脸；为了银子，当官的可以铤而走险；为了女人，男人间可以白刀子进去红刀子出来。人们到底怎么了？为什么他们都在舍身舍命地争夺不属于自己的东西呢？”

徐可良瞪着两只眼睛看着冯含真，嗓子眼像是被什么堵住了。刚才他那番慷慨陈词，完全是为了劝冯含真喝酒，也是在别的酒局上听别人说的。现在，冯含真把他那满盘子满碗的道理又兜头给他倒了回来，他真的不知道该怎么回答才好。

几乎所有的人都愣住了，谁也不能给出一个令人心服的答案。

冯含真笑了笑，指了指徐可良面前的酒杯。

徐可良无奈，只好把酒杯端起来，一饮而尽。

满桌又轻松地笑起来。

冯含真注意到，坐在他对面的老财主赵光铎站了起来，并且端起了酒杯，看样子是要过来给冯含真敬酒。冯含真急忙离开座位，走到赵光铎面前，徐可良也急忙跟了过来。

冯含真说：“老前辈，您坐下，我们也算是有一面之交了，该是本官给您敬酒的。”

赵光铎说：“御史大人不要这么说，酒席上向来是寿不压爵，该是老朽向御史大人敬酒。”

冯含真说：“老前辈，您说寿不压爵，可本官要说的是，序长不序爵。”

赵光铎说：“承蒙御史大人如此盛情，老朽惭愧。这杯酒老朽领了，可是老朽也有句话要见教于御史大人。”

冯含真说：“老前辈请讲。”

赵光铎说：“刚才御史大人说，为什么许多人都在舍身舍命争夺不属于自己的东西，老朽倒是有个说法。那些东西虽说不是属于自己的，却是谁有了谁就能用。没房子没地，没银子没女人，还能活吗？就算能活，活得有意思吗？”

徐可良首先响应起来：“对对，赵老前辈说得对，太对了。不要说别的，没有银子能有今天的酒吗？”

冯含真笑了笑：“老前辈，我知道您是在给徐知府圆个脸儿。这话从您嘴里说出来是个理儿，要是从徐知府嘴里说出来，就不是个理儿。因为什么呢？因为他事先已经说了，这些东西都不是属于自己的。”

赵光铎笑了：“是啊是啊，御史大人条理清楚，看来徐知府要把理儿搅明白还有点儿难。”

冯含真说：“本官还有答案，是给徐知府的。什么东西真正是属于自己的呢？是凭着自己的本事，从正经的路上得来的，都是属于自己的。否则，就算是酒，喝进去的也得倒出来。”

冯含真这句话说得很严厉，满桌的人都被震动了。徐可良不由得打了一个冷战。

紧挨在赵光铎身边坐着的，是一位穿着一件旧长衫的老者。清癯精瘦，面容憔悴，却神态安然，目光清澈。冯含真给赵光铎敬完酒，亦转向老者，恭敬地说：“这位老前辈还没见过。”

徐可良忙说：“这老前辈原是云南姚安府的知府，也是四品黄堂，前两年告老还乡了。”

冯含真忙躬身施礼。

老者说：“老朽魏桓，恭敬御史大人。”

冯含真一听，立刻脸上放光，眼睛里充满了崇敬之意：“哎呀，魏老前辈，久仰久仰。您为官一生，英名一世，碧玉无瑕，两袖清风。至今姚安人还念叨您：姚安姚安，两大清官，明有李贽，清有魏桓，上有青天，百姓平安。吾侪该与老前辈为楷模，为官一任，造福一方啊。”

魏桓谦和地说：“不敢不敢，御史大人年轻有为，老朽已经有所耳闻了。”

见到了德高望重英名远播的魏桓，冯含真兴奋起来。心里高兴，便放松下来。他索性一杯一杯地敬起酒来，对徐可良的鸿门宴完全失去了警惕。一桌酒敬下来，他已经头重脚轻了。他怕自己失态，趁着还算清醒，急忙向众人告辞，吩咐吴多宝和小顺子送他回客栈。

回到如归客栈，冯含真连衣服也没有脱便躺在了炕上。他昏昏沉沉，烈火烧心，浑身躁热，在炕上折腾着。小顺子在厢房给他泡了一壶茶，刚要给冯含真端过去，胡道白进来了。胡道白神神秘秘的，说有要紧事，让小顺子去把小跨院的门插上。

小顺子出去了，胡道白在自己的怀里摸着、找着，找了半天，忽然摘掉了帽子，从帽子里掉出来一个三角形的纸包儿。胡道白急忙把纸包儿打开，里面是白色的粉末儿。他又打开壶盖，把粉末儿倒进茶壶里，又摇晃了几下。吴多宝进来了，见桌上放着已经沏好的茶水，便端着壶给冯含真送了过去。

等小顺子和吴多宝回到厢房以后，胡道白说：“现在冯御史喝多了，是个极好的机会，我们今晚必须把户口册簿偷出来。”

小顺子说：“那天我就想问你，丢了户口册簿，我家老爷能饶了我们吗?”

吴多宝说：“这个你甭操心，胡师爷早就给咱们把出路安排好了。”

小顺子问：“什么出路?”

吴多宝说：“只要册簿一丢，我们俩就装作非常害怕，先是在老爷面前认罪，然后答应去找。只要他让我们去找，我们就肉包子打狗一去不回头了。知道这叫什么吗?”

小顺子说：“畏罪潜逃呀?”

吴多宝说：“对了，就是畏罪潜逃。”

小顺子说：“逃哪儿去?”

吴多宝说：“身上有银子，逃到哪儿都是天堂。”

小顺子沉思了一会儿：“是啊，不逃也不行呀，犯了这么大的错，我们也没脸跟着老爷混了。”

在胡道白的催促下，三个人蹑手蹑脚地进了正房东屋，冯含真躺在炕上酣睡。西屋墙柜上那把大锁的钥匙在冯含真的身上，必须把钥匙偷出来才能开锁。吴多宝悄悄上前，把手伸向冯含真的腰间。眼看就要摸到钥匙了，冯含真翻了个身，钥匙又被压在了身子底下。吴多宝无奈，挓挲着两只手不知道如何是好。小顺子上前，蹲在炕沿底下，把手伸进冯含真的身子下面。

小顺子已经把钥匙抓到了手，可是钥匙紧紧地拴在了冯含真的腰上，怎么也解不下来。

胡道白还在一边催促着，示意他快点儿。

吴多宝找来一把剪刀，递给小顺子，让他把拴钥匙的绳索剪断。

小顺子举着剪刀又趴在冯含真的面前，冯含真醒了，看见小顺子正跪在他的面前，厉声问："你在干什么？"

小顺子惶恐得说不出话来。

冯含真呜呜噜噜地说："水……给我点儿水……"

胡道白听见了，急忙从茶壶里倒出一杯水，递给小顺子。

小顺子端着水，冯含真欠起身子。

胡道白张大了嘴巴，站在一边紧张地看着。

冯含真把茶杯接过来，咕咚咕咚一口气把水喝了下去。

胡道白一下子扑上来，紧紧地压着冯含真的身子，又从怀里掏出一根绳子，扔给吴多宝："快快……勒住他的脖子……"

吴多宝傻了："你要干吗？你要杀死他？"

胡道白叫喊着："他马上就要死了，我在那茶水里放了砒霜……"

小顺子立即哆嗦起来："你……你怎么能下毒呢……"

冯含真的酒醒了，用力挺起了身子，把胡道白掀翻下去。

胡道白又扑上来，冲着吴多宝和小顺子叫喊着："你们俩快动手……不能让他活过来……"

吴多宝说："我……我们不能杀死他呀……"

胡道白喊着："他要是不死，你们俩都活不成了……"

小顺子还是哆哆嗦嗦地不敢上前。

胡道白说："你们俩别犯傻，事情是咱们三个人做下的，你们不把他杀死，咱们谁也别想活……"

吴多宝首先醒悟了，猛扑过来，双手掐住了冯含真的脖子。

冯含真一边挣扎着一边骂着："混账东西……你们勾结贪官恶吏谋杀朝廷命官……"

小顺子捡起吴多宝身边的绳子，手忙脚乱地勒住了冯含真的脖子，结结巴巴地说："老爷……对不住您了……"

胡道白说："少废话，使劲勒……"

冯含真拼命挣扎着、叫骂着："混账……王八蛋……没廉耻的东西……"

胡道白和吴多宝压住了冯含真，小顺子用绳子勒住了冯含真的脖子，三个人滚成了一团。

胡道白喊着："使劲……使劲勒啊……"

冯含真继续挣扎着，几次翻过来又被压下去，压下去又翻过来。胡道白见小顺子手太软，跳起来接过绳子，狠劲地勒着……

冯含真的身子渐渐地软下来。

胡道白吩咐着："快快……快把他吊到房梁上去……就说他是悬梁自尽……"

吴多宝和小顺子又七手八脚地拖着冯含真，把他拉下了炕……

突然，啪啦一声巨响，窗户被撞开了，从窗口飞进了一个穿黑衣的人。三个人还没反应过来，那个黑衣人便拳打脚踢，先是踹倒了小顺子，又一拳把吴多宝打翻。胡道白一看事情不好，拔腿便跑，黑衣人上前，飞身一脚踢在胡道白的后背上，胡道白整个身子撞在了堂屋的墙壁上，狠狠地摔倒了。

紧接着，黑衣人上前救起冯含真，解开了他脖子上的绳索。冯含真长啸起来："啊……"

这声音把憋在肚子里的气都吐了出来，人也立刻从地上挺了起来。吴多宝和小顺子见冯含真又活了，抢着往外跑。

胡道白又爬起来，叫嚷着："你们别跑，他喝了我的砒霜，活不了了……"

黑衣人哈哈大笑起来："胡师爷，人算不如天算，本姑娘早就把你的砒霜换成碱面儿了。"

冯含真一听，立刻叫起来："小童……是你？"

范小童撩开黑衣的帽子，一头黑发瀑布般地飘散下来。

冯含真愣愣地看着范小童，范小童也愣愣地看着冯含真，冯含真终于忍不住了，把范小童紧紧地抱在了怀里。

就在胡道白他们又想逃命的时候，呼啦啦冲进了五员虎将，把三个人摁倒在地上。

首先丢了魂儿的是吴多宝，前来搭救冯含真的，原来是他们陆辛庄的“小五义”。这五位壮士有的提着刀，有的拿着剑，也有的赤手空拳。大哥禹自道命令着：“把这三个混账推出去砍了！”

吴多宝咕咚跪下来，哭着哀求着：“禹大哥……饶命啊……看在我叔叔吴三省的分儿上……”

禹自道呵斥着：“住嘴，不许你提陆辛庄的英雄。”

吴多宝哭叫着：“禹大哥，我是吴多宝啊……”

禹自道说：“我知道你是吴多宝，叛主求荣，丢人现眼，先把他砍了喂狗，陆辛庄没有你这不要脸的东西……”

吴多宝咚咚地磕着头：“禹大哥饶命啊……饶命啊……”

冯含真走到禹自道面前，拱起双手，又向周围的几位兄弟作了作揖：“几位大侠，多谢前来搭救含真，含真有礼了。”

禹自道说：“冯大人，您没事吧？”

冯含真看了看吴多宝和小顺子：“你们两个呀也真是不争气，我这么千叮咛万嘱咐，你们还是被徐可良收买了。”

吴多宝和小顺子磕头如捣蒜：“老爷饶命啊……我们本来没打算害您的，都是胡师爷……”

冯含真问：“他们给了你们什么好处？”

小顺子急忙从怀里把银票掏出来，举到冯含真面前：“老爷，这是他们给我的一万两银票……我不要，是他们硬塞给我的。”

冯含真又问吴多宝：“你的呢？”

吴多宝说：“他们没……没给我银票，只是带着我去夜来香玩儿了个姐儿……”

冯含真没有理睬他，转身把小顺子交给他的银两放进炕上的箱子里。

范小童说：“此处不是久留之地，我们必须快走。”

冯含真说：“等一下，我这些账目必须妥善转移，都是徐可良之流的罪证。”

禹自道问：“冯大人，这三个败类怎么办？”

冯含真说：“把他们绑起来带走。”

几个壮士立即上来，将三个人绑了起来。

冯含真走到西屋，对禹自道说：“请把这些册簿也装进那箱子里，派两个可靠的兄弟看护着。”

范小童又催促起来：“含真，我们快走吧。”

第二十四章

冯含真有点儿后怕。范小童和“小五义”抬着那个装有账本的大箱子，押着三个“谋杀犯”急匆匆地出了德州城西门，朝运河码头的方向走去。

天色已经蒙蒙亮了，东方的天边露出了鱼肚白，码头上已经开始活跃起来。影影绰绰的人影和叽叽喳喳的嘈杂撕破了沉重的夜幕。

冯含真和范小童都没有说话，但是他们心里都在想，赶紧离开德州，最好能找到一条可靠的船只。

范小童他们事先已经探好了路，出了德州西门便上了一条庄稼地遮掩的小路，然后从小路越过一条小河，便可以直接来到码头上。这个码头是漕运码头，上面有许多漕运总督的衙役和运送官粮的运丁，徐可良是不敢放肆的。

但是，那条小河他们没能过去，他们担心的事情终于发生了。

出了庄稼地，他们立即发现是一片黑压压的人群。都是徐可良豢养的衙役，一个个横着刀、握着枪，拉满了弓弦。

徐可良亲自跳了出来，骑着一匹高头大马，趾高气扬地叫着：“冯御史怎么不辞而别？”

冯含真走上前，厉声说：“徐可良，你的胆子也忒大了。贪污修筑河防和救灾银两不说，还偷盗核查账目，企图消赃灭迹，更有甚者，居然要杀害朝廷御史。你如此猖獗大胆，已经罪不可赦，如果放本官过去，或许还能保你一条狗命。”

徐可良却哈哈大笑起来：“冯大人误会了，完全误会了。下官带着兄弟们前来，不是拦截御史大人的，是来给冯大人送行的。”

冯含真说：“既然如此，我们就此别过，我要到码头上登船起程了。”

徐可良说：“冯大人走可以，你身后那几个人要留下。”

冯含真说：“他们都是我的随从，你凭什么要留下他们？”

徐可良说："他们不是大人的随从，他们是一群匪徒，潜入御史大人住的如归客栈，企图杀死御史大人的随从和下官的师爷，劫持走御史大人和御史大人的账目。下官听到禀报之后，速带人前来搭救御史大人。"

冯含真说："徐知府果然是聪明人，连向上面禀报的理由都设计好了。"

徐可良说："冯大人要是同意本官的说法，那咱就平安无事，您回您的京城，我依然在德州做官。您放心，下官答应给您的意思，一分一毫都不会少的。"

冯含真说："我要是不同意呢？"

徐可良说："那就对不起了，下官会写一个呈文，御史大人被匪徒劫持，下官围剿了匪徒，救出了御史大人。"

冯含真哈哈大笑起来："好啊你徐可良，这么多年我一直以为，你们这些花钱买来的捐官，胸无点墨，碌碌无为，只知道欺民捞钱拍马屁，没想到你在官场上历练得不错，把一切阴奸损坏都学到手了。看来我真的是小瞧你了。"

徐可良说："承蒙冯大人抬爱，我知道自己没读过什么书，没有名师指教，没进过科举考场，让你们这些老虎班的人瞧不起。但是我知道，官场就是一本永远读不完的大书，上司下属和左右同寅都是满肚子大学问的名师，考绩升迁移职调动就是让你能脱三层皮的考场。你们十年寒窗算个屌？两榜进士又顶个屁？你们瞧不起我，我还瞧不起你们呢！你们不就是会几句'之乎者也'吗？老子要用这硬邦邦的银子把'之乎者也'砸个稀巴烂！"

冯含真深深地点了点头："徐可良，我真的佩服你说出这些无耻的话，看来人只要不要脸，是什么坏事都做得理直气壮的。我只想问问你，你不要脸也倒罢了，难道也不要命吗？人在做，天在看，你不怕遭报应吗？你不怕断子绝孙吗？你不怕死了下地狱吗？"

徐可良又笑起来："冯大人，这就是我们瞧不起你们的地方。挺聪明的脑袋瓜儿，愣是读书读傻了。老子不信神不信鬼不信天不信佛，天在哪儿？佛在哪儿？我有银子娶妻娶妾她们就能给我生儿育女，谁能让我断子绝孙？我活着的时候吃喝玩乐作威作福风风光光一辈子，还管死了下不下地狱？再说，地狱在哪儿，谁见过？"

冯含真说："姓徐的，本来本官还想劝你自省认罪，救你一命，看来你真可谓是穷凶极恶了，作恶到头必然死到临头。”

就在冯含真与徐可良对话的时候，范小童已经布置好了，让禹自道和王世访护送着冯含真向左后方撤退，顺着那条泄水沟爬上运河大堤；让葛佩奇和夏苍子护送着那只装着账目的箱子，冲进右边的高粱地里隐藏起来，等待着接应；让季为洪看着胡道白等三个败类，必要的时候就把他们一刀了结。而范小童自己，依仗着高超的武艺冲上前去，先擒住徐可良，逼着他撤离让路。

范小童布置好了以后，朝冯含真身边凑了凑，低声说：“别跟他废话了，我们马上撤。”

范小童设计得挺好，没想到发生了一件事。胡道白和吴多宝背靠背，把对方的绳子解开了，又悄悄地替小顺子把身上的绳子解开，然后拔腿朝徐可良这边跑来。季为洪还没有反应过来，范小童便飞身上前，朝着徐可良冲了过去。

徐可良一见，一边慌忙逃避，一边大声命令着：“给我放箭……放箭……”

顿时哗啦啦一片疾风暴雨，满天的羽箭疯鸟一样飞扑过来，直接射向了冯含真。范小童急忙放下徐可良，转身回到冯含真的身边，挥舞着宝剑阻挡着羽箭，掩护着冯含真向后退去。更为可恶的是，徐可良又命令一拨人冲了上来，放的不是箭，而是一包一包的石灰粉。刹那间，任凭范小童和“小五义”有天大的本事，因为被石灰迷住了眼睛，也无法施展了。他们摸索着后退。突然，冯含真“啊”地叫了一声，一支羽箭射在了左胸上。范小童命令道：“快背起来跑。”

禹自道顾不得多想，拔掉了冯含真左胸的羽箭，背起他来朝后面跑去。范小童和王世访一边抵挡着冲上来的衙役和射过来的羽箭，一边掩护着冯含真后退。

混乱中，装着账目的那只大箱子被抢走了。急得葛佩奇和夏苍子要舍命去追，范小童把他俩拦住了。

一路仓皇奔逃，终于在一个小树林里停顿下来。

徐可良的队伍也离开了。

冯含真躺在地上，范小童撕开他的内衣，胸前一片血红。范小童扯下自己的汗巾，为冯含真包扎着伤口……

太阳出来了，一个云淡风轻的好天气。

徐可良骑着马，他的身边是一辆大车，大车上放着他们的战利品：一只装着所有账目的大箱子。

小顺子跑过来，谄媚地请求着："徐大人，那箱子里有一万两银票，那可是胡师爷给我的，您能让我拿出来吗？"

徐可良绷着脸问胡道白："有这么回事吗？"

胡道白说："没错，那银票是我给他的，可是他又交给冯含真了。"

徐可良"哦"了一声。

吴多宝也哈着腰过来，对胡道白说："胡师爷，我们就不跟你们走了，你答应我的事情给我办了吧，我要远走高飞了。"

徐可良问："胡师爷，你答应他什么事情了？"

胡道白说："回老爷，我答应把夜来香的菊儿赎出来送给他。"

徐可良看了看吴多宝，又看了看小顺子，意味深长地说："答应了人家，当然要给人家办呀。"

胡道白说："是是，我马上去办。"

小顺子急忙说："那……我的银票呢？"

徐可良说："你的银票也给你，跟胡师爷要吧。"

胡道白趁着吴多宝和小顺子没在意，从一个衙役手里接过一把刀，拎在了手里。

胡道白说："走，我们先去夜来香赎菊儿。"

小顺子说："那我的银票呢？"

胡道白说："到了夜来香那儿就给你。"

吴多宝和小顺子跟着胡道白朝前走去，前面似乎不是进城的方向，眼前出现了一片棉花地。

吴多宝先起了疑心："胡师爷，咱们去哪儿？"

胡道白说："前面有一条近路。"

小顺子说："您……怎么还提着刀呀？"

胡道白说："她夜来香要是耍赖，我就一刀砍了她。"

前面一条小水沟，水不深，需要蹚过去。

吴多宝脱了鞋，讨好地说："胡师爷，您就别脱鞋了，小的背您过去吧。"

小顺子看了看吴多宝，心里说，自己怎么就没想到这拍马屁的机会呢？

吴多宝蹲下来，等着胡师爷趴到他的肩上。

胡道白朝四周看了看，又朝小顺子看了看。小顺子急忙过来，要扶一把胡道白。

胡道白把手里的刀举起来，朝吴多宝砍去。小顺子吓得“啊”地叫了一声，吴多宝一回头，胡道白的刀砍空了。吴多宝急忙跳起来要逃，小顺子也慌忙逃命。几个衙役冲过来，把两个人抓住了。

徐可良策马过来，对胡道白说：“留下他们吧。”

胡道白不解地看着徐可良，意思是说，留下他们将来可能就是祸害。

徐可良却故意抬高了声音说：“人家真心实意地给你卖命，咱们怎么能卸磨杀驴呢？”

胡道白说：“我原本也是试试他们的真心，没想杀他们的，你们还不快谢谢徐知府的不杀之恩！”

吴多宝和小顺子急忙跪下，对徐可良千恩万谢。

夏苍子终于搞到了一条船，几个人要把冯含真抬到船上去，冯含真却不肯上船。

范小童急了：“你身上带着伤，不赶紧治疗，在这儿等死啊？”

冯含真说：“我是皇上钦点的御史，是来勘察贪官恶吏的，现在所有的证据都被他们抢走了，我能回去吗？回去怎么交代？”

范小童说：“你不回去又能怎么样？靠我们几个去攻打德州府，能行吗？”

冯含真说：“能行也不能这么办，攻打官府是谋逆大罪。”

范小童说：“那你说怎么办？”

冯含真无奈地摇了摇头，痛苦地说：“怨我，都怨我。一个是吴多宝，一个是小顺子，他们怎么会出卖我呢？”

禹自道说：“吴多宝本来就是个无赖，自己混得拉棍子讨饭了，还到处吹牛。在村里待不下去了才跑出来的，包括他的叔叔，还吴三省呢，纯粹是个二百五。有那么干的吗？给人家买羊半路上输光了，能不败家吗？”

冯含真说：“不管怎么说，吴多宝是我的朋友，小顺子呢，唉，没法说他了……他也干过下三烂的事。我也是久混江湖的人了，怎么没把这两个浑蛋看透呢？”

正在这个时候，一匹快马跑过来，翻身下来一个精干的年轻人，冲冯含真拱手问："请问是御史冯大人吗？"

冯含真挺起腰来说："在下冯含真。"

年轻人说："刘大人命我前来传令，让冯大人速回京城，安心疗伤。"

冯含真一愣，在范小童的搀扶下，歪歪扭扭地站起来："哪个刘大人？"

年轻人说："刑部尚书刘统勋刘大人。"

冯含真惊喜地叫起来："刘大人来了？他在哪儿？"

年轻人说："刘大人让小的转告冯大人，这里的事情由他处理，冯大人就不用操心了。"

冯含真说："我能见见刘大人吗？"

年轻人说："恐怕不行，刘大人说，他现在不方便见您，还是等回京城以后再见吧。"

年轻人说完，又向冯含真拱了一手，翻身策马而去。

冯含真久久地站着，看着渐渐消失在视野之外的那个年轻人。

范小童说："你这回总可以上船了吧？"

小船逆流而上，与满河的帆樯融合在一起，静静地移动着。几个壮士轮番划着船，范小童在一边伺候着冯含真。

朝霞如火，烧红了半边天地和整条大运河。

冯含真静静地躺在船舱里，心境渐渐地平息下来。心境平息之后，伤口却像海潮似的疼痛起来。开始的时候，他还紧紧地咬着牙，顽强地忍受着。他身上一阵阵地痉挛着、颤抖着，脑门上堆积着豆粒儿大的汗珠儿。渐渐地，他实在忍不住了，便哼哼起来。

范小童一边为他擦着汗，一边说："要嚷你就嚷出来，嚷出来就会好些，别强忍着了。"

冯含真果然叫嚷起来，杀猪般地，让人听了心惊肉跳。

小船靠在一个小码头上，夏苍子去请的医生来了。

医生在船舱里为冯含真清洗着伤口，又敷上药。冯含真觉得疼痛好多了，但是觉得身子却非常虚弱。这时候他才明白，原来疼痛对体力的消耗竟有这么大。他静静地躺着，不想动，不想说话，连眼皮都不想抬。疼痛虽然消退了许多，但依然像船篙一样时不时地戳他一下，戳一下便疼得钻心。

范小童守在他的身边，替他擦着头上的汗水，又轻轻地抚摸着他的脸颊。一股暖流伴着疼痛从范小童的指尖传遍了全身，他心里一阵发热，泪水不禁淌了下来。他慢慢地抬起胳膊，把范小童的手攥住了。

范小童的鼻子一酸，眼泪也忍不住流下来。

徐可良凯旋。他骑着高头大马，摇晃着油光满面的大脑袋，趾高气扬不可一世。

胡道白讨好地说："东翁神机妙算，一切都在掌控之中。"

徐可良哈哈大笑着："一个小小的叫花子想跟我斗，还嫩了点儿。"

胡道白说："冯御史会怎么样？"

徐可良说："先让他在河边哭会儿吧，等他哭利索了，我再亲自出马把他接回来，重新安排酒席。我要让他乖乖地就范，敬酒要吃，罚酒也要吃。"

胡道白说："姓冯的恐怕不那么好摆布，他要是回朝廷参您一本怎么办？"

徐可良说："他参我什么？参我贪污，证据呢？"

胡道白说："他要是参您截杀朝廷御史，抢走账目呢？"

徐可良说："我已经想好了，等我们回衙门之后，我立马给巡抚大人写呈文，就说冯含真的随从勾结梁山匪徒，绑架朝廷御史。本官为什么不让你杀了那两个小跟班呢？就是为了留个活口儿，将来好让他们站出来做证。"

胡道白说："他们要是反悔呢？"

徐可良说："还是用你的办法，先用银子把他们的嘴堵上，再用刀尖对着他们的嗓子眼，让他们说什么他们就会说什么，让他们怎么说他们就会怎么说，由不得他们。"

胡道白立即跷起了大拇指："东翁果然棋高一着，如此一来，冯含真哭都哭不成调调儿了。"

到了府衙门前，徐可良下了马，在众官吏的簇拥下朝大门走去。徐可良突然觉得有点儿不对劲儿，跟在他前后左右的官吏也觉得不对劲儿。怎么府衙内外有这么多新面孔呀？这些新面孔一个个威风凛凛、面目冷峻，他们手持大刀长矛，目不斜视地站在大门两侧。原来那些值班站岗的衙役都哪儿去了？徐可良想回头问问胡道白，却听见大堂里面传出了惊心动魄的喊声："传德州知府徐可良进见……"

咦，这是哪儿呀？是德州正堂吗？如果是德州正堂，坐在里面的为什么不是他堂堂的德州知府徐可良呢？如果不是他徐可良，那能是谁呢？徐可良疑惑着，已经走近了大堂门前，大堂门前站着两个石雕般的武官：珊瑚顶戴，绣狮子补服。天啊，什么人在里面能用二品提督站岗呢？

徐可良疑疑惑惑战战兢兢地进了大堂，还没站稳，便听到一个熟悉的声音："徐知府辛苦啊，看来是满载而归了。"

徐可良举目一看，浑身便筛糠似的颤抖起来。坐在德州正堂上的，原来是刑部尚书刘统勋。

徐可良双腿一软，顺势跪下了："卑职徐可良拜见刘大人。"

刘统勋没有回话，大堂里一片死寂。

徐可良抬起头来偷眼看了一下，坐在刘统勋身边的还有一个人，头戴蓝宝石凉帽，身穿绣雁补服，跟他徐可良一样，也是四品黄堂。

徐可良见刘统勋半天没有开口，又颤颤巍巍地磕了一个头："卑职不知道刘大人光临，有失迎迓，请大人恕罪。"

刘统勋看着徐可良，又过了半天，才开口问话："那只装账目的箱子呢？"

徐可良一听，魂儿都飞了，慌忙说："哦……在……在外面。"

刘统勋说："把它抬进来。"

徐可良刚要起身，便见两个官兵把那只木箱子抬到了大堂上。

刘统勋问："徐可良，你追杀朝廷御史，抢夺作恶罪证，你可知罪？"

徐可良仓皇地叩头："刘大人……卑职……是为了保护冯大人的……"

刘统勋厉声喝道："住嘴。给他摘去顶戴，锁上长枷，押进大牢。"

立即上来两个官兵，将徐可良拽起来，剥掉顶戴官服，锁上长枷，拖了出去。

徐可良绝望地喊着："大人，冤枉啊……刘大人，您可要明察啊……"

刘统勋又威严地喊道："传德州府所有官吏上堂。"

等候在外面的官吏见徐可良已经披枷入牢，都吓得丢了魂魄，听见召唤，急忙上堂，乱哄哄跪倒了一片。

刘统勋看了看跪在下面的德州官吏，放低了声调说："徐可良身为知府，贪腐作恶，想必各位也深知其情，深受其害。本官宣布，德州知府一职由黄敬贤接任。徐可良罪不可恕，容朝廷详查处置。有与徐可良狼狈为奸沆瀣一气者，望躬身自省坦白自首，以图减轻罪责；有知晓内情掌握罪证者，望挺身而出检举揭发，以图立功受奖；有胆敢为徐可良遮掩罪行订立攻守同盟者，与徐可良同罪，必须严厉追查惩处。”

刘统勋说完这些话，对站在一边的黄敬贤说：“本官先走一步，这德州府交给你了。”

刘统勋说着，也不再理睬那些跪在下面的德州官吏，大步走出了德州大堂。

两个官兵，把那只装有账目的箱子抬起来，跟在刘统勋的后面走了出去。

天色渐渐黑了，运河里的船只点起了桅灯，满河金灿灿的灯光与满天亮晶晶的繁星相互映衬，仿佛有一种在星光中旋转的感觉。冯含真喝下了范小童熬的鲤鱼汤，又睡了一觉，体力渐渐地恢复过来。

范小童一直守在他的身边，就那么静静地守护着，脸上挂着淡淡的泪痕。

沉默了许久，冯含真终于开口：“小童，谢谢你。”

范小童没有言语，好像根本没有听见冯含真的话。

冯含真又说：“小童，你又一次救了我。这辈子，我欠你的太多了。”

范小童依然没有说话。

冯含真又说：“小童，我知道我伤了你，伤得很重。可是，我又不知道该如何补偿你。”

范小童叹了一口气，说：“你放心，我不会死缠着你的，把你送到京城，我立马离开你。”

冯含真说：“小童，我能问你一句话吗？”

范小童说：“有话就说。”

冯含真问：“那天夜里，在客栈屋顶上的……是你吗？”

范小童没言语，默认了。

冯含真说：“你怎么知道我到德州来了？你怎么知道我会遇上危险？”

范小童说：“不是我知道的，我没有这么大的本事。”

冯含真说：“是师父对吗？可是……他又怎么知道的呢？”

范小童说：“也不是他，他根本不知道我到德州来。”

冯含真问：“那是谁？”

范小童摇了摇头。

冯含真说："告诉我，这很重要。"

范小童说："我不能告诉你。"

冯含真问："为什么？"

范小童说："不为什么，是不能说，不能告诉你。天下有些事情是不能让你知道的，你明白吗？"

冯含真说："我不明白，你的事情我怎么不能知道呢？"

范小童说："那我也问你一件事情。"

冯含真没言语，他知道范小童要问什么。

范小童说："你告诉我，你为什么不要我？"

冯含真没有说话。

范小童说："我原来以为你嫌弃我，你不喜欢我。但是不是，我知道你没有嫌弃我，从来没有过。你也不是不喜欢我，甚至很喜欢我。我还以为你嫌我出身低贱，是个叫花子，配不上你，也不对，你对小妖都那么有情义，会瞧不起我吗？我爹告诉我，你要是娶了我就会'身世不清'，不能参加科考，可是父亲又说了，我的出身跟你的出身毫无关系。再说，你已经考上了举人、进士，还忌讳什么？这也不是，那也不是，到底是什么？你为什么不要我，你能告诉我吗？"

冯含真还是没有说话。

范小童摇晃着冯含真的手臂："能告诉我吗？"

冯含真摇了摇头。

范小童问："为什么？"

冯含真说："不为什么，是不能说，不能告诉你。天下有些事情是不能让你知道的，你明白吗？"

范小童说："这是刚才我说的话。"

冯含真说："也许道理是一样的。"

范小童说："这算秘密吗？世界上怎么会有这么多的秘密呢？该死的秘密。含真，要是我把这个秘密告诉你，你也能告诉我吗？我们交换行吗？"

冯含真摇了摇头："我宁肯不要听你那个秘密。"

范小童说："我也是，即使你同意，我也不会说的。"

冯含真说："那我们就都不要说吧。"

范小童说："我的秘密很重很重，关系到一个人的命，人命关天啊。"

冯含真说："我的秘密也很重很重，关系到一群人的命，人命比天大啊。"

范小童突然捂住了脸："天啊，这到底是怎么回事啊？"

冯含真拉了拉范小童的手臂，轻轻地抚摸着，安慰着她。突然，冯含真的手指触到了一个东西，滑润润的，凉津津的。他把范小童的手拉过来，举到自己的眼前，随着衣袖的滑落，范小童的玉腕上露出了一个羊脂玉的手镯。冯含真的心像是被刺了一下，惊愕地问："你这玉镯是哪儿来的？"

范小童看了看冯含真："你认识它？"

冯含真说："这是母亲临终前留给我的。"

范小童问："留给你做什么？"

冯含真没有说话。

范小童说："让你送给未来的儿媳妇，是吗？"

冯含真还是没有说话。

范小童说："你把玉镯送出去了，可惜媳妇却没有得到。"

冯含真说："你是怎么得到的？"

范小童说："这也许是天意。你娶媳妇那天，我的轿子和马幽兰的轿子相遇了，按照规矩，两顶喜轿碰到一起，新娘要互相交换礼物的。我把随身带的一个玉蟾蜍给了马幽兰，马幽兰便把这玉镯给了我。"

冯含真苦笑了一下。

范小童说："这玉镯原本就该属于我的，不是吗？"

冯含真把范小童拉了一下，范小童顺势躺在了冯含真的怀里。

冯含真轻轻地说："你知道吗？小妖嫁人了。"

范小童腾地起身："嫁人了？嫁给谁了？"

冯含真说："小妖的夫君是曹雪芹。"

范小童说："曹雪芹？就是张家湾曹家大院那个书呆子？"

冯含真说："曹雪芹是大才子，是真君子，你怎么说人家是书呆子呢？"

范小童说："听说他不好好读书，读书也不想做官，为了一个女人就疯疯癫癫的……"

冯含真说："你怎么能相信这些假语村言呢？曹雪芹是我的好朋友，

是我把小妖托付给他的。”

范小童急着问：“曹家不是又被抄了吗？他们在哪儿？我得去看看她……”

冯含真在刑部向刘统勋禀报着德州勘察的详情和徐可良之流贪腐的罪证。

刘统勋静静地听着，脸上的表情凝固着，心里却翻江倒海般地折腾着。

冯含真讲述完了，他的伤口又隐隐地疼痛起来。伤口一疼心里就发躁，他想起来今天为了到刑部来禀报，忘了服药了。范小童说到做到，到了京城之后果然就离开了他。冯含真自己在地安门大街租了一个小院，吴多宝离开他之后，他一直没有请管家，自己马马虎虎地过着粗陋的日子。

刘统勋突然说：“含真，有件事情我非常后悔。”

冯含真一愣：“什么事，刘大人？”

刘统勋说：“把金剪刀抓到之后交给了徐可良，徐可良草草地审了一下便处死了金剪刀。”

冯含真惊骇得半张着嘴，半天说不出话来。他不明白，刘统勋为什么提起这件事情。

刘统勋说：“这两天我翻看了你的呈文，又查看了一下德州的账目，越看越觉得似曾相识。”

冯含真困惑地看着刘统勋：“卑职愚钝，没听懂大人您的意思。”

刘统勋继续说：“我原来以为金剪刀就是一个女贼，是一个专门跟朝廷作对的侠匪。朝廷再施仁政，也不能让一个女匪这样戏弄。地方官员一个劲儿地上奏，要求抓住金剪刀。等金剪刀被处死之后我才知道，原来她是隋中宽的夫人……”

冯含真的脑袋嗡地一响，是啊，金剪刀是为了给丈夫报仇才行此侠举的。隋中宽不是因为勘察德州贪腐案在客栈吊死了吗？当时被定为自杀，金剪刀不服，到处告状。天啊……难道自己在重复着隋中宽的道路？难道自己和隋中宽是一个轮回？幸亏范小童救了自己，否则……想到这里，冯含真周身热血奔涌，忍不住地站起来，悲愤地说：“大人，卑职懂了……”

刘统勋说：“徐可良的案子不能轻易定案，这背后兴许隐藏着一个巨大的黑幕。”

冯含真说："大人，冯含真请命彻查此案。"

刘统勋说："不是此案，是两案，把徐可良的案子和隋中宽的案子一起查。我已经让刑部把当年的文档调出来了，你先仔细了解一下案情。"

冯含真答道："是，大人。"

刘统勋说："哦，对了，我已经禀报了皇上，又跟吏部和方观承打了招呼，从明天起，你调任刑部任郎中，破格加一品，从三品。"

冯含真跪下向刘统勋谢恩："感谢刘大人栽培，卑职愿肝脑涂地效忠朝廷。"

刘统勋说："你先起来吧，皇上刚才打发人叫我们呢。"

冯含真问："皇上在叫我们？"

刘统勋说："皇上在御花园等我们呢，你当面向皇上谢恩吧。"

冯含真跟着刘统勋在大内太监的引领下，来到了紫禁城后面的御花园。刚刚走进院子，便听到一阵婉转悠扬的箫声。及至走近一个八角凉亭，冯含真便看见乾隆坐在凉亭里面的石凳上，旁边站着纪晓岚。在他们的对面，一个衣装华丽的贵妃在吹着箫。

刘统勋和冯含真趋步向前，跪拜皇上和贵妃娘娘。

乾隆兴致很高，招呼着刘统勋和冯含真上了凉亭，笑着说："偷得浮生半日闲，朕跟纪大才子正在谈诗论画，身边有美妾吹箫凑趣，岂不快哉？"

乾隆说着话，眼睛却一直在盯着冯含真。冯含真一直低着头，不敢跟乾隆对视，更不敢偷觑贵妃娘娘。他知道宫里的规矩甚严，绝对不能四下乱看的。

乾隆说："冯含真，你过来，重新见见朕的童妃。"

冯含真急忙冲着童妃跪下，恭谨地说："臣冯含真给童妃娘娘请安。"

童妃娘娘淡淡地说："冯先生免礼。"

冯含真依然低着头，站了起来，站在了纪晓岚的身边。

乾隆说："冯含真，抬起头来，看看童妃。"

冯含真胆怯地抬起了头，当他的目光落在童妃脸上的时候，身子像被猛地推了一下，向后趔趄着，纪晓岚在后面轻轻地扶住了他。

乾隆看见了冯含真的神态，故意问："冯含真，你怎么了？"

冯含真慌忙遮掩着："回皇上，臣……有点儿心慌。"

乾隆说："慌什么？"

冯含真支支吾吾地说："也许……臣的伤痛发作了。"

乾隆哈哈笑起来："冯含真，跟朕说实话，你是不是见过童妃娘娘？"

冯含真慌忙跪下来："回皇上，臣……没有见过童妃娘娘。但是……"

乾隆说："但是看着眼熟，对吗？"

冯含真说："皇上明察秋毫，童妃娘娘确实让臣惊诧。"

乾隆说："你知道朕为什么封她为童妃吗？"

冯含真说："臣……不知。"

乾隆说："纪晓岚，你告诉他。"

纪晓岚笑着说："皇上带着臣等私访山东的时候，认识了一个船家女。一路上，这个船家女对皇上照顾得周到体贴，皇上对她念念不忘。这个船家女叫范小童，与贵妃娘娘酷似双胞一体，所以皇上便封贵妃娘娘为童妃。"

乾隆问："冯含真，这个范小童你不会不认识吧？"

冯含真说："臣与范小童情同兄妹。"

乾隆又问："仅仅是情同兄妹吗？"

冯含真说："范小童是臣的救命恩人，臣对她虽然感激爱慕，却只能发乎于情止乎于礼。"

乾隆问："男女之间，情之所至，顺理成章。朕跟范小童谈过，她似乎对你一往情深，你何必止乎于礼？"

冯含真说："回皇上，臣有难言之隐。"

乾隆一愣："哦，朕也料到必定事出有因。朕倒是想，什么时候你把范小童带来，让她跟童妃结个姐妹如何？"

冯含真急忙叩头："皇上如此大德，天高地厚，乃范小童之莫大荣耀，臣替范小童叩谢皇恩。"

乾隆说："朕叫你来，还有一事，听说你与曹雪芹是朋友？"

冯含真忙说："臣与曹雪芹为同怀挚友。"

乾隆说："他写的《石头记》你看过吗？"

冯含真说："看过了，还抄了一份。"

乾隆说："他的《石头记》朕读了，颇有异趣。童妃更是喜爱有加，手不释卷。只可惜朕这里只有十回，你若跟他是朋友，可否把他写完的篇章拿来给童妃消遣？"

冯含真说："臣遵旨，不日将去找曹雪芹。"

童妃突然跪在乾隆面前："皇上，臣妾有个不情之请，望皇上恩准。"

乾隆说："童妃请讲。"

童妃说："臣妾看《石头记》，兴之所至，在抄稿上做了一些评批，纯属信手拈来胡乱涂鸦，可否托冯先生送给曹雪芹请教，以检阅臣妾之陋见？"

乾隆说："这好啊，一会儿就把你的抄稿给冯含真，让他送给曹雪芹便是了。"

冯含真向童妃躬身说："曹雪芹若能得到童妃娘娘的批评，定会受宠若惊欢喜若狂。"

乾隆把脸转向了刘统勋："刘爱卿，朕南巡的事情准备得怎么样了？"

刘统勋说："回皇上，这两天臣与张廷玉大人分别召集了六部及内务府协商筹划，不日张廷玉大人会有专折向皇上禀奏的。"

乾隆说："别的我就不操心了，此乃朕御极以来的第一次南巡，一定要筹划周密。你和纪晓岚、冯含真都要随同前往，除了皇后，童妃也要跟随。"

冯含真心里一惊，皇上要南巡，这可是天大的事情。

第二十五章

第二天下午，冯含真便去西山脚下拜访曹雪芹。他雇了一辆车，坐在车上一边不紧不慢地赶路，一边读着童妃评批《石头记》。这十回《石头记》还是他与敦敏、敦诚寻找曹雪芹的时候拿到的。他看完以后，便借给了纪晓岚。肯定是纪晓岚推荐给乾隆看的，这样才能顺理成章地到了童妃的手里。

这无疑是童妃的抄稿，书稿上的字娟秀端正，一笔一画都非常到位。而在书稿的天地空白处和字里行间，又点缀着一行行的小字评批。冯含真从头开始，一字一句地读着、品味着、猜测着：

> 列位看官，你道此书从何而来？说起根由虽近荒唐，细谙则深有趣味。待在下将此来历注明，方使读者了然不惑……

在“虽近荒唐”之后，有两行小字：自占地步。自首荒唐。妙。

> 原来女娲氏炼石补天之时，于大荒山无稽崖炼成高经十二丈、方经二十四丈顽石三万六千五百零一块。娲皇氏只用了三万六千五百块，只单单剩了一块未用，便弃在此山青梗峰下。谁知此石自经锻炼之后，灵性已通，因见众石俱得补天，独自己无材不堪入选，遂自怨自叹，日夜悲号惭愧……

在“炼石补天”后一行小字为“补天济世，勿认真用常言”；在“大荒山”后小字为“荒唐也”；无稽崖后为“无稽也”；“十二丈”后为“总应十二钗”；“二十四丈”后小字为“照应副十二钗”；“三万六千五百块”之后，小字为“合周天之数”；“剩了一块未用”后，小字为“剩了这一块，便生出许多故事。使当日虽不以此补天，就该去补地之坑陷，使地之平坦，而不得有此一部鬼话”；“青梗峰下”后，小字为“妙，自谓堕落情根，故无补天之用”；“灵性已通”后，小字为“锻炼后，性方通，甚哉，人生不能不学也”……

冯含真读着书稿，看着那一行行的评批小字，心里一阵阵地发悸，后背都嗖嗖冒着冷气。如此奇文怪论，居然有如此锥心透骨之评。可见这人世间，只有阿香才是最懂曹雪芹的人。人生难得一知己，更难得红颜知己。而“知己”能知到这个份儿上，更是千古绝缘，万世难求。只可惜，如此通心之佳友，却生生拆作隔世，一道厚厚的红墙，囚禁了两个情撼天地鬼神的英灵。难怪曹雪芹要“自怨自叹，日夜悲号惭愧”啊！

冯含真赶到曹雪芹的篱笆小院，已经是傍晚时分了。院子里依然很冷清，奇怪的是，曹雪芹却撅着屁股在堂屋灶膛上烧火做饭，灶膛不大通畅，一股黑烟从灶膛口倒冒出来，呛得曹雪芹一个劲儿地咳嗽。咳嗽了一阵，他又蹲下来，用一把破旧的芭蕉扇扇着灶门儿。一个摇摇学步的男孩儿扑过来，曹雪芹一边把他搂在怀里，一边往灶里添着柴。

冯含真在门口等了一会儿，才开口说话：“您怎么自己烧火做饭？小妖呢？”

曹雪芹听见有人说话，先是有点儿尴尬，待看清是冯含真，立刻兴奋地叫起来：“哎呀冯兄，您怎么来了？”不等冯含真搭话，又冲着屋子里喊了起来，“芳卿，你哥来了。”

冯含真进来了，接过曹雪芹手里的孩子：“这么大了，来，让舅舅抱抱。”

曹雪芹逗着孩子：“玉儿，快叫舅舅。”

孩子却伸出小手，拍打起了冯含真的脸颊。

曹雪芹笑着：“怎么打舅舅呢？”

冯含真说：“舅舅该打，这么大了，还没见过舅舅呢。”

曹雪芹轻轻地说：“芳卿病了……哦，对了，就是小妖，您妹妹，现在叫芳卿了。”

这时候，屋子里传出了一个虚弱的声音：“哥，你来了……”

冯含真忙把孩子交给曹雪芹，进了屋。屋子里很暗，冯含真只看见小妖躺在炕头上，身上盖着被子，头发蓬乱得像一窝蒿草。见冯含真进来了，小妖挣扎着起身。

冯含真上前，把小妖摁住了：“妹，你别动，哥又不是外人。你怎么了?”

小妖还是爬起来了，靠在窗台上，被子依然裹在身上。

曹雪芹已经把油灯点着了，借着油灯那飘忽的光亮，冯含真看到，小妖脸色蜡黄，目光浑浊，头发干枯，已经憔悴得脱了形容。冯含真鼻子一酸，不由得拉住了小妖的手。

小妖的眼睛里汪着泪，喃喃地说：“哥……你来了……刚才我还梦见了你……你再不来，恐怕要见不到妹妹了……”

冯含真心疼地看着小妖，又转头问曹雪芹：“怎么一下子就病成这样了?”

小妖说：“怨我……怨我自己……”

孩子哭闹着要找妈妈，小妖伸出手，把孩子接过来，搂在怀里。

曹雪芹说：“一个多月前，她到西山去砍柴……回来背着满满的一筐柴，蹚过黄叶河……摔倒了，柴都撒在了河里……柴撒到了河里是小事，她脖子上挂的那个小石头不见了。她在河里摸着找着……一直在河里泡着……已经过了九月了，那河水很凉……你说她傻不傻，找不到就别找了，她就这么一直找着。找到了天黑，昏倒在河心的一块大石头上了……要不是耕地的农民发现了，她早没命了……”

冯含真说：“那是受了风寒。”

小妖说：“不是风寒，是我把魂儿丢了。”

曹雪芹说：“净胡说，整天说疯话，今天见了你好多了。”

小妖说：“我的魂儿就在那小石头上，我把小石头丢了……那小石头就在河边，一棵樱桃树下。我闭上眼睛就能看得见，可就是伸手够不着……”

冯含真听着小妖果然说起了疯话，知道小妖病得不轻，又转向曹雪芹问：“吃什么药呢?请谁看的病呀?”

曹雪芹支吾着：“哦……是我给她配的药……”

冯含真朝屋子里看了看，心里立即明白，他们已经没有钱请医抓药了。冯含真从怀里掏出一张二十两的银票，递给曹雪芹：“匆忙来的也没多带钱，先给小妖看病吧，过几天我再给你送点儿来。”

曹雪芹接过银票，很愧疚：“总是用朋友的钱……唉……”

小妖轻轻地叫着：“哥……妹拖累你了。”

冯含真说：“你怎么跟哥说这外道话?”

小妖低下了头，又流起了眼泪。

冯含真安慰说："妹，别急，好好养病，你的病很快就会好起来的。"

小妖说："我死倒不怕，就是担心曹公子……孩子又小……我怕把他难倒……他的书还没写完。"

曹雪芹说："你看，又胡思乱想了。"

小妖说："还有，我就想见见我娘……还有小童姐姐……"

冯含真说："我跟小童说你嫁人了，也告诉了她你们住的地方，她会来看你的。"

小妖又问："我娘会来吗？"

冯含真心里又酸痛起来："妹，别多想了，好吗？"

小妖说："我知道我娘死了，可是我闭上眼睛就能看见我娘，我总觉得她没死……"

孩子在小妖怀里睡着了。曹雪芹把孩子接过来，在炕上放好。

冯含真说："妹妹，你也躺下吧。你躺下歇会儿，我跟曹公子说会儿话。"

小妖也确实支持不住了，便在曹雪芹的服侍下躺了下来。曹雪芹帮助小妖盖好被子，又伏下身子，用嘴唇亲了亲小妖的额头。

这小小的动作让冯含真心里发热，曹雪芹真是个有情有义的男人，他对女人居然这么体贴。

炕上一张破旧的桌子，那是曹雪芹的书桌和全家人的饭桌。曹雪芹示意冯含真坐过来，并端起那套着保温棉套儿的茶壶，给冯含真斟了一杯茶。

倒在杯子里的茶有点儿发黑，冯含真喝了一口，觉得味道有点儿特别，又品尝了一下，奇怪地问："这是什么茶？"

曹雪芹苦笑了："哪儿来的什么茶？我从山里采了些野枣子，烧煳了泡在壶里，权当是茶吧。"

冯含真心里又一阵发沉，想不到曹雪芹的日子过得如此艰难。这个钟鼓馔玉娇生惯养的公子哥，居然也能忍受家徒四壁的苦日子，还能照顾病妻弱子，还能写出那么动人心魄的《石头记》，何其难哉？想到了《石头记》，冯含真立即想到今日拜访曹雪芹的真正目的，遂把头伸向曹雪芹，轻轻地说："曹公子，我见到童妃娘娘了。"

曹雪芹一愣："童妃娘娘？"

冯含真依然低声说："就是你惦记的阿香。"

谁知道这么低微的声音，还是被小妖听见了。小妖在被窝儿里说："我就是阿香……曹公子不让我叫小妖，也不让我叫阿香，非要我叫芳卿……"

曹雪芹说："芳卿，你累了，歇会儿吧，我跟你哥说会儿话。"

小妖的声音哽咽了："我哥来了……我也不能给他做饭……"

冯含真说："不用，一会儿我跟曹公子到外面去吃。我刚来的时候注意到了，村口那儿有个小酒馆。"

曹雪芹低声问："这么说，阿香已经被封为贵妃了？"

冯含真说："圣上赐封她为童妃。"

曹雪芹问："为什么叫童妃呢？"

冯含真说："还记得我跟你说过的范小童吗？"

曹雪芹说："哦，就是你师父的女儿，长得与阿香极像。"

冯含真说："皇上在去山东的船上见过她，回宫后又念念不忘，终于在宫里发现了与范小童长得极像的阿香。"

曹雪芹说："你说，范小童与阿香会不会是孪生姐妹？"

冯含真说："这事我问过小童，她说她母亲生下她就死了，是父亲把她拉扯大的，没听说还有个姐妹。"

曹雪芹轻轻地摇着头："不可思议，不可思议……"

冯含真把阿香评批过的书稿掏出来，递给了曹雪芹。

曹雪芹移过油灯看着，顿时举着书稿的双手颤抖起来："啊……是的……是阿香的字……这太熟悉了……"

冯含真看了看曹雪芹，没说话，为的是让曹雪芹仔细看看书稿上的评批。

曹雪芹仰起了头，泪水还是顺着他的脸颊流了下来，他低声地长叹着："苍天啊……"

冯含真不忍心看曹雪芹那痛不欲生的样子，遂扭过了头。

躺在炕上的小妖突然说："我娘来了……"

冯含真站起身来看了看，见小妖安详地闭着眼睛，便以为小妖在说梦话。

小妖又说了一声："我娘来了……"

曹雪芹却被惊动了："你说什么？你娘在哪儿？"

小妖说：“她已经到院子外面了……”

冯含真埋下头，低声地问：“妹，你睡着了吗？”

正在这时候，外面突然传来轻轻的叫声：“小妖……小妖在家吗？”

天啊，冯含真一下子听出来了，这是范小童的声音。

曹雪芹也听到了，忙对着外面说：“谁呀？请进来。”

范小童出现在屋门口了，她手里提着一个柳条篮子，篮子里装了许多吃的东西。冯含真注意到，范小童的身后还跟着一个女人。女人见了冯含真，转过了身，似乎想逃走，但是已经来不及了。

冯含真惊讶地叫着：“苗姑……怎么是你？”

小妖拼着气力叫着：“娘……”

确实是小妖的母亲金剪刀，她还没来得及回答冯含真的问话，又听到小妖的呼唤，忙扑过来，痛苦地叫着：“小妖……我的孩子……你怎么了？”

小妖声嘶力竭地叫着：“娘……”

金剪刀俯身在小妖的面前，双手捧着她的脸颊：“孩子……你怎么了……”

小妖惨痛地说：“娘……我要死了……”

金剪刀也哭起来：“孩子……别怕……娘来了……”

小妖说：“娘，我知道你会来的……娘啊……”

范小童放下手里的柳条篮子，一把将冯含真拉到门外，来到院子里。冯含真还没有站好，便见范小童咕咚跪在了冯含真面前。

冯含真慌了，急忙拉着范小童：“小童，快起来……你这是怎么了？”

范小童没有起来，低声叫着：“冯老爷……小童求您了……”

冯含真急忙蹲在小童面前：“小童，你干吗要这样？”

范小童说：“冯老爷……您都看见了，金剪刀她还活着……您能放过她吗？”

突如其来的事情，冯含真还没有理出头绪，又突然出现了范小童的求情。他立即明白了，范小童比他醒悟得快。是啊，一个被官府判处了死刑并且已经处斩了的人，居然还活着。作为朝廷命官，他能视而不见吗？他能知情不报吗？他能放过如此重要的案犯吗？

范小童哭了起来：“冯老爷，您行行好，您抬抬手，千万别难为金剪刀，行吗？我向您发誓，从今以后，范小童再也不会打扰您了。冯老爷……小童求您了……”

范小童跪在冯含真的面前，一声声地喊着他“冯老爷”，叫得冯含真的心像被剪刀扎了一样地剧痛着，流着血。

范小童依然没有起来：“冯老爷……”

冯含真突然站起来，使劲拉着范小童：“小童，你给我起来……”

范小童死死地跪在地上：“冯老爷不答应，小童就不起来。”

冯含真急了：“小童，你要是再叫我老爷，我立马就走。”

范小童惨叫着：“老爷……”

冯含真转身朝门外走去。

范小童起身追过去，从后面一把抱住了冯含真。

冯含真像楔子一样钉在了地上。

范小童紧紧地抱着冯含真：“含真哥……小童不叫你老爷了，可是小童还要求你……只要你放过金剪刀，你让小童死都行……”

冯含真转过身，抱住了范小童，紧紧地抱着。

范小童说：“含真哥，小童求你的事，你能答应吗？”

冯含真说：“你必须跟我说实话，到底是怎么回事？”

范小童说：“我要是跟你说了，你能放过金剪刀吗？”

冯含真说：“放了金剪刀，你知道我犯的是什么罪吗？”

范小童哽咽着说：“小童明白，对不起了……我们连累了你。”

冯含真没有说话。

范小童把冯含真推开：“这么说，你还是不放过金剪刀了？”

冯含真说：“我是朝廷命官，我不能枉法犯法。”

范小童立刻换了一副面孔：“你如果真的无义，可别怪我无情。”

冯含真问：“你想怎么样？”

范小童说：“你还不明白吗？你不放过我们，我们就从你手里逃走；你胆敢阻拦我们，对不起了……”

冯含真说：“小童，你还是这么一副侠肝义胆啊。”

范小童说：“我从来没有向你动过手，可是你不能逼我啊。”

冯含真说：“我答应你。”

范小童说：“你答应放过金剪刀了？”

冯含真说：“我答应你，我不会亲手抓金剪刀的。”

范小童说：“你让别人抓，不是一样吗？”

冯含真说："我答应你，今天不抓她。"

范小童想了想："那就好。谢谢你了。"

冯含真说："但是你们必须把事情给我说清楚。"

范小童勉强答应了一声："好吧。"

冯含真说："你知道这儿是什么地方吗？这儿是正白旗的军营，附近都是官兵，我如果要抓金剪刀，她是逃不脱的。"

范小童说："你不是答应今晚不抓她吗？"

冯含真说："村口处有个小酒馆，我在那里等你们。你们把事情给我说清楚，我今晚放她走。"

范小童说："好吧。"

冯含真离开了曹雪芹的小院，来到了村口那个没有名字的小酒馆等候着。范小童没有失约，但是她也没有把金剪刀带来。这是冯含真逆料之中的。他之所以要离开曹雪芹家，就是为了让金剪刀逃走。跟范小童提的条件，仅仅是为了给自己设计一个理由。反正金剪刀不是从他手里逃走的，尽管事先冯含真警告范小童，说这里是正白旗的兵营，但是对于金剪刀来说，就是这些官兵发现了她也不会抓到她的，他相信金剪刀的本事。

冯含真要了两盘菜、一壶酒。小酒馆只有一个中年汉子，既是东家又是厨师又是跑堂的。中年汉子把冯含真要的菜烧好以后端上来，便到后面忙他的事情了。

范小童在冯含真面前坐下了，从怀里掏出一摞书稿："这是曹公子给你的。"

冯含真翻了翻，原来是《石头记》第十回以后的书稿。他不由得一阵惊悸，找曹雪芹要书稿，本来是他此行的主要目的，而且是皇上交代的差事。范小童和金剪刀的突然出现，愣是让他把这重要的事情忘掉了。幸亏曹雪芹是个有心人，当然，他也是为了自己的心上人。呵呵。

范小童很歉疚地说："金剪刀没来，是我让她走的，我还是对你不放心。"

冯含真笑了笑。

范小童说："你要是没当官，我就会信你十分的。"

冯含真问："那么现在呢？"

范小童说："只能信你三分了。"

冯含真问："为什么？"

范小童说："当官的人，三分说的是真话，七分说的是官话。"

冯含真说："官话难道不是真话吗？"

范小童说："官话能是真话吗？"

冯含真说："我不跟你贫了，想吃什么，我给你要。"

范小童说："我先陪你喝点儿酒吧。哦，还真给我预备了一只酒杯？咦，不对，你难道知道金剪刀不会来？怎么只预备了一只酒杯？"

冯含真笑着说："看来你很得意，是吧？"

范小童说："金剪刀走了，又不是从你手里逃走的，我两边的人情都不欠了，能不轻松吗？"

冯含真说："告诉我，金剪刀是怎么活下来的？"

范小童说："处斩金剪刀的时候，你在德州啊，你应该比我清楚。"

冯含真说："肯定是师父救了她，是怎么救的呢？众目睽睽之下，刽子手举起刀把金剪刀砍倒了，怎么还能活呢？"

范小童说："你只看见把金剪刀砍倒了，看见金剪刀的脑袋掉了吗？"

冯含真说："师父买通了刽子手？"

范小童说："多亏了你那三千两银子。"

冯含真说："师父那条假玉龙也实在做得乱真。"

范小童说："天顺隆没吃亏，还赚了一千两银子。"

冯含真说："赎玉龙的钱是哪儿来的？"

范小童说："我爹告诉过你，一个有良心的官，把受贿的金条给了金剪刀。这笔钱是金剪刀被救出来之后才取到的，你那三千两银子救了急。"

冯含真点了点头，端起了酒杯。

范小童把酒喝下去之后，问："含真哥，你既然不要我，为什么还不娶媳妇，你现在是大官了，什么样的女人找不到？"

冯含真说："你呢？你为什么还不嫁人？"

范小童说："我这辈子不嫁人了。"

冯含真说："不嫁人怎么行？"

范小童说："我爹活着，我就跟爹一起过；什么时候我爹没了，我就出家当尼姑。"

冯含真又喝了一口酒："小童，都是我害了你。有了合适的，还是嫁了吧。"

范小童说："管好你自己吧，别为我操心了。"

冯含真感慨地说："人啊，就是这样，赶上太阳追不上月亮，鱼和熊掌不可兼得。师父也是，这么多年了怎么也没有再娶，就这么一个人苦熬着。"

范小童突然说："含真，有件事你帮我思量思量。你说，我有可能是金剪刀的女儿吗？"

冯含真一愣："什么？你说什么？你是金剪刀的女儿？"

范小童说："从打金剪刀被救下之后，她总怀疑我是她的女儿，为了这个，爹跟她吵翻了好几次。爹从来不让我跟她接触，要不是今天为了来看小妖，爹才不让我来呢。"

冯含真说："小妖不是金剪刀的女儿吗？"

范小童说："金剪刀说小妖不是她亲生的。"

冯含真说："那是怎么回事？"

范小童说："我也不知道……我爹明明告诉我，我娘死了，我怎么会是金剪刀的女儿呢？"

冯含真听了范小童的话，陷入了沉思。

范小童接着说："再说，金剪刀的丈夫早就死了，她又没有改嫁，怎么会有孩子呢？"

冯含真问："金剪刀的丈夫是什么时候死的？"

范小童说："恐怕有二三十年了吧？"

冯含真笑了："二十年还是三十年，这一差就是十年。"

范小童也笑了："我也说不好，反正很早就死了。"

冯含真说："嗯，我猜到那个人是谁了。"

范小童问："哪个人？"

冯含真说："从德州回来的时候，你在船上照顾我，我问你，是谁让你到德州救我的，你说不能说，这关系到一个人的命，人命关天。"

范小童说："我也问你一个问题，你也说不能说，关系到一群人的命，人命比天大。"

冯含真说："我现在知道了，让你暗中保护我的人，就是金剪刀，对吧？"

范小童说："我当时不敢说，我要是说出她还活着，你肯定会派官府的人去抓她。"

冯含真说："现在我也要抓她。"

范小童火了："你还要抓她？我那么求你都不行？"

冯含真说："我抓她不是要判她的刑，判刑不判刑是朝廷的事。我有话要问她，我要问她的话太多了。"

酒馆里那个中年人又出来了，端出了一盘热气腾腾的水饺儿。

刘统勋听完了冯含真的禀报之后，并没有表现出多少惊讶，并且立即就断言："此事是范慕西搞的鬼。"

冯含真想来想去，金剪刀还活着这件事必须要跟刘统勋禀报，否则就是知情不报，那罪过他担当不起。

刘统勋想了想，问冯含真："你能不能再见到金剪刀？"

冯含真说："要是想办法，应该是可以的。"

刘统勋说："我看过金剪刀的状子，她说自己的丈夫隋中宽不是自杀，是被人害死的，可是又提不出足够的证据。而当时的知府、道台、臬司、巡抚都反复核查，光是验尸就验了三次，所有的证据都把他杀排除了。"

冯含真说："我也看了那些档案，事情过去二十多年了，当事人大多都不在了，查起来确实很挠头。"

刘统勋突然问："你准备从哪儿查起？"

冯含真说："我想把当年隋中宽的随从查出来。"

刘统勋立即高叫起来："好啊你冯含真，跟本官想到一块儿去了。记住，这是个突破口，查出了当年隋中宽的随从，这案子就会真相大白。可是，所有的案卷中，都没有关于隋中宽随从的记载，你打算从哪儿查起呢？"

冯含真说："还是刚才大人您提醒的，去找金剪刀。"

刘统勋说："金剪刀还活着这件事知道的人不多，我们也先不要打扰她，更不要把她抓起来。让她保护好自己。"

冯含真问："大人，徐可良是不是要押到刑部来审？"

刘统勋说："徐可良还心存侥幸，以为他的罪恶我们都不掌握，什么都不说。所以，先不急着审徐可良，等把案情搞清楚了，再审他也不迟。黄敬贤是个靠得住的人，把徐可良押在德州大牢比放在刑部还让人放心。"

冯含真问："大人，您提到了黄敬贤？"

刘统勋说："哦，你还不知道啊，现在德州的知府是黄敬贤，你们应该认识的。”

冯含真说：“皇上圣明，黄敬贤确实是个好官。”

刘统勋说：“当年方观承举荐你到东平摘他的官印，你却把他保住了，这在官场上已经成为一段佳话了。”

为了调查徐可良，也为了寻找金剪刀，冯含真又回到了久违的张家湾。

徐可良在张家湾当过巡检，一定会留下许多蛛丝马迹；金剪刀应该还在张家湾，还在马坟附近那个神秘的场院里。

刚一踏进张家湾古镇，冯含真便觉得这里的气氛有些不对头。阳光是惨白的，很淡，似乎没有一点儿热量。惨白的阳光漫洒的街道上，晃动着若许影影绰绰的人影。人影也像阳光一样缺少生气，梦游似的，连商贩的吆喝声和街人的吵闹声都显得非常遥远，干巴巴的。冯含真感到几分冷清、几分神秘，又有几分恐怖。

迎面扭过来的是癫僧无智和痴道无为，后面依然追随着许多寻趣逗闹的孩子，孩子们的嬉笑声也显得飘乎不定，像是风吹起来的杨花柳絮，泼泼洒洒零零碎碎。两个人依然唱着那谁也听不懂的歌，歌声依然含混不清，但是冯含真却听清了，听得真真切切。

癫僧无智唱道：

世人都晓神仙好，唯有功名忘不了；
古今将相今何在，荒冢一堆草没了……

痴道无为应和着：

世人都晓神仙好，只有金银忘不了；
终朝只恨聚无多，及到多时眼闭了……

癫僧无智又唱道：

世人都晓神仙好，只有娇妻忘不了；
君生日日说恩情，君死又随人去了……

痴道无为又应和着：

> 世人都晓神仙好，只有儿孙忘不了；
> 痴心父母古来多，孝顺儿孙谁见了……

癫僧无智和痴道无为一边唱着，一边朝冯含真走过来。冯含真突然觉得这一僧一道唱的歌很伤感，那曲调儿和唱词在他的心里翻滚着，像许多芒刺一样缠绕着他。他心里酸酸的，眼睛也不禁发起潮来。冯含真从怀里掏出两块碎银子，送给了迎面过来的一僧一道。

奇怪的是，这一僧一道接过冯含真的银子，也不言谢，遂转过身朝相反的方向走去。好像他们到来，只是为了向冯含真乞讨一些碎银子，目的达到了，便打道回府了。

冯含真觉得奇怪，便尾随着他们朝前走去。其实也不是奇怪，应该说是身不由己。冯含真脑子里空荡荡的，像张家湾这空荡荡的古镇。孩子们也都散去了，似乎知道一僧一道要走了，觉得无趣了。

出了南门，过了运通桥，前面又是一条冷冷清清的街道。这到底是怎么回事呢？张家湾似乎被抽去了筋骨，一切都是软塌塌的；又似乎被摄去了魂魄，一切都是无精打采的。不知不觉地出了村子，前面是一片庄稼地。庄稼地头上有一簃新打的土坯，这无疑是附近村民准备盖房子预备下的。

癫僧无智和痴道无为突然不见了，说不见就不见了。冯含真的耳旁传来叽叽喳喳的争吵声，这争吵声很小，像是闺房里的窃窃私语。周围的一切都是静悄悄的，很远处晃动着几个赶路的人影儿。冯含真觉得自己的耳朵出了毛病，大概是幻听。想回头朝张家湾古镇里走去，那声音又在他耳边响起来。这一回冯含真听清了，那争吵声是来自坯簃后面的。

冯含真快走几步，来到坯簃旁边，悄悄朝后面走去。

随着一声尖叫，冯含真看见坯簃后面站着两个女人。这两个女人看见冯含真，像大白天见到了活鬼一样惊愕，大睁着眼睛，大张着嘴，身子像是被钉在了地上。

冯含真惊魂甫定，急切地问："你们在这儿做什么？"

站在冯含真面前的范小童首先惊醒过来，反问着："你怎么到这儿来了？”

站在范小童身边的金剪刀，也顿时明白眼前到底发生了什么事情，本能地要逃走，可是又无法迈动双腿。

冯含真说：“是癫僧无智和痴道无为带我来的。”

范小童骂着：“这该死的疯和尚傻老道。”

冯含真冲着金剪刀拱了拱手：“苗姑，我这次到张家湾来就是为了找您的。您放心，我不是抓您的，我是来向您了解情况的，我是为了二十几年前您丈夫的案子来的。苗姑，请您相信我。”

冯含真说着这些话，真诚地看着金剪刀。金剪刀也看着冯含真，两只眼睛直瞪瞪地看着。突然，金剪刀爆发般地挥起了双臂，哭喊着：“老天爷啊，你睁开眼啦……”

范小童被吓坏了，急忙搂着金剪刀，慌慌地问：“苗姑，您怎么了？怎么了……”

苗姑咕咚跪在了冯含真面前，哭叫着：“冯老爷，你可要给我做主啊……”

冯含真急忙把金剪刀拉起来，安慰着：“苗姑，您快起来，有什么话您跟我说。”

金剪刀没起来，顺势坐在了地上，痛快淋漓地哭号着，手拍着身边的土地，泪脸却高仰着冲着天：“中宽啊……中宽啊……你看见了吧……老天爷睁开眼了……冯老爷来为你申冤了……中宽啊，你死得好惨啊……”

冯含真看着哭得如此痛断肝肠的金剪刀，心里也很难受。他不再劝说金剪刀，索性让她哭个够吧。二十多年了，她积攒了多少眼泪、多少冤屈、多少痛恨啊，哭吧，女人需要眼泪，需要一个任意抛洒眼泪的地方。

范小童也不再劝说金剪刀，急切地对冯含真说：“你幸亏来了，你得拦住她，不能让她去，我怎么拦也拦不住。”

冯含真问：“她要干什么？”

范小童说：“她要去报仇。”

冯含真问：“找谁报仇？”

范小童说：“她知道了一个杀害她丈夫的仇人。”

冯含真说：“在哪儿？这个人是谁？”

范小童说：“就在张家湾，他也开了一家当铺，叫赵天水。”

冯含真听到赵天水的名字，半天没反应过来，愣愣地盯着范小童。

范小童问：“你认识赵天水吗？”

冯含真说：“他怎么会是杀害隋中宽的凶手呢？”

金剪刀努力止住了哭声，哽咽着说：“冯老爷……我说，我告诉你，我什么都告诉你……”

范小童说：“苗姑，您不能出头露面，您是被官府处决了的犯人，您不能自投罗网。”

金剪刀说：“我不怕……我不在乎，只要能为我丈夫洗冤，我情愿让官府再杀我一次……”

冯含真说：“苗姑，您慢慢跟我说，到底是怎么回事？您如实地告诉我，我会替您做主的。”

金剪刀依然仰着脸，看着迷茫的天空，轻轻地哀鸣着：“中宽，你看见了吗？你听见了吗？老天爷睁开眼了，真的睁开眼了……”

第二十六章

冯含真把金剪刀和范小童安排住进了仙客来客栈。范小童和金剪刀换上了男人装束，扮成了挑方卖药的“皮行”。这里是“生意下处”，住的都是南来北往的江湖人。除了见面客客气气地打招呼，都是互不干涉、互不打探的。就算是有人发现了什么马脚，也不会告状的。江湖有江湖的规矩，只要不侵犯同行的利益，谁都不会多管闲事。再说，江湖人讲的是一个“义”字。当官府的卧底密探，或者卖友求荣，不但令人不耻，还会有丢命的危险。

她们依然住在那个天井改成的小房间里，冯含真说：“不能打草惊蛇，我跟赵天水还有些交情，先到富裕兴当铺里去探探虚实，就算是要抓捕赵天水，也要用官兵来抓。”

范小童不放心，非要跟着冯含真不可。在她看来，一个杀人凶手，即使隐藏几十年了，也会随时露出杀机，不能不防。冯含真无奈，让范小童扮作自己的随从，他是以老朋友的身份去拜访赵天水的。

冯含真和范小童来到富裕兴当铺门口，便觉得苗头儿不对了。大白天的，当铺怎么会关门上板呢？冯含真问了问附近一个卖风车的老人，老人说，富裕兴关门半个多月了，只能进去赎当，不再接当了。

既然能赎当，就说明这买卖还没倒闭。冯含真上前去敲门，出来开门的是老伙计邱三儿。当铺的伙计经多见广，是懂得规矩的。他知道冯含真是三品大员，见面要口称“大人”下跪磕头的。邱三儿刚要跪下，被冯含真拦住了：“老人家免礼，我是私人来访，不拘官礼。”

邱三儿赶忙把冯含真和范小童让进当铺，好在范小童和邱三儿没见过面，自然也没引起邱三儿的什么怀疑。

邱三儿请冯含真和范小童坐下，范小童知道自己是随从，没有落座，规规矩矩地站在了冯含真的身边。

冯含真问：“你们怎么不接当了？生意不是挺好的吗？赵掌柜呢？”

邱三儿一边为冯含真沏着茶，一边回答着说："冯大人还不知道吗？赵掌柜失踪了。"

冯含真正在发愣，范小童却忍不住了："失踪了？怎么失踪了？他去哪儿了？"

冯含真看了范小童一眼，范小童意识到自己冒失了，便老老实实地站好。

邱三儿说："一个月前，赵掌柜骑着马出去了，说到河东看一件东西。一天一夜都没回来，都以为他为了什么事耽误了，谁都没往心里去。没想到第二天一早，他骑的那匹马回来了，人不见了。"

冯含真说："他去河东什么地方？没去找找吗？"

邱三儿说："只知道他去的是大厂那边的祁各庄，可是祁各庄是个大镇，去的哪村哪家却不知道。我们前前后后去了三拨人，找了七八天，一点儿音信都没有。"

冯含真问："没到官府报案吗？"

邱三儿说："我们到巡检衙门报案了，周巡检说，买卖人出去十天半个月的不回家是常事，有什么大惊小怪的？不给立案，更不帮忙寻找。"

冯含真说："你们没到通州衙门报案吗？"

邱三儿说："去了，可是孙知州说，你们是张家湾的，要报案得先到巡检衙门报。您看看，又把球儿踢回来了。"

冯含真觉得事情严重了，到底是赵天水失踪了呢，还是听说徐可良犯了案畏罪潜逃了呢？

邱三儿说："冯大人，听说您在刑部，是个大官，您能管管这事吗？"

冯含真说："管，当然要管。于官，这是我职责之所在；于私，赵掌柜是我的朋友，我也着急啊。邱叔，您跟我说说，赵掌柜为什么要去祁各庄呢？"

邱三儿说："事发头天后半晌来了一个人，说他那儿有个青铜鬲，地下挖出来的，请赵掌柜去看看。"

冯含真问："赵掌柜一个人去的吗？"

邱三儿说："是啊，就他一个人去的。"

冯含真说："赵掌柜身上带着银票了吗？"

邱三儿说："没有，要带，也就是随手花的几两银子。"

冯含真点了点头："你还记得那个人长得什么样吗？"

邱三儿边回忆边说："长方脸，小眼睛，白眉毛。穿戴挺体面的，乍一看像五十多岁，可仔细一看又有点儿面嫩。哦，对了，最明显的是，他的耳朵后面有一个小肉疣。一般人不大注意，他进门的时候摘帽子，帽檐挂着辫子了，我给他帮忙，看见了那个小肉疣。"

冯含真心里猛地跳动了一下：难道是他……可能吗？在冯含真熟悉的人里，只有吴多宝的耳朵后面有一个小肉疣。但是邱三儿又说那个人五十多岁了，吴多宝不过三十多岁……莫非他化装了？

冯含真从富裕兴当铺出来，带着范小童朝西走去。他原本想去看看天顺隆当铺，一晃好几年了，天顺隆当铺也应该有新主人了，到底是谁在经营呢？都是同行，或许能打听出一些什么线索出来。范小童听说冯含真要去天顺隆，便不想跟他一起去了，她要回仙客来客栈陪伴金剪刀。她还是不放心，生怕金剪刀一冲动，办出麻烦的事来。

从对面走过来一个老太太，高高扛着一个竹竿儿，竹竿儿上面挂着一条白布，白布上写着字。老太太是个缠足，身子又虚弱，走得很慢，一步一晃，扛着的竹竿儿也晃晃悠悠的。老太太走在张家湾大街上，大街上人来人往，都熟视无睹。有的人跟老太太走了对面，只是悄悄地让开路，让老太太走过去。没有人询问她，没有人关注她，似乎她只是一个平平常常的过客。老太太一步一晃地走着，目光是呆滞的，除了脚下的路，她什么都不看，似乎整个张家湾大街上，只有她一个人。及至走近了，冯含真看清了白布上的字，原来是一个巨大的"冤"字。

冯含真疾步向前，拦在了老太太面前："老人家，您这是怎么回事？能跟我说说吗？"

老太太站住了，睁开浑浊的眼睛，茫然地看着冯含真。

冯含真又说："老人家，您有什么冤屈？为什么不到衙门去申冤告状？"

老太太还是茫然地看着冯含真，似乎不屑跟他说什么。

冯含真诚恳地说："您要是不愿意告状，您跟我说说，行吗，老人家？"

老太太开口了，声音是沙哑的："你是谁？"

冯含真说："我姓冯，叫冯含真。"

老太太呆呆地看着冯含真，看了一会儿之后，又从头到尾地打量着他。

冯含真以为老太太没有听清他的话，又重复了一遍："老人家，我叫冯含真……"

老太太往前挪了挪身子，眼睛都要贴在冯含真的脸上了，看了又看，终于说："你是冯含真？"

冯含真说："是的。"

老太太问："你在天顺隆当铺待过？"

冯含真说："是的，先是伙计，后是学徒，后来又当上了朝奉。"

老太太说："你在朝廷当大官？"

冯含真笑了笑："我在朝廷当差。"

老太太说："你认识我儿子……你肯定认识我儿子……"

冯含真说："老人家，您儿子是谁？"

老太太说："我儿子是陶元淳……陶元淳经常提到你……"

冯含真惊叫着："陶元淳是我的师兄……这么说，您是伯母……"

老太太依然冷冷地看着冯含真："你们当官的还是人吗？"

冯含真愣住了："伯母，出了什么事？您跟我说说，陶师兄在哪儿？"

老太太的脸扭曲起来，嘴唇哆嗦着："你们当官的，还有一点儿人心吗？还有一点儿人味儿吗？都是爹生娘养的，你们的心怎么那么黑？"

冯含真说："伯母，您说什么呢？我怎么听不明白？"

老太太突然举起手里的竹竿儿，朝冯含真的身上打去："我跟你们拼了……你们还我儿子……还我儿子……"

冯含真攥住了老太太的手，央求着说："伯母，到底是怎么回事呀？您先消消气……您跟我说说行不行？"

老太太叫嚷起来："说什么说？我儿子在蹲大牢，你不知道？我不信你不知道。"

冯含真说："您说什么？师兄在坐牢？为什么？在哪个牢房？"

老太太说："你别跟我装糊涂，你不是在朝廷当官吗？孙知州说，我儿子的案子已经报告给朝廷了，是朝廷让他这么判的……"

冯含真更糊涂了："伯母，我真的不知道，就算孙知州报告了朝廷，也不会报告到我手里。"

老太太说："孙知州说了，告到皇上那儿都没用，皇上都知道，你不是天天跟皇上在一起吗？你怎么会不知道？"

冯含真急了："哎呀我说老伯母，您知道朝廷有多大吗？您知道朝廷里面有多少人吗？您知道朝廷分多少个等级吗？朝廷里的大事，我连边都沾不上……伯母，您还是告诉我吧。"

老太太又上下打量了一遍冯含真："你说的是真话？"

冯含真说："伯母，我怎么会骗您呢？"

老太太说："走，跟大妈回家。"

冯含真立即上前，搀扶着老太太，朝前走去。

陶元淳是河北献县人，他上面还有一个姐姐。早在陶元淳还在天顺隆当铺的时候，姐姐就已经嫁人了。父母亲在家里耕种着几十亩地，日子过得还算殷实。曹家被第二次抄家之后，马掌柜带着田氏到大高力庄去住了，陶元淳与马幽兰买了一所院子，开了个茶叶店。这一年他家里也遭了灾，父亲赶着大车到保定去卖粮食，遇见了暴雨如注，河水泛滥，冲垮了木桥。父亲连人带车都掉进了汹涌的河水里。父亲死了以后，母亲痛不欲生，一病不起。陶元淳是个孝子，料理完父亲的后事，变卖了所有家产，便把母亲带到了张家湾，跟他们一起生活。

家里添了个老太太，马幽兰是一百个不高兴。她从小衣来伸手饭来张口，被人家伺候惯了，现在要反过头来伺候婆婆，这不是要她的命吗？她又从小娇生惯养，诸事都任着性子，陶元淳知道她这个毛病，平时总是让着她容忍她。陶元淳的老娘像世世代代的农村女人一样，年轻的时候忍气吞声地伺候公婆，现在公婆没了，老伴儿也没了，该轮到自己当婆婆让儿媳妇伺候了。马幽兰在家里横草不拿竖草不捏，儿子做了一天的生意，还要撅着屁股给媳妇烧火做饭。老太太是一百个不顺眼，更不顺心。几十年的媳妇熬成了婆，熬成了婆的老太太都是厉害主儿。她看着儿子这么不争气，看着儿媳妇如此不懂事，就要给马幽兰立规矩。马幽兰是大小姐出身，根本不会听她这一套。

开始的时候，婆媳之间都碍着面子，相互忍让着、客气着；时间长了，天天一个锅里吃饭，便都耷拉起了脸；再后来，两个人便撕破了脸皮，对吵对骂起来。

一边是亲娘，一边是媳妇，陶元淳夹在中间，白天劝娘，晚上说妻，一个不下马，一个不接鞍，这日子便越过越乱心了。

马幽兰不愿意看婆婆的脸色，开始往外跑。去哪儿呢？果子府，也就是户部侍郎果应剑的大宅院。自从马幽兰动了让陶元淳捐官的念头，总是有意地往果子府跑，为的是探听一点儿消息，寻找一点儿门路。这里聚集着一群年轻貌美、衣装华丽的贵夫人。她们大多是为自己的男人谋出路的，好在果子府掌家坐镇的是果老太。她们是来陪果老太开心解闷儿的，她们大多认了果老太做干娘。干女儿前来孝敬干娘，是冠冕堂皇理直气壮顺理成章的。果老太每天被这些天仙似的妇人陪伴着，也确实开心。她们一起喝茶聊天，一起打牌凑趣，饿了果老太便留她们吃饭饮酒，晚了果老太便安排她们住下。这些相夫教子遵守妇道的女人们，像是养在金丝笼里的金丝鸟，有了果子府这么一个地方，便有了一片可以自由飞翔的天空。她们高兴来，她们的丈夫也高兴让她们来。一是她们带着使命来的，谋的是丈夫的前程；二是她们来了，丈夫们可以自在逍遥地到花街柳巷打野食。各得其所自得其乐，何乐而不为呢？

大多数的时候果应剑都不在，果子府内外都是由管家标哥照应着。这些美妇人，标哥照顾得很周到、很细心，美妇人们都喜欢他，而果老太也常常把标哥叫来，陪着这些美妇人一起打牌喝茶说笑话。一群女人中，有个标致有趣的男人，如同炖肉里放进了葱姜蒜，特别地有味道。

马幽兰天性贪玩儿好热闹，有了这么一个地方简直让她如鱼得水。马幽兰能说会道，懂得江南的风情，又深谙京城的规矩，在这群美妇人当中很有人缘，也深受果老太的喜爱。别人管果老太叫干娘，她却叫干妈，叫得嘎巴响脆，让果老太心里舒坦、脸上开花。

既然这些美妇人们都是果老太的干女儿，那么自然也就是侍郎大人果应剑的干妹妹了。干哥哥回来后，这些金丝鸟们便花团锦簇地围上来，立马把一个道貌岸然的朝廷大臣变成了大观园里的贾宝玉。可巧果应剑读过《石头记》，万花丛中的贾宝玉令他敬羡不已。马幽兰很快发现了，这些干妹妹们在干哥哥面前实在放肆得过分了，特别是在酒桌上。她们合起来“欺负”果大人，扳着他的脖子灌酒；闹疯了的时候，她们还扒掉果大人的外衣，伸手摸索着果大人的胸脯子；甚至还有人干脆坐在果大人的腿上，在果大人的怀里打滚儿。果大人随和极了，一点儿官架子也没有，任凭妇人们摆布，还乘机伸手摸妇人的奶子和大腿。每逢这个时候，妇人们便尖叫着向果老太求救：“干娘，您管不管呀？干哥欺负人。”

果老太一直是笑眯眯的，慈眉善目，活菩萨一般。看着儿子和妇人们疯闹，她格外开心。

马幽兰坐在远处看着，别人疯闹，她心里却突突跳个不停。她从来没有想过，女人和男人之间还可以如此亲密无间、如此放浪形骸。这成什么体统？可是这不成体统的体统却让她兴奋，让她向往，让她心底欢呼雀跃。果应剑应付着众妇人的嬉戏，却没有放弃坐在远处的马幽兰。这妇人体态丰盈，肌肤白皙，媚眼间含羞带嗔，别有一番风情。果应剑一眼一眼地瞟她，每瞟一下，马幽兰的心尖便像被火苗儿舔了一下。

终于有人发现了果应剑的心思，叫嚷着让马幽兰前来给干哥敬酒。马幽兰紧张得浑身发僵，求救似的看着果老太。果老太笑眯眯地说："该跟你干哥认识一下，熟悉了就随便了。"

马幽兰端着酒杯，被人推着架着来到了果应剑身边。能说会道的马幽兰却张不开嘴了，满脸通红。有人在后面推着她，她的胸脯无意间撞在了果应剑的肩膀上，她触了电似的躲闪开。果应剑趁着混乱，从后面把手伸进了她的裙子，放在了她的屁股上。马幽兰的两条腿立刻酥软了，颤颤巍巍地站不稳，酒杯在她的手里颤动着，点点滴滴地洒在果应剑的衣襟上。不知道谁推了一把，马幽兰便倒在了果应剑的怀里。果应剑趁机捏了一下马幽兰的屁股。马幽兰挣扎着爬起来，惊慌得魂魄都飞离了躯壳……

马幽兰回到家里以后，依然心惊肉跳。陶元淳问她，她只说在果子府喝了酒，没提果应剑一个字。睡在床上，她的紧张像潮水一样退去了，另一种莫名的兴奋却又像潮水一样涌进来。她睡不着了，不能自已，第一次向陶元淳提出了要求。陶元淳刚一进入，她马上进入了高潮。她刚要尽情地享受这种高潮的时候，陶元淳却无可救药地败退了。她扫兴得哭了起来。陶元淳也很懊恼，自从母亲和他们住在一起之后，他和马幽兰之间便很难有痛快淋漓的闺中之乐了。

无论果子府多么让她心驰神往，马幽兰每天要面对的，依然是婆婆那张冰冷的面孔。她对婆婆越来越反感，越来越厌恶，反感与厌恶渐渐生发成了浓烈的恨意。婆婆病了，陶元淳每天亲自煎汤熬药，亲自送到床边，亲自一勺一勺地喂药。在婆婆看来，这一切都应该是媳妇做的。儿子也太不争气了，太惯着媳妇了，而媳妇也太不像话。这一天，婆婆坚持要马幽兰给她喂药，马幽兰无奈，端着药来到婆婆面前，把药碗直接送到婆婆的嘴边，粗鲁地往婆婆的嘴里倒。那药刚刚煎完，很烫，婆婆"哇"地叫了一声，马幽兰吓得往后一退，药碗掉在地上摔碎了。

婆婆挺起带病的身子，拼着全身的力气，狠狠地打了马幽兰一个大嘴巴。

马幽兰哭着跑了。

马幽兰离开了家，一连几天都没有回来。陶元淳几次要到大高力庄去接，母亲总是不让。母亲的理论是不能这样惯着她，打到的媳妇揉到的面，不能不给她立规矩。

七八天过去了，陶元淳沉不住气了。他以谈生意的名义出来了，绕路来到大高力庄，他要把马幽兰接回去。

万万没有想到，马幽兰根本没有回到娘家来。陶元淳又急忙返回张家湾，到果子府去找。果子府那些美妇人说，有七八天没见到马幽兰了。

陶元淳慌了。

慌了的不仅仅是陶元淳，知道马幽兰不见了，马家亨和田氏也心急火燎。马家亨年纪大了，田氏也常年抱着药罐子，他们派侄子马幽明来找。

马幽明不是个正经八百的庄稼人，从小好吃懒做，在老家混不下去了才来投奔马家亨的。投奔马家亨就是贪图马家亨的财产，原指望马家亨在天顺隆当铺日进斗金，大高力庄那房屋田地都会归了他。没想到天顺隆被查抄了，马家亨反过来投奔他，并指望他养老送终呢。

马幽兰与马幽明关系并不密切，她从心里瞧不起这个没出息的堂弟，所以她跟陶元淳独自立户之后，与马幽明基本没有什么来往。马幽明受叔父之托寻找姐姐，到哪儿去找呢。他在张家湾两眼一抹黑，连个打听消息的人都找不到。也合该出事，马幽明在张家湾茫无目标地转悠着，转悠饿了，就进了二友轩饭馆，要了两个菜、一壶酒，自斟自饮起来。

一个尖嘴猴腮、衣着破旧的男人坐在了他的对面，看着马幽明面前的酒和菜，一个劲儿地吧唧嘴。

马幽明没有理睬他。这是张家湾有名的无赖，到处蹭吃蹭喝，不务正业，只知道他姓谷，外号人称骨头渣儿。

骨头渣儿见马幽明没有请他喝酒的意思，转动着小眼珠想着鬼点子，试探着说："马少爷，你姐姐有消息吗？"

马幽明冷冷地说："没有。"

骨头渣儿边想边说："说不定我能帮得上你。"

马幽明看了他一眼，很不屑。

骨头渣儿说："不信是吧？别忘了我是一个孤魂野鬼，白天黑夜在张家湾转悠，别的本事咱没有，探个风报个信儿谁也比不了咱。"

马幽明不由得抬起了头，他觉得骨头渣儿把自己的位置定得很准，这话有点儿可信。

骨头渣儿见他的话在马幽明心里起了作用，往前凑了凑，伸出两个指头从盘子里捏了一片肉，歪着脑袋扔进了嘴里。

马幽明说："你知道什么？"

骨头渣儿说："我知道你姐姐在哪儿。"

马幽明喝了一口酒，琢磨着骨头渣儿的话有多少可信度。

骨头渣儿伸手要端马幽明的酒杯。

马幽明把酒杯捂住了。

骨肉渣儿说："你姐姐跟你姐夫一直不和，你知道吧？两口子三天两头打架……还有你姐姐那个婆婆，简直就是个母夜叉。"

骨肉渣儿说完这句话，眼睛死盯着马幽明面前的酒杯，一条浑浊的馋涎顺着嘴角流下来。

马幽明回头喊了一声："伙计，再拿个酒杯来。"

骨头渣儿咧开嘴笑了。

马幽明问："你告诉我，我姐姐到底在哪儿？"

骨头渣儿从伙计手里抢过酒杯，迫不及待地给自己斟着酒。

马幽明又回头喊着："伙计，再来一碗炖肉粉条儿。"

骨头渣儿将酒一仰脖儿倒进嘴里，抹了抹嘴巴，急忙举起了筷子，贪婪地夹着盘里的肉菜。

马幽明催促着："你倒是说呀，我姐姐在哪儿？"

骨头渣儿说："你姐姐嘛，不好说，真的不好说……"

马幽明急了："怎么不好说？"

骨头渣儿说："我怕……说出来给自己找麻烦……这事太大，我担承不起。"

马幽明问："到底怎么回事？你说呀！"

骨头渣儿说："我要是说了，就会把我牵扯进去，闹不好……"

马幽明明白了，从怀里掏出一锭二两的银子，递给骨头渣儿。

骨肉渣儿急忙抢过银子，揣在怀里。

马幽明说："这回你该说了吧？"

骨头渣儿喝了一口酒，向马幽明面前探过身子，压低了声音说："你……你可要扛住啊兄弟，我这可不是什么好消息……"

马幽明心里一惊："你是说，我姐姐被人害了？"

骨头渣儿点了点头。

马幽明问："是谁杀害了她？"

骨头渣儿说："我刚才不是告诉你了吗。"

马幽明说："你是说我姐夫？"

骨头渣儿说："你姐夫早就想把你姐休掉，你想啊，你家里败了，没钱了；你姐又娇生惯养的，不会伺候人；更要命的是，你姐姐不会生孩子，你姐夫家三代单传，不能断子绝孙……"

马幽明心里打起了冷战，他觉得骨头渣儿说得有许多道理，遂问："你这样说，有什么证据？"

骨头渣儿说："我亲眼看见的。"

马幽明说："他是怎么害死的我姐姐？"

骨头渣儿说："用绳子勒死的。"

马幽明问："埋在了哪儿？"

骨头渣儿说："南苇塘你知道吗？"

马幽明说："知道。"

骨头渣儿接着说："南苇塘边上有个乱丧岗，他是傍晚把你姐姐勒死的，半夜里背到了南苇塘，把你姐姐埋了。"

马幽明直着眼睛盯着骨头渣儿："这事你是怎么知道的？"

骨头渣儿说："我是亲眼看见的……那天他们吵架，我正好从他们门口路过……后来越吵越厉害，我就躲在他们家柴火垛里看着……夜里你姐夫把你姐的尸体背出来，我一直在后面跟着……"

马幽明腾地站起来："我要是告到通州大堂上，你能不能给我做证？"

骨头渣儿拨浪起了脑袋："不行不行……人命关天，我可不敢……"

马幽明看了看骨头渣儿，又掏出了一锭五两的银子。

骨头渣儿直起身子，拍着胸脯说："兄弟，我老谷也是个义气人。你去告吧，我给你当堂做证，为你姐姐申冤报仇。"

冯含真来到了通州衙门，找到知州孙文羲，要来陶元淳的案卷，仔细翻阅起来。"陶元淳杀妻案"已经过了三次堂，案卷中有陶元淳的招供和手印，他承认了妻子马幽兰是被他杀害的；有仵作的验尸单，上面写着：女，三十余岁，系被绳勒而亡，尸体已经腐烂；还有证人谷图发的证词，称其亲眼看见陶元淳杀妻埋妻之过程。人证物证自证都有，陶元淳杀妻已成铁案，被判为斩监候，已经报请刑部核准待批。

尽管如此，冯含真还是觉得里面疑雾重重，他怎么也不相信陶元淳是杀人犯，怎么也不相信马幽兰是被陶元淳杀死的，他甚至不相信马幽兰已经死了。他没有证据，只是感觉。可是法律是重证据的，感觉是无论如何不能代替法律的。

冯含真住在了潞河驿站，在京杭大运河的西岸，离漕运码头的土坝很近，是一个人流如蚁货物成山的繁华之地。他看了案卷之后，觉得身心很疲惫，不由得踱出了驿站，避开了喧闹的东关浮桥，往西朝万寿宫的方向走去。

万寿宫更是一个闹市，店铺林立、摊位盈街，呼喊声吆喝声吵得人耳根发麻。冯含真又折向北大街，挤过人流穿过鼓楼，终于清静了一些。他信步而行，漫无目标，三拐两转，到了司空分署街附近。传说明朝曾在此设工部分署衙门，故名为司空分署街。这里是通州的文脉所在，左边是贡院，建于明万历年间，康熙十八年毁于三河大地震，以后又修葺一新。顺天府所辖二十四州县及遵化直隶州的考童都要到这里参加府试、院试，并由此选拔生员。贡院对面是魁星楼胡同，胡同里有一座庄严雄伟的建筑，名曰魁星楼，史载为明万历三十八年工部郎中陆基恕所建。魁星楼里供奉着文昌帝君和魁星、朱衣二位神祇，亦是文人墨客奉香朝拜的圣地。

冯含真依然觉得心绪不佳，便进了路边的一个名叫卓吾买醉的小酒馆。传说一代宗师李卓吾落难通州的时候，常到这里喝得晕晕乎乎，酒家取了这么一个名字，也是有点儿文采的。冯含真靠着窗口的小桌旁坐下来，随便要了两盘小菜一壶老酒，便自斟自饮起来。他不是来买醉，也不是借酒浇愁，他浇的是寂寞。一种莫名的寂寞像浓雾一样笼罩着他，使他感到这个世界是空荡荡的一片虚无，包括他自己也是缥缈的，连这能喝酒的肉身也是似有若无。

他是被“陶元淳杀妻案”累垮了，几天几夜陷在这个案子里，睁眼闭眼都是一片血腥、一片茫然，他还能有自己吗？

小酒馆里很静，屋角上还有一个人在独自饮酒，一身很精干的短打扮，光线有点儿暗，看不清面容，只觉得这个人的眼睛很亮，在暗淡的角落里闪射着具有穿透力的光芒。冯含真回头看他的时候，正好跟他那犀利的目光碰在了一起。冯含真觉得有点儿不礼貌，忙把目光移开。那个人却端着自己的酒杯和菜盘过来了，客气地问：“能借光坐下吗？”

冯含真欠起身，客气地说：“幸会幸会，请。”

那个人便坐在了冯含真的对面。

冯含真对伙计说：“再重新烫一壶酒。”

那个人轻声地自我介绍着：“在下姓姜，名凤翔，通州衙门的仵作，承蒙大人不弃，小的冒犯了。”

冯含真一惊，立即警觉起来：“这么说你认识我？”

姜仵作说：“您不是在查看陶元淳的案子吗？您去通州衙门找孙知州的时候，小的就在旁边。”

冯含真“哦”了一声，看了看姜仵作，感觉到了他可能有话要说，也可能会提供一些有价值的线索，便问：“姜师傅，南苇塘的尸首是您验的吗？”

姜仵作摇了摇头：“本来该我验的，可是他们不让我验。我从十七岁开始干仵作这一行，我是家传，到我这辈已经连续四代了。我的手艺是跟祖父、父亲学的。”

冯含真不由得敬佩起来：“看得出来，您的目光很毒。”

姜仵作笑了笑：“正是因为我的眼睛里不揉沙子，他们才不让我去验尸。”

冯含真急切地问：“为什么？”

姜仵作说：“在验尸的前一天晚上，有人把我约出来，也是在这家小酒馆里，给了我一百两银票。我没要。”

冯含真问：“给您送银票的是谁？”

姜仵作说：“徐可良的师爷，大人您认识的。”

冯含真倒吸了一口凉气：“您说的是胡道白？这么说他又潜到通州来了。”

姜仵作没说什么，端起了酒杯。

冯含真觉得耳边响起了呼呼的风声。想起胡道白，他马上想起了赵天水，想起了约赵天水去祁各庄的那个耳朵上长着小肉疣的人。他本来期望着姜仵作能为他提供一些“陶元淳杀妻案”的线索，怎么突然冒出了胡道白呢？胡道白应该与赵天水的失踪案有关，若是真的如金剪刀说的那样，赵天水是当年隋中宽的随从，那么现在徐可良败露了，胡道白是完全有可能杀赵天水灭口的。杀了赵天水，就斩断了一切有关隋中宽的线索，隋中宽案便会永远成了无头谜案。可是，胡道白为什么害怕赵天水呢？莫非他跟隋中宽案也有牵连？即便如此，胡道白为什么要给姜仵作行贿呢？要知道姜仵作查验的是“陶元淳杀妻案”，验证的是马幽兰的尸首，这跟赵天水有什么关系呢？跟胡道白又有什么关系呢？

完全是一团包裹在刺猬身上的乱麻，找不到头绪，找便会扎手。

冯含真努力抑制住自己内心的慌乱，举起了酒杯：“姜师傅，谢谢你。还能再给我提供一些情况吗？”

姜仵作说：“小的知道的就这么多了。”

冯含真又问：“你觉得勘验马幽兰的尸首会有什么鬼呢？”

姜仵作摇了摇头：“我没要钱，他们就什么都没跟我提。”

冯含真点了点头，谦恭地说：“姜师傅，我们俩随便猜测，说了可以完全不算数，你觉得他们会跟您提什么要求呢？”

姜仵作沉吟着说：“我想……他们会让我证明，那具尸首就是马幽兰的。”

冯含真说：“这么说，那具尸首不是马幽兰的？”

姜仵作说：“很有可能。”

不是马幽兰，会是谁呢？冯含真又问：“有没有可能连女尸都不是？”

姜仵作说：“我也这么想过。”

冯含真问：“如果尸体完全腐烂了，看不清面目了，还能验出男尸女尸吗？”

姜仵作说：“只要看几根骨头，就能辨出男女；不但能辨出男女，还能辨出年龄；不但能辨出年龄，还能辨出是怎么死的。”

冯含真深深地点着头，心里似乎亮堂了许多。

第二十七章

一团包裹在刺猬身上的乱麻，居然让冯含真从根根扎手的刺儿里理出了头绪，感谢上苍帮助了他，感谢让他遇见了正直能干的姜仵作。

摆在他面前的问题已经很清楚了，胡道白让姜仵作勘验的那具尸首，很可能不是马幽兰的；不是马幽兰的，最有可能是赵天水的；如果是赵天水的，马幽兰的尸首在哪儿呢？临离开刑部的时候，刘统勋让他把徐可良和隋中宽两个案子一起查，这是最让他兴奋的举措。如此一来，不但惩治了恶吏徐可良，还将为隋中宽二十几年的冤案昭雪。万万没想到，他刚刚来到了张家湾，那两个案子还没沾到边，便又同时出了两个要命的案子：一个是“陶元淳杀妻案”，一个是“赵天水失踪案”。尽管赵天水失踪通州衙门和张家湾巡检都没有立案，但这确实是一个扑朔迷离的案子。特别是牵扯到了胡道白和吴多宝，恐怕这直接与徐可良的案子有关。那么，徐可良跟赵天水又是什么关系呢？莫非赵天水知道徐可良的内幕？

情况越是接近明晰，冯含真越是沉得住气。他清楚地知道，躲在潞河驿里看案卷，周围盯着许许多多的眼睛，这些都是知州孙文羲派出的爪牙。孙文羲何许人也，暂且不理睬他，到时候必有分晓。他不能分散精力，更不能打草惊蛇。他索性装作一个很懒散的人，经常一个人到通州的街头去逛逛，到漕运码头上去转转。今天，他又雇了一头毛驴，优哉游哉地来到了张家湾。

张家湾的大街小巷他都熟悉，很容易地甩掉了跟在他后面的尾巴。七转八拐，进了仙客来客栈。他是到仙客来客栈找范小童的。从京城出来，他一个随从都没有带。现在看来不能再孤身行动了，他需要个帮手，一是为了安全；二是为了必要的时候出手。他自然想到了范小童，她是最可靠的。但是范小童毕竟是女流，跟在他身边实在不方便。于是，他又想到了“小五义”。他想把“小五义”请出来为朝廷效力，可是这事他自己不便前行，只有托付范小童去办。

冯含真刚一进仙客来客栈，便看见金剪刀迎面跑出来。住那小天井就是好，进进出出的人都能一目了然。

冯含真问："小童没在吗？"

金剪刀低声说："冯老爷，请借一步说话。"

冯含真有点儿嗔怪地说："我说苗姑，您别叫我冯老爷行不行？您叫得出来，我听不进去。"

金剪刀说："你这么大的官，我哪儿好意思指名道姓呀？"

冯含真说："以后您要是再这么叫，可别怪我不搭理您。"

金剪刀笑了笑，带着冯含真朝客栈的后院走去。出了后院的后门，还有一个小院落，有院墙和一个木栅栏大门，左边是牲口棚，右边是磨坊。金剪刀把冯含真带到磨坊里，才神秘地说："小童病了。"

冯含真问："她什么病？"

金剪刀说："你别担心，就是受了风寒，发了两天烧，喝了两服汤药，现在烧退了，正在发汗呢。"

冯含真又问："她在哪儿？"

金剪刀说："就在屋里躺着呢，刚睡着。"

冯含真有点儿不快："她在屋里，您把我带到这儿来干什么？"

金剪刀往冯含真面前凑了凑，更加神秘地说："冯老……哦，含真，我告诉你一件事，一件天大的事。"

冯含真紧张起来："什么事？"

金剪刀满脸通红，说话结巴起来："冯……哦，你可得给我做主啊……我求求你了……你是小妖的哥哥……跟小童又是……就当是你妹妹吧……"

冯含真说："苗姑，有什么话您慢慢说。"

金剪刀停了停，眼睛看着冯含真，突然带着哭腔说："小童……小童……她……"

冯含真心里嘣嘣地跳起来："小童她怎么了？"

金剪刀说："小童她……她是我女儿。"

冯含真惊诧了："什么？您在说什么呀，苗姑？"

金剪刀说："我没骗你……千真万确，她真的是我女儿……怪不得范慕西总不让我跟她在一起，他是怕我认出来，原来范慕西早就知道了……这个老范……"

冯含真问："您说小童是您的女儿，您有证据吗？"

金剪刀慌忙说："有……当然有……昨天晚上她吃了药出汗了，通身大汗，把衣服都湿透了。我烧了盆热水，给她擦着身子……我看见了……看得清清楚楚……"

冯含真问："您看见了什么？"

金剪刀说："我看见了她的……她的奶包儿下有一块胎记，暗红色的，梅花形的……这是胎里带来的，出生的时候就有……她的在左边，阿香的在右边，两个孩子都有，一模一样……"

冯含真急切地问："哪个阿香，怎么两个孩子？苗姑，您坐下，您慢慢跟我说，从头说，到底是怎么回事？"

金剪刀在冯含真的搀扶下，坐在了磨盘上，冯含真也在她的旁边坐下来。金剪刀讲起了她两个女儿的故事。

丈夫死去之后，金剪刀——当时她还叫苗秀丽——绝对不相信丈夫是自杀，认定是贪官恶吏杀害了他。她带着两个女儿走上为丈夫申冤昭雪的道路。两个女儿是双胞胎，姐姐叫阿香，妹妹叫阿芳，她们刚刚一岁多，正是牙牙学语摇摇学步的时候。苗秀丽前面抱着一个，后面背着一个，沿着大运河一路北上。她到德州府衙门敲过鸣冤鼓，到济南巡抚衙门喊过冤，到北京刑部递过状子，还拦过臬司的轿子、闯过总督府的大门……她走到哪儿都是碰壁，没有人理睬她，没有人同情她。开始的时候，仗着自己从家里带出来的银两，还能有吃有住，后来身无分文，便一边乞讨，一边为丈夫喊冤叫屈。这样，她完全变成了一个乞丐，变成了一个疯女人，蓬头垢面，衣衫褴褛，面容憔悴，声音沙哑。她走到哪儿都被人赶走，碰到谁都没有好脸色。但是她没有绝望，没有放弃，依然在这条艰辛的路上讨要着吃食，讨要着清白。

有一年冬天，在山东临沂境内，她拖累着两个孩子，又饿又累又冷，实在走不动了。前后左右的村庄都隐隐约约距离很远，她在山脚下发现了一个农民看庄稼用的小土屋，把两个孩子放进屋里，并且把那扇七扭八歪的木板门关好，自己走了出去，要到附近的村庄给孩子讨要一点儿吃的。

一直到傍晚的时候，才讨到一些掺了糠的馍馍，她心急如焚地往回跑。跑到那个小土屋的时候，看见那个七扭八歪的木板门已经被撞开了。地上有狼的脚印，木板门上挂着狼的鬃毛，两个孩子都不见了……

她发疯地跑着、寻找着、呼唤着……直到夜深，她拖着快要散了架的身子又回到了小土屋，周围只有凶恶的狼嗥……

苗秀丽失去两个孩子之后，她完全崩溃了。丈夫没了，丈夫留下的两个骨肉也没了。她想到了死，可是她不甘心，这样死去太便宜那些杀害丈夫的贪官恶吏了。她想到了削发为尼，又凡心未了，满肚子的仇恨怎么能拜佛念经呢？最后，一个非常偶然的机会，她遇见了五台山的高僧凌霄大师。凌霄大师收她为女弟子，教了她一身高超的武艺。她要下山为丈夫报仇，凌霄大师却给她规定了一条铁律：怎么报仇都可以，就是不许杀生……

冯含真与金剪刀一起回到了仙客来客栈的小天井房。他跟金剪刀说好了，即使范小童真的是她的女儿，也暂时不要声张，更不要向范慕西讨要。现在当务之急是为隋中宽平冤昭雪，等一切真相大白之后，再商量自己的事情也不迟。反正范小童就在她的身边，也不在乎早几天晚几天喊她一声娘。金剪刀是个识大体顾大局的女人，非常赞同冯含真的说法，保证全力以赴协助冯含真破案。

进了那个天井小屋，发现范小童已经起来了，捧着一大碗热气腾腾的面条儿，狼吞虎咽地吃着。

见到了金剪刀和冯含真，范小童说："我饿了，自己下了碗面，等我吃完了再给你们去做饭。"

金剪刀说："谢天谢地，知道饿了，你的病就全好了。"

冯含真说："我是吃了饭以后来的，你要是身体没事了，帮忙给我办点儿事。"

范小童立刻放了碗筷，转身就要下炕。

冯含真说："你先吃饭。"

范小童说："你不急呀？"

冯含真说："多急也得让你把饭吃完呀。"

范小童又端起碗筷，匆匆往嘴里吞着面条儿。

冯含真来到了通州衙门，直截了当地对孙文羲说"陶元淳杀妻案"疑点甚多，需要重新审理。并且告诉孙文羲，他要亲自参加审理。

孙文羲只好唯唯诺诺地答应着，通州知州是从五品，冯含真是从三品，官大一级压死人，更何况冯含真是从刑部下来的，代表着刑部，也代表着皇帝。他若是胆敢违抗，不但乌纱帽难保，连小命也难逃。

孙文羲点头哈腰地请示："重新审理此案，从何处入手，请冯大人明示。"

冯含真说："重新检验尸首。"

孙文羲心里哆嗦起来。

冯含真问："南苇塘的尸首你不是掩埋好了吗？重新检验不费事吧？"

孙文羲更加紧张了："那……什么时候检验？"

冯含真说："你把仵作衙役召集一下，我们马上去现场。"

孙文羲双腿瘫软了，结结巴巴地说："这……恐怕太仓促了吧？"

冯含真严厉地问："仓促什么？难道你还有什么手脚要做吗？"

孙文羲慌忙说："没……没有……我是说，这都后半晌了，能不能等明天……"

冯含真说："不行，立即，马上，就是现在，你听懂了没有？我在外面等你，你快点儿准备。"

孙文羲不敢怠慢，马上召集仵作和衙役及相关官员，招呼着轿夫，急匆匆地出了通州衙门。

让孙文羲没有想到的是，等在外面的冯含真不是一个人。他身边停放着一顶四人抬的蓝呢大轿和两匹高头大马，四五个威风凛凛的刑部衙役，还有个个精神抖擞英气四射的陆辛庄"小五义"。一看这阵势，孙文羲更加胆寒心颤了。

冯含真看了看孙文羲："你的仵作呢？"

孙文羲转身指着两名仵作说："啊，就是他俩，这个姓张，这个姓李。"

冯含真问："姜师傅怎么没有来？"

孙文羲说："哦，上次验尸姜师傅没参加……"

冯含真平静地说："让姜师傅一起去吧。"

孙文羲假意问两个仵作："姜师傅在吗？"

冯含真没等两个仵作说话，先开了口："在呢，我刚才看见他了。"

孙文羲说："那太好了，快把姜师傅请来。"

冯含真向孙文羲扬了扬手："头前引路吧。"

孙文羲的轿子在前，冯含真的轿子在后，缕缕行行三四十人，径直朝张家湾南面的南苇塘走来。一路上，路人和百姓见到这阵势，都觉得新奇，纷纷尾随而来。很快，一传十，十传百，等来到南苇塘的时候，围观的已经数百人了。

孙文羲领着冯含真来到塘边一个土堆旁："大人，就是这儿。"

冯含真命令道："挖开。"

土堆埋得不深，衙役们很快就挖开了，从里面拉出了一个破席卷，滚出了一个尸体。冯含真忍受着尸体发出的恶臭，仔细地看着：这是一具体形缩屈、面目皆非的尸体，看外面的皮肉，是杀死后又被火烧焦的，再加上塘水浸泡湿土掩埋，已经腐烂得不成样子了。

冯含真转过身："请仵作师傅到前面来。"

通州衙门的两个仵作和姜师傅上前站在了冯含真面前。

冯含真朝自己带来的人员招了招手："你们也过来吧。"

三个精明强干的汉子站过来。

冯含真向孙文羲介绍说："这是我从刑部带来的三个仵作师傅，加上贵州衙门的，一共六个人。

这又让孙文羲大吃一惊，他脸色发白，一句话都说不出来了。

紧接着，冯含真从怀里掏出了六个小纸团，摘下自己的凉帽，把纸团放在了里面，又摇了摇，对仵作师傅说："我这里有六个阄儿，你们每人抓一个。"

不知道冯含真在搞什么把戏，但是谁也不敢问。仵作们老老实实地上前抓阄儿。

冯含真说："请各位师傅把阄儿打开，上面写着'甲'字的，请站到我左边来；上面写着'乙'字的，请站到我右边来。"

仵作们很快打开纸阄儿，按照上面的字站在了冯含真两边。

冯含真看了看，通州衙门的姜师傅和另外一个仵作站在了左边，里面还有一个刑部的仵作。他放心了，对仵作们说："为了公平，更为了防止有人搞鬼，现在你们六个人分为两组。一会儿甲组先去检验，检验完后你们到那边的高台上；然后乙组再去检验，检验完后你们到苇塘的后面。你们两组分别写出验单，然后交给孙知州。"冯含真说完，又用征询的口气说，"孙知州，你看这样如何？"

孙文羲只好说："冯大人精细，听从冯大人安排。"

甲乙两组先后前去验尸，围观的百姓叽叽喳喳地低声议论着。

冯含真发现，孙文羲已经沉不住气了，他在原地走动着，一直低着头，不敢往冯含真这边看。冯含真走过去，跟他拉起了家常："孙知州，贵州的衙门里有两副楹联，我觉得挺有意思。"

孙文羲惶恐地应付着："哦，不知道冯大人指的是哪两副？"

冯含真说："第一副是：重开洞门，要事事勿负寸心，方称良吏；高山仰止，莫矜衿不持一石，便算清名。"

孙文羲说："冯大人好记性，这副对联卑职看过多遍了，尚记得不清。"

冯含真说："知道这副楹联是谁写的吗？"

孙文羲说："我记得好像是于成龙。"

冯含真说："还有一副：穷秀才做官，何必十分受用；活菩萨出世，总凭一点儿良心。"

孙文羲说："这副楹联好像也是于成龙写的。"

冯含真说："对，但是这两个于成龙不是一个人。前面的于成龙被称为'前于'，后一个于成龙被称为'后于'。他们都出现在康熙年间，都被称作'天下第一清官'，又都在通州地区为官。'前于'做过直隶巡抚，'后于'做过通州知州。通州有句民谣，叫作'前于后于，百姓安居'。"

孙文羲面有赧色，谦恭地说："冯大人教诲，卑职牢记在心。"

冯含真竟然哈哈笑起来。

这时候，两组仵作都已经检验完了，拿着验单过来，冯含真让把验单交给孙文羲。

孙文羲看过验单，又呈给冯含真。

冯含真问："验单怎么写的？"

孙文羲念着验单："男，五十岁余，身高五尺八寸，系被钝器砸破头颅而亡，亡后被火烧得面目皆非，又投放泥塘浸泡，所余皮肉均腐烂不堪。"

冯含真说："另一张验单呢？"

孙文羲说："也是这样写的。"

冯含真说："六个仵作，分为两组，得出的是同样的结论。孙知州，是不是可以认定这检验是真实的？"

孙文羲说："啊……当然，当然真实。"

冯含真问："那原来的检验呢？"

孙文羲说："原来的检验……肯定是仵作在搞鬼……卑职一定严查

惩处。”

冯含真说：“仵作搞鬼是你通州衙门内部的事情，回去以后由孙知州自行处理。本官现在要问你的是，这具尸首是不是失踪的马幽兰？”

孙文羲说：“那……肯定不是了。”

冯含真说：“既然不是马幽兰，那是谁呢？这可是在你的辖区内发生的案子，孙知州不能不问吧？”

孙文羲谦恭地说：“卑职一定详查，尽快破案。”

冯含真说：“近来有没有人向你报告男人失踪的案件？”

孙文羲说：“没……没有啊。”

冯含真叮问了一句：“真的没有吗？”

孙文羲说：“真的没有……也许我记不起来了。”

冯含真问：“张家湾富裕兴当铺的管家，没有向你报告他的掌柜赵天水失踪了吗？”

孙文羲做思索状：“好像……好像有这么回事，我让他先到张家湾巡检衙门报案，可是一直没有接到张家湾巡检衙门的呈文案卷……”

冯含真厉声问：“张家湾巡检来了吗？”

一个干枯瘦小的官员慌忙跑过来，跪在了冯含真面前：“张家湾巡检仇宝河拜见郎中大人。”

冯含真问：“富裕兴当铺的管家有没有向你报告赵天水失踪案？”

仇宝河说：“报是报了，卑职没有立案。”

冯含真问：“为什么没有立案？”

仇宝河说：“卑职说，一个买卖人出去十天半个月不回来算不上失踪。”

冯含真朝身后的人群里喊了一声：“富裕兴的邱三儿在吗？”

邱三儿跑过来，也跪在了冯含真面前：“冯大人，小的就是富裕兴的邱三儿。”

冯含真问：“你家掌柜的失踪多久了？”

邱三儿说：“到今天整整一个月零三天了，活不见人，死不见尸。”

冯含真说：“谁告诉你死不见尸？你到塘边看看，那尸体是不是赵掌柜？”

邱三儿答应着站起来：“小的就去。”

冯含真说：“仇宝河，你跟他一起去。”

很快，邱三儿就跑回来了，向冯含真禀报说：“大人，那尸体正是我家掌柜的。”

冯含真说：“你看准了？”

邱三儿说：“看准了。”

冯含真说：“那尸体被火烧焦，又被水泡烂，你怎么看出来是你家赵掌柜呢？”

邱三儿说：“小的不看别的，只看我家掌柜的左脚，所幸左脚还没有烧烂。”

冯含真说：“赵掌柜的左脚与常人有何不同？”

邱三儿说：“回禀大人，我家掌柜左脚拇指上多长出一个指头，俗称叫六指。”

冯含真问：“有何为证？”

邱三儿说：“我家掌柜的穿鞋都是在通州内联升分号定制的，大人可以派人到内联升分号去问。”

冯含真高声喊着：“刑部巡捕黄天霸。”

黄天霸立即上前，跪在了冯含真面前：“卑职在。”

人们一听，原来大名鼎鼎的黄天霸也来了，连孙文羲都惊愕得瞪大了眼睛。

冯含真威严地命令着：“本官命令你速到通州内联升分号，提取赵天水脚趾异常的证据。”

黄天霸高声答应着：“遵命。”

冯含真舒了一口气：“孙文羲、仇宝河。”

两个人也同时跪下来：“卑职在。”

冯含真问：“富裕兴当铺赵天水失踪案是不是可以立案了？”

孙文羲忙说：“卑职马上立案，全力侦查，尽快破案。”

冯含真说：“那就让你的仵作重新验尸，侦破捉拿凶手，案情进展随时向本官禀报。”

两个人同声答应着：“是。”

冯含真没有再说话，把自己带来的人包括轿夫都打发走了。只带着禹自道和夏苍子两个人朝张家湾走去。

范小童从后面追上来。

冯含真说：“你从哪儿来？”

范小童说："我一直在人群里看热闹，你眼眶子高，连瞟都没瞟我一眼。"

冯含真笑了笑，算是一种歉意。

走到张家湾镇南门外，通州衙门的仵作姜凤翔从后面追上来。

冯含真停住了脚步，姜凤翔把冯含真拉到一边，悄声说："马幽兰没死，她还活着。"

冯含真问："她在哪儿？"

姜凤翔说："在果子府。"

冯含真问："你怎么知道的？"

姜凤翔说："小的家也在张家湾，小的老婆是接生婆。昨天夜里小的老婆被请到果子府去给果大人的小妾接生，那女人难产，需要有人帮助把她抱起来孩子才能生下来。这种活儿男人不能做，女人又没有那么大力气。当时正在夜间，果子府后院缺少人手，小的老婆让他们去找人，果子府的管家标哥带进来一个女人，小的老婆一看，正是失踪的马幽兰。马幽兰见到小的老婆也非常慌张，可是当时接生要紧，也顾不上别的了。等孩子生下来以后，标哥给了小的老婆一张银票，整整一百两。这是在堵小的老婆的嘴，小的在衙门做事，不能知情不报，更不能接受这赃款。"

姜凤翔说完，从怀里掏出一张银票，交给了冯含真。

冯含真把银票交给夏苍子，又对姜师傅说："姜师傅，通州衙门有你这么一个清吏，通州之幸啊，我定会禀告刑部给你嘉奖。"

姜凤翔说："小的只凭良心办事，别无所图。"

冯含真说："事关重大，先不要声张出去，有事本官会随时找你的。"

等姜凤翔走了之后，冯含真突然做出了一个重大决定。他先是给禹自道和夏苍子布置了任务，让他们去富裕兴找邱三儿，进一步了解一下详情，想办法把胡道白和吴多宝捉拿归案。等禹自道和夏苍子走了，他又跟范小童密谋了一个策略，目的是把马幽兰从果子府里弄出来。

果子府里突然闹起了鬼。这天夜里，果老太在丫鬟的伺候下睡了，迷迷糊糊刚睡着，突然听见院里有喀喀的咳嗽声和嚓嚓的脚步声，像一个老态龙钟的老年人在走动。果老太心想，这院子里没有老头儿，连外面看大门的都是壮年汉子，这是谁呀？

果老太以为是风声或者是耳朵出了毛病，本不想理睬，可是院子里的喀喀声和嚓嚓声越来越清晰，一直响到了窗根儿底下。果老太沉不住气了，爬起来撩开窗帘。外面浓云遮月，夜色朦胧，一个老头儿，白胡子白眉毛，又穿着一身素白的衣服，拄着一根白色的拐杖，弯着腰在院子里转悠着，一边走着，一边咳嗽着……

果老太还算胆大，冲着那老头儿喊着："喂，你谁呀？到我家干啥来了？"

那老头儿停住了脚步，沙哑着嗓子说："你家？这明明是我家嘛，屋门儿在哪儿呀？我怎么找不到门儿呀？"

果老太身子哆嗦起来，听这口气，明明是死去的丈夫。一晃十几年了，他怎么又回来了？

老头儿又说："我在那边很冷清，想到你也冷清，你的脚总是冰凉的，我回来给你暖暖脚……"

果老太头发都挓挲起来，恐怖地大叫着："来人啊……快来人啊……"

丫鬟们和管家闻声都惊醒了，急忙跑了进来。

果老太清清楚楚地看见，最先跑出来的标哥也看见了，院子里那个老头儿身子往上一抖，飘飘忽忽地走了……

第二天果老太不敢一个人睡了，让标哥过来陪她。前半夜不敢睡，后半夜熬不住了，两个人迷迷糊糊刚睡着，院子里又响起了咯咯声和嚓嚓声。两个人同时起来撩开窗帘，那个老头儿又飘飘忽忽地去了。

第三天依然如此，果老太失魂落魄，果子府里的仆人丫鬟也胆战心惊，大白天的也不敢一个人在屋里待着。那些每日必到的美妇人听说了闹鬼的事，也都一个个不露面了。

果子府顿时冷清起来，这冷清更让人心跳胆寒。

这天傍晚，标哥跑进来对果老太说，外面来了一个道长，说是能降妖捉鬼。果老太忙让标哥把道长请进来。

道长进来了，身材修长，神态沉稳，一副仙风道骨。奇怪的是，这道长也是白胡子白眉毛，不同的是，他穿的道袍是黑色的，手里挑着幌子的木杖也是黑色的。他的后面跟着一个小道士，长得眉清目秀，面容娇丽，也是一身黑色的道袍。

果老太让丫鬟给道长上茶让座，刚要开口讲述夜里闹鬼的事，道长却伸手拦住了她："老人家不必开口，贫道已经看出来了，您这宅子里阴气太重，鬼魅纷扰，怕已经闹了三天了吧？"

果老太一听，忙说道长说得对。

道长说："每日夜半，总有故人来访，寻门不得，入室不得，总是在院子里踽踽独行，焦躁不安，咳嗽不止。"

果老太眼睛都直了，这道长也太神了，怎么知道得如此周详，看来确实是个高人大德。果老太忙说："道长有办法驱除此鬼吗?"

道长说："区区小事。"

果老太说："哎呀道长啊，您可得救救我们啊。驱除这妖鬼之后，必定重谢。"

道长说："事不宜迟，贫道马上设置道坛捉拿妖孽。常言道，无家鬼不引外鬼，鬼魂四处飘荡，必定要附着在一个肉身上才能显形。请老人家切记，府上所有人等，无论家人外人，一律不许外出。贫道一来，鬼魂已经有所觉察，若有人外出，必定附着其身外逃。"

果老太立即吩咐标哥："马上把大门关上，全府上下，只准有人进，不准有人出。"

扮作道长的冯含真和扮作小道士的范小童在果子府的中院布置了一个简单的道坛，便开始斋醮科仪。冯含真站在香案前面，点燃高香，又烧了黄裱纸和画符，然后挥动着手里的拂尘，口中念念有词：

铁牛耕田种金钱，刻石儿童把贯穿。
一粒粟中藏世界，半升铛内煮江山。
白头老子眉垂地，碧眼胡僧手托天。
若问此玄玄会得，此玄玄外更无玄……

冯含真念的实际上是道家内丹修炼时念的《内经图》，院子里除了标哥都是女流之辈，谁也不会听得懂。冯含真一边念着经，一边挥动着手里的拂尘，经念完了，拂尘往香炉一掸，"嘭"的一声，一个巨大的火球从香炉里蹿了起来，升有两丈多高。火球在空中停了一会儿，又化成了一股青烟，袅袅上升，越升越高，越高越淡，渐渐地跟天上的云彩连在了一起。

果子府所有的人都惊呆了，深知这个道长的厉害，个个心里乱跳，双腿打战。

冯含真闭着眼睛，喃喃地说："借张天师的慧眼，求吕洞宾的法术，内设四图之妙，外设八卦之网，有龙降龙，有虎伏虎，有妖拿妖，有鬼捉鬼。妖在何处？鬼在何方？宅内有妖氛，屋内有鬼气。燕子搭窝屋檐下，虱子长在裤裆里，来有缘由去有路，妖附生灵鬼附体……”冯含真说着，眼睛依然半眯着，却是对果老太说，“老人家，请把贵府上下男女老幼所有人等都请出来，贫道要捉妖拿鬼了。”

果老太一听，急忙吩咐标哥：“去，把所有的人都叫出来。”

不一会儿，阖府上下男女老幼都乱哄哄地来了，站在了冯含真的后面。

就在冯含真焚香念经的时候，范小童站在冯含真的后面，垂首闭目，恭敬虔诚。

冯含真轻轻移动着脚步，挥动着手里的拂尘，在众人面前转了一遭，便对果老太说：“老人家，这些家人冰清玉洁，身上都是干净的，恐怕还有人没有到来，请老人家务必将家人都请出来。”

果老太转脸瞪着标哥：“怎么回事？谁没来？”

标哥胆怯地说：“没有啊，都来了。”

冯含真说：“恐怕有人藏在府上，老人家不知晓吧？”

果老太又问标哥：“谁藏在这儿？快让他出来。”

标哥惊慌地说：“没……没有人……”

冯含真说：“既然管家也不知道，那这个人就是私自藏在贵府了。贫道已经看见了她的影子，就在后宅的跨院里。你们稍候，待贫道把她捉出来。”

冯含真说着，迈开大步，径直朝后宅走去。范小童紧紧地跟在后面。

标哥急了，慌忙对冯含真说：“请道长留步，容小的再到后院找找。”

藏在后面跨院里的马幽兰听说前面有道长在捉鬼，一是心里紧张，二是好奇，便藏在后院的门后扒着门缝看着。现在见道长朝后院走来，急忙转身朝跨院跑。没想到范小童行动敏捷，早就先一步冲进了院子，追上前去，一把将马幽兰捉住了。

马幽兰哭叫着：“我不是鬼，我是人……我是人啊……”

冯含真转过身来，对果老太说：“老人家，贵府的妖孽就附着在这个女人身上，容贫道将她带出院落，为她驱妖净身。”

果老太一看，慌忙叫起来：“啊……这不是马小姐吗？你怎么到这儿来了？哎呀，你来了也不说一声，你可把我害苦了……”

范小童也不说话，夹着马幽兰径直朝外面走去。

马幽兰挣扎着大喊大叫："我不是鬼……我是人……我是人啊……"

标哥急了，追了上来："你们要把她弄到哪儿去？"

冯含真说："此女妖孽缠身，贫道功夫有限，必须借助通州大堂方可让她魂魄归体。"

标哥急了，用身子挡在范小童的前面："不行，你们不能把她弄走。"

冯含真说："莫非你们还想让她在此兴妖作怪？"

标哥还想说什么，范小童只是用肩膀朝标哥的身上轻轻地撞了一下，标哥一个趔趄，差点儿摔倒。范小童趁机将马幽兰拖到了大门外面。

果子府外面早已经停好了一辆带篷的马车，范小童从后面推着，把马幽兰塞进车里，自己也一跃而上。冯含真快跑几步，跳上了车。

标哥在后面追着："停下……停下……你们不能把她带走……"

一声清脆的鞭梢响，车马飞奔起来，将标哥远远地甩在后面了。冯含真探头一看，扬鞭策马的原来是金剪刀。

马幽兰蜷缩在车厢里，战战兢兢地问："你们……是谁？你们……要带我去哪儿？"

冯含真摘掉了下巴上的白胡子和眼睛上面的白眉毛，露出了真面目。

马幽兰惊叫着："你……含真？"立即，马幽兰意识到了对方的身份，慌忙改口，"冯老爷……"

冯含真说："你怎么躲到果子府去了？"

马幽兰低下了头。

范小童说："你知道吗？你的堂弟马幽明告陶元淳杀了你，通州的狗官把你丈夫判成了死罪。"

马幽兰"啊"地叫了一声，颤抖着说："可是……可是标哥说，陶元淳告我……说我偷了家里的银子外逃，通州衙门正到处抓我呢……"

冯含真说："大小姐，你必须把事情的来龙去脉跟我说清楚，否则，陶元淳的死罪免不了，你的活罪也难逃。"

马幽兰惶恐地说："我说……我说……我全说……"

第二十八章

禹自道和夏苍子接受冯含真的命令之后，马上到富裕兴当铺找到了邱三儿。邱三儿向他们提供了一个重要的线索，说前两天又到通州衙门去报赵掌柜失踪的案子，无意中看见了胡道白。胡道白正从西花厅里出来，孙知州还送他了几步。邱三儿觉得奇怪，胡道白不是跟着徐可良到德州了吗？徐可良在德州犯了案不是被抓起来了吗？怎么胡道白还逍遥法外而且还受到孙知州的礼遇呢？邱三儿顾不得报案了，悄悄地尾随在胡道白的后面，却发现胡道白进了通州的大运西仓。

禹自道和夏苍子把这个情况向冯含真禀报之后，冯含真有点儿犯难了。大运西仓是坐粮厅的粮仓，归属于仓场总督衙门。通州这个地方，虽然是一个州，却官衙林立，盘根错节，十步之内必有衙署。最厉害的便是仓场总督衙门，总督由户部侍郎兼任，钦简二品大员；下面便是坐粮厅，坐粮厅下面则是三班八科百二经纪，然后是大运中仓和大运西仓。胡道白肯定和漕运仓场有着密切的关系，否则怎么能进入大运西仓呢？

明着跟大运西仓要人，肯定要碰钉子，弄不好还会打草惊蛇。冯含真想来想去，还是守株待兔，既然他进去了，总会有出来的时候，只要他出来就能把他生擒活捉。

于是，从当天晚上开始，禹自道化装成一个打竹帘子的，夏苍子化装成一个修鞋匠，便在大运西仓对面蹲守起来。

两个人一连蹲守了三天，都没有见到胡道白的身影。第四天傍晚，一个仓花户出来找夏苍子修鞋，夏苍子跟他聊了起来。夏苍子看了看他的鞋，又看了看仓花户，试探着说："看来先生有一身好功夫呀。"

仓花户高兴起来："你怎么看出来的？"

夏苍子说："您看您的鞋底儿，一般人的鞋都是鞋帮先坏，不是前面露窟窿就是后面开口子，可是您的鞋却是鞋底儿先磨平了。再有，一般人即使是鞋底儿磨平了，不是前面歪就是后面斜，您的鞋底儿前后一样平整，像瓦匠的抹子。”

仓花户说：“就算我的鞋是这样，你怎么会看出我有功夫来了？”

夏苍子说：“没功夫的人走路七扭八歪，内八字外八字外加扫拐，是牲口都不值钱。有功夫的人，脚下有根，站有站样，蹲有蹲样，坐有坐样，这都在鞋底儿上写着呢，您说对不？”

仓花户说：“对对，你说得太对了。看来你也是练过几天功夫的人。不知道你练的是什么？”

夏苍子说：“我一个修鞋的，哪儿有什么功夫？就是鞋见多了，琢磨出点儿道理。不知道师父您练的是哪家功夫？”

仓花户说：“不瞒你说，我练的是少林。前几天我们这儿来了一个年轻人，也自吹练的是少林，可是他行动坐卧那架势，一看就知道是二把刀力笨儿头。总要跟我比试比试，我懒得理他，丢不起那人。”

夏苍子说：“您说的一定是个走江湖卖艺的，玩儿的是‘腥活儿’。”

仓花户说：“您这样说算是抬举他，他连走江湖的都不如，就会满嘴跑舌头胡吹，跟他的主人一样。”

夏苍子警觉起来：“他的主人？”

仓花户说：“他是跟着一个姓胡的掌柜的来的，那个胡掌柜是我们大运西仓监督的一个亲戚。”

夏苍子立即眼前一亮：“您说的那个二把刀力笨儿头是不是姓吴？”

仓花户说：“对啊，叫吴多宝，您认识？”

夏苍子说：“太认识了，我们是朋友。”

仓花户有点儿尴尬：“哎呀，真对不起，说了您朋友那么多坏话。”

夏苍子说：“这哪儿是坏话？您说的都是实话，我这个兄弟就是这么一个人，夜壶镶金边——嘴值钱。”

仓花户嘿嘿地笑起来。

说话间，夏苍子已经把仓花户的鞋修完了。仓花户要给他钱，夏苍子说什么也不要。不但不要他修鞋的钱，还掏出了二两银子塞在了仓花户的手里。

仓花户说：“您这是干什么呀？不要我的钱，还给我这么多银子？”

夏苍子说：“在下有事相求。”

仓花户说：“什么事？您说吧，凡是我能办到的。”

夏苍子说：“我跟吴多宝是朋友，说白了我们俩是臭味儿相投，没出息，都好色，寻花问柳。我欠吴多宝一个人情，想请他到校书巷的月边楼玩玩儿，请您把他约出来。”

仓花户说：“这么点儿小事还值得您这么破费，我跟他说一声就行了。”

夏苍子说：“你一定不要说我请他，也不要说别人请他。他这个人爱吹牛，又讲面子，假仗义，他要知道我请他肯定不会来的。”

仓花户为难了：“那……我怎么说呢？”

夏苍子说：“他不是要跟您比试比试吗？您就答应他去月边楼练练，那里有许多姐儿能给你们叫好。等您把他带出来，我装作跟他巧遇了，再把他带走就行了。”

仓花户说：“巧了，他磨我好几天了，说找个有姐儿的地方玩玩儿，我不好这个，他那个胡掌柜又不让他出去，把他憋坏了。您等着，我立马就约他出来，不把他高兴死才怪。”

仓花户走了，夏苍子急忙收拾一下鞋柜子，向不远处打竹帘子的禹自道走去。

不大一会儿，仓花户便陪着吴多宝出来了。看起来，吴多宝很高兴，走路都一蹦一跳的。夏苍子心里暗笑，瞧他这点儿出息，听说要去玩儿女人，就像苍蝇闻到了腥鱼味儿。

夏苍子刚要上前去迎接吴多宝，禹自道却把他拉住了，两个人躲在对面的一家篱笆根底下，看见胡道白从大运西仓里追了出来，拉住了吴多宝，死活不让他走。

吴多宝怎么肯听他的呢，一边跟他挣扎着，一边说：“我去去就来，不过夜还不行吗？”

胡道白说：“不过夜也不行，你马上给我回去。”

吴多宝说：“跟你一块儿待着，都要把我憋死了。”

胡道白说：“憋是憋不死人的，可是你去了就是找死。”

两个人争论着，那个仓花户却眼睛四下踅摸着，寻找着邀请吴多宝出来的夏苍子。

夏苍子和禹自道绕到了大运西仓门前，从他们的背后出现了。夏苍子拉住了吴多宝，禹自道控制了胡道白。吴多宝和胡道白刚要喊叫，夏苍子和禹自道同时给他们点了哑穴。两个人立刻说不出话来，干张着嘴，像是嘿嘿地傻笑。

夏苍子向仓花户道谢："老哥，谢谢您了，我让您约出一个朋友，没想到您给我们约出了两个。您一块儿去玩玩儿不？"

仓花户说："不了不了，我这儿也离不开，改日见吧。"

夏苍子从后面架着吴多宝，禹自道用一把匕首顶住了胡道白的腰眼儿，两个人干咧着嘴，乖乖地朝前走去。路上遇见他们的人，还以为四个好朋友在逛街寻乐呢。

胡道白和吴多宝被押到了潞河驿站，推进了一个宽敞的房间，抬头一看，屋里的太师椅上，端坐着不怒而威的冯含真。两个人腿一软，咕咚跪下来，嘴里说不出话来，一个劲儿地磕头，把地上的青砖磕得"嘭嘭"作响。

冯含真说："你们两个畜生，抬起头来，回答本官的问话。"

两个人跪直了身子，冯含真看到，他们的脑门儿都磕出了血。

禹自道和夏苍子把他们的哑穴点开，从后面踢着："快回答老爷的问话。"

冯含真说："我没工夫跟你们磨牙，一会儿还要去通州大堂审案，你们跟我实话实说，直截了当，往星儿上摺。要是说了实话，交代出犯罪元凶，我可以不追究你们谋杀本官的罪行。听清没有？"

两个人又咕咚咕咚地磕头，一迭连声地说："谢老爷大恩大德，小的一定戴罪立功。"

冯含真说："胡道白，你收买通州衙门的仵作，让他们把南苇塘的尸首验成是马幽兰的，有这么回事吧？我刚才说过了，你可要说实话。"

胡道白马上点着头说："有有……我是这样说的。"

冯含真问："你为什么要这样做？"

胡道白说："正好通州衙门出了个'陶元淳杀妻案'，被杀的尸体找不到……我也是为了帮孙知州的忙，让他早点儿结案。"

冯含真冷笑了一声："哼，这么说你还做了好事了？是谁让你去杀赵天水的？我有话在先，你要是交代出幕后的指使人，可以减轻你的罪责。"

胡道白低下了头。

冯含真问："你不想说是不是？"

胡道白抬头看了看冯含真："我要是说了，是不是可以免我的死罪？"

冯含真说："你要是说了，就有可能不掉脑袋；要是不说，必死无疑。"

胡道白又低下了头。

冯含真问："你说还是不说？"

胡道白拨浪着脑袋："不不……我……我不敢说。"

冯含真问："为什么不敢说？"

胡道白说："他……他是个大人物……"

冯含真问："有多大？比皇上还大？"

胡道白忙说："不不……没有皇上大，哪能比皇上大呢。"

冯含真又问："难道比刘统勋刘大人大？"

胡道白又拨浪起了脑袋："不不……也没有刘大人大……"

冯含真说："那你还有什么不敢说的？"

胡道白带着哭腔说："他……他……他太厉害了……"

冯含真说："告诉我，他想干什么？"

胡道白说："他想保住徐可良……"

冯含真说："他和徐可良是拴在一根绳上的蚂蚱，一个飞不了，一个蹦不了。保住了徐可良，徐可良就不会把他果应剑咬出来，果应剑就可以继续逍遥法外，对吧？"

胡道白顿时惊愣了："大人……您知道啊？"

冯含真说："这可不是你说出来的，不算你交代有功。"

胡道白又磕起头来："大人，我说……我说还不行吗，大人啊……"

冯含真挥了挥手："我没工夫听你啰唆了，一会儿我让人把你们押送刑部大牢，到那儿自然会有人审问你们。"

冯含真说着，站起身来，吩咐着禹自道和夏苍子："把这两个畜生押上囚车。"

重审"陶元淳杀妻案"在通州大堂进行，这个案子在通州轰动很大，街谈巷议七嘴八舌疑雾重重议论纷纷。现在听说又要重新审理，便一传十，十传百，许多百姓都跑来围观旁听。

冯含真步入大堂的时候，大堂外面已经挤满了人，大堂两边站着两排手持杀威棒的皂隶，前面并排放着两把椅子，知州孙文羲迎上前去，请冯含真入主座。

冯含真说："你是主审，我是监审，那个座位该你坐。"

孙文羲尴尬地笑着："那……卑职就不客气了。"

冯含真坐下之后，看见他面前已经放好了笔墨纸砚，这是他事先安排好的。

原告、被告和证人都被带上来了。冯含真看到，陶元淳身上戴着沉重的刑具，披头散发，衣衫破碎，浑身是伤。冯含真心里一阵难受，陶元淳不知道是怎么熬过这些酷刑的，又怎么被屈打成招的。

孙文羲开始审讯："原告马幽明，你告陶元淳杀妻一案，本官已经结案，你有何话要说?"

马幽明磕着头说："老爷英明，断案如神，陶元淳罪该万死。"

孙文羲又问："被告陶元淳，你杀害妻子马氏一案，你已经供认不讳，本官判你斩监候，你有何话要说?"

陶元淳垂着脑袋，一言不发。

孙文羲高声问："陶元淳，回答本官问话。"

陶元淳低声说："学生无话可说。"

冯含真提笔写了一个纸条儿，递给了孙文羲。

孙文羲看了看纸条儿，马上吩咐皂隶："把陶元淳身上的刑具去掉。"

两个皂隶上来，摘掉了陶元淳身上的枷锁。本来已经绝望等死的陶元淳突然感到一身轻松，不由得抬头看了看，他猛然发现，上面坐着的不是孙文羲一个人，还有一个穿三品官服的官员，再仔细一看，原来是冯含真。陶元淳不敢相信自己的眼睛，又怀疑自己在梦中。他动了动手，又暗自掐了一下自己的大腿，他觉出了疼痛。莫非老天睁眼，让冯含真来救他来了? 他不敢直视冯含真，又慢慢地低下了头。

孙文羲又逼问着："陶元淳，在这庭审的案卷上，都有你的签字画押，人证物证俱在，你可认罪服法?"

陶元淳突然直起身子，仰起头颅，大声哭喊着："学生冤枉啊……"

孙文羲问道："你身为生员，读圣贤书，却践踏礼义廉耻，残杀妻子马氏，何冤之有?"

陶元淳高声说："请老爷明察，学生绝无杀妻之举。"

孙文羲说："上面有你的签字画押，莫非你要翻供不成?"

陶元淳说："那都是学生受刑不过，屈打成招啊……"

冯含真又把一个纸条儿递给了孙文羲："传证人。"

孙文羲发着话："传证人谷图发。"

骨头渣儿被带上来，依然是一副赖皮赖脸的样子，侧棱着膀子，歪着脑袋，扭着身子跪在了大堂上。

孙文羲问：“谷图发，你上次在本堂上做证，说你亲眼看见了陶元淳杀死了妻子马氏，可有此事？”

骨头渣儿说：“当然有这么回事了，确实是小的亲眼看见的。”

孙文羲又问：“陶元淳杀死马氏之后，又怎么样了？”

骨头渣儿说：“他把他老婆装进麻袋里，背到南苇塘埋了。老爷，您不是验过尸了吗？”

冯含真又递给孙文羲一张纸条儿，上面写着：“大刑伺候。”

孙文羲犹犹豫豫，但是又不敢违抗冯含真的指令，便说：“谷图发，你知道在大堂上做伪证是什么罪过吗？”

骨头渣儿说：“我没有做伪证，我说的都是实话。”

孙文羲突然一拍惊堂木，高喊着：“大刑伺候。”

几个虎狼般的皂隶扑上来，给骨头渣儿套上了刑具。皂隶们还没动刑，骨头渣儿便吓得飞魂丧胆，慌忙叫着：“老爷老爷……饶命啊，我说……我说实话。”

孙文羲没想到骨头渣儿如此不争气，气急败坏地说：“给我上刑，打，往死里打……”

皂隶们像打一条野狗一样狠狠地打着骨头渣儿，大堂上一片鬼哭狼嚎。

冯含真忙写一张纸条儿：“停下，让他交代。”

孙文羲只好说：“谷图发，你老实交代，你原来的证词到底是真是假？”

骨头渣儿说：“回老爷，是假的。”

孙文羲愤怒地叫嚷着：“为什么要做假证？”

骨头渣儿说：“小的原本也没想做假证，只是贪图马幽明的几两银子，被他拉上来做了假证……”

孙文羲问：“马幽明，是否有此事？”

马幽明慌忙说：“老爷，骨头渣儿确实跟小的说，是他亲眼看见陶元淳杀死老婆的，还跟我对天发誓……我不知道他说的是假话……”

孙文羲问：“你一共给了他多少银子？”

马幽明说：“他每次见面都跟我要，前后给了他七十三两，还请他喝过六次酒……”

孙文羲说：“你这是花钱买证，罪责难逃。把谷图发和马幽明押进大牢。”

皂隶们又扑上来，像拎小鸡子一样把两个人拉了出去。

冯含真又递过来一个纸条儿：“将陶元淳无罪开释。”

孙文羲看着纸条儿，心里极不服气。这算什么审讯？他是主审，却成了监审的应声虫、传话筒，自己一点儿主都做不了。这会儿，他实在忍不住了，便凑过来对冯含真说：“大人，现在就放了陶元淳……恐怕……”

冯含真说：“那个尸首不是陶元淳老婆的，大堂上的证据又是假的，还有什么根据说陶元淳是杀人犯？”

孙文羲辩驳着：“即便如此，也不能证明陶元淳没杀人呀？他的老婆毕竟死了。”

冯含真说：“你怎么知道他的老婆死了？”

孙文羲说：“就算没死，可是人呢？活总要见人，死总要见尸呀。”

冯含真站起了身，朝人群外面看了一眼。

立即，一个女人发疯般地跑上来：“大人……你可要给我们做主啊，我儿冤枉啊……”

跪在地上的陶元淳一听，跑进来的是自己的母亲，他急忙站起来，把母亲扶住了。

陶元淳的母亲继续喊着：“我儿冤枉啊……老爷……”

孙文羲火了：“你是谁？为什么咆哮公堂？”

陶元淳知道这一切都是冯含真安排的，开始壮起了胆子，高声说：“回禀老爷，这是学生的家慈，她在为自己的儿子喊冤，并没有咆哮公堂。”

孙文羲见陶元淳对他如此蔑视，怒从心起：“陶元淳，你还想尝尝大刑的滋味儿吗？”

陶元淳说：“你身为朝廷命官，不为民做主，不伸张正义，刑讯逼供，捏造冤案，滥杀无辜，我要控告你。”

孙文羲大叫着：“你太猖狂了，别忘了你是背着命案的杀人犯。”

陶元淳说：“我没有杀人。”

孙文羲说：“那你老婆在哪儿？”

还没容陶元淳回答，人群里响起了喊声：“陶元淳的老婆在这儿。”

范小童使劲拉着马幽兰，挤过人群，直接来到了大堂上。

孙文羲问：“你是何人？怎么敢擅闯公堂？”

范小童说：“我是何人不要紧，我要告诉你，这个就是陶元淳的老婆马幽兰。”

马幽兰见到伤痕累累的陶元淳，顿时扑上去哭了起来：“元淳……我对不起你啊……是我害了你啊……”

范小童见状，也没跟孙文羲打招呼，扬长而去。外面的人群乱哄哄地议论着、喊叫着，原来一场轰动通州的大案子，竟然是个假案。人群愤怒起来，纷纷谴责着知州孙文羲。

孙文羲不甘如此失去权威，大叫着：“肃静……肃静……陶元淳，我问你，她可是你的妻子马氏？”

陶元淳回答说：“正是。”

孙文羲怒吼着：“马氏跪下，听本官问话。”

马幽兰也是第一次来到这威严的大堂上，听知州孙文羲一吼，慌忙端跪着停止了哭叫。

孙文羲问：“马氏，这些天你都躲在哪里，为什么不回家？从实道来。”

马幽兰说：“一个月前，奴家确实因为跟婆婆怄气回了娘家。可是走到半路，下起了雨，奴家正愁无处避雨，后面来了一辆马车，赶马车的人让奴家上了车……”

孙文羲问：“赶车的人是谁？”

马幽兰说：“是……果子府的管家标哥。”

孙文羲问：“他把你拉到哪儿去了？”

马幽兰说：“拉到了果子府，藏在果子府后面的小跨院里。”

孙文羲问：“为什么要躲藏？”

马幽兰说：“标哥告诉奴家，说陶元淳告我偷了家里的银子逃跑了，现在官府正在到处捉奴家，奴家吓坏了，不敢出来……”

孙文羲又问：“标哥为什么帮助你隐藏？你跟他是不是有奸情？”

马幽兰低下了头。

冯含真怕孙文羲继续发问，急忙写了个纸条儿：“捉拿拐骗良家妇女的案犯归案。”

孙文羲又犹豫起来，凑上前对冯含真说：“果子府可是吏部侍郎果大人的宅子……我们进去捉人，合适吗？”

冯含真说：“又不是去捉果大人，你怕什么？”

孙文羲无奈，只好发出了捕签。

冯含真审完了胡道白和吴多宝，从刑部大堂出来，一个慈眉善目的老太监正在门外等着他。

老太监上前，给冯含真躬身施礼："老奴潘忠拜见冯大人。"

冯含真急忙还礼："潘公公客气了，有何赐教？"

潘忠说："老奴是奉童妃娘娘的指令来求见冯大人的。"

冯含真说："哦，童妃娘娘安好？"

潘忠从怀里掏出一沓书稿，递给冯含真。

冯含真接过来一看，正是上次从曹雪芹那里拿回来的《石头记》，上面又是密密麻麻地写满了眉批。

潘忠说："童妃娘娘让冯大人把这些书稿转交给曹雪芹先生，并问曹雪芹先生是否又有新稿。"

冯含真说："本官明白了，请回禀童妃娘娘，我会尽快去拜访曹雪芹先生的，拿回新的书稿，立刻送给童妃娘娘。"

潘忠说："老奴替童妃娘娘谢谢冯大人了。"

本来冯含真还有许多事情要办，也还有许多事情要跟刘统勋大人禀报讨教，可是收到童妃娘娘的书稿之后，他的心里突然乱起来。是一种无缘由的乱，像揣了满肚子蒺藜，这些蒺藜又乱翻乱滚，总是扎扎拉拉地刺痛着他。他干什么都不能专心，总是不由自主地想到童妃娘娘交给他的书稿，总是不由自主地想起曹雪芹。莫非曹雪芹出了什么事？

他再也沉不住气了，这天早上他到刑部打了个卯，便寻了一匹马出来，随便买来些粮食酒菜，便朝西山的方向策马而去。一路上都是惶惶不安，路边的景色和来来往往的人群，他都熟视无睹。

将到正午时分，他来到了曹雪芹租住的小院。一股不祥之兆像浓雾一样扑面而来，使他不由得打了个寒战。他立刻翻身下马，将马缰绳拴在门前的一棵枣树上。他的双脚像是灌了铅，沉沉的，每向前迈一步都很吃力。他终于走不动了，他看到篱笆上挂着纸钱，篱笆门外面，有一堆黑色的灰烬，那是一堆烧焦了的荞麦皮，是死去的人曾经用过的枕头。

冯含真没有勇气朝院里走，门窗紧闭着，死亡的寂静笼罩着整个小院。破旧的门框上，贴着一副崭新的挽联，那是曹雪芹的墨迹：

未至暮年悲失偶
尔贻幼子痛无依

巨大的悲痛如长河巨浪般地在冯含真心里翻滚着，他想哭，却哭不出来，连眼泪都流不下来。他一直站在篱笆门外，脑子里一片空白。凉风把一片枯萎的花蕾吹落在他的胸前，他静静地拿起来，举在眼前看着。不知道过了多久，一个老太太走过来，轻轻地对他说："曹先生在黄叶河边上。"

冯含真依然如在梦中，看着那个善良的老太太。老太太没有再说什么，默默地离去了。

冯含真突然转身跑了起来，发疯般地朝村外的黄叶河跑去。他的眼前一片迷茫，他奔跑着，心里像窝着一团闷气，他想呼喊，想哭叫，但是却发不出声来。

黄叶河横在了眼前，这是一条只有十几丈宽的小河，清凌凌的河水从西山脚下流淌下来，阒无声息，如一条女人的泪水。

河边有一棵樱桃树，樱桃树下有一堆小小的坟丘，坟头上压着一沓纸钱。

曹雪芹坐在坟丘前，像一块风雨剥蚀过的石头。

冯含真慢慢地走过去，坐在了曹雪芹的身边，把手轻轻地搭在曹雪芹的肩头上。

曹雪芹开始抽搐起来，巨大的悲痛在一个男人胸膛里冲撞着，压抑的呜咽让他的腰拱了起来，他双手捧住了脸，泪水从他的手缝里汩汩地流出来。

终于，他爆发地哭号起来："小妖……芳卿……阿香……我的阿香啊……"

冯含真只是紧紧地搂着曹雪芹的肩头，并没有劝慰他。在如此巨大的悲痛面前，任何劝慰都是苍白的、软弱的。冯含真也想哭，小妖是他的亲人，是他的妹妹，她还这么年轻，还没有真正享受过生活，她的命好苦啊。

曹雪芹的哭号渐渐地弱下来，悲痛发泄出来之后，心境慢慢地平静下来。他掏出手帕擦了擦眼泪，感激地看着冯含真，哽咽着叫了一声："冯兄……"

冯含真依然没有说什么，他也平静下来，默默地坐在曹雪芹的身边，眼睛茫然地盯着水面。

浅浅的水面下面有几块石头，石头上面结着青苔，石头底下扎挣着水草。河水从石头夹缝中流淌着，激起了一层一层的浪花。

曹雪芹说话了："她死前一直喊着哥哥……"

冯含真说："我来晚了……没想到……我以为她的病早就好了……"

曹雪芹说："是她自己不想好……她总是想不开……觉得丢了那块小石头，就是丢了命……"

冯含真说："小妖……对曹公子太痴情了……"

曹雪芹说："罪过……都是我的罪过……罪孽深重啊……"

无意中，冯含真的目光在一丛水草中凝固了。他自己也没有意识到，但是他的目光却移不开了。曹雪芹还在他耳边嗡嗡嘤嘤地说着什么，他什么都没有听见。他的目光把他的魂魄带出了躯壳，带到了那丛水草上。他觉得有一个巨大的力量在推动着他，他身子往前一倾，忽地扑倒下去，一头栽进了河水中。

曹雪芹一惊，急忙伸手拉他，可是没有拉住。

当他从水中爬出来的时候，手里紧紧地抓住一把水草。曹雪芹伸出手，要把他拉上来。他却把水草塞进曹雪芹的手里。

曹雪芹的手心像是被烫了一下，急忙张开，水草里裹着一块亮晶晶的小石头，小石头上拴着一根细细的红线。曹雪芹顿时惊愣了。

冯含真问："是吗？"

曹雪芹说："是……是……"

冯含真说："这石头果然是小妖的命根子。"

曹雪芹说："怨我……都怨我……我要是早点儿到这河边来，找到这块小石头，小妖她……就不会死了。"

冯含真衣服鞋袜都湿了，他爬上来，拉着曹雪芹，朝村里走去。

三月一日，是通州漕运码头收兑漕粮的日子。运河全线运粮的漕船共有一百二十八帮半，所谓是"无半不成帮"。每一帮漕船什么时候起航、什么时候抵通，都是有严格的期限的，未能按期到达叫作"违限"，"违限"是要受到严厉的惩处的。每逢开漕时节，通州漕运码头都像举行皇家盛典一样热烈隆重。大光楼前，帆樯蔽日，土石两坝，漕粮如山。而今年除了开漕的喧闹，还有更重大的一件事：乾隆皇帝下江南，从通州的黄船坞皇家码头登船。

一切漕船、货船、商船、民船都有秩序地回避开来，静悄悄地停靠在河湾里和码头上。宽阔的河道上，停放着专门为乾隆皇帝制造的巨大的安福舻。船身上飘扬着红绸彩带，悬挂着龙旗。安福舻的前后，排列着百余艘兵船、官船和货船。兵船上旌旗猎猎，干戈森森，精兵强将满身铠甲，威不可犯。官船上百官肃立，恭谨朝拜。

尽管官衙和兵团已经把漕运码头封锁了，通州百姓及外来官民还是争着抢着拥挤着赶来，站在远处高处观看着，如此皇家气派，毕生难得一见。

纪晓岚告诉冯含真，说皇上让他们俩同去江南，冯含真怎么也不相信。因为他比不了纪晓岚，纪晓岚在翰林院，是个闲差，皇上有事他随时都可以陪伴左右。他是刑部郎中，案头上的案卷堆积如山，一个比一个重大，他怎么能离得开呢？他问过刘统勋，刘统勋也告诉他，安心办案吧，别想入非非了。可是就在皇上临行的前一天，在众大臣的饯行宴会上，皇上却突然宣布刘统勋、冯含真陪同前往，这让刘统勋也感到非常意外。看来，还是纪晓岚的消息灵通些。

冯含真与纪晓岚乘坐同一艘官船，安福舻起航之后，冯含真还不知道是谁在上面陪同皇上，他问纪晓岚，纪晓岚也说不知道。反正船队一路南下，他们一路跟从着就是了。纪晓岚自在逍遥，冯含真可坐不住，他心里惦记的事情太多。纪晓岚摆上了棋盘，要跟冯含真杀两盘，冯含真一直心不在焉，把棋走得一塌糊涂。

正在这个时候，有人来找冯含真，说刘统勋大人要召见他。

冯含真来到刘统勋乘坐的官船上，见刘统勋一个人占了一个很大的船舱，船舱里又有一个很大的案子，案子上堆满了文书案卷。冯含真笑了：“看来大人把整个刑部都搬过来了。”

刘统勋说：“别人跟着皇上下江南是游山玩水，我们却是水中办案。”

冯含真说：“皇上知道这几个案子重要，又一直很关心，为什么还让我们陪他去江南呢？”

刘统勋说：“德州那个案子皇上很重视，他要亲自过问。刚才你说，我把刑部搬到水上来了，也对也不对，我们要把刑部大堂设在德州。”

冯含真问：“难道皇上要亲自审案？”

刘统勋说："皇上审不审案不知道，反正这个案子每一个细节皇上都要过问。所以，我们只能把案子做得扎扎实实，不能有半点儿马虎。"

冯含真说："是，大人，要卑职做什么，您吩咐吧。"

刘统勋说："你到张家湾下船，无论想什么办法，一定要把金剪刀找到，并且让她跟我们一起去德州。"

冯含真愣了愣。

刘统勋说："我知道这事有点儿难，你可以向金剪刀保证，我们不会为难她的。如果她不来，你不妨采取非常措施。"

冯含真又问了一句："不行就把她绑来？"

刘统勋说："那是你的事，我只要金剪刀能到德州大堂上做证。"

冯含真问："不知道大人想让金剪刀在德州大堂上做什么证？"

刘统勋说："金剪刀不是一直告状吗？说她丈夫不是自杀，是被害身亡。"

冯含真说："是的，可是她又拿不出证据来。"

刘统勋说："我们要帮助她搜集证据，有些事情她可以跟德州知府当堂对质。"

冯含真说："跟徐可良对质？"

刘统勋说："不，跟当年的德州知府。"

冯含真说："我一直在查当年的德州知府，可是案卷上一点儿线索都没有，去吏部去查，吏部又千般刁难。"

刘统勋说："知道为什么吏部千般刁难吗？"

冯含真说："我已经猜到了，是吏部侍郎果应剑在捣鬼。果应剑指使胡道白杀死了赵天水，不知道出于什么目的，连胡道白也不清楚。"

刘统勋说："我告诉你吧，当年德州的知府就是果应剑。"

冯含真惊愣了："啊？这……皇上知道吗？"

刘统勋说："我已经禀报给皇上了，所以皇上才要亲自督办这个案子。"

冯含真明白了，他们是在办一个惊天大案，看来德州一定会有好戏看了。

第二十九章

冯含真突然有一种感觉，一种既陌生又熟悉的感觉，既温馨又虚幻的感觉。

四个人围坐在一张餐桌上吃晚饭，菜饭很丰盛，肉是冯含真从张家湾买来的，鸡是自家养的，菜是自家种的，所有的菜饭都是金剪刀和范小童亲手做的。范慕西打开一瓶存了很长时间的漕运湾酒，与冯含真对饮着。而金剪刀和范小童，则饮着自酿的黄酒。一盏油灯高悬在桌子上，把桌面上的菜肴和每一个人的面容都照得光鲜透亮。

冯含真觉得这就是家，这就是天伦之乐，这就是停泊船只的码头。坐在对面的范慕西和金剪刀，是一对相濡以沫的老夫妻，是可敬可爱的长辈；而他和坐在身边的范小童，则是一对举案齐眉的伉俪，是撑家过日子的主力。缺少的是绕膝撒娇的小儿女，是两位老人含饴弄孙的慈爱。

本来是可以这样的，范小童早就应该是他的老婆了，范慕西早就该跟金剪刀结为夫妻了。这老少两对都有浓得化不开的情义，都有倾心相爱以身相许的愿望。这应该是命运安排好的天造地设的一双一对。可是，命运又不让他们结合在一起，在他们中间横了一道厚厚的透明的玻璃墙，他们都能清清楚楚地看到对方，却又被无情地撕裂开了。

今天冯含真到了以后，直截了当地要求金剪刀跟他走，在审讯徐可良的时候，她要在德州大堂上做证。

金剪刀很激动，很坚定地同意了。

范慕西和范小童也很激动，毕竟当初是徐可良将金剪刀判处死刑的，是他们从刽子手的屠刀下把金剪刀救下来的。现在，处死金剪刀的仇人被推上了大堂，这是件多么大快人心的事情啊！可是，范慕西和范小童无论如何不同意让金剪刀登堂做证，去了就等于送死，不管徐可良当年判处的是对是错，你金剪刀毕竟犯的是朝廷的王法，换了谁都要这样审判的。冒了那么大的风险把你救出来，你难道还要自己送死吗？你为了报仇，横下心来送死，可是会很自然地把救你的人牵扯出来呀！法场救人，行贿刽子手，这犯的都是死罪啊！

顾忌这些，金剪刀也犹豫了。

冯含真告诉他们，刑部尚书刘统勋已经知道了金剪刀还活着，甚至皇上都知道这桩奇案，并且已经知道了是范慕西把她从法场上救下来的。这么大的事情，瞒是瞒不住的。

瞒不住可以躲，可以逃，可以不让他们捉住。这就是范慕西和范小童的理由。

可是，对于金剪刀来说，她之所以能坚强地活到今天，穷没压垮她，苦没压垮她，痛失了两个女儿没有压垮她，到处躲避官府的缉捕也没有压垮她。她活着只有一个目的，就是为丈夫申冤报仇。现在，报仇的机会到了，她能不挺身而出吗？

四个人默默地喝着酒，谁也不说话。该说的话在吃饭之前都说了，现在是四个人四个心思，四个心思像四条盘根错节的老树根，互相缠绕着，又互相撕扯着。谁跟谁都不能合为一体，又谁也离不开谁。

范慕西突然说话了："含真，有件事小童一直问我，恐怕也一直问你，我没有告诉她，你也没有告诉她。现在，我们两个人该给她一个交代了，不能让她糊涂一辈子呀！"

冯含真立刻明白了范慕西的话，心里突突跳起来。多少年来，无论是对范小童和范慕西，他都有一句无法交代的话。这句话就在他的心里，像一块冰冷的石头埋在心灵深处。不，应该说像范慕西当给天顺隆的那条蜡做的玉龙，只能藏在阴暗冰冷的地窖里，不能见天日，见了天日便会化成一摊泥，便会天塌地陷，便会引来灭顶之灾。

范小童却没有听懂父亲的话，她直着眼睛问："爹，您在说什么呢？什么事情呀这么重要？"

范慕西说："我说的话，冯含真懂。"

范小童问："含真，你懂吗？"

冯含真只好点了点头。

金剪刀也像是坠入云里雾里，困惑地看了看范慕西，又看了看冯含真。

范小童催促着："你知道？知道为什么不告诉我？"

范慕西说："小童，别问他了，他不会说的。"

范小童问：“到底什么事呀？”

范慕西说：“就是你一次又一次地问的，冯含真为什么不娶你。”

范小童低下了头，眼泪默默地流下来。

范慕西说：“闺女，别怨含真，也别怨爹。当初我在济宁的太白酒楼给你们准备好了婚宴，亲朋好友四方豪杰都来了，新郎却跑了。那件事在江湖上轰动很大，传播了好久。”

冯含真也低下了头，这是他毕生都无法补偿给范小童的罪过，他无法面对范小童，也无法面对范慕西。

金剪刀问：“是啊，连小妖都总是问我，为什么呀？小童多好的姑娘呀，你为什么不娶她呀？”

范慕西说：“这事怨不得含真，至少不能全怨他。含真逃婚以后，小童多少次要死要活，非要把他找回来不可。有好几次已经把他找到了，还把他抓了起来。可是，这都是小童自己的主意，自己办的事，我没有阻止她，也没有帮助她。因为小童太爱含真了，我无法阻止她，可是我更无法帮助她。包括那次含真要跟天顺隆的大小姐结婚，小童搅了他们的婚礼，我也是袖手旁观的。”

范小童哭着埋怨着父亲：“就是嘛，您为什么不帮我呀？我到底是不是您的女儿呀？您的女儿受人家这么欺负，您连口大气都不出。”

冯含真看了看范小童，轻轻地说：“小童，对不起……”

范慕西说：“就在我给你们安排婚礼的几天前，在杭州拱辰桥的青门的庵堂里，我见到了翁岩祖师爷，跟翁祖谈了大半夜的话。我们谈话的时候，以为庵堂里没有人，天亮之后才发现含真睡在供桌底下……”

冯含真说：“我本来是跟小童他们讨饭的，可是出了门头昏眼花，身子直打晃，像是发烧了。小童他们又让我回来了，我是睡在供桌下面的，供桌前面又有一个帘儿，没有人看得见。您和翁祖进来，我确实不知道，后来醒了……”

范小童睁大了眼睛听着，不解地说：“你们说的到底是什么呀？这跟你逃婚有什么关系？”

范慕西说：“他听到了我跟翁祖的谈话。”

范小童问：“你们谈的是什么？”

范慕西说：“反清复明。”

范小童说：“什么？你们青门不是保障漕运、效忠朝廷的吗？”

范慕西说："保障漕运、效忠朝廷是潘清祖统领之后的青门，在翁岩祖、钱坚祖没有'过方'之前，'青洪不分家'，是以'保障漕运'为名，寻机造反的。这就是我一直不让你参加青门的原因。上次在大运河上我们劫持乾隆，依照我的意思，是要杀死他的，可是王降祖给我下了死令，不能动乾隆的一根毫毛……"

范小童惊愕地叫起来："哎呀爹，您这干的是什么事呀？乾隆多好的皇帝呀，你为什么要杀死他呢？"

范慕西说："这是我们家里的事情……我跟他有私仇。"

三双眼睛紧紧地盯着范慕西，都震惊得说不出话来了。

范慕西说："我说什么你们就听什么，我不想说的，你们也别问，问我也不会说。"

范小童说："我当然要问了，含真听了你们的谈话，为什么要离开我？那些话又不是我说的。"

范慕西说："自打你把含真领进丐帮之后，我就发现他是一个有大志向的人，他的志向是登科做官，为朝廷办事，效忠皇上。而我是反朝廷的，成功了或许能黄袍加身，失败了就是灭九族的罪。你想，含真要是娶了你，到时候我犯了案，就会把他整个牵扯进去。"

范小童似乎明白了，把胳膊支在桌面上，双手捂住了脸。

范慕西说："小童，我的孩子，别恨含真，要恨，就恨你爹吧。"

一顿温馨的晚餐，却引出了一个如此沉重的话题。

已经是后半夜了，冯含真还是一点儿睡意都没有，他静静地躺在炕上，眼前回闪着以往的许多人和许多事，但是想得最多的还是范小童和范慕西。今天，范慕西终于把埋在他心底的话说出来了，他不知道范慕西为什么会说这些，仅仅是为了给范小童一个明明白白的交代吗？交代完了又如何呢？

冯含真心里烦乱，觉得躺在炕上很累，便披衣起来，他想到外面吹吹风。

夜很静，没有月亮，满天的繁星闪动着，也像是一颗颗焦躁不安的心。

石榴树下也有一颗闪耀的星星，定睛看了看，原来是范慕西蹲在石榴树下抽烟，那闪耀的星星便是他那铜烟锅里燃烧的烟灰。

冯含真来到范慕西的面前，关切地说："师父，您怎么还不睡？"

范慕西说："你不是也没睡吗？"

冯含真蹲在了师父的身边，他想陪一会儿师父。

范慕西说："你很受朝廷的赏识，对吧？"

冯含真说："弟子的命好，遇见了好人，先是直隶总督方观承方大人，后来又是刑部尚书刘统勋刘大人，他们都很提携我。"

范慕西说："好好干吧，你是块当官的材料，当今皇上壮志凌霄，正是需要人才的时候，你会大有前程的。"

冯含真说："谢谢师父勉励，我会争气的，为了我爷爷，为了我母亲，为了我父亲。当然，也为了我自己。"

范慕西说："也为了我吧，我也希望你有出息，盼望你有出息，我说的是真心话。"

冯含真心里一阵发热。

范慕西说完又抽起了烟。

沉默了一会儿，冯含真往范慕西的身边凑了凑，问："师父，您能告诉我一件事吗？"

范慕西没说话。

冯含真问："赵天水当年是隋中宽的随从，是不是您告诉苗姑的？"

范慕西说："她说是我告诉她的？"

冯含真说："苗姑不说，是弟子猜测的，二十多年前的事情了，只有你们这些上了年纪的人最清楚。"

范慕西说："你猜测得不错，是我告诉她的。"

冯含真说："您是怎么知道的？"

范慕西说："我说过，我跟隋中宽是结义兄弟，他到德州办案之前，我们见过一面，那时候他身边就带着赵天水。"

冯含真说："那时候赵天水叫什么名字？"

范慕西说："姓郑，叫郑留根，隋中宽喊他根子。"

冯含真想了想，又问："隋中宽到德州，不是只带一个随从吧？"

范慕西说："带几个我不知道，反正我只见过郑留根一个。郑留根在张家湾开当铺之后，我碰到过他。他好像还认识我，神态有点儿不对。"

冯含真说："您在哪儿碰到他的？"

范慕西说："在他的当铺里，我去当东西，后来觉得他很不自在，我就借口价钱不合适，走了。”

冯含真问：“您不是去当玉龙吧？”

范慕西笑了笑：“不是，是当我的黄带子。”

冯含真立刻想到，当初范慕西到天顺隆当玉龙的时候　　里是扎着黄带子的。他又立刻想到，赵天水曾经跟冯含真谈过，要让他去当富裕兴当铺的掌柜，说是他自己不懂行。那会不会是个借口呢？既然他碰上了范慕西，心里肯定有鬼，想把自己隐藏起来。

范慕西吩咐说：“含真，你去把你苗姑和小童叫出来，我有事要跟你们说。”

冯含真说：“明天再说不行吗？您身子骨要紧。”

范慕西说：“反正也睡不着，早说完了，我心里早踏实。”

金剪刀和范小童被冯含真喊来了，看得出来，她们也没有睡，脸上一点儿蒙眬的睡意都没有。有如此重大的心事缠绕着，谁能睡得着呢？

范慕西站起了身，对范小童说：“小童，跪下。”

范小童一愣，像是没有听懂范慕西的话。

范慕西温和地说：“跪下，给你苗姑跪下。”

金剪刀急了：“大哥，您这是要干啥呀？”

范慕西依然温和地说：“小童，听爹的话，给你苗姑跪下。”

范小童慢慢地跪在金剪刀面前，眼睛却望着父亲。

范慕西说：“她是你娘，你亲娘。”

范小童一动不动，眼睛依然呆呆地望着父亲。

金剪刀突然醒悟过来：“大哥……这……”

范慕西说：“是真的，小童，叫娘。”

还没有容范小童开口，金剪刀突然扑上来，紧紧地把范小童抱住了：“孩子……我的孩子……”

范小童也紧紧地搂住金剪刀，她似乎没有太大的惊诧，因为此前金剪刀总是明里暗里地说自己是她的母亲，她已经半信半疑了。

金剪刀渐渐地平静下来，抽泣着问：“大哥，到底是怎么回事？请您告诉我，小童是怎么到您身边的？”

范慕西说：“骨肉相连，血脉相通，你第一次见到小童，我就发现你认出了她。说实在的，小童虽然不是我的亲生骨肉，可是这么多年了，我一把屎一把尿把她拉扯大，后来又相依为命，我早就成了她的亲爹，她也成了我的亲女儿了……唉，命啊。”

金剪刀问：“这么说，您从法场上把我救出来，也是因为我是小童的母亲？”

范慕西说：“主要是因为这个。”

金剪刀问：“您怎么知道我是小童的母亲？”

范慕西说：“我从狼嘴里把小童救下来之后，就知道她是隋中宽的女儿，因为她穿的花兜肚儿上，绣着两枝梅花，还有一个‘隋’字、一个‘苗’字。”

金剪刀说：“对对……是的是的……一点儿没错。您说什么？您是从狼嘴里把她救出来的？”

范慕西慢慢地回忆着：“那是在山东临沂附近……一个秋天，我正从山上下来，听见有孩子的哭声，一只狼跑过来，嘴里叼着一个孩子……我追上去，用打狗棍把狼打跑了，把孩子救了下来……”

金剪刀急切地问：“那狼嘴里就叼着一个孩子吗？”

范慕西说：“你以为一只狼能叼几个孩子？”

金剪刀说：“那……阿香呢？”

冯含真心里一动，又是阿香。

范慕西问：“什么阿香？”

金剪刀说：“我放在木屋里的是两个孩子，姐姐是阿香，妹妹是阿芳……”

范慕西问：“那小童是姐姐还是妹妹？”

金剪刀说：“是妹妹，她原来叫阿芳……”

范慕西沉重地摇着头。金剪刀把小童搂过来，喃喃地说：“老天保佑，但愿阿香还活着……”

冯含真突然说：“苗姑，也许阿香还活着。”

金剪刀慌忙问：“你知道？”

冯含真说：“我不敢肯定。”

金剪刀问：“她在哪儿？”

冯含真说：“她在哪儿我不能告诉您，您和小童跟我走吧。跟我走就有可能见到她。”

范慕西说：“含真说得对，你们明天就跟着他走吧。走了以后就不要回来了，永远都不要回来了。”

范小童哭了起来："爹，我……我不能离开您。"

范慕西说："跟你娘在一起，爹放心。"

金剪刀爬起来，端端正正站在范慕西面前："大哥，您救了小童的命，又养育了她这么多年，您的大恩大德终生难报，请受弟妹一拜吧。"

金剪刀说着，跪了下来，将头叩在地上，半天没有抬起来……

第二天早上，当冯含真、范小童和金剪刀起来准备动身的时候，却发现范慕西不见了。

范慕西走了，这是冯含真意料之中的事情。

冯含真带着金剪刀和范小童来到张家湾的时候，天已经大亮了。他让两个女人先到客运码头上去，找一只南下的快船，自己则去看望陶元淳了。

他一直惦记着陶元淳，经过这场突如其来的劫难，他到底怎么样了？

陶元淳开的小茶庄门关着，门上的牌匾也没有了，显然是生意倒闭了。他拍着门板，里面没有人答声，他又叫喊起来："陶师傅，陶师傅在家吗？"

依然没有人搭腔，他犹豫了一下，转身往回走。突然听到门"吱"地响了一下，他回过头来，看到门缝里露出了一个披头散发的女人。

冯含真马上认出了是马幽兰，忙走上前，竟一时不知道该称呼她什么好。

马幽兰也认出了他，也是尴尬得不知道怎么样称呼他，便打开了门，把冯含真让了进来。

小屋里光线很暗，乱糟糟的，不像是个过日子的人家。

马幽兰说："啊，坐吧……我去给您泡茶。"

冯含真问："陶师傅没在吗？"

马幽兰说："他走了，带着他娘回老家了。"

冯含真关切地问："他身体怎么样？伤好了吗？"

马幽兰说："伤是好了，一条腿被那些该死的衙役打断了，瘸了。"

冯含真叹了叹气："你怎么没跟着一起去？"

马幽兰苦笑了一下："换了你，你还能要我吗？"

冯含真说："哦……这里面有许多误会，你应该解释清楚。"

马幽兰说："就算他还要我，我还有脸当人家老婆吗？丢了那么大的人，差点儿要了他的命，唉……”

马幽兰说到了伤心处，想哭，却没有哭出来。

冯含真安慰她说：“人非圣贤，孰能无过，以后接受教训就是了。”

马幽兰苦苦地摇了摇头：“我也准备走了。”

冯含真用问询的目光看着马幽兰。

马幽兰说：“我没脸在张家湾街面上混了，走在大街上，脊梁骨会被人戳断的。”

冯含真说：“你打算去哪儿呀？”

马幽兰说：“去大高力庄，我父母家。我就是丢多大人现多大眼，我父母都不会不要我的。他们就我这么一个闺女，我还要给他们养老送终呢。”

冯含真说：“不是还有你堂弟马幽明吗？”

马幽兰咬着牙说：“这些混账事都是马幽明那王八蛋闹的，我爹气疯了，把他赶走了。”

冯含真从怀里掏出一锭十两的银子，递给马幽兰：“我还忙着赶路，麻烦你给令尊令堂大人买点儿点心吧，以后有工夫我再去看望他们二老。”

马幽兰见冯含真要告辞，忙说：“您等一下。”

说着，马幽兰转身从柜子里拿出一个小锦盒，递给冯含真：“这是元淳留给您的，他估计您会来的，让我在这里等着您。他说您是他的救命恩人，这辈子报不了您的大恩大德了，下辈子变牛变马也要报答您。他把这个留给您，说留个念想儿。”

冯含真打开那个锦盒，原来是一块鸡血石的印章。冯含真见过这块鸡血石，是陶元淳从通州一家当铺里买来的“死当”，是陶元淳的心爱之物。拿着这块石头，冯含真心里发酸，陶元淳遭此劫难，实在是不堪回首。

冯含真匆匆来到了张家湾客运码头，金剪刀母女已经把船找好了。这只船不大，一共只有四个小舱和一个大舱。范小童预订了两个小舱，她和母亲住一舱，让冯含真单住一舱。船上的客人差不多了，冯含真上来之后，船便开了。顺风顺水，船开得很快。

冯含真没有回自己的船舱，而是跟金剪刀母女坐在了一起。范小童在岸上买好了早点，烧饼油条。金剪刀又为冯含真泡好了一壶茶。

离开马幽兰之后，冯含真感到心里沉甸甸的，肚子也是胀胀的。他没有胃口吃东西，只是端起杯子抿了一口茶水。

范小童问：“你怎么了？出了什么事？”

冯含真看了看范小童，又看了看金剪刀，沉重地说：“有件事我得跟你们说了。”

范小童急着问：“什么事？”

冯含真说：“小妖死了。”

两个女人顿时愣住了，愣了半天，金剪刀便爆发般地哭叫起来：“小妖……我的孩子啊……你的命好苦啊……”

范小童也流起眼泪，但是她没有哭叫，而是把母亲搂在怀里安慰着她。

冯含真只是默默地坐着，看着金剪刀慢慢地平息下来，才把小妖死的详情慢慢地告诉了她们。

金剪刀一直喃喃地说：“她不该嫁人的……不该的……要是不嫁人，兴许死不了……”

冯含真说：“生死有命，这跟嫁人不嫁人没关系。再说，小妖非常爱曹雪芹，她跟我说过，能跟曹公子这样的男人做夫妻，这辈子也没白活。何况，她还给曹公子留下了一个儿子。”

金剪刀问：“孩子那么小，曹公子怎么带？”

冯含真说：“我见到曹公子的时候，孩子由邻居一位大嫂帮忙带着。”

金剪刀说：“等德州的事情办完了，我去。”

范小童说：“娘，您去干什么？”

金剪刀说：“我去帮助曹公子带孩子，小妖留下的孩子，我得管。唉，谁知道官府会把我们怎么样呢？说不定到了德州我就会进大牢的。”

范小童说：“不会的，含真不是说您没事吗？”

金剪刀说：“人心似铁，官法如炉。娘明白这个道理，娘毕竟犯了国法，难逃法网的。”

冯含真不愿意跟她们讨论这件事，因为这件事他也拿不准，甚至连刘统勋也拿不准，真要是豁免金剪刀，非皇上说话不可。可是，皇上能放这个口儿吗？

冯含真看着金剪刀问：“苗姑，有件事我一直不明白。小童是您的女儿，您也认下了，那么小妖是谁呢？”

金剪刀说：“小妖是阿香。”

冯含真说："什么？小妖是阿香，就是小童的那个双胞胎姐姐吗？她们长得并不像啊。"

金剪刀说："不是那个阿香……啊……也是……也是那个阿香。"

连范小童都听糊涂了，忙着问："娘，到底是怎么回事呀？"

金剪刀慢慢地理顺了思路，讲述起了小妖的故事。

那时候隋中宽还活着，他跟妻子苗秀丽是结婚三年后才有的这对女儿的。一对双胞胎，像两朵娇艳的小花，让这对幸福的夫妻每天都眉开眼笑。到了这对女儿一周岁的时候，阿香突然病了。说不清的一种病，像绽放的小花朵突然遭了霜一样，顿时枯萎下来。欢欢的女儿不笑了，也不哭了，两只晶亮的大眼睛总是闭着，脑袋耷拉着。除了还能吃几口奶，便是昏昏地睡觉。隋中宽带着妻子到处为女儿寻医问药，无论医术多么高超的郎中都束手无策。阿香的病不见轻，可也不见重，每天都是蔫头耷脑昏昏沉沉。后来他们到常州天宁寺求香，天宁寺的高僧看了看孩子，对他们说，这女孩儿非同寻常，是超凡脱俗、大富大贵的命。越是大富大贵越是娇嫩难养，恐怕很难熬到富贵到来的时候。

隋中宽夫妇向那位高僧请教，求高僧救阿香一命。那位高僧说，非同凡俗之命要有非同凡俗之养，只有让她出家当比丘尼，方可安全无恙。

隋中宽夫妇哪儿舍得把女儿送到尼姑庵里去呢？

高僧后来给他们出了个主意，如果舍不得把女儿送出去，买个替身亦可。

小妖就是阿香的替身，她是隋中宽花了二十两银子从一个穷苦人家买来的。买来之后，她便以阿香的名字进入了天宁寺后面的尼姑庵。

隋中宽被害之后，金剪刀带着一对女儿走南闯北，历尽艰辛，终于导致了一双女儿的丢失。失去女儿之后，金剪刀几次自杀未遂，便鼓起勇气活下来为丈夫申冤报仇。但是，金剪刀依然牵肠挂肚地思念女儿，有一段时间，她简直要疯了，睁开眼睛闭上眼睛都是女儿的身影。为了清醒地活下去，金剪刀到尼姑庵把小妖接了出来，留在了自己的身边，当作亲生的女儿养着……

现在，冯含真明白了，小妖是不能嫁人的，她原来是尼姑庵的比丘尼。

客船顺风顺水，很快到了河西务。这是运河北端的一个非常繁华的大码头，河面渐渐地开阔起来，各种船只漂泊在河面上，帆樯如云，争奇斗艳。

一支熟悉的小曲儿随着清风飘了过来，冯含真举目望去，又是那只花船。几个花枝招展的姐儿在船头上唱着嚷着呼唤着，诱惑着南来北往的男人们。冯含真走出船舱，朝花船上望去。几个姐儿见冯含真向她们张望，忙吩咐花船靠过来，七嘴八舌地叫唤着："哥，来呀，快来疼疼妹妹吧……"

冯含真大大方方地问："请问染衣姑娘在吗？"

范小童看见了，急忙跑出来，指责着冯含真："你要干什么？你怎么认识这些窑姐儿？"

冯含真笑了笑："别胡思乱想，我找她们有正事。"

范小童噘起了嘴："跟她们能有什么正事？"

冯含真说："放心吧，我是什么人你还不知道？"

范小童说："你跟她们这样调情，成什么了，别忘了你的身份。"

染衣出来了，见了冯含真，热情地说："先生好，染衣给您请安了。"

冯含真说："染衣，我跟你有话说。"

染衣忙让人把船靠近，冯含真一步跨了上去。

范小童急了，朝船舱里叫着："娘，你快来呀，他上花船了……"

冯含真跟着染衣进了船舱，染衣要给他去取茶水果盘。冯含真拦住了她："染衣，有几句要紧的话要跟你说，说完我就回去。"

染衣说："是关于曹公子的事情吗？"

冯含真说："怎么？你知道了？"

染衣说："我知道什么？"

冯含真说："那你怎么知道我要跟你说曹公子的事情？"

染衣说："这些天我的眼睛总是跳，还常常做噩梦，梦见的都是曹公子。"

冯含真说："曹公子最近是不好，很不好。"

染衣问："他到底怎么了？"

冯含真说："他的夫人死了，留下了一个孩子……"

染衣静静地听着冯含真讲着曹雪芹的遭遇，包括他写《石头记》，包括小妖如何主动嫁给他，也包括曹雪芹和小妖的似海深情，还有那块系着小妖命根子的小石头儿……

染衣等冯含真说完，立刻做出一个决定，她要到曹雪芹身边去，她要去照顾曹雪芹，照顾小妖留下的孩子……

冯含真问："老鸨能让你走吗？"

染衣说："如果赎身……我还积攒了一些银子，足够了，就怕老鸨不答应。"

冯含真说："天下的鸨儿爱的都是钱，你是这花船上的头牌，要是跟她一本正经地商量，她肯定不放你。"

染衣也为难了："是这样，有一次趁她高兴，我提出要从良，她脸色立即变了。"

冯含真说："我当官以后，从来没有利用权力办过私事，今天为了你，也为了曹公子，我要破一次例了。我先回去，等过一会儿，你让老鸨到我的船上，就说一位朝廷的命官要见她。"

花船上的老鸨听说旁边客船上的一位官员要见她，立即带上染衣和另外一个姿色出众的姐儿来了。她非常清楚，只要是有官员找她，肯定是跟她要姐儿，那些当官的顾忌脸面，一般不会主动到花船上来的。但是花船上的姑娘可以给他们送过去，等他们玩儿够了再把姑娘接回来。

范小童哭着告诉金剪刀，说冯含真上了花船。金剪刀也觉得奇怪，但是她相信冯含真不会做出荒唐的事情。金剪刀一边安慰着范小童，一边焦灼地在船舱门口等候着，冯含真回来之后，把染衣与曹雪芹的关系及他的打算跟范小童讲了，哭了半天的范小童破涕为笑，忙为他更换衣服。

老鸨和两个姐儿被金剪刀带进来，见船舱里坐着的是一位身穿孔雀补服、头戴蓝宝石顶子的朝廷大员，立刻跪了下来。

冯含真和气地说："我们见过面的，不必多礼，起来吧。"

老鸨忙说："是啊是啊，上次见您的时候您穿的是常服，哪儿会想到您是这么大的官呢？这两个是我船上最好的姐儿，您看满意吗？"

冯含真说："把染衣留下，请那位姐儿先回去吧。"

老鸨转身就要把那个姑娘带走。

冯含真说："你也留下，我跟你有话说。"

老鸨愣了一下，让那个姑娘先出去了。

冯含真说："咱们长话短说，我要给染衣赎身，你开个价吧。"

老鸨两只眼睛立即翻起来，看着冯含真，顿时不知道说什么好了。

冯含真说："实话对你说吧，我是刑部的郎中。染衣在'下海'之前，跟一个案子有点儿牵连。因为染衣姑娘不错，我想让她体面地跟我走，你要是不同意呢，我只好以嫌犯的名义把她带走了。那样染衣姑娘的面子不好看，你的面子恐怕也不大好吧？"

老鸨明白了，这哪儿是给染衣赎身呢，分明就是要把染衣带走。她要是同意染衣走了，花船上的摇钱树就倒了，白花花的银子就进不了她的腰包了。可是，她要是不同意染衣走，这位爷惹不起，染衣肯定也得走，那样的话，连一笔赎身的钱都拿不到了。

冯含真催促着："怎么样？你还没想好吗？"

老鸨立刻嬉皮笑脸地说："老爷，您说哪儿去了，这姑娘您喜欢，您就带走吧，那是她的造化。染衣，还不快给老爷磕头谢恩……"

冯含真说："既然鸨姐儿如此痛快，那我们公事公办，你们马上回去，染衣姑娘收拾一下。鸨姐儿你呢，请人写一份赎身文契。"

老鸨还想说什么，冯含真却下了逐客令："好了，就这样吧。"

老鸨和染衣走了，金剪刀说："染衣这姑娘真不错，怎么落在这等地方了呢？"

冯含真说："染衣原来在江宁织造府，对曹公子一往情深，现在曹公子身边又需要人。"

范小童开着玩笑说："你把马幽兰送给陶元淳了，把小妖嫁给曹雪芹了，现在又要把染衣姑娘往曹雪芹身边送，你自己呢？"

冯含真说："我怎么了？"

范小童说："你身边就不需要个人？"

冯含真注意到，范小童说完这句话，满脸通红，急忙把头扭过去了。

第三十章

德州府大堂庄重威严，撼人心魄。大堂上面坐着四位身穿官服的审判官：主审官是刑部尚书刘统勋和直隶总督方观承，陪审官是刑部郎中冯含真和德州知府黄敬贤。

刘统勋宣布升堂，大堂下面两排手持杀威棒的皂隶喊着堂威：“威武——”

刘统勋一拍惊堂木：“带罪犯徐可良。”

两个衙役将扛着枷锁的徐可良带上来，徐可良一见上面的阵势，双腿一软便跪了下来。

刘统勋问：“堂下跪的何人？”

徐可良战战兢兢地回答：“罪职徐可良。”

刘统勋刚要继续发问，大堂外面蓦然响起了一个震撼的喊声：“大人，他在说谎，他不叫徐可良……”

一个高大魁梧的男人从大堂外面的人群中闯进来，大步来到了大堂上。刘统勋刚要发怒，见上来的人凛然精壮、气度非凡，又听来人说“徐可良在说谎”，便觉得内中必有大缘故，于是尽量压低了声音问：“你是何人？竟敢擅闯公堂！”

来人跪下，挺直了腰板，坦荡无畏地说：“小民范慕西，原来是丐帮高家门当家人，现为青门兴武六副舵主。”

刘统勋问：“你有何话要说？”

范慕西说：“小民前来做证。”

刘统勋问：“证明何事？”

范慕西指着旁边的徐可良说：“他不叫徐可良，他是改名换姓混入官场的杀人犯……”

徐可良急了，转过头来嚷着：“你是什么人，我根本不认识你，你凭什么前来污蔑本官？”

范慕西冷笑了一下："哼哼，肩膀上都扛上枷锁了，还自称本官，你也不害臊。"

刘统勋说："徐可良，休要多嘴。范慕西，我且问你，你说他不叫徐可良，他叫什么？你有什么证据？"

范慕西说："回禀大人，此人原名叫李长渠，曾经是山东巡抚勘察大员隋中宽的随从。二十八年前，他与另一个叫作郑留根的人跟随隋中宽到德州勘察贪污赈灾款项一案……"

刘统勋拍了一下惊堂木："徐可良，你到底叫什么？"

徐可良说："罪职叫徐可良，来人擅闯大堂，捏造故事，污蔑罪职，一定有人指使，请大人明察。"

范慕西转过头来对徐可良说："李长渠，你抬起头来看看我，仔细看看我，你真的没见过我吗？你真的不认识我吗？当初你和郑留根跟着隋老爷下乡勘察的时候，我帮了你们多少忙，你不记得了吗？"

刘统勋说："范慕西，先不要跟徐可良对质，把你知道的有关隋中宽的事情从实道来。"

范慕西说："是，大人。"

这突如其来的一幕，让坐在陪审席上的冯含真太惊撼了。那天晚上，范慕西经过了艰难的抉择，将范小童还给了金剪刀，那是怎么样的辗转艰难撕心裂肺呀。在冯含真看来，他之所以做出这么大的牺牲，就是要遁迹江湖，远离官场，远离徐可良的案子。他为了帮助金剪刀为丈夫洗冤报仇，只说出了赵天水是杀害隋中宽的凶手，一个字也没有提到徐可良，谁也没有想到徐可良。现在冯含真明白了，范慕西是想让官府捉拿到赵天水，再由赵天水供出徐可良。可惜赵天水提前被他们灭口了。审判徐可良需要证人，金剪刀到大堂上申诉她丈夫是被人害死的，却拿不出证据。冯含真曾经想到范慕西还会知道一些重要的情况，但是万万没有想到，他会爆出如此震撼的惊天大案。

站在大堂外面的金剪刀和范小童也震惊了。她们万万没想到范慕西会前来自投罗网，当她们发现他出现在大堂上的时候，想阻止已经来不及了。

在大堂上，范慕西讲述着二十八年前的"隋中宽案件"。亦如冯含真一样，隋中宽进入德州之后，没有去德州府衙门，也没有住驿站，而是直接深入灾区进行实地考察。不同的是，为冯含真提供情况的是德州的灾民，而当年给隋中宽提供帮助的是高家门的丐帮。那个时候，避灾路上，流民如蚁，缕缕行行。乞丐融入了灾民，灾民也沦为了乞丐，直至后来，根本分不清谁是乞丐、谁是灾民了。灾民们总是听说朝廷体恤民情，拨下了救灾银两，运来了救命的粮食。可是，每天见到的都是当官的耀武扬威驱赶着逃难的灾民，又见到当官的每天在大饭店里大设宾宴，偶尔听说什么地方设了粥棚，灾民便飞蝗般地扑过去。可是，排着长队领到的粥，稀得能照得见自己那瘦骨嶙峋的脸颊。

灾年绝收，官员贪腐，已经逼得百姓没了活路。而山上的匪患更是雪上加霜，说实在的，他们也饿，也需要活命。满目疮痍，饿殍盈路，他们连抢都无处抢了。

这一天，在禹城附近，隋中宽主仆三人遭遇了一小股土匪。土匪们下山转了几天都一无所获，见到他们三个人穿戴还算整齐，脸上亦无饥色，欣喜若狂地把他们拦截住了。隋中宽是个书生，两个随从也没有什么本事，他们只好束手就擒，土匪们威逼着他们把身上的银两都掏出来，又逼着他们把身上的衣服也脱下来……隋中宽急了，高声和土匪理论。土匪是可以理论的人吗？几个土匪唰地举起了刀，要把他们“送回老家”。正在这个时候，年轻气盛的范慕西率领着几个乞丐打抱不平，用手里的打狗棍与土匪们打起来。范慕西自幼习得一身武艺，几个小匪徒哪里是他的对手。

隋中宽他们得救了，自然非常感激范慕西。范慕西听说隋中宽是山东巡抚派来的勘察员，便揭发了许多德州贪官恶吏的罪行。隋中宽要求他们协助调查，让他们把禹城所有的灾民得到的救济银两和粮食摸查清楚。这对于丐帮来说，是一件很容易的事情，他们每天走村串户，什么情况不清楚？这样，范慕西帮助隋中宽搜集了大量德州知府贪腐的证据，并导致了最终德州知府对隋中宽怀恨在心又胆战心惊。德州知府先是用巨额银两收买隋中宽，被隋中宽怒斥出去；后来又在两个随从身上下功夫，盗窃隋中宽的账目和呈文；两个随从没有得手，他们便用重金贿赂两个随从，并与两个随从一起杀害了隋中宽……

冯含真听了范慕西的讲述，惊得出了一身冷汗。如此手段，如此杀机，如此境遇，二十八年之后，又在冯含真身上重演了一次，几乎演绎得一模一样，像是一个人干的。所幸的是，冯含真有个范小童，范小童带领着“小五义”救了他；当然，隋中宽也有个了不起的女人，可是这个女人没有跟随在丈夫身边，只能在丈夫被害之后为他申冤报仇。更为不幸的，当年隋中宽的夫人苗秀丽一直在老家照料公婆孩子，完全不知道隋中宽在官场上的事情，更不知道他奉命勘察灾情的时候所带的随从是谁。

刘统勋猛地将惊堂木一拍，大声喝道："徐可良，你还有什么话可说？"

徐可良虽然已经失魂落魄，却不死心，依然做着最后的挣扎，拼命狡辩着："请大人明察，罪职确实不认识这个范慕西，更不知道谁是隋中宽……"

范慕西哈哈大笑起来："哈哈……李长渠，我就知道你会死不认账的。当年我跟着你们主仆三人在禹城、夏津、陵水转了一个多月，日日夜夜一起吃一起住，你能忘记吗？你还记得你有个绰号吗？那绰号可是老范我给你取的。"

徐可良说："我根本就没有什么绰号。"

范慕西大喊一声："秃尾巴老李！"

徐可良身子一软，咕咚坐在了地上。坐下之后他才意识到自己失态了，又慌忙把身子挺起来。

刘统勋问："范慕西，'秃尾巴老李'是怎么回事？"

范慕西说："启禀大人，小的当年和隋中宽主仆三人一起，同吃同住，亲密无间，无尊卑之分，无官民之别。有一次我们一起在大运河里洗澡，小的发现李长渠屁股后面长了一个小尾巴，粗细如小拇指，长短不过一寸。我们觉得新鲜，一起嘲笑他，还叫他'秃尾巴老李'，一直到分手的时候，我们都这样叫他。如若李长渠再不承认，大人可当堂立验，范慕西敢用脑袋与李长渠一赌输赢。"

刘统勋立即发令："脱了他的裤子检验。"

几个衙役上来，把徐可良摁倒在地，又把他的裤子扒下来，随后禀报着："大人，徐可良确实有一节尾巴。"

刘统勋大喝道："大刑伺候！"

徐可良久经官场，深知大刑的厉害，魂不附体地求饶着："大人……我招……我招啊，大人……"

刘统勋怒吼着："徐可良，你到底叫什么？"

徐可良说："罪职原来确实叫李长渠。"

刘统勋问："什么时候改叫的徐可良？"

徐可良供道："小的捐官的时候用的就是徐可良的名字。"

刘统勋问："隋中宽的另一个随从是谁？"

徐可良说："是……郑留根，后来改名叫赵天水，在张家湾开了一家当铺。"

刘统勋说："这么说，你行贿冯含真，收买冯含真的随从，又密谋杀害冯含真的勾当，这些都是跟当年德州知府学的了？"

徐可良低着头："罪职该死。"

刘统勋冷笑了一声："可惜你学得很不到位啊，生生把戏法演砸了。本官问你，当年那位高明的德州知府是谁？"

徐可良说："吏部侍郎果应剑……"

冯含真以为刘统勋会乘胜追击，继续审讯徐可良的罪行或者提审胡道白，没想到刘统勋却拍了一下惊堂木，高声宣布："退堂。"

乾隆皇帝召见冯含真一行，是在德州大堂审讯徐可良的当天晚上。

大运河上，几乎所有的船只都回避了，剩下的只是灯火辉煌的安福舻和前后陈列的官船和兵船。冯含真与范慕西、金剪刀、范小童等候着召见。如此近距离地观看安福舻，觉得它根本不是船，就是一个巍峨雄伟的临河宫殿。在宫灯的照耀下，宫殿上的琉璃瓦闪耀着金灿灿的光芒，从船上到船下，穿着盔甲的兵勇并列两旁，俨然是紫禁城的门禁。

一个老太监过来了，扯着公鸭嗓喊着："传冯含真、苗秀丽、范小童觐见……"

冯含真一愣，传了三个人，怎么独独留下了范慕西呢？他顾不得多想，带着金剪刀和范小童登上了安福舻。

安福舻里面的船舱更像一个巨大的殿堂，又高又宽敞，足足能容下百人。里面龙椅上坐着乾隆皇帝，站在两边的则是刘统勋、方观承、纪晓岚和黄敬贤。

冯含真急忙跪下行礼："微臣冯含真叩见皇上。"

跟在后面的范小童和金剪刀见冯含真跪下了，也紧跟着跪下来。

乾隆笑着说："起来吧，到前面来。"

冯含真起来后又向几位大人行礼："冯含真给刘大人、方大人请安。"

乾隆却把眼睛盯住了范小童，笑眯眯地说："小童，还记得朕吗？"

范小童却不怯阵，也笑着说："要不是亲眼看见您穿着这身龙袍，我还以为您是金掌柜呢。”

乾隆哈哈笑起来，开着玩笑说：“小童啊，朕当年在船上遇见你的时候，是落花有意，流水无情啊。没想到苍天不负有情人，朕在后宫发现了另一个小童。”

范小童说：“据说民女跟皇上的童妃娘娘有几分相似，民女实在不敢攀缘。”

乾隆说：“何止有几分相似，简直就像是一个模子刻出来的。金剪刀……”

金剪刀急忙跪下：“民女在。”

乾隆说：“哈哈，金剪刀是你的绰号，朕该叫你苗秀丽才是。你的事情朕都听说了，隋中宽忠良正义，尽职尽责，不幸被奸佞所害，你一直为丈夫奔走申冤，现在终于还你丈夫一个清白了。”

金剪刀立刻跪下来：“民女得知我夫冤案昭雪，皇恩天高地厚，民女死而无憾了。”

乾隆说：“好好的，说什么死呀。”

金剪刀说：“民女确实有罪，已经被朝廷判处了斩立决。”

乾隆说：“那是徐可良判的，不是朝廷判的。徐可良杀害了你丈夫，又险些害了你。”

金剪刀说：“民女剪了许多朝廷命官的辫子，亦该治罪。”

乾隆说：“嗯，这件事情朕也听说了。你一个弱女子，能把一个个贪官查出来，又能把他们的辫子剪下来，也着实不易啊。这些人原本就是狗官，你剪了他们的狗尾巴，要是放在朕的手里，就砍掉他们的狗头了。快起来吧，朕赦你无罪。”

金剪刀忙叩头谢恩：“皇上大恩大德，民女永志不忘。”

乾隆说：“听说小童是你的亲生女儿，可有此事？”

金剪刀说：“回禀皇上，民女已经与女儿小童相认了。”

乾隆说：“哦，前不久朕还跟冯含真说，什么时候让范小童与童妃相识一下，如果秉性相合，不妨拜个姐妹……现在朕倒是有些疑惑了，朕问你，你到底有几个女儿？”

金剪刀说：“回禀皇上，民女有一对双胞胎女儿。两个女儿都是在一岁多的时候，被民女丢失了。”

乾隆一愣：“双胞胎女儿？朕且问你，你的一对女儿身上可有什么标记？”

金剪刀说：“两个女儿都是乳下有一红痣，绿豆粒儿大小，长女在左，次女在右。民女与小童相识，凭的就是这个标记。”

范小童插话说：“皇上，可否让民女问问童妃娘娘，看她乳下是否有痣？”

乾隆说：“不用问了，传童妃。”

一个太监马上跑到后舱：“请童妃娘娘觐见。”

在两个宫女的搀扶下，童妃从后舱走了出来。冯含真、金剪刀、范小童一见，忙跪下行礼。

童妃先看见的是范小童，竟愣了片刻，又转向了金剪刀，泪水不由得流了下来。

金剪刀见到童妃，虽然是盛装华服，却一眼便知是自己的女儿阿香。她竭力控制着自己的悲喜和激动，泪眼模糊一片，身子剧烈地颤抖起来。

乾隆怕几个女人当着众人的面哭哭啼啼，忙说：“童妃啊，快把你的母亲和妹妹领到后舱，你们好好说说话。”

童妃过来，搀扶着金剪刀，朝后舱走去。

黄敬贤凑到冯含真身边，低声说：“冯大人这两日如果方便，赏光吃顿便饭如何？”

冯含真说：“是该喝顿酒，您现在是德州府的父母官，得尽地主之谊啊。”

黄敬贤说：“可否请纪先生一起去？下官对他仰慕已久。”

冯含真说：“包在我身上。不过……”

乾隆转过脸来：“你们两个嘀咕什么呢？常言说，背人无好话，好话不背人。”

纪晓岚说：“黄知府跟冯郎中商量着请我喝酒呢。”

冯含真说：“哦，你的耳朵怎么这么尖呀？我们咬耳朵的话你都听得见。”

纪晓岚说：“我这耳朵呀，只能偏听一面，但凡好话，声音再小也听得见；若是坏话，你趴在我耳根子上嚷我都听不见。”

乾隆说：“纪晓岚，你这话里有话吧？是不是含沙射影明嘲暗讽地在敲打朕呀？”

纪晓岚笑着说：“瞧您说的，微臣哪儿敢呀？”

乾隆说：“你呀，狠事不一定敢做，狠话可说得出来。”

纪晓岚说：“圣上心疼微臣，一直没有把做狠事的机会给臣，臣也只能练练嘴皮子了。”

乾隆说：“你这是卖谝邀乖，现在有个做狠事的机会，朕准备让你去做。”

纪晓岚说：“皇上您可别吓唬微臣，微臣胆小。”

乾隆招呼着：“刘统勋、方观承……”

两个人同时回答：“臣在。”

乾隆说：“果应剑这个恶棍，你们准备怎么处置他？”

刘统勋说：“臣与方大人议了一下，拟夺职入牢，经审讯后再做判决。”

乾隆说：“光是关进大牢还不行，这恶棍这些年一定捞了不少，要查抄所有家产，籍没充公。纪晓岚……”

纪晓岚忙回应：“微臣在。”

乾隆说：“你马上替朕拟旨，然后跟着刘统勋回京，亲自带着人去抄果应剑，此事你可敢为？”

纪晓岚说：“为民除害，这是争光露脸立功的机会，书生亦提三尺剑，挺身试刃斩妖魔，微臣感谢圣上的抬爱。”

看得出来，乾隆皇帝今天的心情特别好，跟大臣们谈笑风生，兴致勃勃。

这时候，一个老太监带着范慕西走进了船舱，冯含真看见，范慕西颇有点儿大家风范，觐见皇上，也气宇轩昂，不卑不亢，不慌不乱，他走到乾隆面前，很自然地跪下：“罪民范慕西叩见皇上。”

乾隆说：“请给范师傅赐座。”

两个太监急忙搬过凳子，让范慕西坐下。

乾隆笑着说：“范师傅别来无恙？”

范慕西躬身说：“范慕西戴罪之身，处处小心翼翼，日日如履薄冰。”

乾隆说：“范师傅此话怎讲？”

范慕西说：“上次在运河上挟持了皇上，并将皇上带入了青门，如若龙颜震怒，罪民知道，这是灭九族的罪。”

乾隆说：“朕就是治你的罪，也不会灭你九族的，你的女儿小童现在已经成了朕的小姨子了，我怎么舍得灭她呢？”

范慕西吃了一惊："这么说……阿香在您身边？"

乾隆说："嗯，天下之大，大到人海茫茫却举目无亲；天下之小，小到山不转水转，转来转去都是一家人。哦，对了……"乾隆说着，转过头来，"黄敬贤……"

黄敬贤忙上前："臣在。"

乾隆说："上次冯含真去摘你的官印，放你一马，你送给冯含真一根打狗棍是不是？"

黄敬贤说："微臣实在身无他物，送一枣木棍儿留个念想儿。"

乾隆说："你那打狗棍冯含真送给朕了，朕又送给青帮了。范慕西，那根打狗棍可还在？"

范慕西说："皇上赐的家法，青门老少黄绸包裹，高悬在香堂之上，日日顶礼膜拜。"

乾隆说："那根打狗棍朕送给你们不是当摆设的，该用的时候要用。"

范慕西说："有此家法悬在香堂，众同参敬畏若神灵，便不敢冒犯帮规。如若果真有铤而走险者，青门当用圣上的家法严惩不贷。"

冯含真注意到，乾隆把那根棍子既不叫枣木棍儿，也不叫家法，总是一口一个打狗棍。如此看来，他对青帮还是有所忌恨的。范慕西恐怕凶多吉少。

没想到，乾隆却非常爽快地说："那件事呢，以后就不要提了，你即便有罪，也有功劳，毕竟还让朕认识了你的女儿小童，功过两抵了，不奖也不罚。不过，这次审讯徐可良这个败类，你主动出庭做证，还是要奖励的。刘统勋……"

刘统勋答道："臣在。"

乾隆说："给予范慕西的奖励，由你们刑部出资，就别让朕破费了。"

刘统勋说："臣已经有了准备，请皇上放心。"

范慕西说："罪民不要任何奖励。"

乾隆说："朕已经饶恕了你，你怎么还口称罪民？"

范慕西说："罪民确实身背不赦之罪。"

乾隆说："此话怎么讲？"

范慕西立刻离开座位，跪在了乾隆面前："罪民参与了弘晳逆反案。"

乾隆一愣："你怎么跟弘晳搅和到了一起？"

范慕西说："罪民有一段隐情。"

乾隆脸色冷峻起来："说。"

范慕西说："罪民乃废太子之子。"

乾隆惊愕起来："你是胤礽之子？朕怎么不知道？玉牒上有吗？"

范慕西说："罪民是通州永乐店人，罪民的母亲出身贫寒，又早年丧母，自幼跟着父亲在运河撑船渡客为生。废太子当年跟着康熙爷巡视江南，在张家湾一带微服私访，遇上了母亲，便与母亲暗结伉俪，遂有了罪民……当年废太子与母亲信誓旦旦，并给母亲留下信物，说回京之后马上把母亲接进宫里，母亲一直在苦等苦盼。"

乾隆边听边回忆着："是不是有一年你母亲带着你到咸安宫认过亲，被弘皙赶了出来？"

范慕西说："那时罪民还不到十岁，母亲被赶出来之后，含泪而号，跳进了什刹海……从此，罪民便成了个孤儿，沦为乞丐。"

乾隆沉思着："嗯，这件事当年在京城闹的动静很大，朕也是后来听张廷玉讲的。"

范慕西叩着头说："圣上听说过此事，便可证明罪民所言有据。"

乾隆问："既然弘皙当初把你们赶了出来，害死了你的母亲，后来你怎么又跟他搅和在一起了？"

范慕西说："雍正九年，弘皙不知道怎么找到了罪民，让罪民到京城的天然居与他相见，说他将会成就一番开天辟地的大事业，让我通过青门积攒力量，立旷世奇功。"

冯含真听了，立刻想到了他第一次进京时曹雪芹跟他说过的事，曹雪芹可以证明他确实是见过理亲王弘皙的。

乾隆说："你就这么轻信了他？他给了你什么好处？"

范慕西说："他答应把我写入玉牒，成为宗室后裔。"

乾隆又沉思了一会儿，问道："范慕西，你说你是胤礽之后，可有证据？"

范慕西说："先父当年给母亲留下了一条黄带子，母亲临终前留给了罪民。"

说着，范慕西从腰里解下黄带子，双手捧起来。

一个太监接过黄带子，又递给了乾隆。

冯含真也想到了，当年范慕西到天顺隆当铺去当那个假玉龙的时候，就系的是这根黄带子。

乾隆接过黄带子，仔细看着：一条用丝线织成的黄带上，连接着四块亮晶晶的镂花金版，金版上镶嵌着蓝色的宝石。乾隆拿起来仔细看着，在中间的一块金版上，确实雕刻着“胤礽”二字。乾隆把黄带子还给范慕西：“你先起来吧。”

范慕西从地上爬起来，却没有敢落座，站立在一边。

乾隆说：“纪晓岚，刚才朕派你做了一件狠事，现在再给你一个好差事。回京城之后，你带着范慕西去宗人府，让他们将范慕西写入玉牒。”

范慕西一听，咕咚又跪在了乾隆脚下，激动地哭了起来：“谢……皇上……范慕西得此大恩，死而无憾。母亲得知皇上如此厚德，亦可闭眼了。”

乾隆说：“你怎么还说死，你就那么盼望着死吗？”

范慕西说：“为了能入宗室，在玉牒上留下名字，罪民半生漂泊，苦熬苦曳，连老婆都没有娶。理亲王就是抓住了罪民的关节，诱惑罪民与他一起谋反的。皇上啊……我范慕西活到今天，才真正是个人了……”

乾隆说：“别说了，你这些事情说大也大，论罪也不轻，不过毕竟情有可原。你先起来吧。”

范慕西的哭声刚落，后舱却传来了几个女人撕心裂肺的哭声。

乾隆对身边的太监：“去看看怎么回事。”

太监急忙跑了进去。

俄顷，童妃带着金剪刀、范小童出来了，站在了乾隆面前。

童妃说：“臣妾刚才跟母亲和妹妹讲幼时的遭遇，不免动悲痛之心，惊扰了皇上，望皇上恕罪。”

乾隆说：“也是朕的疏忽，从来没有问过你的来龙去脉，不妨也跟朕讲一讲。”

童妃稳定了一下情绪，跟乾隆简要地讲述起来：

当年母亲带着她和妹妹逃难到了山东临沂，为了讨口吃食，把她们姊妹俩放在野外的一个小木屋里。妹妹被狼叼走了，她吓坏了，哭着从小木屋里爬出来，正好被在田间耕作的一个农夫看见了，把她抱到了家里。农夫家里也很穷，又有好几个自己的孩子，每到吃饭的时候，她都跟那几个孩子抢饭吃，总是喊着：“阿香吃……阿香吃……”她已经会说自己的名字了，那户农夫便一直叫她阿香。

在她七岁那年，山东临沂一带遭了灾，许多人家外出逃荒。这时候，扬州商户乘机来选买“扬州瘦马”，养父母把她卖了，只得了二两银子。她在扬州待了三年，天天在打骂与呵斥中苦学苦练，再加上她天资聪颖，吟诗作画、弹琴吹箫、斗酒打牌，学会了一整套本事。后来江宁织造府的戏班到扬州来挑选女孩儿，她又被选中，进了江宁织造府的戏班，认识了曹雪芹……

童妃和范小童以及金剪刀的遭遇，令所有的人都唏嘘不已。乾隆也被深深地感动了，突然，他像是想起了什么，问范小童：“你这么大了还不嫁人，是不是在等着冯含真？”

范小童低头不语，她实在无法回答。

乾隆问：“冯含真，你为什么不娶范小童？”

范慕西马上躬身说：“回禀皇上，早在十几年前，罪民就给他们订了婚。”

乾隆问：“那为什么没有完婚？”

范慕西说：“责任全在罪民，耽误了一对好姻缘。”

乾隆问：“为什么？”

范慕西说：“冯含真志在庙堂，一心想报效朝廷，他发现了罪民有谋逆之心，故此远离了罪民。”

乾隆点了点头：“冯含真识大体顾大局，志向亦可嘉。现在朕说了算，命你们马上完婚。”

冯含真和范小童互相看了一眼，立即跪下来磕头谢恩。冯含真说：“圣上对微臣恩重如山，微臣遵旨。”

乾隆问范小童：“小童，你呢？你愿意嫁给冯含真吗？”

范小童说：“我等冯含真十几年了，他要是再不娶我，我就出家当尼姑了。”

冯含真说：“如今圣上做主，冯含真即与范小童完婚，感谢皇恩浩荡，冯含真三生有幸。”

乾隆说：“你先别谢我，这里面有两个人，你果真要谢一谢的。一个是刑部尚书刘统勋和直隶总督方观承，鉴于你这几次办案表现非凡，两个人联名保举，擢你为刑部侍郎。朕准了。”

冯含真觉得全身都被潮水吞没了一样，震撼得瑟瑟发抖。他慌忙向刘统勋和方观承磕头拜谢。

刘统勋和方观承同时说：“还是谢皇上吧。”

冯含真说："皇恩浩荡，冯含真此生无以回报，只能鞠躬尽瘁报效朝廷。"

乾隆说："我的话还没说完呢，还有一人你要谢一谢，就是纪晓岚，他天天在朕面前为你哭穷，朕问他冯含真为什么这么大了还不娶媳妇，他说你房无一间地无一垄，拿什么娶媳妇呀？还说现在张家湾的曹家大院荒废着呢，建议朕把它赏给你，朕也准了。"

冯含真冲着纪晓岚刚要磕头，纪晓岚忙摆着手说："使不得使不得，今天皇上总是把好事往别人的头上扣，明明都是皇上爱护我们这些臣子，我们一起谢皇上吧。"

乾隆哈哈大笑起来。

笑过之后，乾隆突然沉下脸来："范慕西。"

范慕西急忙答道："小民在。"

乾隆又想了想，说："朕问你一件事情。当年你将朕拉入青帮，在你们老堂船上开了香堂之后，朕站在船头上，有一支暗箭从芦苇荡里射出来，要不是刑部巡捕黄天霸手疾眼快，朕就被射中了……"

范慕西听到这儿，急忙跪下来："皇上说得极是，确有此事。"

乾隆说："当时都觉得奇怪，那支暗箭到底是谁射向朕的，你可知晓？"

范慕西说："据小民猜测，发暗箭者很可能是清水教教主王伦。"

乾隆转向刘统勋："刘统勋。"

刘统勋忙应道："臣在。"

乾隆问："清水教为何物？"

刘统勋说："据臣所知，清水教乃山东寿张县王伦所创，实为白莲教的一个支派，其祖父王好贤，世传白莲教，传至王伦，以符法替人治病，秘授神武异术，往来河漕，广收门徒，营私结党，乃我大清朝廷一隐患。"

乾隆问范慕西："这么说，青帮与清水教也有勾搭了？"

范慕西说："清水教教主王伦多次拜访青门王降祖，王降祖知道清水教存心不良，一直拒之门外。上次小民挟持圣上，王伦又亲自求见小民，小民牢记王降祖的旨意，拒不与清水教往来接触。"

乾隆的脸色阴沉下来，他原以为经过乃祖康熙、乃父雍正创下的太平盛世，根基已固，海晏河清，却没有想到依然还有那么多居心叵测之徒。千里之堤，溃于蚁穴，小小的清水教，酿成了乾隆三十九年的大规模暴乱。这当然是后话，后话所言的恶劣后果还没有显现出来，乾隆心里的阴云只是一片小小的影子，稍纵即逝。安福舻上笙管笛箫喧闹起来，乾隆笑逐颜开，吩咐大摆宴席，与臣民亲眷同欢同乐。

冯含真和范小童在张家湾曹家大院举行了一个盛大的婚礼，婚礼是由范慕西和金剪刀主办的。张家湾的几条街道，都搭起了喜棚，前来祝贺的不但有青帮丐帮的头面人物，还有地方名流、漕运官吏，以及赫赫有名的朝廷大员，更有曹雪芹、纪晓岚、敦敏敦诚兄弟等冯含真的至爱亲朋。乾隆皇上和童妃也送来了贺礼，刘统勋和方观承也前来喝喜酒。如此热闹隆重，空前绝后。

更让冯含真惊喜的是，他和范小童走进喜堂，正要拜天地拜高堂的时候，外面传来了呼喊声："且慢。"

冯含真和范小童立刻紧张起来，莫非又出现了什么变故，天地神灵，保佑我们这对苦难夫妻吧，别再节外生枝了。

跑进来的纪晓岚问："你们拜高堂拜谁呀？"

冯含真说："当然是拜范师父和苗姑了，他们是小童的父亲和母亲，现在是我的岳父岳母大人。"

知客说："毕竟还缺了你自己的父母啊，贵夫人总要拜公婆的。"

冯含真说："家慈已经过世，家父还远在宁古塔，我跟小童商量好了，我们完婚之后便向皇上告假，一起到宁古塔去拜见家严。"

纪晓岚说："含真兄，给你道喜了，令尊大人驾到。"

冯含真简直不敢相信，慌忙问："家父回来了？在哪儿？"

纪晓岚说："令尊大人是骑着快马赶到的，风尘仆仆，我已经打发人为他老人家沐浴更衣，然后到喜堂来参加你们的婚礼。"

冯含真激动地说："不行，我要马上去见家父。知客，拜天地可以推迟半个时辰吗？"

知客说："当然可以，事情如此重大，理该恭候的。"

冯含真穿着礼服就要往外走，范小童说："等等，我跟你一块儿去。"

纪晓岚说："等等等等，你们进了喜堂便不能随便出去，还是等令尊大人穿戴好了正式拜见吧。还有一个好消息，令尊大人还带来一位尊贵的客人。"

冯含真问："是谁？"

纪晓岚说：“与令尊大人一起在宁古塔的汪兆骞汪先生，他是专门来参加你们婚礼的。”

冯含真问：“到底是怎么回事？家父与汪先生怎么可以从宁古塔回来呢？”

纪晓岚说：“这件事你可要感谢方观承方大人，是他专门给皇上写了奏折，皇上恩准，特赦了你父亲和汪先生。”

冯含真泪眼模糊了，人生得一知己足矣，有这么多这么好的朋友提携他、关爱他、眷顾他，他感念苍天心满意足了……

多少年之后，在张家湾及京畿地区，流传着两支颇为有名的弦子书，一支是《冯奎卖妻》，一支是《冯含真娶妻》。后来，梨园界名优还将弦子书改编成了戏剧，越传越久，越传越远，时至今日，依然经久不衰。

2011年10月至2012年5月

初稿完于洋桥、武夷花园

2012年8月至10月改定

图书在版编目(CIP)数据

漕运古镇 / 王梓夫著. -- 北京 : 中国文史出版社, 2013.1 (2022.10 重印)
ISBN 978-7-5034-3656-7

Ⅰ. ①漕… Ⅱ. ①王… Ⅲ. ①长篇小说-中国-当代 Ⅳ. ①I247.5

中国版本图书馆 CIP 数据核字(2022)第 187782 号

责任编辑：卢祥秋
封面题字：冯其庸

出版发行：中国文史出版社
网　　址：www.wenshipress.com
社　　址：北京市海淀区西八里庄路 69 号院　邮编：100142
电　　话：010-81136606　81136602　81136603（发行部）
传　　真：010-81136655
印　　装：北京新华印刷有限公司
经　　销：全国新华书店
开　　本：720×1020　1/16
印　　张：28　　字数：443 千字
版　　次：2013 年 1 月第 1 版
印　　次：2022 年 10 月第 2 次印刷
定　　价：79.80 元